Knaur

Von John Gilstrap ist außerdem erschienen:

Nathans Flucht

Über den Autor:

John Gilstrap leitet als Sicherheitsexperte und Umweltingenieur eine Consulting-Firma. *Dreht euch nicht um* ist sein zweiter Roman. Mit seiner Frau und seinem Sohn lebt er in Woodbridge, Virginia.

John Gilstrap

Dreht euch nicht um

Roman

Aus dem Amerikanischen von
Sigrid Langhaeuser

Knaur

Die amerikanische Originalausgabe erschien unter dem Titel
»At All Costs« bei Warner Books, New York

Besuchen Sie uns im Internet:
www.knaur.de

Vollständige Taschenbuchausgabe 2002
Droemersche Verlagsanstalt Th. Knaur Nachf., München

Umschlaggestaltung: ZERO Werbeagentur, München
Umschlagabbildung: Photonica, Hamburg / Earl Ripling
Satz: Ventura Publisher im Verlag
Druck und Bindung: Clausen & Bosse, Leck
Printed in Germany
ISBN 3-426-61918-0

5 4 3 2 1

Für meine Mutter,
die so stolz gewesen wäre

Dieses Buch ist ein Roman. Mit Ausnahme gelegentlicher Hinweise auf Persönlichkeiten des öffentlichen Lebens sind sämtliche Namen, Charaktere, Orte und Ereignisse frei erfunden. Eventuelle Ähnlichkeiten mit tatsächlichen Ereignissen, Orten, Firmen (bestehend oder aufgelöst) oder Personen (lebend oder tot) sind rein zufällig. So existiert zum Beispiel die erfundene Stadt Newark, Arkansas, nicht, ebensowenig wie die Ulysses S. Grant Army Ammunition Plant oder der Newark Industrial Park. Da jedoch Munitionsfabriken einander ähnlich sein dürften, könnten Leser auf den Gedanken kommen, in der Grant Plant eine tatsächlich existierende Fabrik zu erkennen. Jeder, der einer solchen Ansicht zuneigt, irrt sich.

Kapitel 1

Der vorherige Manager der Karosseriewerkstatt Marcus war gefeuert worden, weil er bei der Arbeit ein kaffeebeflecktes Hemd getragen hatte. Daß er sich erst zwei Stunden nach Arbeitsbeginn bekleckert hatte, hatte keine Rolle gespielt. Der alte Marcus hatte eine feste Vorstellung davon, wie seine Angestellten auszusehen hatten, und sie taten gut daran, sich danach zu richten.

Jake Brighton hatte keine Ahnung, wieviel von dem, was von den Tiraden des alten Marcus erzählt wurde, tatsächlich zutraf, aber da gegenwärtig er derjenige war, der seinen ganzen Zorn abbekam, lasteten die Gerüchte schwer auf seiner Seele, als er in dem Verkehr festhing, der vom Schichtwechsel bei den Zebrawerken herrührte. Wieso mußte eine Stadt von der Größe von Phoenix, South Carolina, überhaupt eine Stoßzeit haben? Er sah zum hundertsten Mal auf die Uhr und seufzte. Genau acht Uhr. Er fluchte leise.

Ein Schild an der Tür des Betriebs besagte, daß die Werkstatt an sechs Tagen in der Woche ab sieben Uhr geöffnet war. Als Manager legte Jake Wert darauf, um sechs Uhr dreißig an seinem Schreibtisch zu sitzen, um die Mitarbeiter in Empfang nehmen zu können, die ab sechs Uhr fünfundvierzig hereinzutröpfeln begannen.

Von seinem Einstellungsgespräch vor fünf Monaten wußte Jake, daß Clint Marcus nicht willens war, Unpünktlichkeit zu dulden, aber er war sich ziemlich sicher, daß er dieses eine Mal ein Auge zudrücken würde. Vor zwei Monaten hatte Jake einen geradezu unanständig reichen Rechtsanwalt namens Lucas Banks, dessen Familienurlaub durch einen Blechschaden gefährdet war, bevorzugt behandelt. Banks hatte daraufhin einen Lobesbrief an Marcus geschickt: »Jake Brighton und sein Team sind die Besten im Geschäft, und Sie können auf Dauer mit mir als überzeugtem Kunden rechnen.«

Der Brief hatte ein seltenes Lächeln in Marcus' Gesicht gezaubert. »Es wurde auch wirklich Zeit, daß endlich ein vernünftiger Mann auf diesem Posten sitzt«, hatte er gestern bei der allwöchentlichen Angestelltenversammlung gesagt. »Wenn Sie so weitermachen, Jake, werden Sie hier eine phantastische Karriere machen.« Wahrlich ein hohes Lob von einem Mann, der zu seinem Vergnügen seine Manager am Spieß zu braten pflegte.

Jake hatte immer noch den Beifall in den Ohren. Natürlich wußte er, daß die Begeisterung seiner Mitarbeiter ebenso obligatorisch war wie ihre Anwesenheit, aber er hatte echten Stolz in ihren Gesichtern gesehen, und das machte alle Mühen wett. Obwohl er derjenige war, dem das Lob gegolten hatte, hatte er bei seiner kleinen Stegreifansprache darauf hingewiesen, daß mit dem Brief nicht nur er allein gemeint sei, sondern sein ganzes Team. Und das entsprach sogar halbwegs der Wahrheit.

Vor lauter Freude war er eine halbe Stunde früher als sonst nach Hause gegangen, um das Ereignis mit seiner Familie zu feiern.

Titel hin oder her, diejenige, die den Laden tatsächlich schmiß, war Mae Hooper, Jakes kugelförmige, sechsundsiebzigjährige Büromanagerin, die es geschafft hatte, zwei Ehemänner und drei ihrer fünf Kinder zu überleben. Das Karosserieteam war überzeugt, Maes ununterbrochenes Genörgel habe den Lebenswillen ihrer Familie dahinschmelzen lassen. Aber nach zweiundzwanzig Jahren bei Marcus hatte die Frau schon mehr über den Betrieb vergessen, als Jake jemals lernen würde, und er hütete sich wohlweislich, sie vor den Kopf zu stoßen.

Endlich war er da. Er parkte seinen Subaru am Kettenzaun und ließ die wenigen Parkplätze vor dem Eingang für Kunden frei.

Der alte Marcus konnte es sowieso nicht leiden, wenn »japanischer Mist« auf seinem Parkplatz stand.
Als Jake aus dem Auto kletterte, betete er im stillen, daß er am Ende des Tages seine Autoreifen noch vorfinden würde. In dieser westlichen Ecke von Phoenix war ein Fahrzeug, das am Straßenrand geparkt wurde, immer in Gefahr. Wenn er es vor Sonnenuntergang in die Garage brachte, konnte er hoffen, daß nichts passieren würde. Nach Sonnenuntergang wurde die Gefahr erheblich größer. Gerade erst vor drei Wochen war die Tankstelle an der Ecke am hellichten Tag von drei bewaffneten Gangstern mit Skibrillen ausgeraubt worden. Niemand war verletzt worden, aber die Räuber waren immer noch auf freiem Fuß.
Jake ging rasch hinein und beeilte sich, die Tür wieder zu schließen. Es war ein kalter Herbst, und die Belegschaft hatte ihm gesagt, daß Mae Hooper Zugluft verabscheute. Wenn ein Kunde die Tür etwas zu langsam schloß, kam er mit einer spitzen Bemerkung davon, Mitarbeiter aber wurden für das gleiche Vergehen mit einer niederschmetternden Standpauke bedacht. Zum Ausgleich für die unvermeidlichen Nachlässigkeiten im Umgang mit der Tür stellte Mae den Thermostat in ihrem Büro unerbittlich auf 25 °C ein und hatte außerdem noch einen elektrischen Heizofen vor den Füßen, der das ganze Jahr über auf höchster Stufe lief.
Der Temperaturschock nahm Jake den Atem, und er zog schleunigst die Jacke aus. »Lieber Gott, Mrs. Hooper«, sagte er. »Können wir hier nicht ein bißchen heizen?«
Die Ironie dieser Bemerkung prallte wirkungslos an Mae ab. Sie zuckte verbindlich mit den Schultern und reichte ihrem Chef eine Tasse Kaffee. »Bitte sehr, Jake. Mit Milch und drei Würfeln Zucker.« Diese neun Worte waren nun seit fast fünf Monaten ihr täglicher Morgengruß.
Jake hängte seine Jacke auf und nahm dankbar den Kaffee in Empfang. »Vielen Dank. Das Büro sieht übrigens großartig aus.«

Irgendwann zwischen gestern abend und heute früh war das Büro für Halloween dekoriert worden. In einer Ecke war ein Arrangement aus Maiskolben und Kürbissen aufgebaut, und über Maes Empfangstheke war eine Papiergirlande aus Gespenstern und Hexen gespannt. Es sah gut aus, direkt gemütlich. Jake kam zu der Überzeugung, daß die Renovierungsarbeiten, die sie gerade abgeschlossen hatten, doch kein rausgeschmissenes Geld waren.

Mae lächelte großmütterlich. »Nun ja, einer muß sich ja schließlich um den Laden kümmern.«

Jahrelang hatte sich Clint Marcus gegen den Trend gewehrt, Geschäftsräume so auszustatten, daß sie wie Arztpraxen aussahen. Nach Aussage der Experten mußte man sich heutzutage nach dem Geschmack der Frauen richten.

Erst nachdem die Konkurrenz ihre Geschäfte herausgeputzt und begonnen hatte, ihm die Kunden wegzulocken, hatte sich auch Marcus endlich dem Trend gefügt. Die schäbige, alte Holzvertäfelung wurde durch strahlend weiße Steinplatten ersetzt. Sowohl der Manager als auch Mae hatten größere Büros bekommen, und sogar Maes Wunsch nach einem Schiebefenster zwischen beiden Büros wurde erfüllt. So konnte sie ihm auf die Nerven gehen, ohne auch nur von ihrem Stuhl aufzustehen. Marcus hatte sogar eine kleine Spielecke einrichten lassen, um die Kinder zu beschäftigen, solange die Eltern ihre Geschäfte abwickelten. Jetzt, mit der Halloween-Dekoration, sah das Ganze ausgesprochen fröhlich aus.

»Wann haben Sie das gemacht?«

»Ich habe mich mit Dekorieren beschäftigt, während Sie mit Zuspätkommen beschäftigt waren.«

Er lächelte. »Ich weiß es zu schätzen. Sie haben wirklich eine gute Hand dafür.«

Sie winkte ab. »Wie war es gestern abend? War Carolyn überrascht, daß Sie so früh kamen?«

Jake rollte mit den Augen. »Eher erleichtert«, sagte er. »Travis ist gestern wieder einmal in eine Prügelei geraten. In der Schule. Ein paar Kinder müssen ihn in der Cafeteria gehänselt haben, und er hat's persönlich genommen.«

»Ging es wieder um den üblichen Unfug gegen die Wohnwagensiedlung?« Mae fühlte sich als Mutter der ganzen Belegschaft, und sie verfolgte Travis' schwierigen Eingliederungsprozeß in die achte Klasse sehr genau.

»Worum sonst? Travis sagt, daß die Kinder vom ›Protzenhügel‹ ihn einfach nicht in Ruhe lassen. Gestern hat der Lampier-Junge ihn vor den Augen von ein paar Mädchen beleidigt. Als die Mädchen anfingen zu kichern, stand Travis auf und versetzte ihm einen Schlag ins Gesicht.« Jake lächelte. Ein wenig teilte er Travis' Stolz. »Nach allem, was ich gehört habe, bestand der ganze Kampf nur aus einem einzigen Schlag.«

»Was hätte er denn tun sollen?« Mae verzog das Gesicht. »Hätte er einfach dastehen und ein Feigling sein sollen?«

»Nach Ansicht des Direktors, Mr. Menefee« – Jake betonte den Namen, als ob er einen üblen Geruch hätte –, »ist Feigheit heutzutage angesagt. Mit den anderen auszukommen ist wichtiger, als recht zu haben. Jedenfalls war die Sache damit nicht zu Ende«, fuhr er fort. »Auf dem Heimweg bekam der ältere Lampier-Sohn Travis zu fassen und schlug ihn zusammen.«

Mae schnappte nach Luft.

»Gott sei Dank ist nichts gebrochen, aber er ist ganz schön zugerichtet. Heute morgen wollte er aus Protest nicht in die Schule gehen. Anscheinend glaubt er nicht, daß die Kinder vom ›Protzenhügel‹, die ihn zusammengeschlagen haben, auch bestraft werden. Schließlich fiel Carolyn ein, daß heute ein Ausflug stattfindet, und da ist er schließlich doch gegangen.«

»Ich kann es ihm nachfühlen, daß er sauer ist«, stimmte Mae zu und überhörte geflissentlich das Klingeln ihres Telefons. »Es ist einfach unfair. Als ich ein kleines Mädchen war –«

Jake unterbrach sie und zeigte auf das Telefon. »Wollen Sie nicht ans Telefon gehen?« Er wollte wirklich nicht unfreundlich sein, aber er hatte schon mehr als genug über Maes Kindheit zu hören bekommen. Sie verstand, und als sie nach dem Hörer griff, verschwand er um die Ecke in sein Büro.

Kaum hatte er sich hingesetzt, erschien Maes Gesicht im Fenster. »Dr. Whittaker will Sie sprechen, Leitung eins. Sie wissen schon, der Mercedes.«

Jake schnitt eine Grimasse. »Schon wieder. Ich habe doch erst gestern abend mit ihm geredet.«

Sie lachte. »Sie werden doch nicht glauben, daß das heute morgen das erste Mal ist, daß er anruft. Ich glaube, er will den Preis noch ein bißchen drücken.«

Vor zwei Wochen hatte der gute Doktor seinen Mercedes in einen zementierten Abwassergraben gefahren. Jetzt war er wütend, weil sein Wagen noch nicht fertig war. Er war schließlich Kardiologe und viel zu wichtig, als daß man ihn ohne sein Lieblingsfahrzeug lassen konnte.

Jake griff nach dem blinkenden Telefon, dann hielt er inne. Draußen vor dem Fenster war irgendwas los. Da versammelten sich Leute und versuchten dabei, außer Sicht zu bleiben. Einer von ihnen hatte eine Pistole.

Lieber Gott!

Die Türen des Büros wurden aufgerissen, und ein ganzer Schwall schwerbewaffneter Männer stürmte herein. Jake sprang instinktiv auf, riß die oberste Schreibtischschublade auf und griff nach seinem kurzläufigen 44er-Revolver.

»Bundespolizei. Keine Bewegung!«

Die Worte klangen wie ein Kanonenschuß. Jake fuhr zusammen, und das Herz sank ihm in die Hose. Er wollte seinen Revolver in die Schublade zurückfallen lassen, aber er zögerte einen Augenblick. Und dann war es zu spät.

»Eine Pistole!«

Entsetzt sah er, wie ein Dutzend Maschinenpistolen herumschwangen, bereit, ihn niederzuschießen. Mae schrie auf, als sie von mehreren Männern in blauen Windjacken zu Boden geworfen wurde. Die Männer nahmen Schießposition ein und richteten ihre gedrungenen Waffen durch die Plexiglasscheibe auf ihren Chef. Jake stand unbeweglich da, den Revolver gegen die Decke gerichtet.

»Leg ihn hin!« befahl der Anführer der bewaffneten Männer.

Die Stimme erschreckte Jake fast ebenso wie der Befehl. Unter dem Helm steckte eine Frau.

Zwei Polizisten rannten los, um ihr Opfer einzukreisen und einen besseren Schußwinkel zu bekommen. »Leg die Pistole hin! Augenblicklich! Ich will die Hände sehen! Sofort!«

Er wußte nicht, was er tun sollte. Sein Magen zog sich vor Angst zusammen. Wenn er versuchen würde zu schießen, würden sie ihn im nächsten Sekundenbruchteil abknallen. Schließlich entschieden seine Hände für ihn. Als er seine Waffe behutsam auf den Tisch legte, fragte er sich, wie sie es wohl herausbekommen hatten.

»So ist's brav«, ermutigte ihn die Anführerin. »Richtig. Einfach auf den Tisch. Jetzt halt deine Hände so, daß ich sie sehen kann, und komm zur Tür.«

Jake hielt die Handflächen mit gespreizten Fingern in Ellenbogenhöhe nach vorn, ging seitwärts um seinen Schreibtisch herum und dann auf die Bürotür zu. Langsame und wohlüberlegte Bewegungen waren seine einzige Chance, einen katastrophalen Kugelhagel zu verhindern.

»Gut so«, drängte die Polizistin. »Geh einfach weiter. Richtig. Genau so.«

Kaum hatte Jake die Schwelle überschritten, wurde er von drei Männern gepackt. Sie drückten ihn brutal zu Boden, erst auf die Knie, dann mit dem Gesicht auf den Teppich, daß ihm die Luft ausging. Aus ihrem Büro hörte er Mae schreien. Ein Mann kniete

sich auf seinen Kopf, um ihm jede Bewegung unmöglich zu machen, die beiden anderen bogen ihm die Arme nach hinten, bis seine Handgelenke übereinander lagen.
Jake wehrte sich nicht. Die Verhaftung war nicht zu vermeiden. Die einzige Variable war die Anzahl der Blutergüsse, die er bei der Prozedur davontragen würde. Er fühlte das Metall der Handschellen auf der Haut und zuckte im Vorgefühl des Schmerzes zusammen, der nun folgen mußte. Sie enttäuschten ihn nicht und stellten die Armreife viel zu fest ein.
»Halt still«, sagte jemand.
Kein Problem, dachte Jake. Er lag auf dem brandneuen, braunen Teppichboden, und der säuerliche Geruch reizte seine Nase. Er kämpfte gegen den Niesreiz an und versuchte, sich ein Bild von seiner Lage zu machen.
Wir sind doch so vorsichtig gewesen.
Ein Paar schwarzer Stiefel erschien vor seinem Gesicht und verdeckte ihm den Blick auf alles andere. »Sie sind Jake Brighton?«
Jake bemühte sich, an der Polizistin hinaufzusehen, die ihn noch vor einer Minute hatte erschießen wollen. »Ja. Und wer sind Sie?«
»Ich bin Special Agent Rivers vom FBI. Wir wollen diesen Betrieb nach illegalen Waren durchsuchen.« Sie beugte sich hinunter, um ihm den Durchsuchungsbefehl zu zeigen, aber Jake sah durch ihn hindurch.
In seinem Kopf kreiste alles. *Was zum Teufel …*
»Und Sie sind verhaftet, wegen eines Angriffs auf die Bundespolizei.«
Das war ja alles verkehrt. Er verrenkte sich den Hals, um die Frau, die ihn verhaftet hatte, genauer anzusehen, aber dann gab er den Versuch auf. »Macht es Ihnen etwas aus, wenn ich mich aufsetze?«
Jemand packte ihn am Arm, zog ihn auf die Füße und führte ihn

zu einem Besucherstuhl im Warteraum. Jake konnte es kaum fassen, wie viele Polizisten in seinen Betrieb hereinströmten. Es mußten mindestens fünfzig sein, eine Hälfte vom FBI und die andere von der DEA, dazu noch ein paar Männer von der lokalen Stadtpolizei. Hinter der schweren Feuerschutztür konnte er hören, wie die Beamten sein Karosserieteam aus der Werkstatt in den Laden trieben. Vielleicht war die Situation doch nicht ganz so schlimm, wie er anfänglich geglaubt hatte. DEA bedeutete Drogen.

Agent Rivers wollte gehen, aber Jake rief ihr nach: »Was, zum Teufel, geht hier eigentlich vor?«

Sie verzog ihr Gesicht zu einem humorlosen Lächeln und nahm den Helm von ihrem rötlichblonden Haar. »Dies hier ist eine Drogenrazzia.«

Mae schnappte nach Luft und bedeckte das Gesicht mit ihren Wurstfingern. »O mein Gott! Drogen! Hier?« An ihrem Gesicht war zu erkennen, daß sie eher geglaubt hätte, daß Eleanor Roosevelt eine Prostituierte sei. »Das ist unmöglich! Sag ihr das, Jake! Es ist ganz einfach unmöglich!«

Jake lächelte unbehaglich. »Sie glauben, daß ich etwas mit Drogen zu tun habe?« fragte er entsetzt.

»Und? Wie steht es damit? Ich glaube, daß eine ganze Reihe von Leuten, die für Sie arbeiten, mit Drogen zu tun haben.« Rivers nahm den Durchsuchungsbefehl und blätterte ihn durch. »Da haben wir einen Martinez, einen Willis, einen MacGonegal und einen Hummer. Kennen Sie die?«

Er nickte. Alle seine Lackierer. Er hätte es erraten können. »Sollen sie Händler oder Süchtige sein?«

»Beides.«

Scheiße. Die Lackierer waren die einzigen in seiner Mannschaft, die er als wunden Punkt betrachtet hatte. Es war nicht einer unter ihnen, dem er in den letzten fünf Monaten nicht wenigstens einmal die Entlassung angedroht hatte. Wegen mangelnder Ausdau-

er, schlampiger Arbeit, Unpünktlichkeit. Das klassische Verhalten von Süchtigen. Wieso war ihm das nicht aufgefallen?
Mae begriff immer noch nicht, was los war. »Warum haben Sie eigentlich Jake verhaftet?«
»Weil er versucht hat, mich zu erschießen«, antwortete Agent Rivers kühl – fast glücklich.
Mae rollte die Augen. »Wenn er versucht hätte, Sie zu erschießen, wären Sie jetzt tot.«
Agent Rivers sah sie wütend an. »Vielleicht hätte Ihr Boß das nicht so schön gefunden, was passiert wäre, nachdem er mich erschossen hätte.« Sie nickte einem DEA-Agenten zu, der mit grimmigem Gesicht seine Maschinenpistole festhielt.
»Mein Gott, Agent Rivers«, widersprach Jake. »Sehen Sie sich doch mal in dieser Gegend um. Würden Sie sich da nicht aufregen, wenn auf einmal ein Haufen Leute mit automatischen Waffen in Ihr Büro gestürmt käme?« Ohne nachzudenken war er auf seine einzige Verteidigungsmöglichkeit gestoßen.
Rivers musterte ihn mit einem abschätzenden Blick. »Wir haben uns ausgewiesen.«
»Deshalb habe ich ja auch nicht geschossen.«
Sie kaute auf ihrer Backe herum und sah ihn noch einmal genauer an. »Das würde ich Ihnen ja gerne glauben, aber wissen Sie was? Sie haben diesen Revolver ein bißchen länger festgehalten, als ich gut fand. Jetzt bleiben Sie schön hier sitzen, bis wir erledigt haben, was wir erledigen müssen. Wir werden Sie und die anderen in Kürze abtransportieren.«
Allein gelassen auf seinem Polsterstuhl, inmitten des Lärms, mit dem der ganze Betrieb auf den Kopf gestellt wurde, vermied es Jake, irgend jemanden anzusehen. Er war gedemütigt und erschreckt. Die Dekoration in der Ecke erschien ihm wie ein Hohn. Wie hatte er nur so naiv sein können zu glauben, daß man seine Vergangenheit wirklich hinter sich lassen könne? Offensichtlich wußten die Polizisten noch nicht, was los war, aber das war nur

eine Frage der Zeit. Wenn sie erst einmal seine Fingerabdrücke hatten, würde alles vorbei sein.

Bleib ruhig, sagte er sich. Panik würde das Ende nur beschleunigen.

Seine Gedanken wanderten zu seiner Familie, und Angst erfaßte ihn. Ob er noch Zeit finden würde, Carolyn zu benachrichtigen? Und Travis. Mein Gott, wie sollte er Travis das alles jemals erklären?

»Mrs. Hooper, könnten Sie wohl versuchen, meine Frau ans Telefon zu kriegen?« Er war selbst überrascht, wie ruhig seine Stimme klang.

»Das geht nicht«, antwortete sie. Wenn sie aufgeregt war, fing Mae regelmäßig zu piepsen an, aber jetzt war ihre Stimme schrill genug, um Glas zum Zerspringen zu bringen. »Diese Kerle haben die Telefonleitungen unterbrochen.« Sie warf die Hände in die Luft und schob ihre Lesebrille noch weiter auf die Nasenspitze. »Ich hätte Ihnen gleich sagen können, daß diese Jungen uns Ärger machen würden. Von Anfang an haben sie nicht einen einzigen Tag lang anständig gearbeitet ...«

Jake achtete nicht auf Maes Gejammer. Er hielt sich alles vor Augen, was er nun verlieren würde. Er schloß die Augen und seufzte. *Und wir dachten, daß wir es geschafft hätten.*

Während Rivers und ihre Kohorten ihren Durchsuchungsbefehl mit der Entschlossenheit einer Abrißkolonne in die Tat umsetzten, versuchte er, seinen nächsten Schritt zu planen. Er beugte sich vor, um den Druck auf seine Hände zu lindern. Wenn die Männer, die ihn verhaftet hatten, nur etwas sanfter mit den Handschellen verfahren wären. Er konnte seine Herzschläge mit dem Klopfen in seinen geschwollenen Fingerspitzen zählen.

Offensichtlich hatten sie ihn noch nicht erkannt. Es war erstaunlich, was ein paar Jahre, ein paar zusätzliche Pfunde und ein Vollbart ausrichten konnten. Nach seiner Schätzung würden ihm drei Stunden bleiben – höchstens fünf. Länger würden sie keinesfalls brauchen. Wenn sie ihm die Fingerabdrücke abnahmen, würde die Zündschnur an seiner Zukunft gefährlich kurz werden.

Er überlegte, ob Carolyn und er wohl immer noch die Spitzenplätze auf der Fahndungsliste einnahmen.

Kapitel 2

Für den Halloween-Ausverkauf war Perkins' Discount-Kaufhaus einhundertzwanzig Stunden lang, von Dienstag bis einschließlich Samstag, durchgehend geöffnet. Aus drei verschiedenen Staaten strömten wild entschlossene Schnäppchenjäger nach Phoenix. Schon ab acht Uhr hatte sich eine Menschenmenge angesammelt, die bereit war, die Kaufhausmanagerin Phyllis Bly augenblicklich niederzutrampeln, sowie sie den Riegel zurückschob.

Als sich um Punkt neun Uhr die Menschenflut in die Gänge ergoß, wurde Carolyn klar, daß sie sich in der Hölle befand. Wie ein Heuschreckenschwarm stürzten sich die Einkaufswütigen in alle Abteilungen. Nach einer halben Stunde waren die Fußböden mit Kleidungsstücken übersät. Frenetische Käufer rissen Hemden, Hosen, Schuhe und Sportartikel auseinander, nur um festzustellen, daß sie nicht paßten, nicht gut aussahen oder ihren Vorstellungen nicht entsprachen. Wenn sie einen Ort verwüstet hatten, gingen sie zum nächsten.

Nach fast zwei Stunden in der Arena war Carolyn vollkommen erschöpft. Sie arbeitete in der Jungenabteilung, in der unzählige Mütter ihre schuleschwänzenden Sprößlinge an den Ohren herumzogen, in der Hoffnung, noch ein Sonderangebot zu ergattern, bevor die weihnachtliche Einkaufsschlacht begann. Sie lehnte sich neben der Umkleidekabine für einen Augenblick an die Wand und versuchte, ein bißchen zu verschnaufen, während eine umfangreiche Italienerin mit ihrem achtjährigen Sohn über den Kauf eines Anzugs verhandelte.

Das arme Kind sah einfach lächerlich aus in dem dreiteiligen dunkelblauen Ungetüm. »Finden Sie nicht auch, daß er

paßt?« fragte die Frau, die Carolyn irrtümlich für eine Verbündete hielt.
»Nun ja«, sagte Carolyn, die ein Lächeln nicht unterdrücken konnte. »Erwarten Sie, daß Ihr Sohn noch vor dem Wochenende fünfzehn Pfund zunimmt?« Der Anzug war der letzte seiner Art für neununddreißig Dollar und fünfundneunzig Cent, und die Familie war am Samstag zu einer Hochzeit eingeladen. An einem anderen Tag hätte Carolyn vielleicht darüber nachgedacht, ob sie lügen solle, nur um den Anzug zu verkaufen, aber zwei Stunden Einkaufsschlacht hatten ihr die Laune verdorben. Außerdem sah das arme Kind aus, als sei es von einem Plastikgorilla gefressen worden. Sie konnte es ihm einfach nicht antun.
Die Mutter warf ihr einen wütenden Blick zu. »*So* schlecht sieht er doch nun auch wieder nicht aus, oder?«
Es war klar, was Carolyn hätte antworten sollen, aber sie blieb bei ihrer Meinung. »Ich wünschte, ich könnte etwas Positives darüber sagen, aber er ist wirklich viel zu groß.«
Der Junge erkannte seine Chance. »Siehst du, Mom«, jammerte er. »Mit dem Ding sehe ich aus wie ein Idiot. Ich mag sowieso nicht zu dieser blöden Hochzeit.«
Die Mutter maß Carolyn mit einem vernichtenden Blick, aber sie gab nach. »Also gut, dann probier den grauen an.«
»Mom!«
»Michael, tu was ich dir sage«, befahl sie. »Und widersprich mir nicht.«
Der Junge stampfte mit dem Fuß auf, dann zerrte er den grauen Anzug vom Kleiderbügel und schleifte ihn in die Umkleidekabine. »Ich hasse Hochzeiten«, schnaubte er, bevor er verschwand.
Die Frau verschränkte die Arme und starrte Carolyn an. »Es würde Ihnen nicht schaden, wenn Sie mir ein bißchen helfen würden«, knurrte sie.
Carolyn lächelte so höflich, wie sie nur konnte. »Es tut mir leid,

aber es wäre Kindesmißhandlung, ihn mit diesem Anzug loszuschicken.«
»Gibt es hier ein Problem?« Plötzlich stand Phyllis Bly neben ihnen.
»Sagen wir es so: Die Hilfe dieser Verkäuferin ist nicht besonders hilfreich«, petzte Michaels Mutter.
»Das tut mir leid«, sagte Phyllis. Als Managerin befand sie sich ununterbrochen im Krieg mit ihren Angestellten, und der Blick, den sie Carolyn zuwarf, besagte, daß sie für später Schlimmes zu erwarten hatte. »Nun gut, es ist mir ein Vergnügen, Sie weiter zu bedienen.«
»Wie bitte?« Carolyn war verblüfft – nicht darüber, daß Phyllis verärgert war, sondern darüber, daß sie tatsächlich ihre Arbeit übernehmen wollte.
»Sie werden am Telefon verlangt«, erklärte Phyllis. »Ihr Mann, und er sagt, es ist wichtig.«
Als Phyllis das Kaufhaus in Phoenix übernommen hatte, war es ihre erste Tat gewesen, die Telefone in den einzelnen Abteilungen abzuschalten. Jetzt gingen alle Anrufe an die Abteilung für Kundenservice, und Telefongespräche nach draußen konnten nur noch von den drei Münztelefonen im Aufenthaltsraum für die Angestellten geführt werden.
Carolyns Magen zog sich zusammen. Jake rief sie niemals bei der Arbeit an. Sie war überzeugt, daß mit Travis etwas los sein mußte. *Ich wußte doch, daß wir wegen seines Kopfes mit ihm zum Arzt hätten gehen müssen.* »O mein Gott«, stöhnte sie. »Ich komme so schnell wie möglich zurück.«
»Lassen Sie das nicht zur Gewohnheit werden«, rief Phyllis ihr nach.
Carolyn mußte sich beherrschen, um die Horden von Einkaufslustigen nicht beiseite zu stoßen, als sie sich zum Kundenservice am anderen Ende des Stockwerks durchdrängelte. Drei Minuten erschienen ihr wie zehn, als sie endlich am Counter anlangte und

über einen der Angestellten hinweg nach dem Telefon griff. »Jake?«

»Carolyn!« Seine Stimme klang dringlich, fast schon verzweifelt. »Wo warst du? Ich warte hier schon ...«

»Was ist mit Travis?«

»Was? Ach so. Dem geht es gut. Glaube ich jedenfalls. Hör zu ...«

»Gott sei Dank.« Die Erleichterung überflutete sie wie ein erfrischendes Bad, aber im nächsten Augenblick wurde sie wütend. »Warum rufst du mich dann an? Phyllis hat schon ...«

»Carolyn, hör mir endlich zu. Ich bin verhaftet worden.«

Sie nahm die Erregung in der Stimme ihres Mannes wahr – den Ton aus einer fernen Vergangenheit. Seine Worte waren wie ein Messer, das in ihre Seele schnitt. Ihr wurde schwindelig, und sie lehnte sich schwer auf den Counter. »O mein Gott«, keuchte sie. Es waren die einzigen Worte, die ihr einfielen. Lang unterdrückte Ängste erfaßten sie, und Panik brach wie eine riesige Welle über sie herein.

»Carolyn, hör mir endlich zu!« Es war ein geflüsterter Aufschrei, und es wurde ihr klar, daß er ihr etwas zu sagen hatte. Das Blut rauschte so stark in ihren Ohren, daß sie ihn kaum hören konnte.

»Du darfst jetzt nicht in Panik geraten, mein Schatz«, flüsterte er. Sein Ton wurde wieder ruhiger, als er merkte, daß sie nun aufmerksam zuhörte. »Paßt du jetzt auf?«

Sie nickte und achtete nicht auf die Tränen, die in ihre Augen traten. »Ja«, ächzte sie. »O mein Gott, Jake, was soll aus Travis werden?« Der Gedanke, daß ihr kleiner Junge von Fremden aufgezogen werden würde, war zuviel für sie. Wie sollte er das überleben, wenn seine Eltern ins Gefängnis kamen?

Plötzlich wurde ihr klar, daß die Leute um sie herum ihr zuhörten. Sie fuhr auf und warf einen nervösen Blick auf die Angestellten vom Kundenservice, die sich beeilten wegzusehen. Was hatte sie laut gesagt, und was hatte sie nur gedacht? Wieviel konnten sie

wissen? Mit Entsetzen dachte sie an die Überwachungskamera über ihren Köpfen, und sie drehte ihr den Rücken zu.
»Ich bin jetzt in der Polizeistation«, sagte Jake, so ruhig er konnte. »Sie halten mich wegen einer blödsinnigen Anzeige wegen Widerstands gegen die Staatsgewalt fest, aber ich glaube, daß Lucas Banks sie dazu überreden kann, mich laufenzulassen.«
Jakes ruhige Worte machten den entsetzlichen Bildern ein Ende, die in Carolyns Kopf herumwirbelten. Er versuchte, ihr etwas mitzuteilen, ohne es auszusprechen, aber in ihrem Schrecken hatte sie ihn nicht verstanden. Sie riß sich zusammen und versuchte alle überflüssigen Gedanken zu verbannen. Sie hatten einen Plan für diesen Augenblick gemacht, sie hatten ihn sogar geübt, obwohl schon seit einiger Zeit nicht mehr. Sie hatte alles im Kopf, aber es fiel ihr schwer, es sich wieder zu vergegenwärtigen.
»Entschuldige, Jake«, sagte sie und gewann langsam ihre Selbstbeherrschung zurück. »Sag das bitte noch einmal.«
Diesmal hörte sie ein Lächeln in seiner Stimme. Er wußte, daß sie nun wissen würde, was sie zu tun hatte. »Ich sagte, daß ich wegen Widerstands gegen die Staatsgewalt festgehalten werde, daß ich aber glaube, daß sie mich laufenlassen werden.«
Eine endlose Liste von Fragen drohte Carolyns Gehirn zu paralysieren, aber sie schob sie beiseite. Jetzt kam es nur auf eines an. »Bist du wegen irgendwas angeklagt?« Diese Frage ließ einige Köpfe herumfahren.
»Ja, aber nur wegen des Widerstands. Sie haben mir schon die Fingerabdrücke abgenommen, aber Lucas Banks sagt, daß sie mich demnächst entlassen werden. Auf schriftliche Anerkennung des Sachverhalts hin, wenn er sich durchsetzen kann.«
Das ergab zwar keinen Sinn, aber sie wußte, daß Jake unter diesen Umständen nichts Verkehrtes sagen würde. Sie hatte keine Ahnung, wer Lucas Banks war und warum er Jake half, aber das war jetzt egal. Jetzt mußten sie kämpfen oder fliehen.

»Du wirst also nach Hause kommen?« fragte sie. Sie achtete jetzt genau auf jedes Wort, das sie sprach.
»Mach einfach mit deinem ganz normalen Tagesablauf weiter. Ich werde mich dir dann anschließen.«
»Mit meinem normalen Tagesablauf?« Jake konnte offensichtlich nicht reden, aber sie wollte sichergehen.
»Ja. Du weißt schon. Tu einfach, was du schon immer für diesen Tag geplant hattest.«
Verstanden. Das sagte sie nicht. »Und du?«
»Tu, was du tun mußt«, drängte er. »Und wenn ich hier noch länger aufgehalten werde und nicht zu dir kommen kann, wirst du vielleicht ein paar Sachen für mich abholen müssen. Du weißt schon, was.«
Und das war's. Der Alptraum hatte begonnen. Ihr war übel, und einen Augenblick lang fürchtete sie, sie würde sich übergeben, direkt auf den orangefarbenen Kittel des Kundendienstmannes vor ihr. Es gab nichts mehr zu sagen, und sie zögerte einen Augenblick, bevor sie auflegte. »Jake?« sagte sie sanft.
»Ja, ich weiß«, antwortete er. »Ich liebe dich auch.«

Alle starrten sie an. Nicht nur die Angestellten vom Kundenservice – und die hatten weiß Gott ein Recht dazu –, sondern auch die Kunden. Irgendwie wußten alle Bescheid. War das denn überhaupt möglich?
Natürlich nicht. Du fängst nur an, paranoid zu werden.
Wieder spürte sie die Panik in den Eingeweiden, aber sie unterdrückte sie mit aller Kraft. Sie konnte keinen Gedanken mehr fassen. Sie mußte tausend Dinge tun, aber sie konnte sich an nichts erinnern.
Ein Schritt nach dem anderen, sagte sie sich. *Schritt Nummer eins: Mach, daß du hier rauskommst.*
Wo war ihre Handtasche? In ihrer Eile, ans Telefon zu kommen, hatte sie sie in der Schublade unter der Kasse gelassen. Sie über-

legte, ob sie sie einfach dort lassen sollte, aber dann fiel ihr ein, daß ihre Autoschlüssel sich darin befanden.

Allmählich erinnerte sie sich wieder an den Plan. Als erstes mußte sie Travis aus der Schule holen, dann …

»O mein Gott!« flüsterte sie. Der Ausflug! Carolyn beschleunigte ihre Schritte. O Gott … O Gott …

Es gab eine Möglichkeit, das alles zu schaffen; es mußte eine geben. Nichts lief nach Plan – gar nichts. Aber das machte nichts, solange sie nicht die Nerven verloren. Sie mußte nur die Reihenfolge ein bißchen ändern. Sie hatte genug Zeit zum Nachdenken. Reichlich Zeit. Gut, aber warum konnte sie dann ihr Gehirn einfach nicht zum Denken bewegen?

»Wo sind Sie so lange gewesen?« schnauzte Phyllis, als Carolyn wieder an ihrem Arbeitsplatz ankam. »Ich hoffe, Sie haben Ihrem Mann gesagt, daß dies ein Platz zum Arbeiten ist und nicht zum … Was soll das?«

Carolyn schob Phyllis von der Kasse weg und holte ihre Handtasche aus der Schublade.

»Sie haben jetzt keine Pause!« sagte Phyllis. »Machen Sie sofort weiter.« Einige Kunden wurden aufmerksam.

Carolyn sagte kein Wort. In Gedanken durchlebte sie noch einmal die Schrecken der Vergangenheit, und sie fragte sich, wie dies nur wieder hatte passieren können.

Ihr Fluchtplan kreiste um einen einzigen Punkt: zuerst die Familie, um jeden Preis. Alles andere kam an zweiter Stelle. Carolyns erste Aufgabe war es also, ihren Sohn aus der Schule zu holen. Selbst ohne Jake konnten sie und Travis entkommen. Jake wußte immer eine Möglichkeit – in diesen Dingen war er geradezu brillant. Wenn er nicht zu ihrem ersten Treffpunkt kommen konnte, würde er irgendeine Möglichkeit finden, zu ihnen zu stoßen. Aber Travis war noch ein Junge. Er hatte keine Ahnung, was ihm bevorstand. Für ihn mußte man sorgen, ihn führen und beschützen.

Dieser verdammte Schulausflug.

Wenn die Familie zusammen war, war es die nächste Priorität, sich die zum Überleben unentbehrlichen Dinge zu sichern. Da, wo sie hinwollten, würde das Leben ziemlich hart sein. Sie schauderte bei dem Gedanken an ihr früheres Leben im Untergrund, als sie lernen mußten, spurlos zu verschwinden und in sicheren Häusern Zuflucht zu suchen, die »Geschäftspartnern« ihres Onkels Harry gehörten.

Damals hatten sie eine Menge über das Überleben gelernt. Ein kleines Frettchen von einem Mann, der sich Lanford »Lanny« Skiles nannte, hatte sie die Kunst des Verschwindens gelehrt. Lanny, ein gerissener Betrüger und Fälscher, hatte tagelang daran gearbeitet, alles an ihnen zu verändern – alles, was nicht wirklich faßbar war. Eine neue Ausdrucksweise, neue Lieblingsspeisen, neue Träume, neue Ängste, alles wurde ihnen so intensiv eingedrillt, daß die Wirklichkeit vor ihren Augen verschwamm.

So waren aus Jake und Carolyn Donovan schließlich Jake und Carolyn Brighton geworden. Die Vornamen hatte man ihnen gelassen, weil die Erfahrung lehrte, daß es eine zu tief eingewurzelte Gewohnheit war, darauf zu reagieren. Gleich zu Beginn hatte Jake vorgeschlagen, das Land zu verlassen, aber Lanny hatte nein gesagt. Nein, zum Teufel, ganz bestimmt nicht. Um das Land zu verlassen, brauchte man Pässe, und um die zu bekommen, waren Geburtsurkunden nötig. Die Fotos würden genauer untersucht werden, und das FBI würde zusätzliche Hilfe von den Untersuchungsbeamten des State Department erhalten. Jeder weitere Schritt, jedes Eingreifen weiterer Behörden würde die Wahrscheinlichkeit aufzufliegen vergrößern. »In einem Land, in dem ihr euch auskennt, seid ihr besser dran«, hatte das Frettchen beharrt. »Was natürlich nicht bedeutet, daß ihr in eure alten Jagdgründe zurückkehren sollt. Im Gegenteil, jeden Ort, an dem ihr schon einmal wart, müßt ihr meiden wie die Pest. Und kommt ja

nicht auf die Idee, alte Bekannte anzurufen. Wenn ihr das tut, ist es aus mit euch.«
Carolyn war aufgefallen, daß er den Namen Donovan in ihrer Gegenwart niemals ausgesprochen hatte. Wenn zwischen ihrer alten und ihrer neuen Identität unterschieden werden mußte, sagte er jedesmal: »Damals, als es euch noch gab.«
Es gab jedoch einige Eigenschaften, die nicht, oder wenigstens nicht sofort, geändert werden konnten, und die blieben die schwächsten Glieder der Kette. Dazu gehörten zum Beispiel Größe, Gewicht und Fingerabdrücke, wobei Größe und Gewicht sich im Laufe der Jahre durch das Alter ändern würden. Immer schon hatten Gesetzesbrecher versucht, ihre Fingerabdrücke zu ändern, aber ohne jeden Erfolg. Das einzige Ergebnis eines solchen Versuchs waren Schmerzen und Narben, die mehr Aufmerksamkeit erregten als die Fingerabdrücke selbst.
Die Kunst des Verschwindens bestand hauptsächlich darin, so normal zu sein, daß niemand auf die Idee kam, Fragen zu stellen. »Ihr müßt genau so leben wie Herr und Frau Smith oder Miller«, hatte Lanny ihnen tausendmal gesagt. »Keine auffallende Kleidung, keine teuren Sachen.« Abgesehen davon konnten sie sich sowieso nichts Teures leisten.
Und natürlich keine Kinder.
Nun, daran hatten sie sich nicht gehalten. Travis war ein Unfall, aber als es erst einmal passiert war, hatten sie ihn als ein Geschenk Gottes betrachtet. In einer Welt von Betrug und Kummer war er ihre einzige Quelle für Freude und Stolz. Carolyn schauderte bei dem Gedanken, was Lanny dazu sagen würde, wenn er die Wahrheit erfuhr.
Aber für solche Gedanken hatte sie jetzt keine Zeit, ermahnte sie sich, als sie sich an das Steuer ihres Celica setzte. Jetzt mußte sie sich erst einmal auf die notwendigsten Dinge konzentrieren: Werkzeug, Waffen, Nahrung und Kleidung. Alle diese Dinge lagen an ihrem Startpunkt fertig gepackt bereit. Sie fragte sich nur,

ob sie noch Zeit haben würde, sie abzuholen. Auch in ihrem Wohnwagen lagen Vorräte bereit, in Taschen verpackt und in einen Schrank eingeschlossen. Aber sie wagte es nicht, zu der einzigen Adresse zurückzukehren, die die Polizei kennen konnte. Diese Sachen waren für immer verloren. In eklatanter Verletzung des Grundsatzes, niemals verschiedene Identitäten miteinander zu vermischen, hatte sie ein paar alte Fotos in diese Taschen geschmuggelt, dazu Travis' Lieblingsteddybär aus vergangenen Tagen. Es tat weh, das alles zurückzulassen.

Jede Sekunde, die verging, erhöhte das Risiko, aber wenn es sein mußte, waren sie bereit, es mit nichts als der Familie und den Kleidern am Leibe zu versuchen. Alles andere war entbehrlich. Alles außer Geld. Jake hatte sich immer damit gebrüstet, daß sie sich im Notfall immer Geld verschaffen könnten. Aber Carolyn wußte ebensogut wie er selbst, daß er niemals in der Lage war, das Leben irgendeines Angestellten aufs Spiel zu setzen, nur wegen des Geldes in seiner Kasse. Selbst in den allerverzweifeltsten Situationen hatte er niemals so etwas getan. Der Plan erforderte, daß Carolyn zur Bank ging – der heikelste Teil der Vorbereitungen. Banken waren etwas Besonderes, hochgradig gesichert und mit Leuten bevölkert, die dafür bezahlt wurden, paranoid zu sein. Man wurde überall fotografiert, und man konnte nie wissen, wie genau und von wem diese Fotos überprüft wurden. Aber heute mußte sie es riskieren.

Die Fahrt dauerte eine halbe Stunde, volle zehn Minuten länger, als sie angenommen hatte. Obwohl die Parkplätze direkt vor der Bank frei waren, stellte sie den Celica am anderen Ende des Parkplatzes ab. Die Möglichkeit einer schnellen Flucht erschien ihr weniger wichtig als der Vorteil, im mittäglichen Einkaufsverkehr unterzutauchen. Das letzte, was sie brauchen konnte, war, daß ein Sicherheitsbeamter sagen konnte: »Ja, ich habe gesehen, wie die Dame in einen silbernen Celica stieg.«

Sie stellte den Motor ab, und plötzlich begann ihr Herz so wild zu klopfen, daß sie es hören konnte. »Ruhe bewahren«, sagte sie laut. Sie atmete tief ein, hielt die Luft an und atmete wieder aus. »Du schaffst es.« Sie richtete sich auf, prüfte ihre Frisur im Spiegel und stieg aus dem Auto. Sie ging den überdachten Bürgersteig dieser alltäglich aussehenden kleinen Einkaufsstraße entlang und versuchte dabei, sich so normal wie möglich zu betragen. Sie wußte, daß sie mit ihren sechsunddreißig Jahren attraktiv war, in ihren engen Jeans, mit ihren kurzgeschnittenen schwarzen Haaren und den onyxfarbenen Augen, und in ihrem raschen, leichten Gang kam das auch zum Ausdruck. Ein paar junge Burschen, die ihr entgegenkamen, verdrehten im Vorbeigehen die Köpfe und sahen ihr nach. Normalerweise fand sie so etwas nett, aber heute wäre sie lieber unsichtbar gewesen, und sie gab sich noch größere Mühe, unauffällig zu sein.

Sie war schon fast bei der Bank angekommen, als sie plötzlich stehenblieb. *Ich habe nichts, wo ich das Geld hineintun kann.* Nach ihrem ursprünglichen Plan hätte sie eine häßliche, übergroße Handtasche von zu Hause mitbringen sollen, aber die war mit den anderen Taschen zusammen im Schrank verstaut. Das kleine Handtäschchen, das über ihrer Schulter hing, war kaum groß genug für ihre Geldbörse und ihre Schlüssel. Nicht einmal ihre Sonnenbrille paßte hinein. Ihr Magen begann zu flattern. *Du mußt dir schnellstens was einfallen lassen.*

Die Einkaufsstraße!

Sie drehte sich abrupt um, ging ein Stück weit zurück und trat durch die automatische Tür in den Supermarkt.

»Entschuldigen Sie bitte«, sagte sie und ging auf die erste Kasse zu.

Eine hagere, grauhaarige Frau mit ungesunder Gesichtsfarbe wandte sich ihr zu. Außer Carolyn stand niemand vor der Kasse, und die Frau schien froh zu sein, mit jemandem reden zu können. »Guten Tag.«

Der fröhliche Gruß überraschte Carolyn. »Äh, guten Tag.« Sie versuchte, ebenso fröhlich zu wirken, aber es gelang ihr nicht ganz. »Könnten Sie mir vielleicht einen Gefallen tun?«

»Ich will's versuchen.«

Carolyn versuchte zu lächeln und die Frau anzusehen, aber sie konnte nicht verhindern, daß ihre Augen beständig hin und her wanderten. Sie fühlte sich so exponiert. »Ich weiß nicht, ob das erlaubt ist«, begann sie und merkte, daß ihre Stimme unnatürlich schwankte. »Könnten Sie mir wohl eine Einkaufstüte geben?«

Die Frau schien nicht Ungewöhnliches dabei zu finden. »Natürlich«, sagte sie und griff in ein Fach unter der Kasse. »Plastik oder Papier?«

Carolyn grinste. »Papier, bitte.«

Die örtliche Zweigstelle der Phoenix Bank war nichts Besonderes – eine kleine Vorstadtbank, die von den hier ansässigen Familien und Dienstleistungsbetrieben benutzt wurde. Jake war der Meinung, daß es bei einer kleineren Bank weniger Regeln und Vorschriften gab, die man beachten mußte. Passend zu ihrer Kundschaft verzichtete die Bank auf alle Pracht. Es war eine Bank für die arbeitende Bevölkerung, für die geflieste Böden, Neonbeleuchtung und hölzerne Schalter genau richtig waren.

Die Schalterhalle war so voll wie immer um die Mittagszeit. Carolyn saß auf einem Kunstledersessel und wartete so geduldig, wie sie es fertigbrachte. Die Bankvorschriften verboten es den Schalterbeamten, Kunden mit Schließfächern zu bedienen. Das war die Domäne des Managers und seiner Assistenten. Ihr herausgehobener Status war durch kleine Schreibtische in einer mit Teppichboden belegten Ecke gekennzeichnet, die durch schulterhohe Glaswände voneinander getrennt waren. All diese Erwählten waren mit anderen Kunden beschäftigt, meistens mit jungen Ehepaaren, die sich mit dümmlichem Gesichtsausdruck um Kredite bewarben, von denen sie nicht wußten, ob sie sie sich leisten konnten.

Während der zehn Minuten, die Carolyn zu warten hatte, sah sie wenigstens zwanzigmal auf die Uhr. *Jede Sekunde vergrößert das Risiko.* Sie merkte nicht, daß sie ständig mit dem Absatz auf den Boden klopfte. *Warum dauert das nur so lange?*

Wie auf Kommando waren alle Gespräche gleichzeitig zu Ende, und die Angestellten an den Schreibtischen winkten die nächste Welle heran.

Ein kräftiger junger Mann mit blauem Anzug und ebenso blauen Augen streckte Carolyn die Hand entgegen. »Hi«, sagte er lächelnd. »Ich heiße Jeff. Was kann ich für Sie tun?«

Seine Stimme war so weich und sein Lächeln so ehrlich, daß Carolyn sich fragte, wie viele hübsche junge Frauen wohl schon unter diesem Blick dahingeschmolzen waren. Vor fünfzehn Jahren hätte ihr das auch passieren können, aber heute hatte sie es zu eilig, und ihre Stimme brachte das auch zum Ausdruck.

»Ich muß an mein Schließfach«, sagte sie und reichte ihm ihren Schlüssel.

Jeffs freundliches Lächeln wurde geschäftsmäßig, verschwand aber nicht ganz. »Ja, Ma'am.« Er ging für ein paar Sekunden weg und kam mit einem zweiten Schlüssel und einer Karte zurück. »Bitte sehr«, sagte Jeff. »Sie müssen hier unterschreiben.«

Carolyn schrieb ihren Namen auf die Karte, und Jeff verglich die Unterschrift mit der, die der Bank vorlag. »Das ist Ihr erster Besuch seit fünf Monaten«, bemerkte er.

Carolyn warf ihm einen Blick zu, der ihn die Bemerkung augenblicklich bereuen ließ. »Es tut mir leid, Mrs. Brighton. Es geht mich nichts an.«

Carolyn sagte nichts, aber ihr Blick besagte, daß sie ganz seiner Meinung war.

Zusammen gingen sie zu den Schließfächern, und Jeff benutzte eine Leiter, um das Fach der Brightons zu erreichen. Er öffnete die Tür, zog einen langen, schwarzen Metallkasten heraus und reichte ihn ihr hinunter. Carolyn wußte, daß er gerne eine Bemer-

kung über das Gewicht des Kastens gemacht hätte, sie aber wohlweislich für sich behielt.
»Ich nehme an, daß Sie einen abgeschlossenen Raum brauchen?«
Carolyn lächelte geduldig. »Ja bitte.«
Jeff führte sie zu einer kleinen Kabine und öffnete ihr die Tür. »Lassen Sie sich Zeit«, sagte er.
»Danke.«
Carolyn schloß die Tür hinter sich ab, und nachdem sie sich überzeugt hatte, daß keine Überwachungskamera im Raum war, öffnete sie den Kasten. Sie lächelte. Da lagen zweiundsechzigtausend Dollar in bar. Sie hatte ganz vergessen, wie so viel Geld in Hundertdollarnoten aussah. Sie zog die Einkaufstüte unter ihrer Jacke heraus, und als sie die gebündelten Scheine hineinstopfte, versuchte sie, nicht darüber nachzudenken, wieviel Zinsen dieses Geld im Laufe der Jahre hätte einbringen können, wenn sie es vernünftig hätten anlegen können. Auch das war ein Gesetz für ein Leben auf der Flucht. Diese Summe mußte jederzeit in bar verfügbar sein. Wann immer der Tag kam, an dem die Brightons ihr Geld benötigten, brauchten sie es augenblicklich. Sie hätten es vielleicht auch zu Hause aufheben können – zeitweise hatten sie das auch getan, aber nicht hier in Phoenix. Farm Meadows war in Einbrecherkreisen ein so beliebtes Ziel, daß viele von Carolyns Nachbarn ihre Wohnwagen untertags gar nicht mehr absperrten, um wenigstens Fenster und Türen vor Zerstörung zu bewahren. Außerdem kam es in einer Wohnwagensiedlung auch relativ häufig zu Bränden. Alles in allem schien das Schließfach die vernünftigste Lösung zu sein.
Carolyn war sich nicht sicher, ob die Einkaufstüte groß genug sein würde. Sie schien sich schneller zu füllen, als der Kasten leer wurde. Außerdem war das Geld auch wesentlich schwerer, als sie erwartet hatte.
Was war das? Unter den letzten Banknoten lag eine Pistole: ein

kleines Ding, kaum größer als ihre Hand. Sie konnte sich nicht erinnern, daß das ein Bestandteil ihres Plans war, aber sie überließ es Jake, an alles zu denken. Sie nahm das Magazin aus dem Griff und sah hinein. Voll geladen. Als ob daran ein Zweifel gewesen wäre. Sie zog den Schlitten zurück und fand eine weitere Patrone in der Kammer. Jake dachte wirklich an alles. Er mußte sich eine Situation vorgestellt haben, in der mehr als Worte nötig sein würde, um zu ihrem Startpunkt zu gelangen, und er wollte, daß sie auf alles vorbereitet war. Zum hundertsten Mal fragte sie sich, ob sie je den Mut aufbringen würde, einen Schuß abzugeben, dann schob sie den Gedanken beiseite und konzentrierte sich auf den nächsten Schritt.

Jeder Kubikzentimeter Raum in der Papiertüte war nun mit Hundertdollarnoten ausgefüllt, aber wenigstens hatten alle hineingepaßt. Sie konnte die Tüte gerade noch oben zusammenfalten. Sie steckte die Pistole in die Jackentasche, klemmte die Tüte unter den linken, den Kasten unter den rechten Arm und öffnete die Tür, um bei Jeff ihren Schlüssel abzuholen.

»Carolyn«, dröhnte eine Frauenstimme. Ihre nächste Nachbarin, Mary Barnett, begrüßte sie, als hätten sie sich seit Jahren nicht gesehen. »Wie wunderbar, dich zu sehen!«

O Gott. »Hi, Mary. Wie geht es dir?« Sie winkte Jeff zu. Der nickte zurück, wurde jedoch am Telefon festgehalten.

»Gesund und munter«, gab Mary lautstark zurück. »Aber wie geht es dem kleinen Travis? Gestern abend sah er ja furchtbar aus.«

Das hat mir gerade noch gefehlt.

Wenn Mrs. Barnett nur ein Fünftel der Energie, die sie in die Angelegenheiten anderer investierte, für eine vernünftige eigene Tätigkeit aufwenden würde, könnte sie Millionärin sein. »Oh, es geht ihm gut«, sagte Carolyn, die mit Erleichterung sah, daß Jeff den Hörer auflegte.

»Ich habe nicht gesehen, daß ihr ihn zum Arzt gebracht habt«, sagte Mrs. Barnett vorwurfsvoll.

Carolyn beachtete sie nicht. Statt dessen wandte sie sich an Jeff und reichte ihm den Kasten.
Er ging in den Schließfachraum und kam zwanzig Sekunden später mit ihrem Schlüssel zurück. »Vielen Dank, Mrs. Brighton«, sagte er ernsthaft.
Mrs. Barnett lief, ununterbrochen plappernd, hinter Carolyn her zur Tür. »Da hast du aber eine dicke Tüte. Du hast doch nicht etwa die Bank ausgeraubt?« Sie kicherte über ihren kleinen Scherz, bis Carolyn sie mit einem eisigen Blick zum Schweigen brachte. »Ach du lieber Gott, Carolyn«, entschuldigte sie sich. »Jetzt habe ich dich beleidigt.«
Carolyn lächelte wenig überzeugend und schüttelte den Kopf. »Aber nein, überhaupt nicht«, sagte sie. »Ich bin wohl nur ein bißchen müde.«
Mrs. Barnett lächelte zurück, aber ihre gewohnte gute Laune war verflogen. »So muß es wohl sein«, sagte sie. »Ich verstehe das.«
Carolyn hätte sich ohrfeigen können. Das Problem mit Leuten, die sich in alles einmischten, war, daß sie ein feines Gespür für die menschliche Natur hatten. Mrs. Barnett merkte offensichtlich ganz genau, daß etwas nicht in Ordnung war. Noch ein Nagel für den Sarg.
Als sie zu ihrem Celica zurückeilte, aber nicht rannte, sah Carolyn auf die Uhr. Zwölf Uhr achtundvierzig. Sie fluchte leise. *Jede Sekunde …*

Kapitel 3

Der Polizeichef von Phoenix, Peter Sherwood, hatte viel zuviel Verwaltungskram zu erledigen, als daß er sich noch länger auf diesen unsinnigen Streit einlassen mochte. Wenn Lucas Banks sagte, daß dieser Brighton in Ordnung war, dann war er in Ordnung. Er hatte oft genug gesehen, wie Lucas vor Gericht auftrat, er wußte, wann Lucas den Verteidigungsanwalt spielte und wann nicht. Manchmal ging es darum, zu gewinnen oder zu verlieren. Aber manchmal ging es auch ganz einfach um Gerechtigkeit. Und soweit Sherwood sehen konnte, war an dem, was Lucas vorbrachte, etwas dran.

Unter normalen Umständen hätte er Brighton längst entlassen. Aber unglücklicherweise war dies ein Fall des FBI, und die Beamtin, die den Einsatz geleitet hatte, spielte ihre Rolle als Ekel bis zum Exzeß. Was hatte das FBI nur an sich, das den Umgang mit ihm so entsetzlich schwierig machte? Bei der DEA und dem Secret Service gab es weiß Gott genügend riesige Egos, aber sie gaben wenigstens vor, die Adler auf Sherwoods Kragen zu respektieren. Die Beamten vom FBI dagegen schienen der Meinung zu sein, daß jeder, mit dem sie es zu tun hatten, entweder ein Idiot oder ein Verbrecher war.

Diese Dame Rivers war ein Fall für sich. Als Sherwood schon seinen ersten Verbrecher festnahm, ging sie vermutlich gerade mal in die erste Klasse. Sie war ein arrogantes Biest und schien sich für Gott selbst zu halten. Sie mochte etwa vierzig Jahre alt sein und war anscheinend der Meinung, sie habe die ganze Welt gepachtet. Sherwood hatte das dringende Bedürfnis, sie am Spieß zu braten. Aber aus Rücksicht auf Lucas und seinen Klienten spielte er den Friedensstifter.

»Wir haben das alles doch schon zweimal durchgesprochen, Irene«, sagte Lucas mit gespieltem Gleichmut. Er mußte sich zwingen, mit übergeschlagenen Beinen ruhig auf dem kunstledernen Besuchersessel sitzen zu bleiben, wobei er sich damit abreagierte, Zettel aus einem Kasten auf Sherwoods Schreibtisch zu strangulieren. »Brighton ist weder für Sie noch für sonst jemanden eine Bedrohung. Er übt hier einen Beruf aus, und er hat eine Familie. Was sollen Sie von ihm?«
Rivers räkelte sich im zweiten Besuchersessel. »Sie haben recht. Wir haben das wirklich schon zweimal durchgekaut – dreimal sogar. Und er ist ein Freund von Ihnen. Das habe ich genau begriffen. Das Problem ist, Herr Rechtsanwalt, daß Sie die Tatsache, daß er eine Pistole gegen mich gezogen hat, einfach nicht zur Kenntnis nehmen.«
»Blödsinn!« Da war es heraus. Ohne nachzudenken beugte Lucas sich vor und knallte einen ermordeten Zettel auf die polierte Schreibtischplatte, so daß Sherwood dem Querschläger ausweichen mußte. Lucas wußte, daß es ein Fehler war, laut zu werden, aber jetzt war der Teufel schon aus der Flasche heraus. »Er hat die Pistole nicht gegen Sie gezogen. Er hat sie gegen eine wilde Horde mit Maschinenpistolen gezogen. Lieber Gott, Sie haben doch selbst gesagt, daß er sie nicht auf Sie gerichtet hat. Was, zur Hölle, würden *Sie* denn tun, wenn ein Schwarm von Terroristen Ihr Büro stürmen würde?«
Rivers schüttelte den Kopf. »Ich bin kein Terrorist. Ich bin Bundesbeamtin. Außerdem gefiel mir sein Gesichtsausdruck nicht. Ich weiß, daß er nicht geschossen hat, aber ich bin mir verdammt sicher, daß er nahe daran war.«
»Lieber Gott. Jetzt können Sie auch noch Gedanken lesen!«
Es war höchste Zeit, daß Sherwood eingriff, bevor Lucas sie endgültig vor den Kopf stieß. »Kommen Sie, Irene. Ich kenne Lucas, seit wir Kinder waren. Wenn er sagt, daß der Mann in Ordnung ist, dann können Sie ihm das glauben. Mißverstehen Sie mich

nicht. In einer Gerichtsverhandlung würde er Sie zur Schnecke machen. Er ist schließlich Rechtsanwalt. Aber dies hier ist keine Gerichtsverhandlung. Sie haben doch noch nicht formell Anzeige erstattet.«

Sie kniff die Augen zusammen. Offensichtlich gefiel es ihr gar nicht, daß die beiden als Team gegen sie auftraten. »Warum ist Ihnen dieser Mann so wichtig?«

Sherwood hob die Augenbrauen und überließ die Antwort dem Rechtsanwalt.

Lucas zuckte die Achseln. »Er hat mir einen Gefallen getan. Er hat sich wirklich darum bemüht, daß mein Auto noch vor dem Urlaub repariert wurde. Ich schulde ihm etwas.«

Sie warf die Hände in die Luft. »So ist das also«, sagte sie spöttisch. »Er repariert eine Beule an Ihrem Auto, und ich soll dafür über ein Verbrechen hinwegsehen? Das ist vielleicht ein Geschäft!«

»Was für ein Verbrechen?« fragte Lucas wieder. »Lieber Himmel, Irene, es ist doch vollkommen klar. Er wußte nicht, daß ihr Polizisten seid. Er sah die Maschinenpistolen und reagierte dementsprechend. Warum sehen Sie das nicht ein?« Er hatte den Eindruck, daß Irenes Entschlossenheit ein wenig ins Wanken geriet. Er dämpfte die Stimme und lehnte sich in seinem Stuhl zurück. »Sehen Sie, Sie kamen wegen einer Drogenrazzia, und die haben Sie durchgeführt. Nennen Sie's einen erfolgreichen Tag für die Justiz, und lassen Sie meinen Klienten laufen.«

Irene atmete tief ein und hielt ein paar Sekunden lang die Luft an, bevor sie wieder ausatmete. Als sie zu Sherwood aufsah, wußte Lucas, daß sie gewonnen hatten.

»Es ist ein Fehler«, sagte sie halb zu sich selbst. »Mein Gefühl sagt mir, daß es ein Fehler ist.«

»Nein, das ist es nicht«, versicherte Sherwood. »Es ist eine vernünftige Entscheidung.«

Sie seufzte wieder und stand auf. »Sie haben gewonnen«, sagte

sie und streckte die Hand aus. »Es ist ein Fehler, aber ich werde es tun.«
Lucas sprang auf und ergriff ihre Hand. »Agent Rivers, ich bin Ihnen sehr dankbar. Sie können mir glauben, Sie haben den richtigen Entschluß gefaßt.«
Zum ersten Mal, seit sie miteinander verhandelten, lächelte sie freundlich. »Das hoffe ich, Herr Rechtsanwalt«, sagte sie. »Das hoffe ich für uns alle.«

Jake versuchte, so gut er konnte, seine Stellung auf seinem hölzernen Stuhl zu verändern. Sein rechtes Handgelenk war an ein Stuhlbein gefesselt. Er hätte viel darum gegeben, den Arm über die Rückenlehne legen zu können, mehr noch für die Möglichkeit, aufzustehen und sich zu strecken. Das Polizeirevier war ein Wirrwarr von Schreibtischen und Stühlen, die mehr willkürlich verstreut als mit Vernunft angeordnet wirkten. Es wäre unmöglich gewesen, in gerader Linie von einem Ende des Raumes zum anderen zu gehen. Jede horizontale Fläche – einschließlich des Fußbodens – war mit Akten und Papieren übersät. Uniformierte Beamte und Detektive in Zivil kamen und gingen, traten auf die Papiere, stießen sie zur Seite oder nahmen gar keine Notiz davon. Jake, der in seinem eigenen Büro peinlich genau auf Ordnung achtete, wunderte sich, wie jemand in diesem schlechtbeleuchteten, verqualmten Loch überhaupt eine vernünftige Arbeit zustande bringen konnte.
Die Uhr an der Wand hinter ihm gab jedesmal ein summendes Geräusch von sich, wenn der Minutenzeiger vorwärts sprang. Während er versuchte, eine Stellung zu finden, in der sein Rücken etwas weniger verkrümmt war, suchten seine Augen zum hundertvierunddreißigsten Mal, seit man ihn hier hingesetzt hatte, die Uhr. Es war nun fast drei Stunden her, seit man ihm die Fingerabdrücke abgenommen und ihm gestattet hatte zu telefonieren. Seine Frist lief allmählich ab.

Er überlegte, wie lange Carolyn wohl auf ihn warten würde, bevor sie sich auf eigene Faust mit Travis auf den Weg machte. Einerseits hoffte er, daß sie bereits losgefahren war, andererseits wußte er, daß das nicht der Fall sein würde. Sie hatten zu viel miteinander durchgemacht. Sie würde bis zur letzten Minute warten, bevor sie ihn zurückließ, genauso wie er sie nicht im Stich lassen würde.

Aber es wurde immer später. Viertel nach eins. Selbst im schlimmsten Fall, den sie durchprobiert hatten, mußte sie inzwischen auch allein alles Notwendige erledigt haben. Das bedeutete, daß sie nun mit Travis am Startpunkt wartete und die Zeit totschlug, bis sie die Nerven verlor.

Wie auch immer, in den nächsten sechzig Minuten würde sich alles entscheiden. Mit Sicherheit hatte die Polizei seine Fingerabdrücke inzwischen an das FBI gefaxt. Wenn das Untersuchungsergebnis zurückkam, war es aus mit ihm. Mein Gott, dann könnte er noch von Glück sagen, wenn sie ihn nicht auf der Stelle erschossen. Andererseits schien Lucas Banks ehrlich verärgert zu sein, daß sie ihn überhaupt verhaftet hatten, und er tat sein Bestes, ihn loszueisen. Wenn Jake jemals den Wert von erstklassigem Kundenservice bezweifelt hatte, dann glaubte er ab heute von ganzem Herzen daran. Das Versprechen des Rechtsanwalts, ihn hier herauszuholen, war seine einzige Hoffnung.

Die Uhr tickte weiter. Um die Zeit zu überbrücken, überdachte Jake noch einmal sein Telefongespräch mit Carolyn und überlegte, ob er den Polizisten dabei irgendeinen Hinweis gegeben habe, der ihnen von Nutzen sein könnte. Er vermutete, daß das Gespräch auf Tonband aufgenommen worden war, und wenn nicht, hatten sie so nahe bei ihm gestanden, daß sie ihm fast auf die Füße traten. Carolyn hatte genau verstanden, was auf dem Spiel stand, und er war auch sicher, daß sie wußte, was sie zu tun hatte. Jedesmal, wenn er sich ihre Worte wiederholte, wuchs seine Zuversicht, daß sie sich nicht verraten hatten.

Endlich hörte er, daß die Tür zum Büro des Polizeichefs geöffnet wurde. Agent Rivers' Gesicht sah so grimmig aus, daß Jake nicht wußte, ob seine Prüfung nun vorbei war oder gerade erst anfing. Als jedoch Lucas hereinkam und ihm zulächelte und winkte, wußte er, daß er ein freier Mann war.

Er spürte, wie ihm das Blut ins Gesicht schoß und die Erregung ihn schwindelig machte. Er wollte nicht zu erleichtert aussehen, und so unterdrückte er das Grinsen, das sich auf seinem Gesicht ausbreiten wollte, und sah statt dessen besorgt drein.

»Machen Sie kein so trübes Gesicht, Jake«, sagte Lucas. »Sie können gehen.«

Jake gestattete sich ein schwaches Lächeln und sah Irene an, die ihn überhaupt nicht beachtete. Sie zog einen winzigen Schlüssel aus der Tasche und entfernte die Handschellen, erst vom Stuhlbein, dann von seinem Handgelenk. Als sie die Handschellen zusammenlegte und in die Jackentasche steckte, ermahnte sie ihren Ex-Gefangenen mit erhobenem Zeigefinger: »Richten Sie nie wieder eine Pistole auf mich! Verstanden?«

»Ja, Ma'am«, antwortete er und tat erschreckt. »Und vielen Dank für Ihr Verständnis.«

Sie maß Jake noch einmal mit einem kurzen Blick, nickte, drehte auf dem Absatz um und ging.

Jake wandte sich zu dem Rechtsanwalt um und schüttelte ihm warm die Hand. »Lucas, ich kann gar nicht sagen, wie dankbar ich Ihnen bin.« Mit Bedauern dachte er an das, was sein neuer Freund zum Dank für seine Rettungsaktion würde auszustehen haben. »Sie haben mir wirklich das Leben gerettet.«

Lucas lächelte breit und klopfte Jake auf die Schulter. »Nein, Jake«, scherzte er. »Agent Rivers ist diejenige, die Sie nicht erschossen hat. Ich habe lediglich Ihre Reputation gerettet.« Beide lachten.

Chief Sherwood mischte sich ins Gespräch und klopfte Jake auf die Schulter. »Entschuldigen Sie dieses Durcheinander«, sagte er

und gab Jake die Hand. »Ich bin Peter Sherwood, Chef der hiesigen Polizei. Dieser Mann hat für Sie gekämpft wie der Teufel. Ich bin versucht, mein Auto zu Schrott zu fahren, nur um es bei Ihnen reparieren zu lassen.«
Alle drei lachten. »Wir tun unser Bestes«, sagte Jake. Wieder summte die Uhr, und er stand hier herum und machte Konversation mit dem Polizeichef! »Jetzt habe ich es allerdings wirklich eilig. So nett es bei Ihnen war, ich muß jetzt gehen.«
»Ich werde Sie von einem Streifenwagen nach Hause oder in Ihr Geschäft fahren lassen«, bot Sherwood an.
Jake schüttelte lächelnd den Kopf. »Das ist nicht nötig. Ich kann ein Taxi nehmen.«
»Das werden Sie nicht tun«, gab Sherwood zurück. »Das ist nun doch das mindeste, was wir für Sie tun können.« Er rief einen der uniformierten Beamten zu sich. »Jason! Sie müssen Mr. Brighton nach Hause fahren.«
Jake hatte einen Knoten im Bauch. »Nein, wirklich nicht«, sagte er und hoffte, daß ihm die Stimme nicht versagte. »Sie müssen Verbrecher fangen. Ich möchte kein Hinderungsgrund sein.«
Sherwood beachtete seinen Protest nicht und ging. Es gab keinen Ausweg. Der nächstgelegene Ort, wo man ein Taxi bekommen konnte, war das Sears-Kaufhaus, und das war fast eine Meile weit entfernt. Niemand würde diese Strecke zu Fuß gehen, wenn er nicht mußte. Es sei denn, er hatte etwas zu verbergen. Er mußte sehr vorsichtig sein.
Jason war ein junger Mann. Auf seinem Namensschild stand Officer Slavka. Er trat fröhlich auf Jake zu und wirbelte den Autoschlüssel um den Zeigefinger. »Kommen Sie bitte mit mir, Sir?«
Jake trottete hinter dem jungen Beamten her aus dem Polizeibüro und winkte Lucas Banks noch einmal zu.

Bis zu Jakes Büro war es etwa eine halbe Stunde Fahrt. Es war völlig ausgeschlossen, daß er so lange in einem Streifenwagen

sitzen blieb. Der Startpunkt dagegen lag nur etwa zehn Minuten von der Polizeistation entfernt, selbst bei starkem Verkehr.
Entschuldigen Sie, Officer, aber würde es Ihnen etwas ausmachen, mich an einem Ort aussteigen zu lassen, von dem aus ich leichter entkommen kann?
Die Situation war so absurd, daß er lächeln mußte, obwohl er ängstlich das Funkgerät des Wagens im Auge behielt. Mit welchem Trick sollte er sich aus dieser Lage befreien?
Jahrelang hatten Carolyn und er Pläne für diesen Augenblick gemacht, für etwas, das sehr entfernt und unwahrscheinlich war. Sie hatten endlose Checklisten angelegt und für jede Möglichkeit eine eigene Lösung erdacht. Ihre sorgfältige Planung hatte ihre Furcht ein wenig erträglicher gemacht. Aber gerade dadurch waren sie nachlässig geworden. Seit Monaten hatte er den Fluchtwagen nicht mehr gewartet. Das Haus, das das Ziel ihrer Flucht sein sollte, hatte er seit mindestens einem Jahr nicht mehr besucht. Beides könnte unterdessen abgebrannt oder ausgeraubt worden sein. In einem Plan, der von hundert »Wenns« abhing, waren diese Nachlässigkeiten zu rechtfertigen gewesen. Es schien immer die Möglichkeit zu geben, das Versäumte nachzuholen. Aber jetzt, wo das Unwahrscheinliche Realität geworden war, wurden die Schwächen ihres Plans nur zu deutlich. Eigentlich müßte das FBI ihn längst identifiziert haben. Irgendein gleichgültiger mittlerer Beamter mußte unaufmerksam und schlampig gearbeitet haben. Was für eine Ironie. Trotz all ihrer Planung, ihrer heimlichen Reisen und Käufe, kam zum Schluß alles nur auf ein bißchen Glück an in diesem Spiel, in dem die Chancen hoffnungslos gegen sie standen. Und da saß er nun und fuhr in einem gottverdammten Streifenwagen spazieren.
Denk nach, Jake. Denk nach.
Als Jason den Wagen durch den Kreisverkehr an der Maple Avenue steuerte, sah Jake in der Ferne das fünfstöckige Gebäude des Krankenhauses auftauchen, und plötzlich hatte er eine Idee.

Kapitel 4

Zehn Monate im Jahr, montags bis freitags von zwölf bis vierzehn Uhr, verschob sich in Washington D. C. das Zentrum der Macht von den Hallen des Kapitols und den Bürogebäuden in eine Handvoll hochkarätiger Restaurants. Für Verabredungen mit Wohltätigkeitsorganisatoren, führenden Industriellen oder Sportassen, welche die üblichen Gesprächspartner beim Mittagessen waren, hießen die beliebtesten Treffpunkte in Washington Maison Blanche, Old Ebbitt Grill und Hay-Adams Hotel. In diesen Lokalen, wo sich die Presse ungehindert unter ihre Beute mischen konnte, waren die Spielregeln eindeutig. Über alles, was jemand zu irgend jemandem sagte – von der Begrüßung bis zur Frage nach den Toiletten –, wurde Bericht erstattet.

Diese öffentlichen Lokale boten ausgedehnte Möglichkeiten zu Recherchen für Klatschreporter; es waren Orte, an denen man gesehen wurde. Themen von Bedeutung wurden hier allerdings selten besprochen. Wirklich wichtige politische Gespräche erforderten Diskretion; dazu brauchte man einen Ort, an dem Sicherheit wichtiger war als die Qualität des Essens und an dem der Chef des Hauses wußte, wer von wem gesehen werden durfte. Eddie Bartholomew betrieb ein solches Lokal, das Smithville Restaurant in der Connecticut Avenue nahe dem Woodley Park. Im Laufe der Jahre war jeder, der etwas darstellte, auf dem Weg zu Größe oder Vergessenheit irgendwann einmal in Eddies Restaurant gelandet. Aber wenn man ihn nach einem Namen fragte, konnte Eddie sich an keinen einzigen erinnern. Die Wände des Smithville waren mit Ahornholz getäfelt, und wunderbare Landschaftsbilder von Constable nahmen die Plätze ein, die in den Elitelokalen für signierte Hochglanzfotos reserviert waren, auf

denen die Eigentümer die Hände irgendwelcher Berühmtheiten schüttelten.
Auf der ganzen Welt gab es nur zweihundertachtundsiebzig Personen, die sich einen Tisch im Smithville reservieren lassen konnten, und die zahlten dafür fünftausend Dollar im Jahr und mußten außerdem damit rechnen, gelegentlich abgewiesen zu werden. Es ging zum Beispiel nicht an, daß der demokratische Stabschef des Weißen Hauses mit seiner Geliebten zur gleichen Zeit speiste, zu der der republikanische Pressesprecher seine Freunde zum Essen einlud.
Eddie gab viel Geld dafür aus, sein Lokal täglich nach Abhörgeräten durchsuchen zu lassen, und jeder – wirklich jeder –, der hereinkam, mußte sich einer Untersuchung mit einem Metalldetektor unterwerfen. Gäste mit Bodyguards mußten sich am Eingang entscheiden. Entweder lieferten die Wächter am Empfang ihre Waffen ab, oder ihr Herr und Meister mußte ohne sie speisen. Eddie hatte schon vor langer Zeit die Erfahrung gemacht, daß es mit Feuerwaffen immer Ärger gab.
Reporter und Polizeibeamte waren *personae non gratae*; für sie war einfach niemals ein Tisch frei. Vor einigen Jahren hatte einmal ein Reporter der *Post* versucht, sich gewaltsam Eintritt zu verschaffen, um einen Blick auf die Gäste zu werfen. Der Chef hatte ihn aufgehalten, und auf der Treppe zum Eingang hatte sich der Reporter irgendwie beide Fußgelenke und ein Handgelenk gebrochen.
Im Augenblick sah sich Eddie vor eine schwierige Entscheidung gestellt. Clayton Albricht, Vorsitzender des Rechtsausschusses des Senats und seit geraumer Zeit ein hervorragender Kunde, der die Regeln sehr genau kannte, hatte dennoch den stellvertretenden Direktor des FBI, Peter Frankel, zum Essen ins Smithville eingeladen. Als die Neuigkeit, daß einer der führenden Polizeibeamten des Landes zum Essen kommen würde, die Küche erreichte, nahm sich eine ganze Reihe von Eddies Angestellten für diesen Tag frei.

Der Lokalbesitzer hatte versucht, seinen vom Verfolgungswahn geplagten Köchen und Tellerwäschern zu erklären, was Albricht ihm am Telefon versichert hatte – daß Frankels Besuch ganz und gar inoffiziell sei –, aber sie wollten nichts davon hören. Es kam jedoch noch schlimmer. Seinen eigenen Regeln im Umgang mit umstrittenen Gästen seiner Clubmitglieder folgend, hatte Eddie alle anderen, die an dem betreffenden Tag einen Tisch reserviert hatten, davon informiert, wer zu erwarten war, und fast ein Dutzend seiner Gäste hatte entweder die Reservierung zurückgenommen oder auf die Zeit nach vierzehn Uhr verlegt.

Eddie kam zu dem Ergebnis, daß Albricht sich durch jahrelange Treue das Recht verdient hatte, daß dieses eine Mal eine Ausnahme für ihn gemacht wurde. Was immer die Absicht des Senators sein mochte, Eddie hoffte, daß sie all die Umstände wert war. Jedenfalls war dies das erste und letzte Mal, daß er eine solche Belästigung dulden würde.

Wenn Clayton Albricht irgendwann einmal tatsächlich sterben würde, statt immer nur so auszusehen, als sei er kurz davor, würde zu den Hauptleidtragenden ganz sicher eine ganze Reihe von politischen Karikaturisten gehören. Der Senator war eine lebende Karikatur. Mit seiner straff gespannten, farblosen Haut und seiner mächtigen Hakennase, die selbst Dracula Ehre gemacht hätte, war er als jede nur denkbare Vogelart dargestellt worden, vom Adler über den Geier bis zum Kanarienvogel. Als eiserner Verfechter der Rechte und Pflichten des Individuums waren seine fünf Wahlperioden durch seine beständige und zuverlässige Gegnerschaft gegen jedes Programm gekennzeichnet, das diese einschränken wollte.

Opposition und Presse stellten ihn als Antisemiten, Homosexuellenverfolger und Frauenfeind dar, dem es Vergnügen bereitete, kleine Kinder in den Armen ihrer obdachlosen Großeltern Hungers sterben zu sehen. Albricht hatte sich schon seit langem eine dicke Haut zugelegt. Er beachtete den Hohn seiner Feinde nicht und konzentrierte sich auf die Nöte der einzigen Menschen, auf die es für ihn ankam – der Bewohner von Illinois. Für sie stand er für die grundlegenden Werte des mittleren Westens, für Christentum, Patriotismus und Fairneß. Die Tatsache, daß es ihm gelang, Bundesgelder in Milliardenhöhe in die Taschen seiner Wähler zu leiten, war nur der Zuckerguß auf dem Kuchen.

Alle Politiker hatten Feinde, aber Albrichts konservative Neigungen brachten ihm mehr davon ein als den anderen. Die von ihm bekämpften Interessenvertreter, die immer wieder erleben mußten, daß er ihre Pläne durchkreuzte, hatten mit jedem nur vorstellbaren Trick versucht, ihn vom Sockel zu stoßen. Aber das gehörte wohl zum Leben eines Politikers.

Von allen Verfolgungen, die er hatte ertragen müssen, waren die Ermittlungen durch drei Untersuchungsausschüsse die lästigsten und folgenschwersten gewesen. Wie Bauernhunde, die ein verwundetes Kätzchen verfolgten, hatten diese Kerle sein Leben auseinandergenommen und jedes geringste Vergehen und jede ihm unterstellte Indiskretion untersucht, die die Herren auf der anderen Seite des Ganges sich nur ausdenken konnten, um ihn zu entmachten. Zum Schluß war absolut nichts dabei herausgekommen.

Senator Albricht war niemals besonders rachsüchtig gewesen, aber er hatte es nicht fertiggebracht, diesen Schurken zu verzeihen. Seine politischen Gegner hatten die Verfassung nach ihren eigenen Bedürfnissen zurechtgebogen und hatten aus keinem anderen Grund versucht, ihm und seiner Familie Schaden zuzufügen, als ihn für seine Überzeugungen zu bestrafen. Von allen Mitgliedern des Untersuchungsausschusses war ein Mann mit Abstand der aggressivste, schärfste und unfairste gewesen. Er war vom FBI für den Untersuchungsausschuß ausgeliehen worden. Er verfolgte seine eigenen Pläne, er war ausschließlich auf seine eigene Karriere bedacht, genauso wie die rückgratlosen Schufte, in deren Diensten er stand.

Sein Name war Peter Frankel, und er hatte sich auf seinen Auftrag gestürzt wie ein hungriger Wolf auf ein Stück rohes Fleisch. Als im Haus der Albrichts, in ihren Autos und zwischen ihrer Unterwäsche nichts zu finden war, hatte er die Taktik geändert und begonnen, Geschichten an die Presse weiterzugeben: daß Albrichts Tochter wegen Drogenbesitzes verhaftet worden sei, daß sein Sohn homosexuell und HIV-positiv sei. Die Taktik war ebenso durchsichtig wie gemein: den Starken auszuschalten, indem man die Schwachen angriff.

Die Albrichts waren von Natur aus Überlebenskünstler und hatten das alles schadlos überstanden. Aber zum Schluß war Frankel doch der große Gewinner gewesen. Er hatte sich als engagiertes Mitglied des Teams bewährt und wurde mit dem Posten des stellvertretenden Direktors belohnt – dem höchsten nichtpolitischen Amt in der Pyramide.

Und jetzt hatte der Präsident – der selbst ein Nichtskönner und Wählerstimmenfänger aus dem tiefen Süden war – es auch noch für richtig befunden, Frankel ab dem ersten Januar für den Posten des Direktors zu nominieren, wenn der gegenwärtige Direktor abtreten würde, um irgendwo Pferde zu züchten.

Und es gab nur einen Mann, der dem im Weg stand.

Als Vorsitzender des Rechtsausschusses im Senat hatte Clayton Albricht die feste Absicht, Frankels Nominierung so öffentlich und so demütigend wie möglich abzuwürgen. Die Anhörung würde erst in fünf Wochen stattfinden, und so war es noch zu früh, um im einzelnen zu planen, wie er seine Rache durchführen würde.

Aber ein Mann wie Frankel hatte unzählige Feinde. Bis Albricht mit ihm fertig war, würde jeder einzelne dieser Feinde Gelegenheit bekommen, in öffentlicher Sitzung auszusagen. Rache war süß; man mußte sie wie eine Delikatesse genießen. Und welchen besseren Platz für den Beginn des Festschmauses konnte es geben als das Smithville?

»Hat es Ihnen geschmeckt?« fragte der Senator, als Eddie die Teller abräumte.
»Das Essen war wunderbar«, antwortete Frankel. »Obwohl ich es, ehrlich gesagt, etwas befremdend fand, in Ihrer Gesellschaft zu essen. Ich nehme an, daß Sie nun den Sinn dieser ungewöhnlichen Veranstaltung erklären möchten?« Frankels Gesicht war wie für das Fernsehen geschaffen; auf derbe Weise glatt, solange er nicht lächelte. Dann wurden seine Grübchen sichtbar, die gleichmäßig zu beiden Seiten seines Grinsens saßen. Irgendwie filterten die Kameras die Leblosigkeit aus seinen Augen – diesen unverhüllten Ehrgeiz, der jeden, der persönlich mit ihm zu tun hatte, so sehr einschüchterte. Frankel wußte ganz genau, daß sein Gastgeber die Zügel seiner Zukunft in den Händen hielt, aber bisher hatte er nicht mit der Wimper gezuckt.
»Ich nehme an, Peter, Sie wissen, daß Sie nächsten Monat nicht die geringste Chance haben. Wenn ich mit Ihnen fertig bin, wird die Öffentlichkeit laut nach Ihrer Verurteilung schreien.«
Die Grübchen bewegten sich nicht. Frankel hob nur neugierig eine Augenbraue. »Aber Senator! Das klingt ja so, als hätten Sie Ihre Objektivität eingebüßt. Vielleicht sollte mein Anwalt Sie wegen Befangenheit ablehnen.«
Albricht ging nicht auf die Bemerkung ein. Die Anhörungen des Senats waren keine Gerichtsverhandlungen und er selbst kein Richter, sondern nur ein Advokat des Volkes, der am Ende zu befinden hatte, ob Frankel der geeignete Mann sei, das FBI zu leiten.
»Ich habe Sie aus einem ganz bestimmten Grund hierhergebeten«, erklärte Albricht. »Ich wollte Ihnen die Chance geben, Ihre Nominierung zurückzuziehen, um Ihre Karriere zu retten und dem Präsidenten die Peinlichkeit zu ersparen, die Ihre Anhörung, wie wir beide wissen, mit sich bringen wird.«
Frankel lachte laut und anhaltend. »Sagen Sie mir, Clay, seit wann machen Sie sich Sorgen um das Wohl des Präsidenten? Ich

habe Sie immer nur ganz furchtbare Dinge über ihn sagen hören.«
Albrichts Augen wurden schmal. Er hatte nicht erwartet, daß Frankel allzu schnell zusammenklappen würde – es hätte ihn sogar enttäuscht, wenn er es getan hätte. Aber irgendeine Reaktion hatte er doch erwartet. Vielleicht einen unmerklichen Ausdruck von Furcht. Oder von Haß. Irgendeine Gefühlsäußerung, die der Antipathie entsprach, die Albricht selbst für diesen Mann empfand. Statt dessen erntete er nichts als Gelächter.
Das Zirpen von Frankels Handy unterbrach das Gespräch. Ohne den Senator aus den Augen zu lassen, zog Frankel das winzige Gerät aus seiner Jackentasche und drückte auf einen Knopf. »Frankel.«
Er muß irgendwas auf Lager haben, dachte Albricht, während er dem Telefongespräch lauschte. Der Gedanke verursachte ihm Übelkeit.
»Wer hat sie erwischt? ... Wo? ... Wirklich? Gut, halten Sie die Nummer für mich bereit, wenn ich zurückkomme. Ich möchte persönlich mit Agent Rivers sprechen.« Als er die Verbindung unterbrach und das Telefon wieder in die Jackentasche steckte, strahlte er, als habe er soeben in der Lotterie gewonnen.
Er stand abrupt vom Tisch auf und klopfte Albricht auf die Schulter. »Es sieht so aus, Clay, als ob wir beide heute abend in den Nachrichten erwähnt werden würden«, sagte er.
Albrichts Gesicht blieb unbewegt. Irgendwie war ihm die Kontrolle über dieses Treffen entglitten. Und er hatte nicht die geringste Ahnung, was Frankel meinte.
Der stellvertretende Direktor des FBI ging, ohne ihm auch nur die Hand zu geben. Nach ein paar Schritten drehte er sich noch einmal um. »Wissen Sie, nach all den Jahren im Senat hätte ich nicht gedacht, daß Sie so naiv sind.« Er lachte, als hätte er einen guten Witz gemacht, und verließ den Speiseraum, um seine Pistole abzuholen.

Kapitel 5

Blödsinn!« Chief Sherwood konnte es nicht fassen. »Das muß ein Irrtum sein.«
Agent Rivers' Gesicht war knallrot, und ihre Hände zitterten vor Wut. »Es ist kein Irrtum, Sherwood! Die Fingerabdrücke sind identisch. Der Klient Ihres Freundes ist Jake Donovan! *Der* Jake Donovan! Verdammt!« Irene fuchtelte mit den Armen herum, als suche sie nach etwas, um damit zu werfen. »Die Nummer eins auf der Fahndungsliste, und ich lasse ihn laufen. Scheiße!«
Sherwood war wie betäubt und auch etwas schockiert von der Ausdrucksweise dieser kleinen, cholerischen Person, die fast vor Wut platzte. Es mußte einfach ein Irrtum sein. Aber auf dem Papier stand es schwarz auf weiß: »Gesucht wegen Mordes.«
Während Irene in Sherwoods Büro herumlief und zeterte und erklärte, daß dies das Ende ihrer Karriere sei, studierte der Polizeichef das Foto auf der Fahndungsliste. Wenn man genau hinsah, war tatsächlich eine Ähnlichkeit vorhanden. Besonders um die Augen herum.
Auf dem Foto war Jake Donovan ein junger Bursche. Während der Mann, mit dem er erst vor ein paar Minuten gesprochen hatte, einen Vollbart mit ersten grauen Fäden trug und weiche Züge hatte, zeigte das Bild einen glattrasierten jungen Mann Anfang Zwanzig mit kräftigem Kinn, einer kämpferischen Nase und eindringlichen blauen Augen. Sherwood deckte die untere Gesichtspartie mit der Hand ab, und zum Vorschein kam Jake Brighton.
»Der Teufel soll mich holen«, murmelte Sherwood.
»Scheiße, Scheiße, Scheiße!« explodierte Irene. »Sie werden uns kreuzigen!«

Sherwood betrachtete Irene mit dem Ausdruck eines enttäuschten Vaters. Die ach so selbstbewußte Verfechterin der Gerechtigkeit sah so aus, als würde sie gleich in Tränen ausbrechen. Wenn sie nicht so ein Arschloch gewesen wäre, hätte Sherwood tatsächlich Mitleid mit ihr gehabt. Jemand klopfte an die Tür.
»Wieso uns, Irene? Donovan war nicht *mein* Gefangener.« Er stand auf und öffnete die Tür. Ein junger Beamter trat nervös von einem Bein auf das andere. Er war kaum zwanzig Jahre alt und wußte genau, daß er störte. »Entschuldigen Sie, Chef, aber Agent Rivers wird am Telefon verlangt.«
»Sagen Sie, daß ich in einer Besprechung bin«, schnauzte Irene, ohne auch nur hinzusehen. »Ich rufe zurück, wenn ich Zeit habe.«
Der junge Mann schien um mehrere Zentimeter zu schrumpfen. »Das habe ich versucht, Ma'am. Aber es ist Peter Frankel.«
Alle Farbe wich aus Irenes Gesicht. »O Scheiße«, stöhnte sie.
Auch Sherwood zuckte zusammen. Er bot ihr seinen Stuhl an. »Sie können von meinem Schreibtisch aus telefonieren«, sagte er. »Ich werde inzwischen feststellen, ob Donovan noch in unserem Streifenwagen sitzt.«
Sie sah sich verwirrt um, dann nickte sie. »Vielen Dank.«
Sherwood lächelte. Peter Frankel stand nicht gerade im Ruf, ein Mann von Güte und Verständnis zu sein. In diesem Augenblick hätte er nicht für eine Million Dollar an Irenes Stelle sein wollen.

Die Geschichte klang ziemlich glaubwürdig, dachte sich Jake. Statt sich von diesem Polizisten bis an den Stadtrand fahren zu lassen, würde er ihn bitten, ihn am Krankenhaus aussteigen zu lassen. »Meine Mutter ist heute zu einer ambulanten Operation im Krankenhaus«, erklärte er. »Es wäre eine wunderbare Überraschung für sie, und sie wäre sicher froh, wenn ich ihr Gesellschaft leisten würde.«
Der Polizist glaubte Jake ohne weiteres, trotz seiner zitternden Hände und schwankenden Stimme. Warum sollte er es auch

nicht glauben? Jedenfalls ersparte ihm das eine lange Fahrt. Und wer würde nach ein paar Stunden Arrest nicht ein bißchen nervös sein? Das machte doch jeden fertig.

Die Ambulanz hatte den gleichen Eingang wie die Notaufnahme. Officer Slavka konnte mit seinem Streifenwagen direkt bis zum Eingang fahren, was für zivile Fahrzeuge verboten war.

»Da wären wir, Mr. Brighton«, verkündete Jason. »Direkt vor der Tür.«

Jake gab dem Polizeibeamten die Hand und stieg aus dem Wagen. »Vielen Dank für die Fahrt«, sagte er.

»Hoffentlich geht es Ihrer Mutter bald wieder gut.«

Jake lächelte nervös und horchte nach Anzeichen von Sarkasmus im Tonfall des Polizisten. »Vielen Dank«, sagte er noch einmal. »Es wird schon werden.«

Er ging zielstrebig durch eine Tür mit der Aufschrift »Anmeldungen«, als ob er dort hingehörte, und setzte seinen Weg fast bis zum Empfangsschalter fort. Dann hielt er an einem Trinkbrunnen, um zu sehen, ob ihm jemand folgte. Er trank ausgiebig, bis er sich davon überzeugt hatte, daß er allein war, dann machte er sich ganz selbstverständlich auf den Weg zum Haupteingang.

Als er draußen und wenigstens für den Augenblick ein freier Mann war, mußte er sich zwingen, nicht loszurennen. Wenn er sich nicht täuschte, waren mindestens doppelt so viele Polizeifahrzeuge unterwegs wie gewöhnlich.

Nimm dich zusammen, sagte er sich. *Noch drei Häuserblocks, und du bist an Ort und Stelle frei.*

An der Ecke Jefferson Street und William & Mary Avenue bog er links ab, und da war er: der Startpunkt. Wenn Carolyn noch nicht losgefahren war – und er war sich jetzt ganz sicher, daß sie das nicht getan hatte –, würde die Familie in fünf Minuten wieder vereinigt sein, und die unmittelbarste Krise wäre ausgestanden.

Das Firmenschild der U-Lockit-Lagerhalle erhob sich etwa fünf Meter hoch über den Bürgersteig. Die Beleuchtung im Inneren des Plastikschildes hatte noch nie funktioniert, seit Jake hier zwei Lagerabteile gemietet hatte, ebensowenig wie die hölzerne Schranke, die unbefugten Besuchern die Zufahrt verwehren sollte.

Die Lagerabteile 626 und 627 lagen am hintersten Ende des Gebäudekomplexes, weit entfernt von den meisten anderen Abteilen. Von allen Rechnungen, die die Brightons jeden Monat zu zahlen hatten, war ihnen die für U-Lockit immer die wichtigste gewesen. Solange er pünktlich bezahlte, nahm er an, würde niemand auf die Idee kommen, hineinzuschauen und festzustellen, wie sehr sie gegen die Mietbedingungen verstoßen hatten.

Als Jake auf ihre Abteile zuging, verlangsamte er seine Schritte, und bevor er um die letzte Ecke bog, blieb er ganz stehen. Er sah und hörte nichts; aber am rechten Tor fehlte das schwere Schloß. Das bedeutete, daß Carolyn entweder drinnen war oder bereits abgefahren.

Nein, sie mußte da sein. Sie würde nicht wegfahren, ohne die Tore wieder zu verschließen. Er sah sich noch einmal vorsichtig nach allen Seiten um, dann legte er zielstrebig die letzten zwanzig Meter zurück. Als er die Hand nach der Klinke ausstreckte, hielt er plötzlich inne. Es fiel ihm ein, daß Carolyn ja eine Pistole bei sich hatte. Sie waren beide ziemlich angespannt. Es konnte ein folgenschwerer Fehler sein, sie zu erschrecken. Er lehnte sich mit dem Rücken gegen die Betonwand, die ihre beiden Abteile voneinander trennte, und klopfte leise an das Tor. »Carolyn, ich bin's!« rief er, lauter, als er eigentlich wollte, aber es war wichtig, daß sie hörte, daß er kein Fremder war.

»Jake?«

Sie hatte seine Stimme erkannt; sie wollte nur sichergehen. »Ja, ich bin's. Ich mache jetzt das Tor auf, ja?«

Sie öffnete das Tor für ihn. Als das Klapptor sich mit Gepolter bis in Taillenhöhe geöffnet hatte, bückte er sich und schlüpfte hinein.

Kapitel 6

Jason Slavka hatte den Kreisverkehr bereits hinter sich gelassen und war nur noch ein paar Häuserblocks von der Polizeiinspektion entfernt, als er über Funk gerufen wurde. Er nahm das Mikrofon aus seiner Halterung an der Mittelkonsole und drückte auf die Sprechtaste. »Zwei-vier David.«

»Zwei-vier David, wo sind Sie?«

Verdammt, dachte er. Er hatte gehofft, sich in die Inspektion zurückschleichen zu können, ohne sich zurückzumelden. Dann hätte man ihn nicht mit weiteren Aufträgen wegschicken können, und er hätte den ganzen Papierkram erledigen können, der sich auf seinem Schreibtisch türmte.

»Ich bin auf dem Rückweg zur Inspektion«, sagte er. Die Antwort prädestinierte ihn förmlich für einen neuen Auftrag.

»Hm, Zwei-vier David …« Er hörte Getümmel im Hintergrund. Jemand unterbrach den Dienstgruppenleiter mit Fragen. »Warten Sie, Zwei-vier David.«

Nach ein paar Sekunden sprach er weiter. »Zwei-vier David, wo ist Ihr Passagier?«

»Ich habe ihn zum Krankenhaus gefahren. Seine Mutter hat gerade irgendeine Operation.«

Das Getümmel im Hintergrund wurde lauter – wesentlich lauter –, und Jason hörte deutlich, daß jemand »Scheiße« brüllte. Er hätte schwören können, daß es die Stimme von Chief Sherwood war. »Okay, Zwei-vier David.« Die Stimme des Dienstgruppenleiters war wie eine Insel der Ruhe in einem stürmischen Meer. »Halten Sie sich bereit zur Berichterstattung.«

»Mein Gott, Jake, du bist in Sicherheit!« Carolyn warf die Arme um seinen Hals und preßte ihn so fest an sich, daß es weh tat. »Ich war schon ganz krank vor Sorge um dich.« Im Abteil war es dunkel. Nur eine Kerosinlampe auf dem Fußboden spendete ein wenig Licht. Aber die ganze Arbeit war erledigt.

Als der Adrenalinstoß erst einmal seine Wirkung tat, hatte sie sich nur noch auf ihre Aufgabe konzentriert. Sie war in den beiden Lagerabteilen hin und her gerannt, hatte die fertig gepackten Taschen zusammengesucht und alles, was sie tat, noch einmal überprüft.

Sie war sehr schnell fertig geworden – vor fast einer Stunde –, und danach hatte sich das Entsetzen erst richtig breitgemacht. Wenn die Familie an erster Stelle kommen sollte, warum saß sie dann, nachdem sie alles andere erledigt hatte, allein da? Alleinsein war etwas Entsetzliches – selbst dann, wenn es nur kurz dauerte –, und Alleinsein im Dunkeln war das Schlimmste von allem. Im trüben Licht der Öllampe hatte ihre Angst eine physische Dimension angenommen. Sie hatte das Gefühl gehabt, daß sie die Hand ausstrecken und ihre Angst anfassen könnte, und je mehr sie sich gesagt hatte, wie töricht sie sei, desto größer und dunkler war diese Angst geworden.

Dann hatte sie, ohne eigentlich danach zu suchen, tief in ihrer Tasche vergraben, eine Flasche Jack Daniel's gefunden. Sie erinnerte sich dunkel, daß sie sie vor langer Zeit dort versteckt hatte – zu einer Zeit, als ihr nichts wichtiger erschien als die Flasche. Sie sagte sich, daß sie nur einen einzigen Schluck brauchte, um ihre Selbstbeherrschung wiederzufinden. Nun, vielleicht auch zwei. Die Flüssigkeit brannte wunderbar, als sie zu dem Punkt strömte, an dem im Körper Mut entstand. Als sie die Flasche bis zum oberen Rand des Etiketts geleert hatte, ließ die Erinnerung an andere Schrecknisse sie auffahren, und sie schob die Flasche schleunigst an ihren Platz zurück.

Am Zucken ihrer Schultern erkannte Jake, daß sie weinte. Sie roch nach Angst, Staub und Schweiß. Und, zu seinem Entsetzen, nach Alkohol. Das Lagerabteil verschwamm vor seinen Augen, als er sie an sich drückte und auf das Haar küßte. »Es tut mir so leid«, flüsterte er.

Die Umarmung hatte eine magische Wirkung auf sie beide, fast hypnotisch. Im Laufe der Jahre hatten sie so viel miteinander durchgemacht – sie hatten so viel gezittert, geweint, waren so oft geflohen –, daß Jake sich oft fragte, ob die Erde sich ohne sie weiterdrehen würde. Das Trinken hatte ihn zur Verzweiflung gebracht, und ihre nächtlichen Schreie hatten ihn fast ebenso erschreckt wie sie selbst, aber sie war der einzige Mensch auf der Welt, der wußte, wer er wirklich war. Selbst sein eigener Sohn wußte es nicht – konnte es nicht wissen.

Die Erkenntnis traf Jake wie ein Hammerschlag. Er schob Carolyn so weit von sich, daß er ihr in die Augen sehen konnte. »Wo ist Travis?«

Er saß ganz hinten im Schulbus in einer Ecke, genau da, wo Lehrer und Begleitpersonen erwarteten, daß Kinder aus Farm Meadows zu sitzen hatten. Mit seinem blau geschlagenen Auge kam er sich ausgesprochen lächerlich vor.

Travis war bereits dreimal darauf hingewiesen worden, einmal beim Besteigen des Busses und zweimal bei der Ankunft bei dem dämlichen Plantagenhaus, daß er von der Schule fliegen würde, wenn er sich auch nur noch ein einziges Mal prügelte. Als ob ihm das das Herz brechen würde!

Er hatte die Schule satt; er war es leid, immer der neue Schüler zu sein – der Sandsack für jeden Idioten. Sein Vater hatte ihm gesagt, daß dieser Umzug vielleicht wirklich der letzte sein würde; daß er hoffte, bei dem Job, den er hier hatte, bleiben zu können. Und hätte er's nicht erraten können? Nachdem sie, seit er sich erinnern konnte, jedes Jahr umgezogen waren, sollte ausgerechnet dieses gottverlassene Nest der Ort sein, an dem seine Eltern beschlossen, Wurzeln zu schlagen. Großartig. Wenn man ihn fragte, war der ganze Staat South Carolina ein hoffnungsloser Fall. Um sich von seinem Elend abzulenken, dachte er an Eric Lampier und überlegte, ob das liebe Bübchen wohl schon wieder durch die Nase atmen konnte. Das arme Kerlchen hatte seinen Hintern heute morgen nicht einmal bis in die Schule schleppen können. Travis' Versuch zu lächeln löste einen stechenden Schmerz in seinem Auge aus. Aber das war ihm die Sache wert.

Der »Kampf« als solcher hatte höchstens drei Sekunden gedauert. Nachdem er sich in der Cafeteria mindestens zwei Minuten lang von Eric und seinen Artgenossen vom »Protzenhügel« hatte beleidigen lassen, war es mit seiner Geduld vorbei gewesen, als Eric ihn und seine Freunde als »die Scheißkerle von der Wohnwagensiedlung« bezeichnet hatte. Er war einfach aufgestanden und hatte Erics Nase zerschmettert wie eine Kirschtomate. Dann hatte er sich wieder hingesetzt und weitergegessen. Ein Kampf, der aus einem einzigen Schlag bestanden hatte.

Die Fontäne von Blut und Schleim löste ein Riesengeschrei aus, größtenteils von den Mädchen, und Eric stimmte in das Geheul ein. Mein Gott, war das ein Durcheinander. Es hatte höchstens zwei Minuten gedauert, bis die Direktion von der Sache Wind bekommen hatte. Sie kamen angerannt, als ob jemand eine Pistole gezogen hätte. Niemand fragte auch nur, wer an der ganzen Sache schuld sei. Während die Krankenschwester sich jammernd auf Eric stürzte, schleifte der Direktor, Mr. Menefee, Travis in sein Büro. Als sie in der Eingangshalle ankamen, schrien ein paar entsetzte Erwachsene nach einem Krankenwagen. War das nicht einfach lächerlich? Ein Krankenwagen, bloß wegen einer gebrochenen Nase!

»Jetzt habe ich aber genug von euch«, tobte Menefee. Es war immer das gleiche. In den Augen der Lehrerschaft waren an allem, was ein Kind von Farm Meadows tat, alle anderen Kinder von Farm Meadows mindestens als stille Komplizen beteiligt.

Es war ein offenes Geheimnis, daß die Kinder aus der Wohnwagensiedlung hier nicht willkommen waren. Bis vor einigen Jahren war die J.E.B. Stuart Junior High School die ausschließliche Domäne der wohlhabenden Kinder vom »Protzenhügel« gewesen. Dann war durch eine blödsinnige Gebietsreform der »Abschaum von Farm Meadows« unter die Hügel-Kinder gemischt worden. Travis verstand die Politik nicht, die dahinterstand, aber eines war sicher, die Lehrer und die Schulverwaltung hätten am liebsten den alten Zustand wiederhergestellt.

Travis konnte sich beim besten Willen nicht vorstellen, warum sie so jammerten. Dadurch, daß die Kinder aus Farm Meadows in diese Schule gingen, brauchten sie überhaupt nicht mehr nachzudenken, wenn es um die Aufrechterhaltung der Disziplin ging. Wenn irgendwo Blut auf dem Fußboden war, brauchte man nur ein Kind aus der Wohnwagensiedlung zu bestrafen. Es spielte nicht die geringste Rolle, wenn es das falsche Kind war, weil jeder aus Farm Meadows immer irgendwas angestellt hatte. Wann immer ein Kind vom »Protzenhügel« rauchte, in der Nase bohrte oder rülpste, lag es daran, daß ein Kind aus Farm Meadows es dazu angestiftet hatte. Travis fand das Ganze hysterisch. Als ob er und seine Freunde eine Verschwörung planten, um die reichen Kinder aus ihren wunderbaren Ziegelhäusern wegzulocken, damit sie auch in dreckigen Wohnwagen leben sollten.

Mr. Menefee – dank des Deutschunterrichts für Travis und seine Freunde *der Führer* – war so stinksauer, wie Travis ihn noch nie gesehen hatte. Genau dieses Wort hatte er selbst gebraucht: *stinksauer*. Travis fragte sich, ob er auch stinksauer sein würde, wenn er mit Eric Lampiers Papi, einem Rechtsanwalt, reden würde. Sicher nicht. Aufgebracht vielleicht, oder erbittert. Aber ganz bestimmt etwas Gehobeneres als stinksauer.

Menefee hatte genug von Travis' Eskapaden. Er duldete keine Gewalttätigkeit in seiner Schule, verdammt, und es war ihm vollkommen egal, wer angefangen hatte.

»Werden Sie Eric auch anschreien?« hatte Travis gefragt. »Dafür, daß er meine Freunde und mich beschimpft hat?« Einen Augenblick lang hatte Travis geglaubt, daß Menefee ihn schlagen würde, aber dann hatte er ihm nur gesagt, das ginge ihn nichts an. »Das Maß ist voll, Brighton«, hatte Menefee mit knallrotem Gesicht und zitternden Händen geendet. »Noch einmal, und ich schmeiße dich endgültig hier raus!«
Zum Schluß war er mit einer Verwarnung davongekommen und mit der strengen Ermahnung, die Schulregeln gründlich durchzulesen. Ob die Familie Lampier Schadenersatzforderungen stellen würde, stand noch nicht fest.
Später am Nachmittag, als Travis durch den Wald nach Hause ging, hörte diese Sorge ganz plötzlich auf, wichtig zu sein. Terry Lampier, Erics älterer Bruder, und zwei seiner Freunde von der High School tauchten aus dem Nichts auf und versperrten ihm den Weg. Travis rannte so schnell er konnte in die entgegengesetzte Richtung davon. Aber seine Gegner waren ihm in jeder Hinsicht überlegen, an Größe, Gewicht und Geschwindigkeit. Nach wenigen Schritten hatten sie ihn eingeholt, umstellt und vom Weg gestoßen. An alles Weitere konnte er sich nur noch ungenau erinnern, aber er hatte sich nach besten Kräften gewehrt, bis ihn ein Schlag in die Eier kampfunfähig gemacht hatte. Er hatte keine Erinnerung daran, was ihn am Auge getroffen hatte. Er wußte nur noch, daß es sich angefühlt hatte, als sei ihm das Gedärm explodiert, und im nächsten Augenblick hatte er sich drei Meter vom Weg entfernt unter einem Gebüsch wiedergefunden.
Als er sich wieder aufgerappelt hatte, war er erstaunt, daß er noch alle Gelenke bewegen konnte, und er war dankbar, daß er nicht schlimmer dran war. Sie hätten ihn auch umbringen können.
Als er sich schließlich auf den Heimweg machte, ging die Sonne gerade unter, und es wurde kalt. Der ganze Rücken und eine Seite waren aus seinem T-Shirt herausgerissen, und er fror. Es war

ihm auch schwindlig, und er dachte, er müsse sich erst einmal hinsetzen, aber als er in seine Straße einbog, verflog das Gefühl.

Mrs. Barnett war gerade in ihrem Garten und gab vor, sich um ihre Blumen zu kümmern, während sie sich in Wirklichkeit um die Angelegenheiten ihrer Nachbarn kümmerte. Sie warf einen Blick auf Travis und fing an zu schreien: »Mein Gott, Junge, was ist dir passiert?«

Aus ihrem Gesichtsausdruck schloß Travis, daß er viel schlimmer aussehen mußte, als er sich fühlte. »Mir fehlt nichts«, sagte er. »Ich bin hingefallen. Ich will nur nach Hause.«

Mrs. Barnett erhob sich mit Anstrengung von den Knien und watschelte auf den Jungen zu. »Hingefallen?« schimpfte sie. »Das glaube ich nicht. Komm, laß dich anschauen.«

Travis ging einfach weiter. »Wirklich, Mrs. Barnett«, sagte er, ohne sich umzusehen. »Mir fehlt nichts. Meine Mutter wird jetzt auch zu Hause sein.«

»Sag ihr, daß du zum Arzt mußt.«

Er nickte und stöhnte leise vor sich hin. »Das kann ja heiter werden.« Wenn Mrs. Barnett schon so auf seinen Anblick reagierte, konnte er sich denken, daß seine Mutter völlig ausrasten würde.

Offensichtlich hatte Mrs. Barnett die Nachricht bereits weitergegeben. Als er um die letzte Ecke bog, kamen ihm seine beiden Eltern entgegengerannt.

»O mein Gott!« schrie seine Mutter. »Travis!«

Der Junge sah sich instinktiv um, ob jemand die Szene beobachtete.

»Mein Gott, was ist passiert?«

Sein Vater antwortete für ihn: »Er hat sich mit jemandem geprügelt.« Seine Stimme klang vorwurfsvoll.

»Wer hat dir das angetan?« wollte seine Mutter wissen.

»Nicht hier, Carolyn«, mahnte sein Vater. »Gehen wir erst mal rein.«

Dann kamen die Predigten, erinnerte sich Travis. Eine nach der

anderen. Zuerst die über die Notwendigkeit, mit der neuen Gemeinschaft auszukommen, gefolgt von der, daß die Entscheidungen, die er heute traf, den Rest seines Lebens beeinflussen konnten. Als er sich verteidigen wollte und beschrieb, was für Beleidigungen er von Eric Lampier hatte ertragen müssen, war seine Mutter mit der Lehre zur Stelle, daß zwei Missetaten nicht zu einem guten Ergebnis führen könnten. Schließlich hatte es eine Atempause für ihn gegeben, als seine Eltern sich darüber zu streiten begannen, ob sie mit ihm zum Arzt gehen sollten oder nicht. Seine Mutter fürchtete, daß er eine versteckte Gehirnverletzung haben könnte, während sein Vater der Meinung war, daß sie sich einen Arztbesuch nur im äußersten Notfall leisten konnten. Travis fand das ziemlich verrückt. Er wäre nie auf die Idee gekommen, daß sie zu arm seien, um ihn vor einer Gehirnverletzung zu bewahren. Weil er aber Angst vor Ärzten und ihren Nadeln hatte, beschloß er, nicht beleidigt zu sein. Statt dessen schlüpfte er durch den kurzen Gang in sein eigenes Zimmer und überließ es den beiden, die Sache unter sich auszumachen.
Als der Bus vor der Schule vorfuhr, seufzte er. In drei Jahren würde er diesen ganzen Mist hinter sich haben. Das einzig Gute an South Carolina war das Gesetz über die Schulpflicht. Das hatte er herausgefunden. In drei Jahren, mit sechzehn, konnte er der Schule für immer Lebewohl sagen.

Jake stampfte auf den Boden. »Scheiße.« Er sah auf die Uhr, ohne etwas erkennen zu können. »Wann kommen sie zurück?«
»Gegen zwei.«
Diesmal hielt er seine Uhr nah genug an die Laterne, daß er das Zifferblatt erkennen konnte. »Das ist in einer Viertelstunde. Wie weit bist du?«
»Ich glaube, wir sind so ziemlich fertig.« Carolyn hob die Laterne auf und führte ihn zur Rückwand des Lagerabteils.
Eines der beiden nebeneinanderliegenden Abteile beherbergte

einen streng geheimgehaltenen, einfachen, weißen Chevrolet-Kleinbus. In den fünf Monaten, seit sie in Phoenix lebten, war der Wagen keinen Zentimeter weit bewegt worden. Jake hatte nicht ein einziges Mal den Motor gestartet. In den acht Jahren, seit sie das Fahrzeug gekauft hatten, waren sie höchstens zwei Dutzend Mal damit gefahren, und das nur bei Nacht, insgesamt nicht mehr als achtzehntausend Meilen. Der Wagen würde anspringen, versicherte sich Jake. Er mußte anspringen.

Nachdem sie die beiden Abteile gemietet hatten, hatten sie als erstes eine Öffnung in die Zwischenwand geschlagen, so daß sie die Vorräte, die im linken Abteil gestapelt lagen, in den Wagen laden konnten, ohne die Abteile zu verlassen.

Carolyn mußte gearbeitet haben wie ein Pferd, um alles einzuladen. Alle Waffen befanden sich im Bus, ebenso das Baumaterial – größtenteils Fünf-mal-zehn-Zentimeter-Balken und Sperrholz –, dazu Konserven für etwa zwei Wochen, alles sauber in die Regale gestapelt, die er eingebaut und mit Gummibändern gesichert hatte. Durch das Loch in der Wand konnte Jake das Heck des Celica erkennen, abgesperrt und außer Sicht.

»Das hast du gut gemacht, mein Schatz.«

Sie zuckte die Achseln und schüttelte den Kopf. »Ich kann das alles noch gar nicht glauben. Wie konnte das nur passieren?«

Er seufzte. »Einfach Pech«, sagte er. »Es ist verrückt. Man plant und plant, und zum Schluß kommen ein paar ahnungslose Trottel und ziehen einem den Boden unter den Füßen weg.« Während er sprach, nahm er die große Glock 17 vom Boden des Busses, wo Carolyn sie samt dem Halfter für ihn bereitgelegt hatte. Er öffnete seine Jacke, zog den Gürtel aus den Schlaufen seiner Jeans und verschnallte das Halfter so hoch, daß der Lauf unter dem Hosenbund verschwand und der Griff sicher unter dem Arm saß. »Ist das Geld schon im Wagen?«

Ihr Schweigen ließ ihn herumfahren. Sie stand einfach da und starrte auf einen Punkt in der Dunkelheit. »Was ist, Schatz?«

Sie blinzelte. »Ich glaube nicht, daß ich das noch einmal durchstehe«, flüsterte sie.
Er zog seine Jacke über die Pistole, ging auf sie zu und faßte sie bei den Schultern. Als sie wegsehen wollte, ließ er es nicht zu und stellte sich so hin, daß sie ihn ansehen mußte. »Carolyn, mein Schatz, hör mir zu. Wir dürfen jetzt nicht schwach werden. Hörst du? Wir haben immer gewußt, daß dieser Augenblick irgendwann kommen könnte – zum Teufel, daß er höchstwahrscheinlich irgendwann kommen mußte. Ich wünschte, es wäre nicht so. Aber jetzt haben wir keine Wahl.«
Sie schloß die Augen und seufzte wieder. »Vielleicht sollten wir uns diesmal stellen. Überlassen wir's den Gerichten.«
Die Worte seiner Frau erschreckten Jake mehr als alles, was in der Werkstatt, auf der Polizeiinspektion und dann auf der Straße stattgefunden hatte. Wenn sie Erfolg haben wollten, mußten sie ein Team sein – und zwar ein starkes Team. »Carolyn, sieh mich an. Bitte.«
Sie öffnete die Augen. Sie waren trocken. Sie wußte, daß er recht hatte.
»Ist dir klar, daß es keine Gerichtsverhandlung geben wird, wenn sie uns erwischen? Dies alles ist schon viel zu lange gelaufen und viel zu weit gegangen, als daß derjenige, der hinter uns her ist, das noch zulassen würde. Wenn sie uns erwischen, sind wir tot. So einfach ist das.«
Sie nickte. Sie wußte es ja selbst.
»Denk an Travis«, drängte er weiter. »Sie können ja nicht wissen, wieviel wir ihm gesagt haben. Auch er wäre nicht sicher.«
Darüber dachte sie lange nach. »Vielleicht sollten wir ohne ihn fahren«, sagte sie bedächtig.
Er schüttelte den Kopf. »Das kann doch nicht dein Ernst sein?«
»Vielleicht ist er ohne uns besser dran.«
Er sah sie lange an. »Glaubst du das wirklich?«
Sie wußte nicht mehr, was sie glauben sollte. Sie schwamm in

einem Meer von Gefühlen. Die Jahre seit Travis' Geburt waren ihre besten gewesen. Und jetzt belohnten sie seine Unschuld und Liebe mit tödlichen Lügen und Lebensgefahr. Das würde er niemals verstehen, niemals verzeihen.
An dem Tag, an dem sie Travis geboren hatte, war sie einen Vertrag eingegangen, der, wie sie von ganzem Herzen glaubte, vom Willen Gottes getragen wurde. Als Entgelt für sein Lächeln, seine Streiche und seine Liebe, für schlaflose Nächte und schmutzige Windeln, für Sorgen wegen unerklärlicher Fieberanfälle und Bauchweh, für unbegrenzte, fraglose Liebe schuldete sie ihm an erster Stelle eines: einfach dazusein und ihn festzuhalten. In guten und in schlechten Zeiten war es ihre Aufgabe, immer in der Nähe zu sein, wenn er aufschrie in der Nacht, und bei allem, was ihm zustieß, sofort mit einem Pflaster für sein Knie und einem Taschentuch für seine Tränen zur Stelle zu sein.
Aber jetzt war er nicht mehr klein. Er klebte sich selbst das Pflaster auf die Knie, und er wich ihren Umarmungen und Küssen aus. Vielleicht machte ihn das stark genug, allein zu leiden.
Als ob sie sich selbst beweisen wollte, daß sie unrecht hatte, fiel ihr ein, wie sie selbst herangewachsen war. Sie erinnerte sich nur zu gut an all den Schmerz, all die Zweifel und all die Unsicherheit, und sie erinnerte sich genau daran, daß manchmal ein freundlicher Zuhörer oder ein besonderes Abendessen ebensoviel geholfen hätten wie eine Umarmung oder ein Pflaster. Für sie war niemand dagewesen. Wie konnte sie es fertigbringen, nicht für ihn dazusein?
Der Vertrag, das wurde ihr klar, würde ewig gelten – im Guten oder Bösen, bis zum letzten Tag ihres Lebens. So war die Antwort also doch ganz einfach.
»Nein«, sagte sie endlich. »Ich glaube es nicht. Gehen wir und holen ihn.«
Jake sah sie forschend an, dann lächelten sie beide. Er zog sie noch einmal an sich und küßte sie. »Mein Gott, ich liebe dich.«

Sie stieß ihn in die Rippen. »Reden ist billig. Jetzt beweise, daß du uns hier herausholen kannst.«
Er machte sich an die Arbeit. Trotz der Dunkelheit schien er genau zu wissen, wo alles war. Er lehnte sich in den Wagen und zog eine blaue Sporttasche heraus. »Hol deine Brieftasche«, sagte er.
Sie nahm die Laterne und fischte die Brieftasche aus ihrer kleinen Handtasche. »Hier.«
»Kannst du das Licht ein bißchen näher bringen?« Er zog eine Handvoll Ausweise und Kreditkarten aus der blauen Tasche, gab ihr einen in North Carolina ausgestellten Führerschein und ermahnte sie: »Nimm alles aus deiner Brieftasche heraus, was mit Jake und Carolyn Brighton zu tun hat.«
»Was soll ich damit machen?«
»Das ist egal. Wirf es einfach auf den Fußboden. Wir heißen jetzt Jerry und Carrie Durflinger.«
»Durflinger? Ist das ein Witz?«
»Tut mir leid«, sagte er lächelnd. »Ich konnte keine Smiths finden, die für uns passen.« Er nahm alles bis auf das Geld aus seiner eigenen Brieftasche und warf es auf den Boden. »Hast du alles?«
Sie atmete tief ein und zuckte die Achseln. »Ich glaube schon. Passen die Nummernschilder zu diesen Ausweiskarten?«
»Selbstverständlich.«
Sie schlossen die Heckklappe des Wagens. Jake kletterte auf den Fahrersitz, und Carolyn stellte sich an das Klapptor. Er schloß die Augen und schickte ein Stoßgebet zum Himmel, dann jubelte er auf. Der Motor sprang an. »Na also!«
Carolyn winkte ihm erleichtert zu und öffnete das Tor. Jake fuhr den Wagen so weit heraus, daß sie das Tor schließen und absperren konnte. Als sie sich auf den Beifahrersitz setzte, kämpfte sie mit der umfangreichen Geldtasche, um Platz für ihre Füße zu schaffen.
»Ich bin fertig«, sagte sie.

»Also los.«
Als er den Wagen in den Verkehr hinaussteuerte, hatte er das Gefühl, daß er etwas sagen müßte – irgend etwas Ermutigendes, das ihre Situation etwas hoffnungsvoller erscheinen lassen würde. Aber sosehr er es auch versuchte, es fehlten ihm die Worte. Statt dessen hatte er Angst. Von allen törichten Entscheidungen, die er in seinem Leben getroffen hatte, schien dies die falscheste zu sein; von allen Abenteuern war dies das letzte.
Wie um die Hoffnungslosigkeit ihrer Lage zu unterstreichen, mußte er erst zwei Polizeiwagen mit heulenden Sirenen vorbeilassen, bevor er auf die Straße hinausfahren konnte.

Kapitel 7

Irene starrte den Telefonhörer lange an, bevor sie ihn wieder auf die Gabel legte. In ihrem ganzen Leben war sie noch niemals dermaßen zusammengebrüllt worden.

Zunächst hatte Frankel angerufen, um ihr sein Lob dafür auszusprechen, daß sie Jake Donovan nach so vielen Jahren endlich geschnappt hatte. In den ersten Sekunden der Unterredung hatte er geäußert, daß er, in Anbetracht seiner bevorstehenden Anhörung zu seiner Ernennung zum Direktor des FBI, ihre Sorgfalt als einen persönlichen Gefallen betrachte.

Das anfängliche Lob hatte ihr mehr weh getan als die Flüche, die dann folgten. Es war allgemein bekannt, daß Frankel die ursprünglichen Ermittlungen geleitet hatte; daß er den Fall später weiterverfolgt hatte, war nicht weiter verwunderlich. Und nun, unmittelbar vor seiner Ernennung zum Direktor, hatte Irene die Chance vertan, ihre Karriere zu vergolden.

Dieser verfluchte Sherwood und sein Rechtsanwalt!

Nun ja, das war auch wieder nicht fair. Trotz seiner Selbstgefälligkeit und Herablassung hatte Sherwood nichts anderes getan, als seine Meinung zu äußern. Das war verzeihlich. Ihre Großzügigkeit erstreckte sich allerdings nicht auf Lucas Banks. Sherwood war immerhin Polizist. Banks dagegen würde gut daran tun, ihr für den Rest seines Lebens aus dem Weg zu gehen.

Von allen Kränkungen, die Frankel ihr am Telefon an den Kopf geworfen hatte, machte ihr die Bezeichnung »inkompetent« am meisten zu schaffen. Sie übte diesen Beruf nun schon zu lange aus, um derartige Fehler zu machen. Ihre Karriere war damit jedenfalls am Ende. Vorbei war es mit den Träumen, irgendwann einmal die luftigen Höhen der Pyramide zu erreichen. Beim FBI wurde Versagen langsam und qualvoll bestraft, entweder mit der lebenslangen Aufgabe, Türen in den übelsten Ghettos des Landes aufzubrechen, oder mit der Beschäftigung, in irgendeinem abgelegenen Indianerreservat dem Gras beim Wachsen zuzusehen.

Sie konnte natürlich kündigen – aber, genau betrachtet, war das auch keine Lösung. Sie mußte an ihre beiden Töchter denken. So lange, bis Pam und Paula aus dem College und verheiratet waren, war ihr Einkommen ihre einzige Geldquelle.

Als Sherwood nicht wieder erschien, um ihr zu sagen, daß Donovan verhaftet sei, wußte sie, daß er entkommen war. Nun ging also die Jagd los. Bevor sie die Tür öffnete, die von Sherwoods Büro in das Dienstgruppenzimmer führte, blieb sie einen Augenblick lang stehen, richtete sich auf und straffte ihre Schultern. Vorläufig war immer noch sie diejenige, die diesen Fall leitete, und sie wollte auch danach aussehen.

Das Dienstgruppenzimmer war verlassen. Mehrere Stühle waren umgeworfen, und der ganze Raum wirkte irgendwie noch schäbiger als sonst. Offensichtlich hatte Sherwood die gesamte Besatzung auf die Jagd nach Donovan geschickt. Sie vermerkte es mit Dankbarkeit.

Zunächst einmal konnte sie nur die örtliche Polizei von Phoenix einsetzen. Die DEA-Leute, die heute morgen im Einsatz gewesen waren, befanden sich bereits auf dem Heimweg. Außerdem fiel dieser Fall sowieso nicht in ihre Kompetenz. So konnte sie nichts anderes tun, als auf die Verstärkung vom FBI-Büro in Charleston zu warten. Dann allerdings würde die Jagd eine ganz neue Dimension annehmen. Als erstes mußte sie Sherwood und seinen Stab finden. Schließlich hatte sie die Leitung.

Sie fand den Polizeichef und seine drei Leutnants in der Kommandozentrale, die eigentlich nicht mehr war als ein Konferenzraum mit einem Dutzend Telefone. Drei Wände waren von Karten bedeckt, die vierte wurde vollständig von einer riesigen, grünen Tafel eingenommen, die derzeit noch leer war. *Das wird sich demnächst ändern*, dachte Irene.

»Guten Tag, meine Herren«, sagte sie förmlich und ging zur Vorderseite des Raumes. Die vier Männer, im Süden geboren und aufgewachsen, standen auf ohne nachzudenken, aber sie winkte ihnen, sich wieder zu setzen. »Sie alle haben von meinem kleinen Abenteuer heute morgen gehört«, begann sie, »und ich bin sicher, daß Sie während der nächsten Stunden, oder – was Gott verhüten möge – Tage, reichlich Gelegenheit haben werden, meinen Fehler wiedergutzumachen.« Sie war der Meinung, daß die einzige Möglichkeit, ihre Autorität wenigstens halbwegs zurückzugewinnen, darin bestand, den Fehler einzugestehen und sich dann ans Werk zu machen. »Zunächst müßte mich einer von Ihnen aufklären, wie es steht.«

Sherwood übernahm es zu antworten: »Ich fürchte, Sie wissen genausoviel wie wir, Irene«, sagte er mit einem Achselzucken. »Er hat uns ausgetrickst. Dem Beamten, der ihn nach Hause fahren sollte, hat er erzählt, daß seine Mutter gerade zu einer Operation im Krankenhaus sei. Natürlich haben wir Leute hingeschickt. Aber ich glaube nicht, daß sie etwas finden werden. Er ist sehr gerissen.«

»Ich nehme an, daß Sie auch Leute zu seinem Haus geschickt haben«, sagte sie und zog sich einen herablassenden Blick des Polizeichefs zu.

»Natürlich«, sagte er. »Und in sein Büro auch, obwohl ich mir nicht vorstellen kann, daß er dumm genug ist, dort noch einmal aufzukreuzen.«

Sie nickte. Sie hatten viel Erfahrung, aber es war bekannt, daß Verbrecher manchmal die unglaublichsten Fehler begingen. »Haben Sie die Straßen abgesperrt?« Während sie sprach, suchte sie in der Fahndungsliste nach den Donovans und verglich das gedruckte Bild mit der Wirklichkeit, die sie in Erinnerung hatte.

Einer der Leutnants antwortete an Sherwoods Stelle. »Leider

haben wir nicht genug Leute, um gleichzeitig offensiv und defensiv zu arbeiten. Die Staatspolizei hat ihre Hilfe zugesagt. Geben Sie uns zwei Stunden, und wir können die Stadt luftdicht abschließen. Bis dahin können wir nur hoffen, daß sie einen Fehler machen.«

Irene warf die Fahndungsliste auf den Tisch und sah auf. »Nun ja, die Donovans stehen nicht gerade in dem Ruf, viele Fehler zu machen«, sagte sie. »Sind Sie sich darüber im klaren, mit wem wir es hier zu tun haben? Im Jahr 1983 haben diese beiden sechzehn Menschen umgebracht. Leute, die sie kannten. Freunde. Einfach niedergemäht. Wenn ich mich recht erinnere, waren sie Umweltfanatiker, die auf die Schädlichkeit chemischer Waffen hinweisen wollten. Also haben sie eine Munitionsfabrik in die Luft gesprengt, die chemische Waffen herstellte, und ein paar hundert Quadratmeilen von Arkansas vergiftet.«

»Haben sie nicht auch ein Bekennerschreiben hinterlassen?« fragte Sherwood und versuchte sich an die Einzelheiten des Vorfalls zu erinnern.

Sie nickte. Sie hatte es noch genau im Gedächtnis. Der Fall war jahrelang als Musterbeispiel an der Polizeiakademie behandelt worden. »Ja. Sie nannten es ihr Manifest. Sauber mit der Maschine geschrieben und im Hotelzimmer eines Mitarbeiters hinterlassen, der an diesem Tag zu krank war, um zur Arbeit zu gehen. Sie sind eigens noch einmal zum Motel zurückgegangen, um diesen Mann auch noch umzubringen. Meine Herren, diese beiden sind wirklich krankhaft.«

Und sie haben die erstaunliche Fähigkeit, sich vor unseren Augen in Luft aufzulösen. »Wir haben nicht einmal ein brauchbares Foto von dem Kerl«, schimpfte Irene. Das Bild in der Fahndungsliste hatte nur eine vage Familienähnlichkeit mit Jake Brighton, und es würde noch eine halbe Stunde dauern, bis das neue Foto zur Verfügung stand.

»Betrachten Sie's von der guten Seite«, schlug einer der Leutnants vor. »Er muß genauso aus dem Konzept gebracht sein wie wir. Auch wenn er noch so sorgfältig geplant hat, er kann unmöglich auf das vorbereitet gewesen sein, was heute morgen stattgefunden hat.«

»Das ist richtig«, stimmte sie zu. »Aber das bedeutet auch, daß wir ihn schnell erwischen müssen. Wir können natürlich nicht erraten, wie sein Fluchtplan aussieht, aber wir dürfen auch nicht außer acht lassen, daß er sich nackt und bloß auf den Weg gemacht hat. Kein Auto, kein Geld – jedenfalls keine nennenswerte Menge davon. Wo soll er das alles nun hernehmen?«

»Wir wissen, daß er mit seiner Frau telefoniert hat«, sagte der zweite Leutnant. »Wahrscheinlich hat er ihr gesagt, daß sie beides bringen soll.«

»Wissen wir, daß es seine Frau war, mit der er geredet hat, oder nehmen wir das nur an?« fragte Sherwood.

Der Leutnant wurde rot. »Nun ja, er hat gesagt, daß es seine Frau sei.«

Alle lachten, und Irene sagte: »Er hat auch gesagt, sein Name sei Brighton. Ich nehme nicht an, daß Sie das Gespräch auf Band aufgezeichnet haben, oder?«

»Was?« Sherwood schlug scherzhaft beide Hände vor sein Gesicht. »Sollen wir die Rechte unserer Verbrecher verletzen?«

Scheiße. »Ich habe es sowieso nicht angenommen.«

»Von diesem Telefon aus werden viele Gespräche mit Rechtsanwälten geführt«, erklärte Sherwood wieder ernst. »Der Richter hat uns gesagt, daß Tonbandaufnahmen nicht in Frage kommen.«

»Also gut«, sagte Irene und hakte diese Möglichkeit ab. »Was wissen wir über die reizende Mrs. Donovan?«

»Wir wissen, daß sie einen ganzen Haufen Leute umgebracht hat«, brummte einer der Leutnants. Ein Telefon summte, und ein anderer, Roper stand auf seinem Namensschild, ging, um den Hörer abzuheben.

»Danke, Leutnant«, sagte Irene, »ungemein hilfreich! Wissen

wir, ob sie lange genug bei unserem Knaben geblieben ist, um Mrs. Brighton zu werden?«

»Nichts zementiert eine Beziehung so fest wie ein netter gemeinsamer Mord«, meinte Sherwood mit breitem Grinsen.

»Wir haben etwas!« rief Roper und legte das Telefon auf. »Wir haben den Namen Brighton in den Computer eingegeben und alles außerhalb von Phoenix ausgeklammert. Klein anfangen und groß weitermachen. Einen Hinweis haben wir bekommen. Ein Travis Brighton geht in die achte Klasse der J.D.B. Stuart Junior High School. Die Adresse ist die gleiche wie die von Jake – Farm Meadows Trailer Park – die Wohnwagensiedlung.«

Irene schlug mit beiden Händen auf den Tisch. »Das ist es!« rief sie. »Das ist unsere Chance. Wenn wir das Kind erwischen, fangen wir auch die Eltern.«

Sherwood begann, Befehle zu erteilen, obwohl sein Stab bereits von sich aus zu handeln begann. »Alle Streifenwagen zur Schule«, ordnete er an. »Alle, bis auf die, die schon bei Brightons Haus und bei der Karosseriewerkstatt sind. Rufen Sie die Schule an. Sie sollen den Jungen irgendwie festhalten.« Die Leutnants rannten los, aber Sherwood brachte sie mit einem lauten Pfiff noch einmal zum Stehen. »Denkt daran! Es handelt sich hier um einen Mörder, der sein Kind aus der Schule holen will. Wenn wir nicht aufpassen, gibt das ein Blutbad. Sagt allen, daß sie verdammt vorsichtig sein müssen.«

An Irenes geistigem Auge rasten Bilder einer Schießerei mit automatischen Waffen und blutenden Kindern vorbei, und ihr wurde kalt. »Wie lange wird es dauern, bis der erste Streifenwagen bei der Schule eintrifft, Chief?«

Er stemmte die Hände in die Hüften, studierte die Karte und fing an zu rechnen. »Zehn Minuten, nehme ich an. Vielleicht zwölf. Die Schule ist ein bißchen abgelegen.«

Sie sah auf die Uhr und seufzte. Zehn Minuten erschienen ihr wie eine Ewigkeit.

Kapitel 8

Sie waren höchstens noch eine Meile von der Schule entfernt. Je mehr sie sich der Gefahr näherten, desto deutlicher stand es Jake vor Augen, wie schlecht die Chancen für sie standen. Es war einfach unfair.

Eine wilde, unverständliche Verschwörung, deren Sinn er niemals ganz begriffen hatte, hatte ihn sein ganzes Leben gekostet, die Zukunft ebenso wie die Vergangenheit. Zwar waren im Lauf der Jahre die Panikzustände seltener geworden – diese plötzlichen Ausbrüche von Verfolgungswahn, wenn jemand ihn seltsam ansah, oder die entsetzlichen Augenblicke, wenn im Lebensmittelladen jemand zu ihm sagte: »Kenne ich Sie nicht irgendwoher?« –, aber die Last all dieser Erfahrungen hatte ihm den Glauben an die Menschen genommen. Langsam, aber sicher war seine Vorstellung von Fairneß so weit geschrumpft, daß seine Erwartungen quälend leicht zu befriedigen waren. Es kam nur noch auf das Überleben an, darauf, daß man am Ende eines Tages noch alles besaß, was wirklich wichtig war. Heute erschien ihm selbst dieses Ziel unerreichbar.

Manchmal fragte er sich, was wohl geschehen wäre, wenn sie damals nicht geflohen wären; wenn sie der Justiz ihren Lauf gelassen hätten. Damals hatte es so viel einfacher ausgesehen unterzutauchen. Um so vieles sicherer. Nun erkannte er, wie töricht sie gewesen waren. In den Augen der Welt war ihre Flucht ein Beweis ihrer Schuld.

Carolyn und er waren in einem Alter in diese Sache hineingeraten, als sie noch glaubten, daß sich am Ende alles einrenken würde. Sie waren überzeugt, daß guten Menschen so schlimme Dinge nicht passieren konnten und daß ihre lebenslangen Bemü-

hungen, als anständige Bürger zu leben, schließlich dazu führen müßten, daß sie irgendwie in ein glückliches Ende hineinstolperten. Im nachhinein versetzte ihn seine Naivität in Wut.
Im Laufe der Jahre hatte er mit seinem Pessimismus zu einem schwankenden inneren Frieden gefunden, der jedoch Carolyn nicht einschloß. Er fürchtete, daß sie niemals aufhören würde, nach dem Silberstreifen am Horizont Ausschau zu halten, daß sie niemals wirklich begreifen würde, daß es ihr Schicksal war, jung zu sterben. Die eigentliche Tragödie bei alledem war Travis. Was konnte ein Junge verschuldet haben, selbst in einem früheren Leben, womit er Eltern verdiente, die seine Kindheit so zerstörten? Und wer waren sie, ihm zuzumuten, daß …
Nein, nicht weiter, befahl er sich. *Er ist dein Sohn. Du bist sein Vater. Du hast jedes Recht und jede Verantwortung.*
Das einzige, worauf es ankam, war seine Familie. Alles andere war Nebensache. Jake würde lügen, er würde stehlen, er würde sogar töten, um sie zu schützen, genauso wie diejenigen, die ihre Schuld auf sie abgewälzt hatten, alles tun würden, um ihr schmutziges Geheimnis zu wahren. Und das FBI war nur allzu eifrig bereit, ihnen dabei zu helfen. Die Donovans stellten eine der größten Blamagen in der Geschichte der Behörde dar, und Jake konnte sich nur zu gut vorstellen, wie sehr der Rachedurst der Agenten über die Jahre gewachsen sein mußte. Alles im Namen der Gerechtigkeit, natürlich. Wie widerwärtig das alles war.
Die Regierung benutzte die Justiz als Waffe, um Macht über das Volk auszuüben. Die Politiker und ihre Schachfiguren hatten nichts anderes im Sinn als ihre Publicity und ihre Ämter. Was lag schon daran, wenn normale Bürger wie Jake und Carolyn oder wirklich Unschuldige wie Travis für diesen Zweck sterben mußten?
»Jake, was ist mit dir, mein Schatz?« Carolyn sprach ihn an, und sie sah so aus, als habe sie es schon mehrfach versucht.

»Was? Mir fehlt nichts.« Er zwang sich zu einem wenig überzeugenden Lächeln.
»Glaubst du, daß sie es jetzt schon wissen?«
Er sah auf die Uhr. Zwanzig Minuten nach zwei. »O ja, sie wissen es. Das ist ganz sicher der Grund, warum so viele Polizeifahrzeuge in der Stadt herumrasen. Sie suchen mich. Inzwischen sind sie sicher schon überall – bei unserem Haus, in meinem Büro, überall.«
Sie drehte sich auf ihrem Sitz um und packte ihn am Arm. »Sicher sind sie auch schon bei der Schule!«
Sein Gesichtsausdruck blieb unverändert. »Das könnte sein.«
Sie erkannte seinen Ausdruck als das, was er tatsächlich war, und schnappte nach Luft. »O Gott, Jake, du kannst doch nicht in der Schule herumschießen! Was hast du vor?«
Er sah sie an. Sein Gesicht war ruhig und entschlossen. »Ich werde meinen Sohn in der Schule abholen und mitnehmen.«
»Und wenn die Polizei schon dort ist?«
Er zuckte die Achseln und wandte seine Aufmerksamkeit wieder der Straße zu. »Wenn die Polizei dort ist, wird es wahrscheinlich ein bißchen heiß werden.«
»Aber Jake ...«
Er schlug mit der Hand auf das Lenkrad und schrie: »Verdammt, Carolyn, was für eine Wahl habe ich denn? Diese Kerle werden mein Kind nicht kriegen. Sie haben uns schon unser Leben weggenommen, das seine werden sie nicht bekommen! Ich habe diesen Kampf nicht angefangen. Ich werde die Schule mit Travis verlassen oder überhaupt nicht. Deutlicher kann ich es nicht sagen.«
Sie sah ihn lange an, aber er mied ihren Blick. Sie versuchte, wütend auf ihn zu sein, aber im Innersten wußte sie, daß er recht hatte. Wenn es hier irgendwelche Schurken gab, dann waren es die Polizisten – diejenigen, die sich damals in Arkansas geweigert hatten, auf der Suche nach echten Beweisen dafür, wer an jenem

Tag wirklich geschossen hatte, über ihre eigene Nase hinauszusehen.
Der bittere, zynische Mann, der hier mit angespannten Kinnmuskeln neben ihr saß und sie nicht ansehen konnte, war nicht der Jake, den sie vor Jahren geheiratet hatte. Dieser Mann war durch Betrug zu dem gemacht worden, was er war, und er war entschlossen, sich um jeden Preis das zu nehmen, was sein rechtmäßiges Eigentum war.
Die Familie kam an erster Stelle, alles andere erst danach.
Er hatte vollkommen recht: Sie hatten keine Wahl. Sie unterdrückte das entsetzliche Gefühl, verloren zu sein, und kämpfte um ein bißchen Optimismus. Sie mußten jetzt stark sein. Schwäche konnten sie sich nicht leisten.
Unter gedrücktem Schweigen näherten sie sich der J.D.B. Stuart Junior High School. Carolyn war versucht, das Radio anzudrehen, nur um die Stille zu unterbrechen, aber sie unterließ es, aus Angst, daß sie einen Bericht über sich selbst zu hören bekommen würden. Das FBI würde sie als Mörder bezeichnen. So stand es in der Fahndungsliste. Als Jake den Bus am Straßenrand auf dem Gipfel eines Hügels zum Stehen brachte, der unmittelbar hinter der Schule lag, machte sie das Wissen krank, daß er jetzt tatsächlich bereit war zu töten, wenn es nicht anders ging – daß er schließlich tun würde, was sie von ihm erwarteten.
»Warum hältst du hier?« fragte sie. »Fahr doch einfach am Vordereingang vor und sieh zu, daß wir die Sache hinter uns bringen.«
Er schüttelte den Kopf. »Die Polizei vermutet uns entweder in dem Subaru oder im Celica. Ich möchte nicht, daß jemand den Bus sieht.« Er stellte den Schalthebel auf Parken und drehte sich zu ihr um. »Jetzt sage ich dir, was du zu tun hast.« Er sprach leise, seine Stimme war beherrscht und geschäftsmäßig. »Ich möchte, daß du hier mit laufendem Motor wartest. Wenn ich in einer Viertelstunde nicht zurück bin, fahr ohne mich los.«

Sie versuchte, ihn zu unterbrechen, aber er ließ sie nicht zu Wort kommen. »Wenn du Schüsse hörst, zähl bis dreißig und fahr los. Travis und ich werden schon irgendwie zu unserem sicheren Haus finden. Ich werde versuchen, ganz normal aus der Schule herauszugehen, aber wenn wir Hals über Kopf diesen Hügel hinaufgerannt kommen, rutsch auf den Fahrersitz hinüber und mach dich bereit zur Flucht.«

»Bist du fertig?« Sie sprach mit zusammengezogenen Lippen. Sie sah zornig aus.

Er überlegte einen Augenblick, dann nickte er. »Ja, ich bin fertig.«

»Gut, dann sage ich dir jetzt, was wirklich passieren wird«, erklärte sie. »Ich warte hier auf dich. Und das ist mein letztes Wort. Zwei Stunden lang, mit oder ohne Schüsse, das ist mir egal. Ich warte. Wir gehören für immer zusammen, Jake.« Ihre Augen füllten sich mit Tränen, und diesmal ließ sie ihnen freien Lauf.

Noch nie war ihr Zusammengehörigkeitsgefühl so stark gewesen. Er lächelte und legte eine Hand an ihr Kinn. Jeder Versuch, sie von ihrem Entschluß abzubringen, war Zeitverschwendung. »Du weißt, daß ich dich liebe.«

Sie lächelte zurück und bedeckte seine Hand mit ihrer eigenen. »Du mußt mich nur genug lieben, um heil zurückzukommen.«

»Das verspreche ich.«

Sie hatten alles gesagt, was zu sagen war. Er schlüpfte aus dem Wagen und schloß die Tür. Er zog seine Jacke fester um sich und preßte den Ellenbogen gegen die Pistole, nur um zu spüren, daß sie noch da war. Was für ein wunderbarer Tag! Etwa fünfzehn Grad, schätzte er, viel zu schön für das, was er vorhatte.

Er ging rasch die steile Betontreppe zur Schule hinunter. Unten angekommen, überquerte er den verlassenen Spielplatz, dann drehte er sich noch einmal nach dem Bus um, bevor er um die Ecke verschwand.

Die J.D.B. Stuart Junior High School – wie fast alles im tiefen

Süden nach einem Helden der Konföderation benannt – war ein weitläufiges, einstöckiges, noch nicht einmal fünf Jahre altes Gebäude. Als Jake darauf zuging, fiel ihm ein, daß sie bei all ihren Fluchtplänen die Tatsache übersehen hatten, daß Travis in irgendeine Schule gehen mußte. Schon wieder ein Loch in der Planung. Scheiße. Zwar fühlte er sich als Lehrer den Ansprüchen der achten Klasse gewachsen, aber sie brauchten auch Bücher und mußten den Lehrplan kennen. Wie hatten sie nur etwas so Selbstverständliches übersehen können? Nach so vielen Jahren des Planens und Ausmalens aller Möglichkeiten wurden die ersten großen Schwächen des Fluchtplans bereits sichtbar, bevor sie mit seiner Durchführung richtig angefangen hatten. Er fluchte leise vor sich hin.

Während er auf den Haupteingang zuging, suchten seine Augen beständig nach Anzeichen, daß etwas nicht in Ordnung war. Wenn die Polizei die Schule schon umstellt hatte, hatten die Männer sich gut versteckt. Wieder preßte er den Ellenbogen gegen die Glock.

Lieber Gott, vergib mir, was ich vielleicht tun werde. Ein Gebet mit Bedingungen, wie eine Wette mit Gott. Er mußte über seine eigene Kühnheit lächeln.

Durch zwei Doppeltüren gelangte er in die Halle der Schule, die farbenfroh mit lustigen, von der Decke herabhängenden Fahnen für das Herbstfest dekoriert war. Halloween durfte in der Schule nicht mehr gefeiert werden, seit irgendeine religiöse Fanatikerin, die nichts anderes zu tun hatte, auf die Idee gekommen war, daß Halloween ein heidnisches Fest sei und deshalb die verfassungsmäßige Trennung von Kirche und Staat verletze.

Das Sekretariat der Schule lag gleich vorne rechts. Durch die Glaswand bemerkte er eine Gruppe von fünf Leuten, die darin zusammengedrängt stand, einen Mann und vier Frauen. Sie schienen aufgeregt und besorgt. Besonders der Mann, den Jake als den Direktor der Schule, Mr. Menefee, erkannte, machte

einen sehr erregten Eindruck. Der Grund für die allgemeine Aufregung mußte schwerwiegend sein, und Jake hätte wetten können, daß er wußte, worum es sich handelte.
Als er die Hand nach der Türklinke ausstreckte, nahm er Blickkontakt mit einer der Frauen auf. Sie machte den Mund auf und wurde blaß, dann tippte sie Menefee auf die Schulter. Jake beobachtete, wie das Gesicht des Mannes hart wurde, und sein Magen begann zu flattern. Das Gesicht des Direktors drückte Entschlossenheit aus und nicht Furcht, und Jake fürchtete, daß der Mann sich möglicherweise als Problem erweisen könnte. Bevor er die Tür aufstieß und eintrat, öffnete er seine Jacke.
Das Gespräch verstummte augenblicklich, und Jake dachte sich, daß er drückendes Schweigen langsam satt hatte. »Guten Tag, meine Herrschaften«, sagte er so fröhlich er konnte. »Ich komme, um meinen Sohn abzuholen.«
Niemand sagte ein Wort. Die vier Frauen richteten die Augen auf ihren Chef, der ebenfalls nicht recht wußte, was er sagen sollte.
»I-Ich fürchte, äh, diesen Gefallen können wir Ihnen nicht tun«, stotterte der Direktor.
Jake lächelte geduldig. Offensichtlich war der Mann über die Ereignisse des Vormittags informiert und versuchte Zeit zu gewinnen, vielleicht um Travis vor etwas zu bewahren, das er für eine Bedrohung seiner Sicherheit hielt. Insgeheim bewunderte Jake den Direktor für seinen Mut.
»Das war keine Bitte«, sagte Jake so sanft wie möglich. »Das war eine Feststellung. Ich bin hier, um meinen Sohn abzuholen, und zwar sofort.« Er stützte sich mit dem rechten Arm auf den Tisch, so daß sich seine Jacke öffnete. Er wußte nicht, ob die Glock dabei sichtbar wurde oder nicht, aber Menefee verstand die Bewegung als die Drohung, als die sie gemeint war. »Zur Zeit dürfte er im Englischunterricht sein.«
Menefee wandte sich an eine der Damen. »Mrs. Harris, würden Sie bitte eine Durchsage an Mrs. Friedrichs Klasse machen und

ihr sagen, daß Travis Brightons Vater hier ist, um ihn abzuholen?«
Mrs. Harris wollte den Befehl befolgen, aber Jake hielt sie auf. »Mrs. Harris, sagen Sie Mrs. Friedrich bitte nur, daß sie Travis ins Sekretariat schicken soll. Daß ich hier bin, soll eine Überraschung sein. Und sagen Sie ihm auch, daß er alle seine Bücher und seine Jacke mitbringen soll.«
Mrs. Harris nickte gehorsam und ging rasch zur Sprechanlage. Gleichzeitig schlüpfte eine Frau in weißer Schwesterntracht in ein angrenzendes Zimmer.
»Bleiben Sie bitte hier!« rief Jake ihr nach. Er rannte zu der Tür, durch die sie gerade verschwunden war. Es war dieselbe Frau, die so erschreckt durch die Glaswand geschaut hatte. Jetzt stand sie wie versteinert mitten im Schwesternzimmer und kniff die Augen zusammen, als erwartete sie, geschlagen zu werden. Ein kleines Mädchen mit blondem Pferdeschwanz saß auf der Kante eines Bettes an der Rückwand des Raumes. Obwohl offensichtlich zu Tode erschrocken, stellte das Mädchen keine unmittelbare Gefahr dar, und Jake beachtete sie nicht. »Bitte«, drängte er wieder. »Unterhalten wir uns alle zusammen hier in diesem Büro, bis Travis kommt.«
Die Krankenschwester hob die Hände, als sie in das Büro zurückging, und Jake mußte lachen.
»Sie können die Hände unten lassen, Ma'am. Ich habe nicht die Absicht, jemanden zu verletzen. Ich möchte nur, daß Sie alle zusammenbleiben.«
»Haben Sie wirklich Leute umgebracht, Mr. Brighton?« fragte das kleine Mädchen.
Die Frage überraschte ihn. Er sah das Mädchen vorsichtig an. Aber sie schien ganz einfach neugierig zu sein. »Nein, mein Schatz«, sagte er. »Ich habe keiner Fliege etwas zuleide getan.« Er trat etwas näher an sie heran, bückte sich und sah ihr direkt in die Augen. »Und das ist die absolute Wahrheit.«

Das kleine Mädchen lächelte, offenbar zufriedengestellt. »Gut«, sagte sie.
Er strich ihr über den Kopf und paßte dabei auf, ihre Frisur nicht in Unordnung zu bringen. Dann wandte er sich wieder an die Erwachsenen im Büro. »Haben Sie die Durchsage schon gemacht, Mrs. Harris?«
»N-nein«, stotterte sie. »I-ich dachte, Sie wollten zuhören.«
»Sehr vernünftig.« Er bemühte sich, sie freundlich anzulächeln. »Dann tun Sie's jetzt. Ich höre zu.«
Mrs. Harris drückte auf einen Knopf an der Konsole. »Mrs. Friedrich?« fragte sie.
Die Antwort tönte dumpf und entfernt aus dem Lautsprecher. »Ja?«
Mrs. Harris warf einen Blick auf Jake, bevor sie fortfuhr. »Würden Sie bitte Travis Brighton ins Sekretariat schicken?«
Im Hintergrund hörte man ein lautes »Ooooooh« von der Klasse. Die Aufforderung, ins Sekretariat zu kommen, hatte nie etwas Gutes zu bedeuten. »Ruhe«, befahl Mrs. Friedrich, und die Klasse verstummte. »Gut«, sagte sie ins Mikrofon. »Sonst noch etwas?« Offensichtlich wartete sie auf eine Erklärung.
»Sorgen Sie dafür, daß er seine Bücher und seine Jacke mitbringt.« Mrs. Harris sah Jake an und schien sich darüber zu freuen, daß er zurücklächelte.
»Welche Bücher?« fragte Mrs. Friedrich.
Mrs. Harris sah Jake fragend an, aber dieser zuckte nur die Achseln.
»Alle«, gab Mrs. Harris zurück.
»Alle Bücher?«
Mrs. Harris sah wiederum Jake an, aber der bedeutete ihr nur, schnell zu machen. Sie wandte sich wieder dem Mikrofon zu, wußte jedoch nicht, was sie sagen sollte, und stellte die Sprechanlage ab.
»Gut gemacht, Mrs. Harris«, lobte Jake.

Sie schien stolz auf sich zu sein.
»Warum ziehen Sie Ihren Sohn in diese Sache hinein, Brighton?« fragte Menefee. Seine Stimme hatte den scharfen Ton eines Vaters, der mit seinem Sohn schimpft.
Jakes Lächeln verschwand. Er starrte den Direktor an und überlegte, ob er antworten solle oder nicht. Endlich sagte er: »Sehen Sie mich nicht so an, als ob ich ein Kinderschänder wäre, Menefee. Und falls Sie es noch nicht bemerkt haben, Sie sollten jetzt sehr, sehr vorsichtig sein.«
Menefee schüttelte den Kopf und richtete sich so hoch auf, wie er konnte, als ob damit auch sein Mut wachsen würde. »Ich betrachte Sie nicht als Kinderschänder, Brighton«, verbesserte er. »Ich betrachte Sie als Mörder, denn genau das sind Sie.«
Alle vier Frauen schnappten nach Luft. Mrs. Harris legte eine Hand auf ihre Brust, als ob sie gleich einen Herzanfall bekommen würde, und warf Menefee einen überraschten und wütenden Blick zu. Alle vier zogen sich von ihrem Chef zurück, und Jake mußte an die übliche Szene in allen Cowboyfilmen denken, wo die Straße sich leert, bevor der große Schußwechsel beginnt.
Jake ließ Menefee nicht aus den Augen, dennoch registrierte er ganz genau, was die anderen taten. Er hatte das Gefühl, daß die Dinge eine unerwünschte Wendung nahmen. Menefee war ein Narr, so ein Wortgefecht vom Zaun zu brechen. Als Jake antwortete, wählte er jedes Wort mit großer Sorgfalt.
»Wenn ich ein Mörder wäre, wären Sie jetzt tot, Menefee. Tatsächlich habe ich Sie nicht einmal bedroht.«
»Sie sind mit einer Pistole in meine Schule gekommen …«
Jake brachte ihn mit einer abrupten Bewegung seiner linken Hand zum Schweigen. Menefee zuckte zusammen. Unter anderen Bedingungen hätte Jake über diese Reaktion gelacht, aber diesmal nicht. Er streckte den Zeigefinger nach dem Direktor aus, bis seine Fingerspitze nur noch zwanzig Zentimeter von dessen Nase entfernt war. »Halten Sie jetzt endlich den Mund«,

sagte er. »Ich habe nichts Böses getan. Die Einzelheiten gehen Sie nichts an. Aber Sie können beruhigt sein, bis zum heutigen Tag habe ich niemals einen Menschen getötet.« Er schwieg und sah alle Anwesenden, einen nach dem anderen, an. Alle, bis auf das kleine Mädchen, sahen weg, sobald er sie ins Auge faßte. »Sie können sich aber auch darauf verlassen, daß ich alles tun werde, was nötig ist, um meine Familie vor Schaden zu bewahren. Haben Sie mich verstanden, Menefee?«

Die Augen des Direktors glitten von Jakes Finger zu der Pistole an seiner Hüfte und wieder zurück. Er schluckte schwer, dann nickte er.

Jake senkte langsam den Finger und nickte ebenfalls. »Gut. Dann setzen Sie sich doch bitte dorthin.«

Menefee zögerte einen Augenblick und wußte offensichtlich nicht, was er tun sollte.

»Bitte«, sagte Jake und deutete auf einen der drei Metallschreibtische. »Und fassen Sie nichts an. Besonders nicht das Telefon. Meine Aufgabe hier ist fast erledigt.«

Kapitel 9

Elf Minuten waren bereits vergangen, und Carolyn fror. Sie stellte die Heizung höher und überlegte sich dabei, daß es draußen eigentlich nicht so kalt sei. Die Nerven, vermutete sie. Ihre Körpertemperatur sank immer ab, wenn sie nervös wurde. Ihre Füße bekamen fast Blasen von der heißen Luft, die aus der Heizung strömte, und dennoch hörte sie nicht auf zu zittern.

Es dauerte einfach zu lang. Es konnte doch keine so große Sache sein, hineinzugehen, Travis zu schnappen und wieder herauszukommen. Fünf Minuten, zehn vielleicht? Jetzt waren schon fast zwölf Minuten vergangen, und immer noch war nichts von ihren Männern zu sehen. Sie war wütend auf sich, weil sie nicht mit Jake gegangen war. Sie hätte darauf bestehen sollen. Dann wäre wenigstens alles, was passierte, ihnen gemeinsam geschehen. Der Gedanke, ausgeschlossen zu sein, war unerträglich.

Zweimal begann sie, aus dem Wagen zu klettern, um nach ihnen zu sehen, und beide Male kletterte sie wieder auf ihren Platz zurück. Wenn etwas schiefging, würde sie genau da gebraucht werden, wo sie war. Vor ihrem geistigen Auge lief ein Alptraum ab, in dem Jake in einem Sprint um Leben und Tod Travis den Hügel hinaufzerrte, die Polizisten dicht auf den Fersen, und dann den Bus leer vorfand.

Wie oft hatte Jake ihr das eingeschärft: Der Schlüssel zum Erfolg bestand darin, sich an den Plan zu halten.

In ihrem Herzen war sie jedoch davon überzeugt, daß der Plan sowieso zum Scheitern verurteilt war. Wie sollte er auch gelingen? Es gab Millionen verschiedener Möglichkeiten und Milliarden möglicher Kombinationen. Die Sache mit Travis und seinem Schulausflug zum Beispiel. Wie hätten sie darauf gefaßt sein sollen? Oder die Drogenrazzia heute morgen in der Werkstatt. Nichts war so, wie sie es geplant hatten. In der Originalversion des Plans kam Travis überhaupt noch nicht vor – damals war er noch gar nicht gezeugt.

In der ersten Zeit waren Carolyn und Jake geradezu besessen gewesen von ihrem Plan. Sie hatten jeden Abend daran gearbeitet und Tausende von Dollars in die Ausrüstung, das Werkzeug und das sichere Haus in den Bergen investiert. Mein Gott, das sichere Haus! Wie lang war das her, seit sie es zum letzten Mal gesehen hatte? Elf Jahre? Vielleicht sogar zwölf. Travis war noch ein kleines Bürschlein gewesen, daran konnte sie sich erinnern, und selbst damals war das Haus schon eine Rattenfalle, ein Ort, um den man gerne einen großen Bogen machte. Das Haus – eigentlich ein altes Wohnmobil, dem Jake den hochtrabenden Namen »Donovans Höhle« gegeben hatte – lag in einem zwei Hektar großen Grundstück am Rande der Zivilisation in den Bergen von West Virginia. Jake hatte in den Justizmitteilungen der Zeitung von Beckley davon gelesen und es einen Tag vor der Zwangsversteigerung für fünfzehntausend Dollar von der Bank gekauft. Im Grundbuch war ein Francis Wheeler aus High Point, North Carolina, als Grundstückseigentümer eingetragen. Manchmal fragte sich Carolyn, wie Jake es schaffte, seine sämtlichen Decknamen auseinanderzuhalten.

In der Anfangszeit war es geradezu eine Leidenschaft von Jake gewesen, sich neue Namen zuzulegen. Er konnte gar nicht genug davon bekommen. Mindestens ein Jahr lang ging er jede Woche in die Bibliothek und las die Todesanzeigen in einem Dutzend führender Zeitungen durch. Wenn er erst mal einen Namen hatte, rief er bei der Division of Motor Vehicles unter dem Vorwand an, die Unfallstatistik des Autofahrers für eine Versicherungsgesellschaft überprüfen zu wollen. Mit einem bißchen Drumherumgerede und einer Menge Bluff brachte er den Angestellten dazu, ihm die Sozialversicherungsnummer zu sagen, und wenn er erst einmal diese magische neunstellige Zahl hatte, war alles andere leicht. Mit Hilfe einer Folge von Postfächern – jeden Monat eines neuen – hatten sie sich neue Führerscheine zuschicken lassen. Natürlich war mit jedem Antrag ein gewisses Risiko verbunden, aber selbst wenn etwas schiefging, konnte der Antrag nur bis zu einem nicht mehr benutzten Postfach zurückverfolgt werden, das einem Toten gehörte.

Den Namen Brighton hatten sie länger behalten, als es jemals geplant gewesen war. Das lag natürlich an Travis. Nachdem das Baby erst einmal geboren war, wurde es um vieles schwieriger, den Namen zu wechseln. Und in dem Moment, wo er sprechen konnte, kamen Namenswechsel überhaupt nicht mehr in Frage. Wie hätten sie ihm das erklären sollen? Sie waren sich darüber einig, daß es Geheimnisse gab, die man einem kleinen Jungen nicht anvertrauen konnte. So kehrten sie also zu dem Namen zurück, der in Travis' Geburtsurkunde stand, und wurden endgültig die Familie Brighton.

Dann war es nur noch darauf angekommen, in allen Dingen sehr sorgfältig zu sein. Sie hatten die Gesetze befolgt, ihre Steuern pünktlich bezahlt und sich in allen Dingen an ihre Umgebung angepaßt. Auf diese Weise waren sie niemals aufgefallen. Rückblickend erkannte Carolyn, daß sie viel zu sorglos geworden waren. Sie waren nicht mehr genügend auf der Hut gewesen.

Nun brach alles wieder über sie herein, und sie war sich nicht sicher, ob sie das noch einmal durchstehen würde. Sie war sechsunddreißig Jahre alt und Jake achtunddreißig. Sie waren einfach zu alt dazu, noch einmal von vorne anzufangen. Und was war mit Travis? Was sollten sie ihm sagen? Wie kam es eigentlich, fragte sie sich, daß die einzigen Fragen, die sie niemals richtig durchdacht hatten, die einzigen, die sie nicht in ihren Plan einbezogen hatten, diejenigen waren, die sich direkt auf ihren Sohn bezogen? Es war, als hätten sie sich gefürchtet, diese eine Tür zu öffnen, aus Angst vor dem, was dahinter auf sie wartete.

Würde ihnen Travis ihre Lügen jemals verzeihen? Mußte er sie nicht hassen, wenn er herausfand, was mit ihnen los war? Das ganze Leben ihres Sohnes war auf Sand gebaut. In allen Urkunden, die je für den Jungen ausgestellt worden waren, war sein Name Travis Brighton, und seine Eltern waren Carolyn Davies Mallone und Jacob Aubrey Brighton. Aber diese Leute – diejenigen, die mit diesen Namen geboren waren und mit diesen Sozialversicherungsnummern gelebt hatten – waren beide tot. Sie waren in zwei verschiedenen Autounfällen im Jahr 1982 ums Leben gekommen.

Was würde das für Travis für Folgen haben, daß seine Eltern, so wie er sie kannte, gar nicht existierten? Würde er seinen Namen ändern müssen, wenn sie verhaftet würden? Würden sie es sich leisten können, seinen Namen nicht zu ändern, wenn sie nicht erwischt würden? Tausend Fragen schossen ihr durch den Kopf, als sie frierend im warmen Auto saß. In ihrer pessimistischen Stimmung stellte sie fest, daß sie keine Ahnung hatte, was auf sie zukam. Das Geheimnis des Überlebens war nicht der Plan, sondern die Fähigkeit, sich den Zufällen des Lebens anzupassen.

Kalt wie ihr war, mußte sie plötzlich an die Flasche Jack Daniel's in ihrer Tasche denken. *Das wird mich aufwärmen.* Bei dem Gedanken, wie die brennende Flüssigkeit ihre Kehle hinunterlaufen würde, lief ihr das Wasser im Mund zusammen …

Nein! Sie rief sich so energisch zur Ordnung, daß sie glaubte, sie habe es laut gesagt. *Nicht ausgerechnet jetzt.*

Sie sah den Streifenwagen erst, als er schon an ihr vorbeigefahren war und sich schnell auf die Schule zubewegte.

O Gott, bitte nicht.

Ihr Herz hämmerte laut hinter ihrem Brustbein. Das Polizeiauto erreichte die Zufahrt zur Schule, bremste kurz ab und sauste um die Kurve.

»Scheiße.« Diesmal sagte sie es wirklich laut. Sie kletterte über die Mittelkonsole und glitt hinter das Lenkrad. »Mein Gott,

kommt doch endlich«, stöhnte sie mit zusammengebissenen Zähnen. Verzweifelt hielt sie nach den beiden Ausschau, aber sie waren nirgends zu sehen. »Verdammt.«
Carolyn suchte zwischen ihren Knien nach dem Griff und versuchte ungeschickt, den Sitz hinter dem Lenkrad richtig einzustellen. Beim ersten Versuch rutschte sie zu nah heran, beim zweiten fuhr der Sitz zu weit nach hinten. Erst nach mehreren Korrekturen stimmte die Entfernung so einigermaßen. Sie trat auf die Bremse, griff nach dem Schalthebel, dann hielt sie inne.
Auf einmal hielt sie die glänzende kleine Pistole in der Hand.

»Zwei Tage hintereinander«, schimpfte Travis, als er in seine Jacke fuhr und seine Bücher in den Rucksack stopfte. Er schlug sein Fach zu. »Das scheint ja zur Gewohnheit zu werden.« Diesmal wußte er nicht einmal, was er angestellt haben sollte, obwohl er ja ganz offensichtlich von der Schule geschmissen werden sollte. Warum sonst sollte er alle seine Bücher mitbringen?
Wahrscheinlich hätte ich Menefees fetten Hintern küssen sollen, als ich ihn heute morgen in der Halle sah, dachte er. Nun ja, ein großer Verlust war es nicht. Er haßte diese Schule sowieso.
Wie, zum Teufel, sollte er das seinem Vater beibringen? Da würde es heute abend wohl eine ernsthafte Standpauke in Farm Meadows geben.
Während er an der Turnhalle vorbei zum Verwaltungsflügel ging, zermarterte er sich das Gehirn, was er denn heute falsch gemacht haben könnte. Sie würden ihn doch wohl nicht dafür von der Schule verweisen, daß Eric Lampiers Bruder ihn nach der Schule zusammengeschlagen hatte. Aber vielleicht würden sie sogar das tun. Wenn er die Geschichte von seinem blauen Auge noch ein einziges Mal einem Lehrer erzählen mußte, würde er überschnappen. Mrs. Benoli, die Schulpsychologin, hatte ihn wenigstens ein Dutzend Mal gefragt, ob sein Vater oder seine

Mutter ihn geschlagen hätten. Er hatte fast den Eindruck, daß sie sich wünschte, er würde ja sagen.
Das hatte er natürlich nicht getan. Er hatte gesagt, er könne sich nicht erinnern, daß sein Vater ihn überhaupt je geschlagen hätte. Das entsprach nicht ganz der Wahrheit, aber die Ohrfeige, die er bekommen hatte, weil er Tommy Mution im Kindergarten gebissen hatte, war wohl schwerlich die Kindesmißhandlung, nach der die alte Ziege gesucht hatte.
Travis fiel fast um vor Schreck, als er um die letzte Ecke bog und sah, daß sein alter Herr im Büro auf ihn wartete. Da mußte ja wohl ernsthaft die Kacke am Dampfen sein.
»Hi, Dad«, sagte er dümmlich, als er die Bürotür öffnete. »Hi, Mr. Menefee.«
Gewöhnlich war Travis kein Speichellecker, aber im Augenblick schien das keine ganz schlechte Idee zu sein.
»Hi, Trav«, sagte Jake und zwang sich zum Lächeln. Irgendwas ging hier vor. Travis konnte die Spannung in der Luft fast schmecken. »Hast du deine Sachen?«
Travis zuckte die Achseln. »Ja. Wo wollen wir hin?«
Jake legte den Arm um die Schultern seines Sohnes, behielt aber weiter Menefee im Auge. »Wir machen einen kleinen Ausflug«, sagte er.
»Ziehen Sie ihn nicht in diese Sache hinein, Brighton«, drängte Menefee noch einmal und wagte es sogar, von seinem Stuhl aufzustehen.
»Halten Sie sich da raus, Menefee«, warnte Jake.
Travis beobachtete den Wortwechsel wie ein Tennismatch und drehte den Kopf von einem zum anderen. Mrs. Harris sah aus, als ob sie gleich in Tränen ausbrechen würde. »Was ist denn los«, fragte er. »Ist Mom was passiert?«
Jake warf einen kurzen Blick auf seinen Sohn. »Es geht ihr gut«, sagte er, aber es klang wenig überzeugend. »Menefee, tun Sie, was gut ist für Sie. Halten Sie sich hier raus.«

»Sie werden keine zwanzig Meilen weit kommen«, beharrte Menefee.
»Das reicht erst mal«, sagte Jake und ging rückwärts zur Tür hinaus. »Komm, Travis, gehen wir.«
Travis fühlte sich entsetzlich unbehaglich. »Was soll das heißen, daß wir keine zwanzig Meilen weit kommen?«
Jake zog den Jungen mit sich. »Gehen wir erst mal.«
Als sie aus dem Büro heraus waren, folgte Travis seinem Vater zum Haupteingang. In diesem Augenblick fuhr ein Polizeiwagen auf den für Busse reservierten Parkplatz. »Boah!« rief Travis. »Die haben's aber eilig.«
Auch Jake sah den blau-weißen Wagen vorfahren. »Scheiße!«
»Was ist denn los?«
Jake packte den Jungen bei der Jacke, machte kehrt und rannte zum Eingang auf der anderen Seite der Schule. »Komm, Travis, schnell jetzt.« Er zog die Glock.
»Lieber Gott, Dad. Was machst du?«
»Sei still.« Jake zog noch heftiger an Travis' Jacke.
Travis riß sich instinktiv los. »Wozu hast du eine Pistole?«
»Lauf!«
Jakes verzweifelter Tonfall war etwas Neues für Travis. Noch nie hatte er seinen Vater in einem solchen Zustand gesehen. Was immer hier vorging, es war viel ernster als alles, was ihnen jemals vorher passiert war. Voller Schrecken rannte er den Gang hinunter und war sich dabei bewußt, daß Rennen gegen die Regeln verstieß.
Sein Vater hatte eine Pistole! Und er sah so aus, als ob er bereit sei, sie auch zu benutzen. *Was, zum Teufel, hatte das zu bedeuten?*
Als sie zusammen über den glänzenden Linoleumboden des Ganges rannten, mußte Travis zwei Schritte machen, wenn sein Vater einen machte. Sie erreichten die Tür und stürmten hinaus in den Sonnenschein, wandten sich nach links und rannten auf den Hügel zu, der zwischen der Schule und der Straße lag.

»Rennen wir vor der Polizei weg?« fragte Travis keuchend, als er sich neben Jake den grasbewachsenen Abhang hinaufkämpfte.

Wenn du wüßtest, dachte Jake. »Ich erklär dir alles im Auto.«

Jake versuchte mit langen Schritten den steilen Abhang hinaufzurennen, aber seine Füße rutschten auf dem feuchten Gras. Er fiel aufs Gesicht, aber er verlor höchstens eine, zwei Sekunden, bevor er sich weiter den Hang hinaufkämpfte. Zwei Schritte vor, einen zurück.

Nach zwei Stürzen wurde Travis langsamer, aber Jake packte seinen Rucksack und zerrte ihn weiter. »Verdammt noch mal, renn endlich.«

Als sie endlich oben ankamen, hätte Jake fast einen Freudenschrei ausgestoßen, als er den Bus sah, immer noch mit laufendem Motor, genau da, wo er ihn verlassen hatte, und die Straße war immer noch leer.

Endlich auf ebenem Boden, wollte Travis weiterrennen, aber Jake hielt ihn fest. »Nein, halt. Steig in den Bus.«

»Wem gehört dieser Wagen?«

»Er gehört uns. Steig ein.« Jake schleppte seinen Sohn zum hinteren Wagenende und öffnete die Doppeltür.

»Wo soll ich sitzen?« Es war ein Transportbus. Keine Sitzbänke, keine Fenster, nur zwei Reihen von Regalen an beiden Seitenwänden. Vorne im Wagen sah Travis seine Mutter hinter dem Lenkrad, und sie sah noch erschreckter aus als sein Vater.

»Steig ein und such dir einen Platz«, sagte Jake und zog ihn am Arm vorwärts.

Wieder riß Travis sich los. »Nein«, sagte er. »Ich fahre nicht mit.« Das war ja alles verkehrt. Diese Leute waren nicht seine Eltern. Sie sahen so aus, aber sie waren nicht seine Eltern. Er kam sich vor wie in einem Sience-fiction-Film, in dem Aliens die Gestalt anderer Leute annehmen. Angst überkam ihn, und er weigerte sich einzusteigen. Nicht, bevor ihm irgendwer erklärte, was hier vorging.

»Travis, dafür haben wir jetzt keine Zeit. Steig endlich ein.«
»Du machst mir angst«, schrie Travis, laut genug, um Aufmerksamkeit zu erregen, falls irgend jemand zuhörte.
»Steig in den verdammten Bus!« Jake schlang die Arme um seinen Sohn.
»Laß mich los!«
Carolyn war nahe daran, in Panik zu verfallen. Ihre Augen waren unverwandt auf das andere Ende der Straße gerichtet, wo die Polizisten jeden Augenblick wieder auftauchen mußten. »Um Gottes willen, Travis«, bat sie. »Mach kein Geschrei!«
Jake sah ein, daß es keinen Sinn hatte, es mit Gewalt zu versuchen, und ließ den Jungen los. »Travis, hör mir zu. Ich weiß, daß dich das alles erschreckt und daß du das nicht verstehst. Aber du mußt jetzt in den Bus steigen, und wir müssen weiter. Die Polizei glaubt, daß wir etwas getan haben, was wir nicht getan haben, und sie sind nur einen Häuserblock entfernt.«
»Jake, mach schnell!« Carolyn verlor die Nerven.
Er achtete nicht auf sie. »Ich verspreche dir, daß ich dir alles erkläre, sowie wir ein Stück weit die Straße hinuntergefahren sind. Aber jetzt mußt du mir vertrauen. Wenn du nicht augenblicklich in den Bus steigst, werden deine Mutter und ich getötet werden. So einfach ist das.«
In Travis' Kopf drehte sich alles.
»Bitte, Travis!« bat seine Mutter. Sie war vollkommen verzweifelt.
Es war falsch. Er sollte einfach wegrennen, hin zu den Polizisten und nicht vor ihnen weg. Davon war er auch noch überzeugt, während er in den Bus kletterte und es dunkel wurde, als sein Vater die Tür schloß.
»Mein Gott, Schatz, bitte mach schnell«, bat Carolyn, als Jake die Beifahrertür öffnete. Kaum hatte er sich schwer in den Sitz fallen lassen, fuhr sie los. Sie vollführte eine Kehrtwendung und lenkte den Wagen in Richtung Bundesstraße.

»Achte auf die Geschwindigkeit«, warnte Jake. »Versuche, möglichst genau zwei Meilen schneller zu fahren als erlaubt.«
»Jetzt soll mir endlich jemand sagen, was los ist«, beharrte Travis. Im Rückspiegel sah Carolyn, wie ein Polizeiwagen am Gipfel des Hügels auftauchte. »Scheiße, da kommen sie.«
Jake fuhr in seinem Sitz herum und sah das Blaulicht in der Ferne. Fluchend wand er sich aus seinem Sitz und kauerte sich hinter Carolyns Rückenlehne, um auch in den Rückspiegel sehen zu können. »Also gut, hör zu«, sagte er schnell. »Mit einem Bluff können wir heil aus dieser Sache herauskommen.«
»Wie?« Carolyns Stimme schnappte fast über vor Angst.
»Indem du einfach freundlich bist«, sagte Jake beruhigend. »Sie suchen nicht nach einem Bus, sie suchen nach einem Subaru oder einem Celica. Sie suchen auch nicht nach dir, sie suchen nach mir.«
»Sie suchen nach uns beiden.«
Jake zuckte die Achseln. »Wir waren aber nicht beide in der Schule. Vielleicht halten sie uns ja nicht einmal an.«
Jake bückte sich tief und ging nach hinten zu seinem Sohn, der vollkommen verschreckt aussah. »Lieber Gott, Dad, was ist passiert?«
Jake sah Travis an und zermarterte sich das Gehirn nach einer einfachen Antwort. »Wir sind auf der Flucht«, sagte er. »Und so erschreckend und unfair das auch ist, du mußt mit.« Jake griff in eines der Regale und zog zwei grüne Armeedecken herunter. »Hier«, sagte er. »Versteck dich darunter und gib keinen Laut von dir.«
Travis sah ihn argwöhnisch an. »Warum?«
Jake rutschte näher, bis seine Nase fast die seines Sohnes berührte, und er sprach nun sehr eindringlich. »Hör zu, Travis. Unsere Lage ist im Augenblick ziemlich verzweifelt. Du kannst nicht von mir verlangen, daß ich dir alles sofort erkläre. Tu mir einfach den Gefallen. Wir beide müssen unsichtbar bleiben.«

Travis' himmelblaue Augen wurden groß und feucht. Der arme Junge war zu Tode erschreckt und wußte nicht einmal, warum. Aber er nickte und zog sich die Decke über den Kopf.
»Sie winken mich auf die Seite«, verkündete Carolyn vom Fahrersitz aus.
Jake ließ sich auf Hände und Knie nieder und kroch in die hintere Ecke, gegenüber der, in der Travis saß. Die Glock immer noch gezückt, zog er sich die Decke bis zum Kinn. Er hörte, daß die Räder über Kies rollten, dann hielt der Bus auf dem Seitenstreifen.
»Denk dran, Travis«, flüsterte er, »keinen Laut.«
Die kleine, grüne Gestalt nickte.
»Und du, Carolyn, denk daran«, flüsterte er etwas lauter, »du bist Carrie Durflinger.« Dann griff er noch nach oben und verriegelte die Hecktür.

Carolyn holte tief Luft. Diese neueste Strategie gehörte nicht zum Plan, aber sie erschien ihr sinnvoll. Nach Jakes Auftritt in der Schule würde die Polizei in erster Linie nach ihm suchen; und sie vermuteten ihn in einem anderen Auto. Mit dieser kleinen Übung setzten sie ihr Leben auf die Hoffnung, daß die Polizei Mrs. Durflinger und den Bus nicht mit Jake in Verbindung bringen würde. Sie begann wieder zu frieren. Ihre Chancen standen einfach zu schlecht.
Ihr erstes Problem war die Pistole in ihrer Hand. Natürlich durften die Polizisten sie nicht sehen, aber es blieb ihr auch keine Zeit mehr, sie zu verstecken. Carolyn schob sie unter ihren rechten Oberschenkel und war sich dabei nur zu deutlich bewußt, daß sie nicht in der Lage sein würde, sie zu benutzen, nicht einmal im äußersten Notfall.
Sie brachte den Bus zum Stehen, der Streifenwagen bremste ebenfalls und fuhr dicht auf ihre hintere Stoßstange auf. Hinter der Windschutzscheibe waren zwei Gestalten erkennbar. Sie

blieben lange mit eingeschaltetem Blinklicht sitzen, ohne daß sich einer von beiden bewegte.
»Sie rühren sich nicht«, sagte Carolyn mit geschlossenen Lippen.
»Haben sie angehalten?« fragte Jake leise.
Sie bejahte.
»Dann kontrollieren sie nur die Nummernschilder. Du kannst dich beruhigen.«
»Schon gut.« In ihrem Magen flatterten unzählige Schmetterlinge – nein, es mußten Kondore sein, ein ganzer Schwarm davon. Die größten Vögel des Planeten.
»Wenn sie aussteigen, kannst du sehen, woran wir sind. Wenn sie mit gezogenen Pistolen ankommen, dann haben sie uns.«
Travis zog die Decke vom Kopf. »Pistolen?« Es war ihm nicht im Traum eingefallen, daß es einen Schußwechsel geben könnte. Er starrte die Glock in Jakes Hand an. »Dad?« In seinen Augen war nun wirkliches Entsetzen.
Jake hob den Finger, um ihn zum Schweigen zu bringen. »Pst! Denk an das, was ich dir gesagt habe. Ich verspreche dir, daß ich dir später alles erkläre. Aber jetzt mußt du erst mal unter der Decke bleiben.« Er gab sich große Mühe, den Jungen anzulächeln.
Travis zitterte und weinte ein bißchen, aber er tat, was sein Vater ihm sagte.
»Jetzt steigen sie aus«, sagte Carolyn. »Keine Pistolen. Ob sie den Wagen wohl durchsuchen wollen?«
»Sicher nicht. Dafür haben sie keinen Grund.« *Sofern sie dich nicht erkennen.*
»Aber was ist, wenn sie es doch tun?«
Jake hatte keine Ahnung. »Dann hauen wir ab.«
Die beiden Polizisten stiegen gleichzeitig aus dem Wagen. Der, der auf dem Beifahrersitz gesessen hatte, stellte sich, kaum einen Meter von Jake entfernt, an der hinteren Stoßstange des Busses auf. Ohne die dünne Metallwand hätten sich die beiden Männer

die Hände schütteln können. Der Fahrer ging unterdessen langsam zu Carolyn ans Fenster.
»Guten Tag, Ma'am«, sagte der Polizist.
Carolyn mußte sich den Hals verrenken, um ihn anzusehen. »Hallo, Officer. Habe ich etwas falsch gemacht?«
Der Polizist blieb vollkommen geschäftsmäßig, ohne eine Spur von Humor. »Kann ich bitte Ihren Führerschein sehen?« Auf dem silbernen Schild auf seiner Jackentasche stand der Name: Pernell.
Mit großer Anstrengung versuchte Carolyn, ihre Hände ruhig zu halten, als sie ungeschickt in ihrer Handtasche nach dem neuen Führerschein suchte. *Carrie Durflinger*, wiederholte sie für sich. Als sie dem Polizisten die Plastikkarte mit ihrem Foto hinüberreichte, warf sie noch einen kurzen Blick auf die Adresse und versuchte, sie sich einzuprägen: *274 Oak Lane, High Point, North Carolina.*
Pernell sah die Karte nur flüchtig an, dann steckte er sie in seinen Gürtel. »Haben Sie diesen Mann schon mal gesehen?« fragte er und hielt ihr eine verschwommene Vergrößerung von Jakes altem Fahndungsfoto hin, von vorne und im Profil.
Als Carolyn dieses Bild zum letztenmal gesehen hatte, hatte sich neben dem Foto von Jake ein ebenso altes von ihr selbst befunden. Carolyn sah das Bild sorgfältig an. Er hatte damals noch so jung ausgesehen, mit glattrasierten Wangen und ganz ohne graue Fäden im schwarzen Haar.
»Nein«, sagte sie endlich. »Ich glaube nicht.« Sie war direkt stolz auf ihre schauspielerischen Fähigkeiten. »Wer ist das?«
Der Polizist steckte das Bild wieder in die Innentasche seiner Jacke. »Er nennt sich Brighton. Und er wird wegen Mordes gesucht.«
Carolyn blieb der Mund offen. »Wegen Mordes! Lieber Gott! Und das in unserer kleinen Stadt?«
Der Polizist schüttelte den Kopf. »Mrs. Durflinger, ich muß Sie bitten, noch eine Minute zu warten.«

Carolyn blieb fast das Herz stehen. *Was kann er gesehen haben? Was habe ich gesagt?*

»Nun ja, ich bin ein bißchen in Eile«, sagte sie und sah auf die Uhr. Der Polizist nickte. Offensichtlich war ihm ihr Zeitplan vollkommen gleichgültig. »Es wird nicht lange dauern.«

»O Gott, Carolyn«, flüsterte Jake von hinten. »Du bist aus North Carolina. Dies ist nicht *deine* kleine Stadt.«

So ein Mist! Wie hatte sie nur so dumm sein können. Ihr Magen krampfte sich noch mehr zusammen, aber ihr Gesicht blieb vollkommen ruhig. Der zweite Polizist hatte ihr Bild im Außenspiegel genau im Auge. Wenn sie auch nur zuckte, würde er es sehen. Pernell ging zu seinem Kollegen. Carolyn beobachtete sie, wie sie ruhig miteinander redeten wie zwei beratende Ärzte. Pernell drehte Carolyn den Rücken zu, der andere sah sie an. Dieser andere war ihr unsympathisch. Er hatte unfreundliche Augen. So wie er sich verhielt, mußte Pernell der Untergebene sein. Der Vorgesetzte stellte ein paar Fragen, und Pernell antwortete mit leichtem Kopfschütteln.

»Was machen sie?« wollte Travis unter der Decke wissen.

Jake streckte die Hand aus und berührte seine Schulter. »Pst. Alles in Ordnung.«

Endlich beendeten die beiden Polizisten ihre Beratung. Pernell schlenderte zu Carolyn zurück, und sein Boß stieg wieder in den Streifenwagen. »Tut mir leid, daß ich Sie aufhalten mußte, Mrs. Durflinger«, sagte Pernell und reichte ihr den Führerschein zum Fenster hinein. Dann lächelte er und klopfte noch zweimal an die Wagentür. »Gute Fahrt.«

In dem Moment, als Pernell zum Streifenwagen zurückging, versagten Carolyns Nerven. Ihre Hände zitterten so stark, daß sie kaum in der Lage war, das Fenster zu schließen. Die Erregung schlug über ihr zusammen. Nach wenigen Sekunden zitterte sie am ganzen Körper: Hände, Knie, Beine, Schultern, Kinn. Eine Welle von Übelkeit machte sie vollkommen hilflos, und gleich-

zeitig mußte sie dringend auf die Toilette. Mein Gott, sie hatten es fast geschafft, und jetzt würde sie alles mit einer Flut von Tränen und Erbrochenem zunichte machen.
»Mir wird schlecht«, wollte sie sagen, aber sie brachte nur ein Gurgeln zustande.
»Nein, dir wird nicht schlecht!« befahl Jake. »Das kannst du dir jetzt nicht leisten. Schluck's runter und fahr los, als ob alles in Ordnung wäre.« Jakes strenger Tonfall veranlaßte Travis, den Kopf unter seiner Decke hervorzustrecken. Er sah noch entsetzter aus als vorher. Jake sah sein erschrockenes Gesicht und sprach in freundlicherem Ton weiter. »Alles kommt jetzt auf dich an, mein Schatz. Wir können entkommen, oder wir können geschnappt werden. Eine andere Möglichkeit gibt es nicht. Bisher warst du großartig. Jetzt verdirb nicht noch alles in letzter Sekunde.«
Carolyn fühlte sich verletzt. Sie haßte es, wie ein Kind gescholten zu werden, noch dazu im Beisein von Travis. Kein Lob für ihre schauspielerische Leistung, nur eine Drohung mit den schrecklichen Konsequenzen, die ihnen bevorstanden, wenn sie sich von dieser Flut von Gefühlen überwältigen lassen würde.
»Du mußt dich zusammennehmen, Carolyn«, redete Jake ihr zu.
»Schon gut«, gab sie bissig zurück. Die Gefühlsflut legte sich, als habe sie auf einen Knopf gedrückt und sie ausgeschaltet. Ihre Hände und Knie hörten auf zu zittern, und ihr Herzschlag verlangsamte sich auf ein erträgliches Tempo. Die Übelkeit war verflogen.
Sie griff nach dem Schalthebel und lenkte den Bus vom Seitenstreifen auf die Straße. Im Rückspiegel konnte sie Officer Pernell erkennen, der eifrig mit einem Stoß von Papieren auf seinem Schoß beschäftigt war. Als das Bild des Streifenwagens im Rückspiegel allmählich kleiner wurde, hoffte Carolyn, daß er nie erfahren würde, wie übel er hereingelegt worden war.
Hinter ihr stieß Jake ein Kriegsgeheul aus, das sie fast in den Straßengraben fahren ließ. »Wir haben es geschafft, Mädchen! Du warst großartig!«

Kapitel 10

Um sechzehn Uhr dreißig stand die Regierung der Vereinigten Staaten mit ihrer gesamten Autorität und allen ihr zur Verfügung stehenden Mitteln hinter der Suche nach den Donovans, und zu ihrer eigenen Überraschung fand sich Irene noch immer als Leiterin der Fahndung. Tatsächlich bedeutete das natürlich nur, daß sie zum offiziellen Sündenbock ernannt worden war. Wenn ihr ihre Beute tatsächlich entkommen sein sollte, würde auf diese Weise nur eine Laufbahn ruiniert.

Oder genauer gesagt, zwei. Irene kannte Paul Boersky seit ihren gemeinsamen Tagen in Minneapolis, ihrem ersten und seinem zweiten Posten nach Abschluß der Polizeiakademie. Gemeinsam hatten sie eine eindrucksvolle Liste von Verhaftungen zustande gebracht, wodurch sie beide schneller als ihre jeweiligen Klassenkameraden befördert worden waren. Dank der politischen Realitäten der neunziger Jahre hatte Irene ihren alten Partner vor vierzehn Monaten auf der Karriereleiter überholt. Zur Zeit wurden bei Beförderungen Kandidaten bevorzugt, die einer Minorität angehörten, in diesem Fall eine Frau.

Sofern Paul wegen seiner Verweisung auf den zweiten Platz einen Groll hegte, ließ er sich das niemals anmerken. Irenes Bereitschaft, Untergebenen Gelegenheit zu geben, sich bei der Arbeit auszuzeichnen, tat ihm gut. Sein nächster Posten würde mit Sicherheit der eines Leiters einer eigenen Zweigstelle werden.

Daran war bis zum heutigen Tag kein Zweifel gewesen. Sollte allerdings diese Sache mit den Donovans schlecht ausgehen, blieb an allen, die mit der Sache befaßt waren, ein häßlicher Makel hängen.

Im Augenblick waren Paul, Irene und ein Dutzend Polizisten und FBI-Agenten damit beschäftigt, die Wohnwagensiedlung in Farm Meadows auseinanderzunehmen, in der Hoffnung, einen Hinweis zu finden, wohin sich die Donovans gewandt haben könnten. Bisher hatten sie nichts gefunden, aber die Polizei von Phoenix konnte den großen Erfolg verbuchen, vier flüchtige Betrüger verhaftet zu haben.

Es mußte einfach eine Möglichkeit geben, sie ausfindig zu machen. Irene weigerte sich zu glauben, daß die Erde sich öffnen und drei Menschen verschlingen konnte. Alles, was einer tat, hinterließ irgendeine Spur. Das schien für jedermann zuzutreffen, außer für die Donovans.

Paul seufzte laut und lehnte sich an die selbstgebaute Veranda vor dem Wohnwagen der Donovans. »Ich weiß, daß du das nicht gerne hören wirst«, sagte er etwas dümmlich, »aber es sieht so aus, als seien sie einfach abgehauen. Ihre Kleidung ist noch im Schrank, im Ausguß ist schmutziges Geschirr, und in der Waschmaschine ist nasse Wäsche.«

»Und in der Schule haben wir sie auch verpaßt«, seufzte sie.

»Vor zwei Stunden«, bestätigte er. »Wir können uns inzwischen ein ziemlich gutes Bild davon machen, was sie den Tag über gemacht haben. Eine Nachbarin, Mary Barnett, sagt, daß sie Carolyn heute morgen in der Bank gesehen hat, und sie habe ›sehr verdächtig‹ ausgesehen.«

»Was soll das heißen?«

Er zuckte die Achseln. »Ich weiß es nicht. Wahrscheinlich nur, daß Mrs. Barnett nicht genug zu tun hat. Ich habe trotzdem einen Mann zur Bank geschickt, der sich mal mit den Leuten dort unterhalten soll.«

Sie nickte. »Sonst noch was?«

»Ja. Komm und laß es dir zeigen.« Er führte sie in den Wohnwagen der Donovans, an der Küche und dem Wohnzimmer vorbei ins Elternschlafzimmer. Irene hatte nicht viel übrig für die Trailerparkszene, aber sie mußte zugeben, daß dieser Wohnwagen besser aussah als die meisten. »Hier«, sagte Paul und zeigte auf das Bett. »Drei Reisetaschen mit Kleidung und Toilettenartikeln.«

Sie hob die Augenbrauen. »Drei Taschen, wie bei Mama Bär, Papa Bär und Baby Bär?«

»Genau«, bestätigte er. »Drei Taschen mit den wichtigsten Dingen, und trotzdem sind die Schränke voll.«

»Hast du die besondere Gabe, einen Schrank anzusehen und zu sagen, was *nicht* drin ist?« fragte sie ärgerlich. Dann lachte sie und schüttelte den Kopf.

Auch er wurde ärgerlich. Er hatte keine Lust, Gegenstand ihres Spotts zu sein. »Denk doch mal nach«, drängte er. »Wenn jemand in letzter Minute Sachen zusammenpackt, hinterläßt er doch Unordnung. Sachen müßten aus den Schubladen heraushängen und Klamotten halb von den Bügeln gerissen sein. Aber sieh dich doch mal hier um. Es ist natürlich nicht gerade wie aus ›Schöner Wohnen‹, aber die Wohnung ist aufgeräumt.«

Sie sah wieder die drei Taschen an. »Vielleicht wollten sie in Urlaub fahren.«

»Die Taschen waren aber in einen Schrank eingeschlossen.«

»Ja und?«

»Ich glaube, daß sie auf diese Situation vorbereitet waren. Sieh mal, in dieser Tasche sind sogar Fotos und Erinnerungsstücke an die Babyzeit ihres Sohnes. Kein Mensch nimmt so was mit in die Ferien. Die Donovans waren darauf gefaßt, jeden Augenblick abhauen zu müssen, und das bedeutet, daß sie einen Plan haben. Sie wissen, was sie tun müssen, wo sie hinwollen und wie sie dort hinkommen.«

»Aber wir haben sie bei der Ausführung ihres Plans gestört«, gab sie zu bedenken. »Vielleicht sind sie aus dem Konzept gebracht.«

Er zuckte die Achseln. »Nun ja, vielleicht. Aber bedenke, daß dies nur ein paar Kleidungsstücke und Toilettenartikel sind. Nichts, was eine Flucht gelingen läßt oder verhindert.«

Darüber dachte sie einige Zeit nach. »Das bedeutet, daß sie irgendwo noch andere Sachen haben müssen.«
Er nickte. »Ich an ihrer Stelle hätte das.«
Sie sah ihn lange an. »Meinst du nicht, daß du ihnen zuviel zutraust? Wenn sie einmal spurlos verschwunden sind, bedeutet das doch nicht, daß sie das noch einmal schaffen.«
»Tatsächlich haben sie es aber geschafft.« Es schien ihm peinlich zu sein, das Offensichtliche auszusprechen.
Sie seufzte und rieb sich die Schläfen. Frankels Tirade hallte ihr immer noch in den Ohren. »Hast du sonst noch was?«
Er senkte die Augen. »Na ja, die Untersuchungen haben ja gerade erst angefangen ...« Er blätterte noch einmal in seinem Notizbuch. »Ehrlich gesagt haben wir nichts, was uns weiterhilft. Wir haben den Beweis, daß die Brightons tatsächlich die Donovans sind, aber das haben wir auch schon gewußt, bevor wir hierherkamen. Was wir wirklich wissen wollen, ist, wo sie jetzt sind, und dafür haben wir nicht den geringsten Hinweis. Bisher jedenfalls nicht.« Die Worte hingen schwer in der Luft. »Ich wünschte, ich könnte dir etwas Erfreulicheres sagen«, schloß er, »aber es gibt nichts.«
Sie biß die Zähne zusammen. »Kannst du dir vorstellen, wie satt ich es habe, daß mir ständig jemand sagt, was er *nicht* tun kann?« Sie stellte fest, daß sie Frankels Tirade fast wörtlich wiederholte. »Jedes Kind kann mir sagen, was alles nicht möglich ist. Karrieren werden aber mit der Fähigkeit gemacht, Möglichkeiten zu finden.«
Sie ging in die Küche, und Paul folgte ihr. Beide setzten sich an den Küchentisch.
Sie hatte Paul mit ihren Vorwürfen verletzt, und er würde mindestens eine Woche lang den Mund nicht mehr aufmachen. Nach all den gemeinsamen Jahren hatte er eine solche Behandlung wirklich nicht verdient, und sein Gesicht brachte das deutlich zum Ausdruck.

»Jetzt sag mir bitte noch einmal, was wir tatsächlich wissen«, verlangte sie.

Er seufzte tief und schluckte seinen Ärger hinunter. »Also gut. Was wir wissen, ist Folgendes: Sie sind sehr vorsichtig. Sie waren bereit zu fliehen, und das wahrscheinlich schon seit langem. Wir haben hier alles vorgefunden, was man für das Familienleben so braucht. Bücher, Zeitschriften, Toilettenartikel, Spielzeug für das Kind. Auf den ersten Blick haben sie in erster Linie Romane und Thriller gelesen, und im Kinderzimmer ist eine Sammlung von Comics, für die mein Sohn einen Mord begehen würde. Das einzige, was auch nur am Rande von Interesse ist, sind einige Zeitschriften, die wir gefunden haben. Artikel über das Überleben in der Wildnis und Kataloge für die entsprechende Ausrüstung. Ich finde das bedeutsam, wenn auch nur deshalb, weil solche Kenntnisse es leichter für sie machen zu verschwinden.«

Irene hörte mit gerunzelter Stirn zu. »Gibt es irgendwelche Korrespondenz? Briefe mit Absendern, die wir ausfindig machen können?«

»Leider haben wir auch in dieser Hinsicht nichts Brauchbares gefunden«, sagte Paul. »Nur ein paar unbezahlte Rechnungen und einen Haufen Reklame. Vielleicht werden wir in ein paar Stunden mehr wissen, wenn wir alles genau überprüft haben.« Er seufzte und hob die Hände. »Es ist einfach noch zu früh, Irene. Ich weiß nicht, was ich dir sagen soll.«

In der Tür erschien ein Schatten. »Entschuldigen Sie ...«

Die furchtsame Stimme kam von Special Agent Mike Jamison, der am Eingang stand und darauf wartete, hereingebeten zu werden. Jamison war ruhig und ängstlich und wurde allgemein für einen Verlierer gehalten. Spätestens in fünf Jahren, vermutete Irene, würde er für immer an einen Schreibtisch verbannt sein.

Paul war der erste, der dem Neuankömmling antwortete. »Ja, Mike, was gibt es?«

»Den Toyota Celica können Sie vergessen«, erklärte Jamison.

»Wir haben gerade einen Anruf von der Stadtpolizei von Phoenix bekommen. Es sieht so aus, als hätten zwei ihrer Leute die Donovans vor zwei Stunden entkommen lassen, nur ein paar hundert Meter von der Schule entfernt.«

Irene blieb der Mund offenstehen, und sie schloß die Augen. »Sag, daß das ein Witz ist.«

Jamison zuckte die Achseln. »Schön wär's. Die beiden Polizisten haben Jake nicht zu sehen bekommen, und niemand ist auf die Idee gekommen, auch das Bild von Carolyn zu faxen. Vermutlich hatten sie's eilig.«

»Mein Gott«, stöhnte sie. »Gibt es irgendwas, auch nur ein einziges Detail, das Sherwood und seine Bande heute nicht falsch gemacht haben?«

Paul unterdrückte ein Grinsen. »Was ist mit dem Celica?« wollte er wissen.

»Also, die Leute, die von der Stadtpolizei angehalten worden sind, saßen in einem weißen Bus«, erklärte Jamison. »Wir haben die Autonummer. Eine Nummer aus North Carolina, zugelassen auf den Namen Durflinger.«

»Und lassen Sie mich raten«, grollte Irene immer noch mit geschlossenen Augen. »Die Durflingers sind tot, nicht wahr?«

Jamison sah bekümmert aus. Die Schau war ihm gestohlen worden. »Woher wissen Sie das?«

»Weil das die einfachste Methode ist, zu einem neuen Namen zu kommen«, sagte Paul verächtlich. Es war der älteste Trick, den es gab.

»Das ist doch nicht zu fassen«, jammerte Irene. »So ein Scheiß. Also geben Sie die Autonummer an alle Polizeistationen und Streifenwagen durch, in jedem Staat östlich des Mississippi.«

»Das hat Sherwood bereits erledigt«, meinte Jamison.

Irene warf ihm einen wütenden Blick zu. »Sherwood hat heute schon viel getan. Wir helfen einfach nach.«

Jamison nickte, aber er rührte sich nicht.

Plötzlich war es mit Pauls Geduld vorbei. »Mike, wenn du noch mehr auf Lager hast, spuck's endlich aus.«
Jamison räusperte sich umständlich und dachte nach. »Offenbar hat ein Angestellter einer Bank die Nachrichten über die Donovans im Fernsehen gesehen. Er hat bei der Stadtpolizei angerufen und gesagt, daß er Carolyn Donovan heute vormittag in der Bank gesehen hat.«
»Ach, schon wieder die Bank ...« Irene war es leid, sich überholte Neuigkeiten anzuhören.
»Der Mann hat gesagt, daß sie an ihr Schließfach wollte«, schloß Jamison.
»Und?« Lieber Gott, diesem Mann mußte man wirklich jedes Wort einzeln aus der Nase ziehen.
Jamison zuckte die Achseln. »Nun ja, er hat es ihr geöffnet.«
»Nun sag schon, Mike«, schnauzte Paul. »Was hat sie aus dem Fach herausgenommen?«
Agent Jamison machte ein erschrockenes Gesicht. »Ich weiß es nicht. Der Mann hat es nicht gesehen. Er sagte, daß sie mit leeren Händen in die Kabine ging und mit einer vollgestopften Papiertüte wieder herauskam. Niemand hat gesehen, was sie hineingetan hat.«
Irene und Paul sahen sich an. »Bargeld?« überlegte sie.
Paul nickte. »Das möchte ich vermuten.«
Irene entließ Jamison, indem sie sich von ihm abwandte. »Du sagst, du hast schon jemanden bei der Bank?«
»Entweder schon dort oder unterwegs.«
Irene wartete, bis Jamison gegangen war. »Er ist vollkommen hoffnungslos«, meinte sie.
Paul nickte und kaute auf seiner Backe herum. »Ja, und so was darf mit einer Feuerwaffe draußen herumlaufen.«
Aber Irene war schon wieder mit anderem beschäftigt. »Und du, Agent Boersky«, sagte sie, »du holst jetzt die Genehmigung von der Staatsanwaltschaft ein, dieses Schließfach zu öffnen.«

Paul sah sie an, als ob sie nicht richtig im Kopf sei. »Warum das? Glaubst du, daß sie etwas *hineingetan* hat?«
»Nein«, sagte sie grimmig und brachte ihn in voller Absicht wieder in Wut. »Ich glaube, daß das Fach leer ist. Ich möchte nur, daß du mir den Beweis dafür bringst.« Sie stand auf und ging zur Tür. »Außerdem siehst du so aus, als ob du dringend eine Beschäftigung bräuchtest.«

Travis saß auf einem Klappstuhl zwischen den Regalen im Bus. Sie waren jetzt schon so lange schweigend weitergefahren, daß Travis zu der Überzeugung gekommen war, daß seine Eltern ihr Versprechen vergessen hatten, ihm zu erklären, was los war. Die Sonne versank hinter den Berggipfeln, die vor ihnen lagen, und er bestaunte die verschiedenen Schattierungen von Orange, Rot und Blau am westlichen Himmel. Die Klippen sahen aus, als ob sie in Flammen stünden, hell leuchtend vor einem dunklen Hintergrund. Mit der Dunkelheit erwachte eine neue Welt des Schreckens.
Er hatte seine Eltern noch nie so angespannt gesehen wie jetzt. Im Laufe der Jahre hatte er sie unzählige Stunden lang aus diesem Blickwinkel beobachten können, wenn sie kreuz und quer durch das Land gefahren waren, aber heute sahen sie anders aus, und die Veränderung machte ihm angst. Sein Vater hielt sein Kinn so seltsam, und die Muskeln vor seinen Ohren arbeiteten die ganze Zeit. Und dann dieser fremde Ausdruck in seinen Augen. Und seine Mutter erst! Sie sah so aus, als ob sie jeden Augenblick explodieren würde.
Auch das lange Schweigen war erschreckend, fast so erschrekkend wie ihre geflüsterten Unterhaltungen, von denen Travis nur Bruchstücke verstehen konnte. Wenn es irgendwas Gutes zu sagen gab, hätten sie es ihm inzwischen sicher gesagt.
Schließlich hielt er es nicht mehr aus. »Hey, Dad?« Seine Stimme klang unsicher, als ob er nicht wußte, ob er fragen sollte oder nicht.

»Ja, Travis?«
»Hättest du wirklich auf den Polizisten geschossen?«
»Hör auf, Travis«, fuhr Carolyn ihn an.
Aber Jake hob die Hand. »Nein«, sagte er. »Ich glaube, wir müssen wirklich darüber reden.«
»Aber Jake ...« Carolyns Stimme klang bittend.
»Carolyn, wir müssen es ihm sagen. Es geht einfach nicht anders.«
Es tat Travis schon wieder leid, daß er gefragt hatte. Er mußte daran denken, was Jay Kowalski ihm über den Tag erzählt hatte, an dem sein Vater es der Familie beigebracht hatte, daß er Krebs hatte. Das mußte ziemlich ähnlich gewesen sein. Jays Eltern hatten sich lange darüber gestritten, ob sie den Kindern die Wahrheit sagen sollten oder nicht. Schließlich hatte sein Vater sich durchgesetzt und ihnen alles gesagt. Danach war Jays Leben nie wieder so gewesen wie vorher, und nach einem Jahr war sein Vater tot gewesen. Travis wollte nicht, daß sein Vater starb.
Jake holte tief Luft, wie er es immer tat, wenn er Travis etwas klarmachen wollte. »Trav, deine Mutter und ich sind da in eine Sache verwickelt, von der ich dir jetzt erzählen muß ...«

Kapitel 11

Newark, Arkansas. August 1983

Das Gebäude Nr. 234 lag zwischen den Gebäuden Nr. 1719 und 2680, ziemlich im Zentrum des Geländes der ehemaligen Munitionsfabrik, die einmal die Ulysses S. Grant Army Ammunition Plant gewesen war. Irgendwann einmal mußten die Gebäudenummern Teil eines sinnvollen Systems gewesen sein, aber jetzt waren die Tafeln mit den Zahlen nur noch zufällige Kennzeichen an den unzähligen, niedrigen, roten Ziegelbauten. Wenn das Äußere des Gebäudes Nr. 234 langweilig war, so war sein Inneres ausgesprochen häßlich. Die Neonbeleuchtung, die von den unappetitlich braunen Wänden reflektiert wurde, ließ alles gelblich erscheinen, so daß jeder in dem Gebäude ein chronisch krankes Aussehen annahm.

Wie gewöhnlich kamen Jake und Carolyn zu spät, obwohl sie diesmal wirklich nichts dafür konnten. Die Tatsache, daß sie einen triftigen Grund für ihre Verspätung hatten, würde ihnen heute jedoch wenig Sympathie einbringen. Heute war der Eröffnungstag für den größten Auftrag in der Geschichte der Firma Enviro-Kleen, und alles mußte pünktlich und perfekt ablaufen. Als sie durch die Gänge zum überfüllten Konferenzraum rannten, versuchte Jake, nicht daran zu denken, was für Ärger sie vermutlich bekommen würden. Dafür, sich Sorgen zu machen, war sowieso Carolyn zuständig.

»He, da kommt ja unser junges Paar!« verkündete Glenn Parker fröhlich, als die Donovans versuchten, sich hineinzuschleichen. Offensichtlich hatte der wichtige Teil der Besprechung noch nicht begonnen. »Ich war gerade dabei, allen zu erzählen, was für

ein Supermann du letzte Nacht warst, Jake. Diese dünnen Wände sind besser als jeder Pornofilm.«
Carolyn wurde knallrot. Alle Anwesenden lachten und klatschten Beifall. Jake grinste breit und verbeugte sich. »Heute nacht lasse ich dir den Vorhang offen, damit du auch noch das Bild zum Ton bekommst.«
Carolyn war die einzige Frau in einer Mannschaft von siebenunddreißig unverheirateten jungen Männern. Mit ihrem kohlschwarzen Haar, ihren riesigen, braunen Augen und ihrer hübschen Figur spielte sie zweifellos eine große Rolle in der Phantasie ihrer Teamkameraden, wenn sie sich in der Dunkelheit ihrer Motelzimmer Erleichterung verschafften. Aber diese Tatsache störte sie nicht im geringsten. Im Gegenteil, sie fand es sogar sehr anregend.
»Kannst du denn heute überhaupt noch laufen, Carolyn?« wollte Parker wissen und brachte noch einmal die ganze Versammlung zum Lachen.
»Wenn du deine Hand noch benutzen kannst, kann ich laufen.« Mit dieser Bemerkung brachte Carolyn die anderen augenblicklich zum Schweigen.
Nick Thomas, der Sicherheitsbeauftragte für das Newark-Projekt und Leiter dieser letzten Besprechung, bevor es ernst wurde, bemühte sich, die Versammlung wieder unter Kontrolle zu bekommen. »Schon gut«, sagte er. »Können wir jetzt bitte zur Sache kommen? Jake, Carolyn, setzt euch hin. Wo ist Tony Bernard?«
Die metallenen Klappstühle im Konferenzraum schienen noch älter zu sein als das Gebäude selbst, und die beiden, die in der letzten Reihe noch frei waren, waren die schlechtesten von allen. Jake versuchte zwei Sekunden lang zu sitzen, dann zog er es vor, stehen zu bleiben.
»Tony ist krank«, erklärte er. »Das ist der Grund, warum wir zu spät kommen. Wir haben versucht, ihn aus seinem Zimmer zu

schleppen, aber er kotzt sich die Seele aus dem Leib. Glaub mir, du kannst ihn heute hier wirklich nicht brauchen.«

Nick machte ein sehr besorgtes Gesicht. Sie hatten die Operation hundertmal geprobt, und sie hatten bei der Kalkulation der Arbeits- und Ruhephasen mit dem vollständigen Team gerechnet. Er wandte sich an den Projektmanager, Sean Foley, der hinter Nick in der Ecke saß und ein grimmiges Gesicht machte.

»Wir müssen trotzdem anfangen«, knurrte Foley. Er hatte sowieso wenig Verständnis für die Cowboymentalität des Teams. Er dachte gar nicht daran, einen Vertrag für mehrere Millionen Dollar aufs Spiel zu setzen, bloß weil ein Mann ohne Erlaubnis krank geworden war. Im Raum herrschte Schweigen.

Nick nahm das als Zeichen fortzufahren. Er schaltete den Projektionsapparat ein, und auf der Filmleinwand wurde ein Gebäudeplan mit der Überschrift »Magazin B-2740« sichtbar.

»Also, Leute, für die nächsten achtundzwanzig Wochen wird dies unser Arbeitsplatz sein. Wenn wir annehmen, daß dieses Gebäude identisch ist mit den fünfhundert anderen hier im Newark-Massenvernichtungsimperium, dann dürfte der Innenraum dreißig mal dreiundzwanzig Meter messen.« Er hatte einen Zeigestab mit Gummispitze in der Hand, mit dem er auf die wichtigen Punkte auf der Leinwand deutete. »Diese kleinen Quadrate, die ihr hier auf dem Plan seht, sind armierte Betonpfeiler. Und für den Fall, daß ich für die Ungelernten in der Mannschaft zu schnell bin, Pfeiler sind Dinger, die das Dach tragen.«

Zwei Absolventen der A & M-Universität Texas zeigten ihm einen Vogel, und die ganze Versammlung brach in schallendes Gelächter aus. Nick, der selbst von der staatlichen Universität Oklahoma kam, versäumte keine Gelegenheit, den beiden am Zeug zu flicken. Als das Gelächter verstummte, schob er ein Farbfoto in den Projektor.

»Wie ihr hier seht, ist die Halle wie ein Bunker gebaut: geformt wie ein Iglu, ganz aus Stahlbeton. Auf dem Dach und an den Seiten sind anderthalb Meter Erde angehäuft. Weiß der Himmel, wieviel Erde auf der Rückseite ist. Jedenfalls viel. Die einzige Möglichkeit, in die Halle und wieder herauszukommen, ist diese Feuerschutztür auf der Vorderseite.«

Alle diese Informationen waren nicht neu für die Teilnehmer der Besprechung, und Nick wußte das auch. Jede Einzelheit der Aufräumungsarbeiten in Newark war in einem identischen Magazin geübt worden, weit von der Sperrzone entfernt. Aber heute sollte es ernst werden, und die Mitarbeiter konnten nicht gut genug vorbereitet sein. Von den rund dreißig Leuten, die im Konferenzraum versammelt waren, würden nur achtzehn die Operationszentrale verlassen, wenn die Operation anlief, und von denen würden nur sechs, das eigentliche Entry-Team, tatsächlich in das Magazin eindringen. Niemand wußte genau, was sie dort vorfinden würden, aber alle Anzeichen sprachen dafür, daß es ziemlich häßlich sein würde.

Von Sprengstoffen aller Art bis zum gesamten Spektrum chemischer Kampfstoffe war alles irgendwann einmal im Magazin B-2740 gelagert worden. Darüber, wie es gegenwärtig aussah, gab es nur Spekulationen, aber eines war sicher: In der Halle lagerte »eine Riesenmenge Teufelszeug«. (Dies waren die Worte eines Inspekteurs von der EPA, der Umweltschutzbehörde, der vor einem Jahr gleich neben dem Eingang einen Kanister mit Senfgas entdeckt hatte und in Panik geraten war.) Die Aufgabe der Firma Enviro-Kleen war es nun, Genaues festzustellen.

Was allen am meisten Sorgen machte, waren die Nervengifte VX und GB, die voraussichtlich beide in großen Mengen in der Halle gestapelt lagen. Diese Stoffe waren bereits bei einem Anteil von eins zu hundert Milliarden Teilen in der Luft tödlich, und Jake fürchtete das Zeug wie die Hölle. Laienhaft ausgedrückt war das die lächerlich geringe Menge von einem Tropfen Nervengas in der Menge von Luft, die ein normaler Erwachsener in siebenundzwanzig Jahren einatmet.

»Also denkt daran«, schloß Nick, »schon der kleinste Tropfen bringt euch um.« Plötzlich änderte er sein Verhalten und spielte nun nicht mehr den Sicherheitsbeauftragten, sondern den Professor. Er zeigte auf Adam Pomeroy, den jüngsten Zuwachs im Enviro-Kleen-Team. »Mr. Pomeroy!«

Adams Kopf fuhr von den Männchen hoch, die er auf seinen Spiralblock gekritzelt hatte. Er war dreiundzwanzig und sah aus wie sechzehn. »Ja?«

»Bitte erklär mir den Mechanismus einer Vergiftung durch VX.«

Adam machte ein Gesicht, als sei er wieder in der Schule, und suchte mit den Augen an der Zimmerdecke nach der Antwort. Als sie ihm einfiel, lächelte er. »VX ist ein Cholinsterase-Inhibitor«, sagte er stolz.

»Und was bedeutet das?«

Adams Lächeln verschwand. »Äh …«

»Mr. Parker.«

Jetzt war es an Glenn zu lächeln. Er war seit acht Jahren in diesem Geschäft, und es kam selten vor, daß er etwas nicht wußte. »Das bedeutet, daß die Impulse nicht von einer Nervenzelle zur anderen weitergegeben werden können.«

»Ausgezeichnet. Jake, was machst du, wenn du mit diesem Gift in Berührung kommst?«

Jake rollte mit den Augen. »Ach komm, Nick.«

Carolyn stieß ihn mit dem Ellenbogen. »Los, Jake«, sagte sie unfreundlich. »Das ist ernst.«

»Man schwillt an und stirbt«, sagte Jake schließlich.

»Falsch«, sagte Nick wie ein Game-Showmaster. »Trotzdem danke fürs Mitspielen. Carolyn?«

»Man gibt sich eine Atropinspritze in den Oberschenkel.« Carolyn, die die Vorsicht in Person war, hatte die Prozedur tatsächlich mit steriler Kochsalzlösung ausprobiert. Es war nicht halb so schlimm, wie sie gefürchtet hatte.

»Sehr gut. Jetzt Senfgas. Was passiert, wenn man damit in Berührung kommt?« Das war eine Frage, die jeder beantworten konnte. Jake hob die Hand.

»Jake.«

»Man schwillt an und stirbt.«

»Ja, diesmal hast du recht.«

Wieder lachten alle, aber diesmal klang das Lachen ein wenig nervös. Alle wußten, daß es jetzt ernst wurde. Auch Nick wurde wieder ernst. »Bitte paßt auf, Leute.«

Das Magazin B-2740 erhob sich aus den Wäldern von Arkansas wie ein alter Tempel irgendwelcher Ureinwohner. Die glatte Fassade aus Eisenbeton ragte fast sieben Meter hoch über die holprige Zufahrtsstraße. Knapp hinter der Linie, die die Dekontaminierungszone von der äußeren Zone trennte, mühte sich Jake mit seinem Schutzanzug ab und mußte dabei daran denken, was zukünftige Archäologen in vielleicht tausend Jahren wohl von diesem Ort halten würden. Was für Schlüsse würden sie wohl über die gigantischen Höhlenbewohner ziehen, die in diesen Gebäuden gelebt hatten?

Das Bekleiden des Teams für ein Unternehmen der Gefahrenklasse A wie dieses erforderte die Mitwirkung einer ganzen Gruppe von Helfern: Über der obligatorischen, dunkelblauen Enviro-Kleen-Uniform, unter der T-Shirts und Shorts getragen wurden, kamen als erstes die Sauerstoffbehälter. Dann die inneren Latexhandschuhe, zuletzt der Schutzanzug selbst mit angeschweißten Handschuhen und Stiefeln. Lederne Arbeitshandschuhe und hohe Arbeitsstiefel, Größe riesig, komplettierten die Ausrüstung. Die Arbeitsstiefel hatten einen Spritzschutz, der verhindern sollte, daß gefährliche Flüssigkeiten ins Innere gelangten und den Schutzanzug oder seinen Insassen zerfraßen.

Als Jake seinen Sauerstoffbehälter verschnallt hatte, befestigte er die Halterung für das Sprechfunkgerät um seine Taille, fädelte die Kabel für den Kopfhörer durch die Träger des Sauerstoffbehälters und steckte sich den Knopf ins rechte Ohr. Dann klemmte er den pilzförmigen Schaltknopf an den rechten Schulterriemen und drückte mit seiner behandschuhten Hand darauf. Er sah aus wie ein römischer Legionär, der seinen Kaiser grüßt.

»Entry-Eins an Operationszentrale. Hört ihr mich?«

»Ich höre dich, Entry-Eins.«

Jake fuhr zusammen, als Drew Prices Stimme direkt in sein Ohr dröhnte, und stellte das Gerät schleunigst leiser.

»Das war wohl ein bißchen laut, Schatz«, lachte Carolyn in sein Ohr.

Jake streckte ihr die Zunge heraus. »He, Operationszentrale, können wir bitte eine Testzählung durchführen?«

»Test für Jake«, antwortete Drews Stimme. »Eins, zwei drei, vier, fünf. Fünf, vier, drei, zwei, eins. Ist das jetzt in Ordnung?«

»Großartig, danke.« Jake klopfte wieder auf seine Brust.

Während die anderen Teammitglieder ihre Sprechfunkgeräte testeten, setzten Jake und Carolyn ihre Sauerstoffmasken auf und zogen die Halteriemen fest.

»Du siehst aus wie ein Ameisenbär«, sagte Carolyns Stimme in seinem Kopfhörer.

»Wir können schließlich nicht alle so schön sein wie du, mein Engel«, antwortete er.

»Schluß jetzt!« Das war Foleys Stimme. »Von jetzt an keine Privatgespräche mehr, verstanden?«

»Verstanden«, sagte Carolyn brav.

Die Donovans und ihre Teamkameraden nahmen nun die letzte Bekleidungsstufe in Angriff, wobei Helfer bereitstanden, um sie in ihren Schutzanzügen zu versiegeln. Wegen der silbernen, hitzebeständigen Außenschicht der eigens für diese Aufgabe entwickelten Anzüge nannten sie sich Silverados. Theoretisch sollte die Außenschicht dem Träger des Anzugs im Falle eines Feuers eine Galgenfrist von zehn bis fünfzehn Sekunden verschaffen.

Jake fand das hysterisch. Sie hatten es mit Sprengstoffen zu tun. Wenn es brannte, waren sie ganz einfach tot.
Die Silverados standen mit seitlich ausgestreckten Armen da, die Füße in den Stiefeln, und ihre Knappen streiften ihnen die Rüstungen über Hände und Arme.
Als der große Helm über seinen Kopf gehoben und der luftdichte Reißverschluß geschlossen wurde, hatte Jake einen plötzlichen Anfall von Panik. Das war ihm auch schon früher passiert, und genau wie in den vorangegangenen Fällen gelang es ihm auch diesmal, seine Angst hinunterzuschlucken, bevor sie zum Problem wurde.
Ein Leichensack mit Fenster.
Es schauderte ihn. Wenn der Reißverschluß erst einmal geschlossen war, gab es ohne Hilfe kein Entkommen mehr aus diesem Anzug. Der Reißverschluß war einfach unerreichbar. Jake war immer schon nahe an der Klaustrophobie gewesen, und die Vorstellung, er könnte in seinem Schutzanzug gefangen sein, seinen Sauerstoffvorrat verbrauchen und dann langsam erstikken, verursachte ihm Alpträume. Der Gedanke war absurd. Dennoch hatte er immer ein fünfzehn Zentimeter langes Klappmesser in der Tasche seines Overalls.
Jake war nun buchstäblich von der Außenwelt abgeschlossen und hörte nichts als das Geräusch seines eigenen Atems. Er drehte sich um, um zu sehen, wie weit die übrigen Teammitglieder waren, und sah sein eigenes Spiegelbild im Visier des Helms, nur die Augen natürlich, aber die sahen riesig aus. Als letztes kamen die Atropinspritzen – das einzig bekannte Gegenmittel gegen das, was sie vermutlich im Magazin vorfinden würden. Sie wurden mit Klebeband auf die Schultern der Silverados geklebt, auf die linke Seite bei Rechtshändern, auf die rechte bei Linkshändern.
Jake drückte durch den Anzug auf den Sprechknopf. »Entry-Eins an Entry-Team. Machen wir noch einen Sprechfunktest.«

»Entry-Drei ist startklar.« Als einzige Frau im Team hätte Carolyn eigentlich keine Identifikationsnummer gebraucht, aber Protokoll war Protokoll.
»Entry-Zwei.«
»Vier.«
»Fünf.«
»Sechs.«
Jake beobachtete, wie jeder einzelne sich meldete, und vergewisserte sich, daß jeder seine Nummer wußte.
»Habt ihr alle gehört, Operationszentrale?« Das war der letzte Schritt der Vorbereitung, bevor sie sich in Marsch setzten.
»Ich habe sechs gehört«, antwortete Drew Price.
»Und sechs ist die magische Zahl«, gab Jake zurück. »Also los, Leute, gehen wir's an.«
Laut Plan sollte Jakes Dreimann-Team, Entry-Alpha, das Magazin betreten und sich rechts halten, während Entry-Bravo, das andere Dreimann-Team, linksherum gehen sollte. Im Idealfall sollten sie sich in der Mitte treffen und sich dann gemeinsam den Mittelgang entlang zur Vorderseite zurückarbeiten. Jake und Carolyn tauschten einen kurzen Blick aus und legten ihre Handschuhe aneinander, während der Hygieniker des Teams, der oberschlaue Glenn Parker, am Schloß herumfummelte. Das Schloß entsprach den besonderen Bedürfnissen des Verteidigungsministeriums und war riesig. Äußerlich sah es nicht anders aus als ein normales Schloß, nur fünfmal so groß, und es hing unsichtbar unter einer Stahlhaube. Der Schmied, der mit der Herstellung eines Schlüssels beauftragt worden war, hatte das Schloß als alt, aber gut bezeichnet, jedenfalls absolut einbruchsicher. Schon unter normalen Umständen war es eine schwierige Aufgabe, das Schloß zu öffnen. Mit drei Handschuhen übereinander, ohne jedes Tastgefühl, war es eine größere Aktion.
Wie alles andere, was zu dieser Operation gehörte, war auch das Öffnen des Schlosses dutzendmal an identischen Magazinen ge-

übt worden, und Parker war ein echter Profi darin geworden. Die Sprechfunkgeräte schwiegen, und die Spannung war groß, als er die Hände unter die Stahlhaube schob. Augenblicklich erhob sich ein aufgestörter Wespenschwarm aus seinem Nest in die Luft. Alle sechs Silverados schrien auf wie kleine Mädchen und rannten instinktiv in Deckung.

Das Durcheinander dauerte nur eine oder zwei Sekunden, bis ihnen allen klar wurde, daß selbst Killerbienen ihren Stachel an ihren Anzügen verbiegen würden, aber es hatte genügt, um eine Panik in der Operationszentrale auszulösen.

»Entry-Team, was ist los?« brüllte Drew ins Mikrophon.

Der Schrecken war verflogen, aber sein Adrenalinspiegel war in die Höhe geschossen, und Jake mußte lachen. »Tut uns leid, Operationszentrale. Wir hatten hier ein kleines Insektenproblem. Alle sind in Ordnung. Es geht uns gut.«

»Leute, ihr seid auf Vox, verdammt noch mal«, brüllte Foley. Jake konnte sich richtig vorstellen, wie er den armen Drew zur Seite gestoßen hatte, um ans Mikrofon zu kommen. »Wer ist auf Vox?«

Die Sprechfunkgeräte, die sie benutzten, konnten auch auf stimmaktivierte Übertragung geschaltet werden – auf Vox –, was gewöhnlich für die Kommunikation zwischen nur zwei Personen verwendet wurde. Für die Operation in Newark war die Verwendung dieser Option verboten. Wenn zu viele Leute gleichzeitig redeten, gab es nur Verwirrung. »Bin ich auf Vox?« fragte sich Jake, aber er fühlte sich unschuldig.

Dann hörte er jemanden sagen: »Test, Te...« Der Sprecher brach abrupt ab. Jake sah, wie Nummer vier, Carlos Ortega, den Arm aus dem Ärmel zog, um an das Sprechfunkgerät an seinem Gürtel heranzukommen.

»Wer war das?« bellte Foley. »Wer hat sich nicht an das Protokoll gehalten?«

Jake bedeutete Carlos, den Mund zu halten. Es hatte keinen Sinn, eine solche Frage zu beantworten. »Hallo, Organisationszentra-

le. Wir haben die Sache geregelt. Keiner ist mehr auf Vox. Wir machen jetzt weiter.«
»Ich will wissen, wer das war!«
Alle sahen Jake an, der nur eine unanständige Handbewegung machte und dann auf das Schloß deutete. Parker machte sich wieder an die Arbeit.
Wieder wunderte sich Jake, wie vollständig sie in ihren Raumanzügen gegen die wirkliche Welt abgeschlossen waren. Da stand Parker keine drei Meter von ihm entfernt und schepperte mit dem Schloß herum, und Jake hörte davon keinen Laut. Die einzige Realität für Jake war das Gewicht seiner Ausrüstung, das Flattern seines Magens und die Hitze. Lieber Gott, diese Hitze. Jetzt, wo seine Arme untätig herunterhingen, konnte er mit den Fingerspitzen die kleinen Pfützen von Schweiß fühlen, die sich in seinen Handschuhen angesammelt hatten.
Endlich nickte Parkers Helm, und er hielt triumphierend das Schloß in die Höhe. »Das Schloß ist offen«, verkündete Jake. »Wir gehen jetzt hinein.«
Drew war wieder am Mikrofon: »Gut, Entry. Dann hoffen wir auf einen leeren Raum.«
Jake dachte sich, daß es ein ähnliches Gefühl sein müsse, in ein altes ägyptisches Grabmal einzudringen: ins Unbekannte vorzustoßen, ohne zu wissen, welche Flüche einen erwarteten. Parker mußte kräftig an der Tür ziehen, um sie zu öffnen, aber erst einmal in Bewegung, ließ ihr eigenes Gewicht sie mühelos aufschwingen. Ein scharf abgegrenzter Lichtstrahl ergoß sich in das tintenschwarze Innere des Magazins. Mit einem leeren Raum ist es also nichts, murmelte Jake. Hier sah es aus wie in einem überfüllten Keller, vollgestopft mit einer Million Schachteln unterschiedlichster Art und Größe. Gewöhnlich galt der Inhalt hölzerner Kisten als gefährlicher als der von Pappkartons. Aber hier waren von jeder Sorte so viele, daß die Unterscheidung wenig Trost brachte.

»Also, Operationszentrale, dieser Vertrag wird uns länger beschäftigen. Das Magazin ist vollgestopft bis zur Decke.«
»Gut, Entry. Haltet uns auf dem laufenden.«
Keiner bewegte sich, bevor die beiden Hygieniker nicht erklärten, daß sie es gefahrlos tun konnten. In diesem Geschäft brauchte man Geduld, wenn man seine Pensionierung erleben wollte. Während des Unterrichts gaben die Leute immer vor, daß ihnen der ganze Sicherheitskram gleichgültig sei, aber nicht einer der Silverados, die sich jetzt im Magazin B-2740 befanden, zweifelte auch nur einen Augenblick daran, daß falsches Verhalten sie in ein frühes Grab befördern könnte.
»Ich habe lauter Nullen auf meinem Anzeigegerät«, erklärte Parker.
»Ich auch«, sagte Adam Pomeroy, der Hygieniker des Bravo-Teams.
»Also los«, sagte Jake. Nur Carolyn hörte das Zögern in seiner Stimme, und sie sah zu ihm hinüber. Er wich ihrem Blick aus.
Der Lichtschein von der Tür wurde schnell kleiner, als sie tiefer in die Betonhöhle eindrangen. Seltsamerweise erschien die Schwärze gerade an der Linie am undurchdringlichsten, die das Licht von der Dunkelheit trennte.
»Entry-Eins an Operationszentrale. Wir sind drin.«
»Gut, Entry-Eins. Irgendwelche ersten Eindrücke?«
Der Raum war riesig und erstreckte sich weit über die Reichweite ihrer Taschenlampen hinaus, und er war so voll, wie er nur sein konnte. Die Holzkiste, die den EPA-Inspekteur so erschreckt hatte, befand sich genau da, wo sie sie erwartet hatten, gleich gegenüber der Tür. Sie war praktisch das erste, worauf das Licht fiel, wenn die Feuertür geöffnet wurde. Über dem bekannten Totenkopf mit gekreuzten Knochen stand geschrieben: *U.S. Army – Vorsicht Gift*. Und darunter: *Chemischer Kampfstoff – Senfgas*. Aber das war nur der Anfang. Hinter diesem einen Behälter erstreckten sich nach allen Richtungen Regale um Regale mit weiß

der Teufel was für Zeug darauf. Wenn Holzkisten mit Schablonenschrift darauf Patronen und Granaten bedeuteten und Patronen und Granaten Dinger waren, die Krater machten, dann war das ganze Magazin eine einzige riesige Bombe. Und dann waren da noch Zweihundert-Liter-Fässer und Pappkartons und Glasflaschen … Es nahm einfach kein Ende.

Jake drückte auf seinen Sprechknopf. »Erste Eindrücke? Ja. Wir haben uns bei diesem Vertrag um mindestens eine Million Dollar verschätzt.«

»Zwei Millionen«, korrigierte Carolyn. In der Dunkelheit waren alle sechs Gestalten in ihren Raumanzügen gesichtslos, aber sie wußte trotzdem, daß ihr Mann lächelte.

Parker ging voran, und Jakes Alpha-Team bewegte sich tiefer in die Schatten hinein. Mit jedem Schritt wurde ihre Welt kleiner, bis sie nur noch die Reichweite ihrer Taschenlampen umfaßte. Die Regale ragten hoch auf, fast bis zur Betondecke, und auf den ersten Blick sah alles gleich aus. Ein Winkel glich dem anderen. Jake sah immer wieder zurück zu der schimmernden, weißen Wand aus Sonnenlicht, die hinter ihnen lag. Solange er das Licht sehen konnte, sagte er sich, konnte er sich nicht verirren. Aber dieser Orientierungspunkt wurde von Sekunde zu Sekunde kleiner und verschwand mit jedem Schritt weiter in der Ferne.

»Sag was, Parker«, sagte Jake.

»Immer noch Nullen«, antwortete Parker. »Aber solltet ihr Burschen nicht eigentlich etwas Produktiveres tun, als nur hinter mir herzulaufen?«

Damit hatte er ohne Zweifel recht. Tatsächlich war das der Operationsplan. Es war ihre Aufgabe festzustellen, wie groß das chemische Risiko war, das dieses Magazin in sich barg, und dazu mußten sie den ganzen Raum von einer Ecke zur anderen durchqueren. Jake, Carolyn und die anderen Techniker hätten längst anfangen sollen, ihre Inventarlisten zu schreiben. Aber irgendwie zog sie die unglaubliche Größe dieser Aufgabe immer tiefer in das Magazin hinein.

»He, Leute, hier ist etwas.« Es war Adam Pomeroy, und seine Stimme schwankte.

Jake drehte sich um seine eigene Achse, aber er konnte nichts sehen. »Wo bist du? Was hast du gefunden?«

Adam schwenkte die Taschenlampe über seinem Kopf, und Jake sah das Licht durch die Regale schimmern. Er hatte gar nicht bemerkt, daß sie sich so weit voneinander entfernt hatten. »Hier bin ich«, sagte Adam. »Und ich habe ein Skelett gefunden.«

»Was?« sagte Jake ungläubig. »Ein Skelett?« Er versuchte, sich zwischen den Regalen hindurchzuwinden.

»Du sagst es«, bestätigte Adam.

»Schwenke weiter deine Taschenlampe, damit ich dich finde.«

»Ich sehe ihn«, sagte Carolyn und ging voran zur Vorderseite des Magazins.

Jake legte ihr die Hand auf die Schulter und hielt sie zurück. Er glaubte, etwas Seltsames gehört zu haben. Ein Geräusch, fast wie ein Knall. Das konnte nichts Gutes bedeuten. »Hört ihr das?« fragte er durch das Mikrofon.

»Das klingt fast wie Schüsse«, sagte jemand vom Bravo-Team.

Jake sah in ihre Richtung. Das hörte sich wirklich ganz nach Schüssen an.

Im nächsten Sekundenbruchteil explodierte ihre Welt in einer Flut von glänzendweißem Licht. Jake spürte die Druckwelle und verlor augenblicklich die Orientierung. Er hatte das Gefühl, durch die Luft zu fliegen, dann krachte er gegen etwas Hartes. Er erwartete Lärm und er erwartete Schmerz, konnte aber keines von beidem wahrnehmen, nur eine sengende Hitze. Da, wo gerade noch das Bravo-Team gewesen war, brannte irgend etwas. Er wußte nicht einmal, ob er am Boden lag oder gegen eine Wand geschleudert worden war. In der allgemeinen Verwirrung hatten Oben und Unten ihre Bedeutung verloren.

Eine zweite Explosion erschütterte das Magazin, und diesmal war der Lärm betäubend. Gelbe Flammen gesellten sich zum weißen Licht, dann versank alles in schwarzem Rauch.
Er mußte hier raus. Dies war der Alptraum, der niemals hätte Wirklichkeit werden dürfen. In diesem Augenblick wurde ihm klar, daß er tot war.
»Jake!«
Er wirbelte herum und hoffte Carolyn zu sehen, aber da war nur Finsternis.
»Jake! Wo bist du!«
Sein Kopfhörer! Lieber Himmel, sie konnte weiß Gott wo sein, und ihre Stimme würde immer direkt in seinem Ohr klingen.
»Großer Gott, was war das?«
»Gott sei Dank, Jake. Wo bist du?«
Ein drittes Geschoß zischte nur wenige Zentimeter an Jakes Kopf vorbei und schlug in die rechte hintere Ecke des Magazins ein. Druck und Hitze der Explosion erfaßten ihn und warfen ihn mit der Kehrseite voran in die Regale, die sofort unter seinem Gewicht zusammenbrachen. Im Feuerschein erkannte er Carolyns silberne Silhouette vor dem Hintergrund wogender Rauchwolken. Sie wurde höchstens zwei Meter von ihm entfernt zu Boden geschleudert.
»Carolyn! Lebst du noch?«
Statt einer Antwort hörte er einen unmenschlichen Schrei, der im hinteren Teil des Magazins gellte, hinter der dicken, schwarzen Wand aus Qualm und Rauch, ein Geheul, das immer lauter wurde, bis es alle anderen Geräusche übertönte. Dann wurde es still.
»Carolyn«, schrie er. »Carolyn, wo bist du?« Er hörte seine eigene Stimme kaum, und er fragte sich, ob er taub geworden sei.
Aus dem schwarzen Nichts griffen plötzlich zwei Hände nach seinen Schultern. Er fühlte, wie sein Anzug zwischen den Beinen straff gezogen wurde. Jemand schleifte ihn über den Boden. Er versuchte, sich aufzurichten, erst auf die Knie, dann auf die

Füße. Dann stieß er einen Freudenschrei aus, als auf dem silbernen Anzug vor ihm kurz eine große »3« aufleuchtete. Carolyn lebte.

Immer noch desorientiert stolperte Jake hinter ihr her, in der Annahme, daß sie in Gottes Namen wissen würde, wohin sie ging. Hinter ihnen wurde das Feuer von Sekunde zu Sekunde größer. Alle Augenblicke explodierten Munitionskisten. Plötzlich stolperte er nicht mehr, er rannte und schob Carolyn mit sich.

Flammen und Rauch quollen aus der Tür, und beide stürzten auf die holprige Straße. Jake schlug mit der Hand auf seinen Sprechknopf und brüllte: »Renn so schnell du kannst!« Aber er konnte seine eigene Stimme immer noch nicht hören.

Gemeinsam rappelten sie sich auf die Füße und rannten auf die Dekontaminierungslinie zu, aber Carolyn blieb so plötzlich stehen, daß Jake noch einmal stolperte. Diesmal konnte er sich gerade noch abfangen. Dann sah er es auch. Überall auf dem Boden lagen Leichen. Verrenkte Gestalten in wüsten Haufen.

Was, zum Teufel …

Carolyn hörte die Schüsse, dann sah sie auch den Schützen: ein gesichtsloses Monster, fast unsichtbar zwischen den Bäumen verborgen. Nur das Mündungsfeuer und der Rückstoß des Gewehrs in seinen Armen waren erkennbar. Er stand ganz nah bei ihnen. Carolyn konnte es kaum fassen, daß sie überhaupt noch lebten. Sie hatte es kaum gedacht, als ein Regen von Plexiglas aus dem Visier von Jakes Schutzhelm herausstürzte. Sie schrie auf und fing ihn auf, bevor er zu Boden fallen konnte.

»O Gott! O mein Gott, Jake!«

Aber Jake stürzte nicht. Statt dessen faßte er sie am Arm und versuchte, mit ihr die andere Seite des Magazins zu erreichen. Er kletterte den steilen Abhang hinauf und warf sie praktisch hinüber.

Dann rannten und rannten sie. Die Bäume flogen als grüne, gelbe und weiße Streifen an ihnen vorbei. Sie stürmten durch den

Wald, nur fort von dem Ungeheuer mit dem Gewehr, fort von der drohenden schwarzen Rauchwolke. Sie mußten so schnell wie möglich einen möglichst großen Abstand zwischen sich und den Unglücksort bringen.
Bei jedem Schritt flog der schwere Sauerstoffbehälter auf Carolyns Rücken wild zwischen ihren Schulterblättern hin und her und scheuerte ihr die Haut unter dem Overall auf. Plötzlich wurden ihre Füße unsicher und unbeholfen. Eine Schlingpflanze auf dem Waldboden wickelte sich um ihren Knöchel und ließ sie schwer in einen Laubhaufen neben einem gestürzten Baum fallen.
Ausruhen, dachte sie. *Ich muß hier einen Augenblick lang ausruhen. Wieder zu Atem kommen …*
Aber Jakes Hände faßten sie, und sie war wieder auf den Beinen und wurde weitergezerrt. Sie riß sich los und drückte auf den Sprechknopf auf ihrer Brust.
»Ich kann nicht mehr«, sagte sie. Ihre Lunge schmerzte von der Anstrengung, und in ihrem Kopf drehte sich alles. Ihr Schutzanzug war zu einer Sauna geworden. Noch nie war ihr so heiß gewesen. »Wir müssen ein bißchen verschnaufen.«
Jake antwortete nicht. Sie versuchte es noch einmal, drückte wieder auf ihren Sprechknopf und schrie so laut sie konnte. »Bleib endlich stehen, verdammt noch mal.«
»… später.« Jakes Stimme klang wie aus weiter Ferne in ihrem Kopfhörer, und außerdem hatten sie gleichzeitig zu sprechen versucht.
Sie bildete sich ein, immer noch zu rennen, aber das Laub zog nur noch in raschem Fußgängertempo an ihrem Visier vorbei. »Ich kann dich nicht hören!« schrie sie. Als ob Schreien das Signal verstärken würde. Jetzt antwortete er überhaupt nicht mehr. Ob er verletzt war? Mein Gott, der Schuß hatte ihn doch ins Gesicht getroffen! Natürlich mußte er verletzt sein. »Jake!«

Kapitel 12

Jake hörte nichts als seine eigene Stimme. Warum, zum Teufel, antwortete sie nicht?

Durch das Spinnennetz von zerbrochenem Plexiglas vor seinem Gesicht konnte er fast nichts erkennen, aber das konnte ihn nicht aufhalten. Noch nie in seinem Leben war er so gerannt, noch nie hatte er solche Angst gehabt. Aber Carolyn wurde immer langsamer. Und außerdem antwortete sie ihm nicht. Er sah, daß sie auf ihren Sprechknopf schlug, aber in seinem Kopfhörer blieb es still.

Der Kopfhörer! Das mußte der Grund sein. Er mußte sich gelöst haben, als er herumgeschleudert wurde. Er überlegte, ob er stehenbleiben und den Knopf wieder richtig in sein Ohr stecken sollte, aber dann verwarf er den Gedanken als unmöglich. Sein Schutzanzug hatte ein Loch. Alle Belehrungen von Nick Thomas überstürzten sich in seinem Kopf.

Zeit, Abstand und Deckung. Daran erinnerte er sich. Diese drei Faktoren waren ausschlaggebend, wenn man mit giftigen Chemikalien in Berührung kam. Begrenze die Zeit, vergrößere den Abstand, geh in Deckung. Ach, Scheiße! Er hatte mit einem Loch im Schutzanzug Gott weiß wie lange in einer giftigen Rauchwolke gestanden. Es war zum Verzweifeln.

Diese Gedanken stürzten ihn in Angst und Schrecken. Was hatte Nick beim letzten Vorbereitungsgespräch gesagt? *Ein einziger Tropfen von dem Zeug bringt euch um.* Großes Gelächter. Und nun würde das Zeug ihn wirklich umbringen!

Und so rannte er weiter und zog Carolyn mit sich, bei welchem Körperteil auch immer er sie zu fassen bekam. Er wußte, daß ihnen in Kürze der Sauerstoff ausgehen würde. Unter normalen

Bedingungen hatten sie fünfundvierzig Minuten Arbeitszeit. Sicher war niemals ausprobiert worden, wie lange der Sauerstoff reichen würde, wenn die Träger der Schutzanzüge erst in einer Explosion waren, dann beschossen wurden und schließlich wie die Hasen durch einen Wald rannten. Wieviel Sauerstoff mochten sie noch haben? Dreißig Minuten? Weniger? Wie lange hatte das alles gedauert? Er hatte keine Vorstellung. Es kam ihm vor, als sei es eine Woche gewesen.

Wenigstens arbeitete sein Sauerstoffgerät noch. Er atmete saubere Luft. Das war seine größte Sorge. Aber dann hörte er wieder Nicks Stimme: *Es gibt drei Wege, auf denen das Gift in den Körper eindringen kann.* Es einzuatmen war das schlimmste, aber es konnte auch absorbiert und durch den Mund aufgenommen werden.

Chemische Kampfstoffe wirken gewöhnlich durch die Haut. Und ich habe ein Loch in diesem verdammten Anzug!

Seine Befürchtungen schienen sich zu bestätigen, als er merkte, wie schwindlig ihm war. *O mein Gott, es ist aus mit mir.* Er versuchte, seine wachsende Verzweiflung unter Kontrolle zu bringen und sich die Anzeichen und Symptome einer Vergiftung zu vergegenwärtigen, aber es gelang ihm einfach nicht.

Wenn es aussieht wie eine Ente und läuft wie eine Ente …

Das war einer von Nicks Lieblingssprüchen. Sicher war es draußen entsetzlich heiß, und er fürchtete sich mehr als je zuvor in seinem Leben, und außerdem war er vermutlich vollkommen dehydriert. War das der Grund, warum ihm so übel war, oder lag es an diesem verdammten Loch in seinem Schutzanzug?

Als er das Warnsignal seines Sauerstoffgeräts hörte, schrie Jake buchstäblich auf. »O nein.« Das war das Ende. Noch fünf Minuten zu leben – nein, so wie er den Sauerstoff in seine Lungen hineinsog, konnten es höchstens noch drei sein. Er blieb stehen, ohne zu merken, daß er immer noch Carolyns Anzug festhielt, und versuchte, einen klaren Gedanken zu fassen. Sein Alptraum war wahr geworden. Er war in seinem Anzug gefangen und hatte niemanden, der ihm helfen konnte.

Er ließ sich ins Laub fallen, zog einen Arm aus dem Ärmel und suchte nach seinem Kopfhörer, der an der schweißnassen Vorderseite seines Overalls hing. Seine Finger ertasteten den Knopf und schoben ihn wieder ins Ohr. Über dem summenden Alarmton und seinem eigenen Keuchen hörte er Carolyns entsetzte Schreie.

Jake drückte auf den Sprechknopf. »Mir ist übel, Carolyn«, keuchte er. »Das Sauerstoffgerät summt. Ich bin erledigt.«

»Blödsinn.«

Carolyns Ton überraschte ihn. Das hörte sich sehr resolut an, kein bißchen nach Trauer. Er spürte, daß sie am Ärmel seines Schutzanzugs zog, dann sah er ein Bündel Klebeband in ihrer Faust.

»Was machst du da?« fragte er. Dann sah er es. Die Atropinspritze.

Carolyn war nie Krankenschwester gewesen und hatte auch nie eine werden wollen. Sie rammte die Nadel in sein Bein, als ob sie einen Käfer zerquetschen wollte. Der scharfe Schmerz wurde brennend, als sie das Atropin in seinen Muskel drückte. Ihm wurde schwindlig, und er fiel hintenüber. Aber es ging schnell vorbei.

Der Schmerz hatte seinen Kopf geklärt. Der Summton wurde leiser. Seine Zeit lief ab. Er mußte irgendwie aus diesem Anzug herauskommen, und zwar sofort.

Ein Leichensack mit Fenster.

Der Griff des Reißverschlusses war ein kleines Ding, das hinter seinem Kopf saß und unter einer Lasche verborgen war. Er war absichtlich so konstruiert, damit man nicht aus Versehen irgendwo damit hängenbleiben konnte. Jake versuchte eine Minute lang vergeblich, ihn zu ertasten.

»Nimm dein Messer«, befahl Carolyns Stimme in seinem Ohr.

Er blickte auf und sah, wie sie sich gerade selbst eine Spritze gab, und er stellte fest, daß sie mit ihrem eigenen Oberschenkel wesentlich sanfter umging.

Das Messer. Ja natürlich, das Messer. Wie schaffte sie es nur, so ruhig zu bleiben? Er mußte sich sehr verrenken, um mit seinen latexbehandschuhten Fingern das Messer in seiner Tasche zu ertasten. Zum Öffnen eines Klappmessers brauchte man zwei Hände. Er mußte also auch den zweiten Arm aus dem Ärmel ziehen.

Kaum war es ihm gelungen, das Taschenmesser zu öffnen, als der Summton erstarb. Noch nie hatte er seinen Sauerstoffbehälter so weit geleert, aber es wurde behauptet, daß der Sauerstoff in diesem Fall für noch genau dreißig Sekunden reichte.

Er stieß die Klinge direkt unter dem Kinn durch den Anzug. Es war unerwartet schwierig, die fünf Schichten zu durchtrennen, aber er arbeitete wie ein Verrückter. Erst riß er den Anzug bis zum Schritt auf, dann drehte er das Messer und verlängerte den Schnitt bis zum Knie.

In diesem Augenblick ging der Sauerstoff aus. Mitten in einem Atemzug bekam er einfach keine Luft mehr, als ob ihm jemand Mund und Nase zuhalten würde. Er rang nach Luft, aber es war einfach keine mehr da. Er ließ das Messer fallen und griff voller Schrecken mit beiden Händen nach seiner Atemmaske. Durch sein verzweifeltes Atemholen war der Druck in der Maske so niedrig geworden, daß es ein saugendes Geräusch gab, als er sie vom Gesicht zog.

»Gott sei Dank«, sagte er laut. Erschöpft beugte er sich vor und legte die Hände auf die Knie. Er konnte wieder atmen.

»Zieh den Anzug aus«, befahl Carolyn. »Du bist kontaminiert, Jake.«

Der Anzug. Lieber Gott, es mußte ja alles daran kleben, was im Magazin gebrannt hatte. Wieder hielt Jake den Atem an – diesmal aus freien Stücken – und schälte sich aus seinem Raumanzug

heraus. Auf Strümpfen stolperte er weg von dem vergifteten Ding. Erst nach zehn Metern blieb er stehen und sah zurück.
Er lehnte sich gegen einen Baum und atmete. Der heiße Augusttag erschien ihm vergleichsweise kühl, und der einfache Vorgang, Luft in seine Lungen zu saugen und wieder auszuatmen, war beglückend. Und er lebte.
»Wie fühlst du dich?« fragte Carolyn. Sie hatte immer noch ihren Schutzanzug an und sprach mit ihm über Sprechfunk. Durch seinen Kopfhörer konnte Jake hören, daß nun auch ihr Sauerstoffgerät summte.
Schnell drückte er auf seinen Sprechknopf. »Benutzt du mich als Versuchskaninchen?« fragte er. »Du hast abgewartet, um zu sehen, ob die Luft mich umbringt!« Er lachte.
Als Carolyn sich aus ihrem Anzug herausschnitt, sah sie aus wie ein Vogel, der aus einem bizarren, silbernen Ei schlüpft. Offensichtlich hatte sie das schon einmal geübt, wenn auch nur in ihrer Vorstellung. Ihre Bewegungen waren geschickter als die seinen, geradezu anmutig, als ob ihr Messer schärfer und die Anstrengung geringer sei. Als sie den Raumanzug abgestreift hatte und aus den Stiefeln geschlüpft war, entfernte sie sich ein gutes Stück weit von den abgelegten Sachen, bevor sie sich methodisch daranmachte, den Sauerstoffbehälter vom Rücken und die Maske vom Gesicht zu entfernen. Als letztes legte sie die Handschuhe ab, wobei sie sorgfältig die Innenseite nach außen kehrte, um nicht mit der Außenseite in Berührung zu kommen.
Als sie fertig war, sah sie durch die Bäume nach Jake. Sie sahen sich lange stumm an, dann erst liefen sie aufeinander zu.
»Wir sind am Leben«, sagte Carolyn, aber in ihrer Stimme war nichts von dem Glück zu hören, das diese Worte eigentlich hätten beinhalten müssen.
Jake wollte etwas Gescheites sagen, etwas, das die Situation leichter für sie machen würde, aber in seinem Kopf kreisten surrealistische Bilder von Explosionen und Feuer und den Leichen

von Freunden, und die Gefühle überwältigten ihn. Er hatte immer noch Carolyn, und sie waren beide am Leben. Aber als sie sich in der Stille des Waldes umarmten, quälte ihn die nagende Furcht, daß ihr Martyrium noch nicht zu Ende sei.

Sie waren annähernd vier Stunden lang gegangen, als sie auf eine Hütte am Fluß stießen. Sie bestand nur aus einem einzigen Raum. In einer Ecke stand ein altes Armeebett, in der anderen eine chemische Toilette und in der Mitte ein Campingherd mit Propangasflasche. Die Tür hing schief in den Angeln, und es hatte den Anschein, als ob seit Wochen niemand mehr hier gewesen sei.

»Reizender Ort«, murmelte Carolyn.

Jake lächelte. »Eine richtige Fixerhöhle. Ich nehme an, daß du auch nirgends ein Telefon siehst?«

Sie stemmte die Hände in die Hüften und rollte die Augen. »Wahrscheinlich ist es da drüben, im Zimmer des Butlers.« Sie ging zu dem zerbrochenen Fenster.

Er seufzte. »Wir müssen irgendwie die Polizei erreichen.«

»Natürlich, sobald ... He! Sieh mal. Da liegt ein Boot!«

Jake beeilte sich, über Carolyns Schulter aus dem Fenster zu schauen. »Wo?«

Carolyn führte ihn durch die Eingangstür hinaus und auf einen selbstgezimmerten Landungssteg zu. Auf halbem Weg lag neben einem unordentlichen Holzhaufen ein abgenutztes Aluminiumkanu kieloben im Laub. »Glaubst du, daß es schwimmt?« fragte sie.

»Man kann doch nicht einfach hingehen und ein Kanu stehlen! Lieber Gott, hier draußen wird man für so etwas vermutlich gehenkt!«

Sie verzog das Gesicht. »Hast du eine bessere Idee? Ich habe genug davon, barfuß durch die Wälder zu laufen, vielen Dank. Und ich habe keine Lust, in dieser Hütte zu bleiben.«

Jake sah sich um, als ob jemand sie beobachten könnte. »Aber Carolyn, ich habe noch nie in meinem Leben etwas gestohlen.«
»Es bleibt uns aber kaum etwas anderes übrig.«
Er holte tief Luft und suchte am Horizont nach einer rettenden Idee. Endlich zuckte er die Achseln. »Also, was soll's!«
Er drehte das Kanu um und zog es zum Landungssteg. Carolyn trug das Paddel, das darunter gelegen hatte. »Überanstrengst du dich auch nicht, Schatz?« knurrte Jake, der Mühe hatte, seine Zehen nicht unter dem Boot zu zerquetschen.
Sie lächelte. »Keine Sorge, mein Liebling, ich schaffe das. Wenn du am Steg ankommst, halte ich auch das Paddel für dich bereit.«
Nachdem er das Boot am Holzhaufen vorbeigezogen hatte, glitt es ziemlich leicht über das grasbewachsene, abschüssige Ufer ins Wasser. Bis zu den Hüften im Wasser stehend, half er Carolyn ins Kanu, dann kletterte er selbst hinein und setzte sich ans hintere Ende.
Sie paddelten eine Stunde lang durch endlosen Wald. »Meinst du, daß wir schon fünf Meilen geschafft haben?« fragte Jake. Es waren seine ersten Worte nach langem Schweigen.
»Es müssen mindestens tausend sein«, stöhnte Carolyn. Sie lag auf dem Rücken am Boden des Kanus, einen Arm über die Augen gelegt, um sich vor der Sonne zu schützen. Jake hatte eigentlich nur gefragt, um festzustellen, ob sie eingeschlafen sei.
»Warum fragst du?«
»Weil im Rettungsplan für den Ernstfall eine Evakuierung im Umkreis von fünf Meilen vorgesehen ist. Ich wollte mich nur vergewissern, daß wir in Sicherheit sind.«
Sie hob den Arm so weit von den Augen, daß sie ihn ansehen konnte. »Du redest einen solchen Blödsinn, Jake Donovan. Du hast den Rettungsplan doch nie gelesen.«
Er zuckte lächelnd die Achseln. »Nein, aber du hast ihn mir vorgelesen.«

»Das nächste Mal zeige ich dir auch noch die Bilder«, sagte sie und zog sich wieder unter ihren Arm zurück.

In den nächsten zwanzig Minuten wurde der Fluß deutlich schmaler, und die Entfernung zwischen den Häusern, die am Ufer standen, wurde zunehmend kleiner. »Ich glaube, wir kehren wieder in die Zivilisation zurück«, sagte Jake. Carolyn setzte sich auf.

Die Häuser zu beiden Seiten des Flusses sahen nun nicht mehr wie Jagdhütten aus, dafür wurden die Abfallhaufen daneben immer größer. Alte Öfen, Kühlschränke und dergleichen standen herum – offensichtlich lebten hier Menschen. Die Häuser standen gefährlich nah am Wasser, wirkten feucht und armselig zwischen den hoch aufragenden Bäumen, die sie in ewiger Dunkelheit hielten, abgeschirmt von den Strahlen der glühenden Sommersonne.

Carolyn sah sich das alles an und versuchte sich vorzustellen, wie es wohl sein müßte, im ewigen Kampf gegen den Schimmel zu leben. Ihr schauderte bei dem Gedanken, wie es in diesen unklimatisierten Häusern riechen mußte. »Wie können die Leute nur so leben?« fragte sie. Sie stellte sich Horden schmutziger Kinder vor, die im Dreck spielten, während sie auf die nächste unzureichende Mahlzeit warteten.

Jake zog sich sein Budweiser-T-Shirt wieder über den Kopf und zuckte mitleidig die Achseln. »Keine Ahnung.«

Sie grinste liebevoll über seinen niemals endenden Optimismus. »Der Adel der Armut, nicht wahr?«

»Jedenfalls ist es auch keine Schande«, verteidigte sich Jake. »Diese Leute arbeiten für drei, um das bißchen, das sie haben, bezahlen zu können.«

Er wußte, daß sie seine Ansichten zu diesen Dingen für naiv und wenig fundiert hielt. Das war ein Charakterzug von Carolyn, den er nicht verstand. Sie setzte für sich selbst einen Standard, den kein normaler Sterblicher erreichen konnte. Obwohl sie selbst sich in einem Stadium ihres Lebens befanden, in dem auch nur die Finanzierung eines Abends bei Pizza und Bier sorgfältig geplant werden mußte, zeigte sie eine irritierende, fast grausame Intoleranz gegenüber Leuten, die »arm« waren. Immer wenn Jake versuchte, ihr zu erklären, daß ihr eigenes Einkommen gefährlich nah an der Armutsgrenze lag, behauptete sie, daß er das Wichtigste außer acht lasse. Es sei ihr *Potential*, das den Unterschied ausmache. Als Collegeabsolventen mit Abschlüssen in lohnenden technischen Bereichen hatten sie ein unbegrenztes Potential. Die Tatsache, daß Jakes Vater Bergarbeiter gewesen war und bis zu seinem Tod unter Tage gearbeitet hatte und daß seine Mutter putzen gegangen war, damit sie über die Runden kamen, machte Carolyn nicht den geringsten Eindruck. In dieser Hinsicht war sie komisch. Jake vermutete, daß das etwas mit ihrer Kindheit zu tun hatte. Irgendwas hatte ihre Weltanschauung verbogen. In jeder anderen Hinsicht war sie eine mitfühlende, hilfsbereite Frau, aber wenn es um Geld ging, konnte sie geradezu brutal sein.

Jake ging darüber hinweg. »Wo sind wir jetzt wohl?«

Carolyn verrenkte sich den Hals, als ob sie den Fluß wiedererkennen könnte. »Keine Ahnung«, sagte sie schließlich. »Stromabwärts von da, wo wir vorher waren.«

Ihr Lächeln erhellte das ganze Boot. Alle Hochnäsigkeit und Intoleranz der Welt konnten dieses Lächeln nicht verderben, dachte Jake.

Ein paar Minuten später veränderte sich ihre Umgebung wieder. Eine Reihe heruntergekommener Läden wurde sichtbar, die, ebenso wie die daneben liegenden Wohnhäuser, direkt am Ufer erbaut waren. Das größte der Gebäude schien auch das älteste zu sein. Das unterste Stockwerk war aus Ziegeln, darüber befanden sich zwei weitere Stockwerke mit verwitterten Holzwänden und einer ehemals roten, handgemalten Aufschrift: *Bobbys Anglerbedarf.*

»Sieh mal«, sagte Jake. »Sehen wir mal nach, ob Bobby ein Telefon hat, das wir benutzen können.«

Er lenkte das Kanu zum Ufer und ließ es an einem gekiesten Parkplatz, der bis zum Wasser reichte, auf Grund laufen. Er sprang zuerst heraus und hielt das Boot fest, während Carolyn ausstieg. Gemeinsam zogen sie das Kanu aufs Trockene. Dann stelzten sie vorsichtig, ständig mit den Armen rudernd, auf ihren nackten Füßen über die scharfkantigen Kieselsteine. Nach dreißig Metern hörte der Kies auf, und sie standen auf glattem Asphalt. Sie blieben stehen und warteten, bis der Schmerz nachließ.

»Willkommen in Buford«, sagte Carolyn.

»Woher weißt du das?« fragte Jake und sah sich um.

Sie kicherte und zeigte auf ein Gebäude auf der anderen Straßenseite. »Buford-Werkzeug.« Dann zeigte sie auf ein Haus, das am anderen Ende der Straße stand. »Buford-Motel.«

»Deine Fähigkeiten, Schlüsse zu ziehen, sind wahrhaft ehrfurchterregend«, sagte er spöttisch. »Woher weißt du, daß es hier nicht einen Mann gibt, der einen Werkzeugladen *und* ein Motel besitzt?«

Sie gab sich allwissend. »Leute, die Buford heißen, besitzen keine Geschäfte.«

Die Stadt war erheblich größer, als Jake erwartet hatte. Sie erstreckte sich viele Häuserblocks weit in drei Richtungen und wies eine interessante Mischung aus alten Bürgerhäusern mit hohen, falschen Fassaden und schmiedeeisernen Zäunen und eingestreuter Pastell- und Glasarchitektur aus den sechziger Jahren auf. Die Bergarbeiterstadt, in der Jake aufgewachsen war, war erheblich kleiner und hatte zehntausend Einwohner. Wenn er das als Maßstab benutzte, hatte Buford, sofern es tatsächlich so hieß, mindestens zwanzigtausend Einwohner. Um so erstaunlicher war es, daß keine Menschenseele zu sehen war.

»Wo sind die Leute nur?« sprach Carolyn Jakes Gedanken aus. »Das ist ja direkt gespenstisch.« *Bobbys Anglerbedarf* war ebenso wie alle anderen Gebäude, die sie sehen konnten, fest verschlossen. Nirgends brannte ein Licht.

Carolyn schauderte unwillkürlich, dann begriff sie plötzlich, was los war. »Sie sind evakuiert worden«, rief sie. »Das Feuer in der Munitionsfabrik muß sie vertrieben haben.«

Jake runzelte die Stirn. »Glaubst du wirklich? So weit weg?«

»Nun ja, wir wissen nicht, wie weit wir entfernt sind. Fünf Meilen sind ziemlich weit.«

»Und dies hier ist eine große Stadt«, fügte er hinzu. »Was für ein Alptraum, all diese Leute abtransportieren zu müssen.« Er stemmte die Hände in die Hüften. »Siehst du irgendwo eine Telefonzelle?«

Sie konnten keine entdecken, also gingen sie zum Buford-Motel. Dort würde es sicher einen Münzfernsprecher geben. Sie gingen rasch, und die gerade erst ausgestandene Angst überfiel sie von neuem. Die gähnende Leere auf den Straßen, die um diese Tageszeit voller Menschen hätten sein müssen, hatte etwas Postapokalyptisches.

Konnte es wirklich sein, daß die Giftwolken sich so weit ausgebreitet hatten? Die Evakuierungsgrenze für derartige Katastrophen betrug fünf Meilen, und diese Entfernung war mit einem Sicherheitsfaktor von mindestens fünf berechnet, was bedeutete, daß der Evakuierungsbereich einen fünfmal so großen Radius hatte wie das Gebiet, das tatsächlich kontaminiert war. War es möglich, daß sie sich in diesem Fall infolge der Windrichtung oder thermaler Inversionen oder sonstiger physikalischer oder meteorologischer Anomalien immer noch in der Gefahrenzone befanden?

Sie begannen, über diese Frage zu diskutieren, als sie auf das Motel zugingen, aber Jake stellte ihre Situation klar. »Jetzt ist es zu spät, sich darüber Gedanken zu machen. Wenn dies hier noch zur Gefahrenzone gehört, sind wir dem Gift den ganzen Tag lang ausgesetzt gewesen.«

Carolyn und er waren der ersten, akuten Gefahr entgangen, jetzt konnten sie nur noch die nächsten zwanzig oder dreißig Jahre abwarten, bevor sich herausstellen würde, was für chronische Schäden sie sich zugezogen hatten. Krebs vielleicht, oder Erblinden. Es gab unzählige Möglichkeiten. Es konnte Jahrzehnte dauern, bis die ersten Anzeichen und Symptome erkennbar wurden. Das war jedenfalls etwas, womit sie für den Rest ihres Lebens rechnen mußten.

Und dieser Umstand machte das Ganze so beängstigend. Einige der gefährlichsten chemischen Gifte, die es gab, waren farblos, geruchlos und ohne Geschmack, und es konnte Jahre dauern, bis ihre Auswirkungen sich zeigten. Woher sollte einer wissen, ob ein Tumor, der irgendwann nach dem fünfundsechzigsten Geburtstag auftauchte, ein ganz normaler Tumor war, ebenso wie die letzten drei, die der Onkologe behandelt hatte, oder ob er auf eine lange zurückliegende chemische Vergiftung zurückzuführen war?

Der Parkplatz vor dem Buford-Motel war verlassen wie die ganze Stadt, und der einstöckige Gebäudekomplex sah genauso aus wie alle Motels, die in den sechziger Jahren gebaut worden waren. An ein kleines Büro mit Glaswänden schlossen sich rund zwei Dutzend Räume mit den dazugehörigen Parkplätzen an. Die Tatsache, daß sie sich so nah an einem Bett in einem klimatisierten Raum befanden, brachte Jake seine Erschöpfung voll zum Bewußtsein. Plötzlich kostete ihn jeder Schritt mehr Anstrengung, als seine Beine noch hergaben.

»Gar nicht so übel«, lobte Jake. Hier hatte jemand ganz offensichtlich eine gute Hand für Blumen. Ein Meer von Phlox und Stiefmütterchen umgab einen kleinen Swimmingpool, der offenbar nachträglich mitten im Parkplatz angelegt worden war. Vor jedem Fenster befand sich ein Blumenkasten mit leuchtenden Geranien.

»Was meinst du, mietet man sich hier ein Zimmer für die ganze Nacht oder nur für ein paar Stunden?« fragte Carolyn bissig.

Jake schüttelte den Kopf. »Was bist du nur für ein Snob«, gab er zurück, aber er lächelte dabei.
Sie kicherte. »Ich kann es mir gut leisten, ein Snob zu sein, wo ich doch so elegant gekleidet bin.«
Bis zu diesem Augenblick war ihm das noch gar nicht aufgefallen, aber sie sahen wirklich fürchterlich aus. Verschwitzt, sonnenverbrannt, barfuß und dreckig boten sie einen absonderlichen Anblick.
»Ich muß dringend schlafen«, sagte er und streckte die Hand nach der getönten Glastür aus, die zum Büro führte. Seltsamerweise war sie nicht verschlossen.
Die Einrichtung war, wie das Gebäude, alt, aber sauber, eine Mischung aus mehreren Stilen, von altamerikanisch bis modern dänisch.
»Wie hübsch«, sagte Carolyn sarkastisch.
»Sch!« machte Jake. »Hallo, ist irgend jemand hier?«
»Vielleicht sollten wir nicht hier drinnen sein«, flüsterte sie. »Ich komme mir vor wie ein Einbrecher.«
»Hallo! Guten Tag!« Die beiden fuhren zusammen, als plötzlich ein Mann hinter der Empfangstheke auftauchte. Ein freundliches Lächeln verklärte sein stoppelbärtiges Gesicht. Der Mann war mindestens siebzig Jahre alt, eigentlich viel zu alt, um Gäste am Empfang eines Motels zu begrüßen. »Entschuldigen Sie, ich wollte Sie nicht erschrecken. Mein Name ist Terrell. Was kann ich für Sie tun?«
Die Besucher lachten. »Oh, das macht nichts«, sagte Jake. »Wir sind wohl ein bißchen nervös. Diese Stadt ist heute so gespenstisch.«
Terrells Lächeln blieb unverändert, aber seine Augen verdunkelten sich, als er seine Besucher genauer ansah. »Sind Sie in Ordnung? Sie sehen irgendwie so ... Na ja, fehlt Ihnen auch nichts?«
Carolyn öffnete den Mund, um zu antworten, aber Jake berührte sie leicht am Rücken. »Es ist alles in Ordnung, danke«, sagte er.

»Aber wir hatten einen kleinen Unfall. Könnten wir wohl Ihr Telefon benutzen, um die Polizei anzurufen?«
Plötzlich verschwand Terrells Lächeln, und er runzelte besorgt die Stirn. Er rannte hinter seiner Empfangstheke hervor. »Lieber Gott, Leute«, sagte er und deutete auf die Sitzecke. »Sind Sie verletzt?«
Jake winkte lächelnd ab. »Nein, nein, nichts dergleichen. Wir hatten nur ein Problem mit dem Boot. Jedenfalls brauchen wir die Polizei.« Carolyn durchbohrte ihn mit den Augen, als er diese fadenscheinige Lüge vorbrachte, aber er beachtete sie nicht.
»Sind Sie sicher, daß Ihnen nichts fehlt?« Terrell schien bereit zu sein, sie mit seinem eigenen Auto ins nächste Krankenhaus zu fahren.
»Es ist wirklich alles in Ordnung«, versicherte ihm Jake.
Terrell sah sie prüfend an, dann deutete er auf die Stühle. »Bitte, setzen Sie sich doch.« Sie taten es. »Natürlich können Sie das Telefon benutzen, aber wenn nicht jemand totgefahren worden ist oder die Russen gerade in Little Rock einmarschieren, können Sie sich das Geld genausogut sparen. Jeder Polizist auf hundert Meilen im Umkreis ist in Newark mit der Evakuierung beschäftigt. Sie haben mir angedroht, mich zu verhaften, wenn ich nicht mitkäme. Aber dann bekamen sie die Nachricht, daß sie das Gefängnis auch evakuieren müssen, und da gaben sie's auf.« Terrell lachte laut und mußte husten.
Aha, ein Raucher, dachte Jake. »Evakuierung?«
Der Blick, den Carolyn ihm zuwarf, sprach Bände. *Was, zum Teufel, sollte das?* Wieder nahm Jake keine Notiz von ihr.
»Haben Sie noch nichts davon gehört?« Terrell schnappte nach Luft und sah sie ungläubig an. »Es hat eine große Explosion und einen Brand bei Newark gegeben. Sie haben dort Nervengas, Atomwaffen und weiß der Teufel was noch alles, und das alles ist in die Umwelt ausgeströmt. Alle Häuser im Umkreis von fünfzehn Meilen sind evakuiert worden.«

Jake spielte Überraschung. »Ist das kein Witz? Sind wir hier also in Gefahr?«
Terrell runzelte die Stirn und ging wieder hinter seine Theke. »Ich glaube nicht an so etwas. Wenn der liebe Gott mich heute zu sich rufen will, bekomme ich einen Herzanfall in der Evakuierungsunterkunft, verstehen Sie, was ich meine?« Er verschwand um die Ecke, aber er hörte nicht auf zu reden. »Ich habe den Verdacht, daß das heute ein großartiger Tag für Ganoven zum Plündern ist. Aber wenn sie hierherkommen, habe ich eine Überraschung für sie.« Er zog eine großkalibrige Pistole mit abgesägtem Lauf und Kombatgriff aus einer Schublade. »Würden Sie es sich da nicht zweimal überlegen, ob Sie meine Sachen anrühren wollen, wenn Sie in den Lauf von so einem Ding schauen würden?«
Carolyn schnappte nach Luft, und Jakes Magen krampfte sich zusammen. *So also sah das mit Opas Gastlichkeit aus.*
Ihr Anblick ließ Terrell sein Verhalten augenblicklich bedauern, und er ließ die Pistole schleunigst hinter der Theke verschwinden. »Tut mir leid. Jetzt habe ich Sie schon wieder erschreckt.«
Diesmal klang das Gelächter der Donovans etwas gezwungen. »Nein, nein«, sagte Jack. »Das ist schon in Ordnung. Ich nehme an, daß ich mich deshalb um so sicherer fühlen sollte.«
Terrell grinste wieder.
»Wie lange wird es wohl dauern, bis die Evakuierung aufgehoben wird?« fragte Carolyn.
»Ich kann nicht behaupten, daß ich das wüßte. Aber ich kann mir nicht vorstellen, daß es viel länger als bis morgen dauert. Können Sie solange auf die Polizei warten?«
Jake sah Carolyn an und verzog das Gesicht. »Wissen Sie was?« sagte er schließlich. »Das, was ich am allermeisten brauche, ist Schlaf. Vielleicht könnten wir ein Zimmer bei Ihnen mieten und von dort aus anrufen?«
Terrells Gesicht erhellte sich noch mehr. »Natürlich kann ich Sie

hier unterbringen. Sie können sich ein Zimmer aussuchen.« Er zog ein Formular aus einer Schachtel und einen Kugelschreiber aus seiner Tasche. »Sie brauchen nur dieses Formular auszufüllen.«

Als Jake das Formular ausfüllte, konnte er seiner Erschöpfung kaum noch Herr werden. Sein Gehirn war wie betäubt. Als er fertig war, gab er Terrell das Papier zurück. »Nehmen Sie Visa?«

»Wir nehmen alle Kreditkarten«, lachte Terrell. Offensichtlich war er hoch erfreut, an diesem Tag wenigstens einen Kunden zu haben.

Drei Minuten später gingen die Donovans über den Parkplatz zum Zimmer 15, das laut Terrell den besten Ausblick auf den Swimmingpool hatte.

»Was sollte das eigentlich?« wollte Carolyn wissen.

Jake zuckte die Achseln. »Ich weiß nicht, ich hatte so ein komisches Gefühl. In dieser Gegend kennt jeder jeden. Der Scharfschütze vor dem Magazin könnte genausogut Terrells Bruder sein. Ich dachte mir, daß es nicht gut sei, jemandem die Geschichte anzuvertrauen. Ich möchte sie direkt einem Polizeibeamten erzählen.«

Sie kamen vor ihrem Zimmer an, und Jake öffnete die Tür. Die Einrichtung glich der des Büros.

Carolyn ließ sich theatralisch auf das Bett fallen. »Willst du jetzt sofort anrufen?«

»In einer Minute«, gab er zurück.

Kapitel 13

Jake wurde durch das in der Ferne zu hörende Geräusch von Polizeisirenen geweckt.
Verwirrt streckte er den Rücken und sah sich im dunklen Zimmer um. »So ein Mist«, stöhnte er. »Ich bin eingeschlafen.« Er sah auf die Uhr. Drei Stunden waren vergangen.
Er war nur für eine Minute in den durchgesessenen Polsterstuhl gefallen, um Rücken und Schultern ein bißchen zu entspannen. Er wußte nicht einmal mehr, daß er die Augen geschlossen hatte. Die Sirenen erinnerten ihn daran, daß er etwas vergessen hatte. Und dann, als ob ein Vorhang aufgezogen würde, drängten sich die Ereignisse des Tages wieder in sein Bewußtsein.
Jemand hatte versucht, ihn zu töten! Die Kugel hatte ihn nur um Zentimeter verfehlt. Wieder spürte er die Gewalt des Geschosses, dessen schiere Kraft er hatte fühlen können, obwohl es nur an ihm vorbeigezischt war. Wieder hatte er einen Knoten im Bauch, und seine Hände begannen zu zittern. Gefangen in der Nebelwelt zwischen Traum und Wirklichkeit, fühlte er noch einmal die Hitze der Explosionen, die trotz seines Schutzanzugs auf Rücken und Schultern gebrannt hatte. Und er sah die Leichen seiner Freunde wie gefallene Baumstämme auf der alten Zufahrtsstraße liegen. Selbst in seiner Erinnerung sahen sie unwirklich aus, nicht wirklich tot. Er konnte nur vermuten, daß der Mann auf dem Hügel sie erschossen hatte, genauso, wie er versucht hatte, Carolyn und ihn zu erschießen. Aber der Schrecken war irgendwie gedämpft, weil kein Blut sichtbar gewesen war und weil die Toten keine Gesichter hatten.
»Ich muß telefonieren«, flüsterte er. »Ich muß herausfinden, was passiert ist.« Vorsichtig, um keinen Lärm zu machen, stützte er

sich auf die Armlehnen seines Sessels und setzte sich auf. Er fuhr sich mit den Fingern durch die Haare und drehte den Körper erst nach rechts und dann nach links. Seine Wirbelsäule knirschte schmerzhaft bei der Bewegung. Er war erst vierundzwanzig Jahre alt, aber an diesem Abend fühlte er sich, als sei er siebzig.

In der Dunkelheit des Zimmers war die sparsame Einrichtung nur als schwarzer Schatten gegen einen dunkelgrauen Hintergrund erkennbar. Jake ertastete das Telefon auf dem Nachttisch und legte die Hand darauf, als das Jaulen von Polizeisirenen ihn einhalten ließ. Sie schienen lauter zu werden. Er stand auf und humpelte zum Fenster. Mit zwei Fingern zog er den schweren, gummierten Vorhang auseinander.

Draußen fiel ein sanfter, aber beständiger Regen, der alle Dinge in der Dunkelheit glänzend und neu aussehen ließ. Das Heulen der ersten Sirene erreichte einen Höhepunkt und brach plötzlich ab, als der Polizeiwagen aus der Nacht auftauchte und vor dem Büro des Motels stehenblieb.

»Was soll denn das, zum Teufel?«

Der Klang seiner Stimme weckte Carolyn. »Was ist los?« stöhnte sie schlaftrunken.

»Ich weiß es noch nicht.« Mit wachsendem Entsetzen beobachtete er, wie der Polizeibeamte aus dem Wagen kletterte und mit der Hand an der Pistole vorsichtig auf die Bürotür zuging. Der Polizist rüttelte an der Tür und schlug dann kräftig mit der Faust gegen die Glaswand. »Ich fürchte, unser Freund Terrell kriegt Ärger.« Aus der Ferne näherten sich weitere Polizeisirenen.

Carolyn wurde neugierig und trat zu ihrem Mann ans Fenster. Gemeinsam beobachteten sie, wie im Büro das Licht anging und einen grünlichen Schein durch die getönte Glasscheibe warf. Terrells magere Gestalt wurde sichtbar. Müde öffnete er die Tür, aber als er hörte, was der Polizeibeamte ihm zu sagen hatte, wurde er plötzlich lebhaft. Er nickte ein paarmal, dann schüttelte er den Kopf.

Schließlich zeigte er genau auf Jake und Carolyn. Beide fuhren zusammen. »Ach du Scheiße!« Jake schnappte nach Luft.
»Was?«
»Das sieht nicht gut aus.« Der Beamte ging rasch zu seinem Wagen zurück und sagte dabei etwas in das Mikrofon, das an seiner Schulter befestigt war. Ohne ihr Motelzimmer aus den Augen zu lassen, stieg er wieder in den Streifenwagen.
»Was hat das zu bedeuten?«
Jake hörte die Angst in Carolyns Stimme, und in ihm selbst begann die gleiche Furcht aufzusteigen. »Wir müssen hier raus.«
»Was redest du da?« Carolyn weinte vor Angst.
Jake drehte sich um seine eigene Achse und suchte nach einer Möglichkeit, aus dem Zimmer herauszukommen, ohne gesehen zu werden.
»Jake!« Sie schrie es fast.
»Pst!« sagte er. »Das Badezimmerfenster! Komm schnell!« Er zog sie bei der Hand durch das Zimmer. Das Blinklicht des Polizeiwagens fiel durch den schmalen Spalt des Vorhangs und warf einen dünnen, scharfen Lichtstrahl auf die gegenüberliegende Zimmerwand.
»Was sollen wir tun? Ich will hier nicht weg«, protestierte sie, aber sie folgte ihm doch.
»Sieh mal«, zischte er. »Heute hat schon einmal jemand versucht, uns zu töten. Und jetzt sieht dieser Polizist stinkwütend aus. Wenn wir hier bleiben, könnten sie womöglich auf uns schießen.«
Das Badezimmerfenster hatte Standardgröße und war aus mattem, weißem Glas. Eine weitere Polizeisirene kam näher und verstummte. *Scheiße*, dachte Jake. *Jetzt sind es schon zwei*. Und in der Ferne waren noch mehr zu hören. Der Fensterriegel ließ sich leicht öffnen, aber er brauchte beide Hände, um das Fenster hinaufzuschieben.
»Jake, das ist doch Blödsinn!«

Er machte einen Steigbügel mit den Händen für sie. »Komm. Du zuerst.«
»Aber wohin?«
»Raus hier, verdammt!« zischte er. »Ich weiß auch nicht, wohin. Erst mal raus.«
Carolyn öffnete den Mund, um zu widersprechen, aber dann gab sie nach. Kaum hatte sie ihren nackten Fuß in seine Hände gestellt, warf er sie fast zum Fenster hinaus. Sie fiel auf die breite Straße hinter dem Motel, aber sie konnte sich mit den Händen abfangen. Außer ihrem Stolz wurde nichts verletzt.
Jake landete mit den Füßen voran. In diesem Augenblick streiften die blauen und roten Lichter eines Polizeiwagens die Bäume am hinteren Ende des Gebäudes. »Jetzt kommen sie auch schon nach hinten!«
Sie brauchten Deckung. Bis zu den Bäumen konnten sie es unmöglich schaffen, bevor der Streifenwagen da war. Die Mülltonne! Wieder packte Jake Carolyns Hand. Sie rannten auf den etwa zwanzig Meter entfernten Müllbehälter zu und duckten sich dahinter. Der warme Regen hatte den Gestank von altem Müll und verrottendem Essen noch verstärkt, und er atmete instinktiv durch den Mund.
»Warum verstecken wir uns vor der Polizei?« flüsterte Carolyn. »Wie haben doch nichts Böses getan!«
»Ich weiß nicht. Ich habe so eine böse Ahnung.« Eine bessere Antwort konnte er ihr nicht geben.
Der zweite Streifenwagen näherte sich langsamer und schaltete das Licht aus, während er auf die Rückseite ihres Zimmers zurollte. Als er hielt, öffnete der Polizist vorsichtig die Tür und ließ sich samt seiner Pistole aus dem Wagen herausfallen. Gebückt rannte er um den Wagen herum zur Beifahrertür, so daß das Fahrzeug ihm als Deckung diente.
Die Donovans wechselten in der Dunkelheit entsetzte Blicke.
»Wollen die uns verhaften?« fragte Carolyn im Flüsterton.

Jake antwortete mit einem Achselzucken, das in der Dunkelheit nicht zu erkennen war. »Sieh dir diesen Mann an. Er macht sich vor Angst fast in die Hosen.«
Beide fuhren zusammen, als das Funkgerät des Polizisten zu quäken begann und eine Durchsage durch Dunkelheit und Regen drang. »An alle Einheiten. Der Manager des Motels hat die beiden eindeutig identifiziert. Sie sind mit Sicherheit die Schützen von heute vormittag.«
Der Polizist murmelte etwas Unverständliches in sein Mikrofon, dann beförderte er eine Patrone in die Kammer seiner Pistole und zielte auf das Fenster, durch das sie soeben herausgeklettert waren.
»O mein Gott«, hauchte Carolyn.
»Er kann es gar nicht erwarten, uns abzuknallen«, flüsterte Jake ungläubig. Dieser Mann war ihnen übel gesinnt, und es war ihm ziemlich gleichgültig, ob sie lebendig oder tot waren. Jake zog Carolyn hinter der Mülltonne hervor und lief auf die Bäume zu. »Wir müssen hier weg. In Kürze werden sie hier mit Hunden und allem möglichen aufkreuzen.«
Diesmal mußte er sie nicht hinter sich herziehen. Sie rannte von allein. Als sie die ersten Bäume erreichten, tauchte ein weiterer Streifenwagen auf der Rückseite des Gebäudes auf. Die Polizisten riefen sich nun laute Kommandos zu und gaben sich offenbar keine Mühe mehr, sich heimlich anzunähern. Für die Donovans war das das Zeichen loszurennen, so schnell sie konnten, solange es keine Rolle spielte, ob sie dabei Lärm machten oder nicht.
»Laufen wir zum Boot?« fragte Carolyn.
»Das hoffe ich.«

Sie waren die ganze Nacht lang in der Dunkelheit auf dem Fluß entlanggetrieben, als Carolyn endlich auf die Idee kam, sich mit ihrem Onkel in Chicago in Verbindung zu setzen. Harry Sinclair war ursprünglich Einzelhändler für Herrenbekleidung gewesen, dann war er Grundstücksmogul geworden und besaß nun mehr Geld, als er ausgeben konnte. Wenn es irgend jemanden auf dieser Welt gab, der die nötigen Verbindungen hatte, um ihnen aus dieser verfahrenen Situation herauszuhelfen, dann war er es. Sie konnten sich absolut nicht vorstellen, durch welche Umstände sie innerhalb von wenigen Stunden aus Beinahe-Opfern zu Tätern und Volksfeinden Nr. 1 und 2 hatten werden können, aber es war sonnenklar, daß sie erst einige Dinge klären mußten, bevor sie sich wieder sehen lassen durften. Im Motel war es die Visakarte gewesen, die die Polizei auf ihre Spur gebracht hatte. Die Verwendung von Kreditkarten mußten sie sich aus dem Kopf schlagen. Sie mußten sich also schleunigst andere Hilfsmittel verschaffen. Und da gab es nur Harry Sinclair.

Sie brauchten fast zwei Stunden dazu, Travis diesen Teil der Geschichte zu erzählen. Einiges davon verstand er nicht, und einiges wollte er nicht verstehen. Und als seine Eltern immer weiterredeten und ihm erklärten, wer sie wirklich waren und wer sie nicht waren, vergrub er sich immer tiefer unter seiner Armeedecke und wünschte sich, sie hätten den Mund gehalten und ihn in dem Glauben gelassen, daß alles so bleiben würde, wie es immer gewesen war.

Kapitel 14

Als Clayton Albricht endlich in sein Büro zurückkehrte, war es halb neun vorbei. Veronica war natürlich noch da. Seit seinem ersten Tag im Amt war sie seine persönliche Assistentin. Sie war allein; alle anderen Mitarbeiter in seinem Büro waren schon vor einer Stunde nach Hause gegangen. Der Senator ging mit schweren Schritten, Kopf und Sitzfläche gleichermaßen ermüdet von einer endlosen Serie sinnloser Konferenzen mit Kollegen und Wählervertretern. Manchmal behauptete er, daß sein Leben zu einer einzigen, endlosen Fotositzung geworden sei.

Als er durch die riesigen Eichentüren in sein Vorzimmer ging, überkam ihn ein wunderbares Gefühl der Geborgenheit. Er hatte sich jahrzehntelang darum bemüht, diese Räume im prestigeträchtigen Russell Senate Office Building zu bekommen, und jetzt, wo er sie hatte, schien sich der Aufwand voll und ganz gelohnt zu haben. In Washington, wo man die Macht in Quadratmetern maß, war Albrichts unverbaute Aussicht auf das Kapitol ein Gegenstand des Neides aller seiner Kollegen. Mit seinen beiden offenen Kaminen, seiner wunderbar geschnitzten Holztäfelung und den unbezahlbaren Gemälden an den Wänden, die eine Leihgabe der National Gallery of Art waren, zeugte Senator Albrichts Büro in beeindruckender Weise von seiner Macht.

»Hallo, Veronica«, murmelte Albricht, als er sich durch die Tür schleppte. »Tut mir leid, daß ich Sie so lange habe warten lassen. Aber es gibt wirklich keinen Grund, warum Sie noch länger bleiben sollten.«

Es gab allerdings auch keinen besonderen Grund für sie zu gehen. Als kinderlose Witwe hatte sie niemanden, zu dem sie nach

Hause eilen konnte. Dennoch ergriff sie ihre Sachen – unabhängig vom Wetter waren Schirm und Regenhut ihre Standardausrüstung – und ging zur Tür.

»Ein Bote hat ein Päckchen für Sie gebracht«, sagte sie und nahm ihren Mantel aus dem Schrank hinter dem Schreibtisch. »Auf der Innenverpackung steht, daß Sie es persönlich öffnen sollen.«

Albricht entdeckte das Päckchen auf dem Konferenztisch in seinem Büro. Eine begleitende Karte besagte, daß es von der *Washington Post* kam.

»Es kam von einer Zeitung«, erklärte Veronica. »Der Reporter sagte, Sie möchten ihn anrufen, wenn Sie zurückkommen. Er sagte, daß die Geschichte um neun Uhr in die Presse geht.«

»Was für eine Geschichte?« fragte Albricht.

»Das wollte er nicht sagen. Nur, daß Sie ihn anrufen sollen.« Veronica ging im Reden zur Tür. Sie hatte seit langem die Erfahrung gemacht, daß es gefährlich war herumzutrödeln, nachdem sie entlassen worden war. »Seine Karte ist oben auf dem Päckchen. Also dann, bis morgen.«

Die Außentür fiel zu, bevor Albricht noch etwas sagen konnte. Das Päckchen war nicht besonders groß, etwa zehn mal fünfzehn Zentimeter, und vielleicht einen halben Zentimeter dick. Die Visitenkarte eines Reporters namens Tom Ford war daraufgeklebt. Wenn es nicht schon so spät gewesen wäre, hätte Albricht einen seiner Mitarbeiter gebeten herauszufinden, wer dieser Tom Ford war.

Albricht setzte sich auf einen der mit weinrotem Leder bezogenen Stühle an seinen Konferenztisch, schob den Daumen unter das Siegel und riß den Umschlag auf. Zum Vorschein kamen ein dünner Stapel fotokopierter Dokumente und ein Brief, geschrieben auf dem Papier der *Washington Post*.

Sehr geehrter Senator Albricht,
beiliegend finden Sie Fotokopien von Dokumenten, die wir kürzlich von einer anonymen Quelle erhalten haben. Diese Dokumente bestätigen die Behauptung, daß Sie regelmäßig in pädophile und homosexuelle Aktivitäten verwickelt waren. Wegen des kriminellen Charakters der Ihnen unterstellten Aktivitäten vermute ich, daß Sie dazu Stellung nehmen möchten, bevor die Sache in Druck geht.
Für den Fall, daß Sie diese Absicht haben, habe ich Ihnen meine Karte beigefügt. Da dies vermutlich eine außerordentlich besorgniserregende Nachricht für Sie ist, versichere ich Sie meines tiefempfundenen Mitgefühls. Unter den gegebenen Umständen habe ich jedoch keine andere Wahl, als die Sache zu veröffentlichen.
Mit freundlichen Grüßen

Tom Ford

Albricht drehte sich der Magen um. Er zog die Büroklammer weg und wendete die Seite. Was er sah, ließ ihn hörbar nach Luft schnappen: Kreditkartenquittungen für die Mitgliedschaft in einem Club, der sich »Kongreß der homosexuellen Freiheit« nannte, und Subskriptionen für ein halbes Dutzend Untergrundzeitschriften, die auf pädophile Fotos spezialisiert waren.
»O mein Gott«, stöhnte er und wurde totenblaß. »O mein Gott.«
Das waren tatsächlich seine Unterschriften und seine Kreditkartennummern, aber er hatte niemals Derartiges bestellt. Ganz im Gegenteil, er hatte die Gesetzesvorlage genehmigt, die es zu einem auf Bundesebene verfolgten Verbrechen machte, so etwas auch nur zu besitzen. Er hatte sogar die Todesstrafe für die Bestien angeregt, die solche Zeitschriften herstellten. Wie konnte jemand auch nur einen Augenblick lang glauben …
Dann begriff er, was geschehen war. Was hatte Frankel gesagt?

Heute abend werden wir beide in den Nachrichten erwähnt werden … Lieber Gott!
Das Telefon klingelte, und Albricht schloß die Augen. Das mußte der Reporter sein. Wer sonst sollte um diese Zeit anrufen? Er erwog, gar nicht ans Telefon zu gehen, stand aber dennoch auf. Er bemühte sich verzweifelt, sich einen brauchbaren Kommentar einfallen zu lassen, aber es fiel ihm nichts ein. Er hatte zu wenig Zeit gehabt, der Schock war noch zu neu. Er brauchte seinen Stab, verdammt noch mal, um eine Marschroute festzulegen, bevor er mit der Presse redete und womöglich etwas sagte, das ihm hinterher leid tun würde.
Das Telefon klingelte zum vierten Mal. Auf alle Fälle mußte er dementieren, je schneller, desto besser. Sonst würde die Morgenzeitung der Welt mitteilen, daß er »unerreichbar« gewesen sei und daher »noch keine Stellungnahme« von ihm vorliege. Das waren Codeworte, die die Öffentlichkeit als stillschweigendes Eingeständnis seiner Schuld interpretieren würde. Der Senator holte tief Luft und hob den Hörer ab. Er hatte keine Vorstellung, was er sagen würde.
»Ja?«
»Hallo, Clay«, sagte eine Stimme. »Ich habe gesehen, daß bei Ihnen noch Licht brennt. Haben Sie Ihre Post schon geöffnet?«
Albricht runzelte die Stirn. Selbst die Reporter der *Post* hatten gewöhnlich den Anstand, ihn mit Senator anzureden. »Wer sind Sie?«
»Sie können mich Wiggins nennen«, sagte die Stimme. »Eindrucksvolle Unterlagen sind das, finden Sie nicht?«
»Ich weiß nicht, wovon Sie reden.« Der Senator versuchte, Zeit zu gewinnen, und schaltete das Tonbandgerät ein.
Wiggins kicherte. »Natürlich wissen Sie das nicht. Solche abscheulichen Missetaten. Wirklich, Clay. Müssen Sie sich tatsächlich an kleinen Jungen vergreifen, um sich sexuelle Befriedigung zu verschaffen?«

Albrichts Hände zitterten, als er sich diese Unverschämtheiten anhören mußte, und er biß die Zähne so fest zusammen, daß es weh tat. »Ich weiß nicht, wer Sie sind, Wiggins«, zischte er. »Aber ich habe eine Botschaft, die Sie Mr. Frankel ausrichten können. Wenn er glaubt, daß er mich erpressen kann ...«

Wiggins sprach ununterbrochen weiter, ohne Albrichts Einwurf zu beachten. »... Ich wage kaum, mir vorzustellen, wie die Öffentlichkeit reagieren wird, wenn erst einmal die Fotos veröffentlicht sind.«

Diese Worte ließen Albricht verstummen, und obwohl er sich schnell wieder faßte, war der Schaden bereits angerichtet. Einen Augenblick lang hatte er Angst gezeigt, und jetzt wußte sein Gegenspieler, daß er der Stärkere war. »Es kann keine Bilder von etwas geben, das niemals stattgefunden hat«, schnauzte er.

Wiggins lachte wieder. »Ach ja? Also, Clay, ich muß Ihnen sagen, die Bilder sehen verdammt nach Ihnen aus. Die Hosen hängen Ihnen um die Fußgelenke, und der Junge, der vor Ihnen kniet, ist ganz bestimmt nicht alt genug, sich zu rasieren ...«

Albricht mußte sich setzen, um nicht umzufallen. Als er nun in vollem Umfang erkannte, was für ein Spiel da mit ihm gespielt wurde, war ihm klar, daß er bereits verloren hatte. Die Unterlagen in dem Umschlag zeigten Frankels Talent als Fälscher. Und obwohl die Bilder, von denen Wiggins gesprochen hatte, nicht existierten, konnte es in diesem Zeitalter der Computersimulation, in der man jedes Gesicht auf jeden Körper setzen konnte, kein Problem sein, welche herzustellen. Und wenn sie erst einmal veröffentlicht waren, bedeuteten diese Bilder das Ende seiner Laufbahn.

Die *Post* würde zensierte Versionen der Fotos bringen, aber die Skandalblätter würden zweifellos die unzensierte Version abdrucken, und die Wahrheit spielte keine Rolle mehr. Selbst wenn es ihm durch ein Wunder gelingen sollte zu beweisen, daß die Fotos gefälscht waren, würden sie ihn für alle Zeiten zum

Gegenstand anzüglicher Witze in sämtlichen Kabaretts der Welt machen.
Mit zitternden Händen hörte er zu, wie Wiggins weitertönte, und sein herablassender Tonfall brachte seinen Magen in Aufruhr.
»... natürlich ließen sich die Quittungen in dem Umschlag relativ leicht wegargumentieren. Sie können immer behaupten, das seien Fälschungen. Schließlich gibt es Millionen Möglichkeiten, sich die Kreditkartennummern von jemandem zu verschaffen.« Wiggins machte eine Pause, als wollte er sich vergewissern, daß Albricht ihm auch aufmerksam zuhörte. »Sind Sie noch am Apparat, Clay?«
»Was wollen Sie eigentlich?« fragte Albricht mit zornbebender Stimme.
»Nur das, was für Sie und Ihre Familie am besten ist. Es wäre mir doch sehr unangenehm, diese Bilder veröffentlichen zu müssen. Ich möchte wetten, daß es Ihnen sehr schwer fallen würde, die auch als Fälschungen zu erklären. Die Medien sind sowieso nicht besonders gut auf Sie zu sprechen, und zusammen mit diesen Quittungen würden die Fotos Sie in eine ganz abscheuliche Situation bringen, meinen Sie nicht auch?«
Albricht schloß die Augen. Am liebsten hätte er durch das Telefon gelangt und den Kerl umgebracht, aber er konnte nichts anderes tun, als ihm zuzuhören.
»Also, Clay, ich muß jetzt Schluß machen. Und, hören Sie zu, ich bin sicher, daß Sie dieses Telefongespräch auf Band aufgenommen haben – vielleicht haben Sie sogar die Nummer geortet. Sie brauchen nur ein Wort zu sagen, und ich bringe den Stein mit Vergnügen ins Rollen. Vielleicht kann ich diese Fotos für die Pressekonferenz sogar auf Posterformat vergrößern lassen. Das würde ein Gejohle geben, meinen Sie nicht?« Wiggins lachte noch einmal, dann war die Leitung tot.
Albricht saß lange da und starrte den Telefonhörer an, bevor er auflegte. Es war vorbei. Alles. Einfach so. Eine ehrenvolle Lauf-

bahn würde ein unrühmliches Ende nehmen. Er hörte seine Kollegen bereits in den Gängen darüber reden: *Er mag es leugnen, soviel er will, aber ich habe die Bilder gesehen …*

Washington war eine Stadt der Bilder, und keine Macht der Erde konnte die Wirkung der Fotos auslöschen, die ihm gerade beschrieben worden waren. Selbst wenn es ihm gelang, sie als Fälschungen zu entlarven, würde der Schaden, der damit seiner Laufbahn und seinem Ruf zugefügt wurde, ewig anhalten. Traditionsgemäß war die Verhaltensweise der Washingtoner Presse immer die gleiche: Mit einer Beschuldigung ließ sich Geld verdienen. Unschuld war etwas, das die Gerichte zu beweisen hatten. Wenn die Unschuld bewiesen war, brachten die Medien sogar einen Widerruf – irgendwo im Inneren der Zeitung natürlich –, es sei denn, daß gleichzeitig die Behauptung von irgendwem abgedruckt wurde, daß das Gericht sich geirrt habe.

»Verdammter Frankel«, sagte er laut. Der Kerl hatte ihn sogar gewarnt! Trotz seiner wachsenden Wut mußte er anerkennen, daß Frankels Plan einfach brillant war. Er machte ihn vollkommen hilflos. Wenn Albricht die Wahrheit sagte, nämlich, daß Frankel diese Dokumente fabriziert hatte, um von seiner eigenen fragwürdigen Vergangenheit abzulenken, würde die ganze Nation gemeinschaftlich die Augen rollen und ihn für verrückt erklären. Insider, die Albricht gut genug kannten und genau wußten, was gespielt wurde, würden das Problem nur noch schlimmer machen. Sie würden rennen wie die Hasen, um sich von ihrem angeschlagenen Kollegen zu distanzieren, und gleichzeitig dem Mann, der die Lügen in Umlauf gebracht hatte, die Hand schütteln. Man konnte schließlich nie wissen, ob man nicht selbst der nächste auf seiner Abschußliste war.

All dies wurde Albricht in Sekundenschnelle klar. Er legte die Arme auf den Tisch und ließ den Kopf stöhnend auf die Handgelenke sinken. »Es ist aus mit mir!«

Kapitel 15

Irene stand mit offenem Mund da, die Hände in die Hüften gestützt, als der Manager der U-Lockit-Lagerhalle die Tür des Lagerabteils 627 öffnete. »Sie waren tatsächlich vorbereitet«, sagte sie.

Paul Boersky faßte die Lage zusammen: »Verdammte Scheiße.«

»Sehen Sie sich das an, was diese Leute mit meiner Wand angestellt haben!« schrie der Manager. Es folgte ein ausgiebiges Lamento über das Gesindel, das in dieser Stadt lebte, und über den mangelnden Respekt seiner Kunden vor dem Hab und Gut eines armen Geschäftsmannes, der nur mit Mühe das Nötigste zum Leben verdiente. Nach einer halben Minute ließ Paul den Mann von einem uniformierten Beamten in sein Büro zurückschaffen.

Daß sie die Lagerfirma entdeckt hatten, war reines Glück gewesen. Unter den vielen Kleinigkeiten, die sie im Wohnwagen der Donovans in Farm Meadows zusammengesucht hatten, war eine Rechnung von U-Lockit, die erst am selben Tag angekommen war. Zunächst hatten sie der Rechnung nicht mehr Bedeutung beigemessen als allen anderen Papieren, die sie zur Untersuchung mitgenommen hatten. Erst als Officer Jason Slavka im Vorbeigehen äußerte, daß die Lagerfirma nur wenige Häuserblocks vom Krankenhaus entfernt sei, wo natürlich niemand etwas von Jakes Mutter gehört hatte, wurden sie aufmerksam.

Obwohl Irene sich zu dem wertvollen Fund gratulierte, war ihr klar, daß sie genauso weit waren wie am Anfang. Der Celica war da, und nach der Größe des Lagerraums und der Leere der Regale zu schließen, hatten die Donovans den Verlust der Ausrüstung, die sie in ihrem Wohnwagen hatten zurücklassen müssen, mehr als ausgleichen können.

»Du darfst jetzt sagen, daß du das gleich gesagt hast«, knurrte Irene, als sie und Paul in das Lagerabteil hineingingen.
Paul, der so früh am Morgen die Stimmung seiner Vorgesetzten noch nicht einschätzen konnte, sagte lieber nichts.
Irene ging sofort zu den zurückgelassenen Nummernschildern und Ausweisen und bückte sich, um sie genauer anzusehen. »Sieh mal«, sagte sie. »Die Brightons sind offensichtlich tot. Und ich möchte wetten, daß sie schlau genug sind, die Durflingers auch sterben zu lassen. Diese Leute sind wirklich gerissen, Paul. Sie haben eine Tonne Bargeld, und sie sind Meister im Wechseln ihrer Identität. Es sieht so aus, als ob jemand sie regelrecht ausgebildet hätte.«
Paul seufzte und hob die Augenbrauen. »Wenigstens haben wir noch den Bus als Anhaltspunkt«, sagte er hoffnungsvoll.
Sie lachte. »Zweifellos mit neuen Nummernschildern. Möchtest du raten, wie viele weiße Busse in diesem Land herumfahren?«
Als die Techniker mit ihren Kameras und Taschen für Beweisstücke und ihrer Ausrüstung zur Sicherung von Fingerabdrücken erschienen, versuchten Paul und Irene, ihnen nicht im Weg herumzustehen. Eigentlich hätte Irene es Paul allein überlassen sollen, dies hier zu überwachen, aber sie hatte sonst nichts zu tun. Wenn es an Hinweisen fehlte, war die Arbeit des Leiters einer Untersuchung eine ziemlich langweilige Angelegenheit.
»Was glaubst du, wer sie ausgebildet haben könnte?« fragte Paul unerwartet.
»Was sagst du?« Sie hatte nicht zugehört. Sie hatte gerade im Geist Peter Frankels dritte wutschäumende Tirade in den letzten vierundzwanzig Stunden noch einmal durchlitten.
»Das Verschwinden«, erklärte Paul. »Was meinst du, wer ihnen das beigebracht hat?«
»Du grinst so verdächtig. Wenn du eine Theorie hast, spuck sie aus.«
Paul hörte auf zu grinsen. »Ich habe letzte Nacht im Hotel die

Akte der Donovans durchgelesen«, sagte er. »Ich habe gar nicht gewußt, daß Harry Sinclair ihr Onkel ist.«
Irene sah, worauf er hinauswollte, und schüttelte den Kopf. »Wenn du die Akte ganz durchliest, wirst du sehen, daß er im Jahr 1983 überprüft wurde und daß ihm nichts nachzuweisen war.«
»Niemand, der so viel Geld hat, ist jemals ganz sauber«, schnaubte Paul. »Ich finde, daß er eine ungemein bequeme Hilfsquelle ist für jemanden, der auf der Flucht ist.«
Sie dachte eine Zeitlang darüber nach. »Sinclair müßte verrückt sein, sich in so eine Sache hineinziehen zu lassen. Er hat zu viel zu verlieren.«
Paul zuckte die Achseln. »Familie ist Familie. Ich meine, wir sollten das überprüfen. Wir haben schließlich nichts zu verlieren. So wie die Sache liegt, haben wir jede Menge Beweise und nicht einen einzigen Hinweis.«
Irene erwog den Gedanken. »Möchtest du sein Telefon anzapfen?«
»Warum nicht? Der Fall ist weiß Gott überzeugend genug.«
Mit einem leichten Nicken gab sie ihre Zustimmung.
»Großartig. Ich rufe sofort bei der Staatsanwaltschaft an.« Er ging rasch zur Tür und wich dabei sorgfältig dem Schwarm von Technikern aus. »Übrigens, Irene«, sagte er, als er fast bei der Tür war.
Sie sah mit hochgezogenen Augenbrauen zu ihm hinüber.
»Ich habe es dir gleich gesagt.«

Carolyn schrie auf.
Jake fuhr in seinem Sitz hoch, bereit, für seine Familie zu kämpfen. Er registrierte, daß es wieder hell geworden war, aber er konnte sich nicht vorstellen, was aus der Dunkelheit geworden war. Carolyn hatte sich ebenfalls aufgesetzt. Ihre Augen schossen wild umher, und sie hatte die Hände mit gespreizten Fingern ausge-

streckt, als wolle sie etwas wegstoßen und sei mitten in der Bewegung erstarrt. Er erkannte, daß sie wieder ihren Traum hatte.

»Carolyn!« sagte er scharf. »Carolyn, du bist hier bei mir. Ich bin da. Es ist alles in Ordnung.« Er beugte sich über die Mittelkonsole und versuchte, sie an sich zu ziehen. Sie fing an zu weinen. Sie fing immer an zu weinen, wenn er sie nach ihrem Traum in die Arme nahm.

»O Gott«, stöhnte sie, als sie endlich in die Wirklichkeit zurückkehrte. Sie ließ sich von ihm auf ihrem Sitz hin und her wiegen, aber sie blieb steif in seinen Armen.

»Wirst du mir diesmal erzählen, was du geträumt hast?« fragte er nach einiger Zeit.

Sie schüttelte den Kopf an seiner Schulter. »Nein. Ich kann nicht.«

Nein, du *willst* nicht, dachte er bitter. Er wünschte sich, ein besserer Mensch zu sein, aber dieses Spiel, das sie da mit ihm trieb, ihm ihre Vergangenheit zu verheimlichen, hatte ihn schon immer zutiefst gekränkt. Sie waren Mann und Frau, verdammt noch mal. Zwei Leben und eine Person, oder eigentlich drei Leben. Sie wollten die Zukunft miteinander bestreiten, nachdem sie schon die Vergangenheit miteinander durchgemacht hatten. Und dennoch hütete sie das Geheimnis der Schrecken ihrer Kindheit wie den Code für den Atomschlag. Wenn sie nicht willens war, sich ihm anzuvertrauen, wie sollte er dann ein guter Ehemann sein? Natürlich sagte er nichts von alldem, und im nächsten Augenblick schämte er sich, überhaupt solche Gedanken gehabt zu haben. Dies waren die Gelegenheiten, wo sie ihn am meisten brauchte. Und seine Aufgabe war es, einfach dazusein und ihr über ihren Alptraum hinwegzuhelfen. Er würde seinen Ärger auch diesmal hinunterschlucken und wahrscheinlich auch noch tausend weitere Male. Er küßte und streichelte ihr Haar. Sie roch fürchterlich nach Schmutz und Schweiß, aber irgendwie war sie in diesem Augenblick schöner, als wenn sie sich zum Ausgehen

zurechtmachte. Dies war die unverschleierte Carolyn, die Frau, die sie mit allen Mitteln vor allen, die sie kannte, zu verbergen suchte.
Nach ein paar Minuten entzog sie sich ihm. Sie vermied seinen Blick und wischte sich Augen und Nase mit einem Hemdzipfel ab. »Es tut mir so leid«, sagte sie.
»Mir auch.« Er strich mit dem Handrücken über ihr Gesicht.
Sie schien noch immer nicht vollständig in die Gegenwart zurückgekehrt zu sein. Jake hatte es erlebt, daß diese Stimmung stundenlang anhielt. Das letzte Mal hatten sie sich schließlich gestritten. Er war aus dem Haus gelaufen und hatte ein Frühstück mit unzähligen Kalorien in einem Schnellimbiß verschlungen. Nichts konnte aufgewühlte Gefühle wirkungsvoller ersticken als ein Pfund Pancakes im Bauch.
Nach einer kalten Nacht im Bus fühlte er sich abscheulich. Kurz nachdem sie am vorangegangenen Abend West Virginia erreicht hatten, öffneten sich alle Schleusen des Himmels. Die Bergpässe wurden glitschig und fast unpassierbar. Bevor er einen Unfall und das daraus resultierende Aufsehen riskierte, war er gegen zehn auf den Parkplatz des Rebel Yell Motel am Stadtrand von Sulphur Springs gefahren und hatte ihn zu ihrem Nachtquartier erklärt.
Vorsichtshalber, für den Fall, daß die Polizisten, die sie angehalten hatten, schließlich doch noch die richtigen Schlüsse zogen, hatte Jake ihre Nummernschilder, Führerscheine und Ausweise noch einmal ausgewechselt. Sie waren jetzt die Familie Delaney – James und Clarissa. Weil Travis noch ein Kind war und Kinder keinen eigenen Ausweis brauchten, hatte Jake beschlossen, das Trauma für den Jungen möglichst zu begrenzen und seinen Vornamen unverändert zu lassen. Einstweilen sollte er es einfach vermeiden, überhaupt einen Familiennamen zu benutzen.
Jake hatte eine Armeeschaufel aus einem der Regale genommen

und ihre alten Nummernschilder und Ausweise im Wald vergraben.
Er und Carolyn hatten in Erwägung gezogen, im Motel zu übernachten, aber einstimmig beschlossen, sich diesen Luxus zu versagen, weil die Polizei damit rechnen würde, daß sie so etwas tun könnten. Sie hatten auch darüber nachgedacht, ob sie an einem einsameren Ort parken sollten, waren aber zu dem Ergebnis gekommen, daß ein weißer Bus in einer Regennacht auf einem Parkplatz sehr viel weniger verdächtig war als ein weißer Bus, der im Wald versteckt war.
Travis hatte die ganze Nacht über fest geschlafen, während Carolyn und er abwechselnd vorgaben zu schlafen und auf Ärger warteten. Keinem von beiden war die Hoffnungslosigkeit ihrer Situation bisher voll zum Bewußtsein gekommen, obwohl Jake, als sich die Stunden hinzogen, zunehmend bitterer wurde. Was für einen deformierten Charakter mußte ein Individuum haben, das eine derartige Folter über einen anderen Menschen verhängte? Er verfluchte sich, daß er nicht vor vierzehn Jahren etwas dagegen unternommen hatte, als alle Spuren und Beweise noch frisch waren und vielleicht auch eine so unwahrscheinliche Geschichte wie die ihre Glauben gefunden hätte.
Er wußte, daß solche Gedanken nichts einbrachten, aber wenn man im morgendlichen Zwielicht mit einer Pistole im Schoß in den Bergen von West Virginia saß und sich fragte, ob man es wirklich fertigbringen würde, jemanden zu erschießen, um seine Familie vor Schaden zu bewahren, war es schwer, seine Gedanken im Zaum zu halten.
Als sich endlich die Sonne über den Horizont erhob, hatte er genug vom Warten und beschloß weiterzufahren. Carolyn war wieder eingeschlafen, und als er den Zündschlüssel umdrehte, schreckte sie auf.
»Entschuldige«, sagte er und versuchte, nicht über ihren entrüsteten Gesichtsausdruck zu lachen.

Sie brauchte ein Weilchen, um sich klarzumachen, was los war. Dann entspannte sie sich wieder und legte die Hand auf die Brust. »Lieber Gott, bin ich jetzt erschrocken.« Sie streckte sich und gähnte geräuschvoll.

»Schläft Travis noch?« fragte er. Er wollte sich beim Fahren nicht vollständig umdrehen, um selbst nachzusehen.

»Ich glaube, ja«, gab Carolyn zurück. »Seine Augen sind jedenfalls noch geschlossen.«

Sie fuhren lange Zeit schweigend weiter. Carolyn hatte offensichtlich etwas auf dem Herzen, aber Jake bedrängte sie nicht. Er wußte, daß sie früher oder später sagen würde, was sie bedrückte.

»Du hättest ihm nicht alles erzählen sollen«, sagte sie endlich. »Warum hast du ihn gleich vollständig zum Mitwisser gemacht?«

»Er muß begreifen, wie groß die Gefahr ist.«

»Aber der arme Junge muß sich doch zu Tode fürchten.«

Aha, die Schuldkarte, dachte Jake. *Die kann niemand so gut ausspielen wie Carolyn.* »Er muß genug wissen, um vorsichtig zu sein. Und er muß wissen, daß unsere Chancen sehr schlecht stehen.«

»Aber du hast ihm zu viel gesagt.«

»Willst du, daß ich das irgendwie rückgängig mache?« Er hatte es so satt, sich verteidigen zu müssen.

Jake hatte ein ganzes Arsenal von Gesichtsausdrücken, mit denen er Carolyns Zorn bis in die Stratosphäre katapultieren konnte. Aber mit diesem selbstgefälligen, allwissenden Grinsen konnte er sie zur Weißglut bringen. »Nein«, gab sie wütend zurück. »Ich will nur, daß du daran denkst, daß er erst dreizehn Jahre alt ist. Er ist noch ein Junge.«

»Na so was«, sagte Jake. »Dreizehn Jahre alt. Darüber habe ich schon den ganzen Morgen nachgedacht. Wie gut, daß du es mir sagst.«

Sie öffnete den Mund, um weiter zu streiten, aber dann schloß sie ihn wieder. Sie hatte ihre Meinung gesagt und er die seine. Es war jetzt einfach zu wichtig, daß sie miteinander auskamen. Also ließ sie die Sache auf sich beruhen, oder versuchte es jedenfalls.

Das Gelände wurde zunehmend steiler, und die vierspurige Straße verengte sich auf zwei Spuren. Ein schwarzes Band, das sich endlose Meilen in Haarnadelkurven und sanften Biegungen dahinschlängelte. Jake war diese Straße seit mindestens einem Jahr nicht mehr gefahren, und schon damals war sie schlecht gewesen. Jetzt hatte sie so viele Schlaglöcher, daß sie herumgeschleudert wurden wie auf einem Trampolin. Angesichts des Gewichts des Wagens, seines Hinterradantriebs und der katastrophalen Straßenverhältnisse fragte er sich, ob diese Fahrt nicht vielleicht der gefährlichste Teil ihres ganzen Plans war. Wie gut, daß sie Sitzgurte hatten, sonst wären sie längst durch die Decke katapultiert worden.

Wunderbarerweise verschlief Travis die ganze Schüttelei.

Bald jedoch hörte die Fahrt auf, gefährlich zu sein, und wurde ausgesprochen langweilig. Beim Kauf des Busses hatten sie an der Motorstärke gespart, und das rächte sich jetzt. Das Gewicht der Familie zusammen mit der Ladung war auf diesen steilen Straßen fast zu viel für den Wagen. Jake fand sich hinter einem Traktor wieder, der mit zwanzig Meilen in der Stunde eine Ladung Telegrafenstangen bergauf zog, und er hatte nicht die geringste Chance zu überholen.

»Hast du es eigentlich für möglich gehalten, daß es jemals soweit kommen würde?« fragte Carolyn. In ihrer Stimme schwangen Gefühle mit, die Jake nicht eindeutig einordnen konnte. Trauer vielleicht, aber nicht nur das.

Er antwortete sehr sanft und war sich dabei nicht sicher, was sie eigentlich hören wollte. »Früher schon«, sagte er. »Damals, ganz am Anfang. Aber in den letzten zwei Jahren habe ich es mir ausgeredet. Ich habe mir tatsächlich eingeredet, wir hätten es

geschafft. Ich war nicht mehr genügend auf der Hut. Es tut mir leid.«
Sie ließ seine Antwort im Raum stehen und sagte nichts. Nach einiger Zeit fuhr sie sich mit den Fingern durch die Haare und ächzte. »Ich bin nicht so stark, wie ich geglaubt habe«, gestand sie.
Er lächelte. »Wenn du versprichst, keine Szene zu machen, verrate ich dir ein Geheimnis.«
Aus dem Augenwinkel sah er, daß sie ihm den Kopf zudrehte.
»Ich auch nicht. Tatsächlich mache ich mir vor Angst fast in die Hose.«
Beide schwiegen wieder, aber er konnte es nicht zulassen, daß diese pessimistische Stimmung anhielt. »Wir werden es trotzdem schaffen. Ich *verspreche* dir, daß wir irgendwie aus dieser Situation wieder herauskommen.«
Sie quälten sich mit Sorgen herum, die zu schrecklich waren, um sie auszusprechen. Schließlich brach Carolyn das Schweigen. »Was tun wir als nächstes?«
Er drehte sich zu ihr. »Als nächstes?«
»Ja, als nächstes. Nehmen wir einmal an, wir schaffen es bis zur *Höhle* …«
»Oh, das werden wir mit Sicherheit schaffen.«
Sie winkte ab. »Ja gut, *wenn* wir es also bis zur *Höhle* schaffen, was machen wir dann?«
»Dann schlafen wir erst mal.«
Sie rollte die Augen. Sie haßte es, wenn er sich absichtlich dumm stellte. »Also, Jake! Ich meine, was sollen wir morgen machen? Und übermorgen, und überübermorgen?«
Er zuckte die Achseln. »Wir leben einfach.« Er stellte das fest, als ob es die offensichtlichste Sache der Welt war. »Wir leben, wir warten, wir versuchen, uns so gut wie möglich einzurichten. Das weißt du doch. Und dann, wenn die Zeit dafür gekommen ist, versuchen wir, wieder aus dem Untergrund aufzutauchen und

das Beste aus der ganzen Sache zu machen. Das ist der Plan, und so ist der Plan immer gewesen. Du weißt es doch.«

»Und genau das macht mir so zu schaffen«, sprudelte sie hervor. »Du hast recht. Der Plan ist immer so gewesen, aber er hat keine Zukunft. Wir könnten genausogut gleich alle miteinander ins Gefängnis gehen.«

Sie merkte augenblicklich, daß sie auf den falschen Knopf gedrückt hatte. Jake spannte das Genick an, wie er es immer tat, wenn er wütend war. Seine Fäuste öffneten und schlossen sich um das Lenkrad. »Ich nehme an, daß du einen bestimmten Grund hast, das jetzt aufs Tapet zu bringen, wo es zu spät ist, noch irgendwas zu ändern.«

»Ich spreche nur meine Sorgen aus ...«

Er unterbrach sie. »Behalte sie für dich. Ich habe wirklich zu viel Zeit und Mühe in diesen Fluchtplan investiert, als daß ich zulassen kann, daß du ihn jetzt zunichte machst.«

»Mach mir keine Vorschriften, was ich sagen darf und was nicht«, fauchte sie. »Wenn ich mir Sorgen mache, dann werde ich es dir auch sagen.«

»Warum?« Sein Ton war aggressiv, aber seine Frage war begründet. »Was gewinnen wir dadurch, daß du plötzlich alles in Frage stellst? Die Situation ist nun einmal so, wie sie ist, und wir stehen da, wo wir stehen. So einfach ist das. Wie oft habe ich dich gebeten, mit mir hierherzukommen?«

»Und was hätte ich mit Travis machen sollen?«

»Ihn mitbringen. Es hätte ihm bestimmt gefallen.«

Sie sah mit wütendem Gesicht aus dem Fenster. »Du warst ja immer geradezu paranoid, daß jemand etwas von dem Haus hier erfahren könnte.«

»Paranoid?« Er konnte es kaum fassen. »Es liegen Haftbefehle gegen uns vor – *wegen Mordes*. Wir stehen an der Spitze der Fahndungsliste. Und ich bin paranoid, weil ich ein paar Dinge geheimhalten wollte?«

Sie hob die Hände, wie um sich zu ergeben. »Sieh mal. Ich meine doch nur, daß unser Plan mehr hätte enthalten sollen, als nur abzuhauen und dann auf weiß Gott was zu warten.«
»Und was meinst du, Carolyn, was wir tun sollten? In ein Flugzeug steigen? Oder in einen Bus, oder vielleicht in ein Boot? Vielleicht sollten wir zum Rebel Yell Motel zurückfahren und uns für ein ganzes Jahr dort einmieten. Mit dem Geld, das wir haben, könnten wir einen Monat lang im Plaza wohnen. Aber weißt du was, Carolyn, dort gibt es Leute. Es gibt kein einziges Flugzeug, keinen Zug, keinen Bus und auch kein Boot, das wir besteigen könnten, ohne augenblicklich erkannt zu werden.«
Sie holte tief Luft, um zu widersprechen, aber er ließ sie nicht zu Wort kommen. »Nein, hör mir erst zu. Vierzehn Jahre lang haben wir Pläne für diesen Tag gemacht, und du kannst mir glauben, daß wir die meisten Fehlerquellen ausgemerzt haben. Das Haus steht für uns bereit, und nun müssen wir bereit sein, dort erst einmal zu leben. Wenn du jetzt den Mut verlierst, wird Travis ganz zusammenbrechen.«
»Ja, und was ist mit Travis?« schoß Carolyn zurück. »Wir wollten ihn selbst unterrichten. Aber ich habe keine Ahnung, was ein Kind in der achten Klasse lernen muß. Stell dir vor, wir machen alles falsch.«
Jake seufzte. Seine ganze Planung hatte sich auf die Flucht und ein brauchbares Versteck beschränkt. Alles andere war zu unvorhersehbar gewesen. Und weil es so unvorhersehbar gewesen war, hatte es auch keine Rolle spielen können. Und jetzt, mitten auf der Flucht, verlangte sie einen fertigen Plan für jede nur denkbare Möglichkeit. Warum konnte sie nicht einsehen, daß es jetzt darauf ankam, flexibel zu sein? Seit Beginn ihrer Flucht hatte sie von nichts anderem als von den negativen Aspekten gesprochen; er hatte es gründlich satt.
Was für einen Unterschied konnte es jetzt noch machen, ob etwas schiefging oder nicht? Sie würden entweder wieder auf die

Beine kommen oder auch nicht. So einfach war das. Wenn man sich Sorgen machte, wurde alles nur noch komplizierter.

»Lieber Gott, Carolyn«, sagte Jake, plötzlich mit sanfter Stimme. »Wenn wir etwas falsch machen, dann machen wir es eben falsch. Es muß irgendwie weitergehen. Wir haben keine Wahl mehr, und es ist sinnlos, über etwas zu jammern, das man nicht ändern kann.«

Sie ließ den Kopf auf die Brust sinken, und ihre Stimme war auf einmal sehr klein. »Das ist nur alles so unfair gegen Travis«, sagte sie.

»Sieh mal, Carolyn. Die Familie ist das wichtigste. Alles andere ist Nebensache, erinnerst du dich? Wenn wir es richtig machen, wird Travis heranwachsen und unsere Flucht als ein einziges großes Abenteuer in Erinnerung behalten.«

Sie atmete tief ein, um ihre Gefühle unter Kontrolle zu bringen. »Gott helfe uns«, flüsterte sie.

Travis erwachte fünfzehn Minuten später. Sie hatten gerade die Höhe des Falls Ridge erreicht, und Jake bremste ab, um nach links in eine ungeteerte Straße einzubiegen, die sie schließlich zur *Donovan-Höhle* bringen würde. »Wo sind wir?« fragte er schlaftrunken.

»Fast am Ziel.«

»Was ist das für ein Ziel?«

Die Antwort auf diese Frage wurde nach kurzer Zeit sichtbar. »Das Ziel« lag rund zwei Meilen östlich von nirgendwo. Das ungeteerte Sträßchen endete nach etwa dreißig Metern. Danach gab es nur noch Gras und Kies, was paradoxerweise weniger holprig war als die geteerten Straßen, die sie an diesem Morgen passiert hatten. Der hellblau und weiß gestrichene Wohnwagen, die *Höhle*, stand auf einer überwucherten Wiese und hob sich wie ein gestreifter Riesenpilz vor dem schmutzfarbenen Hintergrund des Waldes ab. Die Räder waren vollständig vom hochgewachsenen Gras verdeckt, das fast bis zum unteren Rand der Fenster reichte.

Sie waren einfach zu lange nicht mehr hier gewesen. Carolyn hatte den Ort als primitiv in Erinnerung, aber auf diesen Anblick war sie doch nicht gefaßt. Travis sprach ihre Gedanken aus, bevor sie etwas sagen konnte. »Das muß ein Witz sein.«
Jake versuchte, seinen eigenen Schrecken über den Zustand der Unterkunft zu verbergen, und meinte: »Sei es auch noch so bescheiden, kein Ort ist so schön wie das Zuhause.«
»Kommt nicht in Frage«, sagte Travis mit Nachdruck. »Das kommt überhaupt nicht in Frage!«
Der Bus hielt, Travis öffnete die hintere Tür und kletterte aus dem Wagen. Mit offenem Mund ging er vor seinen Eltern her zur Eingangstür. Mit viel Phantasie glaubte er einen Trampelpfad zu erkennen, der darauf zuführte.
»Was soll das sein?« fragte Travis.
»Das ist unser Zuhause«, antwortete Jake mit einem drohenden Unterton in der Stimme. Er hatte gerade diese Diskussion mit Carolyn hinter sich gebracht. Er hatte nicht das geringste Bedürfnis nach einer Neuauflage mit seinem Sohn. »Warte, hier ist der Schlüssel.«
»Den brauchen wir nicht«, sagte Travis und stieß die Tür mit einer Fingerspitze auf. »Es ist offen.«
Jake zog die Glock unter seiner Jacke hervor und ging voran. Vorsichtig, mit ausgestreckter Pistole, betrat er den Wohnwagen, Travis dicht auf seinen Fersen. »Ist hier jemand?« rief er. Das Zirpen einer Zikade war die einzige Antwort.
Das Innere des Wohnwagens roch naß und schmutzig, wie ein alter Schwamm. Gleich vorn in der Küche, die nur aus einem Campingherd und einem Tresen bestand, standen die Fenster gerade weit genug offen, um den Regen hereinzulassen, damit er die Schaumstoffpolster durchweichen konnte. Am unteren Rand der Einbauschränke hatte sich das Linoleum vom Fußboden gelöst, so daß zwei parallele Streifen von gelbem Leim sichtbar wurden, die durch die ganze Länge des Korridors liefen. Das Schlafzim-

mer lag am anderen Ende des Wohnwagens, der im ganzen vielleicht acht Meter lang war.
»Das sieht so aus, als hätten wir Besuch gehabt«, sagte Jake und steckte seine Pistole wieder ein. Er brauchte nur von einer Seite zur anderen zu sehen, um den ganzen Wohnwagen zu überblicken. Travis schlüpfte an seinem Vater vorbei. Sie stießen dabei mit den Bäuchen aneinander, so eng war der Korridor. Er sagte nichts, aber der Abscheu in seinem Gesicht sprach Bände.
»Ich hatte ganz vergessen, daß es keinen Strom gibt«, murmelte Carolyn und beäugte die Gasbrenner auf dem Herd und die Kerzenhalter an den Wänden.
»Das ist ja widerlich!« schrie Travis und kam aus dem Schlafzimmer herausgeschossen. »Da liegen überall gebrauchte Kondome herum.«
Carolyn schnappte nach Luft und fragte sich, woher Travis überhaupt wußte, was das war. Dann ging sie mit Jake die acht Schritte, um selbst nachzusehen. Da lagen tatsächlich gebrauchte Kondome auf der Matratze und dem Fußboden herum – sieben Stück auf den ersten Blick – und sahen aus wie zerquetschte Miniaturzeppeline.
»Das ist ja widerlich!« erklärte Travis wieder und ging zur Tür.
»Da hast du recht«, murmelte Jake. Seine Frau sah ihn an. »Wenigstens wissen wir jetzt, wozu unsere Besucher hierhergekommen sind.«
Auf dem Weg zur Tür blieb Travis plötzlich stehen. »Wartet mal!« rief er mit plötzlichem Schrecken. »Wo ist das Klo?«
Seine Eltern wechselten einen Blick. »Draußen«, sagte Jake einfach. »Ich habe das Loch selbst gegraben.«
Travis starrte seinen Vater ungläubig an. »Das kann doch wohl nicht wahr sein«, sagte er fassungslos. »Im Wald?«
Jake zuckte die Achseln und fühlte sich plötzlich sehr unbehaglich. »Mehr auf der Wiese als im Wald. Ich habe eine Hütte darum herum gebaut.«

»Das kann doch nicht dein Ernst sein«, sagte Travis wieder. Er sah aus, als ob er gleich in Tränen ausbrechen würde. »Das ist ganz einfach unmöglich!«

»Aber Travis!« rief Carolyn.

»Ich denke gar nicht daran, wie ein Tier in den Wald zu scheißen!« Er stieß die Tür auf, daß sie gegen den Einbauschrank knallte. Dann rannte er aus dem Wohnwagen und auf den Wald zu.

»Lieber Gott, Jake, wo rennt er hin?«

Jake holte tief Luft. »Ich gehe und hole ihn«, sagte er.

»Ich komme mit.« Sie beeilte sich, ihm zuvorzukommen.

Er faßte sie beim Arm. »Nein«, sagte er sanft. »Das ist meine Sache. Er wird sich schon wieder beruhigen.«

Travis hörte die Schritte seines Vaters. Er sah nicht einmal auf. Er war hauptsächlich deshalb aus dem Wohnwagen gerannt, weil sie ihn nicht weinen sehen sollten. Aber nun kamen sie ja doch, um ihm dabei zuzuschauen. Als er sein Gesicht abwischen wollte, erinnerte ihn ein plötzlicher Schmerz an das Andenken von Terry Lampier, das er erst vor zwei Tagen davongetragen hatte. So scheußlich das Leben ihm damals erschienen war, es war noch gar nichts im Vergleich zu der Situation, in der er nun steckte.

Als sein Vater sich neben ihn auf die abgestorbenen Zweige setzte, die ihm als Bank dienten, nahm er keine Notiz von ihm. Er haßte diesen Mann, diesen Lügner. Er haßte sie beide. Als sein Vater versuchte, seinen Arm zu berühren, riß er sich los und sprang wieder auf die Füße.

»Du hast genau gewußt, daß das hier eines Tages passieren würde«, sagte er anklagend.

Als Jake antwortete, war seine Stimme nur ein Flüstern: »Ich glaube, ja.«

Travis wandte sich um und sah ihn endlich an. Wut und Haß

brannten in seinen blauen Augen. »Die ganzen Jahre lang war alles, was du mir gesagt hast, gelogen. Und die Geschichte von dem Massaker? War das auch gelogen? Hast du diese Leute umgebracht?«

»Nein.«

Travis kam einen Schritt näher. Er wollte einen Kampf mit seinem Vater. »Ich glaube dir nicht«, fauchte er. »Du bist ein Lügner und ein Mörder, und ich hoffe, daß du getötet wirst und zur Hölle fährst.« Er sah, wie sein Vater sich bei diesen Worten zusammenkrümmte. *Gut*, dachte er, *soll es ihm ruhig weh tun!*

Wer war dieser Mann überhaupt? Der Vater, den er dreizehn Jahre lang gekannt hatte, hätte niemals solche Beleidigungen von ihm hingenommen. Er hätte seinen Sohn grün und blau geprügelt. Daß sein Vater so etwas jetzt duldete, stieß ihn fast noch mehr ab. Er wollte einen Kampf, verdammt noch mal, einen richtigen, physischen Kampf. Diese ganze Geschichte war so ungeheuerlich, daß sie sein Verständnis überstieg.

»Wir haben in der Schule das auch gelernt«, sagte Travis schließlich mit unsicherer Stimme. »Sie nennen es die Newark-Katastrophe. Der schlimmste Chemieunfall der Geschichte.« Seine Stimme versagte, und er preßte die Hände gegen die Schläfen, als wollte er verhindern, daß ihm der Kopf explodierte. »Lieber Gott, Dad, das ist wie der Holocaust oder das St.-Valentins-Massaker. Es hat einen Namen!«

Jake stand ebenfalls auf und faßte seinen Sohn bei den Schultern. Travis riß sich los und wich zurück. »Gestern habe ich dir die ganze Geschichte erzählt«, sagte Jake so vernünftig, wie er konnte. »Und jedes Wort, das ich dir gesagt habe, ist wahr. Alles, was deine Mutter und ich getan haben, war davonzulaufen.«

»Aber du hast *gelogen!*«

»Sieh mich an, Trav«, sagte Jake sanft.

Travis wollte keinen Blickkontakt. Auf diese Weise behielt sein Vater in jeder Auseinandersetzung die Oberhand. Aber schließlich konnte er nicht anders, als seinem Vater in die Augen zu sehen.

»Du hast recht, mein Sohn. Ich habe gelogen. Ich habe alle und jeden angelogen, mit denen ich in den letzten vierzehn Jahren zu tun hatte. Auch dich. Dafür gibt es keine Entschuldigung. Aber wenn ich wieder in der gleichen Situation wäre, würde ich es wieder ganz genauso machen, weil ich mir beim besten Willen nicht vorstellen kann, was ich sonst hätte tun sollen.« Er legte die Hand um das Kinn seines Sohnes und lächelte. Sosehr Travis sich auch bemühte, seinen Freunden und Klassenkameraden eine harte Schale zu zeigen, Jake war immer in der Lage gewesen, ihn bis in die tiefsten Winkel seiner Seele zu durchschauen. »Aber du mußt mir glauben, daß ich jetzt nicht lüge.«

Travis schüttelte ihn ab. »Warum gehst du dann nicht einfach zur Polizei? Jetzt sofort. Wenn du ihnen alles erzählst, was du mir erzählt hast, können wir doch alles in Ordnung bringen.« Er konnte seine Tränen nicht mehr zurückhalten, und als er es merkte, drehte er sein Gesicht dem Wald zu.

Jake versuchte noch einmal erfolglos, ihn zu umarmen. »So einfach ist das nicht, Trav. Inzwischen ist das auch alles schon zu lange her. Derjenige, der das Ganze auf dem Gewissen hat, hatte einen Plan, und zwar einen sehr guten. Dadurch, daß deine Mutter und ich am Leben blieben, waren wir geradezu prädestiniert dazu, als Sündenböcke zu dienen. Der wirkliche Täter wollte, daß es so aussehen sollte, als seien wir die Schuldigen, und dadurch, daß wir davonrannten, haben wir auch noch unser Bestes getan, ihm dabei zu helfen.«

»Aber warum *wir?* Was haben *wir* denn getan?«

Jake seufzte und trat einen Schritt näher. Es tat ihm entsetzlich weh, das sagen zu müssen. »Es geht nicht um uns alle. Es geht nur um deine Mutter und mich. Du bist mit betroffen, weil du ein Teil von uns bist.«

Travis setzte sich schwer an den Fuß einer Eiche, den Rücken seinem Vater zugewandt. Die Arme um die Beine geschlungen und das Gesicht gegen die Knie gedrückt, versuchte er seine Selbstbeherrschung wiederzugewinnen. Es war, als habe jemand eine Zeitbombe mitten in sein Leben gelegt, und jetzt klingelte die Alarmglocke. Er hatte immer geglaubt, daß er, wenn er älter wurde, irgendwann aufhören würde, immer nur ein Kind aus der Wohnwagensiedlung zu sein. Daß das Leben irgendwann anfangen würde, ihn fair zu behandeln. Als er jetzt dasaß und mit den Tränen kämpfte, wurde ihm klar, daß Fairneß im Leben einfach nicht vorkam.

Der Kummer seines Sohnes lag schwer auf Jakes Seele. Dieses Gefühl vollkommener Hilflosigkeit. Er kannte dieses Gefühl selbst nur zu gut.

In der ersten Zeit, als sie lernten, sich unsichtbar zu machen, hatte Jake unzählige Stunden damit zugebracht, sich die Ereignisse jenes Nachmittags im August in Newark immer wieder zu vergegenwärtigen. Er wußte sehr genau, daß die ewige Frage »warum gerade ich« einen Menschen in den Wahnsinn treiben konnte.

Wer auch immer die Newark-Katastrophe inszeniert hatte und was auch immer seine Gründe gewesen sein mochten, er hätte die Enviro-Kleen-Leute an jedem beliebigen Ort töten können, und er hätte das Magazin samt seinem Inhalt zu jeder beliebigen Zeit in die Luft jagen können. Aber aus irgendeinem Grund, dessen war sich Jake ganz sicher, mußten die Explosion und die Morde gleichzeitig geschehen. Und es mußte so geschehen, daß jemand dafür bestraft wurde.

Seine Gedanken kehrten immer wieder zu dem Skelett zurück, das Adam Pomeroy kurz vor den ersten Schüssen gefunden hatte. Jake war überzeugt, daß die ganze Katastrophe Teil eines ausgeklügelten Plans war, eine Leiche zu verbergen. Was für ein besseres Versteck konnte es für eine Leiche geben als einen Haufen anderer Leichen? Wahrscheinlich wußte der Verbrecher sogar, daß das Feuer und die Umweltvergiftung die Regierung dazu zwingen würden, das Magazin und damit alle Beweise endgültig zu versiegeln.

Vor vierzehn Jahren hatte sich Jake mit dem Rätsel herumgeschlagen, warum Mr. X die Leiche nicht einfach weggeschafft und anderswo vergraben hatte, bis Carolyn auf eine plausible Theorie kam: Das Verschließen des Magazins durch die Umweltbehörde hatte Mr. X überrascht. Und nachdem das Magazin versiegelt worden war, konnte er nicht mehr hinein, ohne dabei ertappt zu werden.

Im Laufe der Jahre hatten Carolyn und er jedes Detail hin und her gewendet, aber sie waren immer wieder auf das Skelett zurückgekommen. Sie hatten sich sogar ausgemalt, wie sie sich in das Magazin einschleichen und den Beweis ihrer Unschuld herausholen würden. Aber die Gefahr, dabei erwischt zu werden oder sich durch die dort noch immer vorhandenen Chemikalien zu vergiften, schien immer größer zu sein als die schwache Möglichkeit, die Beweise zu finden, nach denen sie suchten. Es wäre bestenfalls ein Schuß im dunkeln gewesen, und ein sehr gefährlicher obendrein.

Jetzt, als er zusah, wie sein Sohn seine Ängste herunterzuschlukken suchte, drängte sich dieser lang vergessene Traum wieder in sein Bewußtsein.

Du bist verrückt, sagte er sich. *Tausend Dinge haben sich seither verändert.*

Aber Millionen andere hatten sich nicht verändert. Wenn er die Zeitungen richtig gelesen hatte und die Berichterstattung der Medien korrekt war, war das Magazin seit dem Tag, an dem sie mit nichts als ihrem Leben entkommen waren, nicht angetastet worden. Alles darin mußte noch unverändert sein.

Es könnte vielleicht klappen …

Er schüttelte den Kopf und versuchte sich diese Verrücktheit auszureden, aber je länger er darüber nachdachte, um so heller brannte die Flamme der Hoffnung. Natürlich war die Sache ris-

kant, und sie würden dazu aus dem Untergrund auftauchen müssen. Dennoch konnte es vielleicht klappen.
Und was hatten sie schon zu verlieren? Dies hier war kein Leben. Was hatte er sich nur dabei gedacht? Das Tragische an ihrem Fluchtplan war, daß er mit der Flucht endete. Was für eine Zukunft gab es denn noch für sie, versteckt in diesem heruntergekommenen Wohnwagen, immer in der Angst, daß das Liebespaar mit neuen Kondomen zurückkommen könnte? Was würden sie tun, wenn sie erkannt würden? Das Liebespaar umbringen? Schwerlich.
Jedenfalls eröffnete dieser neue Plan einen Hoffnungsschimmer. Und wenn Carolyn und er dabei ums Leben kommen sollten, würde ihr Sohn wenigstens in dem Bewußtsein aufwachsen, daß seine Eltern alles Menschenmögliche getan hatten, um ihre Unschuld zu beweisen. In manchen Fällen war der Kampf selbst ehrenvoller als der Ausgang.
Obwohl Jake wußte, daß seine Gedanken absurd waren, fühlte er sich davon wunderbar gestärkt, als ob in Sekundenschnelle Jahre von ihm abgefallen seien. Es konnte gelingen!
»Das wär's dann also?« fragte Travis mit belegter Stimme. Er kehrte seinem Vater immer noch den Rücken zu. »Wir werden also für den Rest unseres Lebens auf der Flucht sein?«
Jake setzte sich neben seinen Sohn auf die Erde. »Seltsam, daß du fragst …«

Kapitel 16

Zum ersten Mal seit vier Jahrzehnten überlegte sich Clayton Albricht allen Ernstes, ob er nicht einfach im Bett bleiben sollte. Die ganze Nacht über hatte sich die Presse in seinem Vorgarten versammelt, während er fieberhaft mit seinem Stab eine Möglichkeit zu erarbeiten suchte, den Schaden zu begrenzen.

Er hatte sich vor Widerwillen gekrümmt, als er die Erklärung seines Pressechefs in den Morgennachrichten hörte, der den versammelten Reportern mitteilte: »Der Senator bestreitet energisch und kategorisch, jemals in homosexuelle oder pädophile Aktivitäten verwickelt gewesen zu sein …«

Mein Gott, sogar das Dementi klang wie ein Eingeständnis der Schuld.

Natürlich konnte er nicht beweisen, daß Frankel etwas mit der Sache zu tun hatte, also kam es gar nicht in Frage, etwas Derartiges auch nur anzudeuten. Zu seiner Verteidigung blieb Albricht nichts anderes übrig, als lahme, paranoid wirkende Behauptungen vorzubringen, daß eine Konspiration unbestimmten Ursprungs gegen ihn im Gange sei. Jede Entschuldigung klang geradezu lächerlich schuldbewußt.

Wenigstens glaubte ihm seine Frau Alba. Sie hatte zu oft erlebt, wie Laufbahnen durch falsche Behauptungen anderer zerstört worden waren, um noch irgendeinen Betrug oder irgendeine Grausamkeit für unmöglich zu halten. Zum Glück waren die Kinder erwachsen, überlegte sie, und das war ein kleiner Trost.

Dennoch hatten Clayton und Alba Stunden am Telefon damit verbracht, ihren Kindern zu erklären, was für Behauptungen die

Medien demnächst veröffentlichen würden, und ihnen zu versichern, daß ihr Vater kein perverses Schwein sei. Am Ende des Gesprächs waren beide Kinder einhellig der Meinung, daß jetzt gerade die richtige Zeit für einen schnellen Urlaub sei. Heute abend um acht Uhr würde Clay Jr. mit seiner Frau und seinen beiden Kindern in Denali Park sein, und Amy würde sich in St. Thomas sonnen. Alle waren sich einig, daß Clay Jr. die größeren Chancen hatte, unbelästigt zu bleiben. In Alaska konnte es im Oktober ziemlich frisch werden.

»Dies wird dann ja wohl das Ende sein«, meinte Alba zu ihrem Mann, als er nach dem tausendsten Gespräch mit Mitgliedern seines Stabes den Hörer auflegte.

Kaum hatte er aufgelegt, läutete es schon wieder. Es war schon den ganzen Morgen so gegangen. Aus aller Welt waren Anrufe gekommen. Offensichtlich war gerade Sauregurkenzeit. Der Senator hob den Hörer auf und legte ihn sofort wieder hin. Drei Sekunden später läutete es wieder. Beide lachten.

Clayton rutschte zur Seite und machte seiner Frau neben sich auf dem abgenützten Schlafzimmersessel Platz. Von diesem Platz aus hatten die Kinder unzählige Geschichten gehört und Gutenachtküsse bekommen. Er nannte ihn seinen Denksessel. »Noch nicht«, sagte er und legte mehr Zuversicht in seine Stimme, als er tatsächlich fühlte. »Nicht, solange die angeblichen Fotos noch nicht in den Zeitungen erscheinen. Wenn die erst einmal veröffentlicht sind, dann ja. Diese Geschichte wird uns umwerfen.«

Alba strich durch sein vom Schlaf zerdrücktes Haar, froh, daß er wenigstens vor Tagesanbruch fünfundvierzig Minuten lang hatte schlafen können. »Hältst du das alles aus?«

Er lächelte schwach. »Ich glaube, ich werde das schon durchstehen, solange ich nicht die Einladung bekomme, als Marschall der Gay Pride Parade zu fungieren. Ich auf einem Homosexuellenumzug – nein! Da würde ich es vorziehen, von irgendwas Hohem hinunterzuspringen.«

»Nicht, daß etwas verkehrt daran wäre, homosexuell zu sein«, spottete sie.
»Um Himmels willen, nein.« Er lachte. Manchmal wurde es ihm geradezu schwindlig bei dem Gedanken, wie oft er seinen moralischen Standpunkt zu einstmals unumstrittenen Themen hatte ändern müssen. Im stillen sehnte er sich nach den Zeiten zurück, in denen das Wort »gay« nichts anderes bedeutet hatte als »glücklich«.
»Bist du eigentlich sicher, daß es Frankel ist?«
Der Senator nickte und rieb sich die Augen. »Das riecht förmlich nach ihm. Es kann nur er sein.«
»Meinst du, daß du ihn schlagen kannst?«
Er zuckte die Achseln. Im Augenblick fand er den Gedanken an Schlaf ganz besonders reizvoll. »Nun ja, man kann mich nicht wegen irgendwelcher Vergehen anzeigen, wenn du das meinst. Quittungen oder auch Fotos sind keine Beweise, und nicht einmal Frankel kann sich so ohne weiteres Zeugen aus den Rippen schneiden.«
Alba stand auf und trat hinter den Sessel, um ihrem Mann den Nacken zu massieren. »Weißt du, er wird niemals aufhören. Selbst wenn du ihn bei seiner Anhörung Walzer tanzen läßt, hat er dich immer noch unter seiner Fuchtel.«
Der Senator lehnte sich in seinem Sessel zurück, faßte ihre beiden Hände und zog sie auf seine Brust. »Du kennst mich doch«, sagte er. »Solange ich kann, werde ich ihn heimlich bekämpfen. Wenn ich ihn als das entlarven kann, was er ist, werden wir gewinnen. Wenn nicht, dann ist es wahrscheinlich Zeit für uns, nach Chicago zurückzukehren. Zeit, nach Hause zu gehen.«
Alba fragte sich, ob ihr Mann nicht sowieso genug von Washington hatte. Mit den finanziellen Aspekten des Ruhestandes würden sie ganz sicher zurechtkommen. Vielleicht war dies ein Omen, daß es an der Zeit sei, Schluß zu machen.

»Was meinst du, wie es weitergeht?« fragte sie.
Clayton seufzte wieder und rieb sich den Nasenrücken. »Nun ja, ich glaube, daß nichts passieren kann, was ich nicht will. Die Presse wird ein paar Wochen lang dranbleiben, meine täglichen Dementis und die täglichen Andeutungen des Präsidenten abdrucken, daß ich von meinen Ämtern zurücktreten sollte. Danach wird es ziemlich heiß werden, wenn die Zeitungen anfangen, meine eigenen Parteifreunde zu zitieren, die mich wegen meiner Gottlosigkeit verdammen und dich heiligsprechen, weil du einer so schrecklichen Kreatur wie mir die Treue hältst.«
»Vielleicht könnte ich bei Oprah Winfrey auftreten«, neckte sie ihn.
Clayton lachte und fügte mit Ansagerstimme hinzu: »Pädophile Abgeordnete und die Frauen, die sie lieben! – Wenn es so abläuft, wie diese Dinge gewöhnlich ablaufen, werden wir zu keiner einzigen Weihnachtsfeier eingeladen, aber bis Ostern stehen wir wieder auf der VIP-Liste. Am Ende der Wahlperiode werde ich ankündigen, daß ich in den Ruhestand trete, und in ein paar Jahren sind wir wieder in Chicago und leben von Rednerhonoraren und Buchbesprechungen.«
»Das klingt ja so, als hättest du schon alles geplant.« Alba strich sanft mit dem Handrücken über sein stoppelbärtiges Gesicht.
»O ja, das habe ich«, bestätigte Clayton. »Und das Beste ist, ich habe noch volle fünf Jahre Zeit, um mir eine Möglichkeit auszudenken, mit Frankel abzurechnen.«

»Jake, du bist ja verrückt.« Carolyn war außer sich, daß er eine solche Möglichkeit auch nur erwähnte. Sie drehte sich auf dem Absatz um und stürmte in den Wohnwagen.
Jake ging ihr nach, und Travis folgte ihm dicht auf den Fersen, obwohl sein Vater ihm gesagt hatte, er solle sich da raushalten.
»Warum bin ich verrückt? Das ist die einzige Möglichkeit, unser Leben zurückzubekommen.«

»Blödsinn! Das ist eine Möglichkeit, unser Leben zu beenden!« Sie war den Tränen nah.

»Als ob dies hier nicht auch eine Art von Tod ist!« Mit weit ausladender Geste wies er auf ihre Umgebung. »Mein Gott, Carolyn, wir müssen es einfach riskieren.«

»Warum jetzt auf einmal?« wollte sie wissen. »Als wir das letzte Mal darüber geredet haben, hast du selbst gesagt, daß es eine dumme Idee ist. Warum ist sie jetzt auf einmal nicht mehr dumm?«

»Weil ihr erwischt worden seid«, sagte Travis gleichmütig.

»Du hältst dich da raus!« sagten seine Eltern im Chor.

Carolyn fuhr mit den Händen durch ihr dickes Haar, eine Geste äußerster Frustration. »Es ist zu spät«, beharrte sie. »Die Beweise sind nicht mehr da, und wir sind zu alt.«

Jake warf die Hände in die Luft. »Gut, wir gehen auf die Vierzig zu«, gab er zu. »Aber nächstes Jahr werden wir noch ein Jahr älter sein, und die Beweise auch. Jetzt ist nur deshalb eine schlechte Zeit, weil wir es schon früher hätten tun sollen!«

»Und was ist mit Travis?« Sie griff nach jedem Strohhalm.

»Ja, was ist mit mir?«

»Halt dich da raus!« Wieder sprachen sie im Chor.

»Was ist mit ihm?

»Er ist doch noch ein Kind, Jake. Wir können ihn doch nicht in so eine Sache hineinziehen. Was du da vorhast, ist gegen das Gesetz.«

»Ich sage einfach, daß ihr mich mit der Pistole dazu gezwungen habt«, bot Travis hilfreich an und machte damit der Auseinandersetzung ein Ende.

»Vielen Dank, Freund«, sagte Jake und stemmte die Hände in die Hüften. »Wer braucht schon Staatsanwälte, wenn man eine Familie wie euch hat.« Der kleine Hoffnungsschimmer hatte Travis zu Jakes Verbündetem gemacht.

Carolyns Kinnmuskeln arbeiteten heftig, als sie über die Argumente ihres Mannes nachdachte. »Es gibt Millionen Dinge, die schiefgehen könnten«, sagte sie. Aber ihre Stimme war weich geworden, und selbst Travis erkannte, daß sie jetzt sehr behutsam sein mußten. Wenn sie die richtigen Worte fanden, würde Carolyn mitspielen. Wenn sie etwas Falsches sagten, würde ihnen diese Möglichkeit für alle Zeiten verschlossen bleiben.

»Es sind nur wenige Dinge, die gelingen müssen«, gab Jake zurück. »Denk doch mal nach. Entweder bringen wir den Rest unseres Lebens hier zu, oder wir haben eine Chance.«

Diese Worte saßen. Carolyn sah erst Travis, dann Jake an. »Ich nehme an, daß uns niemand helfen wird.«

Jake zuckte die Achseln. »Wenn wir nicht fragen, werden wir das nie erfahren.« Er bemühte sich zu lächeln.

Carolyn schloß die Augen und seufzte tief. Dann fuhr sie sich wieder mit der Hand durch die Haare. »Das ist Wahnsinn«, stöhnte sie.

»Ja!« jubelte Travis.

Sie quetschten sich in die schimmelige Küche und sprachen eine volle Stunde lang alle Einzelheiten durch. Sie erweckten lang vergessene Gedankengänge wieder zum Leben und dachten über die logistischen Probleme nach, was alles getan werden mußte und in welcher Reihenfolge es zu geschehen hatte.

Als sie die ersten Pläne fertig hatten, gingen sie zum Bus. Jake wollte die Tür des Wohnwagens absperren, aber dann fiel ihm ein, wie sinnlos das war. »Mein Beitrag für junge Liebe«, murmelte er und steckte den Schlüssel ein.

Kapitel 17

Die Donovans brauchten ein Münztelefon, aber sie hätten ebensogut nach dem Heiligen Gral suchen können. In diesem südöstlichen Teil von West Virginia war es schon schwierig genug, ein Gebäude mit Fundament zu finden. Die Tankstelle an der Straße hatte ein internationales Telefonsymbol, aber bei näherem Hinsehen stellte sich heraus, daß das Telefon schon seit einiger Zeit außer Betrieb war – vermutlich seit dem Bürgerkrieg.

Sie fuhren fünfzehn Meilen weit, ohne etwas anderes zu sehen als Holzhütten und endlose Wälder an fast senkrechten Abhängen.

»Wie kann einer nur freiwillig hier leben?« dachte Jake laut nach.

Endlich kamen sie zu einer Raststätte. An der Anzahl der alten Autos und Lieferwagen auf dem Parkplatz war unschwer zu erkennen, daß es sich hier um das einzige Restaurant in diesem Teil des Staates handelte. Es war im klassischen Hinterwäldlerstil erbaut. Der Mittelteil war aus roten Ziegeln und mochte in seiner Jugend sogar einen gewissen Charme gehabt haben, aber im Lauf der Zeit hatte man auf beiden Seiten hölzerne Anbauten hinzugefügt, wobei nur auf Zweckmäßigkeit und Sparsamkeit geachtet worden war. Das Gebäude wirkte vernachlässigt und wenig einladend. Darauf kam es aber offensichtlich überhaupt nicht an. Durch sämtliche Fenster waren Köpfe von Gästen zu erkennen. Und was noch wichtiger war, ein Schild an der Ziegelwand besagte, daß es hier nicht nur ein Telefon, sondern auch Toiletten gab.

Die Federung des Busses ächzte und stöhnte, als Jake das Fahrzeug auf den mit Schlaglöchern übersäten Parkplatz lenkte. »Was meinst du?«

»Ich glaube …« Carolyn brach mitten im Satz ab. »Lieber Gott, sieh dir mal den Zeitungsstand an.«

Ihr ernster Tonfall alarmierte Travis. »Welchen Zeitungsstand?«

Jake sah ihn zuerst auch nicht, aber als er der Richtung ihres Fingers folgte, zog sich ihm der Magen zusammen. An drei Zeitungsspendern waren drei verschiedene Zeitungen ausgestellt, zwei von West Virginia und eine von Washington D. C. Alle drei zeigten auf der Titelseite Fotos der gefährlichsten Umweltterroristen der Welt. Anstelle der alten Bilder aus der Fahndungsliste verfügte die Presse nun aber über die aktuellen Fotos von ihren Führerscheinen.

»Scheiße«, sagte Jake. »Die sehen ja genauso aus wie wir.« Ihre Geschichte in der Zeitung zu sehen machte die Gefahr, in der sie sich befanden, noch greifbarer.

»Das bedeutet, daß wir dort nicht hineingehen können«, sagte Carolyn. »Die Leute sitzen beim Frühstück, und die Hälfte von ihnen liest vermutlich gerade den Artikel über uns.«

Das war ohne Zweifel richtig. Zwar waren Fahndungsfotos niemals besonders gefährlich; erstens sahen die Leute einen fast nie wirklich an, und zweitens behielten sie die Fotos von Leuten, die sie nicht kannten, nicht so genau im Gedächtnis; jedoch in einer so kleinen Gemeinschaft wie dieser hier, wo jeder jeden kannte, zogen Fremde sofort die Aufmerksamkeit aller auf sich. Wenn der Gegenstand dieser Aufmerksamkeit nun auch noch Personen waren, deren Fotos in der Zeitung abgebildet waren, die sie gerade in der Hand hielten, war klar, was passieren mußte.

»Ich kann hineingehen«, bot Travis an. »Von mir ist kein Foto da.«

Jake und Carolyn wollten instinktiv nein sagen, aber dann verstummten sie.

Jake hob eine Augenbraue. »Was meinst du?«

»Ich kann das wirklich tun, Mom.« Travis brannte darauf, sich zu bewähren. »Himmel, Arsch und Wolkenbruch, es ist doch nur ein Telefongespräch.« Beide Eltern warfen ihm strafende Blicke zu, und er rollte die Augen. »Ich wollte sagen, Himmel, Arm und Wolkenbruch, es ist doch nur ein Telefongespräch.«

»Das ist aber kein Spiel, Travis«, schimpfte Carolyn.

»Das weiß ich, aber lieber Himmel, warum wollt ihr riskieren, erkannt zu werden, wenn ich nichts anderes tun muß als zu telefonieren?«

Jake zuckte wieder die Achseln. »Ich wüßte nichts, was dagegen spricht.«

»Aber Harry kennt ihn nicht und weiß nichts von seiner Existenz«, wandte Carolyn ein.

»Wenn ich es ihm erkläre, wird er wissen, wer ich bin«, meinte Travis. »Also kommt, ihr sagt mir, was ich sagen soll, und ich sage es ihm. Dann sagt er mir, was er zu sagen hat, und ich sage es euch.«

Vielleicht war es wirklich so einfach. »Hast du schon mal ein R-Gespräch geführt?« fragte Jake.

»Ja, natürlich. Damals in Amarillo, als das Auto der Tawingos kaputtging, da habe ich ein R-Gespräch geführt, um euch zu sagen, daß ich erst später kommen würde.«

Jake und Carolyn sahen sich an und suchten nach einem vernünftigen Grund, nein zu sagen, aber sie konnten beim besten Willen keinen finden.

»Also gut«, sagte Carolyn und seufzte unbehaglich. »Dann erklären wir dir jetzt, was du sagen sollst.«

Voller Stolz sah Jake zu, wie sein Sohn aus dem Bus kletterte und entschlossen auf die Raststätte zuging. Die ganze Welt des Jungen war auf den Kopf gestellt worden, und doch hatte er den ernsthaften Wunsch zu helfen. Natürlich gab es noch unendlich viel zu tun, und dieses Abenteuer fing gerade erst an, aber, so lächerlich es auch klang, Jake hatte das Gefühl, daß sie in diesem Augenblick fester zusammenhielten als in all den Jahren zuvor.

»Wie Harry wohl reagieren wird?« überlegte Jake.
»Er wird ganz bestimmt sehr erleichtert sein«, sagte Carolyn.
»Vermutlich ja.«
Der Bruder von Carolyns Mutter, Harry Sinclair, besaß mehr vom Stadtzentrum von Chicago als irgendein anderer einzelner Investor. Er war gleichermaßen bekannt für seine Loyalität gegenüber seinen Freunden wie für seine rücksichtslosen Geschäftspraktiken. So wurde er gefürchtet und verehrt, je nachdem, auf welcher Seite des Verhandlungstisches er saß. Harry war daran gewöhnt zu gewinnen, und zwar um jeden Preis. Es kursierten Gerüchte, daß er Konkurrenten bedroht habe, bis sie nachgaben, aber diese Behauptungen waren durchweg unwahr – jedenfalls stimmten sie nicht in dem Sinn, in dem die Leute sich das vorstellten.
Harry Sinclair hatte nur ein Interesse – seine Geschäfte –, und er spielte das Spiel mit einer Leidenschaft wie kaum ein anderer. Jake hatte ihn nur zweimal getroffen, aber der alte Schurke hatte ihm sofort sein Glaubensbekenntnis unter die Nase gerieben. »Einen Verlierer kannst du sofort erkennen«, hatte er zu Jake gesagt, als Carolyn und er gerade begonnen hatten, miteinander auszugehen. »Der Verlierer ist immer der, der glaubt, das Spiel sei zu Ende, wenn die Gegenseite aufgibt. Aber ich bin im Süden aufgewachsen und habe das Geheimnis gelernt, wie man *wirklich* gewinnt. Solange der andere noch stehen kann, geht das Spiel weiter.«
Jake hatte den Mann vom ersten Augenblick an nicht ausstehen können. Er verkörperte für ihn alles, was falsch war in der Geschäftswelt. Er und seine Artgenossen waren Schlägertypen, und sie unterschieden sich von den Schlägern im Schulhof nur durch ihre teuren Anzüge und ihre Seidenkrawatten.
Bei dieser ersten Begegnung in Harrys Haus, die gezielt darauf ausgerichtet war, den harmlosen Bergmannssohn einzuschüchtern, der da um seine Nichte herumschnüffelte, hatte Harry ihm

das alles klar vor Augen geführt. Er saß in seinem Zweitausend-Dollar-Sessel und rauchte eine Dreißig-Dollar-Zigarre und erzählte ihm die Geschichte von einem koreanischen Lebensmittelhändler namens Kim Po, der sich geweigert hatte, seinen Laden zu verkaufen, um Platz für das Sinclair-Plaza zu machen, einen ausgedehnten, fünfzigstöckigen Büro- und Geschäftskomplex aus Glas und Granit in der Michigan Avenue.

Als Mann, der immer stolz darauf gewesen war, die Spielregeln einzuhalten, hatte Harry die Genehmigung eingeholt, seinen Turm dennoch zu bauen, und war von oben und auf drei Seiten bis auf zwanzig Zentimeter mit seinem Gebäude an Pos Laden herangegangen. Natürlich war der Koreaner vor Gericht gezogen, worauf Harry Gegenanzeige erstattete und einen Krieg vom Zaun brach, bei dem er die Gerichtskosten in so schwindelnde Höhen trieb, daß Po sie unmöglich bezahlen konnte. Nach sechs Monaten war Po weich geworden und hatte angeboten, ihm seinen Laden zu verkaufen. Harry lehnte ab. »Ich hatte das Geld schon für Gerichtskosten und Veränderungen an der Architektur des Baus ausgegeben«, erklärte er Jake. »Ich bot ihm dann vierzig Prozent seines Preises an, und darauf ging er nicht ein.«

Nachdem der Wert seines Ladens nun geringer war als die Hypothek, die er aufgenommen hatte, um die Collegeausbildung seiner fünf Kinder zu finanzieren, gab Po nach und versuchte, das Beste aus seiner Lage zu machen.

Aber, wie Harry erklärte, stand er immer noch auf den Füßen. Als das Sinclair-Plaza endlich eröffnet wurde, sorgte der alte Fuchs dafür, daß der Laden, der unmittelbar neben dem von Po lag, an einen anderen Lebensmittelhändler vermietet wurde, der rein zufällig genau dasselbe anbot wie der Koreaner, nur mehr davon und zu einem geringeren Preis. Schließlich kaufte Harry den Laden des ruinierten Lebensmittelhändlers als einziger Anbieter bei der Zwangsversteigerung.

Räuber wie Harry Sinclair trieben die Behörden in den Wahnsinn. Zwanzig Jahre lang hatten sie sich bemüht, ihn zu zwingen, ehrlich zu bleiben. Nur einmal, in den späten siebziger Jahren, hatte die Steuerfahndung ihm genügend Unregelmäßigkeiten nachweisen können, um eine fünfjährige Gefängnisstrafe zu rechtfertigen.

Für Jake blieb Harry immer der Knastbruder, obwohl Carolyn ihn geradezu verehrte. Als einziges Mädchen unter vielen Neffen war Carolyn immer sein »Sonnenschein« gewesen, und der Immobilienmogul hatte seine Rolle als lieber Onkel bis zum Exzeß gespielt. Wann immer er sie sah, brachte er ihr Silberdollars und Schokoladentafeln mit. Zwischen den beiden bestand ein unzerreißbares Band, das ein Teil des Geheimnisses um Carolyns Kindheit war.

Sosehr Jake seine Geschäftspraktiken verabscheute, so mußte er doch seine Loyalität anerkennen, und obwohl er vieles verdammte, für das Harry Sinclair stand, so war es doch nicht zu leugnen, daß er ihnen in der allerkritischsten Zeit zu Hilfe gekommen war. Im Jahr 1983, als die Welt über den Donovans zusammengebrochen war, hatte Harry sie mit allem versorgt, was sie brauchten, um zu verschwinden, von neuen Identitäten bis zum Bargeld, und das alles nur Monate nachdem er selbst aus dem Gefängnis entlassen worden war und durch seine Hilfe alles aufs Spiel setzte.

Als Jake nun vor dem Restaurant in seinem Bus saß, schüttelte er ungläubig den Kopf. Von diesem Mann sollte Travis Hilfe erbitten? Die Pointe eines alten Witzes fiel ihm ein, und er wand sich vor Unbehagen in seinem Sitz: *»Was von Ihnen zu halten ist, haben wir ja schon geklärt, Madam. Wir feilschen nur noch um den Preis.«*

Während er darauf wartete, daß Travis zurückkam, wanderten Jakes Gedanken zurück zu seiner zweiten Begegnung mit Harry Sinclair, der ersten in seiner Rolle als Flüchtling. Harry hatte einen Wagen geschickt, der Jake und Carolyn an einem vorher vereinbarten Ort flußabwärts von Buford abgeholt hatte. Der Name des Fahrers war ihm bis zum heutigen Tag im Gedächtnis geblieben: Thorne, ein sehniger, großer, militärisch aussehender Mann, der kaum ein Wort sprach, in dessen dunklen Augen jedoch eine ständige Drohung lag. Jake erinnerte sich, daß das Treffen am späten Abend stattgefunden hatte und daß sie bis zum Morgen durchgefahren waren, zu einem Haus irgendwo im Süden von Illinois.

Während der Fahrt hatte Jake fast die ganze Zeit geschlafen, bis die Wärme der aufgehenden Sonne ihn weckte. Carolyn war bereits wach. Sie saß aufrecht in ihrem Sitz und redete mit gedämpfter Stimme mit Thorne. Jake streckte sich geräuschvoll und setzte sich langsam auf.

»Hallo, du Schlafmütze«, sagte Carolyn fröhlich. »Höchste Zeit, daß du aufwachst.«

»Wie spät ist es?«

Er war zu schlaftrunken, um auf die Idee zu kommen, selbst auf die Uhr zu sehen.

»Etwa neun Uhr. Wir sind fast da.«

»Falsch«, unterbrach Thorne. »Wir *sind* da.«

Weit und breit war nur ein einziges Gebäude zu sehen, ein großes Bauernhaus mitten in einer riesigen Fläche von Ackerland. Thorne bremste den Cadillac auf Schrittempo ab und bog in einen holprigen Feldweg ein. Das Haus war ein beeindruckendes Gebäude im eigentümlichen Stil des mittleren Westens. Es mochte etwa um 1920 herum erbaut worden sein und erinnerte vage an eine aztekische Pyramide. Eine riesige, umlaufende Veranda umgab das Erdgeschoß. Darüber erhoben sich zwei Stockwerke im klassischen viktorianischen Stil, gekrönt von einem Schieferdach mit einem komplizierten Konglomerat von Giebeln.

Harry wartete an der Haustür auf sie, und Carolyn brach bei seinem Anblick in Tränen aus. Die Jahre im Gefängnis mußten hart gewesen sein. Tiefe Falten hatten sich in sein jungenhaftes Gesicht gegraben. Als sie sich das letzte Mal gesehen hatte – war das wirklich schon wieder acht Jahre her? –, war sein Haar, das nun wie ein zerrupfter Baumwollballen aussah, eine üppige braune Mähne gewesen, die er mit Sorgfalt gepflegt und mit Stolz zur Schau getragen hatte. Trotz seines dicken Bauches hatte er immer den größten Wert auf seine Garderobe gelegt und sich stets nach der neuesten Mode gekleidet. Jetzt sah seine Kleidung nur zerknittert und alt aus, nicht anders als der Mann, der sie trug.

Kaum hielt der Wagen, war Carolyn auch schon herausgesprungen, und als sie den gepflegten Weg hinauf- und in Harrys ausgestreckte Arme lief, wurde sie wieder zu einem kleinen Mädchen.

»Mein kleiner Sonnenschein«, flüsterte er zärtlich. »Ich habe dich so vermißt.« Sie vergrub das Gesicht an seiner Schulter, und er streichelte ihren Hinterkopf.

»Sch, kleiner Sonnenschein«, tröstete Harry. »Sch, jetzt beruhige dich nur. Wir werden das alles schon in Ordnung bringen.«

Jake beobachtete die Szene von der Einfahrt aus und versuchte dabei, nicht auf Thorne zu achten, der Sonnenscheins Ehemann für eine Bedrohung zu halten schien. Er fühlte, wie der Fahrer ihn mit Blicken durchbohrte, und wußte plötzlich nicht mehr, was er mit seinen Händen anfangen sollte. Ungeschickt fummelte er damit herum und suchte nach einer Haltung, die nicht als Drohung aufgefaßt werden konnte.

Erst nach einer Minute löste sich Carolyn aus den Armen ihres Onkels, und auch dann noch hielt er sie auf Armeslänge fest und sah prüfend in das Gesicht, das er so lange nicht mehr gesehen hatte. »Du bist schön«, sagte er. »Du siehst aus wie eine Sinclair. Du hast die Augen deiner Mutter und auch ihren Mund.«

Jake streckte die Hand aus und trat auf Harry zu, Thorne dicht auf den Fersen. »Guten Tag, Sir. Ich freue mich, Sie wiederzusehen. Sie sehen gut aus.« Er lächelte, aber die anderen lächelten nicht.

Carolyn drehte sich halb um. Einen Arm um Harry geschlungen, zog sie ihren Mann mit dem anderen an sich. »Du erinnerst dich doch sicher an Jake, Onkel Harry? Wir sind schon in der High School miteinander ausgegangen. Du hast ihn einmal zum Essen eingeladen ...«

»Natürlich.« Harry musterte Jake mit einem prüfenden Blick und schüttelte ihm die Hand. Sein Gesicht zuckte, als ob ihm ein unangenehmer Geruch in die Nase stiege. Sein Blick veranlaßte Jake, selbst an sich hinunterzusehen. Auf einmal wurden sich alle bewußt, wie schmutzig die Neuankömmlinge waren.

»Thorne«, befahl Harry, »schicken Sie jemanden los, um für meine Nichte und meinen Neffen neue Kleider zu besorgen. Einfache Sachen, verstanden? Nichts Auffälliges. Was für Schuhgrößen habt ihr beiden?«

»Ich habe zehn«, sagte Jake, »und Carolyn, glaube ich, fünf.«

»Fünfeinhalb«, berichtigte sie.

Harry entließ Thorne mit einem Nicken. »Kommt herein«, bat er.

»Ein schönes Haus«, sagte Jake. Das Farmhaus war mit geschmackvollen, aber nicht extravaganten, antiken Möbeln eingerichtet und mit Seidentapeten und Orientteppichen ausgestattet. Es wirkte bewohnt und liebevoll gepflegt.

»Danke«, antwortete Harry. »Es gehört mir nicht. Es gehört einem Freund von mir, der mir gestattet hat, euch hierher einzuladen.« Er führte sie in ein geräumiges Wohnzimmer und ließ sich in einem Ohrensessel nieder. An der Decke summte einer von drei Ventilatoren und schuf die Illusion einer leichten Brise. »Carolyn, setz dich doch mit Jack auf das Sofa da drüben.«

»Ich heiße Jake, Sir.« Harry sah ihn seltsam an. »Nicht Jack.«

Harry lächelte. »Na gut. Du kannst mich Harry nennen. Also, wieviel habt ihr beide davon gehört, was die Medien über die Explosion in Newark berichtet haben?«

»Wie haben gar nichts gehört und gesehen«, sagte Carolyn. Sie und Jake waren so sehr damit beschäftigt gewesen, sich aus der

Reichweite der Polizei herauszuhalten, daß sie absolut nichts mitbekommen hatten.

»Hmm.« Harry holte tief Luft, lehnte sich in die Polster seines Sessels zurück und verschränkte die Finger auf der Brust. »Es tut mir leid, daß ich euch das sagen muß, aber die Neuigkeiten seid ihr. Ich fürchte, in dem Moment, als ihr aus dem Motelzimmer in Buford weggelaufen seid, habt ihr jeden Vorteil vergeben, den ihr vielleicht gehabt hättet, indem ihr euch selbst stellt.«

»Aber wir haben doch nichts Unrechtes getan«, protestierte Carolyn. »Und das werden wir ganz sicher auch beweisen können.«

Harry holte noch einmal tief Luft und suchte nach Worten, um ihnen die Sachlage klarzumachen. »Natürlich sollte es einen Unterschied machen, ob einer schuldig oder unschuldig ist. Aber wie ihr wißt, hatte auch ich meine Konflikte mit den Behörden, und ich kann euch verraten, daß die Schuldfrage oft vollkommen irrelevant ist. Worauf es ankommt, ist, daß ihr beide die Opfer einer ausgeklügelten Intrige zu sein scheint. Ich habe die Nachrichten im Fernsehen während der letzten zwölf Stunden verfolgt, und ich habe mindestens ein dutzendmal die Formulierung ›ein zweifelsfrei bewiesener Fall‹ gehört.«

»Aber wie ist das möglich?« fragte Carolyn. »Wir sind doch nur …«

Harry fiel ihr ins Wort. »Offensichtlich versucht da jemand die ganze Welt glauben zu machen, daß ihr diese fürchterlichen Sachen getan habt. Und es sieht ganz so aus, als habe er sein Ziel erreicht, und zwar so, daß es kaum möglich sein wird, das Gegenteil zu beweisen. Nachdem nun allgemein von eurer Schuld ausgegangen wird, müßt ihr euch dementsprechend verhalten. Bedenkt, daß die Polizei keinen Unterschied zwischen schuldigen und unschuldigen Flüchtlingen macht.«

Harry ließ diese Worte im Raum stehen und gab den Donovans Zeit, sie zu verdauen. Jake beobachtete, daß er lächelte, als Carolyn unbewußt nach der Hand ihres Mannes suchte und sie liebe-

voll drückte. Offenbar war es Harry sehr wichtig zu wissen, daß sie glücklich verheiratet war.
»Aber was sollen wir jetzt machen?« fragte Carolyn.
Harry wich ihrem Blick aus. »Ihr verschwindet«, sagte er zu seinen Händen. »Ihr löst euch in Luft auf, hört auf zu existieren.«
»Für wie lange?« fragte Jake.
Harry blickte auf. »Vermutlich für immer. Es wird natürlich eine riesige Untersuchung geben. Sie werden nach Motiven suchen und Beweise überprüfen. Aber ich bin überzeugt, wenn sie damit fertig sind, werden sie immer noch euch für die Schuldigen halten. Irgendwas an dieser Sache stinkt. Das sieht alles zu eindeutig und sauber aus. Da steckt ein abgekartetes Spiel dahinter.«
Die Ungeheuerlichkeit von Harrys Vorschlag drückte Jake nieder wie ein Granitblock. »Aber was ist mit unseren Freunden«, platzte er heraus. »Alles, was wir besitzen, ist in unserer Wohnung, und unser Auto …«
»Das müßt ihr alles vergessen. Ihr dürft an nichts anderes mehr denken als ans Überleben.« Aus Harrys Mund klangen diese Worte so selbstverständlich und normal, als ob es sich um nichts Ungewöhnlicheres handelte, als zum Tanken zu fahren oder im Gemüseladen einen Apfel zu kaufen.
Carolyn schüttelte heftig den Kopf. »Es *muß* eine andere Möglichkeit geben.«
»Es *gibt* keine andere Möglichkeit«, beharrte Harry. »Du hast mich um meinen Rat gebeten, und hiermit gebe ich dir meinen Rat. Es gibt keine andere Möglichkeit.«
»Wie kommen wir zu Geld?« fragte Jake. »Was ist mit unserem Beruf? Wovon sollen wir leben?«
Harry schien sich über diese Fragen zu freuen. Der Denkprozeß, der dahinterstand, schien ihm ein Grund zur Hoffnung zu sein. »Thorne wird euch gleich eine Aktentasche bringen«, erklärte er. »Darin werdet ihr achtzigtausend Dollar finden. Es tut mir leid, daß es nicht mehr sein kann, Sonnenschein, aber nach meinem

ausgedehnten Ferienaufenthalt sind meine Geschäfte noch nicht wieder das, was sie einmal waren.«

Achtzigtausend Dollar! Jake war vollkommen überwältigt. Und er entschuldigte sich auch noch dafür.

Harry sah ihre erstaunten Blicke und beeilte sich, sie wieder zur Vernunft zu bringen. »Jetzt hört mir zu, ihr beiden«, sagte er und hob den Zeigefinger. »Dieses Geld braucht ihr zum Überleben, und ihr müßt klug damit umgehen. Wenn einer von euch dieses Geld für einen schnellen Wagen oder eine Nacht in Las Vegas ausgibt, dann schwöre ich einen heiligen Eid, daß ich euch beide durchprügeln werde.« Bei jemand anderem hätte das vielleicht wie eine leere Drohung geklungen, aber bei ihm klang es wie ein todernst gemeintes Versprechen.

»Ich kann euch auch zu einer neuen Identität verhelfen«, fuhr Harry fort. »Mein Assistent Thorne hat die nötigen Kontakte, mit deren Hilfe wir das bewerkstelligen können. Aber danach werdet ihr allein zurechtkommen müssen. Habt ihr mich verstanden?«

Carolyn nickte, aber im Geist war sie bereits mit allen möglichen Komplikationen beschäftigt, die auf sie warteten. Ein Mensch konnte doch nicht einfach aufhören zu existieren. Sie hatten Fingerabdrücke. Sie hatten Gesichter, die, wie Harry gerade erst erzählt hatte, in sämtlichen Medien abgebildet waren.

»Sonnenschein, du hörst mir nicht zu«, tadelte Harry. »Wir haben nicht viel Zeit.«

»Was ist mit unseren Gesichtern?«

»Es ist nicht so schwierig, wie du denkst, sich ein neues Gesicht zu verschaffen. Eine neue Nase, ein bißchen Kollagen, ein neuer Haarschnitt – du wirst überrascht sein, wie einfach das ist. Die Sache mit den Papieren ist viel schwieriger. Ihr braucht nicht nur eine Gegenwart, in der ihr leben könnt, sondern auch eine Vergangenheit, auf der ihr steht. Aber macht euch keine Sorgen, Thornes Freunde werden das alles für euch erledigen. Worauf es ankommt, ist, wie ihr euch verhaltet. Ihr dürft niemals etwas kaufen oder herstellen oder besitzen, das ihr nicht jederzeit zurücklassen könnt. Selbst mit den neuen Identitäten, die wir euch verschaffen werden, dürft ihr nie vergessen, daß ein einziger Fehler das ganze Gebäude zum Einsturz bringen kann. Keine Häuser, keine Aktien, keine Haustiere, keine Kinder.«

»Keine Kinder?« protestierte Carolyn. »Aber wir wollten eine Familie haben!«

Harry lachte frustriert. »Um Himmels willen, Carolyn, ihr habt vieles geplant, aber diese Ereignisse sind in euren Plänen einfach nicht vorgekommen. Mach die Augen auf! Kinder machen euch schwerfällig, machen euch langsam. Wenn ihr abhauen müßt, werdet ihr schnell sein müssen. Ihr werdet einfach nicht die Zeit haben, in den Supermarkt zu rennen und Pampers und Babynahrung zu holen.«

»Also, Harry«, unterbrach Jake. »Wir müssen doch wenigstens so etwas Ähnliches wie ein Leben haben. Was du da beschreibst – da können wir doch genausogut gleich ins Gefängnis gehen.«

Harrys Augen wurden eiskalt, und seine Kiefer arbeiteten zornig. »Was ich euch anbiete, ist so etwas Ähnliches wie ein Leben. Und ich versuche, euch klarzumachen, was ihr tun müßt, um nicht auf die Schnauze zu fallen. Ihr wollt Kinder. Großartig. Und wie gestört sollen die dann sein? Von heute an gibt es eine unverrückbare Tatsache in eurem Leben, und die dürft ihr niemals vergessen: Was auch immer ihr für die nächsten sechzig Jahre geplant habt, hat nichts mehr zu bedeuten, weil ihr keine Chance haben werdet, es zu tun. Ihr werdet jedes Jahr umziehen müssen, in manchen Jahren öfter als einmal. Ihr werdet niemals einen Job annehmen, der den Nachweis irgendwelcher Qualifikationen erfordert, denn das wäre dämlich. Ihr werdet auch nie wieder in euren erlernten Berufen arbeiten, weil ihr dabei wahrscheinlich auf Leute stoßen würdet, die ihr kennt. Und ihr werdet nie wieder Donovan heißen. Eure Verwandten werdet ihr niemals wiedersehen. Hast du irgendeinen besten Freund? Für den könntest du genausogut tot sein. Versteht ihr mich, Kinder? Ihr könnt es euch nicht mehr leisten, Freunde zu haben. Ich weiß, daß das ein harter Schlag ist, aber es ist nun mal so. Und wenn ihr euch schon keine Freunde leisten könnt, wie zum Teufel wollt ihr dann Kinder haben? Könnt ihr nicht einsehen, daß das verrückt wäre?«

Wieder ließ er die Worte im Raum stehen. Dies war ihre erste große Unterrichtsstunde, und mit ihr schien das Gewicht, das auf Jake lastete, noch um ein Hundertfaches schwerer zu werden. Als er Harrys Belehrungen anhörte, lehnte er sich innerlich gegen die ungeheuerliche Ungerechtigkeit ihres Schicksals auf. In den folgenden Jahren hatten Carolyn und er immer wieder nach dem Sinn des Ganzen gefragt, aber was unter dem Strich herauskam – und das war es, was Harry versucht hatte, ihnen klarzumachen –, war einfach, daß es keinen göttlichen Plan gab, keinen akzeptablen Grund für das, was ihnen da geschehen war. Es war eben so, wie es war. Auf so etwas waren sie einfach nicht gefaßt gewesen, aber Jake hatte es schließlich und endlich geschafft, nicht mehr darüber nachzudenken.

»Und, Jake«, endete Harry, »komm ja nicht auf die Idee, daß das Gefängnis eine Alternative sein könnte, verstehst du? Ich halte mehr aus als du, und in fünf Jahren hat es mich trotzdem fast umgebracht. Ihr beide würdet lebenslänglich sitzen. Wenn das passieren sollte, wäre es besser für euch, wenn ihr tot wärt, verstehst du? Es ist besser, tot zu sein als im Gefängnis.«

Jake und Carolyn wichen seinen Blicken aus. Sie hielten sich so fest bei den Händen, daß ihre Knöchel weiß wurden. Harrys Stimme wurde wieder sanft, und seine Augen wurden feucht.

»Sonnenschein, ich würde meine rechte Hand dafür geben, wenn ich dir das ersparen könnte. Das weißt du doch, oder?«

Sie nickte bedrückt, mit niedergeschlagenen Augen.

»Ihr werdet manchmal in Versuchung kommen. An Weihnachten oder an eurem Hochzeitstag werdet ihr zu Hause anrufen wollen, oder vielleicht werdet ihr auch mich anrufen wollen. Aber das dürft ihr nicht tun. Das FBI wird die ganze Welt auf den Kopf stellen, und die Suche wird auch nicht nach einem oder zwei oder fünf Jahren vorbei sein. Sie werden mehr über euch wissen als ihr selbst, und sie werden alle eure Freunde und Verwandten überwachen, und sie werden sie vor euch warnen. Das Bild, das die Staatsanwaltschaft von euch zeichnen wird, wird so fürchterlich sein, daß es keinen Freund oder Verwandten geben wird, der nicht versucht wäre, euch anzuzeigen. Ihr könnt nie wieder jemandem trauen. Niemals mehr. Denkt daran.«

Thorne erschien mit einer Aktentasche an der Wohnzimmertür und wartete darauf, hereingerufen zu werden. »Laß uns noch eine Minute Zeit«, sagte Harry, und sein Assistent zog sich zurück.

Harry lehnte sich in seinem Sessel vor und streckte die Hand nach Carolyn aus. Sie ergriff sie und klammerte sich an die beiden Männer, die sie mehr liebte als alles andere auf der Welt. »Wenn es eine andere Möglichkeit gäbe, würde ich sie ergreifen«, sagte er mit belegter Stimme. »Aber es gibt keine. Ich bin der Bundespolizei so verhaßt, daß ich eine Gefahr für euch beide bin. Deshalb muß ich jetzt gehen. Wenn ihr eines Tages in der Klemme seid – ich meine, so sehr in der Klemme, daß es keine Alternative gibt –, ruft diese Nummer an.« Er gab ihnen einen blauen Papierstreifen, den er aus seiner Brusttasche zog. »Lest sie, lernt sie auswendig und vernichtet das Papier. Ich werde alles für euch tun, was in meiner Macht steht, aber bedenkt, daß die Behörden mich wahrscheinlich ständig überwachen werden. Es ist nicht ausgeschlossen, daß ein Anruf bei mir euch mehr Probleme schaffen als lösen würde.«

Er legte seine Hand zärtlich um Carolyns Kinn, und seine Augen füllten sich mit Tränen. »Sonnenschein, wenn alles gutgeht, werden wir uns nie wiedersehen.« Seine Stimme versagte. Er beugte sich vor und schloß sie noch einmal lange und zärtlich in die Arme. Dann war es Zeit für ihn zu gehen, und er schob Carolyn von sich weg.

Er stand auf und streckte Jake die Hand entgegen. »Du kannst dir nicht vorstellen, was deine Frau und ich miteinander durchgemacht haben. Paß gut auf sie auf.«

Jake stand ebenfalls auf. »Ich werde mein Bestes tun, Harry«, sagte er.

Harry musterte ihn mit einem drohenden Blick. »Tu mehr als dein Bestes. Beschütze sie um jeden Preis. Sie ist alles, was dir geblieben ist.«

Er ging rasch hinaus und ließ die Donovans allein im Wohnzimmer zurück. »O mein Gott, Jake«, sagte Carolyn. »Was sollen wir nur machen?« Sie weinte bitterlich.

Jake kaute nachdenklich an seiner Unterlippe und versuchte, sich begreiflich zu machen, was er soeben gehört hatte. »Ich nehme an, wir werden überleben.«

Thorne schreckte sie auf: »Entschuldigen Sie, Mr. Sinclair meint, es sei wichtig, schnell zu machen. Oben sind neue Kleider für Sie, wenn Sie sich umziehen wollen. Und wenn Sie duschen wollen, reicht die Zeit dafür auch noch.«

Jake wußte nicht, was er sagen sollte. Er nickte nur mit leerem Gesicht. Er sah aus, als sei ihm gerade sein Todesurteil verkündet worden, und er war so sehr von Gefühlen überwältigt, daß er unfähig war, sich mit den Fakten auseinanderzusetzen. Er zog seine Frau eng an sich und folgte Thorne aus dem Wohnzimmer in ihre neue Zukunft.

Kapitel 18

Travis' Herz klopfte heftig, als er über den Parkplatz ging, und er kämpfte gewaltsam das Bedürfnis nieder, sich nach seinen Eltern umzudrehen. Schließlich war es seine Idce gewesen, und er wollte auf keinen Fall so ängstlich aussehen, wie er war. In weniger als vierundzwanzig Stunden hatte sich sein Leben vollkommen verändert, und er hatte es satt, überhaupt keine Rolle dabei zu spielen. Dieses Telefongespräch war sein Beitrag. Wenigstens würden sie jetzt alle drei gemeinsam ins Gefängnis gehen.

Während er die vier Stufen zur Eingangstür hinaufstieg, wiederholte er sich noch einmal, was er sagen sollte. Vieles davon verstand er nicht, aber seine Eltern hatten ihm versichert, daß das nichts ausmache, daß Onkel Harry – wer auch immer das sein mochte – Bescheid wissen würde.

Der Duft von gebratenem Speck schlug ihm entgegen, und als er die Tür öffnete, mischte sich dieser Duft mit abgestandenem Zigarettenrauch und dem schwefeligen Geruch nach Eiern. Das Lokal war voll besetzt und laut. Die Gäste sahen alle so aus, als seien sie auf dem Weg zur Arbeit.

Travis hielt mehrere Sekunden lang den Verkehr auf, als er in der Tür stehenblieb, um die Gaststube zu überblicken und nach dem Telefon Ausschau zu halten.

»Mach Platz, Junge«, sagte ein Mann im Overall mit einer untertassengroßen Gürtelschnalle. Travis ging aus dem Weg, aber der Mann schob ihn dennoch zur Seite. Es war nicht wirklich ein Stoß, aber freundlich war die Berührung auch nicht.

Eine Frau mit strengem Gesicht, die eine fleckige Schürze und ein Haarnetz trug, kam auf ihn zu. »Kann ich dir helfen?« Ein

Mann, der gerade eine Tasse Kaffee bestellt hatte, nannte sie Peggy.

Travis lächelte höflich und versuchte, wie ein harmloses Kind auszusehen. »Ja, Ma'am«, sagte er. »Haben Sie vielleicht ein Münztelefon?«

Die Kellnerin musterte ihn mißtrauisch. »Bist du allein hier?«

»Nein, Ma'am. Meine Leute warten draußen im Auto auf mich.«

Peggys Augen wurden schmal. Endlich deutete sie in die rechte hintere Ecke des Speiseraums, wo Travis durch den dichten Zigarettenrauch die Abbildung eines Telefons erkennen konnte. Er zwang sich wieder zum Lächeln. »Danke.«

Travis war ganz sicher kein Gourmet, aber er erkannte auf den ersten Blick, daß dieses Lokal eine Spelunke war. Alle Tische wackelten, und die Plastiktischdecken waren zerrissen und mit Klebeband geflickt. Er ging den Mittelgang entlang und versuchte dabei, ruhig und gelassen und sogar freundlich auszusehen. Alle Gäste lasen die Morgenzeitung, und Travis sah sich umgeben von Fotos seiner Eltern.

Das Telefon hing direkt neben der Klotür an der Wand, und nach dem Gestank zu schließen, hatte sich dort gerade jemand gründlich entleert. Mit dem Gefühl, daß jedermann ihn beobachtete, wählte er eine »0« und dann die Telefonnummer, die er im Auto auswendig gelernt hatte. Er benutzte die gleiche Eselsbrücke, mit der seine Eltern sich diese Nummer über die Jahre hinweg eingeprägt hatten.

»Ich möchte ein R-Gespräch mit Harry Sinclair führen«, sagte er zur Telefonistin.

»Ihr Name, bitte?«

Travis blieb fast das Herz stehen. Was sollte er ihr sagen? Mom und Dad hatten nichts davon gesagt, daß ihm diese Frage gestellt werden würde. Er schwieg so lange, bis die Telefonistin fragte, ob er noch am Apparat sei. »Was?« fragte er erschrocken, während er sich verzweifelt den Kopf zermarterte. »Ja, ja, ich bin

schon noch da. Sagen Sie ihm, ein Mr. Donnolly will ihn sprechen.«
»*Mister* Donnolly?«
»Nein, Donovan!« korrigierte er sich schnell. *Scheiße!*
»Also wie nun?« Die Telefonistin schien ihm genausowenig zu trauen wie Peggy.
»Donovan«, sagte er fest. »Travis Donovan.« Jetzt war es schon egal. Jetzt würde alles verdächtig klingen, was er sagte. Er klemmte das Telefon auf seine Schulter und sah sich um, ob jemand zuhörte. So weit, so gut.
Beim vierten Klingeln meldete sich eine barsche Stimme. »Ja?«
»Ich habe ein R-Gespräch von Travis Donnolly für Harry Sinclair.«
»Donovan«, rief Travis dazwischen. *Das machte sie mit Absicht.*
Auf der anderen Seite der Leitung herrschte Schweigen. »Travis Donovan?« fragte die barsche Stimme schließlich. »Wir kennen keinen Travis Donovan.«
»Ich bin Sonnenscheins Sohn«, sagte Travis schnell.
Wieder herrschte Schweigen.
»Werden Sie die Kosten übernehmen?« fragte die Telefonistin.
Die Antwort kam langsam und mißtrauisch. »Ja, wir übernehmen die Kosten.«
Travis atmete erleichtert auf. »Vielen Dank«, sagte er.
Die Telefonistin machte mit einem Klick die Leitung frei. »Onkel Harry?« fragte Travis.
»Nein«, sagte die Stimme säuerlich. »Ich bin ein Freund von ihm. Und wer bist du nun wirklich?« Die Drohung in seiner Stimme war selbst über achthundert Meilen hinweg zu spüren und ließ Travis erschauern.
»Ich bin es aber wirklich«, beharrte er. »Ich bin Sonnenscheins Sohn.«
»Machst du auch keinen Witz, Junge?« fragte die Stimme. »Wenn das ein Witz ist, ist dies hier die falsche Nummer.«

Travis schluckte schwer. »N-nein, das ist kein Witz«, stotterte er. »Mom und Dad brauchen Onkel Harrys Hilfe.«
Der Mann schwieg wieder. »Okay«, sagte er endlich. »Warte eine Minute.«
Travis nickte. »Okay.« Der Mann am anderen Ende der Leitung hatte ihn so erschreckt, daß er, wenn es sein mußte, den ganzen Tag und noch die halbe Nacht gewartet hätte.

»Donnerwetter noch mal, wir haben sie!« schrie Paul Boersky. Irene hob den Kopf von den Bergen von Papier, über denen sie saß. »Harry Sinclairs Telefon! Wir haben es erst seit drei Stunden angezapft, und schon haben wir einen Volltreffer!«
»Wo?« Irenes Stimme zitterte vor Erregung. In anderthalb Stunden sollte sie Frankel anrufen, und dies war genau der glückliche Zufall, um den sie gebetet hatte.
Paul wandte sich wieder dem Telefon zu. »Sie wissen es noch nicht ganz genau, aber es scheint aus West Virginia zu kommen. Aus einem Ort namens Winston Springs.«
»Wunderbar!« jubelte Irene. »Sie nehmen doch alles auf Band auf, oder?«
»Während wir hier reden«, verkündete Paul. Alle Männer im Zimmer brachen in lautes Indianergeheul aus.
Paul blieb am Telefon, um sich auf dem laufenden zu halten, während Irene sich daranmachte, die Staatspolizei von West Virginia auf die Spur ihrer Flüchtlinge zu hetzen.

Harry Sinclair dachte sich, daß es sicher nicht schlecht gewesen wäre, wenn er Thorne etwas von seiner Vermutung gesagt hätte. Tatsächlich hatte er mit dem Anruf gerechnet, seit die ersten Nachrichten über die Donovans in den Medien erschienen waren. Zwar hatte er keine Ahnung, was er zu ihrer Unterstützung unternehmen könnte, aber er war entschlossen, alles zu tun, was ihm nur möglich war.

Er hatte jedoch nicht mit dem Justizministerium gerechnet. Sein Telefon wurde in regelmäßigen Abständen angezapft, aber bisher war das noch nie zu einem ungünstigen Zeitpunkt passiert. Dank eines gutplazierten Helfers im Büro der Staatsanwaltschaft in Chicago wurde Harry immer rechtzeitig gewarnt. Harry war mit dem Vater des Mannes im Süden aufgewachsen, und er hatte ein bißchen Geld in sein Delikatessengeschäft in der Innenstadt investiert. Als der Freund vom Gesundheitsministerium wegen ein paar technischer Mängel zur Verantwortung gezogen werden sollte, hatte Harry ein paarmal mit dem Büro des Bürgermeisters telefoniert und ihm so aus der Klemme geholfen. Er hatte ihm sogar das nötige Geld vorgeschossen, um die Mängel zu beheben. Alte Nachbarskinder wußten immer noch, was Loyalität war.

Travis hätte zu keinem ungünstigeren Zeitpunkt anrufen können. Als Thorne ihm mitteilte, wer am Apparat sei, und nachdem er seinen Schock überwunden hatte, daß es ein Kind war, wußte Harry sofort, daß die Donovans eine ziemlich kurze Zündschnur in Brand gesteckt hatten. Wie kurz sie war, wußte er nicht genau.

Als Thorne ihm die Nachricht überbrachte, sah Harry instinktiv auf die Uhr. »Wie lange wartet er schon am Telefon?« fragte er.

Thorne zuckte die Achseln. »Vielleicht drei Minuten.«

Harry nickte. »Okay, dann zerhacke das Gespräch ein paar Minuten lang, und dann schalte es auf mein Handy.«

Drei oder vier Minuten lang würde der Anruf des Jungen nun elektronisch rund um den Globus gejagt werden und schließlich bei einem privaten Anschluß in Harrys Büro in Dallas landen, das auf dem Papier die Wohnung eines Pfarrers war. Sein Angestellter dort würde das Gespräch nach dem Zufallsprinzip auf eines von vier Handys in Harrys Haus durchschalten, deren Code-Bausteine alle vier Tage ausgewechselt wurden, wodurch es praktisch unmöglich war, die Gespräche zu entschlüsseln. Diese Vorsichtsmaßnahmen waren ungemein lästig, aber Harry hatte auf unangenehme Weise gelernt, wie oft seine Konkurrenten Gebrauch von elektronischen Abhörmöglichkeiten machten. Gerade erst vor zwei Jahren war er bei einem Vertrag im Wert von einer Milliarde von einem gerissenen Proleten aus Texas um genau tausend Dollar unterboten worden, und seither wußte er, daß sich die Spielregeln im Geschäft verändert hatten. Inzwischen war das Zerhacken von Geschäftsgesprächen die Regel und nicht mehr die Ausnahme. Daß er damit auch gelegentlich die Polizei ausschmierte, war der Zuckerguß auf dem Kuchen.

Daß die Polizei wieder einmal sein Telefon anzapfte, überraschte ihn nicht im geringsten, sie hatten es schon aus viel weniger triftigen Gründen getan. Seine Rechtsanwälte arbeiteten daran, eine Rücknahme der Genehmigung zu erwirken. Aber so etwas brauchte Zeit, und das FBI hatte nun mit Sicherheit eine Tonbandaufnahme von dem Gespräch des Jungen mit Thorne. Dieser Umstand konnte zum Problem werden. Heutzutage war es nicht besonders schwierig, einen Durchsuchungsbefehl zu bekommen, und wenn sie den erst einmal hatten, würden sie sein Haus auf der Suche nach Sonnenschein buchstäblich auseinandernehmen. Er seufzte tief. Das Justizministerium lebte für solche Momente.

Harrys Krieg mit den Bundesbehörden ging auf die Mitte der siebziger Jahre zurück, als der Kongreßabgeordnete von Chicago eines Tages mit Schrecken festgestellt hatte, daß Harry dabei war, ziemlich viele der wertvollsten Grundstücke in der Stadt aufzukaufen, und daß jeder Pfennig seiner großzügigen Wahlkampfunterstützung an die falsche Partei ging. Der Kongreßmann warf ihm unlauteren Wettbewerb vor und erzählte dem sehr interessierten Präsidenten davon, der seinerseits dem Generalstaatsanwalt einen kleinen Wink gab.

Und so kam es, daß Harry Sinclair wegen Steuerhinterziehung, die bei jedem anderen mit einer Verwarnung und einem Bußgeld abgetan gewesen wäre, zu einer Gefängnisstrafe verurteilt wurde.

So erbitternd unfair das auch war, die Erfahrung hatte ihm wirklich die Augen geöffnet. Fünf Jahre in einer Gefängniszelle waren eine lange Zeit, ohne jede Intimsphäre, ohne einen Sonnenstrahl und mit dem doppelt fritierten Fraß, den sie Essen nannten, obwohl immer noch nicht so schlimm wie die acht Jahre, die sie ihm ursprünglich aufgebrummt hatten. Diese Jahre im Gefängnis konnte ihm niemand zurückgeben. Das waren Länder, die er nicht bereist hatte, Geschäfte, die er nicht abgeschlossen hatte.

Jetzt genoß Harry die einfachen Freuden des Lebens und ließ sich nur noch selten in seinem prächtigen Büro in der Innenstadt sehen. Wenn er gerade Lust dazu hatte, nahm er ein Bad in seinem Swimmingpool oder spielte eine Runde Golf. Er hatte jetzt Manager, die den täglichen Kram für ihn erledigten. Die Zeit war gekommen, die Früchte seines Fleißes zu genießen.

Freiheit bedeutete ihm alles. Eine Gefängnisstrafe wünschte er selbst seinem ärgsten Feind nicht. Jetzt stand Sonnenscheins Freiheit wieder auf dem Spiel, und er konnte den Gedanken kaum ertragen. Ein Gefühl wallte in ihm auf, das er seit Jahren nicht mehr gespürt hatte, nicht mehr, seit er sich aus dem Geschäftsleben zurückgezogen hatte. Er machte sich bereit für einen Krieg.

Als er das Zirpen eines Handys hörte, erhob sich Harry von seinem Schreibtisch und ging zu dem blauen Ledersofa an der gegenüberliegenden Wand. Sein einst so straffer Bauch wackelte dabei.

Thorne reichte ihm das Telefon. »Danke«, sagte Harry und winkte ihm, in der Nähe zu bleiben. Dann drückte er auf den Knopf. »Ja?«

»Spreche ich jetzt endlich mit Onkel Harry?« fragte eine Jungenstimme am anderen Ende der Leitung. Seine Frustration war ihm deutlich anzuhören.

Harry bejahte.

»Endlich«, sprudelte Travis hervor. »Lieber Gott, ich dachte schon, ich würde nie bis zu dir durchkommen.«

Harry sagte nichts, während der Junge weiterredete, und wartete ab, bis er sich so weit beruhigt hatte, daß er zuhören konnte. Er faßte sich schnell. Sein Wortschwall endete und machte einem unbehaglichen Schweigen Platz.

»Hallo?« fragte Travis. »Bist du noch da?«

»Bist du fertig?« In Harrys Ton schwang eine strenge Zurechtweisung mit.

»Was? Ja, natürlich. Entschuldigung. Ich wollte nur ...« Travis brach mitten im Satz ab, und Harry stellte sich vor, wie er sich zusammennahm und zur Sache kam. »Okay, Onkel Harry. Ich bin Travis Brighton ... Nein, verdammt, bin ich nicht ... Entschuldigung ... Ich bin Travis Donovan. Du kennst mich nicht, aber ...«

Harry fiel ihm ins Wort. »Ich weiß, wer du bist, Junge. Jetzt sag mir, was du willst.«

Travis atmete noch einmal tief ein und kicherte nervös. Endlich gelang es ihm, seine Gedanken zu ordnen, und er erklärte seinem Onkel, was seine Eltern ihm aufgetragen hatten.

Nach zwei Minuten stand Harry auf und begann im Zimmer auf und ab zu gehen. Das war das Verrückteste, was er seit langem gehört hatte.

»Oh, verdammt!« Paul Boersky knallte den Telefonhörer so heftig auf die Gabel, daß ein Buch vom Schreibtisch fiel. »Sie haben die Verbindung verloren.«

Irene, die am anderen Telefon mit der Staatspolizei von West Virginia verhandelte, bat ihren Gesprächspartner, einen Augenblick zu warten. »Sag das noch mal«, sagte sie.

Paul hatte sich noch nie besonders gut beherrschen können. Jetzt schleuderte er mit einem Fußtritt einen Papierkorb durch den Raum. »Sie haben uns ausgeschmiert. Sowie das Gespräch angenommen war, haben sie es zerhackt. Ich weiß nicht, wie sie es gemacht haben, aber sie haben es geschafft. Wir haben nichts.«

Irene machte den Mund wieder zu und faßte sich. Bis zu einem gewissen Grad wurden alle Untersuchungen von Murphys Gesetz regiert, aber sie hatte noch nie eine Untersuchung erlebt, bei der Murphy so ausschließlich das Sagen hatte wie bei dieser. Sie sagte nichts zu Paul, dessen Wutanfall seinen Höhepunkt überschritten zu haben schien, und wandte ihre Aufmerksamkeit wieder Sergeant Bower in West Virginia zu.

»Entschuldigen Sie, Sergeant«, sagte sie bedrückt. »Wir haben gerade eine ziemlich schlechte Nachricht bekommen. Aber Sie haben jetzt Gelegenheit, meinen Tag zu retten. Haben Sie die Nummer schon gefunden?«

Am anderen Ende der Leitung wurde mit Papier geraschelt, dann antwortete Bower: »Hier haben wir's. Eine Raststätte. In zwanzig Minuten kann ein Streifenwagen dort sein.«

Irene sank der Mut. »Zwanzig Minuten? Schneller geht es wirklich nicht?«

Bower lachte. »Dies hier ist keine große Stadt, Agent Rivers. Hier draußen dauert alles ein bißchen länger. Aber ich garantiere Ihnen, daß wir unser Bestes tun werden. Sind Sie damit zufrieden?«

Irene lächelte. »Daran habe ich keinen Augenblick gezweifelt. Aber sagen Sie Ihren Leuten, daß sie vorsichtig sein sollen. Die Donovans sind schlüpfrig, und ihre Lage ist verzweifelt.«

Diesmal lachte Bower laut los. »Meine Leute geben sich ziemlich große Mühe zu erreichen, daß unsere Kunden vorsichtig mit *uns* sind, Ma'am.«

»Okay, Sergeant. Dann lassen Sie Ihre Leute einfach das tun, was sie am besten können.« Sie sah auf die Uhr. *Keine Chance*, dachte sie. Jake und Carolyn waren Spezialisten darin, immer schneller zu sein als die Polizei. Lieber Himmel, sie hatten es be-

reits von Phoenix, South Carolina, bis nach Winston Springs, West Virginia, geschafft. Sie wußten ganz genau, wie man sich jedem Zugriff entzog. Es war ausgeschlossen, daß sie in zwanzig Minuten noch dort sein würden.
Sie legte den Telefonhörer auf und wandte sich der Aufgabe zu, Paul zu beruhigen. Der arme Kerl schuftete wie ein Galeerensklave, um seine Karriere flott zu halten, und jedesmal, wenn er ein Leck geflickt hatte, traf ihn ein neuer Torpedo. Es war erstaunlich, wie verletzlich eine Laufbahn werden konnte. Ob es ihm gefiel oder nicht, die seine war mit der ihren verknüpft, und die ihre steckte in einer Eierschale.

»Hör mal, junger Mann, da draußen warten Erwachsene, die auch mal telefonieren wollen.« Peggy hatte einen brandneuen Fettfleck auf der Schürze und einen Gesichtsausdruck, als hätte sie gerade einen Viertelliter Essig getrunken.
Travis legte die Hand auf das Mundstück und versuchte höflich zu sein. »Sagen Sie ihnen, daß sie eine Minute warten müssen.« Das mit der Höflichkeit gelang ihm nicht so ganz.
Peggy verzog das Gesicht und hob die Hand mit zwei ausgestreckten Fingern vor ihre Nase. »Zwei Minuten, du Frechling. In zwei Minuten bist du weg vom Telefon.« Sie stürmte davon, und Travis konnte sich gerade noch beherrschen, bevor er ein Zeichen mit nur einem Finger machte.
»Jetzt hör mir gut zu, mein Junge«, sagte Harry. »Sag deinen Eltern, daß das FBI weiß, wo ihr seid. Kein Grund zur Panik, aber sie werden sich ziemlich bald auf den Weg machen.«
»Dann muß ich jetzt gehen«, sagte Travis schnell. Mit oder ohne Grund, die Panik erfaßte ihn.
»Warte!« befahl Harry. »Ich brauche nur noch eine halbe Minute. Ich werde mein Bestes tun, um diesen Freund deiner Eltern, Nick Thomas, dazu zu bewegen mitzumachen. Aber jetzt müssen wir dich und deine Leute erst einmal da herausholen. Gibt es

irgendeinen auffallenden Punkt in der Landschaft, wo wir uns treffen könnten?«

Travis beugte sich vor und versuchte, aus dem Fenster zu sehen. Aber alles, was er sah, war Peggy, die sich mit in die Hüften gestemmten Händen mitten im Gang postiert hatte. »Ich – ich weiß nicht.«

Harry seufzte. »Also gut. Weißt du, wie die Straßen verlaufen? Von Norden nach Süden oder von Osten nach Westen?«

Travis schüttelte verlegen den Kopf. Er fühlte sich, als sei er unvorbereitet zu einem Test in der Schule angetreten. »Nein, ich weiß es nicht.«

Harry seufzte wieder, aber diesmal klang es mehr wie ein Grollen. »Also gut. Jetzt sage ich dir, was du deinen Eltern sagen mußt. Heute nacht um zwölf wird ein weißes Auto genau zwei Meilen rechts von dem Lokal, von dem aus du anrufst, am Straßenrand halten. Hast du das verstanden?«

Travis war sich nicht sicher. »Rechts?«

»Ja, verdammt noch mal, rechts. Wie wissen nicht, wo Norden und wo Süden ist, also nehmen wir rechts und links. Stell dich mit dem Gesicht zum Lokal auf die Straße und strecke deine rechte Hand aus. Genau zwei Meilen in der Richtung.«

»Okay.«

»Sag nicht okay, wenn du es nicht wirklich verstanden hast«, warnte Harry.

»Nein, wirklich, zwei Meilen, ich hab's verstanden.« Travis merkte, daß Peggy zuhörte, und drehte sich wieder dem Gestank aus dem Klo zu.

»Gut, mein Junge. Jetzt müßt ihr nur noch ein Versteck für den Rest des Tages finden. Egal wo, aber wenn ich sage verstecken, dann meine ich verstecken. Bis Mitternacht, wenn ihr am Treffpunkt sein müßt. Kannst du mir folgen?«

»Hmm.«

»Sag ja oder nein.«

»Ja, ich hab's verstanden.«
»Großartig. Jetzt paß gut auf. Heute um Mitternacht wird ein weißes Auto zum Treffpunkt kommen. Mit dem werdet ihr fahren. Der Name des Fahrers ist Thorne, und er wird sich um euch kümmern. Wenn er aus dem Auto steigt und sich eine Zigarette anzündet, dann ist das das Zeichen für euch, aus der Deckung zu kommen. Hast du das alles verstanden?«
Travis hatte schreckliche Angst, er könnte irgendeine Einzelheit vergessen, aber er wagte nicht, Onkel Harry zu bitten, alles noch einmal zu wiederholen. »Ich glaube, das kann ich mir merken«, sagte er.
»Also gut«, schloß Harry. »Jetzt geh zu deinen Eltern und sag ihnen, daß sie so schnell wie möglich machen sollen, daß sie da wegkommen. Wenn ihr ein Auto habt, laßt es so bald wie möglich irgendwo stehen. Und seid genau um Mitternacht am richtigen Ort.«
Travis nickte. »Wir werden dort sein.« Er hatte es eilig, endlich wegzukommen. »Sonst noch was?«
Harry dachte kurz nach. »Ja«, sagte er schließlich und senkte die Stimme. »Sag deinen Leuten, daß sie vorsichtig sein sollen, wenn sie sich Thorne nähern. Manchmal faßt er plötzliche Bewegungen falsch auf.«
Allein wegen des Klangs in Harrys Stimme hielt Travis diese Warnung für das wichtigste von allem.

Harry unterbrach die Verbindung und informierte Thorne, der nun seit fast dreißig Jahren sein persönlicher Assistent war, von den Einzelheiten des Gesprächs. Harry war fest davon überzeugt, daß man, um in der Geschäftswelt zu überleben, einen Wachhund benötigte, oder sogar einen Kampfhund. Man brauchte jemanden, der dafür bezahlt wurde, einem die Informationen zu beschaffen, die notwendig waren, um Konkurrenten und Politiker unter Kontrolle zu halten, jemanden, dem man einen Auftrag geben konnte, ohne je daran zweifeln zu müssen, daß er auch mit Erfolg ausgeführt werden würde. Für Harry war Thorne dieser Mann. Er war treu wie ein Schoßhund und wild wie ein Tiger, und es war seine unausgesprochene Aufgabe, das Kartenspiel gelegentlich ein wenig zu mischen. Harry mußte ihn nur noch selten zur Ordnung rufen.

»Haben sie eine Chance?« fragte Harry, als er ihm den neuesten Plan seiner Nichte und ihres Mannes dargestellt hatte.

Thorne zuckte die Achseln. »Ich halte es für höllisch riskant, aber natürlich. Warum nicht? Eine Chance gibt es immer. Aber es wird einige Zeit in Anspruch nehmen. Es gehört eine Menge Logistik dazu.«

Harry schüttelte den Kopf. »Viel Zeit haben wir nicht. Wir müssen schnell handeln. Wen kennen wir in Little Rock?« In Washington gab es Kontaktpersonen in Hülle und Fülle, und auch in Chicago, New York und allen anderen größeren Städten hatte er genug Freunde. Aber da draußen in der Wildnis wurde die Auswahl erschreckend dünn.

Thorne kaute an seiner Unterlippe und brummte: »Da fällt mir niemand ein. Das heißt, halt, ist nicht dieser Dermatologe, Tim Vincent, da hinausgezogen, nachdem sie ihm in Wisconsin die Lizenz entzogen haben?«

»Er ist Onkologe«, korrigierte Harry. »Krebsspezialist.« Ja, Thorne hatte recht. Tim Vincent, ein Freund aus seiner Collegezeit, hatte vor rund zehn Jahren den Überblick verloren und war von etlichen verstümmelten Patienten wegen aller möglicher Fehldiagnosen verklagt worden, von denen einige, wie sich herausstellte, zur operativen Entfernung vollkommen gesunder Körperteile geführt hatten. Der Gedanke daran drehte Harry den Magen um, aber Vincent hatte bei einem tränenreichen Telefongespräch versichert, daß das alles nur Unfälle gewesen seien, und ihn um Hilfe gebeten. Harry hatte sich gewunden, bevor sein Sinn für Loyalität schließlich den Sieg davongetragen hatte. Er hatte sich auf einige sehr großzügige Spenden berufen, die er im Laufe der Jahre an die angesehensten Universitäten des mittleren Westens gemacht hatte, und so einige von Vincents Arztkollegen dazu bewegen können, es nicht so genau zu nehmen. Vincent hatte seine Lizenz behalten, aber er mußte zusagen, irgendwo zu praktizieren, wo sie nicht hinter ihm aufräumen mußten. Das letzte, was Harry von ihm gehört hatte, war, daß er aufgehört hatte zu trinken und daß es ihm sehr gutging.

»Gut«, ordnete Harry an. »Rufen Sie Tim an. Bestellen Sie ihm meine Grüße, und sagen Sie ihm, daß er in den nächsten Tagen ein paar Freunde von mir unterbringen muß.«

Thorne machte sich Notizen auf einem Stück Papier.

»Und wenn Sie erreichen können, daß er sich dünnmacht, solange sie da sind, wäre das noch besser.«

Thorne lächelte. »Soll ich Ihre Piloten alarmieren, damit sie die Flugzeuge bereithalten?«

Darüber grübelte Harry einen Augenblick lang. »Nein, das FBI beobachtet uns«, dachte er laut. Plötzlich schnippte er mit den Fingern. »Ich hab's. Schuldet uns Universal Waste nicht noch einen Gefallen?«

Thorne lachte. »Haben wir nicht die Bürgschaft für Peter van der Horsts Schulden übernommen?« Er wartete nicht auf eine Antwort. »Ich rufe ihn mal an und frage, ob er uns zwei Flugzeuge mit Piloten leihen kann.«

»Nur die Flugzeuge«, korrigierte Harry. »Wir nehmen unsere eigenen Piloten.«

Thorne nickte zustimmend und machte sich wieder Notizen. »Ich vermute, daß Sie möchten, daß ich nach Washington fliege?«

Harry schüttelte den Kopf. »Nein, das werde ich selbst tun. Sie müssen unsere Leute in West Virginia abholen.«

Thorne schien nicht einverstanden zu sein. »Sie wollen selbst mit diesem EPA-Mann reden? Entschuldigen Sie, Sir, aber ich glaube nicht ...«

»Es bleibt uns keine Wahl«, unterbrach Harry. »Sie können nicht an zwei Orten gleichzeitig sein, und ich möchte, daß sowenig Leute wie möglich in die Sache hineingezogen werden.«
Thorne schüttelte heftig den Kopf. »Mit allem schuldigen Respekt, Mr. Sinclair, ich bin sehr viel überzeugender als Sie ...«
»Und Sie wissen sich auch sonst viel besser zu helfen. Ich möchte, daß Sie bei Sonnenschein sind.« Harry beendete das Gespräch, indem er sich abwandte. Der Zeitdruck machte ihm zu schaffen. »Ich möchte heute nachmittag in Washington sein.«
Thorne überlegte, ob er widersprechen sollte, aber er wußte, daß es sinnlos war. Es gab viel zu tun.
»Thorne!«
»Ja, Sir?« Er war bereits im Flur, aber er kam noch einmal zurück.
Harry sah ihn lange an. »Sie wissen, wieviel Sonnenschein mir bedeutet ...«
»Ich werde mich um alles kümmern ...«
»Nein, hören Sie zu. Gehen Sie nicht über Bord, ja?«
Thorne wurde wütend. Er beherrschte sein Geschäft. Er sagte nichts und ging.
Wieder allein, versuchte Harry, alles zu überdenken. Vierzehn Jahre lang war alles gutgegangen, ohne die geringste Panne. Und jetzt, beim ersten Problem, wollten Sonnenschein und ihr blödsinniger Mann alles für diesen verrückten Plan riskieren. Es war unglaublich. Vielleicht war es nur der Schock. Wenn er persönlich mit Carolyn reden könnte, würde er sie schon wieder zur Vernunft bringen.
Aber das war natürlich unmöglich. Sosehr es ihn auch drängte, seine Nichte wiederzusehen – wie sah sie jetzt wohl aus, wo sie langsam auf die mittleren Jahre zuging? –, er war sich darüber im klaren, daß ein Treffen überhaupt nicht in Frage kam. Wenn der Junge nicht direkt in seinem Haus angerufen hätte, vielleicht, aber so ganz bestimmt nicht. Nachdem das FBI sie mitein-

ander in Verbindung gebracht hatte, war das Risiko einfach zu groß.

Jake startete den Bus, sowie er Travis aus dem Lokal herauskommen sah. Er überlegte, ob er ihm entgegenfahren sollte, aber er fürchtete, daß er damit Aufmerksamkeit erregen würde.
»Wo warst du nur so lange?« schimpfte Carolyn, kaum daß Travis die Tür zugeschlagen hatte. »Wir waren nahe daran, dir nachzugehen.«
»Tut mir leid«, sagte Travis und sah dabei keineswegs schuldbewußt aus. In den nächsten zehn Minuten, während sie mit wachsender Dringlichkeit ein Versteck suchten, in dem sie den Bus zurücklassen konnten, schilderte Travis ihnen sein Gespräch mit Onkel Harry in allen Einzelheiten.

Kapitel 19

Special Agent John Carnegie rutschte unbehaglich auf seinem Sitz herum und riskierte es, ein paar Sekunden lang von seinem Fernglas aufzusehen.

Er legte Wert darauf, seine Arbeit gut zu machen. Sie erinnerte ihn an seine Jugendzeit, in der er und sein Vater bei der Hirschjagd im Herbst echte Kameradschaft entwickelt hatten. Jedes Jahr an Thanksgiving waren sie mitten in der Nacht aufgestanden und noch vor Sonnenaufgang stundenlang mit dem Auto gefahren, bis sie den richtigen Platz zum Ansitzen erreicht hatten. Dann hatten sie stundenlang bewegungslos gewartet, bis ihre Beute nahe genug herankam, um abgeschossen zu werden.

Genauso war es heute morgen. Nur die Beute und die Bewaffnung hatten sich geändert. Er saß bewegungslos an seinem Platz am Waldrand und beobachtete, ob sich in Harry Sinclairs Besitzung irgend etwas Ungewöhnliches tat. Im Laufe des Morgens waren mehrere Autos vorgefahren, aber keines hatte Insassen, die auch nur entfernt der Beschreibung glichen, die er von den Donovans bekommen hatte. Alle waren nach einiger Zeit wieder weggefahren und nach einer Meile angehalten und durchsucht worden. Die Donovans hatten sich bisher nicht blicken lassen.

Als es zehn Uhr wurde, hatte er bereits sechs Stunden auf seinem Posten gesessen, und seine Sinne begannen, ihm Streiche zu spielen. Er hörte Geräusche, die es nicht gab, und glaubte, in seinem seitlichen Gesichtsfeld Licht aufblitzen zu sehen. Er wußte, daß das nichts zu bedeuten hatte und nur von der fruchtlosen Anspannung herrührte, trotzdem ging es ihm auf die Nerven. Das waren die Zeiten, die er am meisten haßte, wenn er bereits länger auf dem Posten gewesen war, als er sich konzentrieren konnte, und noch Stunden auf die Ablösung zu warten hatte. Früher, als er bei der Marine in ähnliche Situationen gekommen war – damals mit einem Gewehr –, hatte er noch das unerschütterliche Selbstbewußtsein der Jugend gehabt. Aber jetzt, kurz vor seinem fünfunddreißigsten Geburtstag, machte er sich Sorgen, es könnte ihm etwas entgehen, wenn seine Konzentration nachließ.

Beine und Rücken schmerzten ihn. Er hätte viel darum gegeben, sich einmal kurz strecken zu können, aber dazu war Carnegie zu gut ausgebildet. Dieser paranoide Immobilienmagnat Harry Sinclair war dafür bekannt, daß er seine Umgebung ebenfalls überwachen ließ, und was seine persönliche Sicherheit anbetraf, war er geradezu manisch. Carnegie wußte genau, daß Sinclairs Leute ihn entdecken würden, wenn er sich bewegte.

Um sich wach zu halten, hatte Carnegie das Einmaleins bis 25 mal 25 geübt. Als ihm das langweilig wurde, hatte er sich damit beschäftigt, sich vierstellige Zahlen vorzustellen. Aber nach einiger Zeit hatte er davon Kopfschmerzen bekommen.

Vor etwa fünfundvierzig Minuten war ihm über Funk mitgeteilt worden, daß die Zielpersonen telefonisch Verbindung mit Sinclair aufgenommen hatten, was für kurze Zeit einen Hoffnungsschimmer hatte aufkommen lassen, aber inzwischen hatte sich die Aufregung gelegt, und es war ihm wieder genauso langweilig wie zuvor.

Plötzlich gab es Bewegung. Carnegie drehte sein Handgelenk um und warf einen Blick auf die Uhr. Es war zehn Uhr vierundzwanzig. Er sah wieder durch sein Fernrohr und beobachtete in fünfzigfacher Vergrößerung, wie Harry Sinclair persönlich aus der Tür seines Hauses kam und sich in die wartende Limousine setzte. Drei Begleiter stiegen mit ihm in den Wagen, und das Fahrzeug setzte sich in Richtung Tor in Bewegung.

Carnegie drückte auf den Sprechknopf seines Mikrofons. »Zielperson bewegt sich auf Checkpoint eins zu«, flüsterte er. Trotz der vierhundert Meter, die ihn von Sinclairs Besitzung trennten, fürchtete er, daß der Herbstwind seine Stimme über das Feld tragen könnte.

»Checkpoint eins weiß Bescheid«, krächzte es in seinem Kopfhörer. »An alle Einheiten. Folgen Sie dem Fahrzeug, aber halten Sie es nicht an.«

Gute Fahrt, Sinclair, dachte sich Carnegie. *Jetzt sei bitte so dumm, wie du aussiehst.*

Kapitel 20

Der Tag war für Nick Thomas bereits verdorben, und es war noch nicht einmal zwei. Gebannt von dem Aufruhr, den die neuerliche Flucht der Donovans ausgelöst hatte, hatte er sich am frühen Morgen nicht von den Talk-Shows losreißen können und sich damit um jede Chance gebracht, rechtzeitig zur Arbeit zu kommen.

Als er endlich mit fünfundvierzig Minuten Verspätung im Auto saß, war seine Laune bereits auf dem Tiefpunkt angelangt. Zu allem Überfluß war dann auch noch ein Traktoranhänger bei Gainesville auf der Route 66 umgekippt und hatte die rechte Fahrspur in Richtung City blockiert.

Als er schließlich in die EPA-Hauptgeschäftsstelle hineingestolpert war, war es bereits elf Uhr vorbei, und sein Chef hatte ihm fünfzehn Minuten lang erklärt, daß der Stau ihn überhaupt nicht berührt hätte, wenn er sich rechtzeitig auf den Weg gemacht hätte.

Nicks Karriere war absolut festgefahren, und er versuchte diese Tatsache ruhig und mit so viel Würde zu ertragen, wie es den Umständen nach möglich war.

Als die Geschichte von der Verhaftung und zweiten Flucht der Donovans in den Nachrichten bekanntgegeben wurde, fand Nick sich Emotionen ausgesetzt, die er seit Jahren erstickt hatte. Die Deutlichkeit, mit der die Erinnerungen zurückkamen, war überraschend: der schwach schwefelige Geruch der brennenden Munition und die Angst, die der Geruch ausgelöst hatte, selbst in einer Entfernung von fünf Meilen vom Punkt Null. Anschließend war er ununterbrochen gelöchert worden, wie er so »instabile Leute« habe einstellen können.

Tatsächlich hatte seine Freundschaft mit Jake und Carolyn Donovan ihn die Chance gekostet, eine befriedigende Karriere zu machen. Wäre nicht dieser unglückselige Morgen im Jahr 1983 gewesen, wäre er mit Sicherheit inzwischen ein Beamter im höheren Dienst oder, noch besser, ein leitender Angestellter im privaten Sektor. Aber daraus war nichts geworden, und nun war er von Kollegen im gleichen Rang umgeben, die noch nicht einmal geboren waren, als er schon das College hinter sich hatte. Einige dieser jungen Leute achteten ihn als erfahrenen, altgedienten Mitarbeiter, aber die schlaueren mieden ihn. Leute mit Ehrgeiz taten gut daran, sich von jemandem wie Nick fernzuhalten. Es gab nur wenige Gründe, warum ein Mann mit seinem Hintergrund und seiner Ausbildung beim Verwaltungskram hatte hängenbleiben können, und keiner davon war positiv.

Er wußte ganz genau, was die Sekretärinnen und die oberschlauen, jungen Ingenieure über ihn zu sagen hatten, und die Bezeichnungen, mit denen sie ihn belegten, unterschieden sich gar nicht so sehr von denen, die er selbst in seiner Jugend verwendet hatte. Der Ausdruck »Versager« war aus der Mode gekommen, und so wurde er hinter seinem Rücken nun als »Besserwisser und Loser« bezeichnet. Aber Nick hatte sich im Lauf der Zeit dazu durchgerungen, solche Bezeichnungen als den Preis dafür abzuschreiben, ein bißchen intelligenter zu sein als der größte Teil der Bevölkerung. So ging es einem eben, wenn man als Sicherheitsbeauftragter für die Räumung eines Lagers mit gefährlichen Abfällen verantwortlich zeichnete, bei der sechzehn Menschen ums Leben kamen.

Heute morgen unter der Dusche hatte Nick versucht, die Gesamtkosten für diesen einen terroristischen Akt zu berechnen, und hatte festgestellt, daß das unmöglich war. In vieler Hinsicht hatten die Toten noch geradezu Glück gehabt. Sie waren einfach gestorben, und zwar, wie allgemein angenommen wurde, relativ schnell. Die Gerichte hatten den Wert ihres Ablebens in Form von siebenstelligen Schadenersatzleistungen festgesetzt, und das

Leben war weitergegangen. Auch die Verluste der Aktionäre von Enviro-Kleen und des Auftraggebers der Firma, des Newark Industrial Park, konnten in festen Zahlen bemessen werden, wenn auch in neunstelligen.

Der ideelle Wert dessen, was damals auf der Strecke geblieben war, war hingegen nicht wiedergutzumachen. Die Gewalttat jenes Nachmittags hatte Nicks Ehe zerstört, in seinen Augen jedenfalls. Um der Kinder willen lebten sie immer noch im selben Haus, aber sie hatten seit Jahren das Bett nicht mehr geteilt und kein freundliches Wort mehr miteinander gewechselt. Er hatte Melissa von Anfang an gesagt, daß sein Ruf in seinem Berufszweig ein für allemal ruiniert war, aber sie hatte das nicht geglaubt. Als sich dann herausstellte, daß er recht gehabt hatte mit seiner Warnung und daß sie niemals all die Dinge besitzen würde, die ihre Freunde für wichtig hielten, hatte sie ihn als Verlierer abgeschrieben.

Dabei mußte man die Hunderttausende von Dollars mitrechnen für Jobs, die er hätte haben können, wenn sein Name nicht mit dieser Katastrophe verbunden gewesen wäre. Verstandesmäßig wußte er, daß es sinnlos war, sich selbst zu bedauern, aber er hatte einfach nicht die Kraft, ganz über das Selbstmitleid hinauszuwachsen.

Nick hatte keinen Augenblick lang geglaubt, daß die Newark-Katastrophe ordnungsgemäß aufgeklärt worden war. Alle Beteiligten hatten es so verdammt eilig gehabt, die Untersuchungen abzuschließen und das Magazin zu versiegeln, damit kein weiteres Gift austreten konnte, und die Ermittlungen waren viel zu schnell und viel zu nachlässig geführt worden. Er hatte mehr vom FBI erwartet. Sie hatten nur eine einzige Möglichkeit in Erwägung gezogen, nämlich die, daß der ganze Alptraum ein hirnloser Gewaltakt zweier Leute war, von denen Nick genau wußte, daß sie ganz normale Menschen waren. Verstandesmäßig sagte er sich, daß ihre Flucht de facto ein Schuldeingeständnis darstell-

te, aber dennoch war er der Meinung, daß man auch über Alternativen hätte nachdenken sollen.
Nick war kein Polizist, aber als Sicherheitsfachmann hatte er reichlich Untersuchungen von Unfällen durchgeführt, und er wußte aus Erfahrung, wie überzeugend und effektiv eine Hypothese die Untersuchungen in eine bestimmte Richtung lenken konnte. Anstatt abzuwarten, bis die angesammelten Beweise einen logischen Schluß zuließen, versteiften sich die mit der Untersuchung betrauten Personen auf eine Lieblingstheorie und machten sich dann daran, diese zu beweisen. Dabei nahmen sie Gegenbeweise einfach nicht zur Kenntnis oder taten sie als belanglos ab. In den Medien passierte das ununterbrochen, aber von der Polizei hatte er mehr erwartet.
Nick war überzeugt, daß der Verlauf der Untersuchungen in Newark einen politischen Hintergrund hatte und deshalb wie alles, was politisch war, einen bestimmten Zweck zu erfüllen hatte. Offiziell war der Zweck der, den Unglücksort so schnell wie möglich so sicher wie möglich zu machen. Aber privat hatte Nick immer vermutet, daß mehr dahintersteckte. Zu jener Zeit hatte der Präsident der Vereinigten Staaten sein ganzes Ansehen in den Wiederaufbau der Verteidigungskräfte des Landes gesetzt. Das letzte, was er brauchen konnte, war, daß die Öffentlichkeit durch eine solche Katastrophe auf die entsetzlichen Folgen eines Unfalls mit chemischen und biologischen Waffen aufmerksam gemacht wurde. Wenn Unfälle wie dieser tatsächlich möglich waren, dann würde die Gefahr, die mit solchen Waffen verbunden war, alles andere überschatten. Wenn das Unglück jedoch auf eine sinnlose Untat zweier Verrückter zurückzuführen war, würde die Öffentlichkeit sich nicht über die Waffen selbst erregen, sondern über die Menschen, die Mißbrauch damit getrieben hatten.
Nicht das Nervengas bringt die Menschen um, sondern Menschen bringen Menschen um.

Die Toten, die vor dem Magazin gefunden worden waren, waren jedenfalls erschossen worden, und zwar mit einer Präzision, die durch explodierende Munition nicht erreicht werden konnte. Und der Mann, der an diesem Morgen krank gewesen war, Tony Bernard, war ebenfalls ermordet worden. Er war aus kürzester Entfernung in seinem Motelzimmer erschossen worden. Schrecklich!

Aber warum? Was hätte der Grund sein können für einen derartigen Amoklauf von Jake und Carolyn Donovan? Und warum gerade an diesem Tag? Warum nicht am Tag davor oder danach oder auch einen Monat später? Sie sollten schließlich mindestens ein halbes Jahr lang in Newark arbeiten. Solche Fragen konnte man natürlich bei jeder Gewalttat stellen. Warum hatte Lizzie Borden nicht noch einen Tag lang gewartet? Oder die Menendez-Brüder?

Und dann dieses Bekennerschreiben! Dieses belastendste und unerklärlichste aller Beweisstücke war Nick immer äußerst suspekt erschienen. Es paßte einfach zu gut. Da legen diese beiden Terroristen ein Dutzend Leute um, und dann gehen sie hin, um auch noch Tony Bernard umzulegen – mein Gott, sie hatten ihm ins Gesicht geschossen –, und dann lassen sie auch noch ein maschinengeschriebenes Schriftstück in seinem Zimmer zurück, in dem sie sich zu der Tat bekennen und über Regierungen herziehen, die meinen, sie könnten Gott spielen.

So ein Quatsch!

Nick hatte dem FBI-Agenten, der die Untersuchung leitete, einem arroganten Kerl namens Frankel, gesagt, daß Jake und Carolyn nicht die Sorte Menschen waren, die so etwas taten, aber sein Protest wurde als verzweifelte Versicherungen eines Freundes abgetan, der sich weigerte zu glauben, daß er getäuscht worden war. Frankels herablassende Worte klangen ihm heute noch in den Ohren: *Ted Bundys Freunde waren auch schockiert.*

Die Donovans hatten das Papier, das sie angeblich hinterlassen hatten, nicht einmal unterschrieben. Ihre Namen unter dem Manifest waren mit der Maschine getippt. Jedermann hätte dieses verdammte Ding auf ihrer Reiseschreibmaschine zusammentippen können. Dennoch war das Papier augenblicklich zu einer der Säulen des Gebäudes unwiderlegbarer Beweise gegen die Donovans geworden. Für Nick hatte das alles den Geruch eines Fischmarkts an einem heißen Tag.

Aber das FBI war schließlich das FBI, und er war nur Nick Thomas, ein plötzlich arbeitslos gewordener Sicherheitsfachmann, den niemand mehr einstellen wollte. Wenn die Donovans unschuldig waren, dann mußten sie sich selbst helfen. Er konnte sich nicht um ihretwillen ins Schwert stürzen.

So hatte er das alles von sich geschoben, oder er hatte es wenigstens mit wachsendem Erfolg versucht, bis gestern plötzlich diese große Geschichte in den Medien auftauchte. Die alten Bilder von dem Brand, der Evakuierung und der Bergung der Leichen, die in den Fernsehnachrichten gezeigt wurden, brachten seine Erinnerungen mit beunruhigender Deutlichkeit zurück.

Und wenn er daran dachte, daß noch immer Leichen im Magazin eingeschlossen waren …

Das Telefon zirpte zweimal, ein interner Anruf. Nick dachte daran, ihn zu ignorieren, aber dann sagte er sich, daß sein Chef auch so schon wütend genug auf ihn war. Also drückte er auf den Sprechknopf. »Ja?«

»Ein Anruf für Sie auf Apparat sieben«, sagte ihm Maura, die Sekretärin seiner Gruppe. »Der Mann behauptet, es sei wichtig.«

Nick stöhnte. »Hört er sich an wie ein Vertreter?«

»Nun ja, er sprach in ganzen Sätzen, wenn Ihnen das hilft.«

Sie war immer zu Scherzen aufgelegt. »Also gut«, sagte er mit einem Seufzer. »Ich hebe ab.«

Er glaubte zu wissen, wer es war. Er hatte den Fehler gemacht, Interesse an einem Computersystem zu zeigen, das seine Gruppe sich nicht leisten konnte und über dessen Ankauf er nicht zu ent-

scheiden hatte. Er war dem Mann seit Wochen ausgewichen. Es war höchste Zeit, endlich reinen Tisch zu machen.
Er griff nach dem Hörer. »Nick Thomas«, sagte er scharf.
»Hallo, Mr. Thomas«, sagte die Stimme eines älteren Mannes, die er nicht kannte. »Mein Name ist Fox. Ich muß mich so schnell wie möglich mit Ihnen treffen.«
Das war tatsächlich ein Vertreter. Anderer Mann, gleiche Strategie. »Ich bin im Augenblick wirklich sehr in Eile«, sagte er ablehnend. »Rufen Sie doch bitte nächste Woche an.« *Warum kannst du nicht einfach sagen »Danke, nein danke«?*
Die Stimme am anderen Ende der Leitung blieb ruhig, bekam aber einen deutlich drohenden Unterton. »Es handelt sich aber um einen Notfall, Mr. Thomas. Wir müssen uns sofort treffen. Jetzt gleich. Ich möchte Sie natürlich nicht erschrecken, und Sie sind keineswegs in Gefahr.«
»In Gefahr?«
»Jedenfalls im Augenblick nicht«, fuhr der mysteriöse Mr. Fox fort. »Und ebensowenig Nicky und Joshua. Im Moment sind sie ja sowieso noch in ihren Klassenzimmern in der Stephen-Foster-Volksschule. Und ich glaube zuversichtlich, daß es ihnen auch noch gutgeht, wenn sie sich um zehn nach drei auf den Heimweg machen.«
In seinem Schrecken hatte Nick das Gefühl, als sei ihm ein Kübel Eiswasser über den Kopf gegossen worden. Dieses Arschloch bedrohte seine Kinder! »Hören Sie zu«, sagte er mit erhobener Stimme. »Ich weiß nicht, wer ...«
»Wenn Sie mich anschreien, Mr. Thomas, hänge ich auf, und Sie werden nie erfahren, worüber ich mit Ihnen reden wollte.« Der Fremde machte eine Pause, um seine Worte wirken zu lassen. »Habe ich mich verständlich genug ausgedrückt?«
Die Angst erstickte in Nick jedes Bedürfnis, sich zu wehren. Dieser Kerl wußte die Namen seiner Kinder, und er wußte, in welche Schule sie gingen ...

»Sind Sie noch da, Mr. Thomas?«
Die Stimme ließ ihn zusammenfahren. »Ja, ich bin am Apparat.«
»Gut«, sagte Mr. Fox. Plötzlich war ein Lächeln in seiner Stimme. »Ich versichere Ihnen, daß Sie wirklich nicht in Gefahr sind. Aber ich muß mit Ihnen reden, und zwar sofort. Suchen Sie nach einem weißen Lincoln direkt vor Ihrem Gebäude. Ich werde genau fünf Minuten lang warten.« Damit legte der Fremde auf.
Scheiße. Nick starrte lange auf den Hörer in seiner Hand und ließ eine gute halbe Minute wertvoller Zeit verstreichen. Er überlegte, ob er die Polizei anrufen sollte, verwarf den Gedanken jedoch. Wer auch immer dieser Mann war, er hatte sich gut informiert. Und was auch immer er vorhatte, er würde eine Gegenmaßnahme auf Lager haben, wenn Nick versuchte, das Naheliegende zu tun.
Außerdem hatte er keine Zeit. Bei diesem Gedanken sprang er von seinem Stuhl auf. Fünf Minuten, hatte der Fremde gesagt. Lieber Gott, wenn der Lift nicht funktionierte, würde er schon so lange brauchen, um bis in die Eingangshalle zu kommen.
Er knallte den Telefonhörer so heftig auf die Gabel, daß er wieder heraussprang, und rannte zur Tür. Sein Chef sah ihn losrennen und machte Anstalten, ihm den Weg zu verstellen, aber dann schreckte er zurück. Er öffnete sogar die Tür für ihn.

Kapitel 21

Irene führte das Telefongespräch von ihrem Auto aus, auf dem Weg zum Flugzeug, das sie nach West Virginia bringen sollte. Sie hatte sich den ganzen Tag davor gefürchtet, und als Frankel sich am anderen Ende der Leitung meldete, wurde ihr klar, daß sie sich nicht genug gefürchtet hatte. Während sie ihre Prügel einsteckte, saß Paul Boersky ruhig auf dem Beifahrersitz und gab vor, sich ausschließlich für die vorbeifliegende Landschaft zu interessieren.

»Ich muß Ihnen sagen, Irene, daß ich von der Art, wie Sie diesen Fall leiten, außerordentlich enttäuscht bin.«

Als ob du es 1983 so viel besser gemacht hättest, dachte sie.

»Erst haben Sie ihn, dann verlieren Sie ihn wieder, dann haben Sie ihn wieder. Wie soll man da überhaupt mitkommen. Was haben Ihre Freunde in West Virginia herausbekommen?«

Irene sah über die Schulter und wechselte die Fahrbahn. Sie folgte dem Wegweiser zum Flugplatz Greenville-Spartansburg.

»Nicht viel, fürchte ich. Niemand kann sich erinnern, sie gesehen zu haben, nur eine Kellnerin erinnert sich an einen Jungen, der ziemlich lange telefoniert hat. Von dem Telefongespräch hat sie aber nichts mitbekommen.«

»Verdammt«, knurrte Frankel. »Dann haben sie's also aufgegeben?«

Was für eine lächerliche Frage. »Nein, Sir, nicht daß ich wüßte. Als ich das letzte Mal mit dem zuständigen Mann dort unten sprach, sagte er, daß er seine gesamte Mannschaft auf die Donovans angesetzt habe. Ich habe Les Janier im Büro in Charlestown angerufen, und er hat versprochen, ebenfalls ein paar Leute hinzuschicken. Ich selbst bin auch auf dem Weg dorthin.«

»Wie sieht es mit der Überwachung von Sinclair in Chicago aus?« fragte Frankel. »Das letzte, was ich gehört habe, war, daß sie ihm über die Staatsgrenze hinaus gefolgt sind.«
Irene atmete tief ein. *Jetzt wird er in die Luft gehen.* »Da hat es auch ein Problem gegeben, Sir«, sagte sie. »Anscheinend hat er uns ausgetrickst. Er hat einen seiner Leute in ähnlich aussehende Kleidung gesteckt und weggeschickt. Während wir abgelenkt waren, hat er sich durch einen anderen Eingang aus scinem Haus geschlichen und ist verschwunden.« Der erste Zorn für diese Panne würde wenigstens jemand anderen treffen. Ted Greenberg vermutlich, ihren Kollegen in Chicago.
Frankel sagte lange Zeit nichts. Sie hatte ihn nur zweimal gesehen, aber sie wußte, daß er knallrot wurde, wenn er wütend war. In ihrer Vorstellung war er jetzt lila. Als er endlich sprach, war er über jeden Ärger hinaus. Was jetzt aus ihm sprach, war schon mehr Haß. Aber er behielt seine Stimme vollkommen unter Kontrolle.
»Ist Ihnen klar, Irene, daß wir das FBI sind? Die größte und modernste Sicherheitsorganisation der Welt. Und diese Donovans und ihre Verwandten machen uns zu kompletten Idioten. Die ganze Welt wird über uns lachen. Ich gebe Ihnen noch zwei Tage, Irene«, schloß Fankel. »Noch zwei Tage, dann nehme ich Ihnen diesen Fall weg und schicke Sie zum Grenzschutz. Haben Sie mich verstanden?«
»Ja, Sir«, sagte Irene. *Übersetzt heißt das: Ich habe meine Anhörung in sechs Wochen, und du wirst mir das nicht versauen.* »Ich habe vollkommen verstanden, Sir.«
»Dann machen Sie sich jetzt an die Arbeit, und handeln Sie endlich wie eine FBI-Agentin.«

Nick sah die Warteschlange bei den Aufzügen und rannte gleich weiter zur Treppe. Er flog praktisch hinunter, sechs Stockwerke, zwölf Treppen, vorbei an zwei Gruppen von Rauchern, die sich im Treppenhaus verbargen wie Schuljungen, die ihre Zigaretten vor den Lehrern verstecken. Beide Gruppen sahen zuerst erschreckt auf, bis sie feststellten, daß er niemand war, und mit ihrem Klatsch fortfuhren.

Als er aus dem Treppenhaus in die Halle stürzte, erschrak der Sicherheitsbeamte noch mehr als die Raucher und griff instinktiv nach der Waffe an seiner Seite. Einen Augenblick lang erwog Nick, ihm seine Geschichte mitzuteilen, daß ein Verrückter seine Kinder bedrohe, verwarf den Gedanken aber sofort wieder. Statt dessen zeigte er seine Marke vor, die er um den Hals trug, und sagte rasch: »Ich bin für eine Verabredung zu spät dran.« Er wartete nicht auf eine Antwort.

Wie angekündigt stand ein weißer Lincoln im Parkverbot, unmittelbar vor dem Eingang. Er lief auf das Fahrzeug zu, aber dann verlangsamte er seine Schritte. Woher sollte er wissen, daß es der *richtige* weiße Lincoln war?

Wie zur Antwort auf seine Frage wurde die Fahrertür geöffnet, und ein bulliger Mann mit weißem Haar winkte ihm zu. »Mr. Thomas?«

Nick wurde die Kehle eng. Er erkannte die Stimme wieder. Er wurde noch langsamer. »Ja?«

»Bitte steigen Sie ein«, bat der Mann mit einem Lächeln. »Sie sind wirklich nicht in Gefahr.«

Nein, nur meine Kinder, dachte Nick. Er näherte sich zögernd wie ein Hund, der dem Befehl folgt, zu kommen und sich verprügeln zu lassen, weil er eine Socke zerfressen hat. Der Mann deutete auf den Beifahrersitz, und sowie Nick saß, fuhr der Wagen los, noch bevor die Tür vollständig geschlossen war.

»Guten Tag«, sagte der Fahrer und streckte ihm die Hand über die Armlehne entgegen. »Ich fürchte, wir haben unsere Bekanntschaft unglücklich angefangen. Ich heiße nicht Fox, sondern Sinclair. Harry Sinclair, Harry für meine Freunde. Darf ich Sie Nick nennen?«

Nick machte sich nicht die Mühe zu lächeln, als er zögernd die Hand des alten Mannes schüttelte. Zunächst sagte der Name ihm nichts. Aber als er ihm ins Gesicht sah, erinnerte er sich wieder. Er hatte ein Foto dieses Mannes auf der Titelseite der *Business Week* gesehen, mit der Unterschrift »Mr. Beziehung«. Auf dem Bild schwamm er in Geld, und kleine Karikaturen von Politikern quollen aus seinen Taschen hervor.

»Nennen Sie mich, wie Sie wollen«, sagte Nick, der immer noch vor Erregung zitterte. »Wo sind meine Kinder?«

Harry tat Nicks Sorgen mit einer Handbewegung ab. »Wie ich Ihnen schon am Telefon gesagt habe, sind sie vollkommen sicher in der Schule. Ich meine das wirklich, Nick, sie sind nicht in Gefahr. Ich war so sehr darauf bedacht, Sie zu sehen, daß ich Sie, fürchte ich, glauben gemacht habe, sie seien es doch. Ich entschuldige mich dafür.«

Einen Teufel tust du. Nick wußte nicht, was er sagen sollte, also sagte er nichts. Er konzentrierte sich darauf, nicht zu zittern, während Harry den Lincoln auf den Stadtrand zulenkte. Zum ersten Mal seit langem hatte er wirklich Angst.

»Sie sind sehr angespannt«, sagte Harry. In seinem Lächeln schien jetzt echte Freundlichkeit zu liegen. »Deshalb komme ich sofort zur Sache. Ich habe eine Nichte, die gerade in ziemlich großen Problemen steckt, und sie scheint der Meinung zu sein, daß Sie ihr helfen könnten. Sie heißt Carolyn Donovan. Sagt Ihnen das was?«

Zunächst fiel Nick keine Antwort ein, dann sprudelte er hervor: »Hm, ja, ich habe sie vor langer Zeit gekannt.«

Harry mußte lachen, weil das Erkennen so deutlich in Nicks Gesicht geschrieben stand. »Ich vermute, daß Sie nicht allzuoft Poker spielen«, meinte er. »Aber nachdem Sie sie kennen, werden Sie sich auch denken können, worin ihr Problem besteht.«

Nick nickte und gab alle Versuche auf, sich zu verstellen.

»Also, ihr Sohn hat gesagt – sie haben jetzt übrigens einen Sohn, mit dem ich heute morgen gesprochen habe –, also, er sagt, daß Carolyn und ihr Mann Jack … kennen Sie übrigens Jack?«

»Sie meinen Jake?« knurrte Nick. »Ja, natürlich.«

Harry ließ sich korrigieren. »Also dann Jake. Wie auch immer. Glauben Sie, daß sie die Verbrechen, die ihnen zur Last gelegt werden, wirklich begangen haben?«

Nicks Augen wurden schmal. Gott sei Dank stimmte seine eigene, ehrliche Überzeugung mit der Antwort überein, die offensichtlich von ihm erwartet wurde. »Nein«, sagte er endlich. »Nein, das habe ich nie geglaubt. Das habe ich dem FBI damals auch gesagt …« Er verstummte abrupt. Er hielt es für besser, nur die Fragen zu beantworten, sonst nichts.

»Das ist gut«, sagte Harry. »Weil sie nämlich mit Vehemenz bestreiten, etwas Unrechtes getan zu haben. Im Vertrauen muß ich Ihnen sagen, daß sie sich von Anfang an selbst der Polizei stellen wollten, um ihre Unschuld zu beweisen. Aber mein Vertrauen in unser Rechtssystem war schwächer als das ihre, und ich habe darauf bestanden, daß sie erst einmal für eine Weile verschwinden. Einen solchen Entschluß kann man nicht rückgängig machen. Aber jetzt, wo die Ereignisse diese ungünstige Wendung genommen haben, glauben sie, daß sie ihre Unschuld an der Umweltkatastrophe beweisen könnten, wenn sie noch einmal in das Magazin in Newark hineingelangen könnten, wo das alles passiert ist.«

Nick blieb der Mund offen. »Das ist ausgeschlossen«, sagte er ohne Zögern. »Sie meinen, *in* das Magazin *hinein*?«

Harry zuckte die Achseln. »Vermutlich ja.«

»Das ist ausgeschlossen. Vollkommen unmöglich. Die Giftstoffe da drinnen würden einen Elefanten umhauen. Sie haben mir ja nicht einmal gestattet, die Leichen zu bergen.«

»Wer ist sie?« Harry schien plötzlich sehr interessiert.

Nick rollte die Augen. »Die Kerle vom FBI. Und die EPA. Sie hatten es dermaßen eilig, alles zu versiegeln …«

»Wenn man Ihnen die Möglichkeit gegeben hätte, wären Sie also noch einmal hineingegangen?« unterbrach Harry.
Nick schwieg und erkannte, daß er gerade in eine Falle getappt war. »Nun ja, auf keinen Fall ohne die entsprechenden Vorsichtsmaßnahmen. Die Schutzanzüge allein würden …« Plötzlich erkannte er, worauf Harry hinauswollte und was er wollte, daß er tun sollte. »Ich kann nicht einfach ein paar Schutzanzüge requirieren!« sagte er. »Das Zeug kostet Tausende von Dollars. Sie würden mich augenblicklich feuern.«
Tiefe Falten erschienen auf Harrys Stirn. »Ebenso, wie sie meine Nichte ins Gefängnis werfen würden für ein Verbrechen, das sie nicht begangen hat«, sagte er. »Sie und ihr Mann hoffen, daß Sie sich entschließen können, ihnen zu helfen. Deshalb haben sie mich angerufen. Ich soll versuchen, Sie dazu zu überreden.«
Nick erschrak zu Tode, als ihm klar wurde, vor welche Wahl er gestellt war. Einer der mächtigsten Wirtschaftsmagnaten des Landes, oder, soweit er informiert war, sogar der Welt, hatte ihm soeben gestanden, daß er vorhabe, ein Verbrechen zu begehen, und hatte ihm die von seiner Familie ausgeheckten Pläne mitgeteilt, bundesstaatliches Eigentum zu beschädigen. Wenn er ja sagte, würde er zum Teilnehmer an dem Komplott werden, ein Mittäter.
»Was ist, wenn ich nein sage?« fragte er vorsichtig.
Harry zuckte die Achseln. »Dann wäre ich sehr enttäuscht«, sagte er. Diesmal erschien Nick sein Lächeln sehr viel weniger freundlich.
Er suchte nach einer versteckten Drohung im Gesicht des alten Mannes, nach einem Hinweis, was ihm und seiner Familie geschehen würde, wenn er sich weigern würde mitzuspielen. Aber in Harrys Gesicht war nichts als das Lächeln. Falls er die Angst in Nicks Augen erkannte, tat er nichts, um ihn zu beruhigen. Er lächelte nur.
Jemand wie Nick bedeutete gar nichts für einen Mann wie Sin-

clair – nichts als ein Käfer, den er zertreten würde, wenn er ihm in den Weg geriet. Dieser alte Mann war viel zu schlau, um ihm offen zu drohen, und viel zu gerissen, um zuzulassen, daß Nick sich sicher fühlte. Nun mußte Nick sich entscheiden, und seine ganze Zukunft hing von dieser Entscheidung ab. Er mußte kämpfen oder nachgeben, einen Mittelweg gab es nicht. Tatsächlich war Nick noch nie eine Kämpfernatur gewesen.

Als er endlich wieder zu Harry aufsah, fühlte er sich wie ein geprügelter Hund, und genauso sah er auch aus. »Was soll ich also tun?«

Kapitel 22

Ohne eine echte Alternative zu haben, hatten die Donovans ihren Bus etwa eine Meile von der Raststätte entfernt in einer verlassenen Scheune abgestellt. Die Scheune sah jedenfalls verlassen aus. Manchmal konnte man das in West Virginia nicht so genau sagen. Das Fahrzeug paßte kaum hinein, und durch die klaffenden Ritzen zwischen den Wandbrettern konnte man es immer noch erkennen. Aber mit etwas Glück würde es niemand bemerken, jedenfalls eine Zeitlang nicht.

Es war hart für Jake, den Bus aufzugeben. Dieser Bus war immer das Herzstück ihres Fluchtplans gewesen. Als er ihn zurückließ, hatte Jake das Gefühl, mit ihm seine lebenslänglichen Planungen und Vorbereitungen aufzugeben.

Jetzt war es offensichtlich. Sie balancierten auf einem Drahtseil, und es gab kein Netz.

Der Bus war das reinste Warenhaus für Überlebensausrüstung – für Kleidung, Munition, Baumaterial, Nahrung und Toilettenartikel. Jetzt mußte er das alles zurücklassen. Außer ein paar Kleidungsstücken zum Wechseln und natürlich dem Geld konnten sie nichts mitnehmen. Geld war immer wichtig. Travis sah mit aufgerissenen Augen zu, wie sie die Banknoten aus den Regalen nahmen und in zwei Sporttaschen einpackten.

Als sie damit fertig waren, suchten sie sich einen Platz im Wald und machten es sich für die lange Wartezeit bequem. Im Hinblick darauf, daß sie den Rückweg zur Straße bei Dunkelheit würden finden müssen, entschlossen sie sich, näher an der Raststätte zu bleiben, als vermutlich klug war. Dabei waren sie immer noch mehr als eine halbe Meile vom vorgesehenen Treffpunkt entfernt. Jake hatte dafür plädiert, sich in weiterer Entfernung zu verstecken, weil er fürchtete, daß die Polizei die Umgebung des Lokals auf den Kopf stellen würde, aber Carolyn war anderer Meinung. Nur ein Verrückter, sagte sie, würde so nah bei der Raststätte bleiben. Deshalb würde sich die Suche auf die Schnellstraße in etlichen Meilen Entfernung konzentrieren. Zum Schluß setzte sie sich natürlich mit ihrer Auffassung durch.

Auf einem Hügel zwischen verwitterten Granitblöcken stehend, sah Travis staunend zu, wie Hunderte von Polizeifahrzeugen – so viele mußten es sein – Spurrinnen in die unter ihm liegende Schnellstraße fuhren. »Mein Gott, seht euch das an, wie viele das sind!«

Carolyn zog am Rücken seines Anoraks. »Travis, setz dich endlich hin«, zischte sie. »Sie werden dich sehen!«

Er machte sich mit einem Ruck frei und meinte ärgerlich: »Ja, natürlich werden sie mich sehen, durch all die Blätter hindurch.«

»Es ist Herbst«, gab sie zurück. »Das Laub wird von Minute zu Minute dünner.«

Travis lachte. »Glaubst du wirklich ...«

»Hier wird nicht herumgeredet«, schnauzte Jake. »Jetzt setz dich endlich zwischen die Felsen und tu, was man dir sagt.«

Travis zögerte gerade lange genug, um noch einen Blick auf die Straße zu werfen und um seinen Standpunkt zu demonstrieren. Dann suchte er sich einen Sitzplatz zwischen den Felsen. »Es ist so langweilig!«

Jake lachte. »Unter den gegebenen Umständen ist langweilig ausgezeichnet.« In der Eile, vom Bus wegzukommen, hatte Jake die falsche Munitionstasche gegriffen. Er hatte die gefüllten Magazine für die Glock im Regal gelassen und statt dessen die leeren mitgenommen. Nun beschäftigte er sich damit, 9-mm-Patronen in die sechs leeren Magazine einzufüllen.

»Darf ich auch eins füllen?« fragte Travis.

»Natürlich.« Jake brauchte gar nicht hinzusehen, um zu wissen, was für einen wütenden Blick Carolyn ihm zuwarf, aber er achtete nicht darauf. Für einen dreizehnjährigen Jungen war es sehr schwierig, lange Zeit stillzusitzen. Und wenn es ihn für eine Weile ablenkte, mit Patronen zu spielen, was sollte das schaden?

Das Magazin und die Schachtel mit den Patronen waren beide schwerer, als Travis erwartet hatte. Bei seinem Vater sah es so aus, als müsse man die Patronen nur hineingleiten lassen. Als es bei ihm nicht funktionierte, sah er hilfesuchend auf.

»Erst hinunterdrücken«, erklärte Jake, »dann reinschieben.« Er sah zu, wie sein Sohn noch einen erfolglosen Versuch machte. »Du machst das schon richtig«, sagte er ermutigend. »Du mußt nur noch etwas stärker gegen die Feder drücken.«

Das war ja gut und schön, aber seine Daumennägel wurden schon ganz weiß von der Anstrengung. Schließlich schaffte er es doch, und die erste Patrone glitt ins Magazin. »Cool.«

»Du bist dir schon darüber im klaren, daß ich das nicht richtig finde?« fragte Carolyn.

Jake lächelte unbehaglich. »Darum habe ich ja auch nicht gefragt.« Er hoffte, an ihren Sinn für Humor appellieren zu können. Ein Streit mit seiner Frau war das letzte, was er sich in dieser Situation wünschte.

Sie lachte nicht, aber sie ließ es hingehen. Für heute hatten sie sich schon genug gestritten. So lehnte sie sich gegen ihren Felsbrocken und sah zu den Flecken strahlend blauen Himmels hinauf, die durch das Blätterdach über ihnen schimmerten. Der Tag erwies sich als sehr viel wärmer als der vorangegangene, und als die Sonne dem Zenit entgegenwanderte und der Regen der letzten Nacht verdunstete, erlebten sie noch einmal einen letzten sommerlichen Tag, bevor der Winter endgültig den Sieg davontrug. Wären nicht die immer noch gelegentlich hörbaren Polizeisirenen gewesen und hätte nicht das ununterbrochene Klicken von Metall auf Metall sie daran erinnert, daß ihre Männer sich auf das Schlimmste vorbereiteten, hätte sie sich einreden können, daß alles beinahe normal sei, geradezu friedlich. An einem anderen Tag wäre sie vielleicht sogar eingeschlafen.

»Weißt du«, sagte Travis zu seinem Vater, »daß du meine Frage noch nicht beantwortet hast?«

Jake sah auf. »So? Was für eine Frage denn?«

»Ob du auf die Polizisten geschossen hättest, du weißt schon, in der Schule.« Er hielt den Blick auf seine Hände gerichtet und vermied es, seinen Vater anzusehen.

Jake versuchte, sich durch die Frage nicht aus der Fassung bringen zu lassen. »Was glaubst du?«

Travis hob die Schultern. »Ich weiß es nicht. Ich glaube schon.«

Jake unterbrach seine Tätigkeit und legte das halbvolle Magazin auf einen Felsen. Das war weit mehr als eine rein hypothetische Frage. Je mehr sich Travis dem Erwachsenenalter näherte, desto komplizierter wurden Unterhaltungen mit ihm.

»Es gibt nur einen einzigen echten Grund zu töten«, erklärte er, und er wählte seine Worte so sorgfältig, wie ein Spieler mit den Trümpfen in seiner Hand umgehen würde. »Und das ist, um deine Familie zu verteidigen.«

Travis dachte über die Antwort nach. Dann machte er sich wieder an die Arbeit an seinem Magazin und vermied es weiterhin, seinen Vater anzusehen. »Auch wenn es ein Polizist ist, der nur seine Pflicht tut?«

Jake sah zu Carolyn hinüber, die plötzlich gar nicht mehr schläfrig war. »Worauf willst du mit dieser Frage hinaus, Trav?«

Als Travis endlich aufsah, war die Unschuld aus seinen Augen verschwunden, und anstelle von Vertrauen lag Bitterkeit darin. »Ich versuche nur, mir das alles vorzustellen«, sagte er. »All diese Pistolen und Munition und so. Du nimmst sie überallhin mit, und du bedrohst jedermann. Ich frage mich nur, wen du töten willst.«

Die Worte trafen Jake wie ein Schwerthieb. Er wußte nicht, was er sagen sollte.

»Das ist nicht fair …«, versuchte es Carolyn.
»Warum nicht?« unterbrach sie Travis. »Soll ich vielleicht glauben, ihr würdet diese Pistolen nur zum Schein herumtragen?«
»Bitte, Travis«, bat sie und erhob sich auf die Knie.
Jake winkte ihr, still zu sein. »Nein, laß ihn reden.«
»Ja, laßt mich reden«, spottete Travis. »Laßt mich meine dummen Kinderfragen stellen, nicht wahr?«
Nun war Jake wieder an der Reihe. »Sieh mal, Travis, ich habe versucht, dir zu erklären …«
»Aber du hast gelogen«, sprudelte er hervor. »Bis zum Töten sind wir noch gar nicht gekommen.«
»Wir werden ganz bestimmt niemanden erschießen«, sagte Carolyn.
Travis wich ihrer Hand aus und sprang auf, ohne darauf zu achten, daß er damit seine Deckung hinter den Felsen wieder aufgab. »*Er* hat aber gerade etwas ganz anderes gesagt!« Er sah seinen Vater mit einem vernichtenden Blick an. »Er hat gesagt, daß er töten würde, um seine Familie zu beschützen. Großartig ist das! Und dann werden sie euch töten! Und ich werde …« Seine Stimme versagte. »Sie werden einfach …«
Travis' Augen wurden rot, als er über Möglichkeiten nachdachte, die er nicht auszusprechen wagte. Er suchte nach Worten, aber es fielen ihm keine ein.
Carolyn stand unbeweglich da, weil sie fürchtete, zurückgewiesen zu werden, wenn sie noch einmal die Hand nach ihm ausstreckte. »Mein Schatz, es tut mir so leid.«
Travis drehte ihr den Rücken zu und starrte wieder auf die Straße.
Jake sah das alles mit an, ohne ein Wort zu sagen. Er respektierte das Recht des Jungen, wütend zu sein. Als Ehemann und Vater hatte er das Bedürfnis, zu ihnen beiden hinzugehen und sie irgendwie zu trösten. Aber es war ihm klar, wie sinnlos ein solcher Versuch wäre. Schmerz würde wahrscheinlich ein ständiger

Begleiter ihres Lebens werden, und jeder von ihnen würde seine eigene Art finden müssen, um damit fertig zu werden. Für Gefühle blieb ihnen jetzt keine Zeit. Später vielleicht, aber nicht jetzt. Jetzt mußten sie logisch denken und handeln. Es ging ums Überleben, nicht um Empfindungen. Carolyn wußte das genausogut wie er, aber sie weigerte sich einfach, stark zu sein.

Es war immer klar gewesen, daß all dies eines Tages geschehen würde, und nun war es also passiert. Eine solche Ablehnung dessen, was seine Eltern taten, war neu für Travis, er machte gerade erst seine erste Erfahrung damit, und dabei sagte er verletzende, haßerfüllte Dinge. Aber das würde vorübergehen, dessen war sich Jake ganz sicher. Und wenn es nicht vorüberging, dann sollte es eben so sein. Er wünschte sich, daß sein Sohn lange genug leben möge, um ihn hundert Jahre lang abzulehnen. Selbst wenn er ihn ein Jahrhundert lang hassen würde, war das noch gar nichts im Vergleich zu dem Haß, den Jake gegen sich selbst empfand.

Die herbstlich bunten Farben der Blätter verschwammen vor seinen Augen. Jake wandte sich wieder seiner Arbeit zu und begann eine Patrone nach der anderen in das letzte leere Magazin zu schieben.

Um sechs Uhr war die Sonne untergegangen. Es wurde wieder kühl, und die Donovans flüchteten in ihre Jacken. Die Feuchtigkeit, die in der Wärme so angenehm gewesen war, ließ sie nun frösteln und sich elend fühlen. Bevor sie den Bus zurückgelassen hatten, hatte Carolyn daran gedacht, eine Tasche mit Crackern und Thunfischdosen vollzustopfen, aber sie hatte vergessen, einen Büchsenöffner mit einzupacken. Gott sei Dank hatten sie ein Schweizer Messer.

Während der letzten fünf Stunden war der Polizeiverkehr unten auf der Straße fast vollständig erstorben. Sie hatten begonnen, sich zunehmend sicher zu fühlen, aber Jake hatte sie mehrfach gewarnt, daß dies eine Täuschung sei. Jedesmal, wenn die Unterhaltung lebhaft oder ein bißchen lauter wurde, dämpfte er sie wieder. Sie erzählten Travis noch ein bißchen mehr über seine Herkunft, aber sonst redeten sie während dieser Stunden nichts von Bedeutung. Es war, als hätten sie ein heimliches Abkommen getroffen, nicht über die Gegenwart oder die Zukunft zu sprechen. So blieb ihnen die Vergangenheit als einziges Gesprächsthema – lauter wohlbekannte, freundliche Geschichten aus Travis' Kindheit.

Um neun Uhr wurde es Zeit, sich auf den Weg zu machen, und jeder von ihnen hatte irgendwelches Gepäck zu tragen. Travis erbot sich, die Geldtaschen zu tragen, aber er wurde statt dessen dazu verurteilt, Reservekleidung und Proviant zu schleppen.

»Für das Geld ist wie immer Mom zuständig«, bemerkte Travis und handelte sich dafür eine scherzhafte Kopfnuß ein.

Als sie sich vorsichtig ihren Weg den Hügel hinunter und auf die Straße zu ertasteten, erwies sich die Dunkelheit als ernstzunehmendes Hindernis. Loses Gestein und ein Geflecht von Schlingpflanzen machten den Weg tückisch, und sie waren ständig in Gefahr zu fallen. Aber obwohl sie darauf gefaßt waren, sich schmutzige Kehrseiten zu holen, kamen sie alle wohlbehalten unten an.

Jake hatte sich besonders davor gefürchtet, ohne Deckung die Schnellstraße zu überqueren, um auf die gegenüberliegende Seite zu gelangen, wo das Gelände wesentlich flacher war. Ein Trio von Fußgängern in der Nacht mußte notgedrungen Verdacht erregen. Aber die Straße erwies sich als leer, und sie konnten sie problemlos überqueren und den Schutz der Bäume auf der anderen Seite erreichen. Danach, als sie das letzte Stück zum Ziel ihrer Wanderung zurücklegten, hatten sie wieder mit der Dunkelheit zu kämpfen.

Um dreiundzwanzig Uhr dreißig waren sie an Ort und Stelle, ziemlich genau gegenüber von ihrem Treffpunkt. Sie kauerten sich fünf oder sechs Meter hinter der Baumlinie nieder, vollkommen unsichtbar im ungewissen Mondschatten, und beobachteten, wie gelegentlich ein Auto an der Felswand auf der anderen Straßenseite vorüberfuhr. Wenn ihnen nur nicht so kalt gewesen wäre …

Nachdem sie einen vollen Tag lang geduldig gewartet hatten, kam ihnen die letzte halbe Stunde länger vor als der ganze vorangegangene Nachmittag. Keiner von ihnen sprach, jeder lauschte für sich in die Stille der Nacht hinein und versuchte vergeblich, über den vibrierenden Chor der Nachttiere hinweg das Summen eines sich nähernden Automotors zu hören. Ein Waschbär stöberte in einem nahen Drainagegraben nach seinem Abendessen. Der Schrei einer Eule, der erschreckend an ein weinendes Kind erinnerte, durchdrang die Nacht.

»Lieber Gott«, flüsterte Jake und sah auf die Uhr. »Wo bleibt dieser Mann nur! Er kommt zu spät.«

Carolyn sah ihn mißbilligend an. »Wie spät ist es?«

»Dreiundzwanzig Uhr siebenundfünfzig.«

»Dann ist es noch nicht zu spät«, flüsterte Travis und nahm seiner Mutter das Wort aus dem Mund. »Er hat gesagt, genau um Mitternacht. Es ist noch nicht ganz Mitternacht.«

»Aber fast«, knurrte Jake.

»Nur die Ruhe, Jake«, sagte Carolyn und verbarg hinter ihrer überraschend ruhigen Stimme ihr wild pochendes Herz und ihre zum Zerreißen angespannten Nerven. »Harry läßt uns nicht im Stich.«

Drei Minuten später, exakt um Mitternacht, hielt ein weißer Cadillac neuester Bauart etwa hundert Meter vor ihnen auf der anderen Straßenseite. »Das ist er!« flüsterte Jake. »Gehen wir.« Er wollte losgehen, aber Carolyn und Travis zogen ihn an seiner Jacke zurück.

»Noch nicht«, schimpfte Travis. »Er hat sich noch keine Zigarette angezündet. Onkel Harry hat gesagt, wir sollen auf die Zigarette warten.«

Jake riß sich los. »Herrgott noch mal, das muß er doch sein. Was glaubt ihr denn, wie viele weiße Autos genau um Mitternacht hier aufkreuzen?«
»Aber Harry hat uns ganz genaue Anweisungen gegeben«, protestierte Carolyn. »Er hat gesagt, wir sollen warten, bis …«
Jake wollte nicht mehr hören. Er war müde und er war naß. In den letzten sechsunddreißig Stunden hatte er nichts anderes getan, als Carolyns Anweisungen zu befolgen. Tu dies, tu das. Halte hier, halte nicht dort. Er hatte es satt. In Kürze würde er sich auch noch mit dem allwissenden Harry Sinclair auseinandersetzen müssen. Er griff nach den beiden Geldtaschen und ging los. Er unterdrückte das Bedürfnis, sich zu ducken und von einem Schatten zum anderen zu springen, und zog es vor, ganz normal aus dem Wald hinauszugehen, so daß ihn jeder sehen konnte, der in der Nähe war. Auf halbem Weg drehte er sich um und winkte seiner Familie, ihm zu folgen. Es war erstaunlich, wie vollständig die Schatten ihre Gestalten verbargen. Er winkte, aber sie rührten sich nicht.
»Kommt endlich!« flüsterte er laut. »Bringen wir's hinter uns.«
Er winkte noch einmal, und sie tauchten endlich aus ihrem Versteck auf. Ängstlich um sich blickend, rannten sie zu ihm.
»Nur die Ruhe, Carolyn. Du siehst aus, als hättest du gerade eine Bank ausgeraubt.«
»Genau so fühle ich mich auch.« Sie schien den Tränen nahe zu sein. »Ich finde das nicht richtig. Harry hat gesagt …«
Carolyn verstummte, und alle drei blieben abrupt stehen. Der Cadillac setzte sich langsam in Bewegung.
»Was zum Teufel macht er denn?« keuchte Jake. Er mußte sich beherrschen, nicht laut hinter ihm herzuschreien.
Und dann sahen sie es. Erst flammten Scheinwerfer auf, dann erkannten sie einen blau-weißen Ford mit Blinklicht auf dem Dach. Die Staatspolizei von West Virginia.
»O Scheiße«, zischte Jake. »Das ist eine Falle.«

»Nein«, beharrte Carolyn. »Nicht von Harry.«
»Was sollen wir machen?« jammerte Travis.
Sie standen ohne jede Deckung da, zu weit von der Baumlinie entfernt, um zurückzulaufen, ohne gesehen zu werden. Aber was auch immer sie tun wollten, sie mußten es innerhalb der nächsten fünf Sekunden tun, oder es würde alles vorbei sein. »Der Graben«, sagte Jake und zeigte darauf.
Sie rannten alle gleichzeitig die drei Schritte zu dem parallel zur Straße verlaufenden Drainagegraben und stürzten sich kopfüber in schmutziges Abwasser und Straßenmüll.
Mit vor Angst geschlossenen Augen und hämmerndem Herzen lag Jake da und lauschte, wie der Polizeiwagen vorbeifuhr. Wenn der Fahrer sie entdeckte, war es mit ihnen vorbei. Selbst seine Pistole war nutzlos. Er würde sie nicht rechtzeitig erreichen, um damit etwas auszurichten.
Keiner von ihnen bewegte sich, auch nicht, als das Motorengeräusch längst verklungen war.
Erst nach einer Minute brach Travis das Schweigen. »Ist er weg?«
Jake hob vorsichtig den Kopf über den Grabenrand und fuhr mit der Hand zum Griff seiner Pistole. So weit das Auge reichte, sah er in beiden Richtungen nichts als die leere Straße. »Die Luft ist rein«, flüsterte er. »Zurück zu den Bäumen!«
Jake griff nach Carolyns Hand, und sie griff nach der von Travis, und so rannten sie gemeinsam in den Schatten zurück und ließen sich ins Gebüsch fallen.
»O mein Gott«, hauchte Carolyn. »Ich habe dir doch gesagt, daß du warten sollst!« Sie stieß ihn so hart vor die Brust, daß es weh tat.
Er sagte nichts.
»Glaubst du, daß er uns gesehen hat?« fragte Travis weinerlich.
»Nein«, antwortete Carolyn mit Überzeugung.
Jake war da nicht so sicher. »Ich weiß nicht. Es kann sein, daß er

nicht gehalten hat, obwohl er uns gesehen hat. Bedenkt, daß wir bewaffnet und gefährlich sind.«
Sie hatten keine Ahnung, was sie nun tun sollten. Das Fahrzeug, das sie abholen sollte, war weg, die Polizei fuhr überall in der Gegend herum, und sie saßen im Nirgendwo und hatten keine Möglichkeit weiterzukommen. Fünf Minuten vergingen.
»Glaubt ihr, daß er zurückkommt?« fragte Jake.
»Wer, die Polizei oder das Auto, das uns abholen soll?«
Jake zuckte die Achseln. »Such's dir aus.«
Wieder antwortete Travis anstelle seiner Mutter. »Ich vermute: unser Wagen ja, die Polizei nicht so bald.«
Jake fuhr sich mit der Hand durch die Haare. »Ich mag deine Art, die Dinge zu sehen.« Wieder vergingen zwei Minuten. Dann drei. Dann fünf. »Irgendwas stimmt da nicht«, flüsterte Jake.
Weder Carolyn noch Travis widersprachen ihm, und der Mut sank ihm noch tiefer. Plötzlich schien ihm ihre Verhaftung unausweichlich zu sein. Und was würde das für sie bedeuten? Auf jeden Fall Gefängnis, für Jahrzehnte, wenn nicht lebenslänglich, und vielleicht sogar die Todesstrafe. Auf einmal erinnerte sich Jake an eine Führung durch eine Polizeistation, als er noch ein Pfadfinder und vielleicht zehn Jahre alt war. Das Interessanteste an der ganzen Führung war natürlich der Waffenschrank mit all den Gewehren, Pistolen und Revolvern gewesen, die wie Soldaten in Habachtstellung aufgereiht waren. Aber sie hatten auch einen Blick in die Zellen werfen dürfen, mit ihren Metallbetten und Toiletten, die allen Blicken ausgesetzt waren, und mit Farbe, die von den Wänden abblätterte. Selbst jetzt, nach all den Jahren, wußte Jake noch, daß der Beamte, der sie geführt hatte, ihnen die Abmessungen dieser Särge aus Stahlbeton genannt hatte: zwei auf drei Meter. Damals verband er mit diesen Zahlen noch keine Vorstellung, aber es war ihm klar, daß es sehr eng war. Und er haßte alles, was eng war. Er war der einzige von der ganzen Pfadfindergruppe gewesen, der sich geweigert hatte, eine Zelle zu be-

treten, »um auszuprobieren, wie man sich darin fühlt«, wie der Polizist gesagt hatte. Er wußte, daß die anderen Jungen immer zu Späßen aufgelegt waren, und er fürchtete, daß einer von ihnen es lustig finden könnte, die Tür hinter ihm zuzuschlagen. Auch wenn sie einen Schlüssel holen würden, würde er doch für ein paar Minuten allein in dem winzigen Raum eingeschlossen sein, und alle würden ihn anstarren und auslachen, wenn er weinte und bettelte, sie sollten ihn doch wieder herauslassen.

All das war nicht geschehen. Er hatte »nein danke« zu dem Polizeibeamten gesagt, und dieser hatte seinen Wunsch respektiert. Trotzdem war die Angst, die er damals empfunden hatte, auch jetzt, fast dreißig Jahren später, noch immer gegenwärtig und sehr real.

Sie durften sich weder stellen noch eine Verhaftung riskieren.

»Was meinst du, wie lange wir warten sollen?« fragte Travis.

»Wenn es sein muß, bis nächsten Donnerstag«, gab Jake zurück.

Aber der Cadillac kam wieder. »Da ist er«, flüsterte Carolyn aufgeregt.

Der große, weiße Wagen fuhr zum gleichen Punkt, an dem er vorher geparkt hatte, und hielt. »Diesmal rühren wir uns nicht, bis er uns das Zeichen gibt«, befahl Travis. Lieber Gott, jetzt fing er schon an, Befehle zu erteilen.

Eine halbe Minute lang geschah nichts. Dann wurde die Innenbeleuchtung eingeschaltet. Jake erkannte den Fahrer augenblicklich als Thorne, den Mann ohne einen Funken Humor. Er hatte sich in den vierzehn Jahren kein bißchen verändert.

Die Donovans sahen zu, wie der breitschultrige Mann aus dem Wagen stieg und die Tür hinter sich schloß. Sie konnten erkennen, daß er sich bewegte, aber sie konnten in der Dunkelheit nicht ausmachen, was er tat, bis ein Feuerzeug vor seinem ledernen Gesicht aufflammte.

»Jetzt?« fragte Jake.

»Los.«

Sie gingen langsam, aber nicht zögernd auf den Wagen zu, wie ganz normale Leute, die in einer ganz normalen Nacht eine ganz normale Straße entlanggehen.
»Denkt daran, daß ihr ihn nicht erschrecken dürft.«
Jake lächelte. »Lieber Himmel, Travis. Wenn er uns jetzt noch nicht gesehen hat, möchte ich mich ganz bestimmt nicht von ihm im Auto spazierenfahren lassen.«
»Du sollst ja auch nur daran denken.«
»Ich werd's versuchen.«
Keiner sprach ein Wort, bis sie sich dem Fahrer auf zwei Meter genähert hatten. Er machte keine Bewegung, als sie sich näherten, aber die Art, wie er seine Zigarette rauchte, sah irgendwie eigenartig aus, und dann erkannte Jake, daß er sich die Hände freihielt.
Wie ungemein beruhigend. Und die Hände steckten in Handschuhen.
»Hallo, Thorne«, sagte Carolyn leise. »Wie schön, Sie zu sehen.« Sie bedachte ihn mit einer mechanischen Umarmung, die er steif erwiderte.
Thorne bemühte sich, ein Lächeln zustande zu bringen. »Mr. Sinclair läßt grüßen. Ihr Freund Nick wird morgen zu Ihnen stoßen.«
»Das ist ja großartig!« rief Carolyn. »Und was ist mit Onkel Harry? Werden wir ihn auch sehen?«
Jake sah nervös auf die Uhr. »Sollten wir nicht losfahren?«
Thorne ignorierte ihn. »Nein, Mr. Sinclair kann nicht kommen. Seit Sie plötzlich wieder aufgetaucht sind, läßt das FBI ihn nicht mehr aus den Augen.«
Der Anblick von Travis schien ihn zu beunruhigen, und dieser tat sein Bestes, sich so hinzustellen, daß sein Vater zwischen ihm und den kalten, braunen Augen stand. »Was ist das?« fragte Thorne.
»Das ist ein Junge«, antwortete Jake sarkastisch.

Thornes Mund lächelte, aber seine Augen lächelten nicht mit. Seine Augen lächelten niemals. »Ich hatte ganz vergessen, was für ein witziger Mann Sie sind, Jack.«

»Er heißt Jake«, korrigierte ihn Travis streitlustig.

Thorne sah beide an, als ob sie Dreck wären. »Wir müssen los«, sagte er und öffnete die hintere Wagentür. Ein Haufen Gepäck und Zeitungen, die über den ganzen Rücksitz und den Fußboden verteilt waren, wurde sichtbar. »Das ist dein Platz, Junge. Verkriech dich unter dem ganzen Kram und deck dich gut zu.« Dann drückte er auf einen Knopf an seinem Schlüsselbund, und der Kofferraumdeckel sprang auf. »Sie, Sonnenschein, und Ihr Mann müssen sich eine Zeitlang da hinten verkriechen«, erklärte er. »Die Polizei hat überall Straßensperren errichtet und sucht nach Ihnen. Ohne triftigen Grund können sie uns aber nicht aufhalten, und wenn Sie da hinten versteckt sind, haben sie keinen Grund.«

Jake kam einen Schritt näher. »Ich steige nicht in den Kofferraum«, sagte er.

»Nicht?« fragte Thorne amüsiert. »Und warum nicht?«

»Weil ich klaustrophobisch bin.«

Der große Mann rollte die Augen. »Jetzt machen Sie schon. Weil ich Sie nämlich nur im Kofferraum mitnehme. Entweder so, oder Sie können zu Fuß gehen. Suchen Sie sich's aus.«

Jake sah zu, wie Travis sich unter dem Krempel auf dem Rücksitz vergrub und Thorne Carolyn half, in den Kofferraum zu steigen. Wenigstens war er groß.

Scheiße.

Schließlich holte Jake tief Luft, schwang sich in den Kofferraum und legte sich hin. Manche Entschlüsse fielen einem naturgemäß schwerer als andere, dachte er sich.

Kapitel 23

Nick Thomas hatte jedes Recht, an seinem Schreibtisch zu sitzen, auch wenn es nach ein Uhr nachts war, ebenso wie er jedes Recht hatte, die Computerdateien auf seinem Bildschirm zu durchstöbern. Schließlich hatte er die verdammten Dinger geschrieben.

Aber warum fühlte er sich dann wie ein Verbrecher?

Es war einfach verrückt, sage er sich, als er die Dokumente, die er brauchte, aufrief und ausdruckte. Topographische Karten, Aufzeichnungen über die vorherrschenden Windrichtungen, Arbeitspläne, alles, was etwas mit den Aufräumungsarbeiten der EPA in Newark zu tun hatte. Je mehr er über das nachdachte, was dieser Sinclair ihm über Jakes und Carolyns Theorie erzählt hatte, desto lächerlicher erschien ihm die Vorstellung. Wenn das kein Overkill war! Die ganze Zerstörung, nur um eine Leiche zu verbergen, die man auch auf andere Weise hätte verstecken können? Es war absurd.

Natürlich entbehrte der Gedankengang nicht einer gewissen Logik, daß man einen Grashalm am besten in einem Heuhaufen versteckte, aber konnte das auch für Leichen gelten? Wenn man die Leichen gewaltsam genug und hoch genug stapelte, konnte man dann hoffen, eine weitere Leiche irgendwie dazwischenzuschmuggeln?

Alle zwanzig Minuten war Nick Thomas wieder versucht, die Polizei anzurufen und dem ganzen Spiel ein Ende zu machen. Seines Wissens hatte er noch nie gegen ein Gesetz verstoßen, wenn man nicht gelegentliches Überschreiten der Geschwindigkeitsbegrenzung als Gesetzesbruch rechnen wollte, und auch da hatte Nick sich niemals gestattet, die erlaubte Höchstgeschwin-

digkeit um mehr als zehn Prozent zu überschreiten. Jetzt brauchte er gar nicht erst anzufangen, sich die Anzahl von Gesetzen vorzustellen, die er zu brechen beabsichtigte.
Sollte er jemals in die Lage kommen, den Behörden seine Handlungsweise erklären zu müssen, würde er Harry Sinclair die Rolle des Schurken zuschieben, der seiner Familie ein schreckliches Schicksal angedroht hatte. Wenn er an das erste Telefongespräch dachte, nahm er an, daß er damit sogar durch eine Befragung mit dem Lügendetektor kommen würde. Ohne diese Entschuldigung könnten die Leute womöglich den tatsächlichen Grund erraten, warum er sich auf diese Narretei einließ. Und wenn sie ihn errieten, würden sie etwas wissen, das er selbst gerade erst herausgefunden hatte.
Daß es so war, war ihm erst gegen zehn Uhr abends klargeworden, lange nachdem ihn Sinclair zur Hauptgeschäftsstelle der EPA zurückgebracht hatte. Die neunzig Minuten lange Fahrt war vorbei, und es war klar, was er zu tun hatte. Während Nick Stück für Stück einen Plan zusammenfügte, merkte er plötzlich, daß er zum ersten Mal seit Jahren das Gefühl hatte, wirklich zu leben. Er war aus seiner täglichen Routine – fünf Uhr aufstehen, sieben Uhr nach Hause fahren – ausgebrochen, und die Gefahr, die mit seinem Plan verbunden war, ließ ihn auf unerklärliche Weise aufleben. Anfangs fühlte er sich entsetzlich schuldig, derart jünglingshafte Gedanken überhaupt zu denken, aber dann stellte er fest, daß ihm sogar das Schuldgefühl gefiel. Er konnte sich nicht einmal erinnern, wann er zum letzten Mal derart echte Empfindungen gehabt hatte, ohne darüber nachzudenken, was er eigentlich empfinden *sollte* und was er eigentlich tun *müßte*.
Wenigstens während dieser kurzen Augenblicke arbeitete er aus eigenem Antrieb und für sich selbst. Der einzige Zwang war der, den er sich selbst dadurch auferlegt hatte, daß er diese Aufgabe übernommen hatte, und tief in seinem Innern wußte er, daß er für diese Aufgabe wie kein anderer qualifiziert war. Kein anderer in

diesem Heer von Bürokraten konnte so effektiv wie er die Einzelheiten über Newark ausgraben, weder sein Chef noch die jungen Leute vom College. Nur er wußte, wonach er in diesen Dateien suchen mußte, weil nur er allein wußte, was er darin aufgezeichnet hatte.

Es war von ausschlaggebender Bedeutung, den Plan des Magazins zu kennen. Das war zu wichtig, als daß sie sich dabei auf ihre Erinnerung verlassen durften. Wenn irgendwas schiefging, mußten er und die Donovans wissen, wie man hinein- und wie man wieder herauskam. Dann waren da die Vorkehrungen, die für ihre Sicherheit getroffen werden mußten. Er stürzte sich mit einem Eifer auf die Aufgabe, den er seit Jahren nicht gekannt hatte.

Je mehr Nick darüber nachdachte, desto deutlicher kam ihm zu Bewußtsein, daß es hier um Freundschaft ging und gleichzeitig darum, vergangene Fehler wiedergutzumachen. Es ging darum, seinem Spiegelbild jeden Morgen in die Augen sehen zu können. Damals, 1983, hatte er zugelassen, daß seine Einwendungen einfach niedergewalzt wurden und er zum Schweigen gebracht wurde. Er hatte sich den politischen Kräften gefügt, die die Newark-Katastrophe einfach aus der Welt schaffen wollten. In seiner Sorge, seine eigene Haut zu retten, hatte er ruhig dagesessen und zugesehen, wie das FBI und die EPA unwiderlegbare Beweise gegen seine Freunde angehäuft hatten, ohne auch nur ein einziges Mal aufzustehen und zu erklären, daß alles, was die Behörden da behaupteten, Blödsinn war. Es war einfach zu leicht gewesen, den Mund zu halten. Auch jetzt wußte er nicht, was er hätte sagen oder tun können, um irgend etwas zu ändern. Aber tatsächlich hatte er es gar nicht erst versucht – und nicht nur Jake und Carolyn, sondern auch er selbst hatten den Preis dafür bezahlt.

Und dann waren da auch noch die Toten, und das war das allerschlimmste Sakrileg. Bis zum heutigen Tag waren die Mitglieder des Entry-Teams da liegengeblieben, wo sie gefallen waren.

Nicht einmal eine Beerdigung war ihnen zugestanden worden, nur weil den Verantwortlichen ihre Karrieren wichtiger waren als jeder menschliche Anstand.

Nun ja, das würde Nick nun in Ordnung bringen. Er würde vieles in Ordnung bringen.

Als er alles ausgedruckt hatte, was er brauchte, war es halb zwei, und es war Zeit zu gehen. Er steckte den fünf Zentimeter dicken Papierstapel in seine Aktentasche und schloß sie. Er hatte seiner Familie gesagt, daß er dienstlich nach Arkansas fahren müsse, und für seinen Chef hinterließ er eine schriftliche Nachricht, daß er ein paar Tage Urlaub benötige, um sich um einen kranken Verwandten in Oregon zu kümmern. Mit seiner Reisetasche in der einen und dem Aktenkoffer in der anderen Hand ging Nick entschlossen zur Tür. Wenn er in der Eingangshalle ankam, würde er noch eine kurze Zeit zu warten haben, bis er abgeholt wurde, aber das war gut so. Er kannte den Wachmann, der in dieser Nacht Dienst hatte, und der Mann hatte Nick schon seit Wochen Fotos von seinem neugeborenen Baby zeigen wollen.

Als Nick zum Aufzug ging, staunte er darüber, was für ein wunderbares Geschenk er da erhalten hatte. Wie oft bekam wohl jemand die Chance, in seine eigene Vergangenheit zurückzukehren, um die Weichen für die Zukunft richtig zu stellen?

Kapitel 24

»Wie machen sie das nur?« stöhnte Irene und stützte den Kopf in die Hände. »Sie lösen sich einfach in Luft auf. Als ob sie niemals existiert hätten.« Wenn man die fünfundvierzig Minuten im Flugzeug nicht mitzählte, in denen sie sich dazu gezwungen hatte, mit geschlossenen Augen dazusitzen, hatte sie seit fast dreißig Stunden nicht geschlafen. »Was übersehen wir, Paul?«
Paul Boersky, der im Vergleich zu ihr geradezu frisch aussah, starrte aus dem Fenster des Gebäudes der Staatspolizei und dachte über eine passende Antwort nach. Das Gebäude stammte aus den frühen fünfziger Jahren und wirkte noch heruntergekommener als das Dienstgruppenzimmer in Phoenix. So, wie das Ganze aussah, war seit dem ersten Einzug nichts daran erneuert worden. Die Wände aus gelben Hohlblocksteinen waren durch jahrzehntelanges Rauchen noch gelber geworden. Der Fußboden war offenbar erst vor kurzem eingewachst worden, aber angesichts der vielen fehlenden Steinplatten hätte man das ebensogut bleibenlassen können.
»Was uns entgeht?« fragte Paul. »Nichts außer den Donovans.« Er wandte sich vom Fenster ab und setzte sich auf einen Klappstuhl.
Irene senkte den Kopf noch tiefer. »Sehr lustig«, knurrte sie.
»Ich versuche nicht, komisch zu sein«, verteidigte er sich. »Ich bin so ernst wie ein Herzinfarkt. Ich glaube, daß wir alles wissen, was man hier draußen erfahren kann. Das Problem ist, daß wir ihre Gedanken nicht lesen können.«
»Wir sind aber das FBI«, erinnerte sie ihn. »Gedankenlesen gehört zu unserem Job.«
Er leerte seinen Plastikbecher, dann beugte er sich vor und legte

die Unterarme auf den Tisch. »Sieh mal, wir wissen, daß die beiden Hilfe von Harry Sinclair bekommen.«
Sie hob den Kopf. »Wissen wir das? Wissen wir das wirklich?«
Er zuckte die Achseln. »Nun gut, wir haben keine Beweise dafür. Aber, zum Teufel, erst lassen sie ihn von ihrem Kind anrufen, dann zerhackt er den Anruf und verschwindet. Das ist schon ein erstaunliches Zusammentreffen.«
Sie dachte über seine Logik nach. »Das bedeutet, daß sie höchstwahrscheinlich für die nächsten vierzehn Jahre verschwunden sind. Großartig. Ist der alte Mann ihr einziger Verwandter?«
Paul gähnte ausgiebig. »Der einzige Verwandte, an den sie sich wenden können. Jakes Eltern sind beide tot, die Mutter erst seit ein paar Jahren, der Vater starb, als Jake noch ein Kind war. Als seine Mutter in die Kiste sprang, hat das Büro in Philadelphia die Kirche und den Friedhof mit Geheimagenten geradezu überschwemmt, nur für den Fall, daß er aufkreuzen würde, um ihr die letzte Ehre zu erweisen. Carolyns Vater ist spurlos verschwunden, als sie noch ein kleines Mädchen war – das weißt du ja. Und ihre Mutter ist in einem Pflegeheim und sabbert und sammelt eingebildete Käfer von ihrer Bettdecke.«
Bei der Vorstellung zuckte Irene zusammen. »Du bist so gefühlvoll, wie ich das von dir gewohnt bin. Wir versäumen in der Hinsicht also nichts. Dann muß ich meine Frage umformulieren: Was müssen wir tun, um sie zu finden und dingfest zu machen?«
Paul atmete tief ein. »So wie die Dinge stehen, können wir nur darauf warten, daß sie einen Fehler machen, und das ist etwas, das sie offenbar nicht vorhaben. Wenn wir eine wirklich gute Verbindung zwischen Sinclair und den Donovans herstellen könnten – eine bessere als nur die Verwandtschaft und ein Telefongespräch –, dann könnten wir die Genehmigung bekommen, Sinclairs Verbindungen etwas näher zu untersuchen, um herauszufinden, wen er dazu benutzt, ihnen beim Verschwinden zu helfen.«
Sie schüttelte den Kopf. Alle Gedankengänge bewegten sich auf

einmal im Kreis. »Das wird nie passieren«, seufzte sie. »Das Büro hat bei ihm im Laufe der Jahre zu oft ins Leere gegriffen. Der Staatsanwalt in Chicago hat zu viel Angst vor Sinclair. Solange er nicht mindestens eine rauchende Flinte als Beweis hat, traut er sich nicht an ihn heran.«

Sie richtete sich in ihrem Stuhl auf und streckte den Rücken, um ihre müden Muskeln zu dehnen. »Sie sind so verdammt berechnend. Ich muß immer noch an den Augenblick denken, in dem ich ihn verhaftet habe.« *Bevor ich mich dermaßen in die Nesseln gesetzt habe.* »Er war so cool, richtig arrogant, so beleidigt, weil ich ihn verdächtigt habe, Drogen zu konsumieren.« Sie mußte lachen. »Lieber Gott, was ist schon Drogenbesitz im Vergleich zu Massenmord. Was muß er sich wohl gedacht haben? Er muß sich doch vor Angst in die Hosen gemacht haben, aber er hat nichts davon gezeigt. Was sagt das über einen Mann aus?«

Paul antwortete ohne Zögern: »Das sagt aus, daß er eine Menge Zeit zum Üben hatte. Er hat sich seit mehr als einem Jahrzehnt auf diesen Augenblick vorbereitet.«

Nein, an der Sache mußte mehr dran sein als das. Wodurch wurde ein Mann dermaßen gelassen und beherrscht? Sie ließ die Einzelheiten der Razzia bei Marcus noch einmal vor ihrem geistigen Auge vorbeiziehen, und sie sah Donovan mit seiner Pistole in der Hand dastehen. Sie erinnerte sich an diesen Augenblick des Zögerns, von dem sonst niemand hatte reden wollen. War er bereit gewesen zu schießen? Hatte er geplant zu schießen? Warum sonst hätte er bewaffnet sein sollen, wenn nicht, um sich die Flucht zu ermöglichen? Er hatte behauptet, daß die Pistole zu seiner Verteidigung dienen sollte, aber war das glaubhaft? Hatte nicht jeder, der eine Waffe erhob, die Absicht, damit auch anzugreifen? Natürlich hatte er das.

Warum also hatte er dann nicht angegriffen? Weil er keine Chance gehabt hätte? Vielleicht …

Ihre Gedanken wurden unterbrochen, als ein Beamter, der aussah, als sei er vierzehn, den Kopf zur Tür des winzigen Unterrichtsraums hereinsteckte. »Entschuldigen Sie, Agent Rivers«, sagte der junge Polizist. »Der Sergeant meint, daß es Sie interessieren könnte, daß Ihr Boß ein Interview bei CNN gibt.«

Irene und Paul warfen sich einen Blick zu. Dann folgten sie dem Beamten in den kleinen Eßraum, in dem ein altertümlicher Fernseher stand. Wie es aussah, hielt Peter Frankel hof mit seinen Fans von der Presse. Er stand hinter einem Stehpult mit dem Wappen des FBI, und ein Wirrwarr von Mikrophonen verdeckte seine Brust. Irene mußte zugeben, daß er geradezu für das Fernsehen geboren war. Sein strahlendes Lächeln, seine blauen Augen und seine Schlagfertigkeit waren genau das, was beim Publikum ankam.

»Ich glaube nicht, daß das gerade jetzt eine Rolle spielt, Gail«, beantwortete der Vizedirektor eine Frage, die sie nicht mitbekommen hatten. »Das, worum es geht, ist Gerechtigkeit. Senator Albricht ist an erster und wichtigster Stelle ein Bürger der Vereinigten Staaten, und als solcher ist er unschuldig, bis seine Schuld erwiesen ist …«

»Wovon redet er?« fragte Irene den jungen Polizisten.

Dieser lachte. »Offenbar hat der Senator von Illinois eine Vorliebe dafür, an kleinen Jungen herumzufummeln.«

Irene wendete sich an Paul. »Wurde das nicht heute morgen im Fernsehen erwähnt? Etwas von Zeitschriftenabonnements und Clubmitgliedschaften?«

Paul zuckte die Achseln. »Keine Ahnung. Ich habe heute morgen geschlafen.«

»Ja, Ma'am«, warf der Polizist ein. »Dadurch sind sie ihm auf die Spur gekommen. Jemand hat das an die Presse gegeben.«

Irene wandte sich wieder dem Fernseher zu. Sie vermutete, daß früher oder später von den Donovans die Rede sein würde.

»Wegen seiner unerschütterlichen Opposition gegen Ihre Ernennung zum Direktor des FBI«, meinte ein Reporter, »kam die

Vermutung auf, daß möglicherweise Sie diese Information an die Presse gegeben haben könnten, Sir.«

Frankels Gesicht verfinsterte sich, und er betrachtete den Reporter mit dem Ausdruck tiefster Verachtung. »Ich finde diese Frage sehr beleidigend, Brett«, sagte er und rang nach Fassung. »Sagen Sie den Leuten, die so etwas denken, daß sie sich irren.« Er deutete auf einen anderen, nicht auf dem Bildschirm sichtbaren Reporter, aber bevor eine neue Frage gestellt werden konnte, wandte er sich noch einmal an Brett. »Ich bin der Vizedirektor des FBI. Wie können Sie es wagen, so etwas auch nur anzudeuten?« Er wartete, ob Brett es wagen würde, noch einmal nachzuhaken. Als keine Frage mehr kam, sah er wieder weg. »Es tut mir leid, Helen. Sie waren an der Reihe.«

»Mr. Frankel, vor rund fünfzehn Jahren sind Ihnen die Verursacher der Newark-Umweltkatastrophe in Arkansas durch die Lappen gegangen. Sie waren damals mit dem Fall betraut, und Sie nannten das den peinlichsten Augenblick in Ihrer Karriere. Jetzt haben wir wieder den Fall: Jake und Carolyn Donovan waren verhaftet, und das FBI hat sie wieder entkommen lassen. Haben Sie dazu einen Kommentar, Sir?«

Als die Frage gestellt wurde, sah Frankel erst gequält, dann betrübt aus, und schließlich verzog sich sein Mund zu einem Grinsen. »Habe ich Ihnen schon gesagt, wie hübsch Sie heute aussehen, Helen?« fragte er. Die Reporter brachen in Gelächter aus. Als der Lärm sich legte, war Frankel wieder ganz geschäftsmäßig. Mit einem jungenhaft verlegenen Lächeln sagte er: »Was soll ich dazu sagen? Ja und ja. Unsere besten Leute arbeiten an dem Fall Donovan, aber so wie die Dinge stehen, sind sie immer noch auf freiem Fuß, und wir sind dankbar für jede Hilfe, die wir von der Bevölkerung kriegen können, um sie wieder in Gewahrsam zu nehmen.«

Trotz ihres Hasses auf den Mann mußte Irene lachen. »Lieber Gott, er ist wirklich gut.«

Kapitel 25

Jake und Carolyn saßen schweigend auf dem Rücksitz des Cadillac. Thorne hatte Little Rock hinter sich gelassen und näherte sich nun Newark. Sie waren nur noch zwanzig Meilen von ihrem Ziel entfernt, und Jake staunte, wie wenig sich hier in den letzten vierzehn Jahren verändert hatte. Die Straße erstreckte sich endlos nach beiden Richtungen, immer auf einem Damm durch die umliegenden Sümpfe verlaufend. Es war ja fast unmöglich, aber er hätte schwören können, daß sogar die Reklametafeln immer noch die gleichen waren. Die Jahre in brennender Sonne und strömendem Regen hatten sie fast unleserlich gemacht, aber man konnte immer noch den Umriß eines Autos hier und einer Waschmaschine da erkennen. Das Schild an einer Bar am Straßenrand verkündete: »B era sscha k und Getr nkeverka f«, zum Nutzen aller Passanten, die sich noch einmal vollaufen lassen wollten, bevor sie den Weg in die Hölle antraten.

»Ich könnte schwören, daß das letzte Mal schon die gleichen Buchstaben gefehlt haben«, sagte Jake und zeigte auf das Schild.

Carolyn schüttelte nur den Kopf. Sie hatten hier nichts verloren, sagte sie sich. Je mehr sie sich dem Ursprungsort ihres Alptraums näherten, desto unsinniger erschien ihr der Plan. Ganz sicher hätte Harry ihnen helfen können, noch einmal unterzutauchen.

»Was ist denn das hier für eine Gegend?« fragte Travis voller Widerwillen. Seine Eltern hatten ihn im Laufe der Jahre zu einigen wirklich trostlosen Orten geschleift, aber dieser hier war schlimmer als alle anderen zusammen.

Bald durchquerten sie eine Ansiedlung und fuhren auf ein breites, aus Ziegeln gebautes Postamt zu.

»Kommt Ihnen das hier bekannt vor?« fragte Thorne. Es waren seine ersten Worte, seit er seine Passagiere vor sechs Stunden aus dem Kofferraum befreit hatte.

Carolyn schnappte nach Luft, als ihr die Erinnerung kam. »Hier haben Sie uns das letzte Mal abgeholt.« Sie drückte Travis' Hand.

»Ich hätte nie gedacht, daß ich noch einmal zu diesem verdammten Ort zurückkommen würde«, brummte Thorne.

»Damit sind Sie nicht allein«, stimmte Jake zu. »Aber diesmal bin ich wenigstens sauber und trocken.« Vor etwa drei Stunden hatten sie bei einer Duschgelegenheit am Straßenrand gehalten und sich umgezogen.

Travis, der zwischen seinen Eltern auf dem Rücksitz saß, mußte sich den Hals verrenken, um im Vorbeifahren einen Blick auf das Postamt zu werfen.

»Wo habt ihr euch denn bis dahin versteckt?« wollte er wissen.

Jake machte eine ausladende Bewegung mit dem Arm. »Da oben irgendwo in den Wäldern«, sagte er. »Nicht viel anders als gestern abend.«

»Nur daß es viel kälter war und wir noch viel mehr Angst hatten«, verbesserte Carolyn. »Lieber Gott, was hatten wir für eine Angst.«

Travis dachte eine Weile darüber nach. »Okay«, sagte er dann. »Aber jetzt erzählt mir doch noch, warum ihr überhaupt in Newark wart.« Er sah seinen Vater fragend an, aber dieser nickte Carolyn zu, die Frage zu beantworten.

Fast ein Jahrhundert des Wohlstands in Newark war im Jahr 1964 mit einem Schlag beendet worden, als Präsident Lyndon B. Johnson die riesige Ulysses S. Grant Army Ammunition Plant schließen ließ. Es war die teuerste Folge eines Wutanfalls, die es je in der Geschichte gegeben hatte. Zur Vergeltung für die Weigerung des Gouverneurs, die staatlichen Schulen in Arkansas zu integrieren, waren nicht nur die Grant-Fabrik, sondern auch noch zahlreiche andere bundesstaatliche Einrichtungen geschlossen worden. Aber die Grant-Fabrik war die einzige, die nie wieder eröffnet wurde.

Praktisch über Nacht war die Stadt Newark einfach so gestorben. Bis Harold Davis auf dem Plan erschien. Mitte der siebziger Jahre entdeckte Davis die Möglichkeiten, die unter der Tragödie der Stadt begraben lagen. Wo jeder andere nur ein unglaublich riesiges, häßliches, verlassenes Grundstück sah, sah dieser ehrgeizige Unternehmer einen vorgefertigten Industriestandort, der nur auf den richtigen Käufer wartete. Schnell und unter strenger Geheimhaltung überredete er die Bank, ihm das nötige Geld vorzustrecken, um das dreißigtausend Hektar große Grundstück für fünf Millionen Dollar zu kaufen.

In den ersten fünf Jahren unternahm Harold Davis nichts mit dem Grundstück. Er beobachtete nur mit wachsender Nervosität, wie der Immobilienmarkt in Arkansas immer mehr zusammenbrach, während die Grundstückspreise überall sonst bis in den Himmel stiegen. Aber er verlor nie die Nerven. In seinem Innersten wußte er, daß seine Geduld sich eines Tages lohnen würde.

Endlich wurden seine Träume wahr. Im Jahr 1981 machte sich Ronald Reagan daran, die amerikanischen Streitkräfte aus dem rauchenden Aschehaufen, den die Regierung Carter hinterlassen hatte, wieder auferstehen zu lassen, und die größte militärische Aufbauphase, die jemals in Friedenszeiten stattgefunden hatte, begann. Waffenfabriken schossen wie die Pilze aus dem Boden, und alle kämpften um ein Stück von dem Geschäft mit den Massenvernichtungsmitteln.

Harold Davis wußte instinktiv, was den Leuten bevorstand, die nach Standorten für ihre Werke suchten. Schließlich waren Waffen Dinger, die explodieren konnten, und in den besseren Wohngegenden wollte man von so etwas nichts wissen. Genau im richtigen Augenblick begann Harold Davis zu handeln. »Warum

kommt ihr nicht nach Arkansas?« bot er an. »Wir wären glücklich, euch hier zu haben.«
Die Industrie- und Handelskammer ruinierte sich fast, um Broschüren zu verfassen, die diese ländliche Gemeinde von ihrer besten Seite darstellten. »Newark, Arkansas – ein Paradies für Jäger und Angler.« Natürlich wurde in den Broschüren nicht erwähnt, daß die Bevölkerung in Newark nicht zum Vergnügen jagte und fischte, sondern um sich Nahrung zu beschaffen. Die andere Beschreibung der Stadt als »ein Ort wie aus der Vergangenheit« bedeutete in Wirklichkeit nichts als bedrückende Armut und allgegenwärtigen Schmutz. Dies war ein Ort, an dem Schuhe für zehn Prozent der Schüler ein unerschwinglicher Luxus waren und an dem eine fünfundvierzig Minuten lange Autofahrt bis nach Jefferson County erforderlich war, wenn man zum Zahnarzt mußte.
All dies spielte auf die Dauer jedoch keine Rolle, und Harold Davis wußte das. Wenn Firmen sich wirklich für die Lebensbedingungen ihrer Angestellten interessieren würden, wäre ein Ort wie Elizabeth, New Jersey, schon vor Jahren gestorben. Firmen aber interessierten sich für Geld, ganz besonders für Möglichkeiten, es nicht auszugeben. Als Wächter über eine blühende Waffenfabrik hatten die Kommandeure der Grant-Fabrik Milliarden von Dollar dafür ausgegeben, Tausende von Gebäuden zu errichten, die ganz speziell für den Zweck konstruiert waren, Sprengstoffe zu entwickeln und herzustellen. Man mochte über die Armee sagen, was man wollte, aber ihre Gebäude baute sie wie für die Ewigkeit.
Als Harold überall im Land seine Angebote machte, ließ er die Wohnbedingungen beiseite und redete statt dessen vom Geld. Er bot eine unglaubliche Alternative zu riesigen Geldausgaben an und dazu die Kooperation der Bevölkerung anstelle von endlosen Protesten und Gerichtsverhandlungen. Manche Entscheidungen sind einfach leicht.

Beginnend im April 1981, unterzeichnete Harold innerhalb von zwölf Monaten Pachtverträge mit sämtlichen wichtigen Firmen der Waffenindustrie im Wert von mehr als hundert Millionen Dollar. Mit nicht einmal achtunddreißig Jahren war er einer der fünfhundert reichsten Männer des Landes geworden, und er brauchte seinen Profit mit keiner Menschenseele zu teilen.
Dann, im Herbst 1982, wendete sich sein Glück.
Die Grant-Fabrik war 1885 gegründet worden, hatte in Ehren die Munition für zwei Weltkriege und diverse kleinere Kriege geliefert und war im Laufe der Zeit zum Lagerplatz für alle Arten militärischer Spielzeuge geworden. Von Raketen und Bomben über Gewehrpatronen und Nervengas bis zu atomaren Zündern war alles in ihren Magazinen irgendwann einmal gelagert worden. Nach dem Zweiten Weltkrieg, als die Produktion allmählich zurückging, hatten sich die Aktivitäten zunehmend auf das Zentrum des weit ausgedehnten Fabrikgeländes beschränkt. Die Kommandeure transferierten unmodern gewordene Ausrüstung und veraltete Waffen in die entferntest gelegenen Lagerhallen, wo sie schließlich vergessen wurden.
Bevor der Standort in Arkansas aufgegeben wurde, hatten der Chef der Grant-Fabrik und sein Stab zwar hart daran gearbeitet, sämtliche Zündkapseln, Munitionskisten und Sprengstoffe zu geeigneten neuen Lagerplätzen der Armee zu transportieren, aber es stellte sich heraus, daß es ziemlich unvernünftig gewesen war, zu erwarten, daß sie dabei nichts übersehen haben sollten.
Als nun die neuen Pächter erschienen, um ihre Gebäude in Besitz zu nehmen und zu renovieren, stießen sie gelegentlich auf Dinge, die da nicht hingehörten und die ordnungsgemäß entsorgt werden mußten. Die Armee verhielt sich in vernünftigem Ausmaß kooperativ und war behilflich, das Material, wenn es erst einmal identifiziert war, abzutransportieren und zu vernichten, aber sie stellte auch von Anfang an klar, daß ihre Hilfe lediglich ein Gefallen war, den sie Mr. Davis und seinen Pächtern erwies. Durch

den Ankauf des Grundstücks hatte Harold Davis auch alle Probleme mitgekauft, die damit verbunden waren. Tatsächlich war dies ausdrücklich in dem Vertrag festgelegt, den er so eilfertig unterzeichnet hatte.

Davis' Abmachung mit der Armee war einfach. Er hatte dafür aufzukommen, alle verdächtigen Materialien von privaten Firmen identifizieren zu lassen, und er hatte die Kosten für die Entsorgung der problematischen Industrieabfälle zu tragen. Der Staat verpflichtete sich dagegen, alle Waffen, auf die sie stießen, abzutransportieren, aber nur, wenn Davis sie zuvor auf seine Kosten hatte identifizieren lassen. Die Armee hatte keine Lust, ihre Leute auf gut Glück auf die Suche zu schicken. Es war ein Gentlemen's Agreement zu dem Zweck, das Gelände ohne Sicherheitsrisiko und trotzdem gewinnbringend nutzen zu können.

Die erste Katastrophe für Davis trat ein, als eines Winters die Umweltschutzbehörde Wind von der Sache bekam. Gemäß den Vorschriften zur Behandlung von Problemmüll war Harold Davis als Besitzer und damit als »Erzeuger« der Abfälle verpflichtet, diese bei der EPA zu melden, sobald er davon wußte. Die Tatsache, daß er dies unterlassen hatte, brachte ihm in kürzester Frist eine Geldstrafe von mehr als einer Million Dollar ein, obwohl seine Rechtsanwälte in der Hälfte der Fälle Einspruch erhoben hatten.

Die besonderen Schrecknisse des Magazins B-2740 wurden durch reinen Zufall entdeckt. Als ein zukünftiger Pächter die längst aufgegebene Lagerhalle am Rande des Fabrikgeländes in Begleitung von Harold Davis persönlich besichtigte, entdeckten sie, daß hier die Armee der Vereinigten Staaten all die Dinge verstaut hatte, die sie am liebsten vergessen wollte.

Es war Davis nichts anderes übriggeblieben, als die Firma Enviro-Kleen zu beauftragen, die ihrerseits unterbeschäftigte Bosse der chemischen Industrie dazu bewegte, diese unmöglich heißen

Schutzanzüge zu spenden, um damit die gefährliche Aufgabe zu erfüllen, den Inhalt des Magazins zu identifizieren.
»... und so sind dein Vater und ich so eine Art glorifizierte Müllmänner geworden«, beendete Carolyn ihre Erzählung und lächelte Jake an. »Wenn man bedenkt, was für riesige Pachtzahlungen Davis aus der Anlage herausgeschlagen haben muß, solange sie noch in Betrieb war, ist es kaum zu glauben, daß die Regierung das Ganze einfach aufgegeben hat.«
Jake runzelte die Stirn. »Du machst wohl einen Witz. Ich wünschte, sie hätten eine Atombombe draufgeschmissen.«
»So was Ähnliches ist ja wohl auch passiert, oder?« warf Travis ein. »Radioaktivität oder Gift, das kommt doch wohl auf dasselbe heraus.«

Kapitel 26

In ihrer Eile, pünktlich zu einer Besprechung um acht Uhr anzutreten, hatte Bonnie Jerome gerade noch Zeit, ihre Nike-Sportschuhe gegen ihre Pumps zu vertauschen, bevor sie den Gang entlangeilte, um sich auf der Anwesenheitsliste für ihre soundsovielte obligatorische Sicherheitsbelehrung ankreuzen zu lassen. Spione waren überall, teilte der Vortragende mit, und die Spione wußten, wer sie war. Wenn man für das FBI arbeitete, gleichgültig, ob man eine Sekretärin oder der Direktor persönlich war, hatten sie ein Foto und eine Akte über einen. Leute wie Bonnie und die Techniker, die für das FBI arbeiteten, konnten ebensogut von einem ausländischen Agenten angegangen werden wie alle anderen. Vielleicht war das sogar noch wahrscheinlicher, weil die Techniker niemanden verhaften durften.

Sie hörte auf zuzuhören, als der Vortragende davon zu reden begann, wie ausländische Spione arglose FBI-Mitarbeiter in den beliebten Nachtlokalen von Washington D. C. verführten. Bei dem Gedanken mußte sie lächeln. Wenn ihre Eroberung der letzten Nacht, ein kräftiger Student namens Jonathan aus Georgetown, ein Spion war, dann hatte er jedes Geheimnis verdient, das er erbeutet hatte.

Die Sicherheitsbelehrung endete genau drei Stunden nachdem sie begonnen hatte, und nun konnte sie endlich wieder an ihre Arbeit als Computerspezialistin gehen. Was sie und ihre Kollegen für das FBI taten, hätten sie ebensogut für jede andere Behörde tun können oder auch für irgendeine private Firma. Sie sorgten dafür, daß das komplizierte Gewirr von Computersystemen – Hardware wie auch Software – so störungsfrei wie möglich funktionierte und retteten dadurch die Welt vor den roten Horden oder vor sonstigen Gefahren, die gerade aktuell waren. Obwohl sie in einer Stadt lebte, die sich in ständiger politischer Zerrissenheit befand, war Bonnie an Politik nicht im geringsten interessiert, solange ihre Katzen genug zu fressen hatten, ihre Miete pünktlich bezahlt wurde und diese jammervoll veralteten Geräte, die sie Computer nannten, die Daten verarbeiteten, mit denen sie gefüttert wurden. Ihre Sicherheitseinstufung war hoch; sie hatte zu allem Zugang, was im Computersystem gespeichert war, aber nichts davon konnte ihr Interesse erregen. Was auch immer sie im Laufe eines Tages zu sehen bekam, war bei Dienstschluß vergessen.

So war es jedenfalls gewöhnlich. Heute war es anders. Wenige Minuten nachdem sie an ihren Schreibtisch zurückgekehrt war, entdeckte sie in ihrem Eingangskasten eine dringende Nachricht, die sich nicht auf die Funktion des Computerystems bezog, sondern auf den Inhalt der Dateien. Sie konnte sich nur an ein einziges Mal erinnern, wo so etwas passiert war. Damals hatte ein unbefugter Zugriff auf eines der älteren Systeme im Netz stattgefunden und war bei einem ihrer Programmierer als Fehlermeldung aufgetaucht.

Die heutige Nachricht war jedoch anders, sie war mit einem lindgrünen, mit knallrosa Tinte beschriebenen Aufkleber versehen.

> *Bonnie – Dies hier ist heute morgen um drei Uhr einundzwanzig als Fehlermeldung aufgetaucht. Ich dachte mir, Sie möchten das sicher selbst erledigen. Ich hätte es gemacht, aber ich habe Kinder, die ich durch die Schule bringen muß.*
>
> *TR*

Neben die Unterschrift hatte er einen läppischen Smiley gezeichnet.

TR war Ted Rosencranz, ihr Assistent, der den Nachtdienst

machte. Sie zog den Aufkleber ab und las weiter. Offensichtlich war bei der EPA jemand in eine Datei geraten, die in einem der alten Justizsysteme zu Überwachungszwecken markiert worden war, und zwar, sie sah noch einmal nach dem Datum, im Jahr 1983. Irgendwie war die Markierung vergessen worden oder vielleicht auch abgelaufen. Jedenfalls war sie nie auf das neue System übertragen worden. Die Instruktionen waren sehr genau und an sich nicht besonders bemerkenswert. Im Fall, daß von irgend jemandem aus irgendeinem Grund auf diese Dateien zugegriffen wurde, sollte der Agent, der den Fall bearbeitete, augenblicklich persönlich benachrichtigt werden.

Zuerst war Bonnie überhaupt nicht klar, was daran so Besonderes sein sollte. In dieser Nachricht war nichts enthalten, was Ted nicht selbständig hätte erledigen können. Dann sah sie noch einmal genauer hin und las den Namen des zuständigen Agenten.

»Oh, verflixt.« Sie überlegte einen Augenblick, was sie tun sollte. Schließlich zuckte sie die Achseln, griff nach ihrem internen Telefonverzeichnis und blätterte darin, bis sie die Nummer gefunden hatte, die sie brauchte. Dann nahm sie sich zusammen, hob den Telefonhörer ab und tippte die Nummer ein.

Eine Frau mit fröhlicher, aber amtlich klingender Stimme hob nach dem ersten Klingelton ab. »Vizedirektor Frankel, Vorzimmer«, sagte sie.

Kapitel 27

Nick hätte eigentlich erschöpft sein müssen, aber der dreistündige Flug in dem schlanken Gulfstream-Jet hatte ihn geradezu beflügelt. An so etwas könnte er sich gewöhnen. Die Maschine war eine fliegende Hotelsuite, mit weichen Polstersitzen, einer bestens ausgerüsteten Bar und einem kleinen Büro mit Schreibtisch, Computerterminal, Telefon und Faxgerät. Das war natürlich ein himmelweiter Unterschied zu den Billigflügen, die er normalerweise benutzte, bei denen der Service darin bestand, daß einem irgend so ein Flegel ein Päckchen fettiger Erdnüsse an den Kopf warf und einem der Passagier auf dem Vordersitz die Kniescheiben mit seiner Rückenlehne zerquetschte.
Nick war der einzige Passagier an Bord. Wie ein Kind auf einer Spazierfahrt probierte er jeden Sitzplatz und spielte mit jedem Knopf im Passagierraum, um zu sehen, was passieren würde.
Gegen fünf Uhr morgens landeten sie in Little Rock, wo ein Chauffeur mit steinernem Gesicht das Flugzeug auf dem Rollfeld erwartete und Nick weiter nach Newark fuhr. Dort wurde er samt seinem Gepäck zu einem alten, verlassenen Motelkomplex gebracht, der nur wenige Meilen vom Industriegebiet von Newark entfernt lag.
Ein langes, niedriges Dach erhob sich über einer langen Reihe altersschwacher Türen und Fenster, die alle gleich aussahen. Fenster, Tür, Fenster, Tür, in genau gleichen Abständen, so ging das immer weiter unter einem durchgehenden Vordach, die ganze Länge des verlassenen Gebäudes entlang. Ein leerer Metallrahmen mit herunterhängenden elektrischen Kabeln, der auf einem verrosteten Pfosten auf dem löchrigen Parkplatz stand, war alles, was von dem ehemaligen Namensschild noch übrig war.

Nick erkannte in dem verrotteten Gebäude das ehemalige Ouachita Grove Motor Hotel wieder – dasselbe Motel, in dem sie das letzte Mal gewohnt hatten, als sie noch Angehörige eines idealistischen Teams zur Entsorgung gefährlicher Abfälle waren.

Der stumme, gesichtslose Fahrer lenkte das Fahrzeug an dem vollkommen ausgeplünderten Büro des Motels vorbei zu der Reihe von Zimmern. Jetzt erst kam ein echtes Angstgefühl in Nick auf. Hier draußen konnte einem alles mögliche passieren, und kein Mensch würde die Schreie hören. Und ganz bestimmt würde auch niemand eine Leiche finden. Dafür würden schon die Ratten sorgen. An einem Ort wie diesem waren die Ratten wahrscheinlich so groß wie Rinder. Sie würden seine Knochen innerhalb weniger Stunden vollkommen abgenagt haben.

Auf was, zum Teufel, hast du dich da eingelassen?

Der Fahrer parkte den Wagen und führte Nick zum Zimmer Nummer 24. Der Umriß der Ziffern war immer noch in der Kalkfarbe der sich in mehrere Schichten auflösenden Tür zu erkennen.

In der Mitte des Raumes waren ein Kartentisch und vier Klappstühle unter dem Gerippe eines Ventilators aufgestellt. Der Gestank nach Schimmel und feuchtem Schaumgummi brachte Nick schon in der ersten halben Minute nach Betreten des Motels dreimal zum Niesen. Mit Hilfe einer kleinen Taschenlampe, die der Fahrer aus der Innentasche seiner Jacke zutage förderte, machte er zwei batteriebetriebene Laternen ausfindig und schaltete sie ein. Als nächstes öffnete er die zerrissenen Vorhänge.

»Da wären wir«, sagte er. »Gestern abend habe ich ein paar Schachteln für Sie hierhergebracht. Da drüben sind sie.« Er deutete auf eine Ecke des Raumes, in der ein Dutzend Pappschachteln zu einer schiefen Pyramide aufgestapelt waren. »Ihre Freunde werden in Kürze eintreffen. Es sieht hier ziemlich unfreundlich aus, aber machen Sie sich nichts draus. Jedenfalls ist es hier sicher. Es wird niemand auftauchen, der hier nichts zu suchen hat.«

Als der Fahrer den Raum verließ, rief Nick ihm nach: »Wo gehen Sie hin?« Aber der Mann reagierte nicht auf seine Frage. Vermutlich ging es ihn auch nichts an.

Drei Stunden vergingen, ohne daß etwas geschah, und Nick beschäftigte sich damit, den dicken Stapel von Ausdrucken durchzulesen, den er mitgebracht hatte.

Die Erinnerung kam sofort zurück: der Lageplan der Fabrik, der Durchmesser des Sperrgebiets. Er hatte das alles so deutlich im Gedächtnis, als seien die dazwischenliegenden vierzehn Jahre aus seiner Erinnerung gelöscht worden. Die Vorbereitungen für die Aufräumungsarbeiten in Newark waren seine erste Aufgabe als Sicherheitsbeauftragter gewesen, die er selbständig zu erfüllen hatte, und er war fest entschlossen gewesen, keinen Fehler zu machen. Wenn er diesen Auftrag gut erledigt hätte, wäre das für ihn der berufliche Durchbruch gewesen.

Monate bevor die Mitarbeiter der Entry-Teams mit ihrem Cowboygehabe und ihren silbernen Schutzanzügen eintrafen, war er mit seinem Vorbereitungsteam an der Arbeit gewesen, hatte aus Boden, Luft und Wasser Proben entnommen, um festzustellen, ob im Laufe der Jahre irgendwelche Giftstoffe aus den Magazinen ausgetreten waren und die Fische und Eichhörnchen gefährdeten. Eine unangenehme Dreckarbeit, bei der man nasse Füße und schmutzige Fingernägel bekam und deren Ergebnis ein Stapel von Berichten, Karten und Diagrammen gewesen war, der sehr realistisch demonstrierte, wie wenig man über Uncle Sams Vorratskeller in Arkansas wußte.

In manchen Fällen sagte das Fehlen von Informationen ebensoviel aus wie ein ganzer Computer voll Daten. Als Nick in dem modrigen Motelzimmer saß und die alten Karten und grafischen Darstellungen durcharbeitete, mußte er an die schlaflosen Nächte denken, die ihm diese Papiere vor so langer Zeit verursacht hatten. Es war auch seine Aufgabe gewesen, die Ausrüstung auszuwählen, die die Silverados beim ersten Betreten des Magazins

verwenden würden, und der Gedanke an die Schadenersatzzahlungen, die auf sie zukommen würden, wenn er das Risiko falsch einschätzte, hatte ihm Alpträume verursacht.
Zum Schluß war die Wirklichkeit um vieles schrecklicher gewesen als jeder Alptraum. An die Möglichkeit eines Terroraktes hatte er ganz einfach nicht gedacht.
Von dem Attentat hatten die Silverados nichts wissen können, und für sie war es auch gleichgültig. Sie hatten nichts als die Explosionen gehört, wenn überhaupt irgend etwas. Manchmal, in den dunkelsten Tagen seiner Depressionen, fragte sich Nick, wie viele seiner toten Freunde ihn im letzten Sekundenbruchteil ihres Lebens dafür verflucht haben mochten, daß er diese seine einzige Aufgabe verpfuscht hatte.
Auch bevor Jake und Carolyn plötzlich wieder in den Nachrichten aufgetaucht waren, war kaum ein Tag vergangen, an dem er nicht an die Toten gedacht hatte – wie sie gefallen waren, wo sie gerade standen, und wie die ganze Zufahrtsstraße, die zum Magazin B-2740 führte, mit Leichen übersät gewesen war. Bis auch nur jemand den Versuch gemacht hatte, wenigstens an das Außenteam heranzukommen, waren die Leichen der Dekontaminierungshelfer und Mitglieder des Führungsstabs bereits vollkommen mit Ruß überdeckt gewesen. Diejenigen, die am nächsten an den Feuerschutztüren gelegen hatten, waren in ihre Raumanzüge hineingeschmolzen, ein Zeugnis der Gewalt und Hitze des Feuers, das man einfach hatte weiterbrennen lassen. Die, die etwas weiter entfernt lagen, waren einfach tot. Sie waren in ihren Schutzanzügen eingeschlossen, ihr Blut war unsichtbar geflossen.
In seiner Erinnerung erlebte Nick noch einmal die Bergungsarbeiten, bei denen die kontaminierten Leichen in große Gummisäcke verpackt wurden, die eigens für einen solchen Zweck entwickelt worden waren, wenn auch mehr im Hinblick auf einen Unfall mit Radioaktivität als auf einen mit chemischen Stoffen.

Die verpackten Leichen wurden zu einer Operationszone gebracht, um dort in einen zweiten Sack verpackt und dann zur Dekontaminierung und Autopsie zu einem Militärstützpunkt abtransportiert zu werden.

Von den Leichen der Entry-Teams wurde jedoch angenommen, daß sie so stark verseucht waren, daß jeder Dekontaminierungsversuch vollkommen hoffnungslos sein mußte. Biologische Kampfstoffe wären durch die extreme Hitze zerstört worden. Die chemischen Kampfstoffe im Magazin B-2740 jedoch veränderten sich durch die Verbrennung lediglich. Die Verbrennungsprodukte gingen neue Verbindungen ein, die möglicherweise noch gefährlicher waren als die ursprünglichen Stoffe. Die Ergebnisse solcher Reaktionen waren vorhersehbar, wenn der Prozeß mit bekannten Verbindungen begann, aber je mehr Chemikalien hinzukamen, desto länger wurde die Liste der möglichen Kombinationen, und es wurde sehr schnell ein Punkt erreicht, wo vernünftige Voraussagen nicht mehr möglich waren. Bei der Newark-Katastrophe, wo nicht einmal bekannt war, welche chemischen Verbindungen ursprünglich an den Reaktionen beteiligt waren, wurde die Zahl der möglichen Kombinationen unendlich.

Während des Brandes selbst war das Magazin zu einem kochenden Hexenkessel aus Feuer und Rauch geworden. Brennender Raketentreibstoff und Sprengstoffe hatten Kisten um Kisten chemischer Granaten in Brand gesetzt, und die Temperatur innerhalb jener Wände war auf mehr als 2000 °C gestiegen. Wenn man dem Bericht über das Unglück glauben wollte – in vieler Hinsicht konnte auch dieser sich nur auf Vermutungen stützen –, hatte das Inferno einen Sturm erzeugt, der gewaltige Mengen von Sauerstoff durch die gleiche Öffnung hineingesogen hatte, durch die die Flammen hinausschlagen wollten, so daß eine stetige Zirkulation derselben giftigen Luftmassen hervorgerufen wurde.

Angesichts solch riesiger Unsicherheitsfaktoren hatten die pro-

fessionellen Klageweiber von der EPA das getan, worin sie am besten waren: Sie waren auf Nummer Sicher gegangen und hatten die Schwelle des Magazins zur absoluten Grenze erklärt, die nicht überschritten werden durfte. Nun konnte niemand mehr diese Schwelle überschreiten, ohne gegen ein Bundesgesetz zu verstoßen. Daß die Toten innerhalb des Gebäudes Familien hatten oder daß sie Nicks Freunde waren, war irrelevant.
Er brütete weiter darüber nach, was er zu tun beabsichtigte. *Was, wenn die Besserwisser von der EPA recht behalten, wenn wir in einen vergifteten Alptraum hineintappen?* Selbst wenn er, Jake und Carolyn Mittel und Wege fänden, das Risiko auf ein Mindestmaß zu reduzieren, wie konnte er es jemals rechtfertigen, dieses Risiko einzugehen, nur um die Vergangenheit zu korrigieren?
In diesem Augenblick wurde seine Aufmerksamkeit durch das Geräusch eines sich nähernden Wagens abgelenkt, und er wußte, daß die Antwort auf seine Fragen soeben eingetroffen war.

»Hier bleibe ich nicht«, sagte Travis fest, als er aus dem Cadillac kletterte und die Überreste des Ouachita Grove Motor Hotel sah.
»Sei ruhig, Travis«, zischte Carolyn.
»Aber ich ...« Jake legte sanft die Hand auf seine Schulter, und ihm wurde klar, daß es klüger war, jetzt den Mund zu halten.
Carolyn ließ ihre Augen über das Motel wandern, und der Mund blieb ihr offen. »O mein Gott«, flüsterte sie.
»Geisterstadt, Marke Arkansas«, dachte Jake laut.
»Habt ihr tatsächlich hier übernachtet?« fragte Travis.
Jake mußte lächeln. »Nun ja, so schlimm wie jetzt sah es damals nicht aus.«
Alle vier fuhren zusammen, als sich die Tür des Zimmers 24 öffnete, und Jake und Thorne griffen gleichzeitig nach ihren Pistolen. Jake hielt augenblicklich inne, als er sah, wer in der Tür

stand, aber Thorne brachte eine riesige, verchromte Fünfundvierziger-Pistole auf den Fremden in Anschlag. »Stehenbleiben!« brüllte er.
Nick Thomas' Augen wurden so groß wie Untertassen, und er warf die Hände in die Luft. »Lieber Gott«, rief er. »Ach du liebe Scheiße!«
»Nicht!« rief Jake. »Das ist doch Nick. Nicht schießen!«
Thorne hielt die Pistole noch ein paar Sekunden lang auf Nick gerichtet. Erst als er sich vergewissert hatte, daß kein Angriff von ihm zu erwarten war, senkte er den Lauf. »Verdammte Amateure«, knurrte er und ließ seine Waffe wieder unter seiner Sportjacke verschwinden. »Wenn Sie so weitermachen, Leute derart zu überraschen, werden Sie jung sterben.«
Nick senkte zögernd die Hände. Seine Knie zitterten ein bißchen, und die Farbe war ihm aus dem Gesicht gewichen. Carolyn stürzte vorwärts, um ihm zu helfen, sich hinzusetzen, bevor er umfiel. »Ach du liebe Scheiße.« Etwas anderes schien ihm nicht mehr einzufallen.
Travis fing an zu kichern, aber Jake verpaßte ihm eine Kopfnuß, und er verstummte.
»Es tut mir wirklich leid, Nick«, sagte Jake und lief ebenfalls auf ihn zu.
»Er hätte mich fast erschossen!« erklärte Nick. »Erst schickt ihr mir einen Gangster, der mich bis hierher schleppt, und jetzt bedroht ihr mich auch noch mit Schußwaffen!«
»Er ist kein Gangster«, belehrte ihn Carolyn, aber niemand hörte ihr zu.
Jake zuckte mit den Achseln und sah gequält aus. »Wir wußten nicht, daß du das bist, Nick. Du hast uns einfach erschreckt.«
Nick sah ihn an, als habe er einen Kopf zuviel. »Ich habe euch erschreckt?« fragte er ungläubig. »Lieber Gott, Jake, wolltest du mich erschießen, weil ich dich erschreckt habe? Stell dir vor, es wäre jemand anderes gewesen!«

Jake und Carolyn tauschten einen unbehaglichen Blick und wechselten schnell das Gesprächsthema.
»Also, was gibt es Neues?« fragte Carolyn und löste damit ein befreiendes Gelächter aus. Sie versuchte, Nick zu umarmen, so gut das auf dem Gehweg ging, und Nick erwiderte ihre Bemühungen.
»Mein Gott, ihr seht ja schrecklich aus«, sagte er.
Jake half ihm wieder auf die Füße. »Wie nett von dir, das zu bemerken. Wie ich sehe, bist du noch immer genauso diplomatisch wie früher.«
Nick wollte lachen, aber er konnte es nicht. »Im Ernst, Jake, bist du in Ordnung?«
Jakes Blick drückte alles aus. *Hast du noch alle Tassen im Schrank?* »Es waren harte vierzehn Jahre.«
»Und wer ist das?« Nick nickte dem Jungen zu.
»Das ist unser Sohn, Travis«, sagte Jake stolz. »Und abgesehen von den letzten zwei Tagen hatte er von der ganzen Geschichte keine Ahnung.«
Travis lächelte verlegen und streckte seine Hand aus, wie man es ihm beigebracht hatte.
»Ich freue mich, dich kennenzulernen, Travis.«
Travis nickte, dann zog er seine Hand zurück und schoß mit dem Fuß einen Stein über den Gehweg.
Das Geräusch von Autoreifen auf dem Kies ließ sie alle zusammenfahren, aber als Thorne keine aggressive Bewegung machte, beruhigte sich Jake.
»Das ist der Wagen mit dem Fahrer, der mich hierhergebracht hat«, erklärte Nick.
Als der grüne Chevy näher kam, winkte Thorne dem Fahrer zu, und dieser hielt an. Die beiden unterhielten sich eine Weile durch das Fenster, dann richtete Thorne sich wieder auf und ging zu Carolyn hinüber.
»Okay, Sonnenschein«, sagte er. »Ich muß jetzt gehen. Mr. Sin-

clair möchte nicht, daß ich auffalle. Ich lasse Ihnen den Caddy hier.«

»Aber Sie können doch nicht gehen!« sagte Travis. »Sie sind ...«

Thornes bohrender Blick ließ ihn zurückschrecken.

»Alles, worum Sie gebeten haben, sollte drüben im Zimmer sein. Mr. Sinclair wird sich um alle weiteren Einzelheiten kümmern. Seien Sie jedenfalls heute abend pünktlich am Flugplatz.« Er richtete seine Worte ausschließlich an Carolyn, als ob die anderen nicht vorhanden wären.

»Danke, Thorne«, sagte Carolyn mit einem Lächeln. Sie streckte ihm die Hand entgegen, aber er sah verwirrt aus. »Und sagen Sie auch Onkel Harry vielen Dank von mir.«

Thorne sah plötzlich so aus, als wüßte er nichts zu sagen. Mit gerunzelter Stirn griff er rasch nach ihrer Hand und wandte sich ab.

»Du hast offensichtlich ein Geschick im Umgang mit kriminellen Typen«, sage Nick, nachdem Thorne ins Auto gestiegen war.

»Nenn ihn nicht so!« schimpfte Carolyn. »Ich habe diesem Mann eine Menge zu verdanken.«

Alle schwiegen und sahen zu, wie der Chevy davonfuhr. Als er fort war, wechselte Carolyn noch einmal abrupt das Thema. »Werden wir durchführen können, was wir uns da vorgenommen haben?«

Kapitel 28

Bonnie Jerome sah auf die Uhr. Sie hatte das Mittagessen ausfallen lassen, um auf alle Fälle in ihrem Büro zu sein, wenn Frankel zurückrief. Inzwischen war es fast vierzehn Uhr, und ihr Magen begann zu protestieren.

Zur Hölle mit ihm, dachte sie. Wenn dieser Wichtigtuer nicht den Anstand besaß, auf einen ganz normalen Anruf zu reagieren, dann würde sie seinetwegen ganz bestimmt nicht den ganzen Tag herumsitzen und warten. Was ging in den Köpfen der Führungskräfte vor, daß sie glaubten, andere Leute hätten nichts Besseres zu tun, als darauf zu warten, daß sie sie mit ihrer kostbaren Aufmerksamkeit beglückten?

Das Irritierende an der ganzen Sache war, daß ihr selbst dieser blöde Anruf vollkommen gleichgültig war. Wahrscheinlich handelte es sich sowieso nur um einen Computerfehler. Bei ihrem Glück würde ihr Frankel, wenn er endlich zurückrief, wahrscheinlich nur mitteilen, wie wichtig er sei und daß er für derartige Belanglosigkeiten keine Zeit habe.

Diesen Eindruck hatte jedenfalls seine Sekretärin bei ihr hervorgerufen, nachdem Bonnie sich geweigert hatte, ihr zu sagen, um was es ging.

»Meine Sicherheitseinstufung ist hoch genug für alle Nachrichten«, hatte die Sekretärin erklärt.

»Meine Weisungen lauteten aber anders«, hatte Bonnie zurückgegeben, worauf das Gespräch abrupt beendet worden war.

Vielleicht sollte sie einfach noch einmal anrufen und es hinter sich bringen, einfach der Sekretärin Bescheid sagen und wieder zur Tagesordnung übergehen. So ungern sie das auch zugab, die Aussicht, mit dem zukünftigen Direktor zu sprechen, machte

Bonnie ein bißchen zu schaffen. Wenn sie es sich recht überlegte, könnte sie ebensogut …

In diesem Augenblick klingelte das Telefon und ließ sie fast bis zur Decke springen. So war es schon den ganzen Tag gegangen. Jedesmal, wenn das Telefon geklingelt hatte, hatte sie angenommen, daß es Frankel sei, um dann festzustellen, daß es sich wieder nur um ihre ganz normale Arbeit handelte.

Mach nur keinen übereifrigen Eindruck, sagte sie sich.

Wieder klingelte das Telefon. Bonnie hielt die Hand über den Hörer, bis es zum dritten Mal klingelte. »Informationssystem«, sagte sie. »Hier Bonnie Jerome.«

»Vizedirektor Frankel möchte Sie sprechen.« Sie erkannte die Stimme der Sekretärin von heute morgen und wurde nervös, noch bevor sie dazu kam, cin Wort zu sagen.

Na endlich.

Es klickte in der Leitung, und er war am Apparat. »Hallo, Ms. Jerome, hier Frankel. Mir wurde gesagt, daß Sie eine Nachricht für mich haben?«

Sie kannte seine Stimme von den Trainigsvideos, die sie gesehen hatte, und von seinen Auftritten im Fernsehen.

»Ja, hallo, Mr. F-frankel«, stammelte sie. »V-vielen Dank, daß Sie zurückrufen.«

»Worum geht es?« Seine Stimme war ganz geschäftsmäßig.

»Ich arbeite für das Informationssystem. Ich bin hier die Sachbearbeiterin …«

»Ich weiß, wer Sie sind, Ms. Jerome«, unterbrach Frankel. »Ich bin sehr beschäftigt. Würden Sie bitte zur Sache kommen?«

Woher soll er wissen, wer ich bin? »Ja, Sir. Heute nacht haben wir eine Nachricht bekommen, daß jemand bei der EPA eine Datei aufgerufen hat, die offensichtlich irgendwann unter Überwachung gestanden haben muß …«

»Eine Datei?« In Frankels Stimme, die bisher nur ungehalten geklungen hatte, war plötzlich eine Spur von Interesse zu erkennen.

»Ja, Sir. Eine Computerdatei. Über einen Ort namens Newark, Arkansas.«
»Ja?« Das Wort kam wie aus der Pistole geschossen.
»Dann haben Sie also davon gehört?« fragte sie.
»Davon gehört! Lieber Gott, Jerome, leben Sie auf dem Mond?«
Ach du Schreck. Da hatte sie offensichtlich ihre Unwissenheit verraten. Im FBI-Hauptquartier war jeder überzeugt, daß alle anderen ebenso wie sie selbst die Nachrichten hörten und die Zeitung lasen. »Jedenfalls war die Datei markiert, und es stand dabei, daß Sie sofort benachrichtigt werden müßten, wenn jemand diese Datei aufrufen sollte. Natürlich habe ich gezögert, Sie mit dieser Sache zu belästigen, weil der Zugriff innerhalb der EPA erfolgt ist …«
»Haben Sie einen Namen?« unterbrach Frankel.
Die Frage brachte sie aus dem Konzept. »Ja, n-natürlich, Sir. Ich bin Bonnie Jerome vom Info…«
»Um Himmels willen, doch nicht Sie!« schrie Frankel. »Derjenige, der auf die Datei zugegriffen hat. Haben Sie den Namen von dem, der die Datei aufgerufen hat?«
Seine Lautstärke ließ Bonnie zusammenfahren, und sie hatte das unerklärliche Bedürfnis, in Tränen auszubrechen. Warum mußte er sie so anbrüllen? Sie blätterte in dem Ausdruck herum und suchte nach dem Namen. Er pflegte im Kopf des Textes zu stehen, zwischen scheinbar bedeutungslosen Zeilen, und sie hatte immer Schwierigkeiten, ihn zu finden. »Hier ist er«, sagte sie. »Es handelt sich um einen Nicholas Thomas.«
Sie hörte, wie Frankel den Namen vor sich hin flüsterte. »*Nick* Thomas?«
Bonnie zuckte die Achseln. Als ob er das durch das Telefon sehen könnte. »Ich nehme es an«, sagte sie. Aber die Leitung war bereits tot.

Melissa Thomas steckte buchstäblich bis zu den Ellenbogen im Ton, als das Telefon klingelte. Sie arbeitete an dem ersten ihrer Weihnachtsaufträge, für einen reichen Museumsmäzen in Los Angeles, und wenn sie sich nicht schleunigst daranmachte, würde sie zuletzt eine Menge Geld an eine Menge sehr enttäuschter Leute zurückgeben müssen. Als sie auf die Idee gekommen war, einen Katalog mit ihren Arbeiten zu verschicken, war ihr nicht im Traum eingefallen, daß sie eine derartige Reaktion bekommen würde.

»Lauren, mein Schatz, kannst du ans Telefon gehen?« rief sie ihrer fünfjährigen Tochter zu. »Sag, daß Mommy nicht ans Telefon kommen kann.« Statt einer Antwort hörte sie das freudige Trippeln kleiner Füße.

Nick war unterwegs zu einem Einstellungsgespräch für einen Job, den er ja doch nicht bekommen würde, und sie mußte täglich fünf Krüge formen, brennen, bemalen und glasieren, um die Termine einzuhalten. Es war zu schaffen, aber ohne ein bißchen Hilfe war es eine arge Schinderei.

Melissa hörte, wie Lauren den Telefonhörer abhob und sich auf die übliche Weise meldete. »Es tut mir leid, sie kann gerade nicht ans Telefon kommen«, sagte die Kinderstimme, und Laurens Mutter mußte lächeln.

Das Tonkneten hatte eine therapeutische Wirkung und versetzte sie in eine nachdenkliche Stimmung. *Wenn Nick nur endlich aufhören könnte, in der Vergangenheit zu leben, hätte ihre Ehe vielleicht eine Chance. Aber wenn er sich auch nur einen Augenblick lang einbildete, daß sie nach Arkansas ziehen würde …*

»Aber er ist nicht zu Hause«, sagte Lauren ins Telefon.

O je, das war ein größerer Verstoß gegen die Spielregeln. Wie oft hatte sie ihr das nicht schon gesagt. Lauren durfte niemals jemandem sagen, daß ihre Leute nicht zu Hause seien. Melissa stand auf und drehte mit dem Ellenbogen das Wasser auf. Die richtige Antwort war immer …

»Er ist zu Noahs Arche gefahren«, sagte Lauren.
Was zum T… »Lauren! Wer ist am Telefon?«
»Nein«, sagte Lauren entschieden. »Dort ist er hingefahren. Zu Noahs Arche!«
Melissa drehte das Wasser ab und griff nach dem Handtuch. »Lauren, jetzt sag mir endlich, wer am Telefon ist.«
»Ja, das ist es«, sagte Lauren stolz. »Newah… Was Sie gerade gesagt haben, das ist es.«
Melissa lief auf ihre Tochter zu, aber sie war nicht schnell genug.
»Okay, gern geschehen. Auf Wiedersehen.« Lauren legte den Telefonhörer auf.
»Wer war das?« wollte Melissa wissen.
Lauren zuckte die Achseln. »Ich weiß es nicht«, sagte sie verlegen. Sie wußte offenbar ganz genau, daß sie gegen die Anordnungen ihrer Mutter verstoßen hatte. »Jemand, der wissen wollte, wo Daddy hingefahren ist.«
Melissa seufzte mißbilligend und stemmte die Hände in die Hüften. »So, mein Fräulein«, sagte sie. »Wir beide werden uns ausgiebig über das Verhalten am Telefon unterhalten müssen.«

»Das ist ja großartig, wie du das hier eingerichtet hast«, sagte Jake und sah sich im trüben Licht des Motelzimmers um.
Travis sprach seine Ansicht deutlicher aus. »Mein Gott, hier stinkt es aber!«
Nick führte sie zum Kartentisch, wo er schon alles bereitgelegt hatte, worüber sie sprechen mußten. Als sie sich setzten, klopfte Nick Travis auf die Schulter. »Würdest du mir einen Gefallen tun?«
Travis sah fragend seine Mutter an, und sie nickte ihm zu. »Ja, gerne«, sagte er.
Nick zog ein Taschenmesser aus der Hosentasche. »Sehr gut. Dann nimm dieses Messer und schneide die Schachteln für uns

auf. Aber sei vorsichtig, daß du wirklich nur das Klebeband aufschneidest und nichts kaputtmachst.«

Travis machte große Augen. Wie alle Jungen war er von Dingen fasziniert, die glänzend und scharf waren. »Cool«, sagte er. »Soll ich die Schachteln nur aufmachen, oder soll ich die Sachen auch herausnehmen?«

»Mach sie zunächst nur auf. Ich muß dann erst einmal nachsehen, was alles da ist.«

Carolyn drehte neugierig den Kopf und sah den Stapel von Kartons an. »Ist das die Ausrüstung?«

Nick lächelte stolz. »Ja. Ich glaube, das sollte reichen. Ausrüstung Klasse A für drei Personen. Schutzanzüge, Sauerstoffgeräte und Werkzeug.«

Jake schüttelte erstaunt den Kopf. »Wo hast du das her?«

Nick runzelte vergnügt die Stirn. »Genau kann ich das nicht sagen. Aber ich habe deinem Onkel gegenüber rein zufällig erwähnt, daß sich in Edison, New Jersey, eine Ausbildungsstätte der EPA befindet, bei der es Unmengen von dem Zeug gibt. Wenn da ein paar Schutzanzüge verschwinden, merken sie es wahrscheinlich überhaupt nicht.«

Jake lächelte. »Und ich bin sicher, daß Harry eine Menge Freunde in New Jersey hat, nicht wahr, Carolyn?«

Carolyn bekam einen roten Kopf. »Er hat überall seine Geschäftspartner«, sagte sie streitlustig.

»Und ich kann euch verraten, daß er außerordentlich überzeugend sein kann«, fügte Nick hinzu.

Es war wieder wie in alten Zeiten. Jeder versuchte mit seinen Kommentaren so sarkastisch wie möglich zu sein. Zwischen den Entry-Leuten, die dazu neigten, Rowdys zu sein, und den Verwaltungsleuten wie Nick bestand von Natur aus eine scherzhafte Fehde, aber Carolyn war immer eine Ausnahme gewesen. Miss Safety wurde sie von den anderen genannt. Während sich die anderen Silverados über Nicks tägliche Sicherheitsbelehrungen nur

lustig machten und rülpsten, furzten und unanständige Bemerkungen von sich gaben, statt zuzuhören, war Carolyn immer diejenige, die aufstand und ihnen sagte, sie sollten den Mund halten. Dann stöhnten sie und machten noch ein paar dumme Witze, aber Nick vermutete, daß sie ihr im Grunde genommen dankbar waren. Sie fühlten sich verpflichtet, sich auch dann noch als Machoschweine zu gebärden, wenn sie sich schließlich die Informationen einprägten, die im Endeffekt lebensrettend für sie sein würden. Sie hörten sich das natürlich nicht deshalb an, weil sie es hören wollten – richtige Männer atmeten giftige Dämpfe ein und aßen Nägel –, sondern nur, weil diese zimperliche kleine Dame es so haben wollte. Auf diese Weise verlor niemand das Gesicht.
Sie waren wirklich ein ausgezeichnetes Team gewesen. Sie hatten hart gearbeitet und großartige Feste gefeiert und gemeinsam Beeindruckendes zustande gebracht. Was für ein Verlust!
Travis machte sich am anderen Ende des Raumes über die Kartons her. Die Erwachsenen saßen auf ihren unbequemen Stühlen, und Nick sagte: »Fangen wir also an.«
»Vielen Dank, Nick, daß du das für uns tust«, sagte Carolyn warm. »Ich habe keine Ahnung, warum du dich dieser Gefahr aussetzt, aber vielen, vielen Dank.«
Nick war offensichtlich gerührt, und seine Augen wurden weich. »Ich hätte das schon vor langer Zeit tun sollen«, sagte er. »Mit der Hölle, durch die ihr beide gegangen sein müßt, kann ich natürlich nicht mithalten, aber dieser eine Tag hat auch mein Leben ruiniert.«
»Wir haben es nicht getan«, sagte Jake plötzlich. »Du hast nicht danach gefragt«, fuhr er mit verlegenem Gesicht fort. »Aber ich dachte, ich müßte dir das trotzdem sagen.«
Nick lächelte zustimmend. »Vielen Dank, aber ich habe niemals etwas anderes vermutet.« Seine Worte standen im Raum. Offensichtlich hatte er noch mehr auf dem Herzen, aber er sagte es nicht. »Wer auch immer euch da hineingeritten hat, er hat es

gründlich getan.« Er wandte sich an Jake. »Erzählt mir von dieser Leiche im Magazin.«
Jake berichtete.
»*Du* hast auch gehört, daß er von der Leiche sprach?« wollte Nick von Carolyn wissen.
Sie nickte. »Ja, natürlich. Soll das heißen, daß du es nicht gehört hast?«
Nick schüttelte den Kopf. »Erinnert ihr euch nicht, daß der Operationskanal für uns gesperrt war? Sean Foley war Projektmanager, und er wollte nicht, daß ich mich einmische. Er sagte, wenn er mich bräuchte, würde er mich schon rufen.« Die Geschichte ließ den Zorn von damals wieder aufflammen, aber Nick wandte sich entschlossen der gegenwärtigen Aufgabe zu.
»Dann glaubst du also, daß jemand das Funkgespräch mitgehört hat?« fragte er. »Daß er gehört hat, daß ihr das Skelett gefunden habt, und einfach anfing zu schießen?«
Jake zuckte die Achseln. »Ich weiß es nicht, aber ich glaube es nicht. Ich vermute, daß er von Anfang an vorhatte, alle umzubringen.«
Carolyn unterbrach die Unterhaltung. »Okay, Leute. Darüber könnt ihr zu einem anderen Zeitpunkt spekulieren, soviel ihr wollt. Aber jetzt haben wir Wichtigeres zu tun. Nick, du bist der Techniker. Wie wahrscheinlich ist es, daß wir morgen noch am Leben sind, wenn wir unseren Plan ausführen?«
Jake warf ihr einen mißbilligenden Blick zu und machte eine Kopfbewegung in Travis' Richtung, der, ganz versunken in seine Arbeit mit den Kartons, nicht auf das Gespräch zu achten schien. Der Junge hatte schon genug Sorgen, auch wenn sie keine derartigen Fragen stellte.
»Ich glaube, daß uns kaum etwas passieren kann«, sagte Nick zuversichtlich. »Aber das habe ich 1983 natürlich auch gedacht. Schließlich haben wir Schutzanzüge der Klasse A. Aber die Gefahr wird diesmal eine ganz andere sein. Kein Gas bleibt

vierzehn Jahre lang im Raum hängen, ohne zu zerfallen, und alle Flüssigkeiten, die noch vorhanden gewesen sein könnten, sind inzwischen längst verdunstet oder vielleicht sogar biologisch abgebaut. Was übrigbleibt, ist eine Riesenmenge von sehr häßlichem Staub, Schmutz und Ruß. Und davon sollten wir ganz bestimmt nichts einatmen.«

»Warum?« fragte Travis, der von seinen Schachteln aufsah. »Was würde passieren?«

Er hört also doch zu, dachte Jake.

Nick fing Travis' Blick auf und lächelte. »Genau wissen wir das nicht, Travis. Es hängt davon ab, was ursprünglich alles in dem Magazin war und wie es sich während des Brandes vermischt hat. Ich nehme an, daß eine schwere Erkrankung der Atemwege eintreten würde. Vielleicht würden auch die inneren Organe angegriffen. Wahrscheinlich die Leber und die Nieren. Die sind fast immer betroffen.«

»Wie sieht es mit der Bewachung aus?« fragte Jake. »Welche Probleme sind da zu erwarten?«

Nick blätterte in seinen Papieren und zog heraus, was er brauchte: eine Luftaufnahme des Magazins und seiner Umgebung. »Das sollte eigentlich keine große Sache sein«, erklärte er. »Die EPA vertritt die Ansicht, daß die Leute für gewöhnlich nicht lebensmüde sind. Es wurden zwei konzentrische Zäune gezogen, hier und hier« – er zeigte mit der Spitze seines Bleistifts darauf –, »und alle drei Meter stehen Schilder mit der Aufschrift ›Gefahrenzone, wer hier hineingeht, stirbt‹ oder so ähnlich. Wir waren der Meinung, daß das genügen müßte, um die Leute daran zu hindern, über die Zäune zu klettern.«

Alle lachten.

»Aus diesem Grund bestand keine zwingende Notwendigkeit, auch noch einen ständigen Wachmann dort hinzustellen. Das wäre nicht nur Zeitverschwendung, sondern man könnte auch nicht absolut sicher sein, daß jemand, der an fünf Tagen in der

Woche acht Stunden lang dort stehen würde, nicht doch auf die Dauer durch irgendein unidentifiziertes Gift einen Schaden davontragen würde.«

Carolyn konnte es kaum glauben. »Soll das heißen, daß die Zäune nicht bewacht werden?«

Nick schüttelte den Kopf. »Nicht ganz. Wenn du einen Blick auf diese Karte wirfst, kannst du sehen, daß die alten Zufahrtsstraßen, die weiß Gott wann gebaut worden sind, immer noch existieren.«

Nick konnte offenbar erheblich mehr auf der Fotografie erkennen als Jake. Auch als dieser mit den Augen genau Nicks Bleistift folgte, sah er immer noch nicht, wovon die Rede war.

»Diese Straße hier verläuft ganz nahe am Sperrgebiet, in etwa hundert Meter Entfernung, während diese hier« – er zeigte wieder mit dem Bleistift darauf – »weiter entfernt ist, etwa eine halbe Meile. Wir haben uns damals entschlossen, diese Straßen als natürliche Grenzen zu benutzen und die Zäune entlang deren Verlauf zu bauen. Jetzt fährt dreimal am Tag ein Wachmann von einer Bewachungsagentur die äußere Straße entlang und sieht nach, ob es irgendwelche Probleme gibt.«

Carolyn unterbrach ihn. »Was für Probleme?«

Nick zuckte die Achseln. »Keine Ahnung. Vielleicht Löcher im Zaun oder Vögel, die vom Himmel fallen.«

Die Vorstellung von den Vögeln ließ Travis im Hintergrund kichern.

Jake drehte sich nach seinem Sohn um. »Wenn du möchtest, kannst du gerne herkommen und uns hier Gesellschaft leisten«, sagte er grinsend. »Dann brauchst du deine Ohren nicht so zu strapazieren.«

Travis lächelte etwas verlegen und wandte sich wieder seiner Arbeit zu. »Nein, nein, mir geht es hier ausgezeichnet.«

»Hast du vielleicht sogar einen Stundenplan, wann diese Wachmänner kommen?« wollte Carolyn wissen.

Nick bedachte sie mit einem schüchternen Grinsen und nahm ein anderes Blatt Papier von seinem Stapel. »Bitte sehr, Mrs. Donovan«, sagte er. »Wie spät ist es jetzt?« Er sah auf seine Uhr. »Gleich zwei. Die nächste Kontrollfahrt findet um drei Uhr statt und die übernächste erst um neun. Ich schlage vor, daß wir um halb vier hineingehen und erledigen, was wir zu erledigen haben. Dann können wir noch vor Einbruch der Dunkelheit auf dem Weg nach Little Rock sein.«
Jake sah zu Carolyn hinüber, die seinen Blick mit einem unbehaglichen Gefühl erwiderte. So war das also. Nach all den Jahren der Flucht, der falschen Namen und der Lügen lief zum Schuß alles nur auf die einfache Entscheidung hinaus, es zu wagen. Konnte es wirklich so einfach sein?
»Das klingt wie ein guter Plan«, meinte Jake.

Kapitel 29

Irene beobachtete, wie die Landschaft von West Virginia zweitausend Meter unter ihr vorbeizog, und zermarterte sich das Gehirn, was die Donovans wohl damit bezwecken könnten, noch einmal nach Arkansas zurückzukehren, an den Ort ihres Verbrechens. Die Vorstellung war dermaßen klischeehaft, daß sie gar nicht daran denken mochte. Diese Flüchtlinge hatten so lange alles getan, um sich unsichtbar zu machen. Was in aller Welt ging in ihnen vor, daß sie so etwas taten? Sie konnte keinen Sinn darin finden.

Aber Frankel war fest davon überzeugt, und da er in dem großen Büro saß, hatte jeder Verdacht, den er hegte, Gesetzeskraft. Was er nicht dazugesagt hatte, war, woher er es wußte. Es war von einem Zugriff auf irgendeine Computerdatei durch einen Angestellten der EPA die Rede, aber bei der miserablen Telefonverbindung und Frankels abgehackter Sprechweise hatte sie nur die Hälfte der Einzelheiten mitbekommen, die sie gern gewußt hätte. Aber das war nicht weiter schlimm. Sie hatte Leute in Charleston, die alles für sie in Erfahrung bringen würden.

Ironischerweise hatten ihre Leute, gerade als die Nachricht von Frankel kam, den weißen Bus der Donovans entdeckt, abgestellt in einer baufälligen, alten Scheune. Es gehörten wahrlich ein kühler Kopf und starke Nerven seitens der Donovans dazu, während der Suchaktion einfach an Ort und Stelle zu bleiben. Sie hatten genau das Richtige getan. Wenn sie versucht hätten, sich durchzuschlagen, wären sie mit Sicherheit geschnappt worden.

Sie tun immer das Richtige, überlegte Irene. *Allmählich habe ich es wirklich satt.*

Nach der Ausrüstung und den Vorräten zu schließen, die sie im

Bus zurückgelassen hatten, hatten sie nicht damit gerechnet, in West Virginia erwischt zu werden. Das erschien ihr als ein Lichtblick. Je mehr sie sie zwingen konnte, von ihrem Plan abzuweichen, desto größer war die Wahrscheinlichkeit, daß sie irgendwann einen Fehler machen würden.

Das einzige, was sie sagen konnte, war, daß sie offenbar eine ausgedehnte Campingtour geplant hatten. Der Bus war mit Schlafsäcken, Laternen, Lampenöl und Konserven beladen, mit allem, was man brauchte, um sich wochenlang aus der Zivilisation zurückzuziehen, sogar jetzt, wo der Winter vor der Tür stand. Was sie noch interessanter fand, war die Tatsache, daß sie ein ganzes Arsenal von Waffen zurückgelassen hatten: drei Jagdgewehre und noch ein weiteres Gewehr und genügend Munition, um in Mexiko einzumarschieren. Sie wußte nicht recht, was sie davon halten sollte. Sollte sie erleichtert sein, daß sie diese Waffen nun nicht mehr hatten, oder sollte sie sich Sorgen machen, daß die Donovans noch gefährlichere Waffen bei sich trugen?

Auf jeden Fall war es sicherer, mit dem Schlimmsten zu rechnen. Deshalb waren auf die Fahndungsfotos der Donovans Streifen mit der Aufschrift »bewaffnet und sehr gefährlich« aufgeklebt worden.

Ein paar Minuten lang, bevor Frankel angerufen hatte, war sie sich ziemlich sicher gewesen, daß sie wußte, was sie vorhatten. Offenbar hatten die Donovans Erfahrung mit dem Überleben in der Wildnis. Dieser Verdacht wurde durch die Zeitschriften und Bücher, die in ihrem Wohnwagen in Phoenix gefunden worden waren, untermauert. Deshalb hätte sie gewettet, daß sie einen Fußmarsch über die Berge versuchen würden. Tatsächlich war sie schon dabei gewesen, zusammen mit den U. S. Marshalls und dem Park Service eine Suchaktion zu organisieren, aber dann war sie durch den Verdacht ihres Chefs davon abgebracht worden.

Wie, zum Teufel, sollten sie nach Arkansas kommen? Es gab nur eine Antwort auf diese Frage: Jemand half ihnen dabei. Paul hatte sich kaum zurückhalten können. Er war der erste gewesen, der eine Verbindung zu Harry Sinclair vermutet hatte, diesem erstaunlichen Mann, der immer noch nicht wieder aufgetaucht war, und es sah ganz danach aus, als sollte Paul recht behalten.

Sie schloß die Augen, lehnte den Kopf gegen die Wand und versuchte, sich trotz des Hubschrauberlärms zu konzentrieren. Hatte sie wirklich alles getan, was zu tun war? Warum konnte sie bei diesem Fall einfach nie einen Vorsprung gewinnen? Normalerweise nahm eine Fahndung einen bestimmten Rhythmus an, und wenn man den erst einmal erkannt hatte, konnte man einen Plan machen, um den Verbrecher dingfest zu machen. Aber in diesem Fall kam sie immer wieder zu spät und konnte nur feststellen, daß ihr die Donovans wieder entschlüpft waren. Wenn Frankel recht behielt und die Donovans wirklich an den Tatort in Newark zurückkehrten, dann mußte sie annehmen, daß sie sehr schnell hinein- und wieder hinausrennen würden.

Aber was haben sie davon, wenn sie dorthin zurückkehren?

Noch einmal durchdachte sie alle Einzelheiten des Falles und hakte eine nach der anderen ab. Es fiel ihr nichts ein, was sie übersehen haben könnte. Das FBI-Büro in Little Rock hatte Leute nach Newark losgeschickt, und sie hatte den Polizeichef von Newark, einen Mann namens Lundsford, alarmiert und darum gebeten, das Sperrgebiet im Auge zu behalten. Wenn sie alle Zahlen richtig im Kopf hatte, würde es noch mindestens anderthalb Stunden dauern, bevor die Bundesbeamten an Ort und Stelle sein konnten, wodurch sie voll und ganz von den Fähigkeiten der örtlichen Polizei abhing. Wenn sie an all die Dummheiten dachte, die Sherwood und seiner Mannschaft in Phoenix unterlaufen waren, erschien ihr dieser Gedanke wenig tröstlich.

Offiziell war die Gefahrenzone in Newark nur etwa vierzig Hektar groß. Inoffiziell nahm sie praktisch die ganzen dreißigtausend Hektar der alten Munitionsfabrik ein. Und die Adresse machte sich eben nicht besonders gut auf den Visitenkarten von Geschäftsleuten. Die wenigen in dem ehemaligen Industriegebiet noch verbliebenen Firmen operierten alle möglichst ohne Aufsehen und entwickelten neue Technologien in einer Industrie, die dafür bekannt war, daß ihre Erfinder gleich mitsamt ihren Fehlkonstruktionen in die Luft flogen.

Für Jake war es, als müsse er den ganzen Alptraum noch einmal erleben. Alles war fast so, wie er es in Erinnerung hatte, aber nichts war genau so. Flächen, die während der Blütezeit des Industrieparks sorgfältig gemäht worden waren, gehörten nun wieder dem Unterholz. Ganze Gebäude waren von Pflanzen überwuchert, Straßen von Baumwurzeln aufgesprengt.

Der große Cadillac, der um die Schlaglöcher herumkurvte und Kieselsteine hochschleuderte, wirkte seltsam fehl am Platz, als er die Südwestecke des Industriegebiets ansteuerte. Die Schutzausrüstung schränkte die Bequemlichkeit der Insassen des Wagens stark ein. Außer Nick, der fuhr, saßen alle verkrümmt da und hielten sich krampfhaft fest, um nicht gegen das Wagendach geschleudert oder von herunterfallenden Kartons getroffen zu werden.

»Bist du sicher, daß du weißt, wo wir hinmüssen?« fragte Carolyn zögernd.

»Absolut sicher«, sagte Nick. »Ich habe die Karten sehr genau studiert. Bisher sieht alles genauso aus, wie ich es erwartet habe.«

»Wie weit ist es noch?« wollte Travis wissen. Er hatte mit dem Gewicht der Sauerstoffflaschen zu kämpfen.

Nick zuckte die Achseln. »Vielleicht zwei Minuten, vielleicht auch zehn. Ich habe keine Ahnung.«

Tatsächlich waren es noch vier Minuten. Die Straße endete an einem Maschendrahtzaun, der sich, so weit das Auge reichte, nach rechts und links erstreckte. Alle paar Meter war ein rot-weißes Schild in Schulterhöhe am Zaun angebracht:

ACHTUNG, LEBENSGEFAHR!
GIFTMÜLLDEPONIE
BEI UNBEFUGTEM BETRETEN
BESTEHT LEBENSGEFAHR!

»Da sind wir«, sagte Nick einfach. Er machte eine weit ausladende Geste mit dem Arm. Seine Gummihandschuhe ließen seine Hände seltsam künstlich aussehen. Aber wenn es einen törichten Fehler gab, den er nicht machen wollte, dann war es das Hinterlassen von Fingerabdrücken.

Alle schwiegen und lasen das Schild. Carolyn griff nach der Hand ihres Sohnes und drückte sie.

»Ich hätte ein wesentlich besseres Gefühl, wenn Thorne dabei wäre«, murmelte Travis. Dieser Ausdruck mangelnden Vertrauens brachte ihm einen mißbilligenden Blick von Jake ein, aber Travis meinte nur: »Das soll keine Beleidigung sein.«

»Was machen wir jetzt?« fragte Carolyn. »Wir können die Ausrüstung nicht kilometerweit durch das Gestrüpp schleppen.«

»Da vorne ist ein Tor«, bemerkte Travis.

Nick schüttelte den Kopf. »Nein, das Tor ist mit einer Alarmanlage gesichert. Wir müssen uns ein Loch in den Zaun schneiden.«

Jake verzog ungläubig das Gesicht. »Sie haben eine Alarmanlage am Tor, und wenn man den Maschendraht aufschneidet, passiert nichts?«

Nick lachte. »Kein Mensch, der seine fünf Sinne beieinander hat, will hier einbrechen, Jake. Es gibt hier nichts zu stehlen. Die Alarmanlage soll nur dafür sorgen, daß das Tor wieder abgeschlossen wird, wenn jemand drinnen etwas zu tun hat.«

Bei der Ausrüstung, die Harry Sinclairs Verbindungsmann in New Jersey geschickt hatte, befanden sich auch zwei Drahtscheren mit langen Handgriffen, mit denen sie sehr schnell bewerkstelligten, was Leute, die ihre fünf Sinne beieinander hatten, angeblich niemals tun würden. Als sie fertig waren, war das Loch gerade groß genug, um den Wagen durchzulassen.

Jake zuckte zusammen, als das Metall am Lack des Autos entlangschrammte.

Als sie das Loch passiert hatten, lenkte Nick den Wagen wieder auf die Straße, die auf der anderen Seite des Tors weiterführte. Nach einer weiteren halben Meile stießen sie, wie Nick es vorausgesagt hatte, auf einen weiteren Zaun mit einem Tor. Nick parkte den Wagen und drehte sich zu den anderen um. »Da wären wir«, verkündete er. »Da habt ihr eure Giftmüllsperrzone.«

»Aber wir sind doch mitten im Wald«, widersprach Travis. »Ich dachte, es müßten viele Lagerhallen dasein.«

»Sieh doch mal genau hin«, sagte Carolyn. »Die Lagerhallen sind da, sie sind nur überwuchert.«

In seiner Blütezeit war dieses Gelände kultiviert und in flaches Grasland verwandelt worden, das sich in jeder Richtung bis zum Horizont erstreckte. Nur die endlosen Reihen von Magazinen hatten sich wie Wellen in einem Meer von Gras erhoben. Heute war dieser Teil des Industriegebiets so überwuchert, daß die Natur alles, was hier einmal gebaut worden war, unsichtbar machte. Wo früher Straßen waren, wuchsen jetzt Bäume, und ein undurchdringliches Dickicht aus Büschen, Schling- und Kriechgewächsen hatte das Gras erstickt. Für einen unvoreingenommenen Beobachter konnte es so aussehen, als sei dieser Bewuchs schon ewig dagewesen und niemals von Menschenhand angetastet worden. Bei genauerem Hinsehen fiel jedoch auf, daß sich das Gelände unter dem dicken Pflanzenteppich in immer gleichen Abständen erhob. Je länger sich Travis in seiner Umgebung umsah, desto besser konnte er das Munitionslager erkennen.

Am deutlichsten wurde es, als er die erste betongefüllte, stählerne Feuerschutztür entdeckte, die tief in einem grünen Tunnel genau in der Mitte eines Hügels steckte. Nachdem er eine entdeckt hatte, fielen ihm auch die anderen auf. Er brauchte nur den Kopf zu drehen, um Dutzende davon zu zählen.

»Donnerwetter«, flüsterte er voll Verwunderung. »Das sieht ja richtig unwirklich aus.«

»Ist es hier sicher, Nick?« fragte Carolyn.

Er nickte gleichmütig. »Ich würde nicht gerade mein Traumhaus hier hinstellen, aber für die kurze Zeit, die wir uns hier aufhalten wollen, sollte es ziemlich ungefährlich sein.« Nick öffnete die Wagentür und stieg aus. Die anderen folgten ihm zum Zaun und sahen zu, wie er ein Loch hineinschnitt, das gerade groß genug war, um hindurchzuschlüpfen.

Dann kletterten sie alle auf den Gipfel der nächstgelegenen Erhebung. »Seht ihr das?« fragte Nick. Sie sahen in die Richtung, in die er deutete. Zwei Hügelreihen weiter war ein schwärzlichbrauner Fleck zwischen dem leuchtenden Herbstlaub zu erkennen. »Da müssen wir hin.«

»Allmächtiger«, sagte Jake überwältigt. »Das ist ja die reinste Mondlandschaft.«

Nick stimmte zu. »Die nächsten hundert Jahre wird dort wohl schwerlich etwas wachsen.« Er sah von einem zum anderen. »Seid ihr bereit?«

»Tja«, sagte Travis mit einem seltsamen Gesichtsausdruck. »Ich habe keine Ahnung, wie man mit der Ausrüstung umgeht.«

Jake lächelte und fuhr mit der Hand durch die Haare des Jungen. »Das macht nichts«, sagte er. »Weil du nämlich hierbleibst.«

»Ich bleibe nicht hier!«

Jake unterbrach seinen Abstieg und hörte auf zu lächeln. »Travis, der Grund ist nicht, daß du nicht gut genug oder nicht schlau genug oder nicht stark genug bist. Der einzige Grund ist, daß wir nur drei Schutzanzüge haben. Du mußt hierbleiben und

aufpassen, ob einer von den Wachleuten aufkreuzt. Wenn du irgendwas hörst, mußt du uns warnen.«
Einen Augenblick lang machte Travis ein Gesicht, als wollte er widersprechen. Aber dann sagte er nichts und half statt dessen, den Wagen auszuladen.

Vizesheriff Sherman Quill fluchte leise vor sich hin, als er den Schlagstock aus dem Gürtel zog und auf seinen Platz neben dem Fahrersitz legte. *Ich hasse es, dorthin zu fahren!*
Seit er bei Polizei war, war das Industriegebiet der Fluch seines Daseins. Sooft er seine Runden drehte, war dort wieder jemand am Bumsen, und weil sie nur zu zweit auf der Station waren, mußte er sich um fünfzig Prozent aller Fälle kümmern. Aus irgendeinem unerklärlichen Grund hielten die Teenager – er hatte sogar schon welche aus Little Rock verhaftet – die Giftmülldeponie für einen romantischen Ort.
Bisher war noch niemand dumm genug gewesen, zum Bumsen über den Zaun zu klettern, aber oft waren sie nahe dran. Sie verrieten sich, indem sie an den Schlössern der Tore herumspielten. Wären nicht die Stacheldrahtrollen auf dem Zaun, würden sie sicher täglich darübersteigen. Verrückte Kinder.
Er befand sich auf dem Weg zu einer Kontrollfahrt. Offenbar hatte eine hochrangige Dame vom FBI den Chief angerufen und ihm gesagt, daß es da draußen Ärger geben würde. Wenn er den Chief richtig verstanden hatte, wollten die gleichen Leute wiederkommen, mit denen damals alles angefangen hatte, und es noch einmal versuchen.
»Das ist doch Blödsinn«, murmelte er vor sich hin und wendete seinen zehn Jahre alten Ford. »Mein Gott, es ist doch gar nichts mehr übrig, was brennen könnte.«
Trotzdem war es ein sehr unterhaltsamer Gedanke, die Schurken zu fassen zu kriegen, durch deren Schuld alles Leben in seiner Stadt erstorben war. Shermans Familie hatte seit Generationen in

dieser Gegend gelebt. Selbst in den schlimmsten Zeiten, in den sechziger Jahren, als Sherman selbst ein Teenager gewesen war, waren sie hiergeblieben. Damals blieb man eben da, weil man nicht wußte, was man sonst tun sollte. Jetzt flüchteten die jungen Leute aus Newark, sobald sie alt genug waren, um für sich selbst zu sorgen. Wenn sie Glück hatten, gingen sie irgendwo aufs College und bekamen anständige Jobs. Für die anderen, für Leute wie Sherman, die sich mühsam durch die Highschool kämpften, um überhaupt ein Abschlußzeugnis zu bekommen, war es verdammt schwer, eine Anstellung zu bekommen, mit der sie genug verdienten, um satt zu werden. Im Stadtzentrum von Newark gab es keine Läden, Büros oder Lokale mehr. Das Krankenhaus war nur deshalb noch in Betrieb, weil der Staat es verlangte. Sie hatten dort wahrhaftig genug Arbeit, aber keiner von den Patienten hatte das nötige Geld, um die Rechnungen zu bezahlen.

Wenn Sherman die Kerle zu fassen kriegen würde, die daran schuld waren, daß alle Welt sich vor seiner Heimatstadt fürchtete, wäre das das schönste Geschenk, das er bekommen könnte.

Das Dumme an der Sache mit dem Giftmüll war, daß es für die Einheimischen trotz der Versicherungen der EPA-Experten, daß alles völlig ungefährlich sei, sehr schwierig war, nicht auf den Rest der Welt zu hören, der Newark, Arkansas, im gleichen Licht sah wie Love Canal oder Tschernobyl. Instinktiv hatte man das Bedürfnis, den Ort zu meiden wie die Pest.

Deshalb haßte es Sherman auch so, zum Industriegebiet hinauszufahren. Er war vor achtzehn Jahren zur Polizei gegangen, um das Verbrechen und die Verbrecher zu bekämpfen, und die konnten weiß Gott gefährlich genug sein. Aber auch die übelsten Schurken, mit denen er es zu tun hatte, waren sichtbare, lebendige Menschen. Da draußen jedoch in der Giftmülldeponie waren die schlimmsten Gefahren unsichtbar.

Das hatten die Schlipsträger der EPA sehr deutlich gesagt. Die Chemikalien, die da draußen verschüttet worden waren, waren größtenteils ohne Geschmack und Geruch, und die, die man riechen konnte, waren so giftig, daß man bereits vergiftet war, wenn man sie roch.

Was hatte die EPA also getan, um die Anwohner zu schützen? Sie hatte einen Zaun gebaut. Als ob die Bakterien oder Atome oder wie auch immer die giftigen, kleinen Monster heißen mochten, Schwierigkeiten haben würden, einen Zaun zu überwinden. Wer führte hier also wen an der Nase herum?

Ein Zaun war nichts als ein Zaun, und ein Hindernis war er nur für Menschen und Tiere.

Das hatte ihn auf die Idee gebracht, daß nach vierzehn Jahren Inzucht vielleicht sehr eigenartige, seltsam aussehende Rehe innerhalb der Zäune leben könnten. Sherman und seine Freunde, die alle eifrige Jäger waren, hatten oft darüber geredet, und Sherman pflegte zu sagen, wenn eines dieser Rehe ihn eines Tages mit menschlicher Stimme anreden würde, würde er Newark endgültig verlassen.

Mein Gott, wie er diesen Teil seines Jobs haßte!

Kapitel 30

Clayton Albrichts engste Mitarbeiter hatten sein Büro in »Kriegszentrale« umgetauft. Ein Dutzend Leute arbeiteten an fünfzehn Telefonen daran, die Haut ihres Chefs zu retten, und das Büro war ein einziges Chaos.

Sie waren sich von Anfang an alle darüber einig, daß es einen völlig falschen Eindruck machen würde, wenn der Senator zu Hause blieb und von dort aus versuchte, den Schaden zu begrenzen. Das Staatsschiff von Illinois mußte stark und sicher wirken, auch wenn es ein riesiges Leck davongetragen hatte.

Lieber zu spät als gar nicht, begann Clayton seinen offiziellen Tag gegen zwei Uhr nachmittags. Er lächelte höflich und winkte dem Heer von Reportern und Kameraleuten freundlich zu, als er sein Oldsmobile aus der Garage fuhr, aber er weigerte sich, irgendwelche Fragen zu beantworten. »Ich bin sowieso schon zu spät dran«, rief er ihnen durch das Wagenfenster zu. Als Mann des Volkes fuhr der Senator selbst und saß allein im Auto. Sein Stabschef, Chris MacDonald, und seine Pressesekretärin, Julie Baker, schlichen sich zur Hintertür hinaus und fuhren selbständig in ihren eigenen Autos, die sie eine Straße weiter geparkt hatten.

Die Autoschlange der Presseleute war sehenswert. Auf der Fahrt von seiner Wohnung in McLean, Virginia, zum Capitol Hill war Clayton ernstlich besorgt um die Sicherheit der anderen Autofahrer. Die Pressemenschen waren so intensiv damit beschäftigt, jede seiner Bewegungen zu fotografieren, daß sie die einfachsten Verkehrsregeln mißachteten. Bei der Einfahrt in die Ringstraße kollidierte um ein Haar ein Lastwagen mit einem neunachsigen Tanklastzug. Im Interesse der öffentlichen Sicherheit schaltete

der Senator seine Blinklichtanlage ein und verlangsamte sein Tempo auf fünfundfünfzig Meilen pro Stunde, so daß alle Kamerateams zu ihren obligatorischen Schnappschüssen von ihm auf dem Weg zur Arbeit kamen. Er hielt sich auf der rechten Fahrspur, machte sein verbindlichstes Konferenzgesicht und versuchte nicht daran zu denken, wie dringend er niesen mußte.
Die Tiefgarage unter dem Russell Senate Office Building erwies sich als Ort der Befreiung. Die Sicherheitsvorschriften gestatteten es den Reportern und Fotografen nicht, ihn bis zu seinem Parkplatz zu verfolgen. So war er wenigstens ein paar Minuten lang allein und konnte in der Stille seines Wagens seine Gedanken ordnen. Diese Geschichte war erst einen Tag alt, und sie begann bereits, außer Kontrolle zu geraten.
Clayton seufzte. Das würden ein paar sehr anstrengende Wochen werden. Die Fahrt mit dem Aufzug dauerte ihm viel zu kurz. Als er die polierte Holztür öffnete und in den marmorgepflasterten Vorraum trat, hatte sich die Phalanx der Reporter schon wieder neu formiert und drängte sich hinter ihm her bis in sein Vorzimmer, wo Julie Baker bereits Kaffee und Snacks für die Geier bereithielt.
Als er schließlich die Hand nach der Türklinke seines privaten Büros ausstreckte, drehte Clayton sich um und sah seine Verfolger zum ersten Mal an. »Ladies and Gentlemen«, begann er so leise, daß er dadurch alle anderen zwang zu verstummen. »Die Geschichten, die heute morgen über mich in der *Washington Post* stehen, sind absolut unwahr. Ich habe meinen Verdacht, wodurch dieser gemeine Angriff auf mich ausgelöst worden sein dürfte, aber bevor ich mich nicht genauer darüber informiert habe, kann ich Ihnen wirklich nichts sagen. Sowie ich diese Informationen habe, werden Sie die ersten sein, die es erfahren. Vielen Dank.«
Im Raum wurden hundert Fragen gleichzeitig gestellt, aber er drehte sich einfach um und verschwand durch die Tür. Das Zen-

trum aller Aktivitäten schien der Konferenzraum auf der rechten Seite zu sein. Also begab er sich dorthin. Als er die Tür der Kriegszentrale öffnete, trat sofort allgemeines Schweigen ein. Clayton winkte Chris MacDonald, ihm zu folgen, und kaum hatte er ihnen den Rücken zugedreht, fuhren alle mit ihren Tätigkeiten fort.

»Guten Morgen, Senator«, sagte Veronica, als Clayton auf dem Weg in sein eigenes Büro das ihre betrat. Unter den gegebenen Umständen erschien sie viel zu fröhlich, aber Clayton nahm ihr das keineswegs übel. Es gehörte einfach zu ihrem Job, optimistisch zu bleiben, auch wenn die Stimmung aller anderen auf dem Nullpunkt war.

»Vielen Dank, Ronni.« Clayton nahm die Tasse Kaffee entgegen, die sie für ihn zubereitet hatte, und ließ sich von ihr aus dem Mantel helfen. »Wie fühlen Sie sich?«

Veronica gab ein schnarchendes Geräusch von sich und zog die Lippen zusammen, so daß sich tiefe Furchen in der sowieso schon faltigen Haut um ihren Mund bildeten. »Diese Reporter bringen mich so in Wut«, schnaubte sie. »Manchmal wünsche ich mir, daß jemand alle Zeitungen in die Luft sprengen würde.«

Clayton lächelte. »Wissen Sie, Ronni, genau den gleichen Gedanken hatte ich heute morgen schon mehrfach.«

»Ich kaufe den Sprengstoff«, stimmte Chris MacDonald mit ein, der hinter seinem Chef in der Tür stand. Mit seinen fünfzig Jahren war er der jüngste im Raum, und mit einem Meter zweiundachtzig war er um fünfzehn Zentimeter größer als der Senator.

»Bei solchen Gelegenheiten können wir nur hoffen, daß keine Wanzen im Raum sind«, murmelte Clayton. Er führte Chris in sein Büro und schloß die Tür hinter sich.

Chris setzte sich unaufgefordert in seinen angestammten Ledersessel vor Claytons Schreibtisch. Nach all den Jahren brauchte er dazu keine besondere Einladung mehr, und er hätte schwören können, daß die Form seiner Kehrseite inzwischen tief in das Sitzpolster eingeprägt war. Auch im größten Chaos war Chris niemals aus der Ruhe zu bringen. Als Veteran aus fünfundzwanzig Jahren politischer Kriege an Senator Albrichts Seite war Chris MacDonald genau der Mann, den man sich als Helfer in einer Krise nur wünschen konnte. Clayton wußte das, und Chris wußte es auch.

»Was gibt es also zu berichten?« eröffnete Albricht das Gespräch. Schon aus der Körperhaltung seines Stabschefs zog er den Schluß, daß an diesem Tag noch nichts Gutes passiert war.

Chris öffnete die lederne Mappe auf seinem Schoß. »Es wird nur immer abscheulicher, Sir«, sagte er gleichmütig. »Der ehrenwerte Herr aus Arizona hat bereits Ihren Rücktritt gefordert.«

»Na, das ist aber eine Überraschung«, meinte Clayton und ließ sich in seinem hochlehnigen Ledersessel nieder. Chris zog seine aus einem Supermarkt stammende Lesebrille aus der Jackentasche und setzte sich das weiße Plastikgestell auf die Nase. Dann las er aus seinen Papieren vor: »Das amerikanische Volk hegt einen solchen Abscheu gegen Pädophile, daß bereits der bloße Verdacht auf ein derartiges Verbrechen die Fähigkeit eines Gesetzgebers, zu regieren, schmälert …«

»Lieber Gott!« schimpfte Clayton. »Und das von einem Mann, der jedes hübsche, junge Ding auf dem Capitol Hill gebumst hat!«

Chris fuhr unerschütterlich fort: »… Nicht nur um seiner eigenen Reputation willen, sondern auch wegen des Ansehens seiner geschätzten Kammer wäre es wünschenswert, daß der Senator von Illinois den Anstand besitzen würde, zurückzutreten und uns allen die Peinlichkeit seines unvermeidlichen Sturzes zu ersparen.« Chris blickte auf. »Mein Gott, macht dieser Mann ein Geschwätz!«

Einen Augenblick lang schwiegen beide. Gewöhnlich übernahm Chris die Führung bei diesen dreimal täglich stattfindenden Besprechungen. Aber unter den gegebenen Umständen hatte er das Gefühl, daß der Senator die Reihenfolge der Themen selbst bestimmen müßte.

Endlich begann Clayton mit einem tiefen Seufzer. »Hat irgend jemand von unserer eigenen Partei zu unseren Gunsten Stellung genommen?«

Er kannte die Antwort bereits, und Chris antwortete nur mit einem entsprechenden Blick. Der Blutrausch breitete sich von Stunde zu Stunde aus und wurde immer wütender. Albricht war sich darüber im klaren, daß seine Kollegen sich von ihm zurückziehen würden. Die Medien hatten ihn zum Verbrecher der übelsten Sorte gestempelt, und wenn sich auch viele bemühten, unvoreingenommen zu bleiben, so glaubte die Zuhörerschaft eben doch, was die Medien behaupteten. Manche Vergehen – oder auch nur das Gerücht solch eines Vergehens – erschienen dem Durchschnittsamerikaner als unverzeihlich, und ein kluger Politiker würde seinen Gegnern niemals eine so einladende Angriffsfläche anbieten wie eine freundliche Beziehung zu einem Mann, der kleine Jungen vernaschte.

Je mehr Clayton seine Unschuld beteuerte, desto schuldbewußter wirkte er, und jedermann wußte, daß nur der Schuldige sich ständig verteidigte.

Lieber Gott, Frankel war wirklich gut. Wie auch immer er diese Geschichte eingefädelt hatte, er hatte dabei echte Meisterschaft bewiesen. Aber es gab auch noch den Zeitfaktor. Claytons Wähler würden sich in den nächsten fünf Jahren noch nicht mit der Angelegenheit auseinandersetzen müssen. Glücklicherweise schienen Worte allein keinen bleibenden Schaden mehr anzurichten – eine Tatsache, die täglich durch den Lügenbeutel, der gegenwärtig Besitzer des Weißen Hauses war, bewiesen wurde. Wenn es den Medien langweilig wurde, vergaß die Öffentlichkeit die ganze Geschichte. Allerdings genossen der Präsident und seine Freunde den Vorteil, daß ihre Partei diejenige war, die von den Medien bevorzugt wurde. Dennoch konnte Clayton sich nicht vorstellen, daß seine Geschichte fünf Jahre lang interessant bleiben könnte. Sicher würden seine zukünftigen Gegner sie im entscheidenden Moment wieder hervorziehen, aber bis dahin würden die Gefühle der Wähler längst abgeflaut sein.

»Ich will Frankels Kopf«, verkündete Clayton.

Chris hob die Augenbrauen. »Sie meinen, daß Sie immer noch dagegen ankämpfen wollen, daß er Direktor wird?« Politisch gesehen konnte es auf diese Frage nur eine richtige Antwort geben, und die bedeutete, daß Clayton die Kröte schlucken mußte.

»Ich pfeife darauf, ob er Direktor wird oder nicht. Ich hänge den Schurken auch als Direktor. Je höher er aufsteigt, desto größer wird der Fettfleck, wenn er endlich auf dem Boden aufschlägt.«

Chris unterdrückte ein Lächeln. Die bildhafte Ausdrucksweise seines Chefs war die Eigenschaft an ihm, die den beliebtesten Politiker in Illinois zum meistgehaßten Mann in Washington machte. »Hecken Sie gerade einen Plan aus, oder ist das nur ein Wunschtraum?«

Clayton beugte sich in seinem Stuhl vor und stützte die Ellenbogen auf die spiegelnde Mahagoniplatte seines Schreibtischs. »Verdammt noch mal, der Schurke hat gegen das Gesetz verstoßen, und er hat es mit der ausgesprochenen Absicht getan, mir und meiner Familie zu schaden. Und das schon zum zweiten Mal. Ich muß eine Möglichkeit finden, ihn zu ruinieren, Chris, und wenn ich mit ihm fertig bin, sollen die Leute nach seinem Kopf schreien.«

Chris' Augen wurden schmal. »Was schlagen Sie vor, Sir?«

Sein Tonfall schien Albricht zu irritieren. »Sehen Sie mich nicht so an. Ich schlage nichts Ungesetzliches vor. Nun ja, jedenfalls nichts so Ungesetzliches wie das, war er mit mir anstellt.«

MacDonald runzelte die Stirn und schwieg. Dann schlug er seine Ledermappe zu. »Senator«, sagte er bedächtig, »ich weiß, wie Sie das alles erbittert, aber Sie dürfen nicht vergessen, mit wem wir es hier zu tun haben. Es handelt sich nicht um einen unbedeutenden politischen Rivalen, Sir. Es handelt sich um das gottverdammte FBI. Und es hat die volle Unterstützung des Präsidenten der Vereinigten Staaten. In dem Moment, in dem sie merken, daß Sie das Spinnennetz zu zerreißen versuchen, das sie mit solcher Mühe gesponnen haben, werden sie Anklage gegen Sie erheben. Das Land liebt Frankel, und die Leute glauben, daß das Gras rosa ist, wenn der Präsident das versichert.«

Albricht spann seinen Gedankengang fort: »Und jedermann außerhalb des mittleren Westens hält mich für Adolf Hitler.«

Chris zuckte die Achseln. »Na ja, schließlich *wollen* Sie ja auch all die Kinder und alten Leute umbringen lassen, nicht wahr?«

»Legen Sie sich nicht mit mir an.« Clayton erhob drohend den Zeigefinger, aber sein trockenes Lächeln war ausgesprochen herzlich. »Also, was schlagen Sie vor, Chris? Soll ich einfach dasitzen und nichts tun?«

MacDonald zuckte die Achseln. »Ehrlich gesagt … ja. Politisch gesehen dürfte das das beste sein. Wenn Sie nichts tun, bekommt Frankel seinen großen Stuhl, und alles andere wird einfach im Sande verlaufen. Wenn Sie in fünf Jahren immer noch Wert auf diesen undankbaren Job legen, haben Sie immer noch gute Chancen bei Ihren Wählern.«

Albricht lehnte sich wieder zurück und drehte sich mit seinem Stuhl um, so daß er das Kapitol betrachten konnte. Er dachte sorgfältig über den Vorschlag seines Stabschefs nach, dann drehte er seinen Stuhl langsam wieder zurück und sah Chris an. »Zur Hölle mit aller politischen Klugheit. Ich bin als Politiker sowieso ein Fossil. Als Frankel mich das letzte Mal in der Mangel hatte, habe ich einfach nichts gegen ihn getan. Ich habe das politisch Klügste getan, mit dem Erfolg, daß diese Kakerlake wiedergekommen ist und mich zum zweiten Mal belagert. Diesmal ist es persönlich, Chris.«

Chris schüttelte den Kopf und schloß die Augen. »Ich würde das an Ihrer Stelle nicht tun, Senator, und Sie können das nicht von uns verlangen. Ich werde nicht …«

»Ach du lieber Gott, Chris, jetzt hören Sie doch erst mal zu. Ich will ganz bestimmt nicht, daß irgend jemand gegen irgendwelche Gesetze verstößt. Ich will die Gesetze nicht einmal dehnen. Ihr sollt euch nur ein bißchen mit Frankels Hintergrund beschäftigen. Wenn alles ordnungsgemäß verlaufen wäre, hätte ich eine ganze Tonne Dreck über ihn zusammengetragen und ihn bei seiner Anhörung im Zeugenstand zur Strecke gebracht. Das ist nun nicht mehr möglich. *C'est la vie*. Aber Frankel hat überall im Land seine Feinde, und ich möchte, daß ihr sie alle ausfindig macht.«

»Mit welcher Begründung?«

Albricht zuckte die Achseln. »Das ist mir egal. Haltet das alles ganz inoffiziell. Macht einfach alle Leute ausfindig, die ihn hassen, und macht euch jede Menge Notizen. Irgendwann werden wir genug in der Hand haben, um ihn damit zu ersticken.«

Chris öffnete seine Mappe wieder und machte sich ein paar Notizen. »Und wie wollen Sie das bezahlen?« fragte er und sah wieder auf.

Albrichts Gesichtsausdruck besagte deutlich: *Laß mir ein bißchen Zeit.*

»Hab's verstanden.« Chris stand auf. »Und was machen wir mit der Presse?«

Albricht runzelte die Stirn. »Sag Julie, sie soll sie gut füttern.«

Nachdem nun klar war, was er zu tun hatte, erhob sich MacDonald von dem seinem Gesäß angepaßten Stuhl, verließ Albrichts Büro und schloß die Tür hinter sich.

Allein in seinem stillen Büro, drehte sich der Senator noch einmal mit seinem Stuhl um und betrachtete seine Lieblingsaussicht. Alle Einwände, die Chris geäußert hatte, waren berechtigt, und trotz seiner prahlerischen Reden fürchtete Clayton sich vor weiteren Verfolgungen durch Frankel. Der Gedanke an die Fotos, von denen Wiggins am Telefon gesprochen hatte, ließ ihn vor Angst zittern. Weiß der Himmel, was für abstoßende Posen sie sich ausgedacht hatten, um sie mit seinem Gesicht zu versehen.

Für ihn stand hier wirklich sehr viel auf dem Spiel. Seine Zukunft im Senat war ihm, ehrlich gesagt, nicht mehr besonders wichtig – schließlich war er lange genug auf seinem Posten gewesen –, aber es war ihm mehr als wichtig, was einmal in den Geschichtsbüchern über seine Arbeit stehen würde.

Das Schlimme war, daß Leute wie Albricht gerade dadurch, daß ihnen solche Dinge wichtig waren, zur leichten Beute für die politischen Hyänen in Washington wurden.

Clayton Albricht hatte seine Karriere auf dem moralischen Empfinden der Mittelklasse aufgebaut, und er hatte teuer dafür bezahlt. Während seine Kollegen logen, ohne ein schlechtes Gewissen dabei zu haben, war er selbst immer stolz darauf gewesen, daß er in der Lage war, politische Klugheit mit absoluter Korrektheit zu vereinbaren. Jetzt, da er am Abgrund stand, waren seine Unschuld und sein Sinn für Fairneß seine größten Schwächen, während seine Gegner durch eine Betrugskampagne immer stärker wurden.

Vielleicht war es wirklich Zeit für ihn, in den Ruhestand zu gehen. Er war sowieso nicht sehr glücklich mit der Art und Weise, wie sich die Erde in letzter Zeit gedreht hatte. Aber er konnte Frankel das Feld auch nicht kampflos überlassen. Wenn er das tat, wohin würde das alles dann führen? Vielleicht war *das* Albrichts geschichtliche Aufgabe. Vielleicht würden seine lebenslangen Kämpfe um Gesetzesinitiativen zuletzt durch diesen einen Kampf zwischen Gut und Böse in den Schatten gestellt werden. Der weiße Helm gegen den schwarzen, ganz wie in den alten Filmen seiner Jugend.

Vielleicht würde der Schönling nach der Schlacht einsehen müssen, daß er sich zu sehr darauf verlassen hatte, daß die Leute eher

bereit sein würden, seinen blitzblauen Augen Glauben zu schenken als dem faltigen Gesicht eines alten Mannes.
Aber wie auch immer der Kampf zuletzt ausgehen mochte, jetzt mußte er jedenfalls erst einmal sehr vorsichtig sein. MacDonald hatte vollkommen recht mit seiner Befürchtung, daß man Clayton den Vorwurf des Amtsmißbrauchs machen würde, wenn er seinen eigenen Stab dazu benutzte, den Dreck aus Frankels Vergangenheit auszugraben. Er brauchte Hilfe von jemand anderem …
Die Inspiration traf ihn mit fast physischer Gewalt. Es war ihm unverständlich, warum er nicht schon vor Stunden auf diesen Gedanken gekommen war. Jetzt war es an der Zeit, ein bißchen Politik im guten, altmodischen Chicago-Stil zu machen.
Und dieses Spiel beherrschte niemand besser als sein alter Freund Harry Sinclair. Clayton ließ die üblichen Formalitäten außer acht und wählte die Nummer selbst.

Kapitel 31

E*in Leichensack mit Fenster.*
Jake hatte ganz vergessen, was für eine besondere Art von Panik ihn jedesmal überkam, wenn er sich in einen dieser verdammten Anzüge einsiegelte. Die Welt wurde sehr klein, wenn das einzige Geräusch, das man hören konnte, das des eigenen Atems war. Er vergewisserte sich, daß er an sein Notfallmesser herankam, und mußte lächeln. Wenn es sein mußte, konnte er sich nicht nur aus dem Anzug herausschneiden, mit der Glock, die immer noch an seiner Hüfte hing, konnte er sich sogar herausschießen.
Wie es bei Trainingsausrüstungen meistens der Fall war, waren die Sachen alt, aber funktionsfähig. Carolyn hatte darauf bestanden, sie auf ihre Dichte zu testen. Sie hatten sie auseinandergeschüttelt, etwa so, wie man einen Teppich ausschüttelt. Als sie glatt dalagen und sich die Körper, Arme und Beine der Anzüge mit Luft füllten, hatten sie die Reißverschlüsse geschlossen und die Beine fest zusammengerollt, so daß der obere Teil prall mit Luft gefüllt wurde. Nachdem sie auf diese Weise kein Loch entdecken konnten, hatte Carolyn die Anzüge für gebrauchsfähig erklärt.
Niemand sagte etwas. Es war zwar viele Jahre her, aber Jake konnte sich aus alten Tagen noch gut daran erinnern, daß diese Situation immer die Zeit für Machogehabe, alle möglichen Streiche und spöttische Bemerkungen gewesen war. Diesmal war ihre unterschwellige Furcht deutlich zu spüren.
Hoffentlich jagen wir nicht nur einem Wunschtraum nach, dachte Jake. Wenn bei diesem Versuch nichts herauskam, hatten sie einfach keine Chance mehr.
Als alle drei soweit waren, trat Travis erst zu Nick, dann zu Jake

und zuletzt zu Carolyn und schloß die schweren Reißverschlüsse. Bei Carolyn blieb er eine Weile stehen und sagte etwas zu ihr, das Jake nicht hören konnte, was aber eine lange Umarmung zwischen den beiden zur Folge hatte. Einen Augenblick lang war Jake eifersüchtig. Je mehr Travis sich dem Erwachsensein näherte, desto deutlicher wurde es, daß seine Mutter ihm wichtiger war als sein Vater, und Jake wußte genau, daß es vermutlich immer so bleiben würde. Bei der Erkenntnis wurde ihm die Kehle eng, und die Umgebung verschwamm vor seinen Augen, aber er schüttelte den Gedanken ab. Für so etwas war jetzt keine Zeit.

Als Carolyn endlich in ihren armeegrünen Butylgummianzug eingesiegelt war, streckte sie die Hand mit erhobenem Daumen aus, und die anderen machten es ihr nach. Sprechfunkgeräte waren bei der Ausrüstung nicht dabeigewesen, aber sie hatten ein System einfacher Handzeichen entwickelt, mit denen sie Botschaften austauschen konnten. Das wichtigste war das allgemeine Notsignal, bei dem beide Hände gerade in die Luft gestreckt wurden. Selbst in den alten Zeiten hatte mit diesem Signal niemand Unfug getrieben. Wenn jemand die Hände über den Kopf erhob, mußte er wirklich in ernsthafter Gefahr sein; dann würden alle Kameraden ihr Leben riskieren, um den Betreffenden schnellstens in Sicherheit zu bringen.

Nick befestigte noch das Anzeigegerät für brennbares Gas mit Klebeband an seinem Ärmel, dann hob er den Vorschlaghammer auf und ging voran. So unwahrscheinlich es auch war, daß sie im Inneren des Magazins auf brennbare Gase stießen, so war Feuer doch das einzige, wogegen diese Gummianzüge nicht den geringsten Schutz boten. Wenn das Anzeigegerät an seinem Ärmel beginnen sollte zu vibrieren, würden sie den Versuch abbrechen und später entscheiden, was sie tun wollten. Alle drei hatten tragbare Laternen über die Schultern gehängt, Jake schleppte das Brecheisen, während Carolyn die Leichensäcke übernahm.

Noch einmal hoben sie alle die Daumen, und dann war es Zeit,

sich auf den Weg zu machen. Sie hatten bereits kostbaren Sauerstoff für fünf Minuten verbraucht, und die ausgeatmete Luft begann, ihre Anzüge aufzublasen. In Kürze würden sie alle wie der Marshmallow Man aus den *Ghostbusters* aussehen.
Trotz der Kühle des Nachmittags lief bereits der erste Schweißtropfen an Jakes Rückgrat herunter. Nach weiteren fünf Minuten würde er klatschnaß sein, und in den Fingerspitzen seiner Handschuhe und in seinen Stiefeln würden sich kleine Seen von Schweiß bilden. Als er als letzter in der Reihe hinter den anderen herstapfte, blieb er noch einmal stehen und sah sich nach Travis um, der zwischen den leeren Pappschachteln stand und auf einmal sehr klein aussah. Jake winkte ihm zu, aber sein Sohn wandte sich ab.

»Verdammt noch mal, das kann doch nicht wahr sein«, sagte Sherman Quill, als er seinen Polizeiwagen auf das Haupttor der Giftmülldeponie von Newark zusteuerte. Sooft er auch schon bei diesem gottverlassenen Ort gewesen war, dies war das erste Mal, daß er etwas Ungewöhnliches feststellte, abgesehen von den mit fleischlichen Vergnügungen beschäftigten Teenagern. Aber schließlich gab es für alles ein erstes Mal.
Jemand hatte ein Loch in den verdammten Zaun geschnitten. Er konnte immer noch die Reifenspuren im Gras erkennen, wo dieser Jemand durch die Öffnung und dann auf das Sperrgebiet zugefahren war.
Was soll ich jetzt machen, überlegte er. Das Loch im Maschendraht war bei weitem nicht groß genug für seinen Ford mit Blinklichtanlage und Dachantenne, und er hatte nicht das nötige Werkzeug dabei, um es zu vergrößern.
Er nahm das weiße Mikrofon aus seiner Halterung und hielt es sich an den Mund. »Wagen eins an Kontrollstelle«, sagte er mit eingeübt monotoner Stimme.
»Ich höre, Wagen eins«, antwortete die Telefonistin.

»Hi, Nan. Hör zu. Ich bin hier draußen beim Giftmüllager, und es gibt hier ein kleines Problem. Jemand hat ein großes Loch in den Zaun geschnitten. Ich werde mal nachsehen, was los ist, aber ich möchte, daß du Verstärkung für mich bei der Staatspolizei anforderst, ja?«

»Okay, Sherm«, antwortete Nan. In einem Ort von der Größe von Newark wäre die korrekte Ausdrucksweise im Funkverkehr einfach lächerlich gewesen. »Wartest du, bis ich festgestellt habe, ob Leute zur Verfügung stehen?«

Sherman dachte kurz nach. Eigentlich war das keine schlechte Idee, aber er wollte die Bösewichte auf keinen Fall entwischen lassen, und ebensowenig wollte er die Staatspolizei alarmieren, nur um festzustellen, daß nichts los war. »Nein«, antwortete er schließlich. »Ich sehe schon mal nach, während du telefonierst. Wenn ich etwas brauche, stoße ich einen Hilfeschrei über das Walkie aus.«

»Das ist gut, Sherm.« Er hörte, daß Nan bereits wählte, während sie sprach. »Sei aber vorsichtig.«

Sherman lächelte. Nan war die besorgte Großmama der ganzen Gegend. Sie arbeitete am Telefon sowohl für die Polizei als auch für die Feuerwehr und diente beiden nebenbei auch noch als Sekretärin.

»Das werde ich«, sagte er herzlich. Damit steckte er das Mikrofon wieder in die Halterung, kletterte aus dem Wagen, setzte seinen Smokey-the-Bear-Hut auf, steckte den Schlagstock in den Gürtel und schlug die Tür zu.

Travis beobachtete von der nächstgelegenen Erhebung aus, wie die anderen verschwanden. Er fühlte sich auf einmal sehr einsam. Ohne die anderen war der Wald viel zu still, und weil gar nichts zu hören war, spielten seine Ohren ihm Streiche. Sooft er ein Rascheln im Laub hörte, stellte sich heraus, daß es nur der Wind oder vielleicht ein Eichhörnchen war. In seiner Vorstellung jedoch waren diese Geräusche Anzeichen dafür, daß die Polizei mit Pistolen und Hunden im Anmarsch war. Seine Phantasie war so lebhaft, daß er hätte schwören können, er habe gehört, wie eine Autotür zugeschlagen wurde.

Er hatte die Gespräche der Erwachsenen aufmerksam verfolgt, und so war ihm der Plan in seinen Grundzügen bekannt. Nick meinte, daß es am schwierigsten sein würde, die schweren Schlösser an der Außentür des Magazins aufzubekommen. Zu diesem Zweck hatte er ein Ding, das er Dremel nannte, mitgebracht. Es sah eigentlich wie ein elektrischer Schraubenzieher aus, aber es hatte eine Karbidscheibe am Ende. Nick hatte gesagt, daß man mit dem Ding die Golden-Gate-Brücke mitten durchschneiden könnte, wenn man genug Zeit hätte. Travis vermutete, daß sie den Vorschlaghammer und das Brecheisen nur für den Fall mitgenommen hatten, daß das Schloß sich als stärker erwies als eine Brücke.

Wenn sie erst einmal drinnen waren, würden sie die Leiche, von der sein Vater ständig gesprochen hatte, in einen Sack stecken und irgendwo hinbringen. Was danach geschehen sollte, wußte er nicht. Er wußte nur, daß er es scheußlich fand, allein hier draußen herumzustehen. Je schneller sie es hinter sich brachten, um so glücklicher würde er sein.

Schon bald hörte er zu seiner Erleichterung das helle Kreischen einer kleinen Säge aus der Richtung, in die sie verschwunden waren. Ein paar Minuten später ertönte ein lautes Klingen von Metall auf Metall, dann ein metallisches Krachen und danach Stille. Wenn jetzt nach einer oder zwei Minuten niemand zurückkam, konnte er annehmen, daß Nick mit dem Schloß recht gehabt hatte und daß sie nun im Magazin waren, um durchzuführen, was sie vorhatten.

Es wird nur ein paar Minuten lang dauern.

Das hatte sein Vater in dem alten Wohnwagen in West Virginia behauptet. Als seine Mutter den Plan immer wieder zurückwies,

hatte sein Vater ihr versichert, daß es nur ein paar Minuten dauern würde. Ein paar Minuten, das konnten höchstens fünf Minuten sein. Wenn es länger dauerte, sagte man »etwa zehn Minuten« oder »eine Viertelstunde«. Also fünf Minuten.
Travis setzte sich in das herbstlich bunte Gestrüpp und lehnte sich an einen Baum. Fünf Minuten waren wirklich nicht schlimm. Sie waren ja schon fast vorbei. Er machte sich überhaupt keine Sorgen. Alles würde gut ausgehen.
Was ist das?
Manche Geräusche konnte man auch für etwas anderes halten, das hatte er an diesem Nachmittag gelernt. Aber nur das Sprechfunkgerät eines Polizisten klang wie das Sprechfunkgerät eines Polizisten. Und Travis konnte schwören, daß er genau das gerade gehört hatte. Er ließ sich auf Hände und Knie nieder und spähte angestrengt durch die Büsche. Da war etwas. In einiger Entfernung konnte er ihn erkennen. Er schlich sich vorsichtig durch das Gestrüpp und versuchte, sich so leise wie möglich zu bewegen. Dann hörte er wieder das Sprechfunkgerät, diesmal aber sehr viel leiser, so als hätte der Mann im Wald es leiser gedreht.
»O mein Gott«, flüsterte Travis. »Sie haben uns erwischt.« Seine Gedanken rasten.

Trotz des Lichtkegels, der in das Innere der Gruft fiel, schien die Dunkelheit undurchdringlich zu sein, wie ein schwarzes Loch, das auch das weiße Licht der Nachmittagssonne nicht durchschneiden konnte. Jake fühlte sich wie ein Grabräuber, gepeinigt von der abergläubischen Furcht, die Toten zu wecken. Er sah sich noch einmal um, um sich zu orientieren, bevor er hineinging, und augenblicklich kam die Erinnerung an das letzte Mal zurück, als er diesen Anblick vor sich gehabt hatte. Damals war alles in Feuer und Rauch gehüllt gewesen, und genau gegenüber, gleich auf der ersten Böschung, war der Mann mit dem Gewehr gestanden. In einen Tarnanzug gekleidet, hatte er Salve um Salve abgefeuert und seine Freunde getötet und um ein Haar auch ihn. Er sah schnell weg und stellte fest, daß die Erinnerung an die Vergangenheit viel schrecklicher war als die Realität der Gegenwart.

Sie ließen den Lichtschein ihrer Laternen durch die Dunkelheit wandern und sahen Hunderte von Quadratmetern Leere vor sich. Verbogene Überreste halbgeschmolzener Eisenregale erhoben sich über dem Betonfußboden, der mit unzähligen schwarzen Klumpen explodierter Munition übersät war. Erstaunlicherweise waren vielfach auch die Überreste alter Holzkisten durch irgendeine physikalische Besonderheit vor der vollständigen Vernichtung durch die Flammen bewahrt worden.

Als die drei Eindringlinge sich vorsichtig vom Eingang aus ins Innere der Ruine bewegten, wirbelten sie mit jedem Schritt kleine Wölkchen von giftigem Ruß auf, die sich träge von allen Oberflächen erhoben und in der Luft verteilten, so daß ein schmutziger, schwarzer Nebel entstand.

Jakes Anweisungen folgend, bewegten sie sich nach links. Er und Carolyn waren an jenem Tag im Jahr 1983 rechts gegangen, als er gesehen hatte, wie die Mitglieder des Entry-Bravo-Teams – *Mein Gott, wie ist es möglich, daß ich ihre Namen schon vergessen habe?* – ihre Lampen über ihren Köpfen schwenkten. Das war weit von ihm entfernt auf der linken Seite gewesen. Aber war es weiter links als die Tür? Er versuchte, sich daran zu erinnern, ob die Bravo-Leute jenseits des Lichtstreifens gestanden hatten, als sie mitgeteilt hatten, daß sie eine Leiche gefunden hatten, aber das Bild war einfach nicht mehr da. Würde die Suche doch schwieriger werden, als er sich das vorgestellt hatte?

Je mehr Jake sich bemühte, durch die immer größer werdende Rußwolke etwas zu erkennen, desto schwieriger wurde es. Das Licht seiner Laterne reichte nur etwa einen halben Meter weit, bevor der giftige Staub es erstickte. Aber er mußte einfach dasein, der Beweis, der ihnen ihr Leben zurückgeben würde.

Eingehüllt in die Dunkelheit, versuchte er die aufkommende Panik zu ersticken, indem er seine Atemzüge zählte.

Ein, aus, Jake, alter Knabe. Alle fünf Sekunden ein Atemzug. Zwölf in der Minute. Siebenhundertzwanzig in der Stunde ...

Er machte sich fast in die Hose, als ihn jemand am Arm berührte. An ihrer Größe erkannte er, daß es Carolyn war. Und sie zeigte mit ihrem Lichtstrahl auf etwas am Boden. Er mußte sich tief bücken, um zu erkennen, was es war, und als er es sah, schnappte er nach Luft. Es war ein Stiefel, vom gleichen Typ, den die Enviro-Kleen-Leute getragen hatten, und er war in erstaunlich gut erhaltenem Zustand. Bei näherem Hinsehen erkannte er, daß der Stiefel immer noch am Bein eines Raumanzugs hing. Er verfolgte das Bein mit dem Licht über eine Krümmung, die das Kniegelenk sein mußte, und weiter bis zur Taille und schließlich bis zum Helm. Er berührte nichts, und er schloß die Augen, als er mit seiner Lampe das Plexiglasvisier beleuchtete. Als er sie wieder öffnete, stellte er mit Erleichterung fest, daß das Visier durch das Feuer undurchsichtig geworden war. Dennoch sah er in seiner Vorstellung die leeren Augenhöhlen eines menschlichen Schädels zu ihm hinaufstarren.

Jake mußte wegsehen. Hätte nicht jemand schlecht gezielt und hätte er nicht ein so unglaubliches Glück gehabt, würde auch er hier liegen, oder Carolyn. Er mußte heftig schlucken, um die Welle von Übelkeit zu unterdrücken, bevor sie seine Kehle erreichte.

»Das ist der erste«, sagte er laut, obwohl die anderen ihn nicht hören konnten. Der Klang einer Stimme wirkte tröstlich auf ihn, auch wenn es nur seine eigene war. Die Versuchung, nach den Überresten seiner Freunde zu suchen, war überwältigend groß, aber er sagte sich, daß ihre Aufgabe hier eine andere war.

Die sterblichen Überreste zweier weiterer Enviro-Kleen-Leute, die der beiden anderen Mitglieder des Bravo-Teams, lagen nicht einmal einen Meter von dem ersten entfernt. Jake tröstete sich ein wenig mit der Stellung, in der sie dalagen. Die Tatsache, daß ihre Schutzanzüge zwar stellenweise geschmolzen, im großen und ganzen aber intakt waren, besagte, daß sie wenigstens nicht verbrannt waren (für ihn der schrecklichste aller schrecklichen Alpträume), und aus der Tatsache, daß sie ausgebreitet und nicht zusammengekrümmt dalagen, schloß er, daß sie nicht zu entsetzlich gelitten hatten. Zwar wußte er, daß seine Schlußfolgerungen auf sehr schwachen Füßen standen, aber er beschloß, trotzdem daran zu glauben.

Nick war derjenige, der schließlich fand, wonach sie suchten. Kaum zwei Meter von einem der Toten im Schutzanzug entfernt lag ein verstreuter Haufen kleinerer Knochen, anscheinend die Knochen eines Kindes. Da sie im Feuer keine schützende Hülle gehabt hatten, waren diese Knochen kaum noch als solche zu erkennen. Aber die Rückenwirbel und der Bogen der wenigen noch vorhandenen Rippen waren unverwechselbar und ließen keinen Zweifel zu.

Nick gestikulierte wild mit seiner Lampe und rief dadurch Jake herbei. Als dieser die Knochen erkannte, wußte er, daß sie am Ende ihrer Reise standen. Bevor er Carolyn zuwinken konnte, war sie auch schon mit dem Leichensack zur Stelle.

Jake war nicht religiös. Dennoch sprach er ein schnelles Gebet und bat um Verzeihung für die Entweihung, die er begehen wollte. Er schlug das Kreuzzeichen über sich – etwas, das er, solange er denken konnte, nicht mehr getan hatte – und machte sich an die schauerliche Aufgabe, die Überreste eines kleinen Kindes in einen Plastiksack zu legen.

Kapitel 32

Der Mann, der da herumschlich, war eindeutig ein Polizist. Travis konnte den Hut und das Polizeiabzeichen erkennen, als er eine Lichtung überquerte. Aus der Art, wie er sich bewegte, schloß Travis, daß er sie noch nicht entdeckt hatte, aber er wußte offensichtlich, wo er suchen mußte.

Panik überfiel ihn, und Travis sah über seine Schulter, ob die Erwachsenen vielleicht schon auf dem Rückweg waren. Es hatte nun schon viel länger als fünf Minuten gedauert.

Scheiße! Was soll ich machen?

Die Abschiedsworte seines Vaters brannten in seinem Gedächtnis: »Du mußt hier draußen warten und aufpassen, ob irgendwas Ungewöhnliches passiert.« Jetzt wurde ihm klar, was für ein blödsinniger Job das war. Er steckte bis über die Ohren in Ungewöhnlichem, und er hatte keine Möglichkeit, jemanden zu warnen.

Verdammt!

Der Polizist kam immer näher, und Travis, der verwirrt und mit gerunzelter Stirn dasaß, konnte gar nichts tun. Er mußte ihnen eine Nachricht zukommen lassen. Vielleicht sollte er rufen.

Gute Idee, du Idiot, schimpfte er mit sich selbst. *Da könntest du ja gleich aufstehen und eine Fahne schwenken.*

Also gut, rufen war ein dummer Einfall. Jedenfalls von hier aus. Vielleicht, wenn er näher hinging … jedenfalls nah genug, um zu sehen, was los war?

Um nicht gesehen zu werden, kroch er über den Kamm des Hügels und rutschte auf dem Hintern auf der anderen Seite wieder hinunter. Unten fand er sich auf einer Straße wieder, die genauso aussah wie die, an der sie geparkt hatten, und vor ihm lag ein ebensolches Magazin wie das, über das er soeben hinübergeklettert war. Er fing an zu rennen, umrundete den nächsten Hügel, statt darüberzuklettern, und stand plötzlich vor einer Mondlandschaft. Hier gab es nichts Lebendiges, kein Gras, keine Pflanzen. Selbst der Erdboden schien tot zu sein. An einer weiteren Straße, vielleicht fünfzig Meter entfernt, befand sich das offene Maul des ausgebrannten Magazins. Mit viel Phantasie konnte er sogar Bewegung im Inneren erkennen, aber keine Menschen.

Er überlegte wieder, ob er rufen sollte, aber er war immer noch zu weit weg. *Los, Travis, denk nach …*

Er mußte noch näher herankommen. Selbst wenn er den ganzen Tag nachdachte, war er immer noch zu weit weg, um rufen zu können, ohne von dem Polizisten gehört zu werden. Aber was war mit dem Staub? Lieber Gott, wie oft hatten sie das gesagt, daß man sterben würde, wenn man den Staub einatmete? Das glaubten sie jedenfalls. Aber er atmete den Staub doch schon ein, oder? Und es ging ihm immer noch gut. Vielleicht hatte das Zeug inzwischen seine Wirkung verloren oder war fortgeblasen worden. Nick hatte gesagt, daß das durchaus möglich war. Jedenfalls sollte er den Atem anhalten.

Wieder meinte er das Quäken des Sprechfunkgeräts zu hören und sah nervös zurück. Also gut, er würde einfach den Atem anhalten. Wenn er schnell hinein- und wieder herausrannte, würde es ihm sicherlich nicht schaden. Welche andere Wahl hatte er denn?

Er stellte sich auf die Linie, an der das Grün, Rot und Orange in eintöniges Schwarz überging, und atmete fünf- oder sechsmal tief ein. Er versuchte zu hyperventilieren, wie er es im Fernsehen die Schwimmer vor einem großen Wettkampf hatte tun sehen. Er würde es schaffen.

Achtung … fertig …

Wer, zum Teufel, brachte ein Auto hierher? Als Sherman Quill näherkam, sah er nicht nur den Wagen, einen Cadillac immerhin, sondern auch noch einen Haufen Schachteln und Ausrüstungsgegenstände, die überall verstreut lagen. Er konnte sich noch keinen Vers darauf machen, aber eines stand fest: Was auch immer hier vorging und wer auch immer dahintersteckte – sofern sie nicht zu Fuß wieder weggegangen waren, mußten sie noch dasein.
Vielleicht hatte die Frau vom FBI recht. Vielleicht war die Donovan-Bande wiedergekommen, um zu Ende zu bringen, was sie begonnen hatte. In einer Gegend, in der die Übeltäter dumm genug waren, bei einem Banküberfall Nachrichten auf die Rückseite ihrer eigenen Bankauszüge zu schreiben, wie es erst vor ein paar Wochen in Little Rock passiert war, gab es in Shermans Augen keine Grenzen mehr für die Dummheit, die er von Gesetzesbrechern erwarten konnte. Wenn das Verbrechen auch noch so geschickt eingefädelt war, früher oder später beging der Täter immer irgendeine unglaubliche Dummheit, die ihn zu Fall brachte. Wie zum Beispiel die, zum Ort des Verbrechens zurückzukehren.
Sherman legte die Hand an den Griff seiner Pistole und näherte sich vorsichtig dem Cadillac. Er sah durch die Fenster in den Wagen und durchforschte mit den Augen die Bäume im Umkreis nach einer Spur der Verbrecher. »Der Teufel soll mich holen«, murmelte er und zog sein Walkie-talkie aus dem Gürtel.
»Wagen eins an Kontrollstelle«, sagte er. Er horchte auf eine Antwort, aber es kam keine. Er hörte ein Geräusch, aber falls das eine Antwort war, so konnte er sie nicht verstehen.
»Wagen eins an Kontrollstelle«, versuchte er es noch einmal. »Nan? Hörst du mich?« Wieder nichts. Das war nicht besonders überraschend. Es war ein ewiges Kreuz mit diesen kleinen Funkgeräten. Im Wald funktionierten sie nicht. Wenn er den Streifenwagen mit seinem Fünf-Watt-Gerät dabeihätte, wäre das alles

kein Problem. Er überlegte, ob er zurückgehen sollte, um schnell einen Bericht durchzugeben, aber er kam zu dem Schluß, daß das töricht wäre. Er war hier, und die Bösewichte waren auch hier. Also konnte er geradesogut erst einmal nachsehen, was sie machten.

Die Erkenntnis, wo er sich hier befand, traf ihn wie ein Schlag. Lieber Gott, er stand ja mitten auf dem gefährlichsten Fleck Erde!

»Du hast ja nicht mehr alle Tassen im Schrank«, murmelte er. Er sah zurück und dachte noch einmal an das Funkgerät im Streifenwagen.

Wenn du diese Sache hier durchziehst, wird dich alle Welt als Helden feiern, sagte er sich. Er zog seine Pistole und machte sich auf den langen Weg zum Sperrgebiet.

Sein tiefer Atemzug brachte Travis bis zum Eingang und dann vielleicht noch drei Meter weit. Wären seine Leute weiter vorn gewesen, hätte er hineinrennen, an einem von ihnen rütteln und wieder hinausrennen können. Aber so hatte er keine Chance. Seine Lungen schrien nach Luft, und als er sich umwandte, um wieder zur Tür zu rennen, brach der Atem einfach aus ihm heraus. Und bevor er es verhindern konnte, hatte er auch schon eine Lunge voll Luft eingesogen.

Travis zuckte und schloß die Augen in Erwartung des Todes, aber nichts geschah. Er hatte den Mund voll Staub, und der schmeckte scheußlich, aber sonst ging es ihm gut. Er mußte niesen, und auch das schmeckte abscheulich.

Carolyn hörte nichts, aber sie spürte ein Geräusch, das sie durch die Schichten ihres Schutzanzugs nicht hatte wahrnehmen können. Sie richtete sich auf, um einen Blick auf das tröstende Sonnenlicht zu werfen, und da sah sie Travis' dunkle Silhouette gegen den leuchtendweißen Hintergrund stehen.

Sie schrie auf: »Mein Gott, Travis, nein!«
Sie ließ ihre Lampe und Jakes Brecheisen auf den Betonboden fallen, so daß das Getöse endlos in dem Gewölbe widerhallte, und rannte auf ihren Sohn zu.
»Raus hier!« schrie sie. »Um Himmels willen, mach, daß du hier rauskommst!« Sie stürzte zu ihrem Kind, hob Travis im Rennen auf und schleppte ihn ins Freie, der frischen Luft entgegen. In ihrer Erregung spürte sie sein Gewicht kaum. »Halt die Luft an, mein Schatz!« schrie sie. »Halt die Luft an!«
Aber Travis konnte nichts davon hören. »Hey«, brüllte er zornig. »Laß mich los! Draußen ist ein Polizist!« *Lieber Gott, ich hätte nicht gedacht, daß sie so stark ist!*
Jake sah Carolyn rennen und wußte sofort, was los war. So schnell sein ungefüger Schutzanzug es zuließ, stürzte er hinter seiner Familie her ins Freie. *Was, zum Teufel, wollte der Junge hier drinnen?*
Carolyn hatte Travis in einer Art Feuerwehrgriff über die Schulter geworfen. Obwohl er die ganze Zeit zappelte und sich zu befreien versuchte, trug sie ihn über den häßlichen, schwarzen Fleck vor dem Magazin bis in die Welt der lebenden Pflanzen. Von dort aus waren es nur noch acht oder neun Meter einen kleinen Abhang hinunter bis zu einem Bach, den sie auf dem Luftbild gesehen hatte. Sie wälzte den Jungen wie einen Sack Kartoffeln von ihrer Schulter in den angeschwollenen, schnell fließenden Bach.
Gute Idee, dachte sich Jake. Sie versuchte offenbar, ihn zu dekontaminieren. Aber mit ihrem Raumanzug würde das nicht so leicht sein. Jake zog einen Arm aus dem Ärmel und fischte in seiner Hosentasche nach dem Messer.
»Hey«, brüllte Travis. »Hör doch endlich zu! Da ist ein ...«
Plötzlich lag er im eiskalten Wasser, und seine eigene Mutter drückte ihn unter die Oberfläche. Er kämpfte, um den Kopf aus dem Wasser zu heben, aber sie war in den Bach gestiegen, hielt

ihn mit den Beinen fest und drückte seinen Brustkasten mit dem Knie nach unten. Er konnte atmen, aber er hatte den Mund voll Wasser.

»Mom! Lieber Gott! Was soll ...«

Sie zerrte an seiner nassen Kleidung, und plötzlich hatte er kein Hemd mehr an. Er versuchte sich zu wehren, aber er konnte nichts machen. Sie gebärdete sich wie verrückt. »Mom! Hör doch auf! Du tust mir weh ...«

Jetzt lag er auf dem Bauch im Wasser, und sie zerrte an seiner Hose. Als er fühlte, wie sie bis zu seinen Knien heruntergezogen wurde, versuchte er zu zappeln und um sich zu treten, aber es half nichts. Er hatte nur die Wahl, sich zu fügen oder zu ertrinken.

Plötzlich waren da noch zwei Hände, und sie faßten ihn unter den Armen. Es waren die Hände seines Vaters, und er hatte wieder normale Kleidung an. Nur das Atemgerät trug er noch. »Halt still!« Seine Stimme klang erstickt durch die Atemmaske. »Wir müssen dich ausziehen! Du bist kontaminiert.«

Jetzt kämpften zwei gegen einen, und es blieb ihm nichts anderes übrig, als sich zu fügen. Mit einem letzten Ruck wurde ihm die Hose von den Füßen gerissen und gleichzeitig fast die Beine von den Hüften. Dann ließen sie ihn los, und Travis bemerkte mit Entsetzen, daß sie ihm *alles* ausgezogen hatten. Er war splitternackt!

Jake zog die Gurte des Atemgeräts von seinen Schultern, und Travis suchte nach etwas, um sich zu bedecken.

»Rühr die Kleider nicht an«, befahl Jake.

»Aber Dad, da ist ein Polizist ...«

Das Krachen eines Schusses erstickte das Wort in seiner Kehle.

Kapitel 33

Sherman wurde langsam einfach zu alt dafür, durch die Wälder zu laufen und Leuten nachzuschleichen. Was bildete er sich überhaupt ein, wer er war? Wenn er auch nur halb so schlau wäre, wie er vorgab, hätte er auf die Verstärkung gewartet, die inzwischen auf dem Weg sein mußte. Nan hatte mit Sicherheit keine Sekunde verloren und augenblicklich bei der Staatspolizei angerufen. Warum ging er dann eigentlich weiter? Das war eine verdammt gute Frage. Vermutlich aus persönlicher Ruhmsucht. Oder weil dies hier *seine* Stadt war, und wenn die Donovans wirklich hier waren, wie ihm versichert worden war, dann hatte er jetzt endlich die Möglichkeit, Rache zu nehmen – diese Schurken dafür zu bestrafen, daß sie alles Leben in der Stadt erstickt hatten.

Sein Herz flatterte wie ein Schmetterling, als jeder Schritt ihn näher an den Tod heranbrachte. Wenn ihn nicht die Donovans umbrachten, denn würde er an den unbekannten Giften sterben, die hier in der Luft herumschwirrten und die er einatmete. Plötzlich hörte er Geräusche, von Menschen verursachte Geräusche. Sein Herz fing noch heftiger an zu klopfen.

Er hörte einen Schrei. Da war ein Kind in Not! Sherman beschleunigte seine Schritte, auch etwas, das er schon lange nicht mehr getan hatte. Er eilte über die letzte Straße, die ihn noch von dem übelriechenden Sperrgebiet trennte. Was er gerade noch zustande brachte, war ein mäßig schneller Dauerlauf, und das Schlagen der Ausrüstung an seinem Sam-Browne-Gürtel verlangsamte sein Tempo noch weiter.

Er beschloß, den letzten Hügel zu überklettern und nicht zu umrunden, in der Hoffnung, daß er von der Anhöhe aus den Vorteil der Überraschung haben würde. Es kostete ihn enorm viel Kraft, den steilen Abhang hinaufzuklettern. Er zog sich mit der linken Hand aufwärts, während die rechte die Pistole hielt. Als er in Höhe der riesigen Türen angekommen war, wurde der Abhang etwas weniger steil, und er konnte den Rest des Weges weitgehend aufrecht zurücklegen.

Die Aussicht vom Gipfel nahm ihm den Atem. Er blickte in eine veränderte Welt, vollkommen anders als das, was er als die Landschaft von Arkansas kannte. Alles war einfarbig, wie auf einer alten Daguerreotypie.

»Heilige Mutter Gottes«, murmelte er vor sich hin. Wieder hörte er das Schreien, und wieder klang es, als käme es von einem kleinen Kind, aber es kam von irgendwo auf seiner linken Seite. Er wollte gerade in diese Richtung weiterlaufen, froh über einen Grund, sich von der zerstörten Welt da vorne abzuwenden, als eine Bewegung im Eingang des Magazins selbst ihn erstarren ließ. Ein Mann in einem dieser grünen Anzüge, die er aus dem Fernsehen so gut kannte, trat langsam über die Schwelle und trug einen Sack in den Armen. Er trug seine Last mit großer Sorgfalt, so, als handle es sich um etwas Zerbrechliches. Der Mann im Raumanzug ging vorsichtig, aber zielstrebig bis zum Rand der Vegetation und legte seinen Sack auf den Boden. Dann hob er einen zweiten Sack aus dem Gras – dieser war fluoreszierend orange und hob sich scharf von dem Olivgrün des ersten ab – und öffnete ihn. Dann legte er den grünen Sack in den orangefarbenen hinein und schloß den Reißverschluß.

Sherman war vollkommen verwirrt von dem, was er da sah. Der Mann im Raumanzug richtete sich auf und ging wieder auf die Tür des Magazins zu, und Sherman wußte, daß er jetzt handeln mußte. Er stellte sich aufrecht zwischen die Büsche auf dem Gipfel des Hügels und nahm Schießhaltung ein.

»Achtung, Polizei!« brüllte er. »Keine Bewegung!« Aber der Mann verlangsamte nicht einmal seine Schritte.

Scheiße! Er hört mich nicht.
Er versuchte es noch einmal. »Achtung, Polizei! Keine Bewegung!« Wieder keine Reaktion. Der Mann ging einfach weiter auf das Tor zu.
Jetzt blieb Sherman keine andere Wahl mehr. Er zielte und drückte auf den Abzug.

Fünf Minuten vor diesen Ereignissen hatte Nick plötzlich bemerkt, daß er allein im Magazin war. Gerade eben hatten sie noch alle drei gemeinsam die Knochen inspiziert, die sie gefunden hatten, dann hatten Jake und Carolyn plötzlich ihre Lampen fallen lassen und waren verschwunden. Er vermutete, daß einer von ihnen irgendein Problem hatte und sie deshalb gemeinsam hinausgelaufen waren. Er war ein bißchen indigniert, schließlich war es *ihre* Haut, die sie hier zu retten versuchten, aber dann siegte sein Pflichtgefühl, und er konzentrierte sich auf seine Aufgabe.
Als er die Reste des Skeletts in den grünen Leichensack legte, war er tief davon bewegt, wie klein diese Knochen waren, und er überlegte sich, was für ein Irrer das sein mußte, der ein so kleines Kind umgebracht und dann, um seine Untat zu verbergen, all diese Zerstörung angerichtet hatte. Ein Knochenstück zog seine besondere Aufmerksamkeit auf sich, und zunächst war er nicht einmal sicher, daß es ein Knochen war. Er betrachtete es eine Weile, dann legte er es mit den anderen Knochen in den Sack. Er wollte lieber auf Nummer Sicher gehen.
Er hoffte inständig, daß Jakes Verdacht zutreffend war, daß sie, wenn diese Überreste identifiziert wurden, eine Chance hatten, den wahren Täter seiner gerechten Strafe zuzuführen. Wenn es jemals einen Menschen gegeben hatte, der es verdiente, den ganzen Zorn des Gesetzes zu spüren, dann war es die Bestie, die all dies hier verschuldet hatte.
Nachdem er alle Knochen, die er im Umkreis finden konnte, auf-

gehoben und in den Sack gelegt hatte, tastete er in der Dunkelheit nach dem Reißverschluß und schloß ihn.

Das geringe Gewicht des Pakets ließ seine Augen feucht werden, als er damit zur Tür ging. Er mußte über die Leiche eines seiner Kollegen aus alten Tagen hinübersteigen, und er tröstete sich damit, daß er in einer oder zwei Minuten die Hauptaufgabe erfüllt haben würde, um derentwillen sie in das Magazin eingedrungen waren.

Dann würde endlich die Zeit gekommen sein, seine eigenen Pläne durchzuführen.

Es war Nicks Idee gewesen, den zweiten Sack mitzubringen, der draußen im Gras lag. Er hatte befürchtet, daß eine akute Gefahr von dem Staub in dem Magazin ausgehen würde und die Leichen stark kontaminiert waren. Dadurch, daß er den Sack in einen zweiten Sack steckte, wurde die Gefahr für denjenigen, der die Untersuchung der Knochen würde durchführen müssen, ganz wesentlich verringert. Wenn der Arzt den Sack schließlich öffnete, würde er die gleichen Vorsichtsmaßnahmen ergreifen müssen, die nötig waren, wenn es sich um das Opfer einer Virusinfektion handelte.

Das Fehlen von Pflanzenwuchs vor dem Magazin erschreckte Nick. Er hatte gehofft, daß Mutter Natur nach so langer Zeit begonnen haben würde, die Schäden auf ihre Weise zu heilen. Dennoch gab es auch einige hoffnungsvolle Anzeichen. So bemerkte er zum Beispiel, daß keine toten Tiere herumlagen. Wenn die Erde und die Vegetation giftig wären, würde jede Kreatur, die diesen Ort betrat, krank werden und sterben. Das schien aber nicht der Fall zu sein. Während er sich die Schutzkleidung angezogen hatte, hatte er mehrere Eichhörnchen herumhüpfen sehen, die eifrig damit beschäftigt waren, Vorbereitungen für den nahen Winter zu treffen.

Als er wieder auf den Eingang des Magazins zuging, hörte er etwas. Rief da jemand? Er sah sich rasch um, aber dann dachte er

sich, daß es nichts sein könnte, worum er sich Sorgen machen müßte. Wahrscheinlich waren es Jake und Carolyn.
Plötzlich wurde ein Stück Beton aus dem Türrahmen neben ihm gesprengt, und er spürte die Druckwelle eines Schusses durch das Gummimaterial seines Schutzanzugs hindurch. Er fuhr entsetzt hoch, dann wirbelte er herum. Dort, am Rand der Sperrzone, vielleicht zwanzig Meter entfernt, stand ein Mann in Polizeiuniform und hielt seine Pistole direkt auf ihn gerichtet. Er sah, daß der Mund des Polizisten sich bewegte, aber er konnte nicht hören, was er sagte. Aber das war auch nicht nötig. Die Mündung der Pistole sprach eine unmißverständliche Sprache.
Nick erstarrte da, wo er stand, und hob langsam die Hände.

Jake reagierte instinktiv auf das Krachen des Schusses. Mit einer Hand riß er sich die Atemmaske vom Gesicht, mit der anderen zog er die Glock. Gleichzeitig ließ er sich auf ein Knie nieder und brachte die Pistole in Anschlag. Mit der gleichen Bewegung schlug er einen Unterarm gegen Travis' Brust und warf ihn zu Boden und in Deckung. In dem Moment, als er ihn traf, wußte er auch schon, daß er zu hart zugeschlagen hatte, so hart, daß es dem Jungen den Atem verschlug. Aber er hatte jetzt keine Zeit, sich darüber Gedanken zu machen.
»Aua, Dad!« keuchte Travis, aber sein Vater sah ihn nur wütend an.
»Sei still«, befahl er.
»Aber meine Kleider ...«
»Vergiß deine Kleider«, zischte Jake.
Er hatte jetzt wieder den gleichen Gesichtsausdruck, den Travis schon in der Schule an ihm bemerkt hatte, und dann wieder im Auto, als die Polizei sie angehalten hatte. Dieser Ausdruck erschreckte ihn, und er erinnerte sich daran, daß sein Vater ein sehr gefährlicher Mann sein konnte, wenn er sich bedroht fühlte. Gefährlich für jedermann.

Jake schlich sich vorsichtig den Abhang hinauf, in die Richtung, aus der er den Schuß gehört hatte. Er war etwa sechzig Meter vom Ort des Geschehens entfernt, und es sah schlecht aus. Er konnte sehen, wie ein aufgeregter Polizist Nick Befehle zubrüllte, während dieser einfach mit erhobenen Händen dastand und zweifellos kein Wort von dem verstand, was der Polizist zu ihm sagte.

»Scheiße!« flüsterte Jake. *Was machen wir jetzt?* Wenn es sein mußte, war er als Schütze gut genug, um den Polizisten aus dieser Entfernung niederzuschießen, aber das war ja wohl keine Lösung. Wenn er einen Polizeibeamten ermordete, war alles, worum sie sich hier bemühten, umsonst. Dann würde es niemanden mehr interessieren, daß er die anderen nicht getötet hatte.

Offensichtlich war die Situation zwischen den beiden Kontrahenten ziemlich festgefahren. Beide standen da und suchten verzweifelt nach einer Möglichkeit, sich dem anderen verständlich zu machen. Eine beschämende Minute lang dachte Jake daran, Nick einfach hier zurückzulassen.

Die Familie zuerst, alles andere erst danach.

Wenn er Carolyn und Travis einfach um den nächsten Hügel herumführte, dann konnten sie es bis zum Cadillac schaffen, ohne von dem Polizisten gesehen zu werden. Und wenn sie erst einmal im Auto saßen, hatten sie eine gute Chance, lebendig zu entkommen.

Und dann müßtest du für den Rest deines Lebens mit der Last auf dem Gewissen leben, einen Freund verraten zu haben. Es war auf einmal alles so entsetzlich kompliziert. Er sprang auf, um den Hügel zu umrunden, als das charakteristische Geräusch zerreißenden Stoffs seine Aufmerksamkeit noch einmal zurück zum Bachbett zog. Carolyn schnitt sich aus ihrem Anzug heraus. Travis stand in einiger Entfernung und hielt sich eine Hand über die Genitalien. Typisch für sein Alter, daß ihm sein Schamgefühl wichtiger war als alles andere.

Jake hatte anderes zu tun. Er rannte so schnell er konnte außer Sichtweite, in der Hoffnung, im Bogen wieder zurück und in den Rücken des Polizisten zu gelangen. »Bitte schieß noch nicht«, murmelte er ein indirektes Gebet um Nicks Leben.
Nachdem Jake die Vorderseite des Magazins erreicht hatte, das der Sperrzone gegenüberlag, rannte er so schnell er konnte die Straße entlang, um zur anderen Seite des Hügels zu gelangen. Als er den Beamten zuletzt gesehen hatte, hatte dieser auf halber Höhe des Abhangs auf der anderen Seite gestanden und dabei sorgfältig die Linie gemieden, an der das Leben aufhörte und die Kontaminierung begann. Am günstigsten war es also, wenn Jake sich direkt über den Gipfel annäherte. Eine breite Spur abgestreifter Blätter und gebrochener Zweige zeigte, daß der Polizist kurz vor ihm den gleichen Weg genommen hatte.
Jake kletterte mühelos den Hügel hinauf und steckte die Glock so lange in ihre Tasche, bis er sicher auftreten konnte. Oben angekommen, zog er die Pistole wieder und versuchte, über den oberen Rand zu sehen, ohne dabei seine Deckung im Gestrüpp aufzugeben. Mit Schrecken bemerkte er, daß er genau auf dem Punkt stand, auf dem damals vor vierzehn Jahren der Todesschütze Stellung bezogen hatte. Augenblicklich befand er sich wieder in der Vergangenheit, aber er zwang sich, in die Gegenwart zurückzukehren. Wenn er nicht ganz aufstehen und seine Deckung aufgeben wollte, war alles, was er aus diesem Blickwinkel von dem Polizisten sehen konnte, sein Hinterkopf und seine Schultern. Wenn er gewollt hätte, wäre es ein leichtes gewesen, ihn zu töten.
Ehrlich, Herr Richter, es blieb mir gar nichts anderes übrig, als ihn von hinten abzuknallen. Das konnte keine Lösung sein.
Wenn er versuchte, auf ihn zuzurennen, würde er das sicher hören, und obwohl sie nur etwa sechs Meter voneinander entfernt waren, hätte er reichlich Zeit, sich umzudrehen und zu schießen. Wenn Jake ihn einfach anbrüllte, er solle seine Pistole fallen las-

sen, würde er sich vermutlich trotzdem umdrehen und einen tödlichen Schußwechsel beginnen, bei dem unter den gegebenen Umständen Jake wahrscheinlich der Sieger bleiben würde, aber das Ergebnis wäre wieder ein toter Polizist.

Scheiße. Scheiße. Scheiße.

Da hatte er plötzlich eine Idee.

»Bundespolizei!« brüllte Jake und ahmte dabei genau die Worte und den Tonfall nach, wie er es erst vor drei Tagen im Karosseriebetrieb gehört hatte. »Keine Bewegung!«

Der Polizist fuhr zusammen und wollte sich umdrehen. Jake gab einen Schuß in die Luft ab. »Ich habe gesagt, keine Bewegung, verdammt noch mal. Laß die Pistole fallen!«

»Aber ich bin Polizeibeamter!« protestierte Sherman und wollte sich wieder umdrehen.

»Und ich bin der Kaiser von China!« brüllte Jake. »Jetzt laß endlich die Pistole fallen, oder ich blase dir den Kopf weg!«

»Aber ich bin ...«

»Sofort!!«

Shermans Schultern sanken herab. Kopfschüttelnd öffnete er die Hand und ließ seine Dienstwaffe zu Boden fallen.

»So ist's brav«, sagte Jake und hoffte, daß er nicht zu dick auftrug. »Okay, jetzt nimm die Hände hinter den Kopf und verschränke die Finger.«

Sherman gehorchte, aber er schimpfte dabei wie ein alter Gokkel. »Ich bin Polizist, verdammt noch mal. Der Schurke ist da unten ...«

»Halt den Mund und hör zu«, unterbrach ihn Jake. »Geh von der Waffe weg, rückwärts den Hang hinauf, in meine Richtung.« Wieder gehorchte der Polizist, aber dann wußte Jake nicht mehr weiter. Er hatte keine Vorstellung, was er als nächstes tun sollte. Er wollte dem Mann wirklich nichts tun, aber er hatte auch keine Ahnung, was er sonst ...

»Ich halte ihn in Schach, Jake. Geh hin und leg ihm Handschel-

len an.« Plötzlich war Carolyns Stimme hinter ihm, und sie hielt ihre kleine Pistole in der zitternden Hand.
Der Klang einer neuen Stimme bewog Sherman, den Kopf zu wenden. »Jake?« keuchte er. Die Schultern sanken ihm noch tiefer herab. »O mein Gott.«
Jake mußte lächeln. Er steckte die Glock ein und ging vorsichtig auf den hilflosen Gegner zu. »Ich fürchte, ja, Deputy«, sagte er. »Wir haben Sie hereingelegt. Aber das Gute daran ist, daß Sie noch am Leben sind. Und wenn Sie tun, was ich Ihnen sage, werden Sie auch am Leben bleiben. Legen Sie sich nur nicht mit mir an, okay?« Sherman konnte schließlich nicht wissen, daß Carolyn ebensowenig in der Lage war, einen Menschen zu erschießen, wie sie die Arme ausbreiten und davonfliegen konnte.
Sherman war vollkommen geschlagen. Er befolgte Jakes Anweisungen, aber sein Kopf war vor Scham gesenkt. »Wie konnte ich nur so dumm sein?« schimpfte er leise vor sich hin.
Jake sagte nichts. Er zog die Handschellen aus Shermans Gürtel und umfaßte seine verschränkten Finger. So führte er seinen Gefangenen rückwärts zu einem kräftigen jungen Bäumchen und befahl ihm, sich hinzusetzen. Fünfzehn Sekunden später waren Shermans Hände mit den Handschellen auf seinem Rücken gefesselt, und das Bäumchen hinderte ihn daran, sich fortzubewegen.
»Wenn Sie wüßten, wie sehr ich mich danach gesehnt habe, Sie zu schnappen, Donovan«, knurrte Sherman und versuchte seine Angst hinter Zorn und Scham zu verbergen.
Jake gab keine Antwort. Statt dessen zog er Shermans Walkietalkie aus dessen Gürtel und zerschmetterte es am nächsten größeren Baum. Damit vollendete er das schlimmste Verbrechen seines Lebens. *Gott, ich danke dir.*
»Komm wieder rauf, Jake«, bat ihn Carolyn. Ihre Stimme zitterte ein wenig. »Es ist gefährlich da unten.«
»Ich bin okay«, antwortete Jake. Sie hatte natürlich recht, im

Prinzip jedenfalls. Die Verdoppelungsregel galt hier umgekehrt. Wenn man den Abstand halbierte, vervierfachte man die Gefahr. Er mußte Nick noch sagen, daß alles in Ordnung war, aber als er sich umdrehte, um Nick das Alles-klar-Zeichen zu geben, war dieser verschwunden.

»Wo ist Nick hingegangen?« fragte Jake und sah über die Schulter zu Carolyn zurück.

»Keine Ahnung«, antwortete sie. »Aber komm bitte her. Ich möchte nicht, daß du so nah da unten stehst.«

»Du redest ja wie meine Mutter«, schnaubte Jake. »Ich komme gleich.« Er beugte sich hinunter, um noch ein Wort von Mann zu Mann mit dem Polizisten zu reden.

»Da ist er!« rief Carolyn.

Jake blickte auf und sah, wie Nick die sterblichen Überreste eines ihrer alten Mitarbeiter aus dem Magazin herausschleifte. »Was macht er da«, wunderte sich Jake, während Nick wieder ins Innere verschwand.

»Genau das Richtige«, antwortete Carolyn. In ihrer Stimme lag volle Zustimmung. »Jetzt werden sie sie begraben müssen. Wenn die Leichen für die Reporter sichtbar daliegen, wird ihnen nichts anderes übrigbleiben.«

Jake sah noch eine Weile zu. Dann wandte er sich wieder seinem Gefangenen zu. Er kniete sich auf den Boden, so daß er ihn Auge in Auge ansehen konnte. »Sehen Sie, Deputy …« Er warf einen Blick auf das Namensschild. »Quill. Ich heiße Jake Donovan. Ich nehme an, daß Ihnen der Name bekannt ist.«

»Fahren Sie zur Hölle, Donovan«, fauchte Sherman.

Jake lächelte. »Sehen Sie, ich möchte, daß Sie demjenigen, der Sie hierhergeschickt hat, etwas ausrichten, wenn er Sie findet.«

»Ich denke nicht daran, irgendwas auszurichten.«

Jake seufzte. Das würde nicht leicht werden. »Also gut, Deputy, dann richten Sie eben nichts aus. Aber bedenken Sie das eine.

Heute nachmittag hätte ich Sie töten können, und Sie hätten nie erfahren, wer es war. Aber ich habe es nicht getan.«

»Nur weil ich ...«

Jake unterbrach ihn. »Ich möchte mich hier nicht mit Ihnen streiten, aber ich sage Ihnen das eine. Sie sind deshalb noch am Leben, weil ich niemanden töte. Ich habe es noch nie getan, und ich werde es hoffentlich auch niemals tun müssen. Die Leute wollen das nicht glauben, aber es ist so.«

Sherman drehte den Kopf weg und sah zum Himmel. So wie er aussah, hätte er sich, wenn er die Möglichkeit dazu gehabt hätte, die Ohren zugehalten, um nichts hören zu müssen.

»Wenn Sie Ihren Bericht schreiben – und ich bin sicher, daß Sie in den nächsten Tagen viele Berichte werden schreiben müssen –, dann möchte ich, daß Sie an eines denken: Wir sind hier, um zu beweisen, daß wir das, was man uns vorwirft, niemals getan haben.«

»Na großartig«, schnaubte Sherman.

Jake wurde rot vor Ärger, und er mußte sich beherrschen, um dem Mann nicht ins Gesicht zu schlagen. Er hatte das Bedürfnis, alles genau zu erklären, ihm von den Leichen im Magazin zu erzählen und davon, wie erbärmlich ihr Leben gewesen war. Aber er tat es nicht. Dieser Mann war schließlich nur ein Polizist, und am Ende würde seine Meinung nicht die geringste Rolle spielen.

Jake stand wieder auf und reckte sich absichtlich hoch über seinen Gefangenen, dem seine Angst nun doch endlich anzusehen war. »Okay, Deputy«, sagte Jake. »Dann glauben Sie eben nichts, aber schreiben Sie alles genau in Ihren Bericht, weil wir es nämlich beweisen werden: Wir haben 1983 niemanden getötet, und wir haben auch nichts in die Luft gesprengt. Tatsächlich wären wir um ein Haar selbst in die Luft gesprengt worden. Und wenn Ihre Vorgesetzten Sie nun fragen, was wir ihnen zu sagen hätten, dann sagen Sie ihnen, daß wir nicht die geringste Straftat begangen haben. Und wir werden es beweisen.«

Kapitel 34

Den ersten schmerzhaften Stich spürte Travis, als sie sich schon seit etwa einer Stunde auf der Rückfahrt nach Little Rock befanden. Es war wirklich nicht schlimm, nur ein leichter Nadelstich tief unten in der Brust. Leichte Anzeichen davon hatte er auch schon vorher gespürt, als er sich in die Hose dieses Polizisten gewickelt hatte, aber er hatte nichts gesagt. Er redete nicht mehr mit seinen Eltern. Er war zu tief gekränkt, weil sie ihn nackt ausgezogen und beinahe ertränkt hatten. Verdammt noch mal, er hatte ihnen das Leben gerettet, und das war der Dank dafür! Er fühlte sich zutiefst gedemütigt. Die Hose hätte ebensogut ein Kleid sein können, so riesig war sie, und er hatte nicht einmal ein Hemd. Da der Polizist an den Baum gefesselt war, hatte es keine Möglichkeit gegeben, ihm das seine auszuziehen, und das Angebot seines Vaters, ihm sein eigenes Hemd zu geben, hatte er abgelehnt, aus Prinzip. Was die Arbeit betraf, die noch zu erledigen war, so hatte er gestreikt. Er hatte keinen Finger gerührt, als seine Eltern und Nick alles mögliche in den Kofferraum des Cadillac einluden. Sein Entschluß, beleidigt und desinteressiert zu sein, wäre fast ins Wanken geraten, als sie ein Feuer entzündeten, um ihre Schutzkleidung und Ausrüstung zu verbrennen, und alle Dinge, auf denen sie sonst noch Fingerabdrücke hinterlassen haben konnten. Aber am Ende war er doch bei seinem Entschluß geblieben.

So saß er jetzt gegen die hintere Tür gelehnt, war unglücklich und kam sich dumm vor. Und er ließ sich nichts von dem Schmerz anmerken, den ihm jeder Atemzug verursachte. Wenn sie ihn nicht alle fünf Sekunden fragen würden, wie er sich fühlte, hätte er sich vielleicht entschlossen, etwas zu sagen, aber so

hatte er einfach keine Lust, sich noch einmal eine Predigt darüber anzuhören, wie dumm es von ihm gewesen war, da hineinzugehen und sie zu retten.
Es würde schon wieder gut werden. Da war er sich ganz sicher.
Aua!
Dieser Atemzug hatte wirklich weh getan, und zwar auf beiden Seiten. Aber als er tief Luft holen wollte, um zu husten, wurden aus den Nadeln in seiner Brust plötzlich Rasierklingen, und aus seinem Inneren kam ein rasselndes Geräusch. Als er endlich hustete, war es wie im Zeitlupentempo, so, als ob etwas die Luft in seiner Lunge blockierte.
Er sah zu seiner Mutter, die von der anderen Seite des Rücksitzes zu ihm hinüberstarrte, und der Ausdruck, der ihr Gesicht verzerrte, erschreckte ihn noch mehr als der Schmerz in der Brust.
»Travis!« schrie sie auf. »O mein Gott, Jake. Travis!«
Jake wirbelte auf dem Beifahrersitz herum, und sein Gesichtsausdruck jagte Travis noch mehr Angst ein. »O nein«, sagte er und kletterte über die Rücklehne zu ihnen nach hinten.
Was ist los? wollte Travis fragen. *Was ist mit mir?* Aber seine Stimme versagte. Der Schmerz in der Brust wurde immer schlimmer, und sein Herz raste mindestens dreimal so schnell wie sonst. Als er wieder hustete, fühlte es sich an, als würde ein großes, fest klebendes Pflaster vom Inneren seiner Lunge gerissen.
»Lieber Gott! Mein Kind! Jake!«
Sein Mund war voller Blut. Und auf den Händen war auch Blut. Wo kam das her? Er mußte Luft holen, aber als er es versuchte, hustete er wieder und spuckte noch mehr Blut. Noch nie hatte er solche Angst im Gesicht seiner Mutter gesehen. Und im Gesicht seines Vaters auch nicht.
Travis wußte, daß er eigentlich auch Angst haben sollte, und gerade eben hatte er sich auch noch gefürchtet. War das heute gewesen? Er wollte etwas sagen, aber er wußte nicht, wie er das

anstellen sollte. Er brauchte Luft. Er zwang sich, tief einzuatmen, und der Schmerz kam wieder, schlimmer noch als zuvor, aber seltsamerweise war ihm das auf einmal egal.

Sein Vater saß bei ihm auf dem Rücksitz, und an seinem Mund konnte er sehen, daß er etwas rief, aber Travis konnte beim besten Willen kein Wort verstehen. Er versuchte, seinem Vater auf die Lippen zu sehen, um herauszubekommen, was er sagte, aber er wurde dadurch abgelenkt, daß es am Rand seines Gesichtsfeldes so seltsam zu funkeln begann.

Dann verschwanden alle Farben um ihn herum, und er überließ sich der Bewußtlosigkeit.

Kapitel 35

Zu Irenes Überraschung wartete George Sparks in der Halle des Flughafens auf sie. Sie hatte angenommen, daß er als Leiter der FBI-Dienststelle in Little Rock Wichtigeres zu tun hatte, als ankommende Passagiere zu begrüßen. Früher war er spindeldürr gewesen, aber im Lauf der Jahre hatte er anscheinend ein paar Pfund zugenommen, und von seinem einst dichten, flammend roten Haarschopf war nur noch ein ergrauter Ring übriggeblieben, der eine sommersprossige Glatze umgab.

Irene hängte ihre Reisetasche über die linke Schulter und streckte ihm die Hand entgegen, als sie auf ihn zuging. »Hallo, George«, sagte sie fröhlich. »Wir haben uns lange nicht gesehen.«

Sparks schenkte ihr ein wissendes Lächeln. »Ja, ich weiß«, sagte er und deutete ihren Gesichtsausdruck genau richtig. »Aber *du* hast dich kein bißchen verändert.«

Sie lachte. »Weißt du nicht, daß Lügner in die Hölle kommen?«

Er beugte sich vor und klopfte ihr freundschaftlich auf die Wange. »Wir sind hier in Arkansas, meine Liebe. Ich bin bereits dort.« Damals, als sie gemeinsam die Polizeiakademie durchlaufen hatten, war George ein Atheist mit missionarischem Eifer gewesen, der an nichts als das Büro und einen guten Martini geglaubt hatte.

Irene stellte Paul vor und überließ Sparks ihre Reisetasche. »Ich habe gehört, daß du im Ausland warst«, sagte sie.

Sparks nickte. »Ja, ich war im Irak und habe an meinem Hautkrebs gearbeitet.« Er rieb sich die Glatze. »In den letzten drei Wochen habe ich mir eine beachtliche Sammlung von Kopfbedeckungen zugelegt.«

»Okay«, sagte Paul. »Aber was hatte der Dienststellenleiter von Little Rock im Irak zu suchen?«

»Die Welt ist ziemlich klein geworden«, antwortete George. »Es sieht so aus, als ob die Überreste der Republikanergarde chemische Kampfstoffe versteckt hätten. Die UN-Inspektoren sind über eines ihrer Lager gestolpert und haben Seriennummern gefunden, die sich auf die Grant Plant zurückführen ließen.«

»Das muß ein Witz sein«, sagte Irene.

»Nein, das ist kein Witz. Das Zeug ist uralt – es stammt aus den sechziger Jahren –, aber die Experten meinten, daß es noch voll funktionsfähig war. Nun ja, jetzt jedenfalls nicht mehr. Sie haben eine Verbrennungsanlage in der Wüste gebaut, die Überstunden macht.«

Irene wechselte das Thema. »Welchem Umstand verdanken wir die Ehre deiner persönlichen Anwesenheit?«

»Ich dachte, daß du es sofort erfahren möchtest, wenn du aus dem Flugzeug steigst«, sagte George, plötzlich in vertraulichem Ton. »Deine Freunde haben bereits zugeschlagen.«

Irene blieb abrupt mitten in der Halle stehen und wurde beinahe von einer übereiligen Frau mit einem Gepäckwagen überfahren. »Das kann doch nicht wahr sein!«

Er lächelte über ihr frustriertes Gesicht. »Es stimmt wirklich. Wir haben vor einer halben Stunde einen Anruf von der Staatspolizei von Arkansas bekommen. Offenbar haben die Donovans ein Loch in den Zaun geschnitten und das alte Magazin aufgebrochen.«

Sie schüttelte den Kopf, als habe sie nicht richtig gehört. »Sag das noch mal.«

Sparks nickte. »Ja, du hast schon richtig gehört. Sie haben das Magazin aufgebrochen, das sie damals angezündet haben.« Er fing an zu lachen. »Offenbar wurden sie von einem der Polizisten von Newark dabei gestört, aber sie haben ihn überwältigt. Die Staatspolizei fand ihn – in der Unterhose – an einen Baum gefesselt.« Sparks schien die Geschichte sehr komisch zu finden, und er begann zu lachen, daß ihm der Bauch wackelte.

Du hast gut lachen, dachte Irene bitter. *Deine Karriere ist ja auch nicht in Gefahr.*
»In der Unterhose?« fragte Paul ungläubig.
Sparks faßte sich augenblicklich, als er bemerkte, daß er der einzige war, der lachte. »Ja. Ich kann nur wiederholen, was der Beamte mir gesagt hat. Angeblich sind die Donovans dort eingebrochen, um zu beweisen, daß sie das Verbrechen von damals nicht begangen haben. Frag mich nicht, ich verstehe es auch nicht. Jedenfalls hatten sie ihren Sohn bei sich, und der muß irgendwie mit dem Gift in Berührung gekommen sein. Sie haben ihn nackt ausgezogen, und er hat sich geweigert, unbekleidet mitzukommen. Also nahmen sie die Sachen des Polizisten.«
»Seine Pistole auch?« wollte Paul wissen.
George zuckte die Achseln. »Das hat der Mann von der Staatspolizei nicht gesagt. Aber was für einen Unterschied würde das machen? Sie sind doch auch so schon ausgerüstet wie für die Bärenjagd, oder?«
Sie gingen schweigend weiter, und Irene versuchte, sich einen Vers auf das Ganze zu machen. »Sie sind eingebrochen? Um ihre Unschuld zu beweisen?« Sie schüttelte den Kopf und sah hilfesuchend zu Paul. »Das verstehe ich nicht.«
Paul schüttelte ebenfalls den Kopf. »Ich auch nicht. Da drinnen kann nicht mehr allzuviel übrig sein. Ganz bestimmt nicht genug, um das Leben eines Kindes aufs Spiel zu setzen …«
»Das ist es!« sagte Irene so erfreut, als habe sie soeben eine Goldgrube entdeckt. »Auf diese Weise werden wir sie schnappen!«
Sparks und Paul wechselten verständnislose Blicke.
»Die Krankenhäuser!« rief sie aus. »Wenn ihr Kind verletzt worden ist, werden sie es in ein Krankenhaus bringen müssen, nicht wahr? Alles, was wir tun müssen …«
»… ist, alle Krankenhäuser im Staat zu alarmieren und sie anzuweisen, nach einem kranken Jungen Ausschau zu halten?« So

wie George das sagte, klang die Idee bei weitem nicht mehr so überzeugend.

Aber Paul gefiel sie. »Natürlich!« stimmte er zu. »Nur würde ich die umgebenden Staaten mit einbeziehen. Nur für den Fall, daß sie Arkansas schon verlassen haben.«

Sie sahen sich in stillschweigender Übereinstimmung an.

»Okay«, erklärte Irene. »Dann ist das also unser Plan.« Sie nahm Sparks ihre Tasche ab. »Könnt ihr beide das in Gang setzen? Ich muß noch ein Telefongespräch führen.«

»Mit wem?«

»Mit Frankel«, sagte sie und wandte sich ab. »Ich habe es satt, ihm immer nur zu sagen, daß wir wieder zu spät gekommen sind. Er muß erfahren, daß wir jetzt einen Plan haben.« Sie ging eilig davon, um nach einer Telefonzelle zu suchen. Im stillen gratulierte sie sich zu ihrem ersten großen Durchbruch in diesem Fall. Sie hatte es immer gewußt, wenn sie nur lange genug wartete, würden die Donovans einen Fehler machen.

Hoffentlich ist das Kind nun auch wirklich verletzt. Bei diesem Gedanken wurde ihr kalt, und sie erschrak über sich selbst, daß sie so etwas auch nur denken konnte.

»Los, Nick, gib Gas!« Aus Jakes Stimme sprach nicht nur Verzweiflung, sondern schon fast Panik.

»Ich fahre schon, so schnell ich kann«, rief Nick zurück. »Wenn ich den Wagen gegen einen Baum fahre, ist damit auch niemandem gedient.« *Und wenn ich wegen überhöhter Geschwindigkeit gestoppt werde, ebensowenig*, dachte er, aber das sagte er nicht. Dennoch drückte er mit jedem rasselnden Atemzug des gequälten Kindes auf dem Rücksitz ein bißchen stärker auf das Gaspedal.

»Wie weit ist es noch?« fragte Carolyn.

»Auf dem letzten Wegweiser stand zwanzig Meilen nach Little Rock. Aber ich habe keine Ahnung, wo das Krankenhaus ist.«

»So lange hält er nicht mehr durch!«

Obwohl seine Augen sich von Zeit zu Zeit öffneten, hatte Travis schon lange das Bewußtsein verloren. Er war so blaß, daß seine Haut fast durchsichtig war, und sein Atem ging zunehmend mühsamer. Rosafarbener Schaum sammelte sich in seinen Mundwinkeln und vor seinen Nasenlöchern. Jake hatte sich hinter Travis auf den Rücksitz gesetzt und hielt ihn so weit nach vorne gebeugt, daß Blut und Speichel ablaufen konnten, ohne ihn zu ersticken. Carolyn, die sonst nichts tun konnte, hatte eine alte McDonald's-Serviette aus ihrer Handtasche gezogen und wischte ihm immer wieder Oberlippe und Kinn ab. Hin und wieder beugte sie sich vor und küßte ihn auf das Haar.

Als der Tachometer hundert Meilen in der Stunde anzeigte, schaltete Nick alle anderen Gedanken aus und konzentrierte sich nur noch auf das Fahren. Er bemühte sich, nicht mehr auf das jämmerliche Rasseln der Atemzüge des Jungen und auf das Weinen und Jammern seiner Eltern zu achten. Seine Aufgabe war es, dieses weiße Schiff von einem Auto auf der Fahrbahn zu halten. Es war wenig Verkehr auf dieser Strecke, und wenn er sich gelegentlich von hinten einem Fahrzeug näherte, blinkte er es mehrfach an, in der Hoffnung, daß der Fahrer verstehen und Platz machen würde. Nur wenige taten es, aber es verhielt sich auch keiner besonders töricht. Er konnte sich gut vorstellen, was sie sagten, wenn er anderthalbmal so schnell wie sie selbst an ihnen vorbeiraste.

Sie wollten Travis in das nächstgelegene Krankenhaus bringen, und sie vermuteten, daß das in Little Rock sein mußte. Nachdem sie nun schon seit einer halben Stunde mit Höchstgeschwindigkeit dahinfuhren, begann Nick daran zu zweifeln, daß der Entschluß richtig war. Nach den Geräuschen zu schließen, die er von hinten hörte, ging es mit dem Jungen schnell zu Ende. Da er nicht einmal wußte, wohin er fahren mußte, fürchtete er, daß sie einfach zu spät kommen würden.

Normalerweise hätte er das gelbe, rautenförmige Metallschild, das in der Ferne auftauchte, vielleicht gar nicht bemerkt. Er hatte diese Art von Schildern überall an Straßenrändern gesehen, aber er hatte ihnen noch nie eine besondere Bedeutung beigemessen. Aber bisher hatte er das, was sie ankündigten, auch noch nie so dringend gebraucht wie jetzt: Rettungsdienst.

Er trat mit aller Kraft auf die Bremse und hatte Mühe, den Cadillac unter Kontrolle zu halten, als er um die Kurve fuhr. Das plötzliche Bremsen schleuderte seine Insassen vom Rücksitz auf den Boden, und sie stießen zornige und erschrockene Protestschreie aus.

»Was ist los?« schrie Jake.

Nick biß die Zähne zusammen und schloß die Augen, als er den Wagen an der vorderen Rampe des Rettungsdienstgebäudes zum Halten brachte. »Dein Sohn hat ärztliche Hilfe nötiger als eine Autofahrt«, sagte er.

»Wo, zum Teufel, sind wir hier?« fragte Jake, aber Nick antwortete nicht, sondern sprang aus dem Auto und rannte zum Eingang, um Hilfe zu holen.

Travis war auf den Boden gefallen, und Carolyn bemühte sich verzweifelt, ihn aufzurichten. Aber er war mit dem Gesicht nach unten gefallen, und seine Beine waren so verrenkt, daß ihre Versuche hoffnungslos waren.

»O mein Gott, Travis«, rief sie. »Mein Liebling, mein Schatz.«

Jake kniete sich auf den Rücksitz und versuchte von dort aus, den Jungen hochzuheben, aber so klein und leicht war er nicht mehr, und er hatte kein Hemd an, an dem er ihn hätte fassen können. Der Platz reichte einfach nicht aus, um die Arme um ihn zu schlingen. In einem dunklen Winkel seines Herzens fürchtete er, daß Travis bereits tot sei, so schlaff war er und so ohne jede Reaktion. Aber er weigerte sich, das tatsächlich zu glauben. Sein Sohn atmete, verdammt noch mal. Und solange er atmete, solange gab es auch Hoffnung.

Jake nahm das Geräusch rennender Füße wahr, und dann wurde die hintere Tür auf der Fahrerseite aufgerissen. Er wendete den Kopf und sah einen Mann und eine Frau in gleichen, weißgrünen Uniformen. *Er* war ein Mann wie ein Bär, fast zwei Meter groß, mit blondem Nikolausbart und einem entsprechenden Bauch. *Sie* war vielleicht ein Meter sechzig, wenn sie sich streckte, und sie machte ein Gesicht wie eine besorgte Schullehrerin.
Der Mann ergriff das Wort. »Hi«, sagte er jovial und beugte sich in den Wagen. »Wir sind Sanitäter. Ich bin Bob Faylon, und dies ist meine Frau Barbara. Was haben Sie für ein Problem?«
»Es handelt sich um unseren Sohn!« sprudelte Carolyn hervor. »Er ist erst dreizehn, und ich glaube, er liegt im Sterben. Er hat irgendwelche chemischen Ablagerungen eingeatmet und ...«
Jake berührte sanft ihre Schulter, und sie brach mitten im Satz ab, aber der Schaden war bereits angerichtet. In Bobs Augen leuchtete Erkennen auf, und Jake sah, daß der große Mann ihm weit überlegen war. Das Erkennen verwandelte sich schnell in Furcht, und genau das machte Jake am meisten Sorgen.
Er beantwortete die Frage, bevor sie gestellt wurde. »Ja, wir sind die, die Sie meinen«, sagte er leise. »Und Sie sind nicht in Gefahr. Wir brauchen nur Ihre Hilfe für unseren Sohn.«
Bob wies auf die Pistole an Jakes Hüfte. »Warum legen Sie dann dieses Ding nicht ab?«
Jake sah auf seine Waffe hinunter und dann wieder zu Bob. »Weil Sie um zwanzig Zentimeter größer sind als ich und etwa fünfzig Kilo schwerer«, sagte er und versuchte dabei absolut ehrlich zu sein. »Aber wenn Sie uns nicht angreifen, werde ich Ihnen auch nichts tun.«
Bob richtete sich wieder auf und wandte sich an seine Frau. »Barbara, geh hinein und ruf die Polizei an. Sag, daß die Donovans hier sind.«
»Ich wäre Ihnen sehr dankbar, wenn Sie das nicht tun würden«, rief Jake an Bob vorbei der kleinen Frau zu. Sie blieb stehen und

wußte offensichtlich nicht, was sie tun sollte. Sie sah hilfesuchend ihren Mann an, aber der ließ Jake nicht aus den Augen. Dieser Mann hatte offensichtlich schon genügend Kämpfe hinter sich gebracht und traute sich zu zu gewinnen.
»Wollen Sie sie daran hindern, … Jake? So heißen Sie doch, oder?«
Travis fing an, entsetzlich zu husten, und lenkte die Aufmerksamkeit aller auf sich.
»Tut doch etwas!« schrie Carolyn.
Jake sah von seinem Sohn zu Carolyn und dann wieder zu Bob. »Nein«, sagte er endlich. »Ich werde niemanden an irgendwas hindern. Ich will nur, daß Sie meinem Sohn helfen.«
Beim Geräusch von Travis' Husten wurden Bobs Augen weich, und er nickte entschlossen. »Komm her, Barbara, und hilf mir«, befahl er. Er schob Jake aus dem Weg und kletterte in den Wagen. »Wir müssen ihn herausholen und auf den Boden legen.«
Bob faßte Travis bei den Schultern, und Barbara ergriff seine Füße. Gemeinsam hoben sie den Jungen scheinbar mühelos aus dem Wagen.
»Vorsichtig«, bat Carolyn. Die riesige Hose rutschte herunter, und Carolyn zog sie schnell wieder bis zur Taille des Jungen hinauf. Travis würde das gewollt haben.
Während die Sanitäter ihren Sohn untersuchten, klammerten Jake und Carolyn sich in der kalten Nachtluft aneinander. Sie sagten nichts. Sie hielten sich nur fest umschlungen und sahen zu.
Bob war hier offensichtlich der Boß. Mit besorgtem Gesicht bat er Barbara, hineinzugehen und den Krankenwagen zur vorderen Rampe zu fahren. Sie war noch keine drei Schritte weit gegangen, als er sie zurückrief. »Ruf die Zentrale an«, befahl er. »Berichte kurz von dem Unfall und sag, daß wir den Polizeihubschrauber brauchen. Wir werden den Jungen verlieren, wenn wir ihn nicht ins Krankenhaus fliegen.«

Barbara rannte los.
Bob wandte sich wieder an Carolyn. »Was für Chemikalien?«
Carolyn zuckte die Achseln. »Ich weiß es nicht. Alter, verbrannter militärischer Kampfstoff. Sie haben sicher von der Geschichte gehört.«
Bob nickte ernst, zog ein Stethoskop aus der Tasche und begann Travis' nackte Brust abzuhören. Nach etwa fünfzehn Sekunden richtete er sich wieder auf und hängte sich das Stethoskop um den Hals. »Ihr kleiner Sohn ist wirklich sehr krank, Ma'am«, sagte er. »Seine Lunge ist voll Wasser, und so, wie er blutet, ist auch das Gewebe geschädigt.«
Carolyn zitterte am ganzen Leib. »Ist er … Wird er …« Sie brachte es nicht über sich, die Frage zu stellen.
Bob wandte den Blick ab. »Ich hoffe es, Ma'am«, sagte er ernst. »Wir werden jedenfalls alles tun, was in unseren Kräften steht, um ihn zu retten.« Er schien erleichtert zu sein, als er hörte, daß das Tor zur Garage des Krankenwagens aufgestoßen wurde und der Motor ansprang. »Ich kann hier auch eine ganze Menge für ihn tun, aber wir werden ihn nach St. Luke's in Little Rock bringen, wo sie ihm sehr viel wirksamer helfen können.«
Der Krankenwagen fuhr direkt neben den Cadillac. Die Halogenscheinwerfer an der Seite des Fahrzeugs flammten auf, und alles war in gleißend weißes Licht getaucht. Die Helligkeit ließ Travis' Blässe und den Kontrast zur Röte seines Bluts noch erschreckender erscheinen.
Jake und Carolyn sahen schweigend zu, als Nick leise zu ihnen trat. »Entschuldigt«, sagte er sanft, »aber wir müssen weiter. In Kürze werden Scharen von Polizisten hier eintreffen, und ich möchte nichts mit ihnen zu tun haben.«
»Ich bleibe hier«, sagte Carolyn fest. Ihr Ton ließ keinen Widerspruch zu.
Jake stockte der Atem. Das war also das Ende. Nach vierzehn Jahren auf der Flucht endete alles vor einem Gebäude, das sie

noch nie gesehen hatten, in einer Stadt, von der sie noch nie etwas gehört hatten. Keine Schüsse, kein Geschrei, sie würden sich einfach verhaften lassen. Die Aussicht, die ihnen noch vor wenigen Stunden so entsetzlich vorgekommen war, schien angesichts der Gefahr, ihren Sohn zu verlieren, gänzlich bedeutungslos.

»Ich bleibe auch«, sagte er.

Nick blieb der Mund offenstehen. »Das kann nicht dein Ernst sein.«

Jake fuhr Nick an wie ein bissiger Hund. »Er ist mein Sohn, Nick! Soll ich ihn einfach im Stich lassen?«

Nick trat erschrocken einen Schritt zurück. Er wußte auch keine Antwort auf diese Frage, aber er war ganz bestimmt nicht bis nach Podunk, Arkansas, gekommen, nur um sich in einem Polizeihubschrauber abtransportieren zu lassen. Er war gekommen, um zu helfen, nicht um sich zu opfern. Er hatte seine eigene Familie, um die er sich kümmern mußte.

»Du mußt mit ihm fahren, Jake.« Carolyn hatte ihre Stimme wiedergefunden, und sie klang fest und entschlossen.

»Carolyn, das kann ich nicht.« Jake verlor die Beherrschung.

»Du mußt. Es geht nicht anders.« Sie nahm sein Gesicht in beide Hände und flüsterte: »Wenn du hierbleibst, werden wir uns nie wiedersehen. Das weißt du. Wir dürfen jetzt nicht aufgeben.«

Jake sah plötzlich selbst wie ein kleiner Junge aus. Sein Gesicht verzerrte sich, und er schüttelte den Kopf. »Aber was soll aus dir werden? Und aus Trav?«

Es brach Carolyn fast das Herz, ihren Mann weinen zu sehen. »Ich werde bei ihm sein«, flüsterte sie, »solange sie es mir erlauben.«

»Aber du wirst ins Gefängnis kommen …«

»… und du wirst mich wieder herausholen.« Sie lächelte, obwohl ihre Unterlippe zitterte. »Du bist der einzige, Jake. Du und Nick …« Sie brach ab und warf Nick einen Blick zu.

Nick versuchte, die Sentimentalität nicht überhandnehmen zu lassen, und wandte sich ab.
Jake sah Carolyn lange an. Sie hatten alles miteinander geteilt, gute und schlechte Zeiten. Es konnte doch nicht so enden! Sie waren immer zusammengewesen. Nur so hatten sie alles geschafft. Wie konnte er mit ansehen, daß Travis ins Krankenhaus geschickt wurde und Carolyn ins Gefängnis ging? Er hielt es nicht für möglich, daß er ihre Sache allein zu Ende bringen könnte. Was würde geschehen, wenn er versagte? Dann würde er keinen von beiden jemals wiedersehen. Nie wieder würde er das kehlige Lachen seiner Frau hören, nie wieder mit der Hand durch das Haar seines Sohnes fahren. Überwältigt von dem Gefühl vollkommener Hilflosigkeit, zog er Carolyn an sich. Es hatte immer Möglichkeiten gegeben. Sie hatten immer Pläne gehabt. Jetzt war ihm nichts geblieben. Jetzt war er allein. Er konnte nicht …
»Jake, wir müssen los«, sagte Nick.
Carolyn schob Jake von sich weg und hob die Hand, um die Tränen von seinem Gesicht zu wischen, ohne auf ihre eigenen zu achten. »Er hat recht«, sagte sie. »Du mußt fort. Und ich muß bei Travis bleiben.«
Jake schüttelte den Kopf. »Für immer zusammen, weißt du das nicht mehr?« bat er leise.
»Zuerst die Familie«, berichtigte sie und strich ihm das Haar mit den Fingern glatt. »Es geht nicht anders.«
Er wollte widersprechen, er versuchte es, aber er fand keine Worte. Er ließ es zu, daß Nick ihn sanft am Arm wegzog. Als sie fortgingen, verlor Carolyn die Beherrschung. Sie drehte sich schnell um und lief auf den Krankenwagen zu, wo Bob und Barbara gerade dabei waren, Travis durch die hintere Tür zu heben.
»Ich liebe dich!« rief Jake ihr nach. Seine Stimme klang rauh und schwankend. Er wußte nicht, ob der Motorenlärm des Krankenwagens seine Worte nicht übertönt hatte.

Kapitel 36

Irene schob sich rasch durch das Gedränge der Reporter, die sich vor der Strafanstalt von Little Rock versammelt hatten, ohne auf die Fragen zu achten, die ihr zugerufen wurden, und konzentrierte sich statt dessen auf die Fragen, die sie selbst zu stellen gedachte. Paul war zum Krankenhaus gefahren, um bei dem Jungen zu bleiben, für den Fall, daß sein Zustand sich so weit verbesserte, daß er ansprechbar war. George Sparks dagegen war mit ihr gekommen. Im Gefängnis gesellte sich Tom Flaherty, der Leiter der Strafanstalt, zu ihnen, der sie herzlich begrüßte und mit Sparks eng befreundet zu sein schien.

»Wie lange ist sie schon hier?« fragte Irene und ging in gleichbleibendem Tempo durch die Eingangshalle.

»Seit etwa einer Stunde«, antwortete Flaherty. »Gerade lange genug, um die Einlieferungsformalitäten zu erledigen. Haben Sie irgendwelche Nachrichten über ihren Mann?«

Sie schüttelte den Kopf. »Noch nicht, aber er wird schon wieder auftauchen. Er hat zu viel verloren, um einfach zu verschwinden.« Wenn sie das nur mit genügend Überzeugung sagte, würde es vielleicht wahr werden. Frankel war nicht halb so erfreut darüber, wie sie sich das vorgestellt hatte, als er erfuhr, daß sich die eine Hälfte des Teams in Gewahrsam befand.

»Bisher hat noch niemand mit ihr gesprochen, oder?« wollte sie wissen.

»Nein. Nichts außer dem normalen Einweisungskram.«

»Hat sie schon einen Rechtsanwalt bestellt?« Diese Frage kam von Sparks.

»Nicht daß ich wüßte«, sagte Flaherty achselzuckend. »Ich

glaube, sie hat nicht einmal die Fragen nach dem Namen und so weiter beantwortet. Soweit ich höre, ist sie ziemlich deprimiert.«

Darüber mußte Irene lachen. »Nun ja, ihre Lebensbedingungen werden sich wohl ein bißchen verschlechtern.«

Die drei blieben am Eingang des Sperrbereichs stehen, wo Irene und George ihre Dienstpistolen in den schuhschachtelgroßen Schließfächern deponierten, die für diesen Zweck vorgesehen waren. Sie leisteten ihre Unterschriften, und Flaherty führte sie zu einem Befragungsraum. Die Strafanstalt war relativ modern, aber trotz allem ein Gefängnis, und solche Orte versetzten Irene immer in eine deprimierte Stimmung. Inhaftierte Kriminelle waren für sie hoffnungslose Fälle, trotz aller hochtrabenden Versprechungen von »Rehabilitation«.

»Ich würde gern allein mit ihr reden, wenn Sie einverstanden sind«, sagte Irene, als sie vor der Tür des Befragungsraums ankamen. »Von Frau zu Frau. Ich glaube, daß sie dann vielleicht etwas aufgeschlossener sein könnte.«

Flaherty war es egal, und Sparks, der enttäuscht zu sein schien, machte keine Einwendungen. Sie würden das Gespräch sowieso auf dem Bildschirm mitverfolgen können. Er gab sein Einverständnis mit einem Achselzucken.

»Danke, George.« Sie wandte sich an Flaherty. »Okay, dann fangen wir an.«

Der Aufseher sperrte die Tür auf und öffnete sie.

Irene blieb stehen, als die Tür hinter ihr geschlossen wurde. Dann trat sie vor, um sich gegenüber der Frau an den Tisch zu setzen, die sie von den Fotos als Carolyn Donovan erkannte.

Irene war, ehrlich gesagt, überrascht. Ihre Gefangene sah ungewöhnlich klein und ungewöhnlich zerstört aus. Schwerverbrecher sahen häufig nicht wie Schwerverbrecher aus, und diese Frau war sicher ein typisches Beispiel dafür. Aber gewöhnlich brannte hinter dem durch die Verhaftung ausgelösten geschlagenen Aussehen ein Ausdruck von Trotz, ein Funke von Verachtung.

Carolyn Donovan sah nur unendlich traurig aus. Sie saß zusammengesunken in ihrem gepolsterten Metallstuhl. Ihr rechter Arm, der von der Handschelle am Handgelenk festgehalten wurde, hing schlaff herab. Blaß und mitgenommen, wirkte sie ganz verloren in dem riesigen Drillichanzug, der hier von allen Insassen getragen wurde. Diese Frau sah mehr wie eine Mutter aus als wie eine Verbrecherin, mehr wie eine Hausfrau als wie eine Mörderin.

Kein Wunder, daß es ihr so lange gelungen ist, sich der Polizei zu entziehen.

»Hallo, Carolyn«, sagte Irene fröhlich, als sie auf den Tisch zuging. »Ich bin Special Agent Irene Rivers vom FBI. Ich kann Ihnen gar nicht sagen, wie sehr ich mich freue, endlich Ihre Bekanntschaft zu machen.« Sie setzte sich auf einen Stuhl und faltete die Hände auf dem Tisch. »Wie Sie sich vorstellen können, haben wir zwei- bis dreitausend Fragen, die wir Ihnen stellen möchten.« Sie wollte einen leichten Ton anschlagen, aber sie fürchtete, daß ihre Worte grausam klangen.

Carolyn reagierte überhaupt nicht.

»Also, Carolyn, es gibt verschiedene Arten, wie wir dieses Gespräch führen können«, fuhr Irene fort. »Sie können muffig und schweigend dasitzen und alles noch schlimmer machen, oder Sie können …«

»Wie geht es meinem Sohn?« fragte Carolyn abrupt.

Die Frage kam unerwartet für Irene. Sie schwieg einen Augenblick und wünschte sich inständig, sie hätte sich danach erkundigt, bevor sie den Befragungsraum betrat. »Ich weiß es nicht«, sagte sie ehrlich. »Aber ich habe einen Beamten hingeschickt, der alle Entwicklungen genau verfolgt.«

»Sie hätten mir erlauben können, bei meinem kleinen Jungen zu bleiben«, klagte Carolyn. Sie schien ganz betäubt zu sein von

ihrem Kummer. Vielleicht hatte man ihr sogar ein Beruhigungsmittel gegeben.
Irene schüttelte den Kopf. »Nein, das hätten wir wirklich nicht tun können«, berichtigte sie. »Wir haben lange genug dazu gebraucht, Sie zu fangen, vielen Dank. Das letzte, was …«
»Sie haben mir nicht einmal gestattet, ihm auf Wiedersehen zu sagen. Sie sind einfach mit ihrem Hubschrauber hereingekommen und haben ihn abtransportiert. Ich habe ihm nicht einmal einen Abschiedskuß geben können.« Ihre Augen waren starr auf eine Stelle auf dem Tisch gerichtet.
»Daran hätten Sie denken sollen, bevor Sie ihn in diese Sache hineingezogen haben«, sagte Irene. Carolyn warf ihr einen Blick zu, der tatsächlich weh tat.
»Sie haben ja keine Ahnung, was Sie uns angetan haben«, fauchte Carolyn. »Sie glauben, Sie wissen Bescheid. Sie glauben, Sie haben Beweise. Aber alles, was Sie haben, sind Dummheit und Haß. Wie haben nichts Böses getan. Wir haben *niemals* etwas Böses getan, aber Sie wollen sich trotzdem an uns rächen.«
Irene fühlte sich seltsam in die Verteidigungsposition gedrängt. »Ich will mich nicht an Ihnen rächen«, sagte sie. »Ich will nur …«
»Sie wollen meinem Sohn Böses zufügen«, unterbrach Carolyn. »Denn wenn Sie meinem Sohn schaden, können Sie mich und meinen Mann damit treffen. Darum geht es hier. Die Gerechtigkeit spielt schon seit vierzehn Jahren keine Rolle mehr. Alles, was für Sie wichtig ist, ist Rache.«
Irene sah die andere Frau lange an und suchte in ihren Augen nach dem verborgenen Plan. Die besten Verbrecher waren geschickte Psychologen, und wenn man ihnen auch nur die geringste Chance gab, gingen sie einem unter die Haut und schmerzten wie eine Eiterbeule. In all den Jahren, in denen sie nun schon Verbrecher befragte, war sie nur auf einige wenige gestoßen, die sich zu ihren Verbrechen bekannten. Alle fühlten sich unschul-

dig. Was Irene immer wieder dazu veranlaßte, über die menschliche Fähigkeit zum Selbstbetrug nachzudenken.
Beweise sprachen für sich selbst. Als FBI-Agentin hatte Irene die Verpflichtung, solche Beweise zu sammeln, zu analysieren und diejenigen Individuen zu verhaften, die von der Staatsanwaltschaft der Vereinigten Staaten überführt worden waren, Bundesgesetze verletzt zu haben. Die Frage von Schuld und Unschuld war die sehr viel weniger faßbare Domäne von Juroren und Juristen. Sie konnte sich den Luxus nicht erlauben, die Leute zu bemitleiden, die sie verhaftete. So bedauernswert und von Kummer geschlagen Carolyn Donovan auch wirkte, Irene sagte sich, daß das irrelevant sei.
»Das klingt so, als seien Sie bereit, eine Erklärung abzugeben«, brach sie das Schweigen.
Carolyn hob die Augen und sah die andere Frau an. Schließlich nickte sie. »Okay«, sagte sie. Sie lehnte sich vor und stützte sich auf ihren freien Arm. »Okay, Agent Rivers, ich gebe Ihnen eine Erklärung. Warum beginnen wir nicht in Newark, Arkansas, im Jahr 1983?«
»Einverstanden«, stimmte Irene zu. Sie nickte der Kamera zu, die sich in einer Ecke des Raumes unter der Decke befand, wie um George Sparks daran zu erinnern, daß es eine gute Idee von ihr gewesen war, das Gespräch unter vier Augen zu führen.
Carolyn erzählte die Geschichte auf ihre eigene Weise und in ihrem eigenen Tempo und ließ sich auf keine der Zwischenfragen ein, die Irene von Zeit zu Zeit stellte. Sie redete fast eine halbe Stunde lang ohne Unterbrechung, beginnend mit jenem ersten Tag, mit Rauch, Feuer und Toten, und endend mit Travis' Verletzung an diesem Nachmittag. Sie vermied es sorgfältig, die falschen Namen zu nennen, die sie im Laufe der Jahre verwendet hatten, und sie erwähnte nichts von der Beteiligung irgendeines anderen Menschen außer ihrer engsten Familie.
Bei allem, was sie klarzustellen versuchte, betonte sie einen

Punkt ganz besonders leidenschaftlich: daß Travis von alldem nichts gewußt hatte, daß er ein vollkommen passiver Teilnehmer gewesen war.

Ihre Geschichte war das Verrückteste, was Irene je gehört hatte. »Wissen Sie, daß wir den Bekennerbrief gefunden haben, den Sie am Tatort hinterlassen haben?« fragte Sie.

»Wir haben niemals einen Bekennerbrief geschrieben«, antwortete Carolyn sofort. »Ebensowenig, wie wir jemanden verletzt haben. Wenn Sie einen Brief gefunden haben, dann hat ihn irgend jemand anderer dorthin gelegt.«

Irene lachte laut über die Absurdität dieser Behauptungen. »Das ist also Ihre Geschichte? Sie wollen uns glauben machen, daß jemand das alles geplant haben soll? Daß jemand auf derart wilde Weise versucht haben soll, einen Mord zu verdecken, und dann die Schuld auf zwei vollkommen normale Bürger abgeschoben haben soll? Also, Carolyn, lassen Sie sich etwas Besseres einfallen.«

Die Gefangene starrte Irene an, und der Haß in ihren Augen brannte Löcher in ihre Kontrahentin. »Der Teufel soll Sie holen«, zischte sie. »Warum stellen Sie überhaupt Fragen, wenn Sie so sicher sind, daß Sie die Antworten bereits kennen?«

Die gleiche Frage war Irene schon von Dutzenden von Gefangenen gestellt worden. »Weil ich möchte, daß Sie es selbst sagen. Weil ich möchte, daß Sie mir zeigen, daß ich Ihnen trauen kann. Daß Sie kooperieren wollen.«

Diesmal war es an Carolyn zu lachen. »Trauen? Kooperieren? Das soll doch wohl ein Witz sein. Sie und Ihre Kollegen haben uns das Leben in den letzten vierzehn Jahren zur Hölle gemacht!« Ihre Stimme wurde schrill und laut, und sie versuchte aufzustehen, aber der Stuhl, an den ihr Handgelenk gefesselt war, war fest am Boden verankert. »Wie können Sie es wagen, mir etwas von Vertrauen zu erzählen? Wenn ihr gleich am Anfang eure Arbeit richtig gemacht hättet, wäre all das nicht passiert! Mein Junge … er wäre nicht …« Ihre Stimme versagte.

Das Gespräch war an dem Punkt angelangt, auf den Irene gewartet hatte: an dem Punkt, an dem die Gefühle der Gefangenen die Schutzwand hinwegspülen würden, die sie um die Wahrheit aufgebaut hatte. So wie sie es gelernt hatte, schlüpfte Irene in die Rolle des Beichtvaters. »Wir haben unsere Arbeit getan, Carolyn«, sagte sie sanft und beruhigend. »Wir sind in die Richtung gegangen, in die wir durch die Übermacht der Beweise geleitet wurden. Sie müssen verstehen, daß da keinerlei unfreundliche Gefühle gegen Sie im Spiel waren. Sie haben auch Ihren Beitrag geleistet. Sie sind geflohen, wie es jeder tun würde, der Angst vor Strafe hat.«

»Wie sind geflohen, weil wir keine andere Wahl hatten!« jammerte Carolyn. »Wir wußten …« Plötzlich wurde ihr klar, was Irene vorhatte. Sie verstand das Spiel, und sie brachte ihre Gefühle unter Kontrolle. Sie erinnerte sich an alles, was Lanny Skiles ihnen damals gesagt hatte, als er ihnen das Gesetz der Straße beibrachte. Die Polizei betrachtete die Leute als Schachfiguren, als etwas, das man manipulieren konnte. Sie logen, sie verführten, sie taten alles, was dazu dienen konnte, einen Verdächtigen dazu zu kriegen, ein paar belastende Worte zu einem Satz zusammenzufügen. Einmal ausgesprochen, wurde ein Geständnis daraus konstruiert, und zwar ohne alle Gefühlsbewegung und mit Sorgfalt so formuliert, daß der größtmögliche Schaden damit angerichtet werden konnte.

Plötzlich war sie nur noch entsetzlich müde. Sie konnte sich nicht mehr an alles erinnern, was sie bisher gesagt hatte, aber sie wußte, daß es zu viel gewesen war. Ärger, Furcht und Haß waren nur zu menschliche Gefühle, und sie konnte sich keines davon leisten. Bei diesem Spiel kam es darauf an durchzuhalten, und es war an der Zeit, die Taktik zu ändern.

Einen Augenblick lang hielt sie sich vollkommen starr und atme-

te tief ein. Langsam gewann sie ihre Selbstbeherrschung zurück. Sie wandte den Blick ab und glättete ihre Züge. Dann ließ sie sich wieder in den Stuhl zurücksinken.
»Wie spät ist es?« fragte sie.
Irene sah sie neugierig an und hatte Mühe, ihre Enttäuschung zu verbergen, daß sie den Augenblick nicht hatte nutzen können. »Haben Sie eine wichtige Verabredung?«
Carolyn rollte mit den Augen und kicherte. »Ihr seid schon echte Grobiane.« Das Kichern wurde zum Gelächter. »Jetzt können Sie sich so richtig an Ihrer Macht erfreuen!« Das Lachen wurde noch lauter und klang sogar noch echter. Tränen traten ihr in die Augen, und sie wischte sie mit der freien Hand weg.
»Okay, Agent Rivers«, sagte sie immer noch lächelnd. »Wenn Ihnen das hilft, sich mächtig zu fühlen, dann können Sie mir die Zeit ruhig verheimlichen. Sie haben hier das Sagen, und bei Gott, Sie machen das großartig.«
Irene biß die Zähne zusammen, als Carolyn sie so lächerlich machte, und plötzlich wurde ihr bewußt, daß sie auf dem Bildschirm beobachtet wurde. Vermutlich war es reichlich kleinlich, Carolyn die Uhrzeit vorzuenthalten, aber jetzt konnte sie natürlich auch nicht nachgeben.
»Jedenfalls«, endete Carolyn, »wird es spät, und ich bin müde. Darf ich Ihnen noch eine Frage stellen?«
»Wenn es sein muß.«
»Sie haben nicht die Absicht, auch nur die Möglichkeit zu erwägen, daß wir Opfer einer Verschwörung geworden sein könnten. Das haben Sie klar und deutlich zum Ausdruck gebracht, und damit haben Sie selbst die Frage beantwortet, warum wir geflohen sind. Jetzt möchte ich Sie das eine fragen: Warum hätten wir nach Newark, Arkansas, zurückkehren sollen, wenn nicht, um den Beweis aus dem Magazin zu holen, von dem ich gesprochen habe? Sie wissen aus eigener Erfahrung, daß wir sehr gut darin sind unterzutauchen. Warum hätten wir das nicht

weiterhin tun sollen? Warum hätten wir uns dieser Gefahr aussetzen sollen?«

Irene behielt ein perfektes Pokergesicht bei. Das war eine verdammt gute Frage. Eine, die es wert war, daß man ihr nachging. Aber hier war sie diejenige, die die Fragen zu stellen hatte, und nicht umgekehrt. Eine der Grundregeln bei jedem Verhör war es, daß derjenige, der das Verhör durchführte, immer die Führung zu behalten hatte, und das bedeutete, daß er niemals eine wesentliche Frage des Verdächtigen beantworten durfte. Statt dessen konterte sie mit einer neuen, eigenen Frage.

»Ihr Onkel, Harry Sinclair, ist auch mit in diese Sache verwickelt, nicht wahr?«

Diese Frage kam vollkommen unerwartet, und sie traf Carolyn wie ein Schlag. Sie bemühte sich, keinerlei Reaktion zu zeigen.

»Wie ich schon sagte«, schloß sie, »bin ich sehr müde. Ich möchte jetzt nichts mehr sagen.«

Aber Irene fing gerade erst an. Oder jedenfalls glaubte sie das. Nachdem sie es eine halbe Stunde lang mit Sticheln, Reizen, Beleidigen und Anschreien versucht hatte, ohne auch nur einen einzigen Blick als Reaktion zu bekommen, gab Agent Rivers endlich auf und bat Flaherty, Carolyn wieder in ihre Zelle zu bringen.

Kapitel 37

Jake war schockiert, daß sich Nicks Plan so leicht hatte durchführen lassen. Sein Freund hatte die Verwirrung beim Rettungszentrum dazu genutzt, den orangefarbenen Leichensack und die beiden Geldtaschen aus dem Kofferraum des Cadillac in Bobs und Barbaras Toyota-Pickup-Truck umzuladen, der mit eingestecktem Schlüssel an der rückwärtigen Rampe des Gebäudes geparkt war. Niemand schien von ihnen Notiz zu nehmen, als sie über die kleine Zufahrtsstraße wieder auf die Schnellstraße zurückfuhren, obwohl sie in kaum zehn Metern Entfernung an dem Krankenwagen vorbeifuhren, der an der vorderen Rampe stand und leise schwankte, während die Sanitäter im Inneren verzweifelt um Travis' Leben kämpften.

Sie fuhren schweigend weiter. Nick wußte nicht, was er sagen sollte, und Jake, der wenigstens äußerlich einen Rest von Fassung bewahren wollte, ließ sich vom Anblick der gelben Mittelstreifen auf der Fahrbahn betäuben. Die leuchtendgelben Striche flogen endlos im Scheinwerferlicht vorbei, auf einer Fahrbahn, die so gerade war, daß Jake sich wunderte, wie ein Autofahrer sich überhaupt wach halten konnte.

Alles war gleichgültig geworden. Travis lag im Sterben, und Carolyn war auf dem Weg ins Gefängnis, und all ihre Versuche, sich zu rehabilitieren und der Polizei zuvorzukommen, erschienen ihm in tragischer Weise irrelevant. Ihre einzige Chance auf ein gemeinsames Leben ruhte nun auf seinen Schultern, aber er hatte schwere Zweifel daran, daß er dieser Last gewachsen war. Aufzugeben erschien ihm um so vieles leichter. Es erschien ihm sogar als Erlösung von dem Schmerz, der wie ein Tumor in seinem Herzen zu wachsen begann.

Warum bin ich nur so streng mit ihm gewesen?

Er war vollkommen erschöpft. Er konnte sich überhaupt nicht mehr erinnern, wann er zum letzten Mal frei von Angst gewesen war. Die Angst hatte alles überschattet. Selbst ihre glücklichsten Augenblicke waren in all den Jahren von der beständigen Furcht getrübt gewesen, daß dies das letzte Mal sein könnte, daß sie zusammen lachten. Gott sei Dank war es in den letzten beiden Jahren nicht mehr ganz so schlimm wie am Anfang. Er war endlich an einem Punkt angekommen, an dem er nach ein paar Monaten in ein und derselben Stadt mit Erleichterung feststellen konnte, daß sie es wieder einmal geschafft hatten, aber dann war es auch schon wieder Zeit weiterzuziehen, und er hatte sich wieder daran erinnern müssen, daß ihr Überleben nur so lange gesichert war, bis ein einziger Mensch sie wiedererkannte.

Ihre schlimmste Zeit hatten sie 1990 gehabt, als eine Reality-TV-Sendung einen Beitrag über die Donovans und ihre jahrelange Flucht vor dem Gesetz gebracht hatte. Millionen von Menschen hatten diese Sendung gesehen, aber offensichtlich brachte niemand Jake und Carolyn damit in Verbindung. Dennoch war der dadurch ausgelöste Druck geradezu vernichtend. Durch einen Supermarkt zu gehen oder Kunden zu bedienen, wenn er genau wußte, daß viele der Leute, mit denen er zu tun hatte, sich insgeheim fragten, wo sie ihn schon einmal gesehen hatten, war fast über seine Kraft gegangen.

Für Carolyn war der Druck damals zuviel gewesen. Diese Fernsehsendung, zusammen mit der Leere der Anonymität und den Dämonen ihrer Kindheit, hatte sie zum Trinken getrieben. Er hatte sie für ihre Schwäche gehaßt. Wie selbstsüchtig war es von ihr, ihre armselige Existenz, die sie sich gemeinsam aufgebaut hatten, im Alkohol zu ertränken und damit für die anderen Familienmitglieder alles noch viel schlimmer zu machen. Travis hatte es am schlimmsten getroffen, aber Jake hatte keinen Zweifel

daran, daß es das Leiden des Jungen war, das sie schließlich dazu bewogen hatte, das Trinken wieder aufzugeben.
Erst jetzt wurde ihm klar, wieviel Mut es sie damals gekostet haben mußte, sich selbst diesen einzigen Ausweg aus dem Elend zu verschließen. Er bewunderte sie dafür, und er machte sich Vorwürfe, daß er ihr das nie gesagt hatte.
Wenn er die Uhr nur um ein paar Tage zurückdrehen könnte. Wenn er an jenem Morgen nur ein bißchen länger mit Travis geredet hätte, wäre all dies nicht passiert. Wenn er nicht eine Abkürzung gefahren wäre, um dem schlimmsten Verkehr auszuweichen, oder wenn er nur kurz gehalten hätte, um einen Happen zu essen, dann wäre die Polizei vor ihm im Karosseriebetrieb angekommen, und er wäre einfach an den versammelten Polizeifahrzeugen vorbeigefahren. Die Zufälligkeiten des Lebens erschienen ihm wie Hohn. Nach so vielen Jahren sorgfältiger Planung und geschickter Strategie saß er nun bis zum Hals in dieser Katastrophe, mit der Aussicht, die beiden Menschen, die seinem Leben einen Sinn gegeben hatten, niemals wiederzusehen.
Seltsamerweise waren ihm und Nick auf dem Weg zum Flughafen nur zwei Polizeiwagen begegnet. Etwa eine Viertelstunde nach ihrer Abfahrt von der Rettungsstation waren ihnen die Polizeifahrzeuge in Höchstgeschwindigkeit mit blinkendem Blaulicht und heulenden Sirenen entgegengekommen. Nick hatte etwas gesagt, aber Jake hatte ihn nicht verstanden.
Der Plan, der Nick an diesem Morgen von dem Chauffeur mit dem steinernen Gesicht erläutert worden war, erforderte, daß sie am Eingang des Flughafens von Little Rock vorbei zu einem kleinen Einkaufszentrum fuhren, das sich ein paar Meilen weiter an der Straße befand. Sie sollten vor einem Sportgeschäft halten und darauf warten, daß jemand kam, um sie abzuholen. Von dort aus würden sie, vermutlich mit der von Nick so geschätzten Gulfstream, zu irgendeinem neuen Ziel befördert werden.
Das Problem war, daß der für sie vorgesehene Chauffeur nach

einem weißen Cadillac suchen würde und nicht nach einem blauen Toyota. Nachdem sie fünf Minuten lang gewartet hatten, ohne daß jemand sich ihnen genähert hatte, schlug Nick vor, auszusteigen und sich auf die Kühlerhaube zu setzen, damit derjenige, der nach ihnen Ausschau hielt, sie sehen und erkennen konnte.

Wieder vergingen fünf Minuten, dann zehn. Endlich näherte sich ein Auto vom anderen Ende des Parkplatzes. Zunächst schien der Fahrer nicht zu wissen, wohin er wollte, und fuhr langsam an der Reihe der Läden entlang. Nick und Jake sahen nichts als die Scheinwerfer in der Dunkelheit. Auf einmal blinkten die Scheinwerfer auf, der große Wagen fuhr eine scharfe Kurve und kam direkt auf sie zu. Nick rutschte von der Kühlerhaube herunter und zog sich ein paar Schritte weit zurück, während Jakes Hand unter seine Jacke glitt und nach der Pistole tastete. Wenn sich herausstellen sollte, daß die Insassen des Wagens Polizisten waren, würde ihr Abenteuer hier und jetzt ein lärmendes Ende nehmen. Wenn es marodierende Teenager waren, würde er sie schnellstens nach Hause schicken. Er hoffte, daß keines von beidem der Fall war.

Das Fahrzeug verlangsamte seine Fahrt und hielt schließlich. Die Tür wurde geöffnet, die Innenbeleuchtung flammte auf, und Jake erkannte Thornes vertrautes Gesicht. Der große Mann erhob sich vom Vordersitz des Autos, und Jake glitt von der Kühlerhaube des Pickup-Trucks.

»Wo ist Sonnenschein?« fragte Thorne.

»Die Polizei hat sie geschnappt«, antwortete Jake grimmig. »Travis ist verletzt worden, und Carolyn ist bei ihm geblieben.«

»Da wird Mr. Sinclair aber sauer sein.« Bei Thorne klang diese Feststellung wie eine Drohung.

»Das wird mir das Herz brechen«, knurrte Jake.

»Und was ist das für ein Schrotthaufen, den Sie da fahren? Wo ist der Leihwagen?«

»Den mußten wir zurücklassen. Diesen hier haben wir den Sanitätern geklaut.«
Thornes Gesicht verzog sich voll Abscheu. »Und wie steht es mit Ihrem Paket? Wo ist das?«
Nick trat wieder vor, beugte sich über die Ladefläche des Toyota und hob den Leichensack auf. »Hier ist es. Es scheint ein kleines Kind zu sein.«
Dieser Umstand schien Thorne vollkommen gleichgültig zu sein. Sein Gesichtsausdruck veränderte sich nicht. Er öffnete den Kofferraum, und nachdem Nick den Sack hineingelegt hatte, schloß er ihn wieder. »Haben Sie diese Handschuhe die ganze Zeit getragen?« fragte er Nick.
Nach allem, was vorgefallen war, wußte Nick das nicht mehr so genau, aber er beschloß, optimistisch zu sein. »Ich gehe nicht ohne sie aus dem Haus.«
Es stellte sich heraus, daß der Flugplatz nur als günstiger Treffpunkt gedient hatte. Ihr Ziel lag etwa fünfundvierzig Minuten weit entfernt und war mit dem Auto zu erreichen. Sie fuhren eine Anzahl immer schmaler und immer schlechter werdender Straßen entlang. Endlich öffnete sich der Wald, und ein Haus aus der Vorkriegszeit wurde sichtbar, das wie ein mittelalterliches Schloß aus einer riesigen, abgeholzten Fläche aufragte. Die Fassade des Ziegelbaus war hell beleuchtet, und das Ganze wirkte wie ein Gebäude in einem Vergnügungspark.
»Was ist das?« fragte Nick, aber Thorne antwortete nicht.
Sie bogen in die etwa eine halbe Meile lange Auffahrt ein. Kies knirschte unter den Rädern. Jake dachte an die vorangegangenen Gelegenheiten, bei denen sie mit Harrys Bekannten zu tun gehabt hatten, und er erinnerte sich an sehr viel bescheidenere Behausungen, die ebenfalls irgendwo in der Einsamkeit gelegen hatten.
»Wenn hier jemand kommt«, erklärte Thorne, »kann man ihn schon sehen, wenn er noch meilenweit entfernt ist.«

Die Auffahrt endete an einem runden Platz, in dessen Mitte ein prächtiger Brunnen stand, der, soweit Jake erkennen konnte, eine Gruppe singender Schwäne darstellte.
»Gehen Sie schon mal rein«, wies Thorne sie an, als er den Wagen abstellte. »Sie brauchen nicht anzuklopfen. Ich werde mich um das Paket im Kofferraum kümmern.«
Nick und Jake wechselten einen unbehaglichen Blick. Dann kletterten sie aus dem Wagen und stiegen die breite Marmortreppe hinauf, die zu der zweiflügeligen Eingangstür führte.
Jake reichte Nick die Geldtaschen und streckte die Hand nach der Türklinke aus. Er hielt inne, dann zog er die Glock aus der Tasche und ließ sie an seinem Bein herunterhängen. Er hatte schon seit langem gelernt, auf seine Instinkte zu achten, und die rieten ihm, zum Auto zurückzurennen.
Vorsichtig und zögernd öffnete er die Tür und sah erst nach, ob jemand dahinter versteckt war, bevor er eintrat. Ein glänzender Kronleuchter aus poliertem Messing beherrschte die Decke der prunkvoll ausgestatteten Eingangshalle, in deren Parkettboden aus Walnußholz mit Ebenholz und Perlmutt ein Familienwappen eingelegt war.
»Diese Leute müssen wirklich Geld haben«, murmelte Nick mit gedämpfter Stimme.
Sie bewegten sich leise in der Stille des riesigen Hauses und kamen in einen kleinen, aber luxuriös eingerichteten Raum. Zwei weiche, tannengrüne Ledersessel rahmten einen prächtigen Kamin ein. Gegenüber stand ein seidenbezogenes Sofa.
»He!« dröhnte eine laute Stimme hinter ihnen. Jake wirbelte mit der Pistole im Anschlag herum, nur um Thorne zu sehen, der rasch durch die Vordertür hereinkam. Mit einer Hand schleifte er den Leichensack hinter sich her, mit der anderen hielt er ein Handy. »Lieber Gott, Thorne«, schimpfte Jake und senkte die Pistole. »Sie haben mich zu Tode erschreckt.«
Beim Anblick der Waffe blieb Thorne stehen und sah Jake mit

Abscheu an. »Stecken Sie das verdammte Ding weg. Ich habe Ihnen doch gesagt, daß niemand hier ist. Wir sind hier in Sicherheit.« Er schleppte den orangefarbenen Sack durch die Eingangshalle und streckte Jake die Hand mit dem Telefon entgegen. »Hier«, sagte er. »Mr. Sinclair möchte Sie sprechen.«

Mr. Sinclair kann mich am Arsch lecken, dachte Jake, aber er sagte es nicht. Er griff nach dem Telefon.

Thorne wandte sich an Nick. »Die anderen Sachen sind in der Küche, und da bringe ich dies hier auch hin.«

Nick nickte und folgte ihm durch die Halle. Beide verschwanden hinter der eindrucksvoll geschwungenen Treppe.

Jake hielt sich das Telefon ans Ohr. »Ja, Harry, hier ist Jake.«

»Wo ist Sonnenschein?« wollte der alte Mann wissen, und seine Worte waren wie Dolche.

Augenblicklich flammte Jakes Haß auf diesen stets so grob auftretenden Wirtschaftsmagnaten wieder auf, genauso heftig und bitter, wie er immer gewesen war. »Carolyn ist nicht hier«, sagte er. Er wollte in ablehnendem Ton sprechen, aber seine Stimme klang nur schüchtern, wie die eines Kindes, das seinen Eltern etwas beichtet. Dies war schließlich der Mann, dem er für einen Ausweg aus seiner Lage seine Seele verkauft hatte. »Ich mußte sie zurücklassen.« Er erzählte die ganze Geschichte.

»Dann bist du also einfach weggelaufen!« tobte Harry. »Du hast sie einfach diesen Schweinen überlassen?«

»Ich hatte keine Wahl, Harry.«

»Blödsinn! Es gibt immer eine andere Möglichkeit!«

Jake sagte nichts und ließ sich schwer auf das erlesene Sofa fallen. Natürlich gab es immer Möglichkeiten, aber was …

»Es liegt an dem verdammten Kind, das ihr da habt!« brüllte Harry. »Ich habe euch doch gesagt, daß ihr keine Kinder haben dürft. Und ihr habt in voller Absicht genau das Gegenteil getan. Warum habt ihr nicht auf mich gehört?«

Jake war wie vor den Kopf geschlagen und konnte nichts mehr sagen. Noch vor Sekunden hatte er gespürt, wie seine Selbstachtung die Toilette hinuntergespült wurde, aber jetzt war er bereit, sich mit Sinclair zu streiten. *Verdammtes Kind?* Wie konnte er es wagen? Mit offenem Mund starrte er das Telefon an.

»Ich habe dich etwas gefragt, Jake«, tönte Harrys Stimme aus dem Telefonhörer.

Jake kochte vor Wut. »Wir *haben* auf dich gehört.« Er versuchte, sich zu konzentrieren und seine Stimme unter Kontrolle zu bringen. »Wir haben alles getan, was du uns gesagt hast. Und jetzt sieh dir an, was dabei herausgekommen ist.«

»Ihr habt eben nicht auf mich gehört!« schrie Harry.

Pfeif doch auf die Selbstbeherrschung. »Wir haben auf dich gehört«, brüllte Jake zurück. »Du hast gesagt, wir sollen weglaufen, und wir sind weggelaufen. Du hast gesagt, wir sollen unsere Namen und unser Aussehen verändern, und wir haben auch das getan. Vierzehn gottverdammte Jahre lang, Harry, haben wir alles getan, was du gesagt hast! Und ja, wir hatten einen Sohn ...«

Plötzlich blieben Jake die Worte im Hals stecken, und er konnte nicht weiterreden. Der ganze Schrecken ihrer Lage kam ihm klar zu Bewußtsein. »Ich hatte einen Sohn«, wiederholte er, und seine Stimme versagte. Er hatte gerade in der Vergangenheit gesprochen.

O Gott ...

»Er ist das einzige, was wir jemals richtig gemacht haben, Harry, und ich glaube, ich habe ihn umgebracht.« Einen Augenblick lang sah er das Telefon fassungslos an. Dann senkte er es, klappte es zusammen und ließ es zu Boden fallen. Harry Sinclair war der letzte, dem er eine Erklärung schuldig war.

Er stützte die Ellenbogen auf die Knie, beugte sich vor und vergrub die Finger in den Haaren. Die Hoffnungslosigkeit ihrer Lage nahm ihm den Atem.

Was für ein Vieh bin ich eigentlich? überlegte er. *Ich habe meinen Sohn umgebracht und meine Frau geopfert, nur um meine eigene Haut zu retten.*

»O mein Gott«, flüsterte er. »O Jesus, was soll ich nur tun?«

Und dann brach er vollkommen zusammen. Er preßte die Fäuste gegen die Augen, um zu verhindern, daß der Kummer daraus hervorbrach, aber er konnte die Tränen nicht zurückhalten. Seine ganze Verzweiflung kam in atemlosem, ersticktem Schluchzen aus ihm heraus. Und plötzlich war er nicht mehr in Arkansas. Er war bei seinem kleinen Jungen, der die ersten Versuche mit dem Fahrrad machte, und er hielt ihn fest. Er sah den gequälten Ausdruck, der sich jedesmal auf Travis' Gesicht ausbreitete, wenn sie ihm sagten, daß es wieder einmal Zeit war, in eine andere Stadt zu ziehen. Er sah die Mietshäuser vor sich, in denen sie gewohnt hatten, und die ungezieferverseuchten Wohnwagensiedlungen. Er dachte an die blauen Flecken, die Travis davongetragen hatte, wenn er sich wieder einmal geweigert hatte, sich von den einheimischen Kindern einschüchtern zu lassen, die ausprobierten, aus was für einem Holz der Neue geschnitzt war.

Lieber Gott, Jake hatte sich so sehr bemüht, ein guter Vater zu sein, aber in seinem Bemühen, seinen Sohn bei der Stange zu halten, hatte er den Jungen niemals wirklich als Freund kennengelernt. Dieser Gedanke war so schmerzhaft, daß er kaum noch atmen konnte.

Und in seinem heldenhaftesten Augenblick, als er versuchte, unser Leben zu retten, ist mir nichts Besseres eingefallen, als ihn anzubrüllen und ihm seine Würde zu nehmen.

Jake wollte seine Familie wiederhaben. Er sehnte sich nach einer Gruppenumarmung aus vergangenen Tagen, nach einer Sandwichumarmung, bei der er und Carolyn das Brot gewesen waren und Travis die Marmelade. Der Gedanke, daß er sie vielleicht nie wieder berühren würde, war mehr, als er ertragen konnte. In Gedanken sah er sein einziges Kind für immer in einem luftdichten Kasten unter einer Tonne Erde liegen, während seine Mutter, die

täglich die Prügel und die Vergewaltigungen im Gefängnis ertragen mußte, den Augenblick herbeisehnte, in dem sie ihm nachfolgen durfte.
Was für ein jämmerliches Beispiel an Tapferkeit war doch dieser Jake Donovan. Stets war er bereit, Frauen und Kinder an seiner Stelle leiden zu lassen. Die Gesellschaft hatte ein Wort für Leute wie ihn: Feigling. Das waren die allerübelsten Schurken, Leute, die während der ganzen Geschichte willig zur Seite getreten waren, damit andere an ihrer Stelle sterben konnten. Deserteure und Wehrdienstverweigerer fielen ihm ein, und Schiffskapitäne, die sich selbst ins letzte Rettungsboot setzten und ihre Passagiere ertrinken ließen.
Jake hatte das Gefühl, in einen Brunnen zu stürzen, tiefer und tiefer in das schwärzeste Elend, das er jemals kennengelernt hatte. Und dieser Brunnen des Elends war bodenlos. Alles, was er je geliebt hatte, hatte er verloren, und er selbst trug die Schuld. Wie sollte er mit diesem Wissen weiterleben? Wie sollte er jemals wieder in einen Spiegel sehen, da er doch wußte, daß er sein eigenes Kind getötet hatte? Wie sollte er einem neuen Morgen entgegensehen?
»Jake!«
Die Härte der Stimme ließ ihn aufschrecken. Es war Nick, und er schien sehr erregt zu sein. »Was ist?«
»Kommst du jetzt oder nicht?«
Jake war betäubt und desorientiert, so, als ob ein Stück seiner Zeit verronnen sei, ohne daß er es gemerkt hatte. Er sah auf die Uhr und stellte mit Entsetzen fest, daß eine halbe Stunde seines Lebens sich einfach verflüchtigt hatte.
»Wohin?« fragte er, und seine Kehle war wie zugeschnürt.
»In die Küche«, sagte Nick, als sei das das Selbstverständlichste von der Welt. Sein Gesicht wurde ernst. »Bist du in Ordnung?«
Jake fühlte sich scheußlich, als er aufstand, und er wußte nicht, ob er seinem Gleichgewichtsgefühl trauen konnte. »Ja, ja, ich bin

schon okay, glaube ich. Ich habe einfach abgeschaltet.« Nach ein paar Sekunden klärte sich sein Kopf. Er folgte Nick in die Eingangshalle, dann blieb er plötzlich stehen.
»Was wollen wir in der Küche?«
Nick fühlte sich offensichtlich äußerst unbehaglich. »Ich möchte noch einen Blick auf dieses Skelett werfen, bevor wir es nach Chicago schicken. Und der geeignetste Ort dafür, der mir einfällt, ist die Küche.« Jakes neugierigen Blick beantwortete er mit einem Achselzucken. »Mach dir keine Sorgen. Da ist nur etwas, das mir im Magazin aufgefallen ist. Wahrscheinlich hat es nichts zu bedeuten, aber ich meine, wir sollten uns vergewissern.«
»Aber worum handelt es sich denn?« wollte Jake wissen.
Nick wich ihm immer noch aus. »Ich erkläre es dir, wenn wir es uns angesehen haben. Wie ich schon gesagt habe, wahrscheinlich ist es gar nichts.«
Aus seiner Haltung konnte Jake erkennen, daß es sinnlos war weiterzufragen.
Die Küche war riesig. Überall glänzte rostfreier Stahl. Kupferne Töpfe und Pfannen hingen über einem glänzenden, sechsflammigen Herd von der Decke. Der schwarz-weiß geflieste Fußboden war so sauber, daß Jake vorsichtig auftrat, weil er nicht sicher war, ob er vielleicht naß war.
Der orangefarbene Leichensack war ohne Sorgfalt und Gefühl in die rechte hintere Ecke des Raumes geworfen worden.
»Was ist das hier für ein Haus?« fragte Jake.
»Es gehört einem Freund von Mr. Sinclair, der Arzt ist«, erklärte Thorne. »Er hat angeboten, es uns für eine Weile zu überlassen.«
»Wo ist er?«
»Weg«, sagte Thorne. Er hatte ein scheinheiliges Grinsen im Gesicht, als ob er einen Witz gemacht hätte, den nur er verstand.
»Wie ist es mit der Kontaminierung?« fragte Jake.
Nick winkte ab. »Darüber brauchst du dir keine Sorgen zu machen. Wir haben Saranex-Anzüge und Luftfilter.«

»Ich rede nicht von uns«, berichtigte Jake. »Ich rede von diesem Raum. Das ist doch schließlich jemands Küche.«
»Keine Sorge«, erklärte Thorne. »Wenn Sie den Raum brauchen, dann benutzen Sie ihn auch. Unser Gastgeber wird schon nichts dagegen haben.«
Jake und Nick wechselten einen Blick, aber keiner von ihnen sagte etwas.
»Die Sachen, von denen Sie gesagt haben, daß Sie sie brauchen würden, sind in den Schachteln da drüben.« Thorne zeigte darauf. »Brauchen Sie mich noch, oder kann ich gehen und mich ein bißchen hinsetzen?«
Thorne ging hinaus, und Nick kniete sich auf den Boden, um die Schachteln zu öffnen. »Es sieht so aus, als sei alles da.« Er nahm zwei weiße Overalls mit Kapuzen aus der größeren Schachtel und reichte Jake einen davon. Mindestens zehn Anzüge blieben noch in der Schachtel zurück. »Du liebe Güte, das ist ja genug für eine ganze Armee.«
»Wahrscheinlich ist das Zeug leichter zu bekommen, wenn man gleich eine ganze Schachtel nimmt«, überlegte Jake. Er rieb das Material des Anzugs zwischen den Fingern und warf Nick einen neugierigen Blick zu. »Was ist das für ein Zeug?«
»Saranex«, sagte Nick. »Da siehst du, was passiert, wenn man eine Zeitlang nicht mehr im Geschäft ist. Im Grunde ist es das gleiche Material, aus dem auch Pampers gemacht werden, aber mit einem Saranüberzug. Zum Schutz vor Staub ist es ganz großartig.«
»Fühlt sich wirklich an wie Pampers«, sagte Jake und kicherte. Er entfaltete das Kleidungsstück und schob ein Bein in den Overall. Er mußte kräftig zustoßen, um die steifen Falten zu öffnen. Plötzlich hielt er inne. Er hatte noch etwas vergessen. »Thorne!«
Es dauerte eine Weile, aber schließlich erschien Thorne wieder in der Küchentür.

»Könnten Sie bitte versuchen, etwas über Carolyn und Travis herauszufinden?«
Der große Mann legte den Kopf zur Seite und stemmte die Hände in die Hüften. »Und wie, zum Teufel, soll ich das machen? Soll ich vielleicht beim FBI anrufen und fragen?« Er schüttelte angewidert den Kopf, drehte sich um und verschwand in Richtung auf die Vorderseite des Hauses.
»Mistkerl«, schnaubte Jake leise.
»Er ist sehr von sich überzeugt«, meinte Nick. »Laß es dir nicht unter die Haut gehen. Er begreift es einfach nicht.«
Schutzkleidung dieser Art anzulegen war weit weniger kompliziert als das Anlegen der Silveradoanzüge. Es war mehr wie das Bekleiden für eine Operation, nur mit einem Luftfilter anstelle einer Gesichtsmaske. Der Luftfilter sah wie die Sauerstoffmasken im Flugzeug aus, hatte jedoch ein durchsichtiges Lexanvisier, das eine luftdichte Schicht über dem ganzen Gesicht bildete, von den Augenbrauen bis zum Kinn. Anstelle einer Sauerstoffflasche wurden zwei runde Filter verwendet, die alle Partikel aus der Luft filterten, bevor sie Nase und Mund des Trägers erreichten.
Nachdem sie Overalls und Atemmasken angelegt hatten, zogen Jake und Nick die Kapuzen über die Haare und zwei Paar Handschuhe über die Hände, ein Paar Latexhandschuhe und ein Paar dickere Gummihandschuhe. Dann gingen sie zum Metzgerblock. Das abscheuliche Sakrileg, die sterblichen Überreste eines Kindes auf einem Küchentisch zu untersuchen, lastete auf den Gemütern beider Männer.
Der orangefarbene Leichensack lag nun unter einer Lampe mit Neonröhren, die zwar bei weitem nicht so hell war, wie Nick es sich gewünscht hätte, aber für die gegenwärtige Aufgabe mit Sicherheit ausreichen würde. Sie brauchten etwa eine halbe Minute dazu, den Sack so weit zu glätten, daß sie an den Reißverschluß herankamen. Die orangefarbene Schicht öffnete sich wie eine

Banane, und der grüne Sack wurde sichtbar. Jake hob ihn so weit an, daß Nick die äußere Schicht darunter hervorziehen und auf den Fußboden legen konnte.
»Jetzt sag mir endlich, was das große Geheimnis ist«, sagte Jake. Seine Stimme klang gedämpft unter dem Luftfilter.
»Das werden wir in einer Minute sehen«, antwortete Nick, und Jake fiel auf, daß er ihn dabei nicht ansah.
»Also, was ist es?«
Nick beachtete ihn nicht, sondern suchte an dem verdrehten, grünen Sack nach dem Reißverschluß. Endlich hatte er ihn geöffnet. Im hellen Licht der Neonlampen sahen sie zum ersten Mal, wie fein der Staub war, dem sie ausgesetzt gewesen waren. Er hatte die Konsistenz von Talkumpuder. Jake betrachtete den feinen Überzug auf seinem behandschuhten Finger und versuchte, seiner Verzweiflung Herr zu werden. Die natürlichen Filter des Körpers waren gegen so feine Partikel vollkommen wirkungslos. Was auch immer Travis eingeatmet hatte, es konnte ungehindert in die tiefsten Winkel seiner Lunge eindringen und den größtmöglichen Schaden anrichten. Jake schloß die Augen und sog zitternd die gefilterte Luft in seine Lunge.
Dreh jetzt bloß nicht durch, sagte er sich und versuchte, wenigstens ein bißchen Hoffnung zu fassen. *Du bist schließlich kein Arzt. Vielleicht ist es nicht ganz so schlimm, wie du denkst.*
Die Knochen waren in der untersten Ecke des Leichensackes zu einem Haufen zusammengerutscht. Nick steckte den Arm bis zum Ellenbogen in den Sack und schob sie an eine Stelle, wo er sie sehen konnte. Einen nach dem anderen hob er ans Licht, wendete ihn in seinen behandschuhten Händen um und griff wieder in den Sack, um ein anderes Stück herauszuheben.
»Was siehst du?« fragte Jake. Es war einfach zu lange her, daß er Unterricht in Anatomie und Physiologie gehabt hatte.
Nick hob die Augen keinen Augenblick lang von seiner Arbeit.
»Alles ist durch die Hitze des Feuers ziemlich stark beschädigt

worden«, sagte er. »Dies hier muß ein Teil der Wirbelsäule sein. Siehst du den Rand hier?« Er strich mit dem Finger darüber.
Jake sah den Rand. »Gut, und was erkennen wir daran?«
Wieder beachtete Nick seine Frage nicht und zog ein anderes Knochenstück aus dem Sack. »Gut«, sagte er. »Dies ist das Stück, nach dem ich gesucht habe.« Er drehte es in den Fingern. Es sah aus wie ein langgestrecktes V mit ungewöhnlichen Ausbuchtungen am Rand. Nicks Schultern fielen sichtbar herab, und er ließ die Hände auf den Tisch sinken. Als er zu Jake aufsah, hatten sich seine Augen verdunkelt, und selbst durch das Lexan konnte Jake tiefe Falten auf seiner Stirn erkennen.
»Was ist los?« fragte Jake, und sein Herz begann zu rasen. »Was hast du?«
Nick hob den Knochen wieder ans Licht. »Es ist ein Kieferknochen«, sagte er, und seine Stimme war unter dem Luftfilter kaum zu hören.
Jake nahm ihm den Knochen aus der Hand und hielt ihn sich selbst vor die Augen. »Ein Kieferknochen! Er sieht nicht so aus wie ...« Dann erkannte er es. Er warf den Knochen in den Sack zurück und hielt sich an der Tischkante fest.
»Es ist ein Hund, Jake«, sagte Nick. »Vielleicht auch ein Wolf oder ein Fuchs. Aber es ist kein Mensch.«
Jake biß sich auf die Lippen und schloß die Augen, um die Gedanken nicht denken zu müssen, die sich ihm aufzwangen. »Ein Hund? Aber wer würde all das tun, nur um den Tod eines Hundes zu vertuschen?«
Nick sah weg.
»Blödsinn!« schrie Jake. »Nein! Dann haben wir das richtige Skelett nicht gefunden!«
»Jake ...« Nick lief zu seinem Freund auf die andere Seite des Tisches. »Hör mir zu ...«
»Verdammt noch mal! Wir haben es nicht gefunden. Es muß einfach da sein!«

»Aber es ist nicht da.« Nick legte die Hand auf Jakes Schulter. Jake schlug sie weg. »O Gott«, jammerte er. Aus seiner Kehle kam ein Laut, wie Nick ihn noch nie von einem menschlichen Wesen gehört hatte: Schmerz in seiner rohesten, bittersten Form, der als gequälter Schrei von den gekachelten Wänden widerhallte, trotz der dämpfenden Wirkung des Luftfilters.

Jake stieß sich vom Tisch ab und taumelte auf die Tür zu. Die riesige Küche erschien ihm auf einmal unerträglich klein. Er mußte ins Freie, sofort.

Er riß die Tür auf und stieß dabei krachend eine glänzend polierte Sturmlampe aus Messing von der Wand. Glassplitter sprangen nach allen Richtungen über den eingelegten Holzboden der Eingangshalle. Das konnte nicht wahr sein. Sie mußten etwas übersehen haben. Es konnte gar nicht anders sein. Das war doch ihr ganzer Plan. Das Skelett war das einzige und wichtigste Beweisstück, das ihnen zur Rehabilitierung verhelfen sollte, das ihnen ihr Leben zurückgeben sollte.

Jetzt war ihm gar nichts mehr geblieben. Er riß sich den Luftfilter vom Gesicht und schleuderte ihn auf die andere Seite des Raumes, wo er eine Vase zerschmetterte, die auf einem feingeschnitzten Ebenholzständer stand. »Verdammt!!«

Nick lief hinter ihm her. »Jake, beruhige dich doch ...«

Jake wirbelte mit wild funkelnden Augen herum. »Verdammt, Nick. Wie soll ich mich beruhigen!« Er riß sich die Handschuhe von den Händen und schmiß sie, einen nach dem anderen, gegen die Wand. »O mein Gott, nein!« Der Schmerz brannte wie Feuer in seinem Gehirn. Er ließ sich schwer zu Boden fallen und preßte die Hände gegen den Kopf. »O Gott, o mein Gott, nein.«

Thorne kam mit gezogenem Revolver in die Halle gerannt. »Was, zum Teufel, geht hier vor?«

Nick nahm den Luftfilter vom Gesicht und machte eine Kopfbewegung in Jakes Richtung. »Es ist so, wie ich befürchtet habe«,

sagte er leise. »Die Knochen stammen nicht von einem Menschen.«
Jakes Gesicht war eine Maske des Schmerzes, als er zu den beiden Männern aufsah. »Ich habe meinen Sohn getötet«, keuchte er, »und ich habe meine Frau lebenslänglich ins Gefängnis geschickt.« Er atmete tief und mühsam ein, bevor er den Satz zu Ende bringen konnte. »Für einen Hund.«

Kapitel 38

Travis hatte auch früher manchmal wilde Träume gehabt, aber noch niemals einen Alptraum wie diesen. In diesem Traum ging es nur um Schmerz. Er schwebte irgendwo, und immer, wenn er sich bewegen wollte, konnte er es nicht. Je mehr er es versuchte, desto größer wurden die Schmerzen.

Irgendwelche Leute waren bei ihm in der Dunkelheit. Sie redeten, aber was sie sagten, ergab keinen Sinn. Er hörte viele Stimmen, aber sie alle waren gesichtslos. Sie sprachen eine unverständliche Sprache, über Dinge, von denen er noch nie etwas gehört hatte. Das war ja gleichgültig, aber warum tat es so weh?

Sein Penis tat weh. Einer der gesichtslosen Menschen hatte etwas hineingerammt, etwas Großes. Das hätte er nicht tun dürfen, aber dann hatte Travis den Faden verloren und hatte nicht mehr gewußt, warum er sich dagegen wehren sollte.

Jemand hatte seine Lunge in Brand gesteckt. Mit jedem Atemzug wurde das Feuer größer. Das war, wie wenn man in glühende Kohlen bläst. Jedesmal, wenn er einatmete, wurde wieder ein Loch in seine Lunge gebrannt. Das war vollkommen sinnlos. Er mußte eben einfach aufhören zu atmen.

Also kein Atemzug mehr. Wenn er nicht mehr atmete, würde auch der Schmerz aufhören.

Aber dann atmete er doch weiter. Er wollte aufhören, aber seine Lunge gehorchte nicht. Sie sog immer wieder eine Flamme in sich hinein, immer mehr von diesen schwebenden Rasierklingen.

Er sah eine Schlange vor sich. Er haßte Schlangen, und diese hier war auch noch groß. Sie ringelte sich über seinen ganzen Körper und tief in seine Kehle hinunter. Sie machte Mund-zu-Mund-

Beatmung mit ihm, zwang ihn zu atmen, obwohl er es nicht wollte. Bei jedem Atemzug zischte sie und biß in seine Lunge.
Die Schlange biß ihn immer wieder, und der Schmerz trieb ihm Tränen in die Augen. Vielleicht sollte er einfach aufgeben. Aber er wußte nicht, wie er das anstellen sollte.

Jake war so betäubt, als sei er nicht er selbst. Die anderen hatten ihn in den Wohnraum zurückgebracht und in einen Sessel gesetzt, aber er nahm seine Umgebung nur verschwommen wahr. Es hatte doch immer einen Hoffnungsschimmer gegeben, einen Plan, den sie verfolgen konnten, wenn alles um sie herum zusammenbrach. Und sie hatten einander gehabt.
Die Familie zuerst …
Das erschien ihm jetzt wie Hohn. Um ihn herum war nur Leere und Schuld.
Die anderen schienen nicht zu begreifen, wie hilflos er war. Nick fragte ihn beständig, was sie nun machen sollten, und behandelte ihn immer noch, als sei er der Anführer. Begriff er denn nicht, daß er ohne Carolyn und Travis gar nichts war? Konnte er denn die offensichtliche Tatsache nicht zur Kenntnis nehmen, daß es nichts mehr zu tun gab? Erst jetzt wurde ihm wirklich bewußt, auf was für ein geradezu lächerlich gefährliches Spiel er sich da eingelassen hatte. Er hatte alles – *buchstäblich alles* – auf eine Karte gesetzt, und er hatte verloren.
»Lieber Gott, Jake, komm doch endlich wieder zu dir«, schrie Nick. Vor Verzweiflung schnappte seine Stimme fast über. »Du kannst dich noch dein ganzes Leben lang selbst bemitleiden, aber jetzt müssen wir irgendeinen Plan machen!«
»Es hat keinen Zweck«, sagte Thorne, der auf der Türschwelle stand. »Er ist der ganzen Sache nicht gewachsen.«
»So?« schnaubte Nick. »Er wird sich eben zusammenreißen müssen.« Er legte die Hand auf Jakes Kopf und bog ihm das Gesicht so weit nach oben, daß er ihm in die Augen sehen konnte.

»Du machst mich verrückt, Jake. Niemand leugnet, daß dir heute Entsetzliches zugestoßen ist, aber du bist nicht der einzige, der hier bis zum Hals in der Scheiße steckt. Wir sind erwischt worden, Freund. Wir alle zusammen. Es hat Zeugen gegeben. Ich habe mich zwar aus anderen Gründen als du auf diese Sache eingelassen, aber …«

Plötzlich zuckte Jake zusammen, als ob ihm ein neuer Gedanke gekommen sei. Seine Augen klärten sich, und er drückte Nicks Hand.

»Was ist los?« fragte Nick und trat einen Schritt zurück.

Jake kämpfte immer noch darum, die Zusammenhänge zu begreifen. »Du hast recht«, sagte er zögernd. »Wir … wir sind erwischt worden. *Warum* sind wir erwischt worden?«

Nick runzelte die Stirn und schüttelte den Kopf. »Warum? Die Polizei hat uns entdeckt. Vermutlich haben wir doch einen Alarm ausgelöst, als wir das Loch in den Zaun geschnitten haben.«

Jake winkte ab. »Nein«, sagte er. Diese Erklärung konnte nicht zutreffen. »Du hast gesagt, daß eine Bewachungsagentur dort arbeitet. Es war aber ein richtiger Polizist.«

»Ihr wart doch ständig in den Nachrichten«, knurrte Thorne. »Also haben sie die Sicherheitsvorkehrungen verstärkt. Vermutlich haben sie euch erwartet.«

Sie begriffen es immer noch nicht. »Genau, Thorne. Sie haben uns erwartet. Aber warum? Warum in aller Welt sollten sie erwarten, daß wir dorthin zurückkehren würden? Wenn sie wirklich der Meinung sind, daß wir 1983 das Magazin angezündet haben, dann würden sie uns doch niemals ausgerechnet dort erwarten. Welchen Grund sollten wir denn haben, dorthin zu gehen? Lieber Gott, wenn ich auch nur für fünf Pfennig Verstand hätte, wäre ich inzwischen in Arizona!«

»Ich verstehe nicht, worauf du hinauswillst«, sagte Nick, aber wenigstens zeigte er endlich Interesse.

»Jemand hat *erwartet*, daß wir noch einmal dorthin gehen würden«, wiederholte Jake, frustriert, daß es so schwer war, sich verständlich zu machen. »Und das ist etwas, das wir niemals getan hätten, wenn wir schuldig wären.«
Nick runzelte die Stirn. »Aber selbst wenn jemand wußte, daß ihr unschuldig seid, warum sollte er dann annehmen, daß ihr dorthin zurückkommen würdet, vor allem nach so langer Zeit? Bedenke, daß die Theorie mit dem Verstecken einer Leiche nur in euren Köpfen existierte.«
»Vielleicht haben sie an diese Möglichkeit zunächst auch gar nicht gedacht«, sagte Thorne nachdenklich. »Aber nachdem es da einen Stolperdraht gab – ich könnte mir denken, daß sie sich vielleicht Sorgen gemacht haben, daß ihr wiederkommen könntet, und daß sie deshalb Vorsichtsmaßnahmen getroffen haben.«
Jake kämpfte mit der Vorstellung vom Stolperdraht. »Sie meinen, daß der Kerl, der uns reingelegt hat, jemand ist, der am Ort lebt? Jemand, der genügend Augen und Ohren in der Umgebung von Newark hat und Wind davon bekommen hat, daß wir in die Stadt gekommen sind?«
Thorne war indigniert. »Unter keinen Umständen. Die Anreise war vollkommen sauber.«
Nick war in Gedanken versunken. Über einen Stolperdraht muß man erst stolpern. »Vielleicht«, sagte er endlich, »haben wir irgendwie eine elektronische Spur hinterlassen.«
Jake verwarf den Gedanken. »Wie hätte uns das passieren sollen? Wir haben doch kein Flugticket gekauft, um hierherzukommen, und wir sind auch nicht mit einer Kreditkarte zum Mittagessen gegangen.«
Nick versuchte, das Wort »elektronisch« mit den Ereignissen der letzten beiden Tage in einen Zusammenhang zu bringen. Und dann begriff er. »O Scheiße! Die Computerdatei!« Er schlug sich mit der Hand gegen die Stirn. »Ich mußte doch in Washington die alten Computerdateien über Newark aufrufen. Als ich darauf

zugriff, muß ich einen Alarm ausgelöst haben, und den muß jemand gehört haben. Wenn man das zeitliche Zusammentreffen bedenkt, muß er sich gedacht haben, daß wir herkommen würden. Verdammt!« Er stampfte mit dem Fuß auf.

»Das ist es«, sagte Jake.

Nick ließ den Kopf hängen und rieb sich den Nacken. »O Gott, Jake. Es tut mir so leid. Ich hätte ...«

Jake winkte ab. Die Entschuldigung erschien ihm lächerlich. »Wie konntest du das ahnen? Wer würde schon auf die Idee kommen ...« Er brach mitten im Satz ab und bekam große Augen. Ein noch größerer Gedanke formte sich in seinem Gehirn. Sollte das möglich sein? »Ach du lieber Gott«, rief er aus. »Ich hab's!«

»Was?« fragten Nick und Thorne im Chor.

Jake hatte das Gefühl, daß ihm das Herz zerspringen würde. Das Selbstmitleid, das ihn noch vor wenigen Minuten ganz beherrscht hatte, war verschwunden. Statt dessen erfaßte ihn wachsende Erregung. »Okay«, sagte er und richtete sich auf. Er hätte ebensogut sagen können: *Auf die Plätze ...*

»Kehren wir zur ersten Voraussetzung zurück. Ob sie nun die Straßen bewacht haben oder eine Computerdatei, das, worauf es ankommt, ist, daß sie überhaupt etwas bewacht haben. Daß sie mit der Möglichkeit gerechnet haben, daß wir noch einmal nach Newark kommen könnten. Und das ist etwas, das nicht den geringsten Sinn macht, es sei denn, daß wir unschuldig sind und sie etwas zu verbergen haben.«

»Und wer sind diese schuldigen ›sie‹?« unterbrach Thorne.

»Dazu komme ich gleich. Also, wer auch immer derjenige ist, er ist mächtig genug, Computerdateien der EPA zu markieren, nicht wahr? Er wußte, daß jeder, der auf die Idee kommen würde, noch einmal in das Magazin einzudringen, zuerst auf diese Datei zugreifen müßte.«

Nick wurde ungeduldig, er wollte zum springenden Punkt kommen. »Das ist richtig. Dann glaubst du also, daß es die EPA ist? Daß irgend jemand in meiner Behörde dich von Newark fernhalten will? Aber warum denn, zum Teufel?«

»Nein«, sagte Jake. »Du mußt viel weiter zurückdenken. Ab wann hatte die EPA etwas mit Newark zu tun? Ab 1983 vielleicht, oder frühestens ab 1982?«

Nick stimmte zu. »Irgendwann um diese Zeit. Worauf willst du hinaus?«

»Von dem Augenblick an war das Magazin B-2740 so fest verschlossen wie ein Panzerschrank. Das wissen wir genau. Wir waren schließlich dabei, als das Schloß ein Jahr später geöffnet wurde. Niemand konntc hinein.«

»Ich nehme an, daß das richtig ist«, stimmte Nick zu.

Jake schwieg einen Augenblick und dachte über den nächsten Schritt nach. »Dann müssen die Schurken also hilflos dagestanden haben, als die EPA das Magazin verschloß. Was immer sie zu verstecken hatten, war *im* Magazin. Während der ganzen Verhandlungen um den Industriepark konnten sie nur untätig herumsitzen. Eine Möglichkeit, wieder hineinzukommen, ergab sich erst, als wir die Tür für sie öffneten.«

Alle nickten.

»Dann kommt die EPA also nicht in Frage.«

»Also gut«, drängte Thorne. Seine Geduld war erschöpft. »Sagen Sie uns endlich, wer es war!«

Jake sah Nick an, als erwarte er, daß dieser bereits von sich aus auf den Gedanken gekommen sei. »Wer kann die Computerdateien einer anderen Behörde markieren, Nick?«

»Das FBI«, sagte Nick scherzhaft, aber als Jake nicht lachte, verfinsterte sich sein Gesicht. »Jake, das FBI? Bist du verrückt?«

»Denk doch mal nach«, beharrte Jake. »Vermutlich hätte auch eine andere Behörde so etwas tun können, CIA, Secret Service, aber wer ist wirklich mächtig genug, eine Sache wie diese aufzubauen? Wer kann dafür sorgen, daß jemand, auf den sie die

Schuld abwälzen wollen, auch wirklich schuldig aussieht? Lieber Gott, Nick, ein Bekennerschreiben am Tatort eines Mordes! Wer, zum Teufel, würde so etwas tun? Und wer ist mächtig genug zu entscheiden, daß eine solche Unmöglichkeit gar nicht unmöglich ist?«

Nick nickte gedankenverloren. Er fand Jakes Gedankengang zunehmend einleuchtend. »Und wer hat uns so gedrängt, das Magazin und seine Umgebung so schnell wie möglich endgültig zu verschließen?«

Jake seufzte. Das Puzzle begann sich zu einem Bild zusammenzufügen.

Nick ließ sich schwer auf einen Stuhl fallen. »Scheiße, das ist viel zu groß für uns. Wir können nichts machen.«

Jake fuhr zurück. »Wieso können wir nichts machen? Wir beginnen gerade, die Sache zu durchschauen!«

»Gar nichts haben Sie durchschaut«, schimpfte Thorne. »Sie können sich jede nur mögliche Theorie aus den Fingern saugen. Vielleicht waren es Aliens. Solange Sie nicht wissen, warum einer das getan haben soll, und es auch beweisen können, hat Nick recht. Sie können gar nichts machen.«

»Es ist aber das FBI«, beharrte Jake. »Genau gesagt, Peter Frankel.«

Einen Augenblick lang herrschte vollkommenes Schweigen. Dann brachen Thorne und Nick in schallendes Gelächter aus.

»Na, das ist ja großartige Detektivarbeit«, sagte Nick spöttisch. »Peter Frankel!« Er mußte wieder lachen.

Jake beachtete die Stichelei nicht. »Er hat 1983 die Untersuchungen geleitet, weißt du das nicht mehr?«

»Natürlich weiß ich das noch, aber, Jake …«

»Und er hat darauf gedrängt, die Untersuchung überstürzt abzuschließen. Das hast du mir jedenfalls gesagt. Jedesmal, wenn du gesagt hast, man müßte auch noch andere Möglichkeiten in Erwägung ziehen und weitermachen, hat er dich niedergebrüllt.«

Nick wollte es noch nicht glauben. »Ich hätte auf meiner Meinung beharren sollen …«
»Nein!« schrie Jake. »Öffne endlich die Augen! Er war der einzige, der hochrangig genug war, die Untersuchungen für abgeschlossen zu erklären. Er brach die Untersuchung ab, sowie er die Lösung hatte, die er haben wollte. Und er konnte sich darauf verlassen, daß er genau zu dieser Lösung kommen würde, weil er die Beweise selbst plaziert hatte. Wer sollte ihm schon auf die Schliche kommen? Und er war schlau genug zu wissen, wie wichtig diese Computerdateien für uns sein würden, wenn wir tatsächlich beschließen würden, noch einmal hierherzukommen, und er hatte mit Sicherheit die nötigen Beziehungen, sie so zu markieren, daß ein Alarm ausgelöst würde, sowie jemand darauf zuzugreifen versuchte. Jetzt tritt er wieder täglich in den Nachrichten auf, grinst in die Kamera und versichert aller Welt, wie schuldig wir sind. Er ist der gemeinsame Nenner.« Aus dem Schweigen der anderen schloß er, daß er nahe daran war, sie zu überzeugen. »Frankel ist der einzige, der die Macht und die Autorität hat, eine solche Verschwörung durchzuführen.«
Nick wandte sich hilfesuchend an Thorne. »Kommen Sie, Thorne, sagen Sie ihm, was für einen Blödsinn er da redet.«
Aber Thornes Gesichtsausdruck besagte etwas ganz anderes. »Wissen Sie«, sagte er nachdenklich, »ich bin diesem Frankel tatsächlich schon begegnet. Er hat schon mehrfach eine Hexenjagd gegen einen guten Freund von Mr. Sinclair inszeniert. Gegen einen Senator. Er spielt ein rauhes Spiel. Und wenn es ihm gerade in den Kram paßt, hat er auch nicht die geringsten Hemmungen, gegen das Gesetz zu verstoßen.«
Thorne runzelte die Stirn und sah Jake in die Augen. »Nachdem ich mit angesehen habe, was er dem Senator angetan hat, gibt es nichts mehr, was ich ihm nicht zutrauen würde.«
»Bleibt immer noch die Frage nach dem Warum«, klagte Jake. »Warum hätte er das alles tun sollen?«

Thorne trat nun endlich ganz ins Wohnzimmer und ließ sich in einem Sessel nieder. Er kreuzte die Beine und faltete die Hände auf dem Bauch. »Das Warum ist das Einfachste von allem, Jake«, sagte er lächelnd. »Die Halle in die Luft zu jagen – das ist eine der klassischen Reaktionen.«

»Der Trick bei der ganzen Sache ist«, schloß Thorne, »es zu beweisen.«
»Das ist unmöglich«, sagte Nick. »Es gibt zu viele Möglichkeiten. Zu viele Vermutungen. Außerdem wird sowieso kein Mensch auf uns hören.«
»Vielleicht könnte man einen ehrgeizigen Reporter darauf ansetzen«, schlug Thorne vor.
»Nein«, sagte Jake. »Dadurch würde Frankel nur gewarnt werden. Außerdem wäre es Wahnsinn, wenn die Presse ohne Beweise so etwas bringen würde.«
Nick stand auf und begann im Zimmer auf und ab zu gehen. »Das Problem ist, daß das FBI anderthalb Jahrzehnte damit zugebracht hat, seine eigene Theorie zu untermauern. Die wären niemals bereit, auf neue Ideen einzugehen, schon gar nicht, wenn wir mit dem Finger auf ihren Boß zeigen.«
Das brachte Jake auf einen neuen Gedanken. »Dann müssen wir dafür sorgen, daß sie von selbst darauf kommen«, sagte er. Jetzt half nur noch entschlossenes Handeln. »Wissen wir, in welchem Hotel die leitende FBI-Agentin abgestiegen ist? Wie heißt sie doch gleich? Rivers.«
Thorne zuckte die Achseln. »Es sollte nicht schwer sein, das herauszufinden. Warum?«
»Ich werde ihr einen Besuch abstatten.«
Thorne schüttelte heftig den Kopf. »Das ist Selbstmord.«
»Ich kann sie ganz bestimmt überzeugen«, beharrte Jake. »Ich habe schon einmal mit ihr verhandelt, damals im Karosseriebetrieb, als diese ganze Geschichte anfing. Wenn es mir gelingt, sie

auf die richtige Fährte anzusetzen, wird sie die Wahrheit, glaube ich, von sich aus herausfinden.«
»Nein«, sagte Thorne mit Überzeugung.
»Fällt Ihnen etwas Besseres ein?«
Der große Mann wandte ärgerlich den Blick ab. »Ich möchte nichts damit zu tun haben. Es kommt gar nicht in Frage, daß Mr. Sinclair sehenden Auges in eine Kreissäge rennt.«
Jake schüttelte sich. »Sehen Sie ihn hier?«
Thorne machte sich nicht die Mühe zu antworten.
Jake sah Nick an. »Und du?«
Nick schreckte vor dem Gedanken zurück. »Ich glaube nicht.«
»Du brauchst nichts anderes zu tun, als zu fahren. Ich brauche deine Hilfe, aber ich verspreche dir, daß du das Auto nicht verlassen mußt.«
Nick schüttelte müde den Kopf. »Du weißt, daß ich dir wirklich helfen möchte, Jake. Aber ich muß schön langsam anfangen, über Schadensbegrenzung nachzudenken.«
»Was sagst du da?«
Nick sah Thorne an, der ihm verständnisvoll und zustimmend zunickte. »Ich glaube wirklich nicht, daß du damit eine Chance hast. Diese Sache ist zu groß für uns. Ich wollte der Polizei aus dem Weg gehen. Aber jetzt willst du bewußt auf sie zugehen.« Er sah weg. »Da kann ich nicht mitmachen.«
»Es ist töricht, Jake«, wiederholte Thorne. »Hören Sie auf ihn. Es muß eine bessere Möglichkeit geben.«
Jake starrte vor sich hin. »Nach besseren Möglichkeiten zu suchen würde mehr Zeit in Anspruch nehmen, als ich habe.« Er wurde rot vor Ärger. Sie wollten ihn im Stich lassen. Nun gut, dann mußte er eben allein handeln. Er wandte sich wieder an Thorne. »Dann geben Sie mir bitte den Autoschlüssel.«
Thorne zögerte lange, bevor er ihm den Schlüssel reichte.
Jake warf den Autoschlüssel in die Luft und fing ihn wieder auf. »Sie sind ja wirklich ein harter Bursche«, sagte er bitter. Seine

Augen schweiften zu Nick, dann sah er schnell wieder weg und ging zur Tür.

Nick lauschte Jakes Schritten, die sich durch die Halle entfernten. Er sah Thorne an und war beschämt. Es war dumm und sentimental, aber er brachte es einfach nicht über sich, seinen Freund im Stich zu lassen. Nicht schon wieder!

»Gott helfe mir«, stöhnte er. »Das ist der Fluch der guten Tat, nicht wahr, Thorne?« Er mußte laufen, um Jake noch einzuholen.

Endlich allein in dem großen Haus, schenkte Thorne sich einen Whiskey ein, bevor er nach dem Telefon griff. Es war an der Zeit, seinem Boß zu berichten, was vorgefallen war.

Kapitel 39

Die Aufseher sagten Carolyn nichts. Sie bettelte, sie weinte, aber niemand sagte ihr, wie es Travis ging. Sie wußte, daß er noch am Leben war, aber mehr als das hatten sie ihr nicht verraten. Sie behaupteten, daß sie es nicht wüßten. Wenn sie allerdings etwas entgegenkommender sein würde, was Einzelheiten über Jakes Verbleib betraf, dann könnte es natürlich sein, daß sie ein bißchen mehr in Erfahrung bringen könnten. *Arschlöcher.*

Sie lag auf der Betonbank, die in ihrer Isolationszelle als Bett diente, überflutet von dem gelben Licht, das von dem drahtgeschützten Beleuchtungskörper über ihr ausgestrahlt wurde. Sie hatte nur die Matratze entrollt, die fadenscheinige Armeedecke und das Plastikkissen lagen zusammengefaltet übereinander auf dem Bett und dienten ihr als Fußstütze. Offiziell war ihr herausgehobener Status der Grund für ihre Isolation, aber sie wußte, daß der wahre Grund psychologische Kriegführung war.

Sie machte sich Sorgen, wie lange sie das durchhalten konnte. Es war schwierig, mit der Angst fertig zu werden, wenn man ganz allein war, und die Tatsache, daß ihre Angst ihren Peinigern so viel Freude bereitete, machte alles noch viel schlimmer. Sie versuchte, sich auf Jake zu konzentrieren und auf das, was er jetzt wohl tat, um sie aus dem Gefängnis herauszuholen. Sie waren jetzt seit fast fünfzehn Jahren verheiratet, und er hatte sie noch nie im Stich gelassen. Weiß der Himmel, wie er es schaffen würde, aber sie mußte einfach an ihn glauben. Ohne diese Hoffnung blieb ihr nichts.

Sie hatte immer gehört, daß das, woran man sich im Gefängnis am schwersten gewöhnte, der beständige Lärm war. Die Belüftungsanlage dröhnte ohne Ende, hielt ihre Zelle bei Schlachthaustemperatur und sorgte dafür, daß auch die wenigen ruhigen Augenblicke nicht wirklich ruhig waren. Sie begann bereits das Wehen des Herbstwindes und die Stille einer Schneenacht zu vermissen. Im Laufe der Zeit würde sie sich wohl an die mechanischen Geräusche gewöhnen. Was ihr wirklich angst machte, war der von Menschen verursachte Lärm.

Sie war die einzige Insassin des kleinen, vierzelligen Isolationsflügels. Dennoch hallte der Lärm der anderen Häftlinge von den Wänden wider. Bei ihren Unterhaltungen brüllten sie aus vollem Hals, wobei ihre Gesprächsthemen teils so alltäglich wie das Wetter waren, teils so aktuell wie die Ankunft der Terroristin von Newark in der Haftanstalt. »Du weißt ja noch gar nicht, was Terrorismus ist, kleine Frau!« brüllte einer der Insassen. »Warte nur, bis du hier mit uns zusammenkommst! Dann wirst du dir ein bißchen Nervengas wünschen!«

Carolyn schloß die Augen und versuchte, nicht an die Zukunft zu denken. Diese Leute waren hart und gewalttätig, und sie waren überzeugt, daß sie genauso war. Wenn sie erst einmal herausfanden, wie sehr sie sich fürchtete, würden sie ihr das Leben zur Hölle machen. Der Gedanke an die Gewalttätigkeit, die in Gefängnissen herrschte und vor der es kein Entkommen gab, verursachte ihr Übelkeit.

Sie versuchte an Travis zu denken. Fast immer, wenn es an dunklen Tagen frohe Stunden gegeben hatte, war das Travis zu verdanken gewesen. Er hatte so ein ganz bestimmtes Lächeln, und er wußte ganz genau, wie er sie zum Lachen bringen konnte, ebenso wie er es schaffte, sie in helle Wut zu versetzen. Sie schloß die Augen und dachte nur an das Lächeln, daran, wie seine Vorderzähne ein ganz klein wenig schräg standen, und daran, wie sich sein Gesicht erhellte, wenn von irgendeinem Körperteil unterhalb des Nabels die Rede war.

Wenn sie sich auf solche Dinge konzentrierte, wurde der

Schmerz in ihrer Brust ein wenig leichter, und sie gestattete sich beinahe ein Lächeln.
Aber dann sah sie ihn wieder im Auto vor sich, wie Speichel und Schaum aus seinem Mund liefen und er um jeden Atemzug rang. Was mußte er von ihr gedacht haben, als sie mit ihm im Wasser gekämpft und ihm die Kleider vom Leib gerissen hatte? Warum hatte er das nur nicht verstanden? Warum nur war er zum Schluß so wütend gewesen?
Ich habe meinen eigenen Sohn getötet.
Nein! Er war nicht tot. Wahrscheinlich war er schon wieder vollkommen gesund, und die Aufseher verheimlichten ihr das nur, um sie noch länger zu quälen.
Sie mußte daran denken, wie er vor drei Jahren in Baltimore barfuß auf eine zerbrochene Flasche getreten war und sich eine große Wunde an der Fußsohle zugezogen hatte. Das arme Kind hatte laut geweint und gebettelt, sie solle doch aufhören, als sie versucht hatte, Glassplitter und Schmutz aus der Wunde herauszuholen. Eigentlich hätten sie ihn ins Krankenhaus bringen und die Wunde nähen lassen müssen. Aber sie hatten es nicht gewagt, mit ihm zur Notaufnahme zu fahren. Dort waren einfach zu viele Polizisten. Wenn die Verletzung lebensgefährlich gewesen wäre, hätten sie es natürlich getan, und auch, wenn er sich einen Knochen gebrochen oder eine Sehne verletzt hätte. Aber wegen einer Fleischwunde wollten sie das Risiko einfach nicht eingehen. Es hatte wochenlang gedauert, bis die Wunde geheilt war. Bis weit in den Winter hinein war er immer noch gehumpelt.
Carolyn versuchte, die Erinnerung zu verscheuchen. Was waren sie für Eltern, die ihr Kind so leiden ließen? *Wie gut, daß Gott ihn zäh gemacht hat*, dachte sie unglücklich.
Und jetzt war er ganz allein.
Ein Geräusch an ihrer Zellentür ließ sie aufschrecken und brachte sie in die Wirklichkeit zurück. Sie richtete sich rasch auf und stellte die Füße auf den Boden. Überrascht, daß sie tatsächlich

eingeschlafen war, rieb sie sich die Augen. Der Schlüssel wurde umgedreht, die Stahltür öffnete sich, und eine Walküre von einer Gefängnisaufseherin namens Gladys wurde sichtbar. Neben ihr stand ein schroff aussehender älterer Mann im obligatorischen grauen Nadelstreifenanzug der Regierungsbeamten, mit dem bei Behörden üblichen ledernen Aktenkoffer in der Hand.

»Ein Besucher für Sie, Mörderin«, sagte Gladys. »FBI.«

»Agent Wiggins«, sagte der Mann und tat übertrieben geduldig, als ob dies nicht das erste Mal sei, daß er ihr seinen Namen ins Gedächtnis zurückrufen mußte.

Gladys beäugte ihn, als ob ein übler Geruch von ihm ausginge. »Richtig. Wenn sie Ihnen Ärger macht, stoßen Sie einen Schrei aus.« Damit ging sie hinaus und sperrte die Tür wieder zu.

Carolyn musterte Wiggins vorsichtig und ängstlich. Irgendwie sah er aus wie ein Raubtier, und sie fühlte sich instinktiv unbehaglich in seiner Gesellschaft. »Wie spät ist es?« fragte sie.

Die Frage schien ihn zu überraschen, als ob die Tageszeit vollkommen belanglos sei. Er sah auf seine Uhr. »Kurz nach eins«, sagte er.

Sie hatte einen guten Instinkt für Leute, und dieser Mann jagte ihr Angst ein. Diese Mrs. Rivers, mit der sie vorher zu kämpfen gehabt hatte, war unangenehm genug gewesen, aber auf eine amtliche, professionelle Art. Sie hatte einen Auftrag zu erfüllen, und dieser Auftrag lautete, Carolyn lebenslänglich hinter Gitter zu bringen. Bei ihr waren die Spielregeln klar. Mit Wiggins war es anders. Er machte ihr wirklich angst. Irgendwie hatte sie das Gefühl, ihm schon einmal begegnet zu sein. »Ich habe bereits alles gesagt, was ich zu sagen habe«, knurrte sie und verbarg ihre Furcht hinter Widerspenstigkeit.

Er schien amüsiert zu sein. Er überprüfte sein Spiegelbild in der polierten Stahlplatte über der Toilette, die als Spiegel diente, rückte den Krawattenknoten zurecht, strich sich die Haare glatt und setzte sich auf eine Ecke ihres Bettes. »Nun ja, Mrs. Dono-

van«, sagte er sanft. »Was Sie zu sagen haben, interessiert mich, ehrlich gesagt, nicht besonders.«
Sie kniff die Augen zusammen. Die Erinnerung kam wieder. Die Intensität seiner Augen, seines Gesichts. Sie war versucht, nach der Aufseherin zu rufen, verwarf den Gedanken aber sofort wieder. Was hätte sie ihr sagen sollen?
Er fing ihren raschen Blick zur Tür auf. »Machen Sie lieber keine Dummheiten, Carolyn«, sagte er. »Sie sind in einer scheußlichen Situation. Wenn Sie mich fragen, hätten Sie sehr viel besser daran getan, sich weiter zu verstecken.«
Sie spürte, wie alle Farbe aus ihrem Gesicht wich.
»Ein verdammt unglückliches Zusammentreffen von Umständen! Wenn Sie weiter im Untergrund geblieben wären, wenn Sie nicht nach Arkansas gekommen wären, dann hätten wir vermutlich nie wieder etwas miteinander zu tun haben müssen.«
Wieder etwas miteinander zu tun haben? Ihre Gedanken rasten, um die Zusammenhänge zu erkennen. *Wieder?* Und dann wußte sie es. Der Mann auf dem Hügel! Der Mann im Tarnanzug mit dem Gewehr! »O mein Gott«, keuchte sie und hob die Hand an den Mund. Wieder sah sie verzweifelt zur Tür.
Er durchschaute, was sie vorhatte. »Tun Sie's nicht«, sagte er warnend. »Das wäre ein großer Fehler. Sie erinnern sich also an mich.« Er lächelte und schüttelte langsam den Kopf. »Das war das größte Blutbad, das ich je angerichtet habe. Ich weiß nicht, wie Sie und Ihr Macker es geschafft haben, aus der Halle rauszukommen, aber ich muß Ihnen sagen, ich habe meinen Augen nicht getraut, als ich sah, wie Sie aus dem Feuer gestolpert kamen.« Er lachte leise. »Ich hatte fürchterliche Angst vor dieser verdammten Rauchwolke, und ich wollte so schnell wie möglich weg. Also habe ich einfach so lange auf den Abzug gedrückt, bis ich eine Ausrede hatte abzuhauen.«
Sie starrte ihn mit offenem Mund an. Ihre Gedanken überstürzten sich. »Aber warum?« Die Frage klang wie ein Stöhnen.

Er schüttelte den Kopf. »Das geht Sie nichts an.« Er sprach jetzt ganz geschäftsmäßig. »Das, worum Sie sich Sorgen machen sollten, ist, daß dem hübschen kleinen Travis nichts passiert.«
Als dieses Raubtier den Namen ihres Jungen aussprach, wurde ihr übel. »Wagen Sie es nicht ...«
Er begann schallend zu lachen. »Als ob Sie mich an irgendwas hindern könnten!« Er lachte wieder. »Sehen Sie, ich habe nach dem Bürschchen gesehen, bevor ich hierhergekommen bin. Lieber Gott, er sieht so klein und hilflos aus in dem großen Bett und mit all den Schläuchen, die überall heraushängen. Die Ärzte sagen, daß er sehr, sehr krank ist. Aber wenn er die richtige Pflege bekommt, wird er vermutlich wieder werden.« Er schwieg. Sein nächster Satz traf Carolyn mitten ins Herz. »Es sei denn, daß ihm irgend etwas Schreckliches passiert.«
Ein Eisklumpen bildete sich in ihrer Brust, und einen Augenblick lang glaubte sie, sie würde ohnmächtig werden. Es mußte eine Möglichkeit geben, diesen Mann aufzuhalten ...
»Jetzt habe ich Sie erschreckt«, stellte er fest. »Wie brutal von mir. Aber beruhigen Sie sich. Ich töte nur Erwachsene. Jedenfalls meistens.« Er lächelte. »Hier habe ich etwas für Sie.« Er öffnete seinen Aktenkoffer, holte einen Stapel Papier, einen Taschenrechner und seinen FBI-Ausweis heraus und legte alles neben sich aufs Bett. Er warf ihr einen verschwörerischen Blick zu und klappte den doppelten Boden auf. Zum Vorschein kam eine zusammengerollte Wäscheleine, die er herausnahm und ihr reichte.
»Das funktioniert so«, erklärte er, während er seine Sachen in den Aktenkoffer zurücklegte und ihn verschloß. »Mit diesem Seil können Sie das Leben Ihres Sohnes retten.« Er deutete zur Decke. »Ich nehme an, daß die Lampe da oben vollkommen ausreicht, um eine so kleine Person wie Sie zu tragen.«
Carolyn erstarrte vor Entsetzen über diesen Vorschlag. Sie begann zu weinen, ohne es zu merken.

»Beruhigen Sie sich«, sagte er tröstend. »Es kommt sehr oft vor, daß Leute sich im Gefängnis aufhängen. Ich schlage Ihnen ein Geschäft vor. Wenn Sie morgen beim Wecken noch leben, wird der kleine Travis bis zum Frühstück tot sein. Sehen Sie, wie einfach das ist?« Er lächelte und stand auf.

Sie starrte benommen auf das Seil in ihrer Hand und dann wieder in das Gesicht des Mannes. »Aber warum?« schluchzte sie.

Er zuckte die Achseln. »Weil ich es gesagt habe, Carolyn. Einfach darum.«

Sie starrte vor sich hin. Das war zu viel, als daß sie es hätte begreifen können.

Er beugte sich vor und nahm das Seil aus ihrer Hand. »Das stekken wir jetzt hier unter die Decke«, sagte er und schob die zusammengerollte Wäscheleine unter die Armeedecke und das Kopfkissen. »Damit die Aufseherin nicht noch Wind bekommt von unserem kleinen Plan.« Er klopfte ihr auf die Wange. »Jetzt werden Sie viel zu denken haben, Carolyn, und das tut mir ja sehr leid, aber es gibt wirklich keine andere Möglichkeit. Nun könnte ich mir vorstellen, daß Sie meinen, daß das vielleicht nur ein Bluff sei. Ich an Ihrer Stelle würde mich das jedenfalls fragen.« Er beugte sich vor, bis sein Gesicht nur noch wenige Zentimeter von dem ihren entfernt war. »Aber ich schwöre Ihnen, wenn Sie mich enttäuschen, werde ich ihm das Ende nicht leichtmachen. Verstehen Sie mich?« Er flüsterte in ihr Ohr: »Ich werde dafür sorgen, daß er leidet. Er wird *leiden*, Carolyn.«

Er wartete, bis seine Worte ihre Wirkung taten, dann richtete er sich auf und läutete nach der Aufseherin. »Es war mir wirklich ein Vergnügen. Übrigens, wo hat Travis eigentlich die Narbe an seiner Fußsohle her?«

Carolyns Herz krampfte sich zusammen, und ihr Atem stockte. Dieser Mann hatte ihren Jungen *wirklich* gesehen.

»Er wächst sehr schnell«, fügte er mit einem Lächeln hinzu.

Sie hätte ihm am liebsten die Augen ausgekratzt, aber sie wußte,

daß der Versuch sinnlos war. Ihre Gedanken wirbelten durcheinander. Noch nie in ihrem Leben hatte sie so fürchterliche Angst gehabt.
Der Schlüssel wurde in das Schloß gesteckt. »Ich muß gehen«, sagte er.
»Warten Sie!« rief sie. Der Schlüssel wurde umgedreht. »Woher soll ich wissen, daß Sie ihn nicht in jedem Fall töten?«
Die Tür wurde geöffnet, und sie waren nicht mehr allein. Er grinste ohne jeden Humor. »Das können Sie nicht wissen«, sagte er. »Süße Träume, Carolyn.«

Kapitel 40

Du brauchst nichts anderes zu tun, als zu *fahren*, dachte Nick spöttisch, als er die ehemals prächtige Halle des Radford-Hotels durchquerte. Er trug eine Pizzaschachtel auf der Schulter, auf der die Aufschrift »Papa Lorenzos Pizzeria« prangte. Die Schachtel war natürlich leer. Nick und sein Mitverschworener hatten ihren Inhalt verzehrt, während sie einen Häuserblock entfernt in Thornes Leihwagen gesessen und über die Feinheiten ihres Plans nachgedacht hatten. Die Pizza war sogar ausgezeichnet gewesen, was erstaunlich war, wenn man bedachte, daß Papa Lorenzo und seine Helfer allesamt Turbane trugen.

Obwohl Little Rock keine sehr große Stadt war, erschien ihnen die Aufgabe, eine Nadel namens Irene Rivers in einem Heuhaufen von mehreren Dutzend Hotels ausfindig zu machen, zunächst hoffnungslos. Dann war Jake auf eine Idee gekommen. Er schien überhaupt voller Ideen zu stecken, sogar voller guter Ideen. Das war für Nick eine verblüffende Wende der Dinge, wenn er an das zitternde Häufchen Elend dachte, das Jake noch vor wenigen Stunden gewesen war.

Ihr Verfahren war sehr einfach: Sie hatten die Gelben Seiten in zwei Hälften geteilt und eine ganze Tonne von Münzen an zwei Münztelefonen verbraucht, um bei einem Hotelempfang nach dem anderen nach Irene Rivers zu fragen. Sie hatten nur noch vier Dollar übrig, als Jake beim Radford fündig wurde. Nachdem das Telefon in ihrem Zimmer zehnmal geläutet hatte, ohne daß jemand antwortete, hatte er einfach aufgelegt und war nun überzeugt, daß sie noch unterwegs war, um die Welt vor Leuten wie ihm zu retten.

Das Hotel ausfindig zu machen war allerdings nur der erste

Schritt gewesen. Jetzt brauchten sie noch die Zimmernummer, und um die zu erfahren, war Nick nun unterwegs. Er war derjenige von ihnen beiden, dessen Gesicht nicht beständig in den Nachrichten zu sehen gewesen war.

Das Radford war groß und alt. Es war einst das Hotel, in dem Präsidenten und sonstige Berühmtheiten abzusteigen pflegten. Nach etlichen mageren Jahren hatte das Radford jedoch nicht mit dem Grand Marquis und dem Crown Plaza Schritt halten können, und seine zuverlässigen Stammkunden waren abgewandert. Das Hotel war immer noch weit davon entfernt, auf die unterste Stufe abzusinken, aber die abgetretenen Orientteppiche und zerkratzten Wände hatten wirklich nicht mehr besonders viel Charme.

Die Tatsache, daß Irene Rivers hier einquartiert worden war, war ein deutlicher Beweis dafür, daß es nicht mehr sehr gut um ihr Ansehen stand.

Nick ging auf die beiden Teenager zu, die am Empfang Dienst taten. Sie sahen gleichzeitig auf und lächelten ihn an. »Hi, kann ich Ihnen behilflich sein?« fragte eine von ihnen.

Nick sah, wie ähnlich sich die beiden Mädchen sahen, und vermutete, daß sie Zwillinge waren. Er lächelte zurück, versuchte, ein bißchen dümmlich auszusehen, und hoffte inständig, daß ihm die Hände nicht zitterten.

»Hi«, sagte er. »Das können Sie.« Er kaute auf einem Zahnstocher von Lorenzo herum und hoffte, daß es dadurch schwieriger sein würde, an seiner Sprache zu erkennen, daß er kein Einheimischer war. »Einer von Ihren Gästen hat bei uns eine Pizza bestellt. Dummerweise habe ich den Zettel mit der Zimmernummer verloren. Aber ich weiß den Namen. Rivers. Irene Rivers. Können Sie mir bitte ihre Zimmernummer sagen?«

Die Bobbsey-Zwillinge sahen sich an und schüttelten die Köpfe. »Ich fürchte, nein«, sagte die rechte. »Wir dürfen niemandem die Zimmernummern sagen.«

»Ich kann sie aber anrufen und sie bitten, herunterzukommen und sich ihre Pizza abzuholen«, bot der linke Zwilling an.
Nicks Magen krampfte sich vor Schreck zusammen, aber er zwang sich zu einem Lächeln. »Nein«, sagte er schnell. »Bitte tun Sie das nicht. Ich bin schon eine Viertelstunde zu spät dran, und es ist heute schon das zweite Mal, daß ich eine Adresse verliere. Der Chef hat mir gesagt, daß mit dieser Mrs. Rivers nicht zu spaßen sei. Wenn sie wütend wird und anruft, geht es mir schlecht.«
Die Mädchen sahen sich bedeutungsvoll an und nickten. Offensichtlich hatten sie auch schon mit schwierigen Kunden zu tun gehabt, und wahrscheinlich hatten sie auch schon einmal für einen unangenehmen Chef gearbeitet.
»Wir sollten das wirklich nicht tun«, wehrte die linke Bobbsey ab.
»Bitte«, sagte Nick mit einem gewinnenden Lächeln. »Es ist demütigend genug für einen Mann in meinem Alter, Pizzas auszutragen. Ich brauche wirklich nicht auch noch eine Strafpredigt dazu.«
Wieder sahen sich die Mädchen an und seufzten. »Okay«, sagte die rechte Bobbsey und tippte den Namen in den Computer ein. »Aber bringen Sie uns nicht in Schwierigkeiten. Zimmer 405.« Sie sah auf und zeigte auf die andere Seite der Halle. »Sie können da drüben einen Lift nehmen.«
Nick bedankte sich lächelnd, dann ging er zu den Aufzügen hinüber und drückte auf den Rufknopf. Es dauerte endlos lange, bis sich etwas bewegte. Selbst die Aufzüge in diesem alten Schuppen schienen müde zu sein. Glücklicherweise war er der einzige Fahrgast. Er drückte auf die Knöpfe für den zweiten und den vierten Stock, so daß das Licht in der Halle Agent Rivers' Stockwerk anzeigen würde, auch wenn er im zweiten Stock ausstieg. Sein nächstes Problem war dic Frage, was er mit der Pizzaschachtel anfangen sollte. Schließlich gab er es auf, nach einem

Papierkorb zu suchen, und schob die Schachtel unter einen Cola-Automaten.

Dann lief er die Treppe hinunter zu einem Seiteneingang, den Jake und er schon vorher entdeckt hatten. Er vergewisserte sich noch einmal, daß niemand im Treppenhaus war, dann öffnete er die Tür und hätte beinahe einen Schrei ausgestoßen. Unmittelbar vor der Tür stand Jake. »Mein Gott, hast du mich erschreckt!«

Jake sah ihn an, als ob er nicht richtig im Kopf wäre. »Ich habe dir doch gesagt, daß ich hier warten würde.«

»Ja, aber ...« *Ach, zum Teufel ...* »Ihre Zimmernummer ist 405. Wie willst du reinkommen?«

Jake zuckte die Achseln und warf einen Blick ins Treppenhaus. »Ich weiß es noch nicht, aber ich werde es schon schaffen.«

Gemeinsam gingen sie bis in den zweiten Stock, dann verabschiedete sich Nick und ging zum Aufzug. »Ich warte im Auto auf dich«, sagte er, aber sein Gesichtsausdruck sagte etwas ganz anderes.

Jake lächelte. »Ich werde kommen.« Auch seine Zusicherung klang nicht besonders überzeugend.

Als Irene endlich erschöpft in ihr Hotelzimmer zurückkehrte, war es fast zwei Uhr. Körperlich war sie restlos erledigt, aber der Kopf schwirrte ihr von Gedanken, so daß an Schlaf nicht zu denken war. Sie hatte gehofft, daß ein Martini vor dem Abendessen und zwei Gläser Rotwein zum Fleisch die Spannung ein wenig lösen würden, aber es hatte nichts geholfen. In den letzten Tagen war ihre berufliche Zukunft Stück für Stück dahingeschmolzen, bis praktisch nichts mehr davon übriggeblieben war, und alles, was der Alkohol bewirkt hatte, war ein riesiger Katzenjammer.

Ihre letzte Hoffnung war ein heißes Bad. Sie wünschte es sich so heiß, daß es sie fast verbrühen würde, daß die Haut an Händen und Füßen in kürzester Zeit zusammenschrumpeln und die Hitze sie unfähig machen würde, an etwas anderes als an Schlaf zu denken. Ihre Sorgen spielten sowieso keine Rolle. Obwohl seine Frau und sein Sohn auf dem Spiel standen, hatte sich Jake Donovan weiterhin dem Zugriff der Polizei entzogen. Das überraschte sie. Sie war sich sicher gewesen, daß ihm sehr viel an seiner Familie lag.

Noch voll bekleidet, stöpselte sie die Badewanne zu und drehte den Wasserhahn ganz auf heiß. Erst nach ein paar Sekunden stellte sie die Temperatur ein bißchen kühler ein. Dann schloß sie die Tür und ging ins Schlafzimmer zurück, um sich auszuziehen.

Sie wußte nun genau, daß Donovan von irgend jemandem Hilfe bekam. Der Polizist in Newark hatte von einer dritten Person berichtet, ebenso die Sanitäter von der Rettungsstation. Die Leute von der Spurensicherung hatten Abdrücke von Handschuhen im Toyota der Faylons gefunden, aber keine neuen Fingerabdrücke. Der Cadillac, ein Leihwagen, unter falschem Namen gemietet, war mit Hunderten von Fingerabdrücken übersät. Sie hatten sie alle in den Computer eingegeben, aber es war immer noch ein riesiger Schritt vom Mieten eines Leihwagens bis zum Verdacht, an einem Verbrechen beteiligt zu sein.

Beamte des Büros in Chicago hatten Irenes Lieblingstheorie um Harry Sinclair weiterverfolgt, aber obwohl sie sein Haus einen ganzen Tag lang auf den Kopf stellten, hatten sie absolut nichts gefunden, was den alten Mann belasten konnte. Harry selbst war nach einem Tag, den er als »Tag der Einsamkeit« bezeichnete, wieder aufgekreuzt. Offensichtlich half es ihm, gelegentlich für kurze Zeit unauffindbar zu sein …

Ted Greenberg hatte ein Tonband von Sinclairs Verhör per Kurier in George Sparks' Büro nach Little Rock geschickt. Irene hatte es sich im Auto auf dem Weg zum Abendessen angehört. Es war ausgesprochen komisch, wie Ted sich bemühte, dem alten Mann eine Falle zu stellen.

»Wie erklären Sie den Telefonanruf von Travis Donovan?«

»Ich vermute, daß er mit mir reden wollte.«

»Und hat er das?«
»Das müßten Sie mir doch sagen können.«
»Sehen Sie, Mr. Sinclair, es ist in Ihrem eigenen Interesse, in dieser Sache kooperativ zu sein.«
»Sie können mich als ein Musterbeispiel der Kooperation betrachten.«
»Sehr gut. Haben Sie mit Travis Donovan gesprochen?«
»Ich fürchte, die Verbindung wurde unterbrochen.«
»Dann haben Sie also nicht mit ihm gesprochen?«
»Wie konnte ich, wenn die Verbindung unterbrochen wurde?«
»Bitte beantworten Sie meine Frage. Ja oder nein.« Die Frustration in Greenbergs Stimme war nicht zu überhören. »Haben Sie mit Travis Donovan am Telefon gesprochen oder nicht?«
»Ohne Verbindung wäre das sehr schwierig gewesen, meinen Sie nicht?« Sinclairs Stimme klang ebenso unüberhörbar amüsiert.
So ging es fünfundvierzig Minuten lang weiter, ohne daß Harry Sinclair sich belastet oder einer Falschaussage schuldig gemacht hätte. Irene kam auf die Idee, daß der alte Mann einen hervorragenden Politiker abgeben würde. Wahrscheinlich wäre das Verhör endlos so weitergegangen, wäre nicht Sinclairs Rechtsanwalt aufgetaucht und hätte der Sache ein Ende gemacht. Er hatte bereits einen Richter dazu gebracht, ihren Durchsuchungsbefehl mangels Beweisen zu annullieren und das Ende der Telefonüberwachung anzuordnen.
Pfeif drauf, sagte sie sich. Es war sowieso eine Sackgasse.
Sie entkleidete sich rasch. Ihre Pistole, eine schwarze S&W-Vierziger-Halbautomatik, ließ sie auf die Anrichte fallen. In weniger als einer Minute war sie nackt und bereit, ins Wasser zu steigen. Auf dem Weg ins Badezimmer blieb sie noch kurz stehen, um sich in der Spiegeltür des Kleiderschranks zu betrachten, erst von vorne, dann von der Seite.
»Gar nicht so übel für zweiundvierzig Jahre.« Dann, um wieder

so auszusehen wie mit zweiundzwanzig, zog sie den Bauch ein, bis sie nicht mehr atmen konnte. »Es macht keinen Spaß, alt zu werden«, knurrte sie. Beim Klang ihrer eigenen Stimme mußte sie an ihre Kinder denken.

Ich muß sie unbedingt anrufen, dachte sie. Gleich morgen als erstes. *Es ist schon wieder zwei Tage her*. Und zwei Tage allein mit ihrem Vater waren mehr, als man irgend jemandem zumuten sollte.

Nachdem sie ihre Zähne fertiggeputzt hatte, war der Wasserspiegel gefährlich hoch gestiegen, und als sie sich in das dampfende Bad sinken ließ, mußte sie aufpassen, daß das Wasser nicht über den Rand schwappte. Es war noch köstlicher, als sie es sich vorgestellt hatte. Das Wasser in der übergroßen Badewanne reichte ihr bis unters Kinn. Sie lehnte den Kopf zurück und schloß die Augen. Die Spannung legte sich, und ihre Sorgen lösten sich in nichts auf. Sie war nahe daran einzuschlafen, als sie hörte, daß sich die Badezimmertür öffnete.

»Schreien Sie nicht«, warnte Jake und zielte auf Irenes linkes Auge. »Sagen Sie nichts. Wenn Sie versuchen, um Hilfe zu schreien, erschieße ich Sie.«

Irene machte keine Bewegung, aber sie begann zu zittern.

»Glauben Sie, daß ich Sie töten würde?« fragte Jake.

Sein Gesicht war ausdruckslos, aber seine Augen waren warm. Der Gegensatz schockierte sie. Sie nickte. Ja, sie glaubte ihm.

»Gut.« Er zog ein Handtuch von der Halterung neben dem Waschbecken und reichte es ihr. »Hier«, sagte er. »Bedecken Sie sich.«

Sie griff so schnell nach dem Handtuch, daß das Wasser über den Badewannenrand auf den schwarz-weiß gekachelten Boden schwappte. Als sie das Handtuch um ihren Körper wickelte, stellte sie mit Entsetzen fest, daß sie in die Mündung ihrer eigenen Pistole blickte. Ein demütigendes Ende für einen demütigenden Tag.

»Was wollen Sie?« fragte sie. Die Entschlossenheit in ihrer Stimme überraschte sie selbst.
»Wie geht es meinem Sohn?«
Sie starrte ihn an, und die Angst wich einer Welle von Ärger. »Was glauben Sie eigentlich, wer Sie sind, einfach so in mein Hotelzimmer einzudringen ...«
»Wer ich bin, wissen Sie. Und wenn Sie wirklich den ganzen Blödsinn glauben, den ich angeblich getan haben soll, dann sollten Sie sich zu Tode fürchten. Und wenn Sie es nicht glauben, dann sollten Sie wissen, daß ich jedes Recht habe, wütend und unberechenbar zu sein.« Er setzte sich auf den Toilettentisch und zog ein Knie hoch, um die Pistole darauf abzustützen. »In jedem Fall sollten Sie es sich zweimal überlegen, bevor Sie mich reizen.«
Sie starrte ihn an. In seinen Augen stand Angst. Dies und all die anderen Gefühle, die ihn nach menschlichem Ermessen bewegen mußten, ließen sie tatsächlich zweifeln, wie weit man sich auf seine geistige Stabilität verlassen durfte. Vielleicht war es wirklich besser, vorsichtig zu sein.
Er atmete tief und etwas zittrig ein und versuchte es noch einmal. »Ich frage Sie ja schließlich nicht nach einem Staatsgeheimnis, Rivers. Ich bin ein Vater, dessen Sohn krank ist. Jetzt beantworten Sie bitte meine Frage. Wie geht es ihm?«
Die Art und Weise, wie sie wegsah, sagte mehr als Worte. Seine Schultern sanken herab.
»Er wird am Leben bleiben«, sagte sie leise. »Aber es ist noch zu früh, um schon etwas über das Ausmaß des Schadens zu sagen, der an seiner Lunge angerichtet worden ist.«
Jake wurde von Traurigkeit überwältigt, und er schloß die Augen. *Wenigstens wird er am Leben bleiben*, sagte er sich. Er mußte sich an die positive Seite halten.
Er hörte Bewegung im Wasser und riß die Augen wieder auf. Irene erstarrte mitten im Sprung. Wenn sie nicht ausgerutscht wäre, hätte sie es vielleicht sogar geschafft.

»Lassen Sie das!« schrie er lauter, als es so spät in der Nacht ratsam war. Sein Finger war nahe daran, auf den Abzug zu drücken. Sie schien es zu wissen, denn sie starrte unverwandt auf die Mündung der Pistole in seiner Hand. »Setzen Sie sich hin!« befahl er in scharfem Ton. »Verdammt, Rivers, versuchen Sie das nicht noch einmal mit mir!«

Sie setzte sich tatsächlich wieder hin und sah zu, wie Jake seine Gefühle niederkämpfte. Er hätte sie mit Sicherheit getötet, und dieser Umstand erschreckte ihn offensichtlich ebensosehr wie sie.

Eine ganze Minute verstrich, bevor einer der beiden wieder etwas sagte. Endlich fragte er: »Haben Sie ihn gesehen? Travis, meine ich.«

Sie nickte. »Ja, Ich habe ihn gesehen. Er scheint ganz ruhig zu sein. Sie haben ihn auf die Intensivstation der Kinderabteilung gelegt, und er wird künstlich beatmet, aber er scheint nicht zu leiden.«

Er dachte eine Weile darüber nach, dann nickte er. »Das ist gut«, sagte er abwesend. »Es ist gut, daß er nicht leidet. Wir können mit allem fertig werden, solange er am Leben bleibt.« Wieder schwiegen beide.

»Haben Sie Kinder, Rivers?«

Die Frage war ihr unangenehm, aber es lag wohl keine Drohung darin. »Ja«, sagte sie. »Zwei Töchter.«

Er nickte wieder, obwohl sie sich nicht sicher war, daß er ihre Antwort überhaupt gehört hatte. »Kinder sind etwas Besonderes. Nichts bringt einen so sehr zum Lachen und zum Weinen wie ein Kind.« Wieder schien er in Gedanken ganz woanders zu sein.

»Warum sind Sie hier, Donovan?« unterbrach sie seine Gedanken. »Ich will Sie ja nicht beleidigen, aber für einen so intelligenten Mann wie Sie ist es ziemlich dumm, hierherzukommen.«

Er sah auf und kicherte. »Das finde ich auch. Ich muß zugeben, daß die Idee mir sehr viel besser vorkam, als ich diesen Besuch plante, als jetzt, wo ich hier bin. Aber ich dachte mir, daß ich früher oder später irgend jemandem trauen muß, und derjenige sind Sie. Was sagt Ihnen das über die Wahl, die ich habe?«

»Wie sind Sie hier hereingekommen?«

»Sie würden staunen, wie viele Hauptschlüssel um diese Tageszeit in der Wäschekammer herumliegen.«

»Das ist schlau«, sagte sie. »Ich bin nicht sicher, daß ich darauf gekommen wäre.«

Auf diesen Kommentar hin mußte Jake grinsen. Aus dem Grinsen wurde ein Lächeln, und aus dem Lächeln lautes Lachen.

»Was ist?« Es machte ihr offenbar keinen Spaß, ausgelacht zu werden.

»Ich glaube, Agent Rivers, Sie versuchen sich hier in psychologischer Kriegführung mit mir. Haben Sie das im Unterricht über Geiselverhandlungen so gelernt?« Er mußte wieder lachen.

Sie runzelte die Stirn. »Also, ich weiß nicht ...«

»Bitte«, unterbrach er sie. »Ersparen Sie mir das. Wenn es Sie beruhigt, kann ich Ihnen sagen, daß ich wirklich nichts anderes will als mich mit Ihnen unterhalten. Wenn Sie bleiben, wo Sie sind, und tun, was ich Ihnen sage, bin ich in Kürze wieder weg. Wie Sie sich vorstellen können, fühle ich mich hier so ein bißchen wie auf dem Präsentierteller.« Er warf einen Blick auf ihr Handtuch und lachte wieder. »Vielleicht nicht ganz so wie Sie, aber dennoch ...«

Sie mußte wider Willen lächeln und zog das Handtuch etwas fester um sich.

»Jetzt sagen Sie mir, Rivers, glauben Sie wirklich, daß wir damals, 1983, all diese Leute umgebracht haben?«

Ihre Augen wurden schmal, und sie suchte nach der richtigen Antwort.

Er seufzte. »Beruhigen Sie sich. Dies hier ist kein Quiz. Es ist eine Veranstaltung zur Feststellung von Tatsachen.«

Sie zuckte die Achseln. »Ehrlich gesagt ... ja.«

Er dachte über ihre Antwort nach. Sie war natürlich keine Überraschung. »Und das erscheint Ihnen alles vollkommen sinnvoll? Daß meine Frau und ich, ohne in der Vergangenheit jemals das geringste Anzeichen von Gewalttätigkeit gezeigt zu haben, unsere Freunde erschießen, den halben Staat in die Luft sprengen und dann auch noch ein Bekennerschreiben hinterlassen?«

Sie zuckte die Achseln. »Bei allem Wohlwollen, Donovan, Verbrecher haben in der Vergangenheit jede Menge Dummheiten gemacht. Besonders Fanatiker haben eine lange Geschichte der Dummheit.«

»Fanatiker«, sagte er leise. »Fanatiker sollen wir also gewesen sein? Dann ist unsere Vergangenheit doch sicher voll von aktenkundigen Beispielen unserer fanatischen Absichten? Oder war diese Umweltsache unsere erste Tat?«

»Sehen Sie, Jake …«

»Nein, sehen *Sie*, Irene«, drängte er. »Haben Sie irgendeinen Hinweis gefunden, der diese blödsinnige Theorie von uns als Fanatikern untermauert hätte? Mitgliedsausweise für die amerikanische Nazipartei vielleicht? Oder – wie nannten sich doch gleich diese Kerle, die in den sechziger Jahren alle möglichen Universitätsgelände angezündet haben? SDS, das war's, Students for a Democratic Society. Haben Sie so etwas gefunden? Oder wie wäre es mit der NRA? Haben Sie auch nur einen einzigen Hinweis dafür gefunden, daß Carolyn und ich Fanatiker in irgendeiner Richtung waren?«

Irene rollte mit den Augen. »Hören Sie doch auf, Donovan. Selbst bei Fidel Castro gab es irgendwann ein erstes Mal. Die Beweise sprechen für sich selbst. Ehrlich gesagt, finde ich Ihre Kampagne mit dieser eingebildeten Verschwörung um ein Skelett ziemlich traurig. Vielleicht, wenn Sie damals damit gekommen wären, aber jetzt …«

Er zuckte zurück, als sie das Skelett erwähnte, aber dann wurde ihm klar, daß sie Carolyn verhört haben mußte. »Das hat sich als

Sackgasse erwiesen«, sagte er. In dieser Lage konnte nur noch Ehrlichkeit helfen.

»Wie bitte?«

»Es hat sich herausgestellt, daß das Skelett, weswegen wir hin sind, ein Hund war. Er muß in das Magazin gegangen und gestorben sein, bevor diese ganze Geschichte passiert ist.«

Jetzt war sie wirklich verwirrt. »Aber was …«

»Kommen wir wieder auf das Bekennerschreiben zurück«, sagte er und fuchtelte dabei mit der Pistole herum, als sei sie eine Verlängerung seines Zeigefingers. »Wollen Sie mir wirklich sagen, daß Sie das nicht ein bißchen absurd finden? Ein bißchen zu *praktisch?*«

Sie wußte nicht, worauf er hinauswollte, also sagte sie nichts. Sie nahm an, daß er früher oder später auf den springenden Punkt kommen würde.

»Haben Sie viele Brandstiftungen untersucht, Rivers?«

Sie zuckte die Achseln. Der plötzliche Themawechsel ließ sie aufhorchen. »Genug, nehme ich an.«

Er nickte beifällig. »Das habe ich mir gedacht. Ich habe einmal im Fernsehen gesehen, daß Brandstiftung manchmal dazu benutzt wird, ein vollkommen anderes Verbrechen zu vertuschen. Haben Sie jemals eine solche Erfahrung gemacht?«

Sie sah ihren Besucher lange an, bevor sie antwortete. »Sagen wir einmal so, ich habe derartige Gerüchte gehört.«

»Okay. Halten wir das einmal fest. Dann würde es Ihnen also nicht als vollkommen unbegreiflich und unmöglich erscheinen, wenn Sie feststellen würden, daß das im Jahr 1983 in Newark der Fall gewesen ist?«

Irene hatte keine Lust, von einem Mörder ins Kreuzverhör genommen zu werden. »Das Wasser wird allmählich kalt, Jake. Bitte kommen Sie endlich zur Sache.«

»Das werde ich.« Jetzt mußte er es mit einem großen Bluff versuchen. »Beim Leben im Untergrund habe ich in den letzten Jahren

ein paar interessante Freundschaften geschlossen, mit Leuten, die Zugang zu unglaublichen Informationen haben.«
»Einer davon ist Harry Sinclair«, unterbrach sie.
Auf diese Frage war Jake gefaßt. »Wer?«
Sie rollte mit den Augen. »Also gut«, stöhnte sie. »Machen Sie weiter.«
»Von diesen Informationen wird, zugegebenerweise, nicht immer ein guter Gebrauch gemacht, aber sie haben sich als sehr zuverlässig erwiesen.« Er wartete auf eine Reaktion, und als keine kam, fuhr er fort. »Diese Freunde haben mir kürzlich den Beweis geliefert, daß Ihr Chef, Peter Frankel, in den frühen achtziger Jahren bis zu den Ellenbogen in illegalen Geschäften steckte ...«
»Also bitte!« schimpfte sie, »diesen Unsinn brauche ich mir gar nicht erst anzuhören.«
»Lassen Sie mich ausreden«, beharrte er.
Sie sah so aus, als wolle sie widersprechen, aber dann gab sie es auf. »Ich fürchte, es bleibt mir nichts anderes übrig.«
Jetzt mußte er Vermutungen als Tatsachen verkaufen. »1983 war Frankel der leitende Mann in Little Rock, nicht wahr?«
»Sagen Sie mir das, oder fragen Sie mich?«
»Ich versuche, Sie dazu zu bewegen, endlich Ihren Verstand zu benutzen, verdammt noch mal!« schnauzte er.
Sie lächelte blasiert. »Dann verschwenden Sie hier nur Ihre Zeit.«
Okay, falsch angefangen. Neuer Versuch. »Wenn Sie einen Blick in die Akten werfen, werden Sie sehen, daß er damals Leiter der gesamten Untersuchung war. Tatsache ist, daß er hochrangig genug war, um Einfluß auf alles zu nehmen, was das Büro in Little Rock verließ.«
»Das ist die Aufgabe des zuständigen leitenden Agenten«, unterbrach sie.
Bingo. Damit ist die erste Vermutung bestätigt. »Meine Freunde sagen mir, daß Ihr Chef genau über die chemischen Kampfstoffe

Bescheid wußte, die in dem Magazin gelagert waren, daß er aber gute Gründe hatte, das zu verheimlichen, auch vor *seinen* Vorgesetzten.«

»Und was sollen das für Gründe gewesen sein?« Sie gab vor, amüsiert zu sein, obwohl ihr allmählich ein Licht aufzugehen begann.

»Mit illegalen Waffenverkäufen läßt sich eine Unmenge Geld verdienen.«

Irenes Herz übersprang einen Schlag bei dem Gedanken an George Sparks' gerade erst beendete Reise in den Irak. Jake sah nur, daß ihre Augen kurz aufleuchteten und ihre Lippen sich ein wenig öffneten, als ob sie aufseufzte. Sie sagte nichts, und sie hatte sich sofort wieder in der Gewalt.

»Er betrieb seinen regelmäßigen Ausverkauf aus Uncle Sams Vorratslager, als plötzlich die EPA auf dem Plan erschien und ein Schloß an die Tür hängte. Auf einmal war er von seinen Vorräten abgeschnitten, und alle Beweise der Welt warteten in dem Magazin darauf, ihn zu überführen.«

»Das glauben Sie ja nur«, wehrte sie ab. »Sie haben keine Beweise.«

Ihre Reaktion ermutigte ihn, obwohl sie den Nagel auf den Kopf traf. Seine Geschichte erschien ihm viel zu logisch, um nicht wahr zu sein. Nur hatte er keinerlei Möglichkeiten, irgend etwas zu beweisen. Aber wenn er seine Aufgabe hier richtig erfüllte, würde sie die Nachforschungen für ihn erledigen.

»Oh, es gibt genug Beweise«, behauptete er. »Eigentlich sehen Sie sie ja schon. Sie wollen es zwar nicht wahrhaben, trotzdem beginnen Sie, die Wahrheit zu erkennen. Wenn Sie die gleichen Beweise haben wollen, die ich habe, brauchen Sie nur danach zu suchen.«

»Wo?« drängte sie. »Wo soll ich nach dieser welterschütternden Enthüllung suchen? Mit wem soll ich reden?«

»Kommen Sie, Rivers. Für so eine Antwort kann man sterben.«

Diesen Satz hatte er mit Nick im Auto geprobt. *Geheimnistuerei kann jeden Mangel an Fakten übertünchen.*
Sie schüttelte heftig den Kopf. Sie weigerte sich einfach, ihm zu glauben. »Warum hätte er sich dann nicht damit begnügen sollen, das Magazin anzuzünden? Warum hätte er sich die Mühe machen sollen, so viele Leute umzubringen, wenn es nur darum ging, den Beweis zu zerstören, daß Sachen aus dem Magazin fehlten?«
Diese Frage machte Jakes Argumentationen ein Ende. Seine Augen wurden schmal, und er lächelte bitter. »Warum so viele Menschen töten? Wenn es sich um jemanden aus Ihrer eigenen Behörde handelt, stellen Sie diese Frage. Aber wenn es um Carolyn und mich geht, setzen Sie einfach puren Wahnsinn voraus. Seltsam, nicht wahr?«
Sie mußte ihm recht geben und sah weg.
»Denken Sie darüber nach, Rivers«, bat Jake. Sein Ton wurde immer dringlicher. »Nehmen Sie doch nur einmal eine Sekunde lang an, daß ich die Wahrheit sage, daß Carolyn und ich unschuldig sind. Und jetzt betrachten Sie sich einmal die Tatsachen. Wenn Sie ein Geheimnis endgültig aus der Welt schaffen wollen, reicht es nicht aus, es nur zu zerstören. Sie müssen auch für eine Erklärung für die Zerstörung sorgen. Das letzte, was Frankel brauchen konnte, war eine ergebnislose Untersuchung. Ohne Beweise, die auf jemand anderen als Täter schließen ließen, hätte die Spur durchaus irgendwann zu ihm selbst zurückführen können. So wie sich die Dinge entwickelten, hatte er seine Schuldigen gleich am ersten Tag, und die ganze Sache war in zwei Wochen aufgeklärt. Und wegen seiner Position stellte niemand etwas in Frage.«
Irene dachte darüber nach, und je länger sie nachdachte, um so erschrockener sah sie aus. »Aber wie konnte er wissen, daß Sie und Carolyn überleben würden? Wenn er von vornherein geplant haben soll, die Schuld mit Hilfe dieser ausgeklügelten Ver-

schwörung auf Sie abzuwälzen, wie konnte er wissen, daß Sie entkommen würden?«

Jake sah sie eine Weile an und wartete darauf, daß sie von sich aus auf die Idee kommen würde. »Sagt Ihnen der Name Tony Bernard etwas?« fragte er.

Sie mußte einen Augenblick nachdenken, bevor sie ihn einordnen konnte. »Ja, er ist eines der Opfer, die an diesem Tag getötet wurden. Im Motelzimmer.«

»Und warum war er in seinem Motelzimmer? Können Sie sich auch daran erinnern?« Wenn sein Plan aufgehen sollte, mußte sie wenigstens einige Teile des Puzzles selbst zusammenfügen.

Irene schloß die Augen. Gerade an diesem Morgen hatte sie die Akte noch einmal durchgelesen, aber sie hatte das Gefühl, als liege es Jahre zurück. »Ich glaube, er war krank, oder? Irgendwas mit dem Magen.«

Jake wartete wieder, aber sie kam immer noch nicht von selbst darauf. »Ziemlich seltsam, finden Sie nicht? Daß ein junger Mann wie er so plötzlich zu krank ist, um zur Arbeit zu erscheinen, und dann kommen diese mörderischen Barbaren extra noch einmal zum Motel zurück, nur um ihn umzulegen. Und hinterlegen ein Bekennerschreiben.«

Langsam begann Irene die Zusammenhänge zu erkennen, und ihre Augen wurden immer größer. »Sie glauben, daß ursprünglich Tony Bernard als Sündenbock vorgesehen war?«

Jake lächelte. »Ich weiß, daß es so ist«, log er.

»Aber was ist mit seiner Krankheit? Es hat Zeugen gegeben ...«

»Und wie schwierig ist es, dafür zu sorgen, daß jemand Bauchweh bekommt? Ich habe ihn an diesem Morgen gesehen. Er hat sich die Seele aus dem Leib gekotzt. Er war der Meinung, daß er etwas Verkehrtes gegessen habe. Ich habe das damals geglaubt, wie alle anderen auch. Aber, zum Teufel, wir alle haben das gleiche Essen am gleichen Ort bekommen. Warum war er der einzige, dem übel wurde?« Er ließ ihr ein bißchen Zeit, das zu verdauen. »Als Carolyn und ich überlebten, mußte Frankel seinen Plan ein bißchen ändern, aber im großen und ganzen blieb er bei seiner ursprünglichen Absicht. Ich nehme an, daß Tony sicherheitshalber noch getötet wurde. Schließlich konnte man nicht wissen, was er wußte.«

Sie dachte angestrengt nach. »Und wenn Sie und Ihre Frau verhaftet worden wären, hätte das gar nichts geändert«, dachte sie laut.

»Nicht bei den Beweisen, die Frankel zusammengebastelt hatte. Wäre er in die Enge getrieben worden, hätte er garantiert noch mehr falsche Beweise gefunden. Außerdem, die Anforderungen, die an Beweise gestellt werden, sinken drastisch, wenn die Emotionen so aufgeheizt sind, wie sie es nach der Newark-Katastrophe waren. Warum soll man noch weitersuchen, wenn einem die Antwort vor die Haustür gelegt wird? In solchen Fällen verlangt die Öffentlichkeit eine schnelle Verurteilung. Zum Schluß hätte uns nichts, was wir hätten sagen können, noch etwas geholfen.«

In ihrem Kopf drehte sich alles. Sie wäre nie auf die Idee gekommen, Carolyns Geschichte zu glauben. Sollte es tatsächlich möglich sein, daß die Donovans die Wahrheit sagten?

»Wie geht es Carolyn?« fragte Jake. Irene sah ihn verwirrt an. »Sie haben doch sicher mit ihr gesprochen?«

Irene nickte. »Es geht ihr gut. Sie hat Angst, und sie ist wütend und traurig, aber sonst geht es ihr gut.«

Er lächelte. »Gut. Wenn Sie sie das nächste Mal sehen, sagen Sie ihr bitte, daß ich sie liebe. Und daß ich mein Bestes tue, um alles in Ordnung zu bringen.«

Irene witterte eine Chance. »Warum sagen Sie ihr das nicht selbst, Jake? Wenn Sie mir gestatten, Sie festzunehmen, können wir das zusammen in Ordnung bringen. Ich verspreche Ihnen, daß ich jede Spur verfolgen werde, die Sie mir zeigen.«

Über diesen Vorschlag mußte er lachen. »Das soll wohl ein Witz sein?« Sie meinte es ernst, und er wußte das. »Ich weiß Ihr Angebot zu schätzen, aber seien Sie mir nicht böse, wenn ich danke. Ich bin mir immer noch nicht ganz sicher, ob es nicht ein riesengroßer Fehler war, Ihnen soweit zu trauen. Irgendwie ist mein Glaube an unser Justizsystem ein bißchen ins Wanken geraten.« Er nahm das Magazin aus Irenes Pistole und begann, die Patronen in die Toilette fallen zu lassen. Er sah ihren entsetzten Blick und lächelte. »Ich weiß, das ist ziemlich kraß, aber ich kann Sie nicht gut mit einer geladenen Pistole hier zurücklassen. Ich glaube, daß sich keiner von uns beiden einen Schußwechsel um halb drei Uhr morgens wünscht.«

»Wie soll es weitergehen?« fragte sie vorsichtig.

Er zuckte die Achseln. »Ich nehme an, das müssen Sie entscheiden. Sie müssen sich jetzt entscheiden, ob Sie mit ihrem Beruf der Gerechtigkeit dienen oder nur Befehle befolgen wollen.« Er ließ das leere Magazin in die Kloschüssel fallen und zog seine eigene Pistole, bevor er die letzte Patrone aus der Kammer von Irenes Dienstwaffe versenkte und den Deckel schloß. »Aber da ist noch etwas, worüber Sie nachdenken sollten.«

»Ich bin ganz Ohr.«

»Ich weiß, daß Sie sich gewundert haben, warum wir nach Newark zurückgekommen sind, und ich habe versucht, es Ihnen zu erklären. Wir kamen wegen dieses Hundeskeletts, und es hat sich als fürchterlicher Irrtum erwiesen. Törichter Grund, nicht wahr? Aber wie kam es, daß Sie uns hier *erwartet* haben?«

Ohne auf eine Antwort zu warten, rutschte er vom Toilettentisch herunter, drehte den Türknopf um und machte Anstalten zu gehen. »Übrigens«, sagte er grinsend. »Als Sie reinkamen, war ich im Kleiderschrank versteckt, und ich muß Ihnen recht geben. Für zweiundvierzig Jahre sind Sie wirklich nicht so übel.«

An Schlaf war nun nicht mehr zu denken. Irene überlegte, ob sie es nicht trotzdem versuchen sollte, wenn auch aus keinem anderen Grund als der späten Stunde. Obwohl ihr Körper förmlich nach einem Bett schrie, arbeitete ihr Gehirn auf Hochtouren. Jakes Besuch hatte sie in Verwirrung gestürzt. Den ganzen Tag lang hatte sie nach einem vernünftigen, logischen Grund gesucht, der die Donovans zur Rückkehr nach Arkansas veranlaßt haben könnte. Allen Klischees zum Trotz kehrten schlaue Verbrecher niemals zum Ort ihres Verbrechens zurück. Und nachdem sie vierzehn Jahre lang die Spitzenplätze auf der Fahndungsliste eingenommen hatten, hatten die Donovans zur Genüge bewiesen, daß sie sogar sehr schlau waren.

Nachdem sie die Munition aus der Kloschüssel gefischt hatte, ging sie ins Schlafzimmer, wo sie ihre Pistole mitten auf dem riesigen Bett entdeckte. Sie machte sich nicht die Mühe, Alarm zu schlagen. Jake war mit Sicherheit längst weg, und das letzte, was sie sich wünschte, war eine weitere aktenkundige geglückte Flucht.

Sie zog das leichte Flanellnachthemd an, das sie immer in ihrer Reisetasche mit sich führte, und ließ sich schwer auf den ungepolsterten Stuhl vor dem Schreibtisch fallen. Die Akte Donovan war in ihrem Aktenkoffer, aber sie brauchte sie jetzt nicht. Sie wollte die Beweislage aus dem Gedächtnis rekonstruieren.

Was für Beweise hatte das Büro denn nun wirklich? Das Bekennerschreiben, sechzehn Tote und die Tatsache, daß die Donovans überlebt hatten und entkommen waren. Was noch?

Nichts. Bei dem Gedanken schnappte sie nach Luft. Was ihr noch vor einer Stunde als unwiderlegbar bewiesen, als offensichtlich erschienen war, sah nun auf einmal erbärmlich künstlich aus und stand auf sehr wackligen Füßen. Die Beweise würden in der Hand eines geschickten Staatsanwalts vermutlich für eine Verurteilung ausreichen, aber plötzlich schienen ihr in der Beweiskette riesige Löcher zu sein, Löcher, die für einen geschickten Verteidigungsanwalt ausreichen würden, einen Mercedes durchzufahren.

Vielleicht war das der Zweck der ganzen Übung, überlegte sie und fand allmählich zu ihrem natürlichen Mißtrauen zurück. Vielleicht waren ihre Rückkehr und der ganze anschließende faule Zauber nur dazu gedacht, bei einer zukünftigen Gerichtsverhandlung Zweifel an der Zuverlässigkeit der Beweise zu erwecken. Der Standard für Freisprüche war heutzutage verdammt niedrig geworden. Vielleicht pokerten sie einfach nur sehr hoch. Wenn sie gewannen, konnten sie als Bürger mit allen Rechten in die Gesellschaft zurückkehren. War es wirklich unmöglich, daß so intelligente Leute wie die Donovans sich einen derartigen Plan ausdachten, besonders mit Harry Sinclairs Geld im Hintergrund?

Dieser Gedankengang war sicher weniger absurd als Jakes Behauptung, daß Peter Frankel ein Waffenschieber und Mörder sei. Aber warum waren die Donovans dann *wirklich* zum Tatort zurückgekommen? Warum waren sie nicht einfach wieder untergetaucht? Lieber Gott, sie hatten es doch geschafft. Nachdem sie ihren Jungen aus der Schule herausgeholt hatten, waren sie vollständig vom Radarschirm verschwunden. Sinclair hätte ihnen sicher noch einmal geholfen. Warum sollten sie so viel riskieren, nur um einem zukünftigen Gericht etwas vorzumachen? Und warum sollten sie nach all den Jahren auf der Flucht einfach aufgeben?

Aber sie hatten ja gar nicht aufgegeben, oder? Ihr Sohn war verletzt worden, und sie hatten ärztliche Hilfe gebraucht. Wären sie einfach wieder verschwunden, wenn das nicht passiert wäre? Verdammt, warum waren ihr diese Fragen nicht eingefallen, als Jake bei ihr im Badezimmer war?

Vielleicht war die Verletzung des Jungen Teil des Plans. Das würde bei Gericht sicher Sympathien erwecken. Sicher würden sich die Geschworenen viel schwerer dazu entschließen, trauernde Eltern lebenslänglich hinter Gitter zu bringen als hartgesottene Mörder.

Vielleicht. Aber sie hatte den Schmerz in Carolyns Gesicht gesehen, und auch in dem von Jake. Irene, die selbst ihre Mutterpflichten manchmal vernachlässigte, war sehr wohl in der Lage, elterliche Schuldgefühle bei anderen zu identifizieren. Die Gefühle, die sie heute bei den Donovans gesehen hatte, waren absolut ehrlich. Es war unmöglich, solchen Schmerz zu simulieren.

Was hatte Jake sie gefragt? *Geht es Ihnen um Gerechtigkeit oder nur darum, Befehle zu befolgen?* Sie fragte sich bitter, ob die Rettung ihrer beruflichen Zukunft vielleicht eine dritte Möglichkeit sei.

Wenn sie also eines Tages wirklich in die Lage kommen würde, gegen die Donovans auszusagen, würde sie vor Gericht dann glaubhaft versichern können, daß der ganze Blödsinn mit dieser Verschwörung nur ein Trick war, um die Aufmerksamkeit von ihren schrecklichen Verbrechen abzulenken? Mit Sicherheit. Und wenn sie das tat, würde sie dann wirklich ehrlichen Herzens glauben, daß sie der Gerechtigkeit diente? Die Antwort auf diese Frage erschreckte sie.

Aber Frankel? Lieber Gott.

Jakes Behauptung, daß er Beweise habe, war ein Bluff. Offensichtlich war Lügen nicht seine starke Seite, auch wenn er jahrelang mit Lügen gelebt hatte. Und dennoch, sosehr sie sich auch wünschte, daß sie seine Theorien als verrückt abtun könnte, sie mußte zugeben, daß sie ihr außerordentlich sinnvoll erschienen.

Was hatte er sie gefragt, als er aus dem Badezimmer ging? Welche Frage sollte sie sich stellen? Ach ja. Es war Frankel gewesen, der ihr gesagt hatte, daß die Donovans nach Arkansas kommen würden. Eine Computerfalle bei der EPA. Aber was sollte daran so außergewöhnlich sein? Es war eine ganz alltägliche Maßnahme, eine Computerdatei zu markieren. Wenn jemand darauf zugriff, wurde eine Warnung …

Plötzlich fiel es ihr wie Schuppen von den Augen. *»Verdammt«,*

hauchte sie. »Er hat *gewußt*, daß sie früher oder später wiederkommen würden.«
Ihr Gesicht wurde glühend heiß, als sich das Bild vor ihren Augen vervollständigte. *Lieber Gott, das ist Selbstmord.*
Jetzt kam es nur noch darauf an, das alles zu beweisen, ohne dabei ihre Karriere restlos zu zerstören. Das Schlimme war, daß sie diesen Verbrecher namens Jake Donovan auch noch sympathisch fand. Es machte sie ganz krank, daran zu denken, daß sie ihn viel netter fand und daß sie es ihm viel weniger zutraute, einen anderen Menschen zu töten, als Peter Frankel.
Schnell, um die wenigen verbleibenden Nachtstunden möglichst gut zu nützen, öffnete sie ihren Aktenkoffer und zog ihren Laptop unter der Donovan-Akte hervor. Es dauerte endlos lange, bis das verdammte Ding hochgefahren war, aber alles andere ging schnell. Im Internet herrschte zu dieser Nachtzeit niemals viel Betrieb.

Kapitel 41

Trotz der luxuriösen Weitläufigkeit der Villa auf der Wiese – Jake schätzte sie auf etwa dreitausend Quadratmeter – saßen sie auch weiterhin in dem kleinen Wohnraum beieinander. Jake war nie ein Cognac-Connaisseur gewesen, aber seit sie aus dem Radford zurückgekehrt waren, entwickelte er eine Vorliebe für Armagnac, und Thornes Bemerkung, daß eine Flasche von dem Zeug vierhundert Dollar kostete, bestärkte ihn außerordentlich darin.

Nick war kurz nach ihrer Rückkehr zusammengebrochen. Er beanspruchte das Sofa für sich und hatte Jake und Thorne die beiden Sessel überlassen. Harry Sinclairs rechte Hand sah erschöpft aus. Dennoch hielt er sich wach und hörte aufmerksam zu, als Jake schilderte, was sich in Irenes Hotelzimmer abgespielt hatte. Besonders die Tatsache, daß er die »FBI-Lady« nackt vorgefunden hatte, schien ihn zu beeindrucken. Wäre die Situation etwas anders gewesen, hätte Jake angenommen, daß durch dieses nächtliche Gespräch eine Bindung zwischen ihnen entstehen müsse, aber so hatte er keinen Zweifel daran, daß es Thorne nur darum ging, jedes Wort, das er sagte, an seinen Chef weiterzuberichten.

»Ich halte diese Rivers für ziemlich intelligent«, schloß Jake. »Ich bin sicher, daß sie alle Nachforschungen durchführen wird, die in unserer Sache nötig sind.« *Habe ich das wirklich gesagt?* Er fragte sich, ob er sich das nicht nur selbst einreden wollte. Es war ebensogut möglich, daß sie mit den Informationen, die er ihr gegeben hatte, direkt zu Frankel rannte, und dann wäre er geliefert. Nein, falsch, dann wären sie alle geliefert, vielleicht sogar auch der mächtige Harry Sinclair. Daß Irene nach seiner Rolle in

dieser Sache gefragt hatte, war das einzige, was er in seinem Bericht an Thorne ausgelassen hatte.
Als der große Mann in seinem Sessel einschlief, verfiel Jake in Melancholie. Seine Gedanken kreisten um Travis. Gab es wenigstens für seinen Sohn so etwas wie ein Sicherheitsnetz, eine Lebensgrundlage, von der er nicht abstürzen konnte? Wenn der Kampf um den Beweis von Carolyns und seiner Unschuld sich hinzog und der Junge schon vorher aus dem Krankenhaus entlassen wurde – *was dann?*
Wenn Jakes glühender Wunsch in Erfüllung gehen und Travis wieder vollkommen gesund werden würde, würde er höchstwahrscheinlich unter Amtsvormundschaft gestellt werden.
Plötzlich hatte er eine Idee, eine verrückte Idee, die wohl mehr seiner Erschöpfung als einem logischen Gedankengang entsprang. Innerhalb weniger Sekunden formte sich der Einfall in seinem Kopf zu einem tragbaren Kompromiß in einer Frage, die schnellstens geklärt werden mußte. Er klopfte Thorne aufs Knie und weckte ihn aus seinem leichten Schlaf.
»Ich muß Sie etwas fragen.«
Thorne hob eine Augenbraue.
»Was, glauben Sie, würde Harry sagen, wenn ich ihn bitten würde, sich um Travis zu kümmern, bis diese Angelegenheit abgeschlossen ist?«
»Er würde nein sagen«, antwortete Thorne übellaunig. Er hatte den kurzen Schlaf genossen.
»Warum?« Plötzlich war Jake hellwach. Er richtete sich in seinem Sessel auf. »Er ist doch ein Verwandter. Das Vormundschaftsgericht würde sicher zustimmen, einem Verwandten vorübergehend das Sorgerecht zuzusprechen. Lieber Gott, für Carolyn geht die Sonne mit dem alten Schurken auf und unter.«
Thorne schüttelte den Kopf. »Mr. Sinclair hat damit gerechnet, daß Sie ihn darum bitten könnten. Die Antwort heißt nein.«
»Es wäre aber doch viel besser, als wenn der arme Junge von

einem Fremden zum anderen geschleppt wird«, hielt Jake ihm entgegen. »Harry könnte wenigstens für etwas Stabilität sorgen.«
»Ihr Junge ist nicht Mr. Sinclairs Problem«, sagte Thorne einfach. »Verglichen mit anderen Kindern ist Travis nicht so übel, aber ein Kind bleibt ein Kind. Mr. Sinclair hatte selbst niemals Kinder. Er kann sie nicht ausstehen.«
Jake war nahe daran, es aufzugeben. »Aber wie ist das mit Carolyn, seinem Sonnenschein? Ich meine, sie war doch …«
»Mit ihr ist das etwas anderes«, unterbrach Thorne. Er wollte weiterreden, aber dann brach er ab. »Sie ist anders.«
Jake sah auf Thornes Gesicht einen Ausdruck, der so nahe an Zärtlichkeit herankam, wie es bei einem Mann wie ihm möglich war. »Erzählen Sie mir etwas über ihre Kindheit«, bat er leise.
Thornes Augen wurden schmal. »Was wollen Sie wissen? Sie war ein Kind, und Mr. Sinclair hatte sie gerne.«
»Aber sie hat Alpträume, schreckliche Alpträume. Sie wacht davon auf und schreit, aber sie will nicht darüber reden. Ich weiß nichts von ihren Eltern. Wenn ich danach frage, zieht sie sich einfach zurück.«
Thorne sah weg. Das Thema war ihm offensichtlich unangenehm. »Dann möchte sie nicht, daß Sie etwas darüber erfahren. Sie sollten es auf sich beruhen lassen.«
»Aber warum betet sie Harry dermaßen an?« Jake ließ nicht locker. »Was ist an dem alten Mann dran, daß sie dahinschmilzt, wenn man nur seinen Namen erwähnt?«
Thorne schüttelte den Kopf und würdigte Jake keiner Antwort.
»Hat Harry Carolyn mißbraucht?« fragte Jake unvermittelt.
»Wie bitte?«
»Hat Harry meine Frau mißbraucht, als sie ein kleines Mädchen war?« Jake wiederholte seine Frage mit fester Stimme und ohne jedes Zögern. »Es gibt Anzeichen dafür, daß sie als Kind sexuell belästigt worden ist. Manchmal zieht sie sich so seltsam zurück,

und sie leidet ständig unter Schlafstörungen. Und dann diese Alpträume. Deshalb habe ich gedacht ...« Seine Stimme erstarb. Er hatte seine Sorgen noch nie jemandem anvertraut, und die Gefühle, die in ihm aufwallten, erschreckten ihn.
Thornes Augen wurden hart. »Sie glauben also, daß Mr. Sinclair seine Nichte vergewaltigt hat? Und daß sie hinterher beschlossen hat, ihn dafür *anzubeten?*«
Jake zuckte die Achseln. »Ich weiß es nicht. Man liest so viel verrückten psychologischen Kram, und da dachte ich, daß vielleicht ...«
»Sie haben anscheinend wirklich Sorgen mit Sonnenschein.« Thorne schien überrascht zu sein.
Jake sah verlegen zur Seite. »Mehr, als Sie sich vorstellen können«, sagte er.
Thorne holte tief Luft und blies die Backen auf. »Mr. Sinclairs kleine Schwester Rebecca war nicht besonders stark ... nicht sehr selbstbewußt«, sagte er leise. »Als Kind war sie sehr viel krank, und als sie älter wurde, wurde sie einer von diesen weinerlichen Teenagern. Sie meinte immer, daß sie häßlich sei und daß die Jungen sie nicht mögen. Ich habe sie damals nicht gekannt, aber Mr. Sinclair machte sich große Sorgen um sie. Er sagt, daß sie ein hübsches Ding war, aber wie soll man eine kleine Schwester davon überzeugen? Als sie achtzehn Jahre alt war, kam ein fünfundzwanzigjähriger Kerl namens Mike Skepanski daher. Den habe ich gekannt, und ich kann Ihnen sagen, daß man ihm schon von weitem ansah, daß er nichts taugte. Mr. Sinclair verabscheute ihn. Ach, zum Teufel, jedermann verabscheute ihn, nur Rebecca nicht. Die verliebte sich in ihn und heiratete ihn. Sie hatte gerade erst die Highschool hinter sich, hatte vom Leben keine Ahnung und war nun für immer an diesen Versager gebunden.«
Beim Erzählen nahm Thornes Geschichte ein Eigenleben an und trieb ihn immer weiter vorwärts. »Also gut, eine Zeitlang hatte er einen Job als Bauarbeiter, aber dann verletzte sich der arme

Junge die Hand und wollte diese Arbeit nicht mehr weitermachen. Also saß er ein paar Monate lang zu Hause, bis ihm irgendein Trottel einen Posten als Wachmann anbot. Er nahm den Job, weil er dabei mit einer Pistole herumlaufen durfte, und mit der Pistole fühlte er sich als Held. Aber das ging natürlich auch nicht lange gut, weil er ein unfähiger Versager war. Wahrscheinlich wurde er schlafend beim Dienst erwischt. Jedenfalls wurde er rausgeschmissen. Und so ging das immer weiter. Er schaffte es einfach nie, einen Job zu behalten. Rebecca war unglücklich, und mitten in all dem Elend wurde Carolyn geboren.« Thorne sah Jake an und gestattete sich ein Lächeln. »Ich muß Ihnen sagen, ich habe wirklich nichts für Kinder übrig, aber Carolyn war einfach süß. Sie hatte große Augen und lachte den ganzen Tag. Und zum ersten Mal fing Rebecca an, ein paar gute Gedanken über sich selbst zu haben.« Das Lächeln erlosch. »Bis der Polack anfing, sie zu schlagen. Rebecca sagte zu niemandem ein Wort darüber. Statt dessen verfiel sie auf Drogen und Schnaps und sonstigen Scheiß.«

Er schwieg einen Augenblick und wappnete sich für den Rest der Geschichte. »Eines Tages bekam ich einen Telefonanruf, der mich erschreckte. Irgendwas stimmte nicht mit Rebecca, und sie wollte mit ihrem Bruder sprechen. Ich glaube, an diesem Tag merkte ich zum ersten Mal, daß sie trank. Also, Mr. Sinclair sprach mit ihr am Telefon, und hinterher spie er Feuer. Er schnappte mich, und wir fuhren sofort nach Milwaukee. Er wollte nicht sagen, warum wir dorthin fuhren, aber ich konnte ihm nicht schnell genug fahren. Etwa um sechs Uhr abends kamen wir an ihrem schäbigen kleinen Häuschen an, und als wir aus dem Auto stiegen, hörten wir diese Schreie. Das waren keine ärgerlichen Schreie, sondern Entsetzensschreie, die Schreie eines kleinen Mädchens. Wir rannten hinein und die Treppe hinauf und fanden alle drei in Carolyns Kinderzimmer. Sie war damals vielleicht neun oder zehn Jahre alt.«

Thorne verstummte. Dann holte er wieder tief Luft und kreuzte die Beine. »Der Polack war sturzbetrunken und prügelte wie ein Irrer auf die beiden ein. Die kleine Carolyn bettelte, er solle aufhören. Sie schrie und schrie, und er schlug mit den Fäusten auf ihr herum.«

»O mein Gott«, stöhnte Jake. Ihm war übel.

»Rebecca war schon nicht mehr bei Bewußtsein«, fuhr Thorne fort, und seine Stimme klang belegt. »Er hatte den Verstand aus ihr herausgeprügelt. Vielleicht waren auch die Drogen daran schuld, aber sie wurde nie wieder sie selbst.« Er schwieg einen Augenblick. »Mr. Sinclair brachte seine Schwester und die Kleine ins Krankenhaus, und ich übernahm den Polacken.«

Aus Thornes Ton und Gebärden konnte Jake erkennen, daß die Geschichte damit zu Ende war, aber er konnte sich noch nicht zufriedengeben. »Was haben Sie gemacht?«

»Ich habe gar nichts gemacht«, sagte Thorne achselzuckend. »Aber Mr. Sinclair hat dafür gesorgt, daß Rebecca und Sonnenschein alles hatten, was sie brauchten.« Er sah Jake in die Augen und runzelte die Stirn.

»Was haben Sie mit ihrem Vater gemacht?«

Thornes Augen wurden schmal, und er biß die Zähne zusammen. »Sie stellen viele Fragen, Jake. Sind Sie sicher, daß sie die Antwort hören wollen?«

Jake schwieg unbehaglich. »Ja«, sagte er schließlich. »Ich will es wissen. Ich glaube, ich *sollte* es wissen.«

»Okay«, sagte Thorne und stützte die Ellenbogen auf die Knie. »Aber das geht nur Sie und mich etwas an, ja? Mike und ich haben eine kleine Fahrt aufs Land gemacht. Wir haben uns eine Weile unterhalten, und dann habe ich ihn um einen Kopf kürzer gemacht.« Er lächelte und war offenbar auch jetzt noch sehr zufrieden mit sich. »Inzwischen haben ihn die Würmer gefressen, und soviel ich weiß, hat ihn auch niemals jemand als vermißt gemeldet.«

Die Worte hingen in der Luft wie ein übler Geruch, und Jake drehte sich der Magen um, aber gleichzeitig befriedigten sie ihn auch. »Sie haben ihn *ermordet?*«

Thorne antwortete nur mit einem humorlosen Lächeln.

»Weiß' Harry, daß Sie ihn getötet haben?«

»Natürlich nicht«, knurrte Thorne. »Er glaubt, daß ich den Polen in ein Flugzeug gesetzt und mindestens zweitausend Meilen weit weggeschickt habe, mit der Anweisung, sich nie wieder blicken zu lassen. Er glaubt, daß ich getan habe, was er mir gesagt hat, und ich habe mir nie die Mühe gemacht, ihn eines anderen zu belehren.«

Jake glaubte ihm kein Wort. »Also hören Sie, Thorne. Sie werden doch nicht meinen ...«

Thorne hob die Hand und schnitt ihm das Wort ab. »Sie begreifen es immer noch nicht. Mein Job ist es, die Probleme aus der Welt zu schaffen. In neunzig Prozent aller Fälle hat Mr. Sinclair keine Ahnung, wie ich das mache. Er zahlt mir eine Menge Geld dafür, daß er es nicht wissen muß.«

»Aber wenn er es wüßte ...«

»Dann würde er sich sehr darüber aufregen, o ja«, meinte Thorne. »Aber wie ich schon sagte, Carolyn war sehr süß. Und ich war schon immer für dauerhafte Lösungen.«

Travis war schon einmal in diesem Tunnel gewesen, und genau wie das letzte Mal war er nicht allein. Dieselben gesichtslosen Stimmen schwirrten in der Dunkelheit um ihn herum und redeten Unverständliches.

Auch die Schlange war noch in seinem Hals, aber sie schien sich beruhigt zu haben. Sie biß ihn nicht mehr. Dafür war sein Mund fürchterlich trocken. Er versuchte zu schlucken, aber die Schlange ließ es nicht zu. Sie zischte ihn aber nicht mehr an, jedenfalls nicht, wenn er es nicht wollte. Sie gestattete ihm, so zu atmen, wie er wollte. Das war nett von ihr.

Er bewegte sich auf ein Licht zu, und als er näher herankam, merkte er, daß er sich gar nicht in einem Tunnel befand. Er schlief, aber er schaffte es nicht, richtig aufzuwachen. Die Stimmen wurden immer lauter, und er glaubte seinen Namen zu hören.

Was hatte er nur für Alpträume gehabt, von Hetzjagden und Chemikalien und Schreien und Kämpfen.

Das Licht wurde immer heller. Aber er schwebte nicht mehr. Im Gegenteil, er hatte das Gefühl, daß er am Fußboden festgeklebt sei. Er versuchte sich zu bewegen, aber er hatte fürchterliche Schmerzen in der Brust. Als ob er geschlagen worden sei. Lag er nach seinem Kampf mit Terry Lampier immer noch am Boden und kam langsam wieder zu sich? War alles andere nur ein wilder Traum gewesen?

Das Licht kam nun mit erschreckender Geschwindigkeit auf ihn zu. Die Stimmen wurden lauter und klarer, und jemand sagte wirklich seinen Namen.

Travis öffnete die Augen, obwohl er keine Ahnung hatte, wo er war. Er wollte etwas sagen, aber seine alte Bekannte, die Schlange, gestattete es nicht.

Über ihm war ein Gesicht, das Gesicht einer Frau, die er nicht kannte. Ihr Lächeln nahm ihm die Angst. »Hi, Travis«, sagte sie. »Herzlich willkommen. Du hast uns große Sorgen gemacht.«

Sie wußte, daß mehrere Stunden vergangen waren, aber sie hatte keine Vorstellung, wie spät es war. Uhren waren den Insassen den Isolationsflügels verboten. Es gab auch keinerlei Möglichkeit, ins Freie zu sehen. Die einzige Wirklichkeit, die es für die Häftlinge gab, war die, die von der Haftanstalt für sie konstruiert wurde. Wie leicht war es doch, die Gedanken und Ängste eines Menschen zu manipulieren. Das Licht in ihrer Zelle hatte die ganze Zeit gebrannt, aber sie nahm an, daß es genausogut ausgedreht werden konnte. Wenn auf Tage ohne erholsamen Schlaf

Tage der Dunkelheit folgten, wurde das Gefühl des Körpers für die Wirklichkeit mit Sicherheit vollkommen verändert. Und wozu diente das? Vermutlich jedem beliebigen Zweck, den sie anstrebten.

Sie hatte sich lange nicht bewegt. Sie saß einfach auf ihrem Betonbett, betastete das Seil, das Wiggins bei ihr zurückgelassen hatte, und versuchte, ihren Frieden mit Gott zu machen. *Gab* es denn einen Gott? Trotz allem, was ihr im Laufe der Jahre zugestoßen war, war es ihr unmöglich, nicht zu glauben, daß es einen anderen, besseren Ort als diesen geben mußte, und eine Kraft, die wollte, daß sie, Jake und ihr kleiner Junge zusammensein sollten, wenn schon nicht in diesem Leben, dann in einem anderen.

Was sollte sie tun? Welche Möglichkeiten hatte sie denn? Sie konnte entweder sich selbst oder ihren Sohn töten. Soviel war klar, aber was würde danach geschehen? Welche Garantie hatte sie, daß Wiggins ihren kleinen Jungen nicht sowieso töten würde? Vielleicht war das alles nur ein Bluff …

Nein, sagte sie sich schnell. *Er meinte es todernst. Er wird mein Kind töten.*

Sie dachte lange über die Möglichkeit nach, die ganze Geschichte der Aufseherin zu berichten, aber schließlich verwarf sie diesen Gedanken. Sie würden ihr ja doch nicht glauben, und durch die Verhöre, die dann folgen würden, würde sie den Zeitpunkt, zu dem sie tot zu sein hatte, nicht einhalten können.

Bis zum Wecken. Sie wußte nicht einmal, wann das war. Am Morgen natürlich, aber um wieviel Uhr? Nach den Geräuschen im Gefängnis zu schließen, war die kritische Zeit nicht mehr fern. Spät, sehr spät in der Nacht, als die Häftlinge nach und nach eingeschlafen waren, war der Lärm, bis auf einige rohe Unterhaltungen, allmählich erstorben. Jetzt wurde es bereits wieder lauter, noch bei weitem nicht so laut, wie es vorher gewesen war, aber es würde nicht mehr lange dauern.

Als erstes knotete sie eine Schlinge. Nichts Kompliziertes, nichts im Vergleich zu den verschlungenen Knoten, die Travis in jede Schnur zu knüpfen pflegte, die er in die Finger bekam, nur eine einfache Schlinge, auf die gleiche Weise geknotet, wie sie es vor Jahren bei den Pfadfindern gelernt hatte.

Erinnerungen an ihre Kindheit – die allerentsetzlichsten – wollten sich in ihr Bewußtsein drängen, aber sie verscheuchte sie. *Zum letzten Mal*, stellte sie mit einer gewissen Erleichterung fest. Vielleicht war das der Silberstreifen hinter dieser schwarzen Wolke, daß sie niemals wieder ihren Alpträumen ausgesetzt sein würde.

Jetzt wollte sie an Jake denken und an Travis, an ihre guten Zeiten.

Es zeigte sich, daß es eine sehr schwierige Aufgabe war, den Beleuchtungskörper mit dem freien Ende der Wäscheleine zu erreichen. Sie formte eine Art Lasso mit dem mittleren Teil des Seils und versuchte, es wie ein Cowboy um die Lampe zu werfen. Die Lampe befand sich weit außerhalb ihrer Reichweite. Wenn sich das Seil verhedderte, würde es keine zweite Chance geben.

Sie stellte sich auf das Bett. Nach vier oder fünf Fehlwürfen hatte sie es tatsächlich geschafft und war richtig erleichtert. Die nächste Schwierigkeit bestand darin, sich weit genug vorzubeugen, um den Kopf durch die herabhängende Schlinge zu stecken.

Irgendwo läutete eine Klingel und erschreckte sie zu Tode. »Wecken!« brüllte jemand. »Los, meine Damen, aufstehen!«

Carolyn hörte Schritte, die sich durch den Korridor näherten, und ihr Herz begann zu rasen.

»Stellen Sie sich vorn in die Mitte, Mrs. Donovan!«

Sie stellte sich auf die Zehenspitzen und streckte sich wie ein Kind, das über einen Zaun in ein Fußballfeld sehen möchte. Sie erreichte die Schlinge gerade mit der Kinnspitze und öffnete den Mund, um den Kopf weiter hineinzuschieben. Sie füllte alle Gedanken mit Bildern von Jake und Travis, den Bildern, die sie mitnehmen wollte, und sie flüsterte vor sich hin, wie sehr sie sie liebte.

»Ein neuer Tag …«

In diesem Augenblick verlor sie das Gleichgewicht. Die Schlinge zog sich zusammen – unglaublich fest –, und sie schwang in weitem Bogen durch die Zelle. Instinktiv versuchte sie mit den Zehen den Boden zu erreichen, aber er war um wenige Zentimeter außerhalb ihrer Reichweite. Einen Augenblick lang glaubte sie, daß das dünne Seil ihr den Kopf vom Leib trennen würde, und sie griff nach der Schlinge, die sich in ihr Fleisch grub.

Aber dann versank alles in rotem Nebel, und sie fühlte nichts mehr.

Kapitel 42

Die Orion-Nachrichten-Datenbank war für jedermann zugänglich, der die Gebühr bezahlen konnte. Diese war allerdings hoch genug, um zu verhindern, daß der Server ständig blockiert war. Die Kosten spielten für das FBI selbstverständlich keine Rolle, und als Irene erst einmal in der Datenbank war, konnte sie jeden Artikel über jedes beliebige Thema ausfindig machen, der in den letzten fünfzig Jahren von mehr als tausend verschiedenen Tageszeitungen, Wochen- und Monatszeitschriften veröffentlicht worden war.

Irgendwo in dieser Fülle von Informationen mußte auch etwas über die Vergangenheit der Grant Plant vergraben sein. Sie war noch nie ein Computerfreak gewesen und mußte sich erst mühsam an die Sache herantasten. Normalerweise konnte sie diese Art von Nachforschungen auf Angehörige ihres Stabes abwälzen. Als erstes machte sie die Erfahrung, daß Erfolg oder Fehlschlag der Suche in der richtigen Auswahl der Stichworte lag. In grober Unterschätzung der Informationsfülle der Datenbank versuchte sie es zuerst mit »Newark + Arkansas« und erhielt prompt eine Einladung, sich durch sechshundertsiebenundzwanzigtausendachthundertachtunddreißig Artikel durchzuarbeiten.

Ach du liebe Güte!

Bei ihrem zweiten Versuch halbierte sie die Zahl der Vorschläge, indem sie ein Zeitlimit, zwischen 1980 und der Gegenwart, hinzufügte.

»Wir kommen der Sache schon näher«, dachte sie sich. Sie lehnte sich in dem entsetzlich harten Schreibtischstuhl zurück. Das Problem war, daß die Explosion von 1983 und ihre Folgen sämtliche Meldungen so lange dominiert hatten, daß dies die einzigen

Bezüge waren, die sie finden konnte. Also mußte sie diese Nachrichten irgendwie ausklammern.
Sie versuchte es damit, daß sie sich nur auf die Zeit vor der Explosion konzentrierte, aber selbst dabei wurden ihr mehr als hundert Artikel angeboten, vorwiegend von Jagd- und Freizeitmagazinen.
Endlich fügte sie sich in das Unvermeidliche. »Okay, Irene«, knurrte sie, nachdem sie sich etwa fünfundvierzig Minuten lang vergeblich bemüht hatte. »Warum fragst du nicht gleich nach dem, wonach du wirklich suchst?«
Ihre nächste Eingabe lautete: »Newark + Arkansas + Frankel/1-1-80 bis 8-21-83.«
Insgeheim hoffte sie, daß eine Fehlermeldung auf dem Bildschirm erscheinen würde. Statt dessen hatte sie siebzehn Treffer, von denen sechzehn von ein und demselben Ereignis handelten: dem Mord und Selbstmord eines Armeegenerals namens Dallas Albemarle und seiner Frau irgendwo in Virginia. Sie beschloß, diese Artikel später anzusehen, und sich zunächst einmal mit dem siebzehnten Treffer zu beschäftigen. Der Artikel stammte aus einer Zeitschrift mit dem Titel *Freedom Report, Zeitschrift zur Erhaltung der Demokratie*. Das Blatt zitierte hochrangige, jedoch ungenannte Quellen, die angeblich berichtet hatten, daß Special Agent Peter Frankel mit der Untersuchung von illegalen Verkäufen chemischer Waffen aus einem »geheimen Lager« in Newark, Arkansas, befaßt sei. In dem Artikel wurde behauptet, daß die Untersuchungen erfolgreich verliefen, jedoch noch keine Verhaftungen vorgenommen worden seien. Darauf folgte eine leidenschaftliche Tirade über die ständige Bedrohung, die von den Ländern der Dritten Welt ausgehe.
»Da hat er seinen unwiderlegbaren Beweis«, sagte sich Irene. Sie hatte gehofft, etwas Konkreteres zu finden.
Sie gähnte ausgiebig und kämpfte mit dem Stuhl um eine erträgliche Position, dann wandte sie sich den Selbstmordgeschichten

zu. Sie las die betreffenden Artikel durch und konnte sich sogar entfernt an die damaligen Ereignisse erinnern. Offenbar war General Albemarle der verantwortliche Mann gewesen, der im Jahr 1964 das Schließen der Ulysses S. Grant Army Ammunition Plant durchgeführt hatte.

Darum kommt mir der Name bekannt vor. Diesen Mann hätte die EPA am liebsten gekreuzigt, als die Giftmülldeponie entdeckt wurde.

Unerklärlicherweise hatte der General zuerst seine Frau im Schlafzimmer ihres Hauses in Clifton, Virginia, erschossen, war dann zum Manassas-Schlachtendenkmal hinausgefahren und hatte sich selbst zu Füßen einer Statue von Stonewall Jackson eine Kugel durch den Kopf gejagt. Alle Artikel beriefen sich auf die gleiche Quelle, Special Agent Peter Frankel vom FBI. Seinen Angaben zufolge war General Albemarle untröstlich über den kürzlich erfolgten Tod seiner Tochter gewesen und hatte sich Sorgen wegen seiner voraussichtlichen Verwicklung in den Skandal um die chemischen Waffen in Newark gemacht, der sich gerade abzuzeichnen begann. Laut Frankel hatte der General seine Gründe in einem Abschiedsbrief dargelegt, der im Schlafzimmer des Ehepaars gefunden worden war.

Die Tatsache, daß es auch hier einen Brief gegeben hatte, erschien Irene auffallend.

Seltsam, dachte sie sich. *Jemand, den kein Mensch kennt, schießt sich eine Kugel durch den Kopf, und überall im Land greift die Presse die Geschichte auf. Aber eine Untersuchung über illegale Waffenverkäufe taucht nur ein einziges Mal auf.* Vermutlich zeigte das, wieviel andere Journalisten von der Glaubwürdigkeit des *Freedom Report* hielten. *Wahrscheinlich berichtet er gewöhnlich über fliegende Untertassen und Elvis-Erscheinungen.*

Einer Eingebung folgend, verglich sie das Datum des Artikels über die Waffenverkäufe mit denen der Artikel über den toten

General. Der Artikel im *Freedom Report* war drei Wochen vor dem Selbstmord des Generals erschienen.
Was ist davon zu halten?
Irene war geneigt, an den Zufall zu glauben. Solche Zufälle gab es immer wieder, häufig waren sie so unglaublich, daß sie aller Logik widersprachen. Die meisten Gewaltverbrechen an unschuldigen Leuten waren tatsächlich nichts anderes als das: ein zufälliges Zusammentreffen tragischer Umstände für das Opfer. Sie war sich mehr als andere darüber im klaren, daß die Anwesenheit zweier Menschen am gleichen Ort und zur gleichen Zeit keineswegs notwendigerweise von irgend jemandem beabsichtigt sein mußte. Aber manchmal kam man an einen Punkt, wo die Zufälle sich so häuften, daß es schwerer fiel, an ihre Unabsichtlichkeit zu glauben, als anzunehmen, daß mehr dahintersteckte. Die Geschichte mit Frankel begann sich diesem Punkt zu nähern. Es war an der Zeit, daß sie einmal versuchte, die Dinge nicht als Leiterin einer Untersuchung zu sehen, sondern mehr wie ein unbeteiligter Beobachter. Wenn sie die Sache nur aus Donovans Sicht betrachtete, konnte sie Frankel mit mindestens einer weiteren Leiche in Verbindung bringen, und er hatte auch damals als Leiter des FBI-Büros in Little Rock die Möglichkeit gehabt, die Untersuchung rasch zu dem von ihm gewünschten Ende zu bringen, und das alles innerhalb des zeitlichen Rahmens, in dem die Waffen aus seinem Hinterhof verschoben werden konnten. Es wäre nicht das erste Mal, daß so etwas passierte. Leider war es nichts Ungewöhnliches, daß ein Polizist selbst in das Verbrechen verstrickt wurde, das er eigentlich aufklären sollte.
Hmm …
Sie klickte sich zum Anfang zurück und begann eine neue Suche. Diesmal veränderte sie Daten, Orte und Namen, behielt aber den gemeinsamen Nenner »Chemisch + Waffen« bei. Nach einem halben Dutzend Versuchen hatte die Liste eine brauchbare Länge, und nach einer Stunde hatte sie gefunden, was sie suchte.

»Der Teufel soll mich holen«, murmelte sie. Das war einfach mehr an zufälligem Zusammentreffen, als sie akzeptieren konnte.
Als eine Minute später das Telefon klingelte, erschrak sie nicht einmal. Es war fast sechs Uhr, und sie hatte darauf gewartet, daß sie, wie vereinbart, um fünf Uhr fünfundvierzig geweckt wurde.
Sie griff nach dem Hörer. »Danke, ich bin wach.« Sie wollte auflegen.
»Irene?«
Sie war erstaunt, ihren Namen zu hören. »Ja?«
»Guten Morgen. Hier ist George Sparks«, sagte die Stimme. »Ich habe gerade einen Anruf von der Haftanstalt bekommen. Carolyn Donovan hat sich in ihrer Zelle erhängt.«

Die Aufseherin sah durch das Beobachtungsfenster und handelte sofort. Mit einer Hand steckte sie den Hauptschlüssel ins Schloß, mit der anderen drückte sie auf den Sendeknopf ihres Walkietalkies. »Abteilung vier an Zentrale. In der Isolationsstation Nummer zwei hat sich jemand aufgehängt.« Ihre Stimme klang eilig, aber nicht nach Panik.
»Frisch oder schon steif?« fragte eine Stimme.
»Sie schaukelt noch! Schicken Sie schnell den Doktor her!«
Das Gesicht der Gefangenen war dunkelviolett, und Hände und Füße zuckten noch. Bei der Ausbildung vor fünf Jahren hatte die Aufseherin gelernt, daß das Opfer, solange nicht das Genick gebrochen oder eine Ader im Gehirn geplatzt war, noch gerettet werden konnte, obwohl es die reine Kraftverschwendung war. Es lohnte ja wohl kaum, jemanden zu retten, nur damit die Regierung hinterher ein Todesurteil aussprechen konnte.
Sie hörte zwar schon das Geräusch rennender Füße im Korridor, aber noch war sie allein. Die Aufseherin schlang die Arme um Carolyns Körper und hob sie an, in der Hoffnung, dadurch den Druck auf ihren Hals zu erleichtern. Aber so hoch sie sie auch

hob, ihr Oberkörper kippte nur vornüber, und der Druck blieb der gleiche. Das Gesicht der Aufseherin war in der Kleidung des Opfers vergraben, und sie bekam eine Gänsehaut. Wären die Schritte der Helfer nicht schon so nahe gewesen, sie hätte Carolyn vielleicht noch ein bißchen hängen lassen.

Der diensthabende Sanitäter, ein Collegestudent namens Dan, war der erste, der eintraf. Er kam mehr hereinspaziert als gerannt. »Hi, Gladys. Lieber Gott!« rief er aus und fuhr zurück. »Sieht sie nicht hübsch aus?«

Gladys war zu angestrengt, um zu lachen. »Halten Sie den Mund und helfen Sie mir.«

»Sie müssen wohl immer den Boß spielen«, meinte Dan fröhlich. Nur wenige Mitglieder des Gefängnispersonals hatten die Genehmigung, im Zellentrakt ein Messer mit sich zu führen, und in Erwartung von Ereignissen wie diesem war er eines davon. Er betrat auch niemals eine Zelle, wenn nicht jemand tot war oder im Sterben lag, und auch dann pflegte er zu warten, bis die anderen Zellenbewohner weggesperrt waren. Er wollte bei der Arbeit sicher sein.

Er zog das Messer aus der Lederscheide am Gürtel, stellte sich auf die Zehenspitzen und durchtrennte das Nylonseil. Die Gefangene und die Aufseherin fielen in einem Knäuel auf den Boden. »Sind Sie okay, Gladys?« fragte er und unterdrückte ein Grinsen.

»Nein, ich bin nicht okay. Nehmen Sie diese Person von mir herunter!«

Zwei weitere Aufseher erschienen in der Tür. Einer von ihnen schob einen Wagen, auf dem sich alles befand, was man für die Erste Hilfe benötigte.

Dan kniete neben seiner Patientin nieder und streifte Gummihandschuhe über. Nachdem das Seil entfernt worden war, nahm sie wieder eine normale Gesichtsfarbe an, nur der Ring um den Hals, wo das Seil gesessen hatte, war blutunterlaufen. Dan

drückte zwei Finger fest gegen ihren Hals und hob die Augenbrauen.
»Sie lebt noch«, stellte er fest. »Der Puls ist ein bißchen schwach, aber er ist da. Machen wir uns an die Arbeit, Leute. Hat schon jemand nach einem Rettungswagen telefoniert?«
»Sie sind schon auf dem Weg«, war die Antwort.
In der nächsten halben Minute hatte Dan nur gute Nachrichten. Mit dem Stethoskop hörte er gute Lungengeräusche auf beiden Seiten, die Luftröhre war frei. Eine der gefährlichsten Komplikationen bei dem, was im Unfallbericht als »Beinahe-Erhängen« bezeichnet werden würde, war ein zerquetschter Kehlkopf. Ein verletzter Kehlkopf blutete entsetzlich und schwoll zur Größe einer Grapefruit an, so daß die Luftröhre des Patienten vollkommen blockiert wurde. In einem solchen Fall mußte er eine Tracheotomie vornehmen, etwas, das er seit über einem Jahr nicht mehr gemacht hatte. In diesem Fall aber hatte das Seil die gefährdetsten Teile der Gurgel gar nicht berührt.
Dan nahm eine Stableuchte aus der Brusttasche und richtete den Lichtstrahl erst in das eine, dann in das andere Auge. Die Pupillen reagierten so, wie sie es sollten, und zogen sich gleichmäßig zusammen. »Wir haben normale Atem- und Lungengeräusche, und die Pupillen reagieren auch normal«, erklärte er der ständig größer werdenden Menge.
Es gab nicht viel für ihn zu tun. Der Zustand der Patientin war stabil. Sie atmete selbständig und verbrauchte Sauerstoff. Man konnte sie wohl als gerettet betrachten. Um die Zeit totzuschlagen, legte er eine Infusion mit Dextrose und Wasser, die er gerade schnell genug einfließen ließ, um die Venen der Patientin offenzuhalten, für den Fall, daß doch noch irgendeine Komplikation eintrat und ihr Kreislauf zusammenbrach.
»Hey, Doc!« rief jemand.
Dan sah auf. Es freute ihn, wenn er mit Doc angeredet wurde. »Ja?«

»Da ist jemand vom FBI am Telefon und will wissen, ob diese Frau hier ein Bett oder einen Sarg brauchen wird.«
Dan lachte. »Sag ihnen, daß Dan Schearer hier Dienst tut, und bei mir gibt es nur Betten.«

Es war noch nicht einmal sechs Uhr, und die Straßen von Little Rock waren noch still, was Irene nicht daran hinderte, Blaulicht und Sirene einzuschalten. Paul saß neben ihr auf dem Beifahrersitz und sah so aus, als sei er noch immer nicht ganz wach. Irene hatte ihm nur fünf Minuten Zeit gelassen, um sich anzuziehen und sich mit ihr in der Halle zu treffen.
Sie waren nur noch etwa drei Häuserblocks von der Haftanstalt entfernt, als George Sparks Irenes Handy anrief, um mitzuteilen, daß Carolyn noch am Leben und auf dem Weg ins St. Luke's Hospital sei. Irene wendete mit quietschenden Reifen, so daß die Spuren auf dem Asphalt sicher noch nach Jahren zu sehen sein würden.
Paul zog den Sitzgurt fester. Die Tatsache, daß er gerade erst aus dem Schlaf gerissen worden war, zusammen mit Irenes Fahrweise und der absurden Geschichte, die sie ihm über die vergangene Nacht erzählte, ließ in ihm die Sehnsucht nach einem doppelten Whiskey aufkommen.
»Sag das bitte noch mal«, sagte Paul ungläubig.
Irene lächelte und nickte. »Ja, du hast richtig gehört. Ich glaube, daß diese ganze fürchterliche Geschichte von Frankel begonnen worden ist und daß er noch immer der Drahtzieher hinter der ganzen Sache ist.«
Paul stieß einen leisen Pfiff aus. »Lieber Gott, Irene, wenn du dich jemals über mich ärgerst, wirst du mich dann wenigstens rechtzeitig warnen?«
Sie lachte. »Dies ist kein Racheakt«, beharrte sie. »Ich sag dir, das sind beweisbare Tatsachen.«
»Und die wurden dir von niemand anderem als Jake Donovan

mitgeteilt«, sagte Paul. »Wenigstens besteht da kein Interessenkonflikt.«
Sie wechselte die Fahrbahn. »Versteh mich nicht falsch. Ich glaube nicht, daß man Frankel bereits überführen könnte, aber die Einzelheiten passen zusammen.« Sie wies auf die Übereinstimmung der Briefe und Orte hin. »Und vergessen wir nicht die Munition, die George Sparks in der Wüste entdeckt hat. Aber das Wichtigste kommt noch. Bist du bereit?«
»Ich halte den Atem an. Du siehst doch den geparkten Wagen da vorne, oder?«
Sie hatte ihn tatsächlich nicht gesehen. Sie riß den Wagen nach links und dann wieder auf die rechte Fahrbahn zurück, immer noch mit Blaulicht und heulender Sirene.
Er warf ihr einen entsprechenden Blick zu.
»Okay«, sagte sie. »Und jetzt kommt der springende Punkt. Nehmen wir einmal an, daß die Waffen in den frühen achtziger Jahren gestohlen und verkauft wurden.«
»... von unserem Chef.«
Sie winkte ab. Seine defätistische Haltung ging ihr manchmal auf die Nerven. »Das spielt keine Rolle, jedenfalls einstweilen noch nicht. Nehmen wir einfach an, daß sie gestohlen und verkauft wurden.«
»Verstanden. Gestohlen und verkauft.«
»Bis zu diesem Zeitpunkt war kein einziger Artikel über die Anwendung von chemischen Kampfstoffen irgendwo in der Welt veröffentlicht worden. Und dann, ab Anfang 1984, treten überall derartige Fälle auf. Im Iran, im Irak, in Libyen, sogar in Tokio.«
Paul sah sie mißbilligend an. »Und weil die Menschen mit Gas umgebracht wurden, glaubst du, daß Frankel daran schuld ist? Ich fürchte, ich sehe den Zusammenhang nicht.«
Sie versuchte es noch einmal. Sie erklärte, daß ein einzelnes Ereignis nicht ausreichen würde, um irgendwelche Schlüsse zu ziehen. Aber wenn man alle Einzelheiten zusammennahm,

begannen sie einen Sinn zu ergeben. Frankel war der gemeinsame Nenner. Er wurde in den Artikeln über General Albemarle erwähnt, er kam in den prophetischen Schlüssen über Newark in dieser rechtsgerichteten Zeitschrift vor, und er hatte tatsächlich die Untersuchungen nach der Explosion geleitet. Dann waren da noch die Sache mit den Briefen und die Nachlässigkeit, mit der die Untersuchungen durchgeführt worden waren.

»Jetzt sag mir bitte«, fragte Irene, »warum hat Frankel nicht weiter nachgeforscht? Warum sind in der Akte keine Verhöre von Freunden, Mitarbeitern und Lehrern enthalten?«

»Solche Verhöre sind aber doch da«, knurrte Paul. »Die Akte ist voll davon. Ich habe sie gelesen.«

Sie schüttelte heftig den Kopf. »Nein, das hast du nicht. Sieh sie dir noch einmal an. Worum geht es in diesen Verhören denn nun wirklich? Das FBI hat sich damals nur bemüht, die Donovans zu fangen. Es hat nicht versucht, sie zu überführen.«

»Wo ist da der Unterschied?«

»Das ist ein gewaltiger Unterschied. Wenn du die Akten noch einmal durchliest, wirst du es sehen. Frankel und seine Helfer haben nur Fragen darüber gestellt, wohin die Donovans geflüchtet sein konnten, aber keine Fragen darüber, ob sie auch wirklich die Täter waren. Niemandem fiel auf, wie schlampig da gearbeitet wurde, weil alle der Meinung waren, daß die Lösung bereits bekannt war. Frankel stützte den ganzen Fall ausschließlich auf das Bekennerschreiben und auf ihre Flucht.«

Paul ließ diese Behauptungen auf sich wirken, während Irene durch eine Reihe gefährlicher Kurven in der Innenstadt steuerte.

»Und dieser andere Mann? Tony Bernard? Wurde der nur so nebenbei getötet?«

»Nein. Ich nehme an, daß ursprünglich er der Sündenbock sein sollte. Aber als die Donovans am Leben blieben, mußten sich die Schurken schleunigst etwas anderes einfallen lassen. Und das bedeutete, daß sie Bernard töten mußten.«

»Und ein Bekennerschreiben hinterlassen.«
Sie nickte. »Ja, und ein Bekennerschreiben hinterlassen. Es ist sehr gut möglich, daß bereits ein anderes Bekennerschreiben fertig entworfen war, durch das Bernard als der Schuldige überführt werden sollte. Es kann kein großes Problem gewesen sein, es umzuschreiben.«
»Du bist verrückt, Irene.«

Kapitel 43

Travis hatte es satt, Schmerzen zu haben. Er hatte es satt, ständig untersucht, angebohrt und gestochen zu werden. Und am meisten hatte er es satt, diesen Schlauch im Hals zu haben, den man in seine Kehle hineingeschoben hatte, um ihm das Atmen zu erleichtern. Es war allerdings schon ein bißchen besser, seit dieser Schlauch ihn nicht mehr zischend zum Atmen zwang, ob er wollte oder nicht.

Diese zischende Schlange. Als er sich aus dem tiefen Loch der Bewußtlosigkeit herausgearbeitet hatte, in den ersten, schrecklichen Augenblicken, als die Grenze zwischen Angst und Wirklichkeit noch ganz verschwommen war, hatte sein erster und einziger Gedanke der Schlange in seinem Mund gegolten. Er war in Panik verfallen, hatte mit beiden Händen nach dem Schlauch gegriffen und versucht, ihn herauszureißen. Sie sagten, daß er erstaunliche Kräfte entwickelt habe. Zwei Ärzte und eine Schwester waren nötig gewesen, um seine Arme festzuhalten. Der Kampf hatte natürlich nicht lange gedauert. Jemand hatte etwas in seinen Infusionsschlauch hineingespritzt, und alles war sofort ganz anders. Er hatte sich nicht mehr vor der Schlange gefürchtet. Er fürchtete sich vor gar nichts mehr.

Die Ärzte und Schwestern murmelten Entschuldigungen und versicherten ihm immer wieder, daß er nichts Böses getan habe, aber sie legten ihm Fesseln aus Filz und Leder an und banden seine Hände an den eisernen Bettstreben fest. »Wir können es nicht riskieren, daß du dir den Schlauch herausreißt«, erklärten sie ihm.

Er verstand das, aber er wünschte, es gäbe eine Möglichkeit, sie davon überzeugen, daß sie ihm nun wieder trauen konnten. Vor allem wünschte er sich, daß er sich an der Nase kratzen könnte. Er hätte sich ja gerne entschuldigt, aber er brachte keinen Laut hervor. Offensichtlich lief dieses meilenlange Stück Plastik direkt zwischen seinen Stimmbändern hindurch und blockierte sie. Sie sagten ihm, daß er sich deshalb keine Sorgen zu machen brauche. Wenn er so weitermachen würde wie bisher, sei er den Schlauch in einem oder zwei Tagen los. Sie sprachen von einem »bemerkenswerten Fortschritt«.

Die Tatsache, daß er nicht sprechen konnte, hinderte natürlich niemanden daran, ihm Fragen zu stellen. Unzählige Fragen. Spürst du dies? Hörst du das? Kannst du meine Hände drücken? So ging es immer weiter, obwohl er nur mit einem Nicken seines Kopfes antworten konnte. Glücklicherweise hatte er, soweit er wußte, nur richtige Antworten gegeben.

Wenn sie sich nur miteinander abgesprochen hätten. Jeder, der zu ihm hereinkam, stellte ihm genau die gleichen Fragen wie sein Vorgänger. Und die Frage, die ihm von einem Arzt in häßlicher Kleidung am allerhäufigsten gestellt wurde, lautete: *Tut das Atmen weh?*

Gott sei Dank war die Antwort auf diese Frage endlich nein. Eine solche Nacht wie die letzte würde er nicht noch einmal ertragen. Wenn nur diese verdammten Monitore nicht wären. Das Zischen des Atemgeräts, zusammen mit dem ununterbrochenen Piepen des EKG, brachte ihn fast um den Verstand. Die Geräusche veranlaßten ihn dazu, ständig an Dinge zu denken, von denen man sonst überhaupt nichts merkte, die der Körper einfach von allein tat. Er wartete immer darauf, daß die Geräusche verstummten. Aus dem Fernsehen wußte er, daß das der Augenblick sein würde, in dem er starb.

Einfach nicht daran denken.

Er sehnte sich nach seiner Mutter. Er wußte, daß es wehleidig war, so etwas zu denken, aber es war nun einmal so. Sie liebte ihn mehr als alles andere auf der Welt, und wenn sie jetzt hier wäre, bräuchte er sich keine Sorgen mehr zu machen. Das könnte er dann ihr überlassen. Er wußte, daß sie freiwillig nicht von seiner Seite gewichen wäre. Wenn die Polizisten es ihr gestattet hätten, wäre sie die ganze Zeit bei ihm geblieben, hätte seine Hand gehalten und ununterbrochen über gar nichts geredet.

Er machte sich Sorgen um sie. Er sah immer noch den Ausdruck in ihrem Gesicht vor sich, als im Auto diese Funken vor seinen Augen erschienen waren. Er wollte nicht, daß seine Mutter sich solche Sorgen machte. Er mußte an die furchtbare Zeit denken, als sie getrunken hatte, und er machte sich Vorwürfe, daß er vielleicht der Anlaß für einen Rückfall sein könnte.

Er vermißte auch seinen Vater, aber mit ihm war das anders. Sein Vater kam auch allein zurecht, aber seine Mutter brauchte ihn.

Eine Frau namens Jan – sie sagte, daß sie eine medizinisch-technische Assistentin sei – hatte ihm erklärt, daß es seinen Eltern gutgehe, daß sie ihn aber nicht besuchen könnten. Er wußte nicht, was das zu bedeuten hatte, aber tief in seinem Herzen war er überzeugt davon, daß sie früher oder später zu ihm kommen würden. Sie mußten einfach kommen. Er hatte den Ausdruck in den Augen seines Vaters gesehen, als er ihn aus der Schule herausholte. Wenn er sich etwas in den Kopf setzte, dann konnte ihn nichts zurückhalten. Man brauchte nur das FBI zu fragen. Bei dem Gedanken mußte er lächeln.

Von all den Doktoren und Schwestern, mit denen er in den letzten Stunden zu tun gehabt hatte, mochte er Jan mit Abstand am liebsten. Sie war immer bereit zu lächeln, und sie hatte perfekte Zähne. Außerdem nahm sie sich immer die Zeit, ihm alles zu erklären. Es war, als könnte sie seine Gedanken lesen. Sie beantwortete genau die Fragen, die er gestellt hätte, wenn er es gekonnt hätte. Wenn er allein war und etwas fragen wollte, brauchte er nur den Kopf nach rechts zu drehen. Durch das Fenster zwischen seinem Zimmer und dem Schwesternzimmer fing

sie seinen Blick auf, und wenige Sekunden später erschien sie an seiner Seite.
Sie hatte ihm auch erklärt, was es mit dem Herzmonitor auf sich hatte, daß die kleinen Zacken auf dem Bildschirm zeigten, daß sein Herz richtig arbeitete. »Das ist dein Monitor für gute Nachrichten«, sagte sie.
Er hatte diese grünen Linien schon hundertmal im Fernsehen gesehen und sich niemals Gedanken darüber gemacht, aber aus der Nähe gesehen fand er sie cool. Er staunte darüber, daß die Wissenschaft es möglich machte, daß diese weißen Aufkleber auf seiner Brust jeden Schlag seines Herzens registrierten. Er beschloß, selbst einmal Arzt zu werden, oder vielleicht auch ein medizinisch-technischer Assistent. Soweit er das beurteilen konnte, hatten es die medizinisch-technischen Assistenten am besten. Sie durften mit all diesen coolen Geräten umgehen, ohne deswegen ewig lange studieren zu müssen.
»Ich möchte, daß du mich als deine Ersatzmutter betrachtest«, sagte Jan. »Wenn du etwas willst, brauchst du nur auf diesen Knopf zu drücken.« Sie zeigte ihm ein beigefarbenes Plastikkästchen, das wie ein T geformt war. »Ich binde es an deine Bettstrebe, so, daß du es leicht erreichen kannst.«
Sie machte es ihm vor, und er hörte einen entfernten Klingelton aus dem Schwesternzimmer. Er versuchte es auch, und es gelang, obwohl es mit den Fesseln und den Infusionsschläuchen, die von seinem Arm herunterhingen, nicht leicht war, den Knopf zu erreichen.
Auch diesmal verstand Jan, was Travis dachte. »Vielleicht können wir am Nachmittag die Fesseln entfernen. Aber im Augenblick ist es noch sicherer, wenn wir sie dranlassen.«
Er nickte, aber in seinem Gesicht war seine Enttäuschung zu lesen. Sie beugte sich über ihn und flüsterte ihm verschwörerisch ins Ohr: »Krankenhäuser können einem schon auf die Nerven gehen.«

Darüber mußte er lachen. Am oberen Rand des Kästchens befanden sich Knöpfe mit der Aufschrift »Fernsehen«, und er betastete sie.
Jans Gesicht verdunkelte sich, und sie sah weg. »Der Doktor sagt, daß du in deinem gegenwärtigen Zustand noch nicht fernsehen darfst.«
Er wußte sofort, daß sie log. Aber andererseits mochte er sie einfach zu gerne, um anzunehmen, daß sie ihn anlog.
»Aber ich sag dir was«, fügte sie schnell hinzu. Offensichtlich war sie gerade auf eine Idee gekommen. »Jetzt habe ich dienstfrei, aber heute abend um sechs bin ich wieder da. Soll ich dir einen Videorecorder und ein paar Bänder mitbringen, damit es dir nicht zu langweilig wird?«
Er nickte wieder, aber ohne große Begeisterung. *Dann ist es zu spät*, dachte er. Die Zeit verging so entsetzlich langsam. *Hoffentlich ist es nicht nur lauter kindischer Disney-Kram.*
Sie streichelte seine Hand und ging. Das war nun etwa eine Stunde her, und seitdem war nichts Besonderes passiert.
Plötzlich drangen die Geräusche hektischer Aktivität in sein Zimmer. In der Schwesternstation, die gewöhnlich ein stiller, abgeschiedener Ort war, waren plötzlich alle in heller Aufregung. Durch das Fenster sah er, daß sämtliche Schwestern aufsprangen, Stühle und Kaffeetassen umwarfen und losrannten, fort aus seinem Gesichtsfeld. Er versuchte sich aufzusetzen, um zu sehen, was los war, aber alle waren verschwunden.
Er legte sich wieder auf sein Kissen zurück und begann, die Platten an der Zimmerdecke zu zählen, als er sah, daß ein Arzt durch das Fenster zu ihm hinüberblickte. Schon wieder ein neues Gesicht.
Was wird der mir wohl für Fragen stellen?
Der Arzt ging weiter, und wenige Sekunden später hörte Travis, wie er mit jemandem vor seiner Tür sprach. Schließlich kam er herein und schloß die Tür hinter sich. »Hallo, Travis«, sagte er.

Er trug einen Anzug mit Krawatte und darüber einen Labormantel, wie er es schon bei mehreren Doktoren gesehen hatte, aber dieser Mann sah irgendwie anders aus. Travis hatte sofort ein ungutes Gefühl. Vielleicht lag es an seinem Lächeln. Er zog ganz normal die Lippen zurück, aber irgend etwas fehlte, etwas Wichtiges.

Dieser Mann schien auch alle Zeit der Welt zu haben. Während alle anderen in diesem Krankenhaus herumrannten, als müßten sie die Arbeit einer halben Stunde in zehn Minuten erledigen, bewegte sich dieser Doktor, als hätte er gerade Mittagspause. Und warum in aller Welt zog er Gummihandschuhe an? Dann sah Travis, daß er die Rolläden schloß.

»Wir möchten nicht gestört werden«, sagte er.

Das war nun *wirklich* eigenartig. Was hatte dieser Mann vor? Travis wurde nervös. *Wer bist du?*

Nachdem der Doktor den Raum verdunkelt hatte, drehte er sich zu Travis um. »Letzte Nacht habe ich mit deiner Mutter geredet ...«

George Sparks war direkt zum St. Luke's Hospital gefahren, und als der Rettungswagen mit Carolyn eintraf, wartete er schon in der Notaufnahme. Für seine Größe war Little Rock eine Stadt mit hoher Kriminalität, und dieser Fall erschien niemandem besonders aufregend. Nach dem, was über Funk aus dem Rettungswagen gemeldet worden war, würde diese Sache keine besonderen Konsequenzen haben. Nichts als ein Selbstmordversuch.

Aber offenbar hatten sich die Dinge seit der letzten Durchsage gründlich geändert. Als die Türen des Rettungswagens aufgerissen wurden, schien die Besatzung aufgeregt und in großer Eile zu sein. Der Notaufnahmearzt, ein älterer Mann namens Oscar LeGrand, sah die Aufregung durch das Fenster und verließ seinen gegenwärtigen Patienten mitten beim Nähen, um nachzusehen, was los war. Sparks folgte ihm.

Durch die offenen Wagentüren brach ein Schwall von Beschimpfungen und Hilfeschreien der Patientin, die inzwischen ganz offensichtlich wieder bei vollem Bewußtsein war.
»Er hat versucht, mich zu töten!« schrie sie. »Und er wird meinen Sohn töten, verdammt noch mal!«
Die Sanitäter rollten die Augen und tauschten wissende Blikke aus. Diese Selbstmordaspirantin war jedenfalls am Leben.
»Okay, Carolyn«, sagte einer von ihnen. Wir hören Sie ja, aber jetzt beruhigen Sie sich doch erst mal. Ich sehe hier keinen einzigen Mörder herumlaufen.«
Dr. LeGrand kam ihnen entgegen. »Ich dachte, sie ist bewußtlos.« Er griff nach Carolyns in Handschellen steckendem Handgelenk und fühlte nach dem Puls.
»Das war sie bis vor einer Minute«, sagte der ältere der beiden Sanitäter. »Dann wachte sie plötzlich auf und fing an, allen möglichen paranoiden Blödsinn über getötete Männer und Mordanschläge herauszuschreien.«
LeGrand hob eine Augenbraue. »Wie steht es mit kleinen grünen Männchen? Hat sie davon auch gesprochen?«
Alle lachten.
Als ein uniformierter Stadtpolizist von Little Rock mit seinem Streifenwagen erschien, um die Bewachung der Gefangenen zu übernehmen, trat Sparks ein wenig zurück. Er haßte diesen ganzen medizinischen Kram sowieso, und wenn jemand anderes sich um sie kümmern konnte, während sie von der Trage auf ein Untersuchungsbett befördert wurde, hatte er nichts dagegen. Dies war sowieso Irenes Fall, und sowie sie eintraf, hatte er nichts mehr zu sagen. Er hoffte nur, daß Carolyn inzwischen nicht noch etwas sagte, das zu Papier gebracht werden mußte.
Als er zusah, wie die Sanitäter mit ihr kämpften, wunderte er sich über die Kräfte der um sich schlagenden und schreienden Frau. Sie versuchte sogar, den Polizisten zu beißen, und Sparks be-

wunderte dessen Selbstbeherrschung, sie nicht einfach niederzuschlagen.
Plötzlich wurden Carolyns Augen klar, und sie starrte die Dienstmarke des Polizisten an. »O mein Gott«, sagte sie. Ihre Stimme zitterte vor Erleichterung. »Sie sind ein Polizist. Gott sei Dank. Sie müssen mir zuhören. Sie müssen mir helfen.«
Dem uniformierten Beamten war diese plötzliche Aufmerksamkeit ziemlich unangenehm, und er lächelte die anderen ein wenig verlegen an.
»Das scheint ja Liebe auf den ersten Blick zu sein«, scherzte LeGrand.
Carolyn warf dem Arzt einen haßerfüllten Blick zu und wandte sich wieder an den Polizisten. »Bitte hören Sie mir zu«, bettelte sie. »Niemand will mir zuhören.«
»Ich bin ja da, Ma'am«, sagte der Polizist und zuckte die Achseln. »Sagen Sie, was Sie zu sagen haben.«
»Versuchen wir's mal mit fünf Milligramm Valium«, sagte LeGrand zu einer Schwester. »Bevor sie uns niederschlägt.« Die Schwester ging, um die Spritze vorzubereiten.
»Um Gottes willen, nein!« schrie Carolyn den Doktor an. Dann wandte sie sich schnell wieder dem Polizisten zu. »Letzte Nacht kam ein Mann in meine Zelle. Ich weiß, daß das verrückt klingt, aber es ist wahr, das schwöre ich bei Gott. Er hat gesagt, wenn ich heute morgen nicht tot bin, wird er meinen Jungen umbringen. Er war als FBI-Agent verkleidet, und er wird Travis töten!«
Der Polizist runzelte die Stirn. »Ist Ihr Sohn nicht hier im Haus? Wir haben einen Mann oben vor seinem Zimmer.«
LeGrand nahm die Spritze von der Schwester entgegen und stach die Nadel in den Infusionseinlaß ein. »Es ist alles in Ordnung, Carolyn«, sagte er.
Sie bettelte wieder. »Nein, bitte tun Sie das nicht. Er wird … töten … Bitte …«
Damit verlor sie das Bewußtsein, und die umstehenden Sanitäter

und Schwestern nickten beifällig. Der uniformierte Polizist wandte sich an Sparks, der mit gehobenen Augenbrauen dastand. »Was meinen Sie?«

»Das mit dem FBI ist natürlich Unsinn«, sagte Sparks schnell. »Und alles andere wahrscheinlich auch. Aber sie selbst ist ganz offensichtlich fest überzeugt von dem, was sie da sagt.«

Der Uniformierte sah erst Carolyn und dann Sparks an. »Scheiße«, sagte er. »Ich kann sie nicht allein lassen. Aber ich muß den Mann an der Zimmertür des Jungen irgendwie benachrichtigen. Ich meine, was soll's?«

George stimmte zu. Er sah auf die Uhr und seufzte. »Also gut. Sie bleiben hier und passen auf unser Dornröschen auf, und ich gehe hinauf und sage Ihrem Kollegen Bescheid.«

»Wenn es Ihnen nichts ausmacht. Ich wäre Ihnen wirklich sehr dankbar.«

»Kein Problem.«

Der Monitor zeigte an, daß Travis' Herz einen Schlag übersprang, als der Doktor seine Mutter erwähnte. Schon an der Art und Weise, wie dieser Mann sprach, erkannte Travis, daß hier etwas nicht in Ordnung war.

»Sie war wirklich sehr traurig, mein Junge. Sie machte sich entsetzliche Sorgen um dich. Sie ist im Gefängnis, weißt du das?«

Nein, das hatte er nicht gewußt. Der Herzmonitor piepte nun wie verrückt, und Travis wußte instinktiv, daß dieser Mann gefährlich war. Wenn nur Jan dagewesen wäre, oder wenigstens ein anderer Arzt, irgendein Erwachsener, nur damit er nicht mit diesem Kerl allein sein mußte. An seiner Art zu reden und an seinen toten Augen erkannte Travis, daß dies einer der Männer war, in deren Auto er niemals hatte einsteigen dürfen, als er noch klein war.

Seine Finger suchten nach dem Rufknopf.

Wiggins sah die Bewegung und zog die Klingel rasch aus seiner

Reichweite. »Nanu, mein Kleiner! Du wirst doch nicht versuchen wollen, mich zu verraten?« Er lachte.

Travis' Augen waren angstvoll aufgerissen. Sie schossen zum Fenster, aber dort sah er nichts als eine Wand aus beigefarbenem Plastik.

Der Doktor erriet seine Gedanken. »Nein, Travis. Wir beide sind ganz allein. Alle anderen sind zu beschäftigt, um dir zu helfen.« Er senkte die Stimme zu einem Flüstern. »Es sieht so aus, als hätte das Herz eines kleinen Mädchens unten im Gang einfach aufgehört zu schlagen. Eine schreckliche Geschichte. Jemand hat eine Riesenladung Kaliumchlorid in ihren Infusionseinlaß gepumpt, und jetzt ist ihr Herz so tot wie ein Hamburger.« Um klarzustellen, was er damit sagen wollte, zog Wiggins eine Spritze mit Schutzkappe aus der Tasche seines Labormantels und warf sie in den Mülleimer am Fußende des Bettes. »Man sagt mir, daß dieses Zeug jedes Herz für immer zum Stillstand bringt.«

Travis versuchte zu schreien und kämpfte gegen seine Fesseln, aber vergebens. Dieser Mann war wahnsinnig! Dieser Mann war ein Mörder!

»Zapple nur so weiter, Junge. Du siehst aus wie ein Fisch auf dem Trockenen.« Er kicherte vor sich hin, dann streckte er die Hand aus und quetschte beide Seiten von Travis' Gesicht. Er drückte so fest zu, daß ein heftiger Schmerz den Jungen durchfuhr und seine Zähne sich in das harte Plastik des Atemschlauchs gruben. »Halt jetzt endlich still«, befahl Wiggins. »Oder du kannst das noch einmal haben.« Er zog eine zweite Spritze aus der Tasche.

O Scheiße. O mein Gott! Travis erstarrte. Seine Augen schossen zwischen der Nadel und dem Gesicht seines Angreifers hin und her und bettelten um Gnade, aber der Mann musterte ihn nur mit eisigem Gesicht. Das Blut in Travis' Mund lief heiß über seine trockene Zunge.

Wiggins sah zu, wie das Entsetzen sich im Gesicht des Jungen abzeichnete, und lächelte zufrieden. »So ist es gut, mein Junge, du hast wenigstens Respekt.« Damit wandte er seine Aufmerksamkeit dem Atemgerät zu. Er steckte die gefüllte Spritze in seine Tasche zurück und strich mit dem Finger über den Atemschlauch, vom Anschluß an der Sauerstoffflasche bis zum Mund des Jungen.

Mit leiser Stimme sagte er: »Bevor wir weitermachen, möchte ich dir noch sagen, daß dies alles nicht hätte passieren müssen. Ich habe deiner Mutter ausdrücklich gesagt, was sie tun muß, um zu verhindern, daß dir etwas passiert, aber sie wollte nicht hören.« Er schüttelte traurig den Kopf. »Tut dir das Atmen weh, mein Junge?«

Panik hatte Travis erfaßt. Der Herzmonitor piepte so schnell, daß man nicht mehr mitzählen konnte, und er bekam nicht mehr genug Luft durch den Atemschlauch. Die Angst machte ihn taub. Er wußte, daß der Doktor ihn etwas gefragt hatte, aber er hatte keine Ahnung, was es war.

»Schmerz ist etwas Entsetzliches«, fuhr der Doktor fort. »Ganz besonders für Kinder. Du möchtest keine Schmerzen haben, nicht wahr, Travis?«

Das Wort Schmerz und der Tonfall, in dem es ausgesprochen wurde, ließen Travis wieder aufhorchen. Er schüttelte heftig den Kopf. *Bitte tun Sie mir nichts! Bitte, o bitte, bitte!*

Wiggins zuckte zusammen, als ob er das Entsetzen des Jungen selbst fühlen könnte. Er deutete auf den Herzmonitor. »Jetzt hast du Angst, nicht wahr? Ja, sieh nur. Hundertachtzig Schläge in der Minute. Das ist gut«, überlegte er. »Es ist gut, daß ich dir solche Angst gemacht habe, denn ich habe deiner Mutter geschworen, daß ich das tun würde, bevor ich dich töte.«

O Gott, o Jesus! In einem verzweifelten Versuch, von diesem Mann wegzukommen, warf Travis sich in seinem Bett nach vorne und zerrte mit aller Kraft an den Fesseln. Wiggins trat einen Schritt zurück und versetzte ihm einen harten Schlag gegen die

Brust, der ihn auf sein Kissen zurückwarf. Die Wucht des Schlages ließ die Luft aus Travis' Lunge herausfahren und zündete die Feuer des Vortages wieder an.
Bitte nicht!
»Versuch nicht, gegen mich zu kämpfen«, grollte Wiggins. »Das ist immer ein Fehler.« Er deutete mit dem Finger auf das Atemgerät. »Weißt du, daß es diese Maschine ist, die dafür sorgt, daß du regelmäßig atmest? Jedes bißchen Luft, das du einatmest, muß hier durch.« Er zog am Ende von Travis' Atemschlauch, wo er mit der Maschine verbunden war.
Travis versuchte noch einmal vergeblich, an den Klingelknopf heranzukommen. Wiggins schien sich darüber zu amüsieren, denn er lächelte erfreut.
»Möchtest du etwas zu spüren bekommen, das wirklich zum Fürchten ist?«
Nein! Bitte, lieber Gott ... Nein!
Mit einem Ruck zog Wiggins das Ende des Atemschlauchs aus dem Verbindungsstück zum Atemgerät heraus. Travis schrak zusammen, in der Erwartung zu ersticken, aber zu seiner Erleichterung stellte er fest, daß immer noch Luft in seine Lunge strömte. Und dann preßte Wiggins den Daumen auf die Öffnung.

Die Kinderabteilung unterschied sich in angenehmer Weise von der Notaufnahme. Krankenhäuser hatten immer eine bedrückende Atmosphäre, aber hier oben sorgten Bilder aus der *Sesamstraße* und alle möglichen Comicfiguren an den Wänden für eine etwas fröhlichere Stimmung. Es mußte schwierig sein, überlegte Sparks, mit Kindern zu arbeiten, die durch Krankheit um ihre Kindheit betrogen wurden. Aber wenigstens waren Kinder von Natur aus optimistisch, und das machte die schwierige Aufgabe lohnend.
Er stieg aus dem Aufzug und überlegte, wohin er sich wenden sollte. Die Kinderabteilung war als riesiges Rechteck konzipiert,

in dessen Mitte sich eine geräumige Schwesternstation befand. Er sah sich nach allen Seiten um, aber er konnte nirgends einen Polizisten entdecken. Der Lärm, den seine Schritte auf dem spiegelnden Fliesenboden verursachten, war ihm unangenehm, und so ging er auf Zehenspitzen auf eine Frau in blauer Kittelschürze zu. Sie war in die Papiere vertieft, die sie auf einem Klemmbrett in der Hand hielt, und bemerkte ihn nicht sofort. Er räusperte sich.
»Entschuldigen Sie«, sagte er leichthin.
Die Krankenpflegerin hob einen Finger und schrieb noch schnell einen Satz zu Ende. »Es tut mir leid«, sagte sie, als sie damit fertig war. »Was kann ich für Sie tun?« Sie hatte ein orangefarbenes Stethoskop um den Hals gehängt, an dessen Kopfhörern zwei kleine Koalabärchen aus Stoff hingen. Ein großer gelber Anstecker auf ihrer Brusttasche trug die Aufschrift »Es ist ein wunderbarer Tag!«.
»Hi, ich bin George Sparks vom FBI.« *Selbst die Schwestern sehen hier oben fröhlicher aus.* Er lächelte sie an und zeigte ihr seinen Ausweis. »Sie haben einen Patienten namens Travis Donovan. Ich muß mit ihm reden.«
Die Schwester runzelte die Stirn. »Travis Donovan? In der Kinderabteilung? Hmm ...« Sie ging zu einem Stapel von Akten und blätterte ihn durch. »Ich finde hier keinen Travis Donovan«, sagte sie. »Sind Sie sicher, daß er in der Kinderabteilung ist?«
George zuckte die Achseln. »Nun ja, ich weiß, daß er dreizehn Jahre alt ist.«
»Dann muß er in der Kinderabteilung sein«, bestätigte die Schwester. Sie setzte sich an einen Computer und tippte etwas ein. »Wir haben hier niemanden, der so heißt«, erklärte sie. »Vielleicht haben sie ihn irgendwo anders hingelegt. Den Namen habe ich jedenfalls schon mal gehört ... Ach ja, das ist doch der Junge von diesen Eltern, oder?« Endlich fiel es ihr ein.
George mußte über ihre Beschreibung grinsen. »Ja, den meine ich.«

Sie schlug sich mit der Hand gegen die Stirn. »Ja, natürlich«, sagte sie. »Er liegt zwei Stockwerke höher in der Intensivstation.«

Travis trat um sich und wand sich auf dem Bett. Sein Körper schrie nach Luft, und er versuchte sich seinem Angreifer irgendwie zu entziehen. Er warf den Kopf heftig von einer Seite zur anderen und fühlte, wie der lange Plastikschlauch in seiner Brust hin und her rutschte, aber Wiggins' Hand lockerte ihren Griff nicht.

Das Bettlaken lag zusammengeknüllt am Boden. In der verzweifelten Anstrengung, Luft zu holen, traten die Rippen des Jungen scharf hervor, und sein Bauch war so tief eingezogen, daß es aussah, als würde sein Nabel die Wirbelsäule berühren.

Bitte hör auf! Lieber Gott, mach, daß er aufhört! Tränen strömten aus seinen Augen, und er spürte, daß er sterben würde. Er hatte dasselbe Rauschen in den Ohren wie im Auto, und alle Farben im Raum verblaßten …

Wiggins ließ den Schlauch los.

Der plötzliche Zustrom von Luft in seine Lunge machte Travis schwindlig. Ihm war, als ob sein Bett sich langsam drehte. Er hatte das Gefühl, daß er gar nicht soviel Luft einatmen konnte, wie er brauchte. Er sog die Lungen so voll er nur konnte und schluckte dabei fast ebensoviel Luft, wie er einatmete. Er mußte würgen und versuchte, sich zu übergeben, aber es kam nichts.

Er lebte! Das Gefühl der Erleichterung war überwältigend.

»Ich habe dir doch gesagt, daß dir das wirklich Angst einjagen würde«, sagte Wiggins lächelnd. »Ich habe auf die Uhr gesehen. Anderthalb Minuten. Mehr nicht. Es muß sich aber viel länger angefühlt haben, oder?«

Dieses Monster war noch nicht fertig! Das hatte er ja schon angekündigt. *Er hat gesagt, daß er mich töten wird!* Die Spritze fiel Travis wieder ein, und sein Entsetzen war noch größer als vorher.

Wiggins redete immer weiter, einfach so, als würde er darüber nachdenken, wo er zu Abend essen wollte. »Ich hatte das Gefühl, als ob es viel länger sein müßte, und ich stand ja nur daneben. Dir muß es wie eine Stunde vorgekommen sein.«

Nach dem Kampf war Travis erschöpft und schweißüberströmt. Trotz seiner Angst nahm er seinen eigenen Körpergeruch wahr, und er war fürchterlich. Die Muskeln gehorchten ihm kaum noch, aber sein Verstand sagte ihm, daß er weiterkämpfen mußte. Er versuchte noch einmal, die rechte Hand zu bewegen, und er spürte, daß das Filzfutter ein Stück weit am Handgelenk hinunterrutschte. Mit viel Phantasie konnte er fast fühlen, wie das Lederband über seine Hand rutschte.

Wiggins schien des Spiels plötzlich müde zu werden. »Möchtest du das noch einmal ausprobieren, oder soll ich jetzt einfach zur Sache kommen?« Er hielt dem Jungen die Spritze direkt vors Gesicht und zog langsam die blaue Plastikkappe von der Spitze der Nadel. »Ich glaube, du hast genug gelitten«, meinte er und drückte einen spinnwebfeinen Strahl des Giftes in die Luft.

Die Intensivstation der Kinderabteilung sah schon wesentlich weniger fröhlich aus. Die Station war auch rechteckig angelegt, aber viel kleiner. Dies war ein Ort für wirklich *sehr* kranke Kinder, und angesichts dieser Tatsache wirkte das überlebensgroße Wandbild von Barney, dem Dinosaurier, ausgesprochen fehl am Platz, fast wie ein Sakrileg.

Es ging chaotisch zu. Am anderen Ende der Station umschwärmten Ärzte und Schwestern das Bett eines Kindes, das viel zu klein aussah, um ein so großes Problem zu haben. Sparks bemerkte den Ausdruck von Hilflosigkeit in den Gesichtern, und er wußte, was das zu bedeuten hatte. Er wandte sich ab. Es war lange her, daß er in unmittelbare Berührung mit dem Tod gekommen war, und die Tatsache, daß das Opfer ein Kind war, machte es noch schlimmer.

»Was ist passiert?« fragte George, als er zu dem uniformierten Polizisten vor Travis' Tür trat.
Die Aufregung am anderen Ende des Korridors machte dem Polizisten offenbar ebenfalls zu schaffen. »Kann ich Ihnen helfen?« fragte er halb höflich, halb säuerlich.
Der Agent öffnete seine schwarze Brieftasche mit seinem Ausweis. »George Sparks vom FBI.«
Im Gesicht des Polizisten leuchtete Erkennen auf. »Ja, natürlich«, sagte er. »Ich kenne Sie. Ich bin Bill Rubie.« Er wandte den Blick wieder zum anderen Ende des Ganges. »Ich weiß es nicht. Soweit ich es mitbekommen habe, ist das kleine Mädchen gerade gestorben. Sie haben alle verfügbaren Ärzte zusammengetrommelt, um es zu retten.« Er betrachtete angelegentlich seine Schuhe und seufzte. »So was gibt einem zu denken. Was führt Sie hierher?«
»Travis' Mutter hat letzte Nacht versucht, sich im Gefängnis zu erhängen«, erklärte Sparks, und Rubie stöhnte gequält auf. »Ich war unten, als sie hierhergebracht wurde, und sie redete etwas von einer Verschwörung; sie befürchtet, daß ihr Kind umgebracht wird. Ich habe Ihrem Kollegen versprochen, Ihnen die Geschichte zu erzählen, weil er bei der Gefangenen bleiben mußte.«
»Und wer soll diese Verschwörung ausgeheckt haben?«
Sparks wollte lachen, aber der Gedanke an den Tod des kleinen Mädchens ließ ihn sofort wieder verstummen. »Das FBI.« Ein wenig mußte er doch lächeln.
Rubie rollte mit den Augen. »Ah ja. Also, die einzigen, die bisher bei dem Jungen im Zimmer waren, sind Ärzte und Schwestern, die allerdings in Scharen.«
Sparks streckte die Hand nach der Türklinke aus. »Haben Sie selbst nach ihm gesehen?«
Der Polizist zuckte die Achseln. »Ich sehe ihn, wenn jemand die Tür öffnet. Was sollte ich sonst kontrollieren?«

George nickte. »Das ist richtig. Macht es Ihnen etwas aus, wenn ich mal kurz hineinschaue?«
Der Polizist machte ein skeptisches Gesicht. »Machen Sie, was Sie wollen. Es ist aber gerade ein Arzt bei ihm. Er sagte, daß nicht er gestört werden will.«
Sparks zog die ausgestreckte Hand wieder zurück. »Dann werde ich warten. Diese ganze Sache mit den Körperflüssigkeiten ist mir sowieso zuwider.«

Beim Anblick der Nadel schloß Travis die Augen. In fünfzehn Sekunden würde er entweder tot oder lebendig sein, je nachdem, was er jetzt tat. Er konzentrierte sich nur auf seine rechte Hand, drehte den Daumen so weit einwärts, wie er konnte, und machte seine Hand so schmal wie möglich. Er zog kräftig und drehte das Handgelenk im Filzfutter. Eine halbe Sekunde lang spürte er Widerstand, dann war er frei!
Er bewegte sich schneller, als Wiggins reagieren konnte. Die Nadel war nur noch zwei Zentimeter vom Infusionseinlaß entfernt, als Travis nach den Schläuchen griff und anzog. Die Plötzlichkeit der Bewegung ließ Wiggins zurückspringen. Travis riß die Schläuche vom Infusionsbeutel los und schleuderte sie wie eine Handvoll Schlangen über sein Bett.
Der Mörder holte wütend aus und schlug den Jungen ins Gesicht. Travis fühlte, daß etwas in seinem Mund krachte, aber er achtete nicht darauf. Sein nächster Angriff richtete sich gegen den EKG-Monitor auf seiner linken Seite. Er mußte auf irgendeine Weise Aufmerksamkeit erregen, und zwar augenblicklich, und dies schien die einzige Möglichkeit zu sein. Während Wiggins zu einem zweiten Schlag ausholte, rollte sich Travis auf die linke Seite und schlug so fest er konnte gegen den Monitor. Krachend fiel die ganze Elektronik im Wert von mehreren tausend Dollar zu Boden.

»Was, zum Teufel, war das?«
Als sie das Krachen hörten, fuhren Sparks und Rubie herum und rannten durch die Tür in Travis' Zimmer. Sie konnten kaum fassen, was sie da sahen. Ein Doktor schlug auf seinen Patienten ein!
»He«, brüllte Sparks. »Was geht hier vor?« In dem Augenblick, als der Mann sich umdrehte, wußte Sparks, daß er kein Arzt war, und ihm wurde klar, was los war. Er griff nach seiner Pistole.
Der Angreifer bewegte sich mit unglaublicher Geschwindigkeit und traf Sparks' Hand mit einem kraftvollen Fußtritt genau in dem Augenblick, als er die Pistole aus dem Halfter zog. Die Waffe schlitterte über den Boden. Ein zweiter Tritt, eigentlich die Fortsetzung des ersten, zerschmetterte Rubies Knie und machte ihn augenblicklich kampfunfähig.
Sparks machte sich auf einen Kampf gefaßt, aber er hatte keine Chance. Er sah etwas in der Hand des Doktors aufblitzen. In horizontalem Bogen fuhr die Spritze auf sein Gesicht zu, und die Nadel grub sich in sein rechtes Auge. Er hörte es knacken, als die Nadelspitze auf einen Knochen traf und abbrach. Er schrie auf. Es war ein unmenschliches Heulen, das aus ihm herausbrach. Er schlug die Hände vor das Gesicht und fiel hilflos zu Boden.
»O Gott! Mein Auge! Mein Auge!«
Auch Rubie brüllte. Er hielt sein zerschmettertes Knie mit beiden Händen umklammert. Sein Schreien wurde abrupt durch einen zweiten Fußtritt beendet, der seinen Kehlkopf zertrümmerte und seinen Unterkiefer mit der Gewalt eines Vorschlaghammers gegen den Oberkiefer rammte.
Rubie rollte rückwärts auf den Boden. Er rang nach Atem, aber sein Blut erstickte ihn. Er fühlte verschwommen, daß jemand ihn an den Haaren hochzog, aber er spürte nichts mehr, als Wiggins seinen Kopf wie eine Melone auf dem harten, gefliesten Boden zerschmetterte.

Das alles ging viel zu schnell, als daß Travis die Ereignisse hätte verfolgen können. Er konnte nicht im einzelnen erkennen, was geschah, aber er sah das Blut, und er hörte die Schreie, und er wünschte sich mehr als alles andere, daß er auch schreien könnte. Der Lärm veranlaßte einen ganzen Schwall von Leuten herbeizurennen, um zu sehen, was los war.

»O Scheiße!« schrie jemand. »Lieber Gott! Holt schnell Hilfe!«

O mein Gott, es war ja alles voller Blut! Travis war vollkommen betäubt davon, und das Krankenhauspersonal war es auch, bis ihnen klar wurde, daß ihr eigentlicher Patient ein nackter, kleiner Junge war, der auf einmal ebenso weiß wie seine zerwühlten Bettücher war. Plötzlich stürzten sich alle gleichzeitig auf ihn, riefen sich gegenseitig Anweisungen zu, schlossen sein Atemgerät wieder an, zogen die alte Infusionsnadel aus seinem Arm und legten eine neue. Niemand sprach, alle brüllten, und abgesehen von seiner Rolle als Nadelkissen hätte es keinen Unterschied gemacht, wenn er gar nicht dagewesen wäre.

Wo ist er? fragte sich Travis, immer noch voll Entsetzen. Er suchte unter den Gesichtern der Anwesenden nach dem Mann, der versucht hatte, ihn zu töten. Vor lauter Angst, daß der Mörder immer noch dasein könnte, schlug er nach jeder Hand, die nach ihm ausgestreckt wurde. Er sah ihn nicht, aber das bedeutete nicht, daß er nicht noch irgendwo versteckt sein und auf seine Chance warten konnte.

Viele Hände hielten ihn zurück. Sie zogen und stachen und bohrten überall da an ihm herum, wo sie auch schon vorher gezogen, gestochen und gebohrt hatten. Alle redeten auf ihn ein und sagten ihm, daß er sich beruhigen solle, aber niemand schien sich auch nur im entferntesten dafür zu interessieren, was aus dem Ungeheuer geworden war, das all dies verursacht hatte.

Sie hatten dringendere Sorgen. Sie mußten sich zum Beispiel um den Mann auf dem Fußboden kümmern, dessen Schreie mehr wie die eines Tieres klangen. Und dann war da noch der andere, dessen Gehirn als glitschige Schicht über den Fußboden verspritzt war.

Travis schloß die Augen und wünschte sich, daß dies alles gar nicht wahr sei. Er sehnte sich nach seiner Mutter und seinem Vater. Er wollte wieder in Farm Meadows sein und den Schimmel und den angehäuften Müll riechen. Er wollte am liebsten sterben, aber diesmal schnell und sanft.

Von irgendwo außerhalb seiner Dunkelheit kam eine Hand und berührte sanft seine Wange, und eine Stimme sagte: »Travis, mein Liebling, bist du okay?« Es war der Tonfall seiner Mutter, aber die Stimme war eine andere. Er öffnete die Augen, und da war Jan. Sie lächelte ihn liebevoll an. »Ich bin nur bis in die Cafeteria gekommen«, erklärte sie zärtlich. »Ich habe mir Sorgen um dich gemacht.«

Er wollte nach ihrer Hand greifen, aber jemand sagte ihm, er solle stillhalten. Er wehrte sich, aber er wurde festgehalten.

»Laß sie ihre Arbeit tun, Travis«, sagte Jan beruhigend und streichelte seine Schulter. »Es kann dir nichts mehr passieren. Ich bin ja da. Niemand kann dir etwas tun, wenn ich direkt neben dir sitze.«

Er beruhigte sich und schloß wieder die Augen. Er spürte ihre Hand in seinen Haaren und hörte, daß sie zärtlich lauter unwichtige Dinge in sein Ohr flüsterte. Die Berührung erinnerte ihn daran, wie seine Mutter oft die ganze Nacht an seinem Bett gesessen hatte, wenn er als kleines Kind krank gewesen war. Er dachte an das Lachen seines Vaters über schmutzige Witze, von denen seine Mutter sich immer etwas beleidigt fühlte.

Er dachte an all die fürchterlichen Dinge, die er an ihrem letzten gemeinsamen Tag über sie gedacht und gesagt hatte, und in diesem Augenblick wurde ihm klar, daß er seine Eltern niemals wiedersehen würde.

Kapitel 44

Irene vergewisserte sich, daß ihre Dienstmarke sichtbar an ihrem Rockbund befestigt war, bevor sie zusammen mit Paul eilig in die Notaufnahme des St. Luke's Hospital ging. Nach dem hektischen Betrieb zu schließen, der hier herrschte, mußte mindestens eine Eisenbahnkatastrophe stattgefunden haben. Leute rannten in alle Richtungen durcheinander, brüllten Anweisungen und verwandelten die Unordnung in ein Chaos. Zweimal versuchte sie, einen Krankenhausangestellten zu fragen, was los sei, wurde jedoch vollkommen ignoriert.

Auf der anderen Seite des Raumes entdeckte sie die stille Gestalt Carolyn Donovans, die auf dem Rücken auf einem Bett lag, beide Handgelenke mit Handschellen an den Seitenverstrebungen befestigt. Sie war unbewacht und wurde auch vom medizinischen Personal in keiner Weise beachtet. »Sie können sie doch nicht einfach unbewacht hier liegen lassen!« sagte Irene fassungslos zu Paul.

Er antwortete mit einer Frage. »Was, zum Teufel, geht hier vor?« Dann zeigte er auf die Aufzüge. »Sieh mal, da!«

Ein ganzer Schwarm von Ärzten und Schwestern wartete darauf, daß sich die Tür des Lifts öffnete. Ein Polizist, der in der Nähe stand, hatte seine Pistole gezogen, und Irene unterdrückte das Bedürfnis, ihre eigene Waffe zu ziehen. Sie stand etwa sechs Meter entfernt, als sich die Tür öffnete und Bewegung in die wartende Menge kam. Zwischen den Beinen der Wartenden hindurch erkannte sie die Räder eines Bettes, das aus dem Aufzug herausgezogen wurde, und über den Köpfen konnte sie einen Mann ausmachen, der in der charakteristischen gebeugten Haltung Erste Hilfe leistete.

Das ganze Knäuel von Menschen bewegte sich über den gekachelten Boden zur Unfallstation. Auf dem Fußboden blieb eine breite Blutspur zurück. Als sie an ihr vorbeigingen, meinte Irene ein zusammengeknülltes Polizeiuniformhemd am Fußende des Bettes zu erkennen.

Der Polizist, der immer noch seine Pistole gezogen hatte, sah so aus, als bräuchte er dringend einen Stuhl, aber er schloß sich dennoch der Prozession an. Sie verstellte ihm den Weg und hielt ihm die Dienstmarke von ihrem Rockbund entgegen. »Was geht hier vor?« fragte sie. »Und warum stecken Sie nicht endlich Ihre Pistole ein?«

Der Polizist sah zu Tode erschrocken aus. Er starrte erst auf Irenes Dienstmarke, dann in ihr Gesicht, schließlich auf die Pistole in seiner Hand. »Jemand hat ihn oben getötet«, sagte er und steckte mit entsetztem Gesichtsausdruck die Pistole in das Halfter. »Er sollte ein Kind bewachen. Einen von Ihren Leuten hat es auch erwischt.« Damit eilte er hinter der Gruppe her.

Irene sah Paul an. »Einen von unseren Leuten?«

Sie begriffen im gleichen Augenblick. »Sparks!«

Betäubt und mit schläfrigen Augen nach einem unruhigen, dreistündigen Schlaf hatte Jake sich gerade aus dem Fernsehsessel erhoben, um sich eine Tasse Kaffee aus der Küche zu holen, als die Ankündigung eines Sonderberichts seine Aufmerksamkeit erregte. Der Nachrichtensprecher war umrahmt mit Fotos von Carolyn und Travis.

»Die Polizei bestätigt, daß sie heute morgen einen Versuch verhindert hat, den dreizehnjährigen Sohn der berüchtigten Terroristen Jake und Carolyn Donovan in der Intensivstation des St. Luke's Hospital zu ersticken. Der Junge befindet sich im Krankenhaus, um sich von einer Verletzung zu erholen, die er sich gestern bei dem Versuch zugezogen hat, die Giftmülldeponie in Newark zu betreten.«

Jake war wie versteinert und starrte mit offenem Mund auf den Bildschirm. Der Sender schaltete zu einem jungen Reporter im Krankenhaus um, der die Einzelheiten des Vorfalls mit drastischen und sensationslüsternen Ausdrücken schilderte. Während er sprach, wurden Nahaufnahmen von Blutspuren auf dem Fußboden der Notaufnahmestation gezeigt.

»Ironischerweise«, fuhr der Reporter fort, »erfolgte dieser Angriff auf den jungen Travis Donovan am gleichen Morgen, an dem seine Mutter in der Strafanstalt von Little Rock versuchte, sich zu erhängen ...«

Jake ließ sich fassungslos auf die Sessellehne fallen. *Das kann doch nicht wahr sein ...*

Es wurde wieder zum Sprecher im Studio umgeschaltet. »Brian, wir haben erfahren, daß Carolyn Donovan das Krankenhauspersonal darauf aufmerksam gemacht hat, daß dieser Angriff auf ihren Sohn stattfinden würde, daß aber nicht darauf reagiert wurde. Haben Sie irgendwelche Einzelheiten dazu?«

»Nun ja, Perry, wie Sie sich vorstellen können, fliegen die Gerüchte bei solchen Gelegenheiten herum wie die Schneeflocken, und wir bemühen uns, so gut wir können, Dichtung und Wahrheit voneinander zu trennen. Wir haben ebenfalls von diesen Gerüchten gehört, konnten aber keine Bestätigung dafür bekommen. Vor einer halben Stunde haben sich Polizei und FBI auf das Krankenhauspersonal gestürzt, und es wird immer schwieriger, noch irgend etwas in Erfahrung zu bringen.«

Die Reporter redeten in diesem Stil weiter, aber Jake hörte nicht mehr zu. Sein Gehirn war so voll von dem Vorangegangenen, daß er kein weiteres Wort mehr aufnehmen konnte.

Es war klar, daß Frankel nun wußte, daß sein Geheimnis aufgedeckt war, und daß er versuchte, die Donovans auszuschalten.

»Ich bringe ihn um«, zischte Jake. Seine Fassungslosigkeit wurde zu Ärger, und der Ärger zu Wut, und dann dämmerte in ihm

die Erkenntnis, daß eine friedliche Lösung nun nicht mehr möglich war. »Das Arschloch ist so gut wie tot.«
Als er sich umdrehte, stand Thorne in der Tür. »Ich habe die Nachrichten auch gehört«, sagte er. »Es tut mir leid. Aber wenigstens sind beide noch am Leben.« Er füllte den ganzen Türrahmen aus. Er stand mit gespreizten Beinen da, die Hände in die Hüften gestemmt, und versperrte Jake in voller Absicht den Weg. »Vielleicht sollten Sie sich jetzt erst mal hinsetzen.«
Jake starrte ihn mit zusammengebissenen Zähnen an. »Sie können mich nicht aufhalten«, knurrte er.
Thorne hielt neugierig den Kopf schief und sah aus, als müsse er ein Lachen unterdrücken. »Doch, das kann ich, und das werde ich auch.«
»Ich werde ihn töten«, wiederholte Jake.
Thorne kam näher. »Wen, bitte sehr? Wen wollen Sie töten?«
Jake sah ihm in die Augen. »Frankel.«
Der große Mann neigte den Kopf auf die andere Seite. »Richtig. Den stellvertretenden Direktor des FBI. Und Sie gehen einfach hin und putzen ihn weg?«
In dieser Weise ausgesprochen, kam Jake seine Absicht töricht vor. Er wandte mit trotzigem Gesicht den Blick ab. »Ich weiß, daß es nicht leicht sein wird, aber ich werde es schaffen.«
»Und Sie glauben wirklich, daß er es war? Der bekannteste Mann bei der Verbrechensbekämpfung geht einfach in das St. Luke's Hospital und versucht, Ihren Sohn umzubringen?«
»Er hat versucht, ihn zu ersticken, Thorne!« schrie Jake.
»Nein, das hat er nicht!« brüllte Thorne zurück. »Jemand anderes hat es getan, und mein Gefühl sagt mir, daß es der gleiche Jemand war, der versucht hat, Sonnenschein aufzuhängen.« Seine Augenbrauen zuckten. »Es sei denn, Sie glauben, daß sie wirklich versucht hat, Selbstmord zu begehen ...«
Jake winkte ab. Dieser Gedanke war absolut lächerlich.
»Was ist denn los?« Nick kam ins Fernsehzimmer geschlurft. Er

war noch gar nicht richtig zu sich gekommen, und die Haare standen ihm senkrecht vom Kopf ab.
Jake brauchte nur etwa zehn Sekunden, um ihm alles zu berichten. Nick ließ sich auf ein Sofa fallen. »Ach du meine Güte ...« Er versuchte, das alles zu begreifen.
»Sie sind wütend, Jake«, versuchte Thorne zu beruhigen. Jakes Version der Geschichte gab ihm offensichtlich zu denken. »Sie können glauben, solange Sie wollen, daß Frankel der Schuldige ist, aber damit bewirken Sie gar nichts. Sie können nicht einfach zu einem so mächtigen Mann hingehen und ihm eine Kugel in den Kopf jagen. Alle Welt hält Sie bereits für einen Mörder. Warum wollen Sie beweisen, daß die Leute recht haben?«
Jakes Schultern sanken herab, als ihm so der Wind aus den Segeln genommen wurde. Thorne hatte recht, und er haßte ihn dafür. »Und was schlagen Sie vor? Einfach dasitzen und gar nichts tun?«
Thorne dachte nach, bevor er antwortete. »Ja«, sagte er schließlich achselzuckend. »Bevor Sie nicht wenigstens einen Teil von dem beweisen können, was Sie zu wissen glauben, können Sie gar nichts machen.« Er sog an seiner Unterlippe. »Wir müßten den Kerl in die Finger kriegen, der die Mordversuche tatsächlich durchgeführt hat. Ich wette, daß der uns alles sagen könnte, was wir wissen wollen.«
Jake schüttelte verärgert den Kopf. »Und wie wahrscheinlich ist es, daß wir ihn erwischen?«
»Verdammt wahrscheinlich, würde ich sagen.« Nicks Beitrag zur Diskussion ließ die beiden anderen herumfahren. Nicks Gesicht war eine Maske des Entsetzens. »Ganz besonders, weil wir wissen, was er als nächstes tun wird.«
Thorne verstand noch nicht, was er meinte, aber Jake begriff sofort. »O mein Gott.«
»Frankel weiß, daß ich in die Sache verwickelt bin«, erklärte Nick. Seine Stimme war kaum hörbar, und er rieb sich die Schlä-

fen mit den Fingerspitzen. »In dem Moment, in dem ich die Computerdateien aufrief, wußte er Bescheid. Was er nicht weiß, ist, wieviel ich weitererzählt habe, und das scheint seine größte Sorge zu sein.«
Er sah Jake mit weit aufgerissenen Augen an. »Meine Familie ist als nächstes dran.«

Carolyn erwachte abrupt und ohne jeden Übergang aus ihrer Bewußtlosigkeit. »Wo ist Travis?« schrie sie in den Raum.
Irene, die auf einem Stuhl neben ihrem Bett saß, antwortete sofort. »Es geht ihm gut.« Sie sah unglaublich müde aus. Ihr hübsches Gesicht war von tiefen Linien durchfurcht, die über ihre Stirn und zu beiden Seiten ihres Mundes verliefen.
»Jemand wird versuchen, ihn zu töten«, rief Carolyn, die keine Vorstellung hatte, wieviel Zeit inzwischen vergangen war.
Irene senkte den Blick. »Der Versuch hat bereits stattgefunden«, sagte sie ernst. »Aber Travis geht es gut. Einen ausgesprochen tatkräftigen jungen Mann haben Sie da.«
Ich habe ihn *nicht*, dachte Carolyn bitter. *Sie* haben ihn. Sie wußte nicht, ob sie jubeln oder schreien sollte. Sie hatte es ihnen doch gesagt, verdammt noch mal, und niemand hatte ihr geglaubt. Sie hatten ihr nicht einmal zugehört, nicht eine Minute lang!
»Es tut mir leid, daß Ihre Warnung nicht ernst genommen wurde«, fügte Irene hinzu.
»War es derselbe Mann?«
Irene sah Carolyn in die Augen. »Derselbe, der letzte Nacht in Ihrer Zelle war?«
»Dann wissen Sie das jetzt also?«
Irene nickte. »Ja, jetzt wissen wir es. Das Zusammentreffen von Ihrem Selbstmordversuch und dem Angriff auf Ihren Sohn war dann doch zuviel. Also haben wir beim Gefängnis nachgefragt. Wir haben ein Foto von der Sicherheitskamera und damit gute Chancen, ihn zu identifizieren. Leider ist er entkommen.«

Ihr werdet gar nichts identifizieren, dachte Carolyn. »Wenigstens ist Ihre Verhaftungsquote gleichbleibend«, fauchte sie.
Irene wurde sichtbar immer müder. »Ich weiß, daß Sie zornig sind, und Sie haben, weiß Gott, jedes Recht dazu. Aber Sie sollten auch wissen, daß das Vieh, das Ihren Sohn angegriffen hat, auch noch ein siebenjähriges Mädchen getötet hat. Die Ärzte sagen, daß er der Kleinen eine große Dosis Kaliumchlorid injiziert hat – das gleiche Zeug, das auch für Hinrichtungen verwendet wird. Sie hatte nicht die geringste Überlebenschance.«
Diese Nachricht traf Carolyn schwer. »Warum?«
»Wir wissen es nicht genau. Wir nehmen an, daß es ein Ablenkungsmanöver war, damit er nicht gestört wurde, während er sich mit Ihrem Jungen beschäftigte.«
»Aber war denn da kein Polizist …?«
Irene unterbrach sie. »Er wurde getötet bei dem Versuch, Travis zu retten. Und ein guter Freund von mir wurde fürchterlich verletzt. Dem Einsatz dieser beiden ist es zu verdanken, daß Ihr Sohn noch am Leben ist.«
»Und Ihre Verfolgungen sind der Grund, warum er überhaupt hier ist.« Es war der falsche Ort und die falsche Zeit, um Carolyns Sympathie zu werben.
Irene schluckte die Anschuldigung hinunter und wechselte das Thema. »Ihr Mann hat mich letzte Nacht besucht«, sagte sie.
Carolyn musterte sie mißtrauisch. »Er hat mir eine sehr interessante Geschichte erzählt«, fuhr Irene fort. »Über Ihre Unschuld und über Waffen, die aus dem Magazin in Newark verkauft wurden.«
Carolyn hörte mit geschlossenen Augen zu und hoffte, daß ihr Gesicht ausdruckslos blieb, aber ihre Gedanken rasten, um sich einen Vers auf diese Mitteilung zu machen. »Wo ist er jetzt?« fragte sie.
Irene lachte trocken. »Wie Sie gesagt haben, ist meine Verhaftungsquote gleichbleibend.«

Waffenverkäufe aus dem Magazin waren eine interessante Wendung, dachte Carolyn, eine, auf die sie nicht gekommen war.
»Er wollte, daß ich Ihnen sage, daß er sie liebt.«
Diese Worte ließen Carolyn aufsehen. Diese Mrs. Rivers war in Ordnung, und sie sah fast ehrlich aus. Aber Carolyn hatte schon einmal versucht, ihr Vertrauen zu gewinnen, und sie hatte nicht die Absicht, es ein zweites Mal zu probieren. Sie hörte schweigend zu, als Irene ihr von Jakes Theorien erzählte, und von ihren eigenen Bemühungen, sie zu verifizieren.
»Ihre Situation ist wirklich verzweifelt«, schloß Irene. »Jemand versucht, Sie und Ihre Familie zu töten, und die einzige Möglichkeit, Sie zu schützen, besteht darin, Sie in Gewahrsam zu behalten. Sie und Travis sind nun in Sicherheit, dafür werden wir sorgen, aber solange Ihr Mann auf eigene Faust unterwegs ist, ist er in sehr ernster Gefahr.«
Jetzt war es an Carolyn zu lachen. »Das kann doch wohl nicht Ihr Ernst sein! Nach vierzehn friedlichen Jahren auf der Flucht sind wir jetzt zum ersten Mal angegriffen worden, hier in Ihrem Gewahrsam.«
Carolyns Gesicht verfinsterte sich, und ihre Augen brannten ein Loch in ihre Kontrahentin. »Es ist ja ein sehr netter Versuch, Rivers, daß Sie plötzlich Sympathie heucheln. Und im Innersten würde ich ja gerne daran glauben, daß unser Schicksal Ihnen tatsächlich nicht vollkommen gleichgültig ist. Aber gestern haben Sie es ganz richtig formuliert. Wir alle haben Aufgaben zu erfüllen. Ich habe bei meiner Aufgabe versagt, und jetzt hat Jake die ganze Last allein zu tragen. Er ist meine letzte Hoffnung, unser Leben zurückzugewinnen. Ich glaube einfach nicht, daß Sie sich genauso darum bemühen wie er.«
Irene wollte widersprechen, aber dann schwieg sie doch. Carolyn nahm ihr Schweigen als Sieg und beschloß weiterzudrängen. »Und jetzt möchte ich gerne meinen Sohn sehen. Bitte bringen Sie mich zu ihm.«

Irene sah ihre Gefangene an, aber dann wich sie ihrem Blick aus. »Ich wünschte, ich könnte das tun. Aber der Arzt will nicht, daß Sie mit Ihrer Halsverletzung bewegt werden.«
»Dann bringen Sie Travis zu mir.«
Irene preßte die Lippen zusammen und schüttelte den Kopf. »Auch das kann ich nicht machen. Er wird immer noch künstlich beatmet und ist an die Monitore angeschlossen.«
Carolyn wurde zornig, und die letzte Benommenheit, die das Valium hinterlassen hatte, verschwand. Drohungen und wütende Beleidigungen drängten sich ihr auf die Lippen, aber in der plötzlichen Klarheit des Augenblicks wußte sie, daß solche Worte nicht nur sinnlos, sondern schädlich sein würden. Sie holte tief Luft und versuchte, so vernünftig wie möglich zu sprechen. »Er ist mein Sohn, Rivers, mein einziges Kind, und jemand versucht, ihn zu ermorden. Sie müssen mir gestatten, ihn zu sehen.«
Irene sah sie lange an, und die Erschöpfung der letzten Tage lastete wie ein Mühlstein auf ihr. »Ich werde sehen, was ich tun kann«, sagte sie endlich. Selbst in ihren eigenen Ohren klang das Versprechen hohl.
Carolyn hatte genug geredet. Irene bemerkte es, schloß die Augen und versuchte, ihren bohrenden Kopfschmerz wegzumassieren. Eine seltsame Mischung aus Angst und Schuldbewußtsein kochte in ihrem Inneren, und zum ersten Mal in ihrem Leben wünschte sie, sie hätte einen anderen Beruf gewählt. Sie hatte angenommen, daß die FBI-Leute immer die Guten sein müßten, aber wenn ihr Verdacht sich bestätigen sollte, dann hatte diese arme Frau, die hier hilflos an ihr Bett gefesselt dalag, Schlimmeres erduldet, als irgendeinem Menschen zugemutet werden durfte.
Während ihrer Laufbahn beim FBI hatte Irene eine Menge Haß von seiten der Häftlinge zu spüren bekommen, aber noch niemals hatte sie sich davon so vernichtet gefühlt. Sie hätte Carolyn am liebsten gesagt, daß sie ihre Geschichte nun glaubte. Sie

wollte ihr von ihrem Verdacht gegen Frankel erzählen und sich im Namen der Bundesregierung bei ihr entschuldigen. Aber das kam nicht in Frage, denn bisher konnten sie nichts beweisen. Noch nicht.

Sie hörte ein leises Klopfen an der Tür und sah sich um. Paul Boersky winkte ihr, in den Gang hinauszukommen, und führte sie dann in einen unbenutzten Raum.

»Aus deinem Verhalten schließe ich, daß wir richtig geraten haben«, eröffnete Irene das Gespräch.

Instinktiv sah Paul über seine Schulter. »Diese Geschichte ist verdammt gefährlich, Irene«, flüsterte er. »Es sieht so aus, als hätten die Donovans den Nagel auf den Kopf getroffen. Ich habe mit einem Mann von der Dokumentation gesprochen – du schuldest ihm übrigens hundert Dollar –, der in Frankels Akte für mich nachgesehen hat. Dein Schundblatt hatte recht. Von 1981 bis Anfang '82 hat unser furchtloser Anführer als Leiter der Dienststelle in Little Rock eine Untersuchung über Waffenschiebereien aus der alten Munitionsfabrik in Newark geleitet. Offenbar gab es Hinweise, die auf den letzten Kommandeur der Fabrik hindeuteten, auf Ihren Freund General Albemarle, der sich dann umgebracht hat. Und danach verlief die Untersuchung plötzlich im Sand. Albemarle, ein Veteran aus dem Zweiten Weltkrieg, dem Koreakrieg und Vietnam, schoß sich 1982 eine Kugel in den Kopf, gleich nachdem die EPA das Waffenlager entdeckt hatte. In seinem Abschiedsbrief nennt er die Untersuchungen als Grund.« Paul sah von seinen Aufzeichnungen auf und seufzte. »Es paßt einfach alles zu gut zusammen, Irene. Ich glaube, wir haben ihn. Er hat das Magazin in die Luft gesprengt, damit nicht entdeckt werden konnte, was alles fehlte, und die Leute hat er umgebracht, um die Aufmerksamkeit von der Hauptsache abzulenken.«

Irene starrte den Fußboden an und versuchte, das alles zu begreifen.

»Hörst du mir noch zu?« fragte Paul.
»Was? Ja, natürlich. Ich habe nur Kopfschmerzen.«
Er schnaubte. »Also paß auf. Es kommt nämlich noch besser. Erinnerst du dich an den Mann im Motel, Tony Bernard?«
Sie bejahte.
»Er war der einzige Sohn eines Hippiepärchens. Richtige Blumenkinder, die den kleinen Tony durch jeden Hippiescheiß in Berkeley zogen. Später war dann sein Bild in der *Chicago Tribune*, als – ich zitiere – ›junger Randalierer‹ bei der Democratic Convention im Jahr 1968.«
Sie sah ihn verwirrt an. »Das verstehe ich nicht.«
»Natürlich verstehst du das. Er war prädestiniert dazu; ihm konnte man so eine Umweltschutzbesessenheit locker anhängen. Er war derjenige, auf den die ganze Geschichte abgewälzt werden sollte, nicht die Donovans. Sie hat es bloß erwischt, weil sie die Geschmacklosigkeit hatten zu überleben. Nachdem sie am Leben waren, hatte Frankel keine andere Wahl, als Bernard zu töten. Falls sein Plan durch diese plötzliche Änderung ein paar Löcher bekommen haben sollte, so hat er sie einfach mit ein bißchen Hysterie gestopft.«
Irenes Augen weiteten sich, und sie holte tief Luft. »Heiliger Geist«, sagte sie.
»Du hast recht«, stimmte Paul, immer noch flüsternd, zu. »Da haben wir uns Sorgen über Schadensbegrenzung an unserer Karriere gemacht, und jetzt sind wir auf eine Goldader gestoßen!«
»Du spinnst«, sagte Irene. »Zwar glaube ich, daß wir die richtige Lösung gefunden haben, aber Frankel wird nicht einfach einknicken. Er hat immerhin ein Geständnis und jede Menge Indizien. Ganz bestimmt ebenso viele Indizien wie wir.«
Paul zuckte die Achseln. »Aber unsere Indizien genügen für einen ›berechtigten Zweifel‹.«
Sie lachte. »O ja, das ist ganz großartig für die Donovans. Falls wir sie je vor Gericht bringen, ist ihnen der Freispruch sicher.

Aber was deine Karriere betrifft: Wenn wir Frankel nicht zu Fall bringen, dann ist alles, was wir tun können, den Donovans zum Freispruch zu verhelfen und damit den Ast abzusägen, auf dem wir sitzen.«

Paul öffnete den Mund, um zu widersprechen, und schloß ihn wieder. »Scheiße.«

Kapitel 45

Melissa Thomas liebte ihr großes, altes Haus. Sie wünschte sich nur, sie hätte das Geld und die Zeit, es so zu pflegen, wie ihr Vater und ihre Mutter es getan hatten. Das Haus und die dazugehörigen zweieinhalb Hektar Wald waren das Erbe, das ihre Eltern ihr als einzigem Kind hinterlassen hatten. Aber es war auch ihr Fluch. Ihre Eltern waren seit fast zehn Jahren tot, und Melissa hatte auch jetzt noch nicht das nötige Geld, um die Möbel, die sie seit ihrer Kindheit kannte, durch neue zu ersetzen. Das geerbte Geld warf gerade genügend Zinsen ab, um alljährlich die Grundsteuern zu bezahlen und drei Kinder durch das College zu bringen. Aber das war auch alles.

Sie fühlte sich hier zu Hause. Alle glücklichen Erinnerungen waren mit diesem Haus verbunden, und in letzter Zeit auch einige weniger gute. Obwohl das Haus solide gebaut war – zu einer Zeit, als die Zimmerleute noch ihren Stolz in gute Arbeit setzten –, begannen sich nun ernsthafte Schäden zu zeigen. Das Dach mußte dringend erneuert werden, und die Wände schrien förmlich nach einem neuen Anstrich. Sie konnten es sich nicht leisten, die Arbeiten von einem Fachmann machen zu lassen, und Nick war als Handwerker eine Niete. Er konnte nicht einmal einen Nagel gerade in eine Wand schlagen. So mußten die Reparaturen so lange warten, bis sie sich vielleicht einmal ein paar Dollar leihen konnten. Nick war dafür, das Haus einfach zu verkaufen. Typisch für ihn, ein vorübergehendes Problem mit einer endgültigen Entscheidung lösen zu wollen, mit Kanonen nach Spatzen zu schießen.

Sie war verärgert, weil Nick gerade jetzt nicht da war, wo sie seine Hilfe brauchte – gerade heute morgen hatte sie zwölf weitere

Weihnachtsaufträge bekommen –, aber sie mußte zugeben, daß es ausgesprochen friedlich war, wenn sie mit den Kindern allein war. Kinder waren sowieso das Wichtigste, was sie sich von ihrer Ehe erwartet hatte. Und wenn dieses Einstellungsgespräch seine festgefahrene Karriere irgendwie wieder flottmachen konnte, würde das vielleicht gut für sie alle sein. Daß in den Nachrichten plötzlich so viel Aufhebens um die Donovans gemacht wurde, machte sie zusätzlich nervös. Wenn Nick nicht so eine rückgratlose Null gewesen wäre, hätte sie sich wahrscheinlich sogar Sorgen um ihn gemacht.

Der Krug auf ihrer Töpferscheibe brachte sie zur Verzweiflung. Die aztekische Urne, wie er in ihrem Katalog bezeichnet war, hatte einen langen, geschwungenen Hals, den zu formen eigentlich die einfachste Sache der Welt war, aber aus irgendeinem Grund kriegte sie die Proportionen nicht richtig hin. Und dies war schon ihr dritter Versuch.

Sie hielt die Drehscheibe an und schlug den mißglückten Krug mit der Handfläche wieder zu einem Klumpen Ton zusammen. Sie brauchte dringend eine Pause, aber sie konnte sich im Augenblick keine Unterbrechung leisten. Wenn dieses eine Stück noch geformt war, hatte sie eine ganze Ladung für den Brennofen fertig, und dann konnte sie sich mit einem späten Mittagessen belohnen. Sie hätte etwas essen sollen, als sie Lauren ihr Mittagessen gab, aber da hatte sie noch keinen Hunger gehabt.

Dabei fiel ihr ein, daß sie von Lauren schon seit einiger Zeit keinen Ton mehr gehört hatte. Wahrscheinlich sah sie ihr Video vom *König der Löwen* an. Melissa seufzte. Sie wußte, daß ihre Tochter eigentlich mehr Anregungen brauchte, aber sie hatte einfach nicht die Zeit, eine gute Mutter zu sein. Nächstes Jahr würde ihre Jüngste in die Schule kommen, und dann würde sich alles einrenken.

Vielleicht strenge ich mich einfach zu sehr an, dachte sie, als sie die Töpferscheibe wieder in Gang setzte. Das war oft der Grund,

wenn sie Schwierigkeiten mit ihrer Kreativität hatte. Wenn sie zu intensiv versuchte, etwas richtig zu machen, verlor sie das Gefühl für den Ton. Diesmal versuchte sie es mit geschlossenen Augen. Durch ihre kleinen Schaumgummikopfhörer ertönte Coplands *Quiet City* und erfüllte sie mit Stille, und als der betörende Klang der Solotrompete mit der Melodie an- und abschwoll, entstand wie durch Zauberei der untere Teil des Kruges unter ihren Händen.
Ein Schatten fiel über ihr Gesicht, und sie öffnete abrupt die Augen. Ein Mann, den sie noch nie gesehen hatte, stand in der Rundbogentür, die ihre Werkstatt von der Küche trennte. Er hielt ein Bündel in den Armen. In dem grünlichen Licht, das durch die getönten Jalousien fiel, sah das Bündel fast wie ein Mensch aus. Eine Puppe? Aber sie trug die gleiche Kleidung, die Lauren angehabt hatte!
Melissa schrie auf.

Nick warf den Telefonhörer wieder auf die Gabel und fuhr sich ärgerlich mit der Hand durch die Haare. »Verdammt.« Er sah auf die Uhr. »Mein Gott noch mal, es ist zwei Uhr nachmittags. Ich dachte, diese Flugzeuge wären schnell!« Unter den gegebenen Umständen wäre es ihm auch nicht schnell genug gegangen, wenn die Gulfstream wie ein Düsenjäger über den Himmel gejagt wäre.
»Lassen Sie das Telefon in Ruhe«, knurrte Thorne zum tausendsten Mal. »Jeder einzelne von diesen Anrufen ist wie eine Spur von Brotbröseln für die Bundespolizei.«
Nick sah ihn wütend an. Im Augenblick wäre ihm Verstärkung durch das FBI keineswegs unerwünscht gewesen.
»Vielleicht ist sie nicht zu Hause«, meinte Jake.
Nick schüttelte den Kopf. »Ausgeschlossen. Sie steckt bis zum Hals in Weihnachtsbestellungen. Sie würde das Haus nicht einmal verlassen, wenn es in Flammen stünde.« Er stützte die Un-

terarme auf die Knie. »Sie macht das immer so, wenn sie viel zu tun hat. Sie stellt einfach das Telefon ab. Wir haben einen automatischen Anrufbeantworter, und am Abend sieht sie nach, wer angerufen hat. Damit bringt sie mich zur Verzweiflung. Stell dir vor, eins von den Kindern wird in der Schule krank.«

»Aber sie haben doch einen Ort, wo sie hingehen können?« fragte Jake. »Ich meine, wenn du sie erreichst, können sie doch sofort das Haus verlassen, oder?«

So weit hatte Nick noch gar nicht gedacht. »Ich nehme an, daß sie in ein Hotel gehen werden.«

»Dann sorgen Sie dafür, daß sie bar bezahlen«, sagte Thorne warnend. »Wenn wir diesen Kerl verfehlen, wird er ziemlich wütend sein. Das letzte, was wir uns wünschen, ist eine neue elektronische Spur.«

Nick machte ein langes Gesicht. »Ich fürchte, so viel Bargeld habe ich nicht.«

»Darüber mach dir mal keine Sorgen«, sagte Jake lächelnd und klopfte auf die allgegenwärtigen Geldtaschen. »Hier drin ist genug.«

Der Pilot forderte sie über Lautsprecher auf, ihre Plätze einzunehmen und sich anzuschnallen. In etwa zehn Minuten würden sie landen. Ihr Ziel war der Manassas Regional Airport, ein kleiner, kommerzieller Flugplatz in einem der westlichen Vororte von Washington, der gerade groß genug war, daß Jets wie die Gulfstream landen konnten, und klein genug, daß die Passagiere anonym blieben.

Thorne legte bequem die Beine übereinander und faltete die Hände über dem Knie. »So, mein Lieber«, sagte er zu Jake. »Wie stellen Sie sich das nun vor? Sie fischen hier nach Haien, aber was passiert, wenn Sie einen an Land ziehen?« Seine Lippen verzogen sich zu dem herablassenden Lächeln, das Jake so sehr haßte.

»Ich werde ihn zum Sprechen bringen«, sagte er einfach. Er hätte gerne entschlossen gewirkt, aber alle wußten, wie ratlos er war.

»Aha«, knurrte Thorne. »Und was ist, wenn er nicht reden will?«
»Er wird. Er muß.«
»Und wenn er es nicht tut?«
Jake sah Thorne vorsichtig an. Er wußte genau, worauf dieser hinauswollte, aber er weigerte sich, darauf einzugehen. »Er wird reden«, sagte er. »Die meisten Leute werden sehr gesprächig, wenn ein Pistolenlauf auf ihren Kopf gerichtet ist.«
Thorne lächelte und sah zum Fenster hinaus. »Die Frage ist nur, ob unser Mann wie ›die meisten Leute‹ ist.«

Melissa sprang so eilig auf die Füße, daß sie ihre Töpferscheibe samt der aztekischen Urne krachend zu Boden stieß. »O mein Gott!« schrie sie. »Lauren!«
Sie rannte durch die Werkstatt und zog dabei mit dem Kabel ihres Kopfhörers den CD-Player vom Tisch. »Lauren, mein Schatz! Lieber Gott, was ist denn los?«
Das kleine Mädchen rührte sich nicht. Sein Körper war so schlaff, daß der Mann Mühe zu haben schien, ihn festzuhalten. Er legte das Kind seiner Mutter in die Arme, und Melissa eilte an dem Fremden vorbei, ohne auch nur danke zu sagen.
Der Mann folgte ihr ohne Aufforderung.
Melissa rannte so schnell sie konnte in das große, hohe Wohnzimmer und legte das Kind vorsichtig auf das Sofa. »Lauren, Liebling, wach auf. Wach auf, mein Schatz …«
»Sie wird bald wieder okay sein«, sagte der Fremde.
Seine Stimme ließ Melissa auffahren. Sie hatte ihn ganz vergessen. »Woher wollen Sie das wissen? Was ist ihr passiert?« Das erste, was ihr auffiel, war, wie kalt die Augen dieses Mannes waren, und das zweite war die Pistole in seiner Hand.
»Sie gehorcht wohl nicht besonders gerne«, sagte er.

Es war Jahre her, seit Jake zum letzten Mal in einem Flughafen gewesen war, und selbst auf diesem kleinen Provinzflugplatz tummelten sich mindestens fünfmal so viele Menschen, wie ihm lieb waren. Eigentlich hätten sie eine solche Reise nur nachts machen dürfen, aber Nick war so nervös gewesen, daß sie zum frühestmöglichen Zeitpunkt abgeflogen waren. Thorne behauptete zwar, daß es das Dümmste sei, was sie tun könnten, und daß professionelle Killer nur nachts arbeiteten, aber Nick hatte darauf bestanden, seine Familie zu warnen. Da das Telefon ausgeschaltet war, war ihnen nichts anderes übriggeblieben, als hinzufliegen. Schließlich konnten sie ja nicht gut bei der örtlichen Polizei anrufen und darum bitten, ihre Warnung weiterzugeben.

Jake trug eine Sonnenbrille und eine Baseballmütze und tat sein Bestes, sich unsichtbar zu machen. Er wartete vor der Tür, während Thorne sich um einen Leihwagen kümmerte und Nick aufgeregt hin und her lief.

Endlich erschien Thorne mit den Autoschlüsseln, und sie folgten ihm über den Parkplatz zu einer Gruppe von fünf Leihwagen, vier Escorts und einem Grand Marquis. Thorne war immer für Bequemlichkeit. »Ziehen Sie Ihre Handschuhe an«, befahl er und öffnete mit der Fernbedienung die Tür des Grand Marquis.

»Ich fahre«, sagte Nick und stellte sich Thorne in den Weg. »Ich weiß, wo wir hinmüssen.«

Thorne hielt den Schlüssel fest. »Gut. Dann werden Sie vorne sitzen und mir sagen, wo ich hinfahren soll.«

Nick schüttelte verzweifelt den Kopf. »Aber …«

»Ich werde fahren, Nick«, sagte Thorne einfach. »Sie können mit mir diskutieren, Sie können mit mir kämpfen, aber zum Schluß werde immer noch ich hinter dem Steuer sitzen. Sie sind viel zu nervös, um zu fahren.«

»Wir verschwenden hier unsere Zeit, Leute«, mahnte Jake und kletterte auf den Rücksitz.

Niedergeschlagen fügte sich Nick und setzte sich auf den Beifahrersitz. Als Thorne sich hinter das Lenkrad setzte, sprudelte er bereits seine Wegbeschreibung heraus. »Vom Flugplatz aus links auf die Nokesville Road. Folgen Sie dem Wegweiser nach Warrenton.« Er sah auf die Uhr. »Und um Himmels willen, geben Sie Gas. Das dauert alles viel zu lange.«

Melissa verstand überhaupt nichts. Ihr war schwindlig, ihre Beine gaben nach, und sie versuchte, sich darüber klarzuwerden, ob sie richtig gehört hatte. *Sie gehorcht nicht besonders gerne?*
»Jetzt sind Sie anscheinend verwirrt«, sagte der Mann mit einem seltsamen Lächeln. »Ich werde Ihnen alles erklären. Ich bin hier, um Ihnen Gelegenheit zu geben, das Leben Ihrer Kinder zu retten.«
»Wer sind Sie?« keuchte Melissa.
Der Mann lachte leise. »Alle stellen mir diese Frage. Als ob es darauf ankäme.« Er lächelte. »Wenn Sie möchten, können Sie mich Wiggins nennen.«
Sie war unfähig, sich zu bewegen. »Aber warum ... Was ...« Sie brachte keinen vollständigen Satz heraus.
»Ich weiß, es ist sehr verwirrend«, sagte er entschuldigend. »Aber ich möchte Ihre Kinder wirklich nicht mehr verletzen, als ich es schon getan habe.«
Sie sah mit großen Augen ihr hilfloses kleines Mädchen an.
»Wirklich«, sagte er. »Es wird ihr bald wieder gutgehen. Ich fürchte, ich mußte ein bißchen ruppig mit ihr umgehen, weil sie versuchte wegzulaufen. Aber als ich ihr mein magisches Taschentuch über die Nase hielt, wurde sie ruhig. Sie dürfte wenigstens eine Stunde lang schlafen.«
Melissa wurde totenblaß.
»Wissen Sie, Sie sollten einem so kleinen Mädchen wirklich nicht gestatten, die Tür zu öffnen, wenn es klingelt«, rügte er. »Aber es ist ja nichts passiert. Sie wird gerade rechtzeitig wieder aufwachen, um Nicky und Joshua zu begrüßen, wenn sie aus der Schule kommen.«
Das Zimmer begann sich um Melissa zu drehen, und sie ließ sich

schwer auf das Sofa fallen. Sie machte Anstalten, ohnmächtig zu werden, aber Wiggins war augenblicklich direkt neben ihr. Sein Gesicht war nur wenige Zentimeter von dem ihren entfernt, und sie spürte den Lauf seiner Pistole an ihrer Schläfe.

»Jetzt machen Sie mir nicht schlapp, Melissa. Dazu haben wir jetzt keine Zeit. Wir haben eine Menge zu erledigen, bevor die Jungen nach Hause kommen.«

»Bitte nicht ...«, schluchzte sie.

»Dann können Sie sich Ihre Kinder als Weihnachtsgans vorstellen«, flüsterte er. »Und stellen Sie sich vor, wie schrecklich es sein muß, lebendig tranchiert zu werden.«

»Irgendwas stimmt nicht«, jammerte Nick. »Das spüre ich.«

Für Jakes Augen hatte sich die Landschaft in den letzten zwanzig Minuten nicht verändert. Auf dichte Wälder folgten weitere dichte Wälder, und die Eintönigkeit wurde nur hin und wieder durch ein Haus oder eine Tankstelle unterbrochen. Das ländliche Virginia unterschied sich in nichts vom ländlichen South Carolina oder dem ländlichen Arkansas. Einsamkeit war das hervorstechende Kennzeichen.

Von der Straße Nr. 28 aus nahmen sie die Vint-Hill-Straße zur Straße Nr. 29, und von dort aus ging es nach Warrenton. Danach passierten sie zu viele Abzweigungen und Straßen, als daß Jake noch folgen konnte. Niemand machte sich hier draußen die Mühe, den Straßen Namen zu geben. Es wurde einfach ein Pfosten mit einer Zahl aufgestellt.

Schließlich wichen die Wälder offenen Feldern und sanften Hügeln. Anstelle des Stacheldrahts verliefen nun Steinmauern entlang der Straße, einige in gutem Zustand, andere halb verfallen. Teure Luxusvillen wechselten mit bescheidenen Farmhäusern und kaum bewohnbaren Hütten ab.

»Wie weit ist es noch?« fragte Jake.

»Etwa drei Meilen.«

»Jetzt unterschreiben Sie das«, befahl Wiggins. Sie befanden sich im Elternschlafzimmer, und Melissa saß an ihrem kleinen, antiken Schreibtisch.
»Kein Mensch wird das glauben«, schluchzte sie. Ihre Tränen tropften auf das blaßviolette Briefpapier und verschmierten die Tinte ihres Abschiedsbriefs, der ihren Selbstmord erklären sollte.
Er lächelte. »Sie würden staunen, was die Leute alles glauben. Jetzt machen Sie schnell und unterschreiben Sie. Die Zeit wird knapp. Es ist schon drei Uhr vorbei.«
Aber dieser Brief war vollkommen falsch! Sie haßte und verachtete sich keineswegs, und sie war auch nicht hoffnungslos einsam. Sie liebte ihre Kinder und wurde von ihnen geliebt. Selbst das, was da über Nick stand, war falsch. Zwar war er nicht der beste Ehemann der Welt, aber sie hätte es auch wesentlich schlechter treffen können. Das Ganze ergab überhaupt keinen Sinn.
Wenn sie diesen Abschiedsbrief unterschrieb – dieser Irre hatte ihr jedes Wort diktiert –, was würden dann ihre Kinder von ihr denken, wenn sie älter waren? Sie würden sie ihr Leben lang hassen, weil sie sie im Stich gelassen und ihnen den Schock zugefügt hatte, ihre Leiche zu finden.
»Ich unterschreibe das nicht«, erklärte sie.
Einen Augenblick lang blitzte Zorn in Wiggins' Augen auf, der sich jedoch sofort wieder verflüchtigte und seiner professionellen Ruhe Platz machte. »Gut«, sagte er. »Unterschreiben Sie es nicht. Ich bestehe nicht darauf, daß Sie es unterschreiben.« Er zog das Blatt mit einem Ruck unter ihrer Hand hervor, knüllte es zusammen und steckte es in seine Tasche. Als seine Hand wieder sichtbar wurde, befand sich ein Messer darin. Er ließ es aufschnappen, und eine scharf geschliffene, neun Zentimeter lange Klinge blitzte auf. »Jetzt sagen Sie nur nicht, daß ich Sie nicht gewarnt habe.«
Sie zuckte zusammen und machte sich auf Schmerz gefaßt, aber

als sie ihn aus dem Schlafzimmer auf die Treppe zugehen sah, verfiel sie in Panik. »Wo gehen Sie hin?«

Er verlangsamte seine Schritte nicht und sagte kein Wort.

»O mein Gott!« schrie sie. »Lauren!« Sie sprang von ihrem Schreibtischstuhl auf und rannte hinter dem Killer her. Am Treppenabsatz holte sie ihn ein und versuchte, ihn aufzuhalten, aber er nahm sie gar nicht zur Kenntnis. Sie fiel zu Boden und klammerte sich an seinem Fußgelenk fest, aber er riß sich los.

»Bitte!« schrie sie. »Bitte! Ich werde es tun! Bitte tun Sie ihr nichts.«

»Ich habe es Ihnen gesagt, Melissa«, erklärte Wiggins ruhig und marschierte die geschwungene, teppichbelegte Treppe hinunter. »Ich habe Ihnen gesagt, was passieren wird, aber Sie wollten mir ja nicht glauben.« Mit lärmenden Schritten ging er über das Parkett in der Diele. »Was die Jungen betrifft, werde ich wirklich erfinderisch sein müssen.«

»Nein«, schrie sie. »Ich will es ja tun!« Sie rannte die Treppe hinunter auf ihn zu. »Wenn Sie es wagen, mein kleines Mädchen anzurühren, Sie Scheusal, bringe ich Sie um!«

Als sie noch anderthalb Meter von ihm entfernt war, blieb Wiggins plötzlich stehen, wirbelte herum und hob die Hand wie ein Verkehrspolizist auf einer Kreuzung. Sie kam schlitternd zum Stehen und wäre beinahe gefallen.

Er starrte sie an und hielt ihr das Messer vors Gesicht. »Bitten Sie um eine zweite Chance?«

Sie nickte frenetisch. »Ja.«

»Dann bitten Sie mich darum«, flüsterte er.

»Ich bitte Sie«, flüsterte sie zurück. »Ich bitte Sie um eine zweite Chance.«

Er lächelte. »Dann bitten Sie mich, Ihnen zu gestatten, sich umzubringen.«

Sie versuchte es. »Bitte«, sagte sie mit erstickter Stimme und begann zu weinen. Sie fiel auf die Knie. »Bitte …«

»Sprechen Sie es aus«, verlangte er. »Sonst zerstückle ich Ihr kleines Mädchen gleich hier auf dem Sofa.«
Sie versuchte es noch einmal. Sie versuchte es wirklich, aber die Worte blieben ihr im Hals stecken. »Bitte ...«
»Sprechen Sie es aus!« brüllte er so laut, daß die Gläser im Geschirrschrank klirrten.
Sie war vollkommen hilflos vor Entsetzen. Angst und Trauer überschwemmten sie wie ein reißender Fluß. Schließlich stieß sie krächzend die Worte hervor. »Bitte ... erlauben Sie ... mich umzubringen.«
Wiggins stand über ihr und betrachtete befriedigt sein Werk. Dann beugte er sich zu ihr herunter, legte einen Finger unter ihr Kinn und hob ihr Gesicht an, so daß sie ihm in die Augen sehen mußte. »Gewöhnlich gebe ich keine zweite Chance«, flüsterte er.

»Hier ist es!« schrie Nick. »Der weiße Briefkasten auf der rechten Seite. Das ist meine Einfahrt!«
Thorne blinkte und verlangsamte die Fahrt, um abzubiegen, alles sehr legal und sehr langsam.
»Verdammt noch mal, Thorne, machen Sie schnell!«
»Hören Sie!« knurrte der Fahrer. »Wenn unser Mann schon hier ist, dann werde ich ganz bestimmt nicht wie ein Narr die Einfahrt hinauf- und in eine Falle rumpeln! Es würde sowieso keinen Unterschied machen ...«
Jake sah, wie diese Worte Nick ins Herz schnitten.
»... und wenn er noch nicht da ist, dann brauchen wir uns keine Sorgen zu machen.« Er fuhr am Briefkasten vorbei und begann langsam die lange Einfahrt hinaufzufahren, wobei er ständig nach irgendwelchen Gefahren Ausschau hielt.
»Wessen Bus ist das?« fragte Jake und zeigte auf das Ende der Einfahrt. Auf der Seitenwand des fremden Fahrzeugs stand mit Blockbuchstaben geschrieben: »Mike's Installationsbetrieb«.

Thorne zögerte und hielt. »Das sieht nicht gut aus.«

Es war zwanzig Minuten nach drei, und der Schulbus mit den Jungen würde jede Minute vor dem Haus ankommen.
Diesmal war der Brief kurz und liebevoll. »Auf Wiedersehen.« Sic hatte jedes Familienmitglied einzeln angesprochen, und sie unterschrieb, ohne zu widersprechen. Wenn es um das Leben ihrer Kinder ging, war ihr eigenes ohne Bedeutung.
Wiggins führte Melissa auf den Treppenabsatz über der Diele und drückte ihr das Seil in die Hand. Es war eine Wäscheleine, eine drei Meter lange Schnur mit Nylonüberzug. »Binden Sie das ans Geländer«, befahl er.
Sie bewegte sich mechanisch, so als ob ihre Hände auf einmal viel zu groß wären. Aber zu ihrer Überraschung zitterten sie nicht. Sie hatte Angst, aber sie hatte sich in ihr Schicksal ergeben. Sie tat es für ihre Kinder.
Wiggins sah ihr sehr genau zu.
Sie band den Knoten mit großer Sorgfalt und vergewisserte sich, daß er auch halten würde, obwohl sie befürchtete, daß das Geländer selbst ihrem Absturz nicht standhalten würde. Aber das würde vermutlich nichts mehr ändern. Wenn ihr Genick erst einmal gebrochen war, war alles andere egal.
»Sehr gut«, lobte Wiggins. »Sehen Sie die kleine Schlaufe, die ich am anderen Ende geknotet habe?«
Sie sah ihn fragend an, dann nickte sie.
»Gut. Jetzt müssen Sie ein Stück vom Seil durch diese Schlaufe ziehen, damit eine Schlinge entsteht.«
Sie tat, was er ihr sagte, und sah dann auf, ob er zufrieden war.
»Ein bißchen größer«, verlangte er.
Also machte sie die Schlinge größer. Sie wußte, daß der kleinste Fehler den Tod ihrer Kinder bedeutete. Anfangs hatte sie das bezweifelt, aber jetzt zweifelte sie nicht mehr daran.
Er trat zurück und entfernte sich ein Stück weit von seinem Op-

fer. »Okay, Melissa«, sagte er sanft. »Der Rest ist Ihre Sache.« Damit ging er die Treppe hinunter, um sie von unten aus zu beobachten.

Sie sah ihn an, als ob sie plötzlich nicht mehr wüßte, wer er war. Sie verstand immer noch nicht, warum, aber jetzt mußte sie sich tatsächlich erhängen. Sie hoffte nur, daß es nicht zu weh tun würde. Sie sah das Seil in ihren Händen an, dann schob sie die Schlinge langsam und behutsam über ihren Kopf, so daß der Knoten genau in ihrem Genick saß.

Sie weinte, aber sie war erstaunlich ruhig, als sie vorsichtig, um nicht zu fallen, erst ein Bein, dann das andere über das Geländer schwang. Der hölzerne Sims vor dem Geländer war gerade breit genug, daß Melissas Fersen darauf Halt fanden. Mit beiden Händen umklammerte sie das Geländer in ihrem Rücken so fest, daß ihre Fingerknöchel weiß wurden. Sie sah aus wie die Galionsfigur eines großen Segelschiffes. Unter Tränen sah sie zu ihrem Mörder hinunter.

»Sie machen das großartig, Melissa«, schmeichelte er. Er sprach nun mit sanfter Stimme, die sie erschreckender fand als seinen Zorn. »Sie haben es fast geschafft. Nur noch einen Schritt.«

Sie sah zu ihm hinunter und wollte noch einmal um ihr Leben bitten. Aber in seinen Augen war kein Mitleid. Es gab keine Rettung. Sie wollte sprechen, aber ihre Kehle war wie mit Sand gefüllt. Sie schluckte und versuchte es. »Versprechen Sie mir, daß Sie meinen Kindern nichts tun werden.«

Er stemmte die Hände in die Hüften und schüttelte den Kopf. »Darüber haben wir doch schon geredet.«

»Versprechen Sie es mir.«

Seine Augen wurden schmal, und sein Gesicht verhärtete sich. »Springen Sie endlich, Melissa. Machen Sie ein Ende. Die Jungen werden demnächst zu Hause sein.«

»Schwören Sie!« Ihre Stimme klang wild. Das war keine Bitte mehr, das war eine Forderung.

Er fand es amüsant. Er sah sie an und zuckte die Achseln. »Okay«, sagte er. »Ich verspreche es. Jetzt springen Sie!«
Sie starrte ihn an, als ob sie dieses Ungeheuer mit ihrem Haß töten könnte. Aber als er nicht wegsah, sondern zu ihr hinauflächelte, wußte sie, daß die Schlacht verloren war. Die Standuhr im Wohnzimmer schlug halb vier. Nicky und Joshua mußten jeden Augenblick nach Hause kommen. Sie mußte es endlich hinter sich bringen. *Verzeiht mir*, dachte sie und schob noch einmal die Schlinge in ihrem Genick zurecht. Dann ließ sie los und sprang.

»Er ist da drinnen«, flüsterte Thorne und stieg aus dem Auto. Jake glitt vom Rücksitz und folgte ihm. »Woher wissen Sie das?«
»Weil das die Sorte Wagen ist, die ich nehmen würde, wenn ich ein paar Leichen abzutransportieren hätte. Nennen Sie's Intuition.«
Nick blieb im Auto sitzen, während Jake und Thorne leise den grasbewachsenen Hang zum Haus hinaufschlichen.
»Scheiß drauf«, zischte er. Er glitt hinüber auf den Fahrersitz und rammte das Gaspedal gegen den Wagenboden. Die Hinterräder hinterließen tiefe Furchen im Gras, als der große Wagen vorwärts schoß. Er raste an seinen Partnern vorbei und legte die hundert Meter bis zum Haus in Sekunden zurück. Ohne im geringsten auf Deckung zu achten, sprang er aus dem Auto und rannte die beiden Stufen zur Haustür hinauf. Die Tür war unversperrt, und er lief in Panik direkt in die Diele. »Mel… o Gott!«

In dem Augenblick, als sie sprang, sah Melissa, wie die Tür aufflog, und die Erkenntnis, daß sie gerettet war, traf sie wie ein Blitzschlag. Mitten im Sprung versuchte sie mit einer verzweifelten Drehung ihres Körpers nach dem Geländer zu greifen. Die linke Hand rutschte ab, aber mit der rechten bekam sie eine Geländerstange zu fassen. Sie schlug schwer gegen den Sims und hörte ein splitterndes Krachen. Einen Sekundenbruchteil lang glaubte sie, das Geländer sei gebrochen, aber dann erreichte der betäubende Schmerz in der Schulter ihr Gehirn. Die Geländerstange war auf einmal glühend heiß in ihrer Hand, und als sie spürte, daß ihre Hand abzurutschen begann, sprach sie noch ein Gebet für ihre Kinder.

Nick hatte diesen Mann noch nie gesehen, aber an seinen Augen erkannte er sofort, wer er war. Im Bruchteil einer Sekunde erfaßte er die Situation: der Mörder in der Diele, seine Frau, die oben am Treppengeländer um ihr Leben kämpfte.
Die kleine Lauren stand verschlafen und zerzaust in der Küchentür und sah zu.
Wiggins fuhr wie eine Schlange auf Nick zu. Hätte er auch nur einen halben Meter näher gestanden, wäre Nick im nächsten Augenblick tot gewesen. Aber so hatte er gerade noch Zeit auszuweichen. Er schlitterte über den Boden, und Wiggins änderte die Richtung. Nick sah, daß er mit dem Fuß ausholte, und rollte zur Seite. Im gleichen Augenblick hörte er Laurens Schreckensschrei: »Daddy!« Wiggins' Fuß verfehlte ihn, aber er holte noch einmal zu einem Tritt gegen Nicks Fußgelenk aus. Er trampelte darauf, als ob er eine Kakerlake zerquetschen wolle.
Nick heulte auf vor Schmerz und versuchte, das Bein wegzuziehen, aber der Fuß knickte zur Seite, als ob er nicht zu ihm gehörte. Alles verschwamm vor seinen Augen, dennoch sah er, daß Wiggins zu einem neuen Tritt ausholte, diesmal gegen seinen Kopf.
Wieder schrie Lauren auf.

Thorne bewegte sich mit unglaublicher Geschwindigkeit durch die Diele. Die letzten drei Meter flog er im Hechtsprung auf Wiggins zu, traf ihn mit der Schulter und schleuderte ihn an die gegenüberliegende Wand. Beim Aufprall des Mörders stürzte eine

Vitrine um, und Melissas schönste Töpferarbeiten zersplitterten auf dem Fußboden.

Thorne war sofort wieder auf den Beinen, aber Wiggins war noch schneller. Mit einem Rundschlag trat er dem Neuankömmling die Füße unter dem Leib weg. Als er auf dem Boden aufschlug, war Wiggins auch schon über ihm, und plötzlich sah der Kampf wie ein Ringkampf zwischen zwei Schuljungen aus. Nur wenige Schläge wurden ausgetauscht, und die fast ohne Wirkung, weil beide Männer sich aneinanderklammerten und jeder versuchte, den anderen unterzukriegen.

Jake kam mit gezogener Pistole hereingerannt, packte Nick unter den Achseln und zog ihn aus der Kampfzone. »Hilf meiner Frau«, stöhnte Nick und zeigte nach oben.

Melissa sah aus, als ob sie schwimmen wollte. Sie hing an dem unverletzten Arm, und ihre Beine strampelten hilflos in der Luft herum. *Was, zum Teufel, macht sie da?* fragte sich Jake, aber dann sah er das Seil. »O Gott!«

Die beiden Kämpfer rissen sich voneinander los, und Thornes Kopf flog nach hinten. Ein Blutstrom floß über seine untere Gesichtshälfte. Er konterte mit zwei wilden Haken gegen den Mund des Killers. Ein Zahn flog auf den Boden, und die beiden Männer umklammerten sich wieder.

Jake rannte, immer zwei Stufen auf einmal nehmend, die Treppe hinauf. Als er oben ankam, sah er, wie unnatürlich verdreht Melissas eine Schulter war. Erst jetzt wurde ihm klar, wie verzweifelt ihre Lage war. Wenn sie losließ, war sie tot.

Melissa erkannte Jake sofort. »Du ...« Sie konnte nicht weiterreden. Sie sah die Glock in seiner Hand. »Erschieß ihn!« brachte sie gurgelnd hervor.

Jake antwortete nicht. Er brauchte den Killer lebend, und er betete, daß Thorne sich selbst helfen würde, während er versuchte, das Leben dieser Frau zu retten. Er warf einen kurzen Blick auf den komplizierten Knoten am Treppengeländer und gab den

Gedanken, ihn zu lösen, sofort als hoffnungslos auf. Er lehnte sich über das Geländer, bekam Melissa bei ihrem Hemd zu fassen und hob sie so hoch, daß ihre Füße wieder Halt auf dem Sims fanden.

»Erschieß ihn«, sagte sie, kaum daß sie wieder Luft bekam.

Er half ihr, über das Geländer zu klettern. »Das geht nicht«, antwortete er.

Ein lautes Krachen ließ ihn wieder nach den beiden Kämpfern sehen. Thorne und Wiggins brachen auseinander, und beide flogen rückwärts auf den hölzernen Fußboden. Thorne landete zwischen den Scherben.

Wiggins landete auf Lauren.

»Mamiii!!!«

Wiggins riß die Kleine hoch. Mit einem Arm umklammerte er ihre Taille so fest, daß ihr Kopf rot wurde. Mit der anderen Hand zog er seine Beretta und drückte den Lauf an Laurens Schläfe.

Melissa und Nick schrien auf. »Nein!«

Auf dem Fußboden rollte Thorne sich auf die Seite, in seiner Hand blinkte etwas Silbernes, und eine Flamme blitzte an der Mündung seines großen Fünfundvierziger-Revolvers. Der Schuß ließ das Haus erbeben und trennte Wiggins' rechte Hand mit der Pistole vom Arm. Finger flogen wie Hobelspäne durch die Luft, und die Beretta fiel auf das polierte Parkett der Diele. Die Gewalt des Schusses warf Wiggins mit ungeheurer Kraft gegen die Wand, aber er hielt das Mädchen eisern fest. Es schwankte wie eine Puppe in seinem Arm.

Jake flog die Treppe hinunter, während Thorne sorgfältig zielte, um den Killer endgültig zu erledigen. »Um Gottes willen, nein!«

Als der Schuß krachte, schlug Jake gegen den Lauf. »Wir brauchen ihn lebend, verdammt noch mal!«

»Geh mir aus dem Weg«, brüllte Thorne und wollte wieder zielen.

Aber es war zu spät. Wiggins hatte Lauren mit dem Armstumpf

umklammert und malte entsetzliche rote Streifen auf ihren rosafarbenen Overall. Sie hielt sich aufrecht und still in seinem Arm, ihre Füße baumelten vor seinen Knien, und die Spitze seines Messers bohrte sich unter ihrem Kinn gerade tief genug in die Haut, daß ein wenig Blut sichtbar wurde.

»Wirf das Ding weg, oder ich schneide ihr die Kehle durch«, befahl er.

Thorne hielt den Revolver weiter auf ihn gerichtet. »Als ob mir das nicht egal wäre«, brüllte er. »Schneid ihr ruhig die Kehle durch. Es wird mir ein Vergnügen sein, dein Gehirn auf dem Fußboden zu sehen.«

»O Gott, nein!« schrie Melissa auf.

Nick hatte sich wieder aufgerappelt und stand auf dem unverletzten Fuß. »Thorne!« schrie er. »Wirf um Gottes willen die Pistole weg. Das ist meine Tochter!«

»Dann mach eine neue. Ich bring den Kerl um.«

Wiggins lächelte und ging rückwärts aus der Diele in die Küche. »Möchtest du direkt durch sie durchschießen, du Angeber?«

Thorne zuckte die Achseln. »Wenn ich muß.«

Jake wußte nicht, was er tun sollte. Er hatte nicht den geringsten Zweifel, daß das kleine Mädchen Thorne vollkommen gleichgültig war. Er ging ebenfalls mit gezogener Waffe hinter Thorne her. Der Killer bewegte sich rückwärts durch die Küche in Melissas Werkstatt.

»Töten Sie ihn nicht«, flüsterte Jake in Thornes Ohr. »Wenn Sie ihn töten, ist alles vorbei. Dann haben wir nicht einen einzigen richtigen Beweis. Deshalb sind wir doch hier, haben Sie das vergessen?«

»Gehen Sie mir aus dem Weg, Jake.«

Melissa und Nick kamen hinter ihnen her und stützten sich gegenseitig, so gut sie konnten. »Nick«, jammerte sie. »Sag ihm, daß er aufhören soll.«

Thorne ließ sein Ziel nicht aus den Augen. »Tun Sie mir einen

Gefallen, Nick«, zischte er. »Halten Sie Ihre Frau unter Kontrolle.«
»Verdammter Kerl!« schrie Melissa. Sie rannte vorwärts, stellte sich so vor Thorne, daß er nicht schießen konnte, und stand nun Auge in Auge mit Wiggins da.
»Melissa, nein!« brüllte Nick in Panik.
»Bitte lassen Sie sie los«, flehte sie. »Ich habe es versucht ...«
Aber Wiggins war weg. Das um sich schlagende, weinende kleine Mädchen immer zwischen sich und seine Verfolger haltend, war er durch die Glastür von Melissas Werkstatt ins Freie geschlüpft.
»Gehen Sie mir aus dem Weg!« brüllte Thorne Melissa an, die ihm den Weg verstellen wollte.
»Er wird sie töten!« schrie sie. Sie hielt Thornes Jacke mit beiden Händen fest. »Lassen Sie ihn laufen!«
Thorne versetzte ihr einen Schlag, der sie zu Boden warf. Jake stand da und sah entsetzt zu. Er sah, wie Nicks Frau mit der verletzten Schulter auf dem Boden aufschlug, und hörte, wie sie vor Schmerzen aufschrie. Nick warf ihm einen haßerfüllten Blick zu und hinkte hinüber, um ihr zu helfen. Jake starrte einen Augenblick lang vor sich hin. Die Wut seines Freundes traf ihn hart, aber er wußte nichts zu sagen. Er eilte hinter Thorne her in den Garten.

Kapitel 46

Hinter dem Haus lag eine Rasenfläche, an die sich der Wald anschloß, niedriges Gebüsch zuerst, gefolgt von einem dichten, leuchtend bunt gefärbten Laubwald.

Auf der linken Seite bemerkte Jake eine Bewegung und sah gerade noch, wie Thornes Rücken im bunten Laub verschwand. Er rannte so schnell er konnte hinterher. Die Sonne stand tief am Horizont, schmale Lichtstreifen fielen durch die Blätter und zeichneten ein verwirrendes Mosaik auf den Waldboden. Jake hatte Mühe, Thorne nicht aus den Augen zu verlieren. Von Wiggins war keine Spur zu sehen.

Als Thorne stehenblieb, war Jake augenblicklich an seiner Seite. »Wo sind sie?«

Thorne bedeutete ihm, still zu sein, und suchte mit den Augen den Wald nach Bewegungen ab. »Ich habe ihn gesehen«, flüsterte er. »Er muß hier sein.«

Jake erschauerte. Wo konnte Wiggins sein? So groß war sein Vorsprung nicht. »Hier!« Jake zeigte auf den Boden. »Ist das nicht Blut?«

In der Ferne hörten sie Melissas klagende Stimme. »Lauren! Lauren, mein Schatz, wir kommen!«

Weiter vorn hörten sie das erstickte Schreien eines Kindes. Gemeinsam folgten sie der Blutspur in die Richtung, aus der das Geschrei gekommen war, immer auf weitere Geräusche lauschend.

»Lauren!« Das war Nicks Stimme, und sie kam näher.

Bald öffnete sich der Wald zu einer Lichtung, in deren Mitte eine verfallene Scheune stand. Jake und Thorne blieben im Schatten der Bäume stehen.

»Was meinen Sie?« flüsterte Jake. »Ob sie in der Scheune sind?«
Thorne schüttelte den Kopf. »Er ist zu schlau, um sich in so eine Sackgasse zu begeben ...«
»Aber warum ...«
Ein Rascheln im Laub, nur wenige Zentimeter von ihnen entfernt, ließ beide Männer herumfahren. Ihre Pistolen waren auf das entsetzte Gesicht der kleinen Lauren gerichtet. Sie schrie auf, aber trotz ihrer fünf Jahre verstand sie die unausgesprochene Frage. »Er hat mich fallen lassen!« rief sie.
Im nächsten Augenblick sah Jake Stahl aufblitzen. Wiggins brach aus dem Laub hervor und ließ sein Messer in weitem Bogen niedersausen. Jake riß den Arm hoch, aber er konnte den Stoß nicht ganz abfangen. Das Messer fuhr über seine Rippen und hinterließ eine lange Fleischwunde. Er taumelte zwischen die Blätter in Deckung.
Die Schnelligkeit des Angriffs hatte Thorne überrumpelt, aber dann reagierte er blitzschnell. Er versetzte Wiggins zwei wuchtige Schläge, einen auf den Armstumpf, den anderen ins Gesicht. Der Killer stürzte hart zu Boden, rollte aber sofort wieder auf die Füße. Da schien er zum ersten Mal zu bemerken, daß seine rechte Hand fehlte. Er starrte seinen Armstumpf an, und im gleichen Moment streckte ihn Thorne mit einem Kinnhaken nieder.
Thorne war außer sich vor Wut. Er riß sein Opfer vom Boden hoch und versetzte ihm noch einen Schlag. »Wer bist du, du Scheißkerl?«
Der Mann antwortete nicht, und Jake war nicht sicher, ob er nicht bereits tot war.
Thorne trat ihm voller Wut gegen die Eier. Der Fremde gab einen gurgelnden Laut von sich und krümmte sich zusammen, aber Thorne schleuderte ihn mit einem Tritt ins Gesicht zurück.
»Hör auf!« schrie Melissa, die mit Nick am Rand der Lichtung auftauchte.

»Wie heißt du, du Arschloch?« brüllte Thorne und holte zu einem neuen Fußtritt aus.
»Wiggins!« antwortete Melissa und rannte auf ihre Tochter zu. »Er hat mir gesagt, daß er Wiggins heißt.«
Thorne schüttelte den Kopf. »Ich will es von ihm selbst hören.«
»Nicht hier!« schrie Nick. Er war hin und her gerissen, ob er zu seiner Frau laufen oder sich Thorne entgegenstellen sollte. Sein Gesicht war grau vor Schmerz und Angst, aber er entschied sich für das letztere. »Nicht vor den Augen meiner Tochter, Thorne!«
Thorne sah ihn voller Abscheu an. »Ist Ihnen klar, was diese Ratte vorhatte?«
Jetzt griff Jake ein. »So war das nicht geplant«, sagte er und sah das verstörte kleine Mädchen an, das an einen Baumstamm gelehnt dasaß und die Arme um die Knie geschlungen hatte. Blut tropfte vom Kinn über ihren Hals, Melissa kauerte neben ihr und wischte das Blut mit ihrer unverletzten Hand ab. »Bleiben wir bei unserem Plan.«
Thorne lachte laut und empört. »Plan? Was für ein Plan? Sie haben keinen Plan, Jake!«
Jake spürte, wie ihm das Blut ins Gesicht schoß. »Wir waren uns doch einig ...«
»*Wir* waren uns über gar nichts einig!« erklärte Thorne. »*Sie* hatten die schwachsinnige Idee, daß unser Mr. Terminator hier freiwillig alles ausspucken wird, wenn wir schön bitte sagen.«
»Aber meine Tochter ...«, flehte Nick.
»Was soll mit ihr sein? Bringen Sie sie hier weg. Ich halte Sie nicht auf!«
Nick schluckte hart und sah zu seiner Frau und seiner Tochter hinüber. Dann flüsterte er: »Sie dürfen das nicht hier machen. Ich will nicht so weit in diese Sache hineingezogen werden. So war das nicht ausgemacht.«
Thorne biß wütend die Zähne zusammen. Es fiel ihm schwer, seinen Zorn unter Kontrolle zu bringen, und als er endlich

sprach, zitterte seine Stimme. »Sie stecken bis über die Ohren in dieser Sache drin, Nick. Machen Sie sich nichts vor!« Er hob den Zeigefinger und senkte die Stimme. In seinen Augen brannten Ärger und tiefe Verachtung. »Jetzt tun Sie sich selbst einen Gefallen und denken lange und sorgfältig nach, bevor Sie weich werden, verstanden?« Er wartete, bis seine Worte ihre Wirkung taten. »Am besten gehen Sie und Ihre Frau jetzt zum Haus zurück und räumen auf. Jake und ich werden erledigen, was es hier noch zu erledigen gibt, und morgen früh können Sie Ihrem Kind erklären, wie realistisch Alpträume sein können.« Er schwieg wieder eine Weile. »Sie haben jetzt ein Geheimnis, Nick, und ich erwarte, daß Sie es für sich behalten. Jetzt machen Sie, daß sie hier wegkommen. Suchen Sie sich ein Hotel, wie Sie es vorhatten, und sehen Sie zu, daß es eine Million Meilen von hier entfernt ist.«

»Aber wenn jemand Sie sieht?«

Thorne dachte über diese Frage nach. »Was ist in der Scheune da drüben?« fragte er.

»Das ist nur ein Lagerschuppen«, sagte Nick, und Thorne begann sein Opfer dorthin zu schleifen.

»Sie kommen mit mir, Jake!« rief er über die Schulter.

Jake beachtete ihn nicht und trat zu seinem alten Freund. In der Ferne hörte er Kinderstimmen, die nach ihrer Mutter riefen. »Sind das deine Jungen?«

Nick nickte. »Sie werden gerade nach Hause gekommen sein.«

Jake nickte zurück. Er wußte nicht, was er sagen sollte. »Sieh mal, Nick ...«

»Es ist, wie es ist, Jake. Lassen wir es dabei bewenden.«

Jake stand schweigend da. Er wollte etwas sagen, aber er war unfähig, auch nur ein Wort hervorzubringen. Endlich krächzte er: »Okay, Nick. Ich danke dir, und es tut mir so leid.«

Nick sah weg. »Ich bin froh, daß ich meinen Teil beitragen konnte. Aber jetzt tu uns allen den Gefallen und bring diese Sache zu einem Ende.«

»Wegen deiner Frau ...«

»Bring diese Sache zu irgendeinem Ende, Jake. Die Sorge um meine Frau kannst du mir überlassen.«

Der Anblick erzeugte bei Jake Übelkeit. Wiggins saß kerzengerade in der Mitte der staubigen Scheune, und Thorne befestigte seinen Hals mit Isolierband am Mittelpfosten. Mit Hilfe eines alten Lappens und eines Schraubenziehers hatten sie dem Berufsmörder einen Druckverband um sein rechtes Handgelenk angelegt, damit er nicht verblutete. Aus seiner zerschmetterten Nase rannen Blut und Schleim in Strömen. Nachdem er den Hals des Mannes ausreichend befestigt hatte, schnürte Thorne ihm die Arme oberhalb der Ellenbogen ebenfalls mit Isolierband hinter dem Pfosten zusammen.

»Du nennst dich also Wiggins«, knurrte Thorne bei seiner Arbeit. »Aber was ich wissen will, ist, für wen du arbeitest und warum. Jede kleine Einzelheit.« Er riß das letzte Stück Isolierband ab und warf die Rolle weg. »Das wird sehr vergnüglich werden.«

Jake hatte Thorne noch nie so angeregt und amüsiert gesehen.

»Für wen arbeitest du?« Thorne wartete nicht einmal lange genug, daß der Mann hätte antworten können, wenn er es gewollt hätte, bevor er ihm mit dem Handrücken ins Gesicht schlug, so daß rote Tropfen durch die Luft wirbelten.

Jake drehte sich der Magen um, und er wollte wegsehen, aber da geschah etwas Erstaunliches. Wiggins lächelte. Seine Zähne, oder das, was davon noch übrig war, waren rot vom Blut, aber diese Bestie schien die Szene lustig zu finden.

Das erbitterte Thorne erst recht, und er versetzte dem Gefesselten einen wütenden Tritt gegen den Armstumpf. Wiggins' Gesicht verzog sich vor Schmerz, aber als das Schlimmste vorbei war, war auch das Lächeln wieder da.

»Lieber Gott, Thorne«, stöhnte Jake. »Ist *das* Ihre Lösung? Wollen Sie ihn einfach totschlagen?«
Thorne war bereit zu einem neuen Hieb, aber er wandte den Kopf zu Jake um. »Das liegt ganz bei ihm. Er muß nicht sterben. Sowie er anfängt zu reden, höre ich auf.«
Wiggins lachte tatsächlich, was ihm einen Tritt in die Rippen einbrachte.
Es war ein widerwärtiger Kreislauf. Wiggins' Willenskraft schien durch die Schläge immer mehr zu wachsen, und er weigerte sich, die einzige Möglichkeit wahrzunehmen, die Quälerei zu beenden. Und je mehr er aushielt, desto bösartiger wurden Thornes Angriffe.
Schon nach drei Minuten begann Jake Mitleid mit der Bestie zu haben. Aber dann mußte er an Travis denken, und er stellte sich vor, was für Qualen sein Sohn hatte ertragen müssen. Er dachte daran, daß dieses Vieh Carolyn in ihrer Zelle aufgehängt hatte, und er beschwor Bilder vom Kummer der Eltern des kleinen Mädchens im Krankenhaus herauf. Das Kind hatte mit dieser ganzen Sache nichts zu tun gehabt, außer, daß es das Unglück gehabt hatte, zur gleichen Zeit krank zu werden wie ein fremder Junge am anderen Ende des Korridors.
Die Wut, die Jake in sich erweckte, reichte aus, um Thorne noch eine Minute lang weitermachen zu lassen, aber schließlich fand er es zwecklos. Er zermarterte sich verzweifelt das Gehirn nach einer anderen Lösung. Die Gleichgültigkeit des Mannes war einfach erbitternd. Sein Leben lag in ihren Händen, und dennoch stand in seinen zerschlagenen, verschwollenen Augen nichts als Verachtung.
Als er so dastand, hatte Jake plötzlich eine Erleuchtung. Es wurde ihm klar, daß in diesem Willenskampf zwischen zwei Männern, die von Berufs wegen anderen Schmerzen zufügten, nicht derjenige gewann, der am Ende des Tages noch atmete, sondern derjenige, der seinen Gegner um das Vergnügen brachte, den an-

deren zusammenbrechen zu sehen. Männer wie diese beiden hatten zu oft zu viel Schmerz zugefügt, um sich selbst dem Schmerz zu beugen. Schmerz erschreckte sie nicht mehr, und der Gedanke an den Tod ebensowenig.

Aber wovor fürchteten sie sich dann?

Verzweifelt suchte er mit den Augen das Innere der Scheune nach einer Antwort ab. An der gegenüberliegenden Wand war Werkzeug aufgereiht. Werkzeug für Holzarbeiten, für Installationen und zum Malen. Dort gab es nichts Brauchbares. Aber auf der rechten Seite war ein schmales Regal, das mit allen möglichen Chemikalien vollgestopft war. Die Etiketten waren ihm zugewandt, die Warnungen vor gefährlichen Nebenwirkungen waren klar erkennbar. Er wollte schon wegsehen, aber dann kam ihm eine Idee. *Das ist es!*

»Aufhören«, befahl Jake, und Thorne, der gerade zu einem Schlag ausholte, hielt inne.

»Halten Sie sich hier raus, Jake«, sagte Thorne. »Wenn Sie das nicht aushalten ...«

»Halten Sie den Mund. Jetzt bin ich dran.«

»*Sie* sind dran?« Der Gedanke war unvorstellbar.

»Ja. Ich bin dran. Er hat versucht, *meine* Familie umzubringen. Jetzt kommt meine Rache. Schlechter als Sie kann ich es auch nicht machen, nicht wahr, Thorne?«

Der gefesselte Mann brachte es fertig zu grinsen.

Thorne zögerte, dann zuckte er die Achseln und trat zurück.

Jake ging an dem Gefesselten vorbei zum Regal mit den Chemikalien. Dort mußte zu finden sein, was er brauchte. »Ich sehe das so, Freundchen«, sagte er zu Wiggins' Rücken und stöberte zwischen den Behältern herum. »Der Tod wäre die Goldmedaille für Sie. Schmerzen geilen Sie nur auf. Das ist zwar krank, aber so ist das anscheinend, wenn man davon lebt, Frauen und Kinder zu ermorden.«

Er suchte weiter zwischen den Chemikalien herum. Er nahm eine

Flasche mit Insektenvertilgungsmittel in die Hand, aber dann stellte er sie zurück. Ah! Er hatte gefunden, was er suchte. Nun brauchte er noch einen Lappen.

»Mit dem verstümmelten Arm dürften Sie für Ihr Geschäft wohl nicht mehr taugen«, fuhr er fort. »Wenn sich diese Geschichte in Ihren Kreisen erst einmal herumspricht, wird es ziemlich schwierig für Sie werden.«

»Was, zum Teufel, machen Sie da«, schnauzte Thorne.

Hier ist einer. Jake hatte einen alten Lappen gefunden. »Jetzt passen Sie auf.« Er brauchte auch noch Handschuhe, und er fand sie gleich neben dem Lappen.

Er schlenderte zu dem Gefangenen zurück und ließ sich vor ihm auf die Knie nieder. »Wie verschwenden hier nur unsere Zeit. Sie verlassen sich darauf, daß Sie lange genug durchhalten, bis Thorne Sie endlich totschlägt. Dann sind Sie alle Sorgen los und können auch noch in der Hölle damit angeben. Habe ich recht?«

Wiggins starrte ihn mit seinen geschwollenen Augen trotzig an.

Jake streifte die schwarzen Gummihandschuhe über und öffnete die braune Glasflasche. Ein schwacher Geruch nach faulen Eiern erfüllte die Luft.

Er hielt die Flasche hoch und zeigte Wiggins das Etikett, so wie ein Weinkellner eine gute Flasche Wein vorweist. »Schwefelsäure«, erklärte er. »Großartig zum Reinigen von Beton, aber man muß sie verdünnen, sonst brennt sie wie die Hölle.«

Er neigte die Flasche und kippte einen Tropfen der klaren, konzentrierten Flüssigkeit auf Wiggins' Hosenbein. Der Stoff begann augenblicklich, sich aufzulösen, und der Gestank nach faulen Eiern wurde unerträglich. Die Säure brannte ein Loch von der Größe eines Zehnpfennigstücks in Wiggins' Oberschenkel, und der Geruch nach verbranntem Fleisch mischte sich mit dem Schwefelgestank.

Die Augen des Mannes waren aufgerissen.

Jake lächelte. »Der Tod ist zu leicht für Sie und bedeutet Ihnen

nichts. Nachdem Sie mit meinem Sohn fertig waren, sind Sie wahrscheinlich rausgegangen und haben eine Pizza gegessen.«
Der Gedanke daran brachte Jakes Hände zum Zittern. Wiggins sah es und grinste.
»Meine Hände?« fragte Jake. »Sie finden das witzig? Ein Zeichen von Schwäche?« Er lächelte. »Sie haben recht. Ich war noch nie ein Killer. Selbst der Gedanke, einen so wertlosen Schurken wie Sie zu töten, dreht mir den Magen um.«
Das war mehr, als Thorne ertragen konnte. »Um Himmels willen ...«
»Halten Sie den Mund, Thorne!« brüllte Jake. Der plötzliche Ausbruch ließ Wiggins zusammenfahren. Jake wandte sich wieder seinem Gefangenen zu. »Wir beide passen nicht zusammen, Wiggins. Ich habe keine Lust, Sie zu töten, und Sie würden gerne sterben.« Er kam so dicht an den anderen heran, daß er seinen blutigen Atem riechen konnte, und flüsterte: »Wenn Sie nicht reden, werde ich dafür sorgen, daß Sie weiterleben müssen.«
Wiggins warf Thorne einen Blick zu, der sagte: *Dieser Kerl ist verrückt.*
»Sie haben recht«, sagte Jake und beantwortete seine Gedanken. »Ich bin wirklich nicht mehr Herr meiner Sinne. Und jetzt mache ich Ihnen mein einziges Angebot. Sie haben gespürt, wie dieses Zeug brennt. Die nächste Ladung geht in Ihre Augen.«
Er schwieg eine Weile, um seine Drohung wirken zu lassen. »Ein einziger Spritzer, und es ist vorbei. Zehn Sekunden später sind Ihre Augäpfel verbrannt, und wir sind fertig. Wir lassen Sie einfach laufen.«
Wiggins sah mit entsetzten Augen auf Thorne. Jake fing den Blick auf und lächelte. Er hatte gewonnen. »Stellen Sie sich vor, was es bedeutet, blind zu sein. Sie könnten Ihre Opfer nicht mehr finden, selbst wenn Sie zwei Hände hätten, um sie zu töten.«
Es bereitete Jake echten Genuß, das Entsetzen in Wiggins' Gesicht zu sehen. Dieser atmete hastig, und seine roten, verschwol-

lenen Augen schossen zwischen Jakes Gesicht und der Flasche hin und her.
»Also gut. Fangen wir mit etwas Leichtem an. Für wen arbeiten Sie?«
Der Mann sagte nichts und sah Thorne an, ob der nicht vielleicht doch wieder anfangen würde, auf ihn einzuschlagen. Er war offensichtlich in Panik.
»Sehen Sie nicht ihn an, sondern mich«, knirschte Jake mit kalter Wut. »Jetzt kommt der Countdown. Bei Null gehen die Lichter aus. Fünf ...«
Der Killer sah mit wachsendem Entsetzen, wie Jake den Lappen mit der Säure tränkte. Dabei fielen einige Tropfen auf Wiggins' Hose und brannten augenblicklich ebenso viele Löcher in seine Beine.
»... vier ...«
Der Lappen war nun ganz vollgesogen und begann sich aufzulösen. Jakes Hand näherte sich langsam dem Gesicht seines Opfers. Der Schwefelgeruch trieb ihm Tränen in die Augen.
»... zwei ... eins ...«
»Frankel!« Wiggins schrie den Namen, so laut er konnte, damit Jake ihn auch wirklich hörte. »Peter Frankel hat mich dafür bezahlt!«
Der Lappen war nur noch zwei Zentimeter von seinem Gesicht entfernt, und Wiggins schloß fest die Augen. Jake hielt den Lappen noch einige Sekunden lang vor den Augen des Mannes fest und ließ ihn den Gestank einatmen. Dann erst zog er die Hand zurück.
Selbst Thorne sah entnervt aus, als Jake sich zu ihm umdrehte. »Okay, Thorne, ich glaube, jetzt wird er reden.«

Wiggins redete zwei Stunden lang. Es zeigte sich, daß eine Mauer des Schweigens sich nicht von anderen Mauern unterscheidet. Ist der Riß einmal groß genug, stürzt sie ganz und gar zusammen.

Wiggins sagte ihnen alles, was sie wissen wollten, ohne daß sie noch einmal Hand an ihn legen mußten. Er war ein gebrochener Mann, und Jake wußte, daß *er* derjenige gewesen war, der seinen Willen gebrochen hatte, obwohl er sich nicht darüber im klaren war, ob er darauf stolz sein sollte.

Nachdem Wiggins alles gesagt hatte, was er zu sagen hatte, zog Jake Thorne in eine Ecke der Scheune. »Was machen wir jetzt?«

»Mit ihm?« fragte Thorne.

Jake nickte. »Ja, mit Wiggins oder Dalton oder wer auch immer er ist.« Während der Befragung hatte Wiggins ihnen auch seinen Geburtsnamen gesagt: Clyde Dalton. »Was sollen wir mit ihm machen?«

Thorne warf ihm einen seiner herablassenden Blicke zu. »Was glauben Sie denn? Wir begeben uns zu dritt auf eine Fahrt, und nur zwei kommen zurück.«

Jake hatte schon wieder einen Knoten im Bauch. Er hatte so viele Jahre auf der Flucht vor einer Mordanklage verbracht. *Das kann nicht richtig sein ...*

Thorne deutete seinen Gesichtsausdruck richtig und rollte mit den Augen. »Beruhigen Sie sich, Jake. Sie müssen überhaupt nichts tun. Das ist ganz allein meine Sache.«

Sie hörten ein Geräusch und fuhren herum. Wiggins war weg! Einfach verschwunden! Das Isolierband, mit dem er am Pfosten befestigt war, hing schlaff herunter.

In diesem Sekundenbruchteil konnte Jake nur eines denken: *Wie hält dieser Mann sich aufrecht?*

Thorne stampfte auf den staubigen Fußboden. »Verdammt.«

Beide zogen ihre Pistolen. »Wo kann er hingegangen sein?« fragte Jake.

»Nicht weit«, meinte Thorne mit wütendem Gesicht.

»Gibt es eine Hintertür?«

»Woher soll ich das wissen? Gehen Sie und sehen Sie nach.«

Es war inzwischen dunkel geworden, und die einzige Neonröhre reichte bei weitem nicht aus, um die Ecken der Scheune auszuleuchten. Jake wagte es nicht loszugehen. Irgendwo da vorne lauerte der Tod, vermutlich sein eigener, und er hatte nicht die geringste Neigung, ihm entgegenzutreten.

»Gehen Sie schon«, befahl Thorne. »Ich werde ...« Ein lauter Knall – wie von einem gut getroffenen Baseball – beendete seinen Satz. Aus der Dunkelheit war Wiggins' unverletzte Hand aufgetaucht und hatte den Stiel einer Axt auf Thornes Kopf niedersausen lassen. Thorne brach bewußtlos zusammen. In dem Sekundenbruchteil, den Jake brauchte, um zu reagieren und seine Pistole herumzureißen, holte Wiggins zum zweiten Mal aus, und der Axtstiel krachte gegen den Lauf der Glock, so daß sie in eine dunkle Ecke flog.

Jake sah den dritten Schlag kommen und duckte sich rechtzeitig. Dabei stolperte er über Thornes regungslosen Körper, und als er nach dem Fünfundvierziger-Revolver greifen wollte, stieß Wiggins ihn mit dem Fuß weg. Ein weiterer Schlag mit dem Axtstiel sauste krachend auf den hölzernen Fußboden nieder. Jake, der dem Hieb nur um Haaresbreite ausgewichen war, legte die Arme an den Leib und rollte zur Seite. Aber Wiggins verfolgte ihn, verblüffend schnell und erschreckend stark. Jake, inzwischen auf allen vieren, fand sich bei dem Pfosten wieder, der noch vor wenigen Minuten Wiggins' Marterpfahl gewesen war. Wieder fühlte er den Axtstiel durch die Luft sausen und wich aus, ohne hinzusehen. Die ganze Scheune erbebte, als Wiggins' Keule am Mittelpfosten zersplitterte.

Aber Wiggins gab nicht auf. Seine Keule hatte sich in einen spitzen Dolch verwandelt. Er griff an, doch Jake war nun wieder auf den Füßen und konnte zur Seite springen. Im Zurückweichen entdeckte er eine Heugabel, die in einer Ecke lehnte. Mit einer einzigen fließenden Bewegung ergriff er die Gabel, drehte sich um und hielt sie dem heranstürmenden Wiggins entgegen.

Einen Augenblick lang dachte Jake, daß Wiggins sich durch seine eigene Geschwindigkeit auf die Gabelzinken spießen würde, aber der Mann reagierte schnell und kam nur wenige Zentimeter vor den Spitzen schlitternd zum Stehen.

Er sah Jake lächelnd in die Augen. Das Blut auf seinem Gesicht und in seinem Mund war nicht mehr glänzend rot, sondern braun verkrustet.

»Du hast gewonnen, Donovan«, sagte er und sah die Gabelzinken vorsichtig an. Wenn er auch nur zuckte, würde die Heugabel vorwärts schießen. »Es sieht so aus, als sei ich wieder dein Gefangener.«

Jake wußte, daß sein Angreifer nur Zeit gewinnen wollte. Er heftete den Blick auf das Herz des Mörders und überlegte, wie fest er wohl zustoßen mußte, um es zu durchbohren. Er biß die Zähne zusammen und spannte die Muskeln an.

Wiggins glaubte ein Zögern in Jakes Augen zu sehen. »Möchtest du mich wieder fesseln?«

»Nein danke«, ertönte eine Stimme von hinten. Später, in seiner Erinnerung, kam dieser Sekundenbruchteil Jake unendlich lang und ausgedehnt vor. Thorne stand wieder auf den Beinen und versetzte Wiggins einen heftigen Stoß in den Rücken, und dieser flog, Bauch voran, in die Heugabel.

Jake hielt dem Aufprall stand und sah, vollkommen gelähmt, wie die Augen des Killers sich weiteten und sein Mund sich öffnete und schloß. Wiggins rang nach Luft, aber er hustete nur einen Schwall Blut heraus. Noch einmal sah er Jake erstaunt an, dann brach er zusammen.

»Dieses Scheusal hat mir fast den Schädel gespalten«, erklärte Thorne. Jake kämpfte mit dem Gewicht auf der Heugabel. Seine Arme und Schultern schmerzten vor Anstrengung, aber sie waren wie losgelöst von seinem übrigen Körper. Mehrere Sekunden vergingen. Schließlich ließ er los und stürzte zusammen mit dem Toten zu Boden.

Jake fuhr mit dem Installateurbus hinter Thorne her. Sie kurvten stundenlang durch die Nacht. Auf Asphaltstraßen folgten ungeteerte Feldwege und schließlich schmale Feuerschutzwege im Wald. Als sie endlich hielten, hatte Jake nicht die geringste Vorstellung, wo sie sich befanden. Jedenfalls waren sie weit entfernt von aller Zivilisation.

Thorne kam zu Jakes Autofenster geschlendert. »Na, hat sich Ihr Fahrgast ordentlich benommen?«

Jake sagte nichts. Er fand die Situation nicht im geringsten komisch.

Thorne wies auf die Umgebung. »Dieser Ort ist so gut wie jeder andere. Helfen Sie mir, das Loch zu graben.«

Sie hatten den Toten in eine abgenutzte Wolldecke gewickelt, um ihn aus dem Wald, der zu Nicks Haus gehörte, herauszutragen und hinten in den Installateurbus zu legen. Als sie ihn jetzt aus dem Bus in die kühle Nachtluft zogen, hatte die armeegrüne Decke eine dunkle Kupferfarbe angenommen, und der Geruch des Todes war überwältigend.

Sie arbeiteten schweigend. Das nötige Werkzeug hatten sie aus Nicks Scheune mitgenommen. Sie machten das Loch gerade tief genug, um die Leiche vor Wanderern zu verbergen und hungrige Tiere daran zu hindern, sie wieder auszugraben. Es gab ein schmatzendes Geräusch, als sie Wiggins' Körper in das Erdloch fallen ließen, und Jake kämpfte zum hundertsten Mal in dieser Nacht mit dem Bedürfnis, sich zu übergeben.

Das nächste, worum sie sich zu kümmern hatten, war der Bus. Er war blutverschmiert und zweifellos voller Fingerabdrücke, also mußte er vernichtet werden. Sie fuhren ihn etwa eine Meile weit den Weg zurück, den sie gekommen waren, übergossen ihn mit Benzin aus dem Reservekanister und zündeten ihn an.

Nichts von alledem war so befriedigend, wie Jake es sich vorgestellt hatte. Noch an diesem Morgen hatte er sich so sehr gewünscht, den Mann zu töten, der seine Frau und sein Kind

gequält hatte. Aber jetzt, als er zusah, wie der letzte Überrest dieses Alptraums von den Flammen verzehrt wurde, hatte er nur Schuldgefühle.
Er ging zum Leihwagen zurück, setzte sich auf den Beifahrersitz und schlug die Tür zu. Thorne legte den Gang ein und fuhr langsam den Berg hinunter. Keiner von ihnen sagte ein Wort. Hinter ihnen stand immer noch eine dicke, schwarze Rauchwolke.
»Er wollte Ihre Freunde auslöschen, Jake«, sagte Thorne schließlich. »Er hat versucht, Ihre Familie zu töten. Er hat mich beinahe umgebracht, und er hat Sie beinahe umgebracht. *Wir* haben nichts anderes getan, als die Rechnung zu begleichen.«
Jake starrte immer noch schweigend vor sich hin. Erst jetzt dämmerte es ihm, daß er nun – wenigstens in gewissem Sinn – zu dem geworden war, wofür ihn alle Welt immer schon gehalten hatte.
Er sah auf die Uhr und seufzte. Viertel nach zwei. Ein neuer Tag war angebrochen, und was auch immer geschehen mochte, noch bevor der Monat zu Ende ging, würde alles vorüber sein. Er lehnte den Kopf gegen die Kopfstütze und schlief augenblicklich ein.

Kapitel 47

Carolyn mußte eine korsettartige Rückenstütze und einen harten Plastikkragen tragen, aber damit gestatteten ihr die Ärzte wenigstens, sich aufzusetzen. Die schweren Krampfanfälle hatten erst letzte Nacht eingesetzt, aber seitdem kamen sie in Wellen, die ihren Körper unter kaum erträglichen Schmerzen schüttelten. Die Ärzte wollten ihr ein Schmerzmittel geben, aber sie hatte es abgelehnt. Solange der Killer, der Travis und ihr nach dem Leben trachtete, unterwegs war, wollte sie so wach wie möglich sein.

Gegen drei Uhr morgens geriet ihre Entschlossenheit allerdings ins Wanken, als eine Serie fürchterlicher Muskelkrämpfe sie an den Rand des Wahnsinns trieb. Sie erklärte sich bereit, ein muskelentspannendes Medikament zu nehmen, und seitdem war es einigermaßen erträglich, wenn auch das Problem nicht ganz behoben war.

Im Nacken waren die Schmerzen, wie vorauszusehen, am stärksten, und die Ärzte konnten noch nicht mit Sicherheit sagen, ob sie sich dort einen irreparablen Schaden zugefügt hatte oder nicht. Wenigstens sprachen sie nicht mehr von Querschnittslähmung. Dieser Gefahr war sie mit Sicherheit entgangen.

Am Morgen gab es lauter gute Nachrichten. Die beste von allen war, daß Travis wieder ganz gesund werden würde. Der Schaden an seiner Lunge war doch nicht so verheerend wie ursprünglich befürchtet. Er hatte immer noch eine Menge Wasser in der Lunge, aber dieses Problem würde sich mit der Zeit durch eine Atemtherapie regeln lassen. In einem Monat würde er sich wieder besser fühlen. Und nach drei weiteren Monaten würde sein Zustand wirklich wieder ganz normal sein.

Lieber Gott, ich danke dir, daß du ihn verschont hast. Sie machte sich nicht die Mühe, für sich selbst oder für Jake zu beten. Sie waren daran schuld, daß dem Jungen dieses ganze Elend widerfahren war.

Das Entspannungsmittel hatte ihre Fähigkeit, ihre Gefühle unter Kontrolle zu halten, geschwächt, und sie weinte. Warum gestatteten sie ihr nicht, ihren Sohn zu besuchen? Sahen sie denn nicht ein, daß sie mit dem Versuch, sie zu bestrafen, ein unschuldiges Kind bestraften? Travis brauchte seine Mutter, wie alle Kinder ihre Mutter brauchten. Warum sah diese Frau Rivers nicht, welchen Schaden sie anrichtete? Warum sah sie nicht ein, daß sie Travis' Genesung verzögerte, wenn sie sie von ihm fernhielt?

»Entschuldigen Sie, Mrs. Donovan«, sagte eine Stimme, »sind sie wach?«

Carolyn wußte das selbst nicht so genau, bis sie die Augen öffnete. Im trüben Licht des halbdunklen Korridors sah sie eine junge Krankenpflegerin in der Tür stehen. Neben ihr ein uniformierter Polizist. »Hmm-hmm«, krächzte sie mit ihrer geschwollenen Kehle. »Ja, ich bin wach.«

Die beiden Gestalten kamen auf sie zu, und im ersten Augenblick erschrak sie.

»Ich bin Jan, Mrs. Donovan, von der Intensivstation der Kinderabteilung. Ich möchte Sie zu Travis bringen.«

Als die Sonne in McLean, Virginia, aufging, rappelten sich die Nachrichtenteams nach ihrer ereignislosen Nachtwache vor Senator Albrichts Haus auf. Die Crews für die Morgennachrichten trafen ein, gerade rechtzeitig für die ersten News-Shows. Die rotäugigen Teilnehmer der Nachtschicht durften nun nach Hause gehen, nachdem sie die ganze Nacht vergeblich auf eine dramatische Entwicklung gewartet hatten.

Es gehörte schon viel Einsatz und Ausdauer dazu, bei jeder

Tages- und Nachtzeit unterwegs zu sein, aber auf dem prestigeträchtigen Nachrichtenmarkt von Washington D. C. war es ausschlaggebend, was für ein Gesicht am Morgen auf dem Bildschirm zu sehen war. Dabei spielte es überhaupt keine Rolle, daß die durchschnittlichen Fernsehzuschauer viel zu schlafmützig waren, um dieses Gesicht im Gedächtnis zu behalten.

Clayton Albricht hatte dafür keinerlei Verständnis. Er hatte im Laufe seines Lebens die unterschiedlichsten Jobs gehabt, vom Unteroffizier bei der Armee bis zum Dachteerer für einen Bauunternehmer. Er respektierte jeden Beruf, mit dem man auf ehrliche Weise sein Geld verdienen konnte. Aber er konnte beim besten Willen nicht verstehen, worin der Reiz des Nachrichtengeschäfts bestand. Reporter stellten nichts her und leisteten niemals einen Beitrag zu irgendeiner guten Sache. Statt dessen verdienten sie sich ihren Lebensunterhalt, indem sie jeden Brand schürten und ihr Bestes taten, um die harte Arbeit und das Ansehen anderer in den Schmutz zu ziehen.

Er wandte sich kopfschüttelnd vom Fenster ab. Seine Erschöpfung ließ seine zynische Ader zum Durchbruch kommen. Vielleicht hatte Alba recht, und es war Zeit, die gesetzgeberische Arbeit den jungen Böcken zu überlassen und seine verletzte Seele zu heilen.

Aber vorher mußte er noch seine Reputation retten und eine Rechnung begleichen. Als er zuletzt mit Chris MacDonald gesprochen hatte – das war gestern abend gegen elf gewesen –, hatte dieser ihm berichtet, daß er bereit sei, sich auf Frankel zu stürzen, sowie Clayton das Startzeichen gab. Chris behauptete mit nur wenig Übertreibung, daß er die US-Air-Arena mit Menschen füllen könne, die alles für die Chance tun würden, Frankel zu kreuzigen. Er und sein Stab hatten unzählige Beispiele für Frankels Rücksichtslosigkeit gesammelt und konnten ohne den Schatten eines Zweifels beweisen, daß der Mann ein unglaubliches Arschloch war.

Leider hatten sie niemanden gefunden, der bereit war zu bezeugen, daß er gegen ein Gesetz verstoßen habe.
»Nicht, daß sie nichts dergleichen erlebt hätten«, erklärte Chris. »Sie wollen es nur nicht unter Eid aussagen.«
»Und wenn wir sie vor Gericht aussagen lassen?« fragte Clayton.
Chris lachte. »Sagt Ihnen die Redewendung ›Ich kann mich nicht erinnern‹ etwas?«
Ja, dieser Satz war ihm nur zu gut bekannt. Er hatte ihn sogar selbst einige Male benutzt.
Nun war also ein neuer Morgen angebrochen. Die schrecklichen Gerüchte waren um einen Tag älter, und die Guten waren bei ihrem Versuch, den Mann zur Strecke zu bringen, der an allem schuld war, nicht einen Schritt weitergekommen. Man mußte eben Geduld haben, sagte sich Clayton, und er brauchte dringend noch eine Tasse Kaffee.
Behutsam ging er an seiner schlafenden Frau vorbei. In der Hoffnung, endlich wieder einmal eine Nacht durchzuschlafen, hatte Alba schließlich doch zu einem Schlafmittel gegriffen. Clayton war froh darüber. Sie hatte entsetzlich müde ausgesehen, und er wollte, daß sie sich an diesem Morgen richtig ausschlief. Er hatte vorsorglich die Telefonklingeln im oberen Stock ausgeschaltet, damit sie auch wirklich Ruhe hatte. Alles, was während der Nacht passierte, konnte bis zum Morgen warten.
Auf dem Weg durch die Halle in sein Arbeitszimmer sammelte er den Packen Faxe ein, der sich während der Nacht angesammelt hatte. Viele der Faxe kamen von seinen Senatskollegen, die ihm ihre Unterstützung zusagten. Beim Lesen machte er sich Notizen, um später jedes dieser Schreiben mit einem handgeschriebenen Brief zu beantworten. Nachdem sie gelesen und beantwortet waren, kamen sie in den Reißwolf und wurden zu Konfetti verarbeitet.
Die übrigen Faxe waren zumeist unbedeutender Blödsinn von seinen Wählern. Einige nervöse Anhänger verlangten allerdings

auch Aufklärung über seine Rolle in diesem Skandal. Deren Schreiben hob er auf. Chris würde sie am Abend beantworten.

Die Gummiräder des Rollstuhls rollten lautlos über das glänzende Linoleum, als Jan Carolyn an Travis' Bett brachte. »Er schläft«, flüsterte die Krankenschwester. »Wir haben ihm ein Beruhigungsmittel gegeben. Es wird ihm bald wieder gutgehen.« Sie klappte das Geländer des Bettes herunter und schob Carolyn so nah heran, wie der Rollstuhl es zuließ. »Sie können bleiben, solange Sie wollen.«

Er sah so unglaublich kindlich aus, nur eine kleine Erhebung unter dem gestärkten, weißen Bettuch.

»Mein Kleiner«, flüsterte Carolyn so leise, daß sie selbst es kaum hören konnte. »Du bist ja wirklich fast noch ein Baby.« In diesem Augenblick war er für sie wieder der kleine Junge, der er einmal gewesen war. Die kräftigen, hageren Gesichtszüge wurden wieder weich und kindlich, und der wirre Haarschopf wurde ein blonder Flaum. Das waren ihre glücklichsten Tage gewesen, Tage voll schöner Versprechungen für die Zukunft.

Trotz des Protests der Muskeln in ihrem Genick streckte sie die Hand aus, um eine fettige Haarsträhne von Travis' Stirn zu streichen. Nein, er hatte wirklich nichts Babyhaftes mehr an sich. Nur die langen Wimpern waren geblieben – Bambiwimpern pflegte sie sie zu nennen, wenn sie ihn aufziehen wollte. Er wurde dann fuchsteufelswild …

Die Wimpern flatterten, und die Augen öffneten sich, ganz verschlafen und ohne etwas zu sehen.

»Hallo, mein Schatz«, flüsterte sie. »Ich bin's. Schlaf ruhig weiter.«

Seine Augen schlossen sich wieder, und sie wußte, daß er sie nicht wahrgenommen hatte. Sie wünschte sich so sehr, daß er aufwachte. Sie hatte ihm so viel zu sagen. Aber er brauchte den Schlaf und die Erholung. Sie lehnte sich wieder zurück, um den

Muskeln im Genick Erleichterung zu verschaffen. Behutsam hob sie Travis' Hand von der Bettdecke und küßte sie ganz vorsichtig, um die Infusionsschläuche nicht herauszuziehen. In der gelblichen Dunkelheit betrachtete sie lange seine schlanken Finger. Seine Fingernägel mußten dringend geschnitten werden, und schmutzig waren sie auch. Inmitten all der Sterilität und der technischen Geräte erschienen ihr diese schmutzigen Fingernägel wie ein letztes Überbleibsel der Kindheit ihres Jungen.
Seine Finger bewegten sich in ihrer Hand, ein schläfriger Versuch, sie wissen zu lassen, daß er nun doch wach war. Wieder flatterten seine Augenlider, und es sah so aus, als ob er versuchte zu lächeln, aber er schaffte es nicht. Seine Lippen zogen sich zusammen und legten sich zitternd um den häßlichen, weißen Schlauch, der ihn immer noch seiner Stimme beraubte. Er sah seine Mutter lange an, und sie sah all seine Angst und seinen Zorn in seinem Blick.
»Travis, mein Liebling, es tut mir alles so leid …« Ihre Stimme versagte.
Er kämpfte schwer um seine Selbstbeherrschung. Er drückte die Augen fest zu, und auf seiner Stirn zeigten sich tiefe Falten. Aber es war eine verlorene Schlacht. Tränen quollen hinter seinen Augenlidern hervor und rannen langsam über die blasse, gespannte Haut seiner Wangenknochen. Die Maske der Tapferkeit zerbrach. Er begann am ganzen Körper zu zittern und klammerte sich an die Hand seiner Mutter. Sein Schluchzen, vom Atemschlauch erstickt, klang nur wie ein leises Flüstern im stillen Raum, und das rhythmische Summen der Maschinen ließ sein stilles Weinen noch um vieles mitleiderregender erscheinen.
Sie küßte seine Hand noch einmal und legte die Stirn auf seine Bettkante, ohne auf den Schmerz zu achten, der ihren Nacken durchfuhr. Ihr Kind brauchte sie. Und sie würde so lange an seiner Seite bleiben, bis es wieder lächelte.

Es war fast acht Uhr, als der Senator zögernd die Telefone wieder einschaltete, und innerhalb von zwei Minuten klingelte es auch schon. *Es geht also wieder los*. Er überlegte, ob er überhaupt abheben sollte, aber dann holte er tief Luft. »Hallo?«

»Hi, Clayton«, sagte eine wohlbekannte Stimme vom anderen Ende der Leitung. »Hier ist Harry Sinclair. Ich glaube, in der Sache, von der wir neulich geredet haben, haben wir einen Durchbruch zu verzeichnen.«

Das Herz des Senators übersprang einen Schlag. Er hatte mit seinem alten Freund und Förderer nur über ein einziges Thema geredet, und wenn er nun von einem Durchbruch sprach, mußte es etwas Bedeutsames sein. »Guten Morgen, Harry. Das klingt sehr interessant.«

»Was hast du heute mittag vor?«

Kapitel 48

Thorne hatte noch nicht viel Gelegenheit gehabt, in Washington D. C. herumzufahren, und er hatte Schwierigkeiten, die Adresse in der Connecticut Avenue zu finden. Er mußte mehrfach um den Block kreisen, bevor er schließlich blinkte und in eine enge Einfahrt zwischen zwei Geschäftshäusern einbog.

»Wir sind da«, verkündete er.

Jake hatte nicht einmal gemerkt, daß er hielt. Wortlos hob er die Augen vom Armaturenbrett, das er angestarrt hatte, und sah sich um. Dann streckte er die Hand nach dem Türgriff aus, um auszusteigen.

»He«, sagte Thorne.

Jake hielt inne. »Was?«

»Sie können ganz beruhigt sein. Sie werden gewinnen. Sie können jetzt lächeln.«

Jake sah ihn lange an und überlegte, ob er überhaupt antworten sollte. Wiggins' Tod und das Verscharren der Leiche lasteten immer noch schwer auf seinem Gemüt. Zum Lächeln war er weiß Gott nicht aufgelegt.

»Er war ein Insekt, Jake. Ein Parasit. Und wir haben ihn zerquetscht. Denken Sie nicht mehr daran.«

Jake nickte, nicht, weil er zustimmte, sondern aus Resignation. Langsam stieg er aus dem Wagen und richtete sich auf, als ob er fortgehen wollte, aber dann drehte er sich noch einmal um und beugte sich zu Thornes Fenster herunter.

»Danke, Thorne«, sagte er. »Und sagen Sie auch Harry vielen Dank von mir, wenn Sie ihn sehen.«

Der große Mann hob die Geldtaschen vom Fußraum vor dem Beifahrersitz auf. »Hier, vergessen Sie das nicht.«

Jake winkte ab. »Nein, behalten Sie das. Wie auch immer die Sache ausgeht, ich werde es nicht mehr brauchen.«

»Sind Sie verrückt?« schimpfte Thorne. »Mr. Sinclair will das nicht zurückhaben.«

»Dann sagen Sie ihm, er soll es für irgendeinen wohltätigen Zweck spenden«, sagte Jake. »Ich will es nicht haben.«

Thorne musterte ihn eingehend. Dann zuckte er die Achseln. »Machen Sie, was Sie wollen.« Er legte den Gang ein. »Wenn Sie Sonnenschein sehen, sagen Sie ihr, sie soll uns anrufen, ja?«

»Ganz bestimmt«, antwortete Jake und sah zu, wie der Grand Marquis langsam anfuhr.

Er stieg die Stufen zur Haustür hinauf und atmete tief ein, bevor er auf den Klingelknopf drückte. Instinktiv vermied er es, in die Sicherheitskamera zu sehen, und tat so, als habe er etwas an seinen Schuhen zu untersuchen. Nach ein paar Sekunden summte der Türöffner, und er trat ein.

Nachdem er über die Schwelle getreten war und unbehaglich darauf wartete, daß seine Augen sich an die Dunkelheit im Raum gewöhnten, erkannte er nach und nach, an was für einem wunderbaren Ort er sich hier befand. Es war ein Restaurant, in dem der Duft nach feinen Speisen ebenso opulent war wie die Einrichtung. Wie es für Washingtoner Häuser aus der Gründerzeit typisch war, erstreckte sich auch dieses endlos weit nach hinten, mit einer breiten Treppe auf der rechten Seite der Eingangshalle. Auf der anderen Seite, wo früher einmal Wohnzimmer, Salon, Eßzimmer und Bibliothek gewesen waren, sah er weißes Leinen und exquisites Kristall schimmern.

Er blieb am Eingang stehen und wartete darauf, von irgend jemandem begrüßt zu werden. »Ist hier jemand?« rief er leise.

Ein Mann im Frack tauchte hinter der Treppe auf und ging durch die Halle auf ihn zu. »Guten Tag, Sir«, sagte er fröhlich. »Mr. Donovan, nehme ich an.«

Der Mann schüttelte Jake kräftig die Hand. »Und Sie müssen Eddie Bartholomew sein.«
Eddie nickte. »Ich habe viel von Ihnen gehört, Mr. Donovan.«
»Nennen Sie mich Jake.«
»Und Sie können mich Eddie nennen.« Er führte seinen Gast zum Empfang. »Ich habe mit Mr. Sinclair gesprochen«, sagte er, »und er bürgt für Sie, aber haben Sie bitte trotzdem Verständnis dafür, daß wir hier im Smithville bestimmte Regeln haben.« Er zog eine hölzerne Schublade aus einer Kommode und stellte sie auf die Theke. »Bitte legen Sie Ihre Waffen hier hinein.«
Jake wurde augenblicklich nervös. Thorne hatte ihm im Auto erklärt, daß das Smithville neutraler Boden sei – so eine Art Schweiz in Washington –, aber dieser Eddie Bartholomew war ein widersprüchlicher Typ, gefährlich und doch höflich, kultiviert und dennoch roh. Nichtsdestoweniger sah Jake die Notwendigkeit der Regeln ein und legte seine Glock in die Schublade.
»Zusätzliche Munition bitte ebenfalls«, sagte Eddie. »Das erspart uns einen unbehaglichen Augenblick, wenn wir Sie mit dem Metalldetektor untersuchen.«
»Vertrauen Sie mir nicht?« fragte Jake spöttisch. Er meinte es als Scherz, aber Eddie nahm es ernst.
»Nein, ich traue Ihnen nicht«, sagte er. »Nehmen Sie das nicht persönlich. Ich traue niemandem. Das kann ich mir gar nicht leisten.« Er lächelte.
Jake zog gehorsam zwei Reservemagazine aus der Jackentasche und legte sie zu der Pistole in die Schublade.
»Ist das alles? Kein Messer? Nichts, was am Fußgelenk oder sonstwo befestigt ist?«
Jake schüttelte den Kopf. »Nein, das ist alles.«
Eddie sah überrascht aus, aber er widersprach nicht. »Mr. Sinclair hat mir zugesichert, daß es heute nachmittag keine Gewalttätigkeiten geben wird.«
Jake stellte amüsiert fest, daß der Grund für Eddies freundlich

geäußertes Mißtrauen echte Angst war. »Sie können ganz unbesorgt sein«, versicherte er. »Ich will heute nur reden.« Er sah sich um. »Wo sind Ihre Angestellten?«
Der Restaurantbesitzer zuckte mit den Achseln und legte den Kopf schief. »Sie haben sich alle ein paar Stunden freigenommen. Angesichts der Gästeliste bei Ihrem Treffen schien mir das für alle Beteiligten eine kluge Lösung zu sein. Außerdem hat Mr. Sinclair mir versichert, daß Sie fertig sein werden, bevor die ersten Gäste zum Abendessen eintreffen.«
»Das wird sicher kein Problem sein«, meinte Jake.
Die Antwort schien Eddie zu befriedigen. Er schob die Schublade mit der Pistole in die Kommode und führte Jake um die Treppe herum. »Bitte folgen Sie mir«, sagte er. »Man sagte mir, daß Sie einen Platz benötigen, an dem Sie nicht gesehen werden können.«
Jake murmelte leise vor sich hin: »Das war mein halbes Leben lang so.«

Dieses Mal fuhr Paul. In der Zeit, die sie dazu gebraucht hatten, um mit dem Taxi zum Flughafen nach Dulles zu kommen und dann bei ihrer Ankunft mit dem Bus eine Bushaltestelle zu erreichen, von der aus sie mit einem weiteren Bus zum Leihwagenbüro gelangt waren, hätten sie eigentlich gleich ganz von Arkansas bis hierher mit dem Auto fahren können.
So kurzfristig, wie sie die Aufforderung erhalten hatten, hierherzukommen, konnten sie noch von Glück sagen, daß sie überhaupt einen Flug bekommen hatten. Dazu kam, daß sie nicht die geringste Ahnung hatten, welchem Zweck diese Reise überhaupt dienen sollte. Für Paul war das Ganze ein einziges großes Fragezeichen.
»Ich bin ja froh, daß *du* dir einen Vers darauf machen kannst, Irene«, sagte er, als er den Leihwagen auf der Route 66 durch Arlington steuerte. »Denn ich habe wirklich keine Vorstellung.«

Sie sah zum Fenster hinaus und unterdrückte ihren Ärger über seine langsame Fahrweise. Er fuhr wie ein altes Weib, hielt sich an sämtliche Geschwindigkeitsbegrenzungen und veranlaßte die hinter ihm Fahrenden dazu, ärgerlich auf ihre Hupen zu drücken.
»Was ist daran so schwer zu verstehen? Wenn der Vorsitzende des Justizausschusses einem sagt, man soll zu einem Treffen kommen, dann tut man das eben.«
»Ohne jemandem ein Wort davon zu sagen? So macht man so etwas doch nicht. Lieber Gott, wir haben nicht einmal das hiesige FBI-Büro benachrichtigt.«
Sie zuckte die Achseln und vermied es, ihn anzusehen. »Der Mann ist Senator, und wenn er Geheimhaltung wünscht, dann halten wir uns auch daran.«
»Das verstößt aber gegen sämtliche Vorschriften. Was fällt diesem Senator überhaupt ein, uns Befehle zu erteilen? Ich möchte wetten, daß es etwas mit seiner verqueren Veranlagung zu tun hat, und wenn die Presse davon Wind bekommt, dann geht es uns an den Kragen.«
Daraufhin wandte sie den Kopf. »Nein, Paul. Dann geht es *mir* an den Kragen. Du bleibst im Auto sitzen, das weißt du doch. Im übrigen hat er gesagt, daß es um die Donovans geht. Nachdem ich die Leiterin der Ermittlungen bin, ist es vollkommen korrekt, daß er sich an mich gewendet.«
»Warum will er dann nicht, daß ich bei dem Treffen dabei bin?«
Ihr Gesicht nahm einen gelangweilten, herablassenden Ausdruck an. »Das wird sicher die erste Frage sein, die ich stelle«, stöhnte sie. »Ich vermute, daß er etwas über Frankel ausgegraben hat und daß er über seine Schlußfolgerungen genauso erschrokken ist wie wir.«
Als sie den Potomac überquert hatten, wurde aus der Route 66 die Constitution Avenue, und von dort aus brauchten sie nur noch durch die Einbahnstraßen zur Connecticut Avenue zu fahren, wo Senator Clayton Albricht sie erwartete. So zynisch, wie

Paul reagierte, erwähnte sie ihm gegenüber lieber nicht, daß sie am Telefon zugestimmt hatte, ihre Dienstpistole an der Tür abzuliefern. Sie hatte die Nase voll von seinen Lamentos.

Als Clayton Albricht um fünfzehn Uhr dreißig beim Smithville eintraf, hatten sämtliche Mittagsgäste das Lokal bereits verlassen. Abgesehen von Eddie Bartholomew konnte er auch kein Bedienungspersonal entdecken.
Harry Sinclair hatte Clayton am Telefon versichert, wenn er Irene Rivers dazu bewegen könnte, nach Washington zu kommen, und Peter Frankel dazu brachte, noch einmal zu einem Treffen im Smithville zu erscheinen, dann würde dieser ganze pädophile Blödsinn auf einen Schlag beendet sein. Es war nicht Sinclairs Art, sich bei solchen Gelegenheiten genauer auszudrücken, und Clayton hätte es auch nicht richtig gefunden, die Details am Telefon zu besprechen.
Er wollte sich so nah wie möglich am Eingang niederlassen, um überblicken zu können, wer das Restaurant betrat und wer es verließ, aber Eddie Bartholomew wollte davon nichts wissen.
»Bitte sehr«, sagte er und führte den Senator zu einem großen Tisch für vier Personen in der hinteren Ecke des Raumes. »Hier werden Sie sehr angenehm sitzen.«
Albricht überlegte, ob er widersprechen sollte, unterließ es aber. Eddie schien an diesem Nachmittag ziemlich angespannt zu sein. Er war auch an ruhigen Tagen reichlich nervös, und Albricht wollte ihn nicht bedrängen.
Nach kaum fünf Minuten hörte er, daß die Eingangstür geöffnet und geschlossen wurde, und erkannte die arrogante Stimme von Peter Frankel.

Jake saß, unsichtbar für die anderen, auf der obersten Treppenstufe. Wenn er den Hals verdrehte, konnte er die Beine der ankommenden Gäste erkennen, aber er machte sich nicht die

Mühe. Bald genug würde er sie alle von oben bis unten betrachten können. Es war ihm zumute wie einem Kind, das ein Geheimnis hat und nahe daran ist zu platzen, wenn es nicht bald mit jemandem darüber reden darf.

Als Frankel das Foyer betrat, stieg Jakes Blutdruck. Er konnte es kaum ertragen, die gleiche Luft wie dieser Schurke zu atmen.

Eddie Bartholomew begrüßte Frankel mit großer Zuvorkommenheit. Sie standen an der Theke und tauschten Höflichkeitsfloskeln aus, und als Frankel seine Pistole ablieferte, hörte Jake das berühmte Fernsehlachen in seiner Stimme.

Nur noch ein paar Minuten, sagte sich Jake. *Dann wird dir das Lachen schon vergehen.*

»Bist du sicher, daß es hier ist?« fragte Paul ungläubig, als er rückwärts in die enge Einfahrt hineinfuhr. »Es steht gar nichts angeschrieben.«

Irene sah noch einmal in ihre Notizen. »Es ist die richtige Adresse.«

Er schüttelte den Kopf. »Ich muß dir sagen, Boß, ich habe wirklich kein gutes Gefühl.«

Sie zuckte mit den Achseln, obwohl ihr die Sache auch nicht geheuer war. »Nun ja, wenn es das falsche Haus ist, bin ich gleich wieder da.« Sie öffnete die Wagentür.

»Ich bleibe in der Nähe, für den Fall, daß du mich brauchst«, sagte er.

Als sie die Stufen zum Eingang hinaufstieg, witterte sie Gefahr, und sie prägte sich jede Einzelheit der Umgebung ein. In dieses Haus war viel Geld investiert worden. Sie drückte auf den Klingelknopf und wartete geduldig, obwohl sie von innen kein Klingeln hörte. Um es demjenigen leichtzumachen, der den Sicherheitsmonitor überwachte, sah sie direkt in die Kamera. Sie unterdrückte das Bedürfnis, die Hand auf den Griff ihrer Pistole zu legen. Die Sicherheitsvorkehrungen zeugten von einem

gewissen Verfolgungswahn, und sie wollte niemanden noch nervöser machen, als er es ohnehin schon war.
Endlich summte der Türöffner, und sie stieß die Tür auf. Eddie trat ihr mit lächelndem Gesicht entgegen. »Mrs. Rivers?«
Sie nickte. »*Agent* Rivers, ja. Ich möchte mich hier mit jemandem treffen.«
Eddie bat sie herein. »Natürlich, mit Senator Albricht. Wir haben Sie erwartet, Ma'am. Sie haben von unseren Sicherheitsvorkehrungen gehört?«
Sie nickte wieder. Zögernd löste sie die Smith & Wesson vom Rockbund und legte sie auf die Theke.
Eddie untersuchte Irene rasch mit dem Metalldetektor, dann bat er sie weiterzugehen. »Bitte kommen Sie herein. Die anderen erwarten Sie.«
Die anderen? dachte sie. *Ist da mehr als einer?*
Der Senator saß mit dem Gesicht zum Eingang, und als sie hereinkam, erstrahlte sein Gesicht. »Herzlich willkommen«, sagte er und erhob sich.
Sie waren sich noch nie begegnet, sie kannte ihn nur aus den Fernsehnachrichten. Aber der andere Mann, der ihr den Rücken zugewandt hatte, kam ihr bemerkenswert bekannt vor. Als Frankel sich auf seinem Stuhl herumdrehte, um den Neuankömmling zu begrüßen, spiegelte sich in seinem Gesicht der gleiche Schock wider, den auch Irene empfand.
»Was machen Sie denn hier?« fragten beide im Chor.

Jake saß auf der Treppe und wartete auf den richtigen Augenblick herunterzukommen. Die plötzlich laut werdenden Stimmen erschreckten ihn zuerst, aber dann mußte er lächeln und stellte sich vor, was wohl in den Köpfen der anderen vorging. Wenn sie jetzt schon überrascht waren, dann würden sie in einer halben Minute erst recht staunen.
Er holte tief Luft und konzentrierte sich auf seine Nerven. Es war

wichtig, daß er ruhig blieb. Endlich hatte er die Zuhörerschaft, die er sich erträumt hatte, und er wußte genau, was er zu sagen hatte. Jetzt kam es nur noch auf die nötige Überzeugungskraft an. Nach vierzehn Jahren auf der Flucht, nach all den Tagen und Nächten voller Sorgen und Lügen kam nun alles auf diesen Augenblick an.

Er mußte daran denken, wie er in Newark alles auf eine Karte gesetzt und verloren hatte. Dies hier war seine allerletzte Chance.

Jake stand auf und glättete seine verschmutzte Kleidung, bevor er die Treppe hinunterging. Unten wartete Eddie auf ihn. »Sind Sie bereit?«

»Nein«, knurrte Jake, aber Eddie setzte sich dennoch in Bewegung und führte ihn in den Speisesaal. Jake schlenderte in die Höhle des Löwen, als wäre er ein ganz normaler Mittagsgast.

Kapitel 49

Alle Anwesenden verstummten, als Jake den Raum betrat. Irene war die erste, die ihn erkannte. »O mein Gott«, flüsterte sie.

Ihre Reaktion ließ Frankel herumfahren, und er reagierte explosionsartig. »Donovan!« Er sprang vom Stuhl auf und griff instinktiv nach der Waffe, die er an der Tür hatte abgeben müssen, aber Eddie trat schnell an den Tisch, um seinen Gast daran zu hindern, einen Kampf vom Zaun zu brechen.

Der Senator starrte Jake nur fassungslos an.

»Was macht er hier?« wollte Frankel wissen. Er wandte sich an Albricht. »Was für ein Spiel treiben Sie hier mit uns?«

Der Senator zuckte mit den Achseln. Er war offensichtlich überrumpelt, aber dennoch amüsiert. »Ich habe keine Ahnung. Agent Rivers?«

Irene sah Jake vorsichtig an. Dann mußte sie ein Grinsen unterdrücken. Jake fing also gleich ganz oben an. »Keine Vorstellung«, log sie.

Eddie legte seine fleischige Hand auf Frankels Schulter. »Bitte setzen Sie sich wieder hin, Sir«, sagte er.

Frankel versuchte ihn abzuschütteln, aber Eddies Arm war wie aus Stahl, und er setzte sich. Jake nickte Eddie zu, und dieser verließ den Raum. Jake zog sich einen Stuhl ans Ende des Tisches, so daß er alle Anwesenden gleichzeitig im Auge behalten konnte.

»Ich danke Ihnen allen, daß Sie gekommen sind«, sagte er.

»Hören Sie, Donovan«, knirschte Frankel. »Ich weiß zwar nicht, was Sie vorhaben, aber ich werde nicht …«

»Beruhigen Sie sich, Peter«, sagte Jake leichthin. »Ich bin nur hier, um mich Agent Rivers zu stellen. Ich habe einfach keine Lust mehr zu der Verfolgungsjagd.«

Frankel blieb der Mund offenstehen, und er verstummte.

Jake lächelte Irene mit heiterer Ruhe an. »Aber zuerst möchte ich eine offizielle Erklärung abgeben.«

»Das kommt nicht in Frage«, fuhr Frankel auf. »Hier ist weder der richtige Ort noch die richtige Zeit dafür …«

»Halten Sie den Mund, Peter«, befahl Albricht. »Der Mann hat einen ziemlich weiten Weg hinter sich.«

»Den Teufel werde ich tun!« tobte Frankel.

»Es ist nicht leicht, ein großes Geheimnis zu haben, nicht wahr, Peter?« spottete Jake. »Besonders, wenn gleich so viele Zuhörer hören werden, wie es ausgeplaudert wird.«

Frankel sprang wieder auf. »Agent Rivers, behalten Sie diesen Mann im Auge, während ich …«

Jake erhob sich ebenfalls und versetzte Frankel einen kräftigen Stoß. Dieser fiel hintenüber, seine Beine verfingen sich in seinem Stuhl, und er landete halb unter dem Tisch. »Setzen Sie sich hin, Peter, verdammt noch mal!«

Irene machte Anstalten einzuschreiten, aber dann ließ sie es bleiben. Der Anblick tat ihr einfach zu wohl.

Fluchend rappelte Frankel sich wieder auf und setzte sich auf seinen Stuhl. »Machen Sie nur so weiter, Donovan. Häufen Sie ruhig noch ein paar Straftaten an. Wir werden Ihren Arsch klonen müssen, damit Sie Ihre vorzeitige Entlassung erleben. Rivers, Sie sind Zeuge.«

Irene sog an ihrer Wange. »So wie die Dinge liegen, Sir, bin ich nicht so sicher, was ich gesehen habe.«

Zum ersten Mal hörte Jake echten Zweifel in ihrer Stimme, und er beeilte sich, Kapital daraus zu schlagen. »Sagt Ihnen der Name Wiggins etwas, Peter?«

Frankel ignorierte ihn, aber Jake bemerkte, daß Albricht kaum hörbar nach Luft schnappte.

»Kommen Sie, Peter«, höhnte Jake. »Sie müssen ihn kennen. Er nennt sich auch Clyde Dalton, wenn Sie sich daran besser erinnern. Jedenfalls kennt er Sie. Gerade erst heute morgen habe ich mich lange mit ihm unterhalten. Er sagt, daß Ihre Bekanntschaft bis nach Vietnam zurückreicht.«

Frankel starrte mit zusammengebissenen Zähnen auf den Tisch.

»Sie haben damals in einem SEAL-Infiltrationsteam zusammengearbeitet, nicht wahr? Sie haben das Boot gelenkt, und er hat die nasse Arbeit erledigt.« Jake sah zu Irene hinüber. »Vielleicht möchten Sie sich Notizen machen, Ma'am«, schlug er vor. »Alles, was ich sage, ist beweisbar.«

Irene war von der Aufforderung zunächst überrascht, dann war es ihr peinlich, daß sie nicht von sich aus daran gedacht hatte. Frankel sah sie wütend an, als sie ein Notizbuch aus ihrer Jackentasche zog und nach einem Stift zu suchen begann. Albricht reichte ihr einen Kugelschreiber aus seiner eigenen Tasche.

Jake fuhr fort: »Wiggins sagte, daß Ihre Wege sich nach dem Krieg zunächst einmal trennten. Sie schlugen sich auf die Seite der Guten, während Ihr Freund sich interessanteren Beschäftigungen zuwandte. Er wurde ein sehr gefragter professioneller Killer.«

Irene unterbrach ihn. »Wo ist dieser Mann jetzt?«

»Er hat das Land verlassen«, log Jake, ohne Frankel aus den Augen zu lassen, der seinerseits Irene mit Blicken durchbohrte. »Hören Sie nur zu. In einer Minute werden Ihnen die Zusammenhänge klarwerden.«

Er klopfte Frankel scherzhaft auf die Schulter. »Wie finden Sie das, was ich bisher gesagt habe? Habe ich recht?« Als Frankel nicht antwortete, lachte Jake. »Ja, ich weiß. Jetzt bekommen Sie Angst. Machen wir nun einen Sprung in die achtziger Jahre. Der junge, dynamische Frankel klettert beim FBI die Karriereleiter hoch und prägt dem Büro seinen Stempel auf, als sich plötzlich dieser Fall in Arkansas ereignet, wo ein alter General namens

Albemarle sich von den Irakis dazu überreden läßt, ihnen chemische Waffen zu verkaufen, um mit dem Erlös die Krankenhauskosten für seine einzige Tochter zu bezahlen.« Jake sah wieder zu Irene hinüber. »Ich nehme an, daß Sie bei Ihren Nachforschungen auf diese Sache gestoßen sind?«

Sie nickte. Sie wußte genau, worauf er hinauswollte.

»Und nun kommt der Supercop Peter Frankel«, fuhr Jake fort, »und stößt auf eine Möglichkeit für das perfekte Verbrechen. Niemand außer diesem Albemarle weiß etwas von dem Waffenlager in Arkansas, fast am Ende der Welt, und er macht ein Vermögen damit. Also bieten Sie ihm ein Geschäft an. Er teilt seinen Verdienst mit Ihnen, und Sie lassen dafür Ihre Untersuchung im Sand verlaufen.« Jake beugte sich vor und stützte die Ellenbogen auf den Tisch. »Wie haben Sie den Gewinn aufgeteilt, Peter? Sechzig zu vierzig? Siebzig zu dreißig? So wie ich Sie kenne, haben Sie ihn ganz schön abgezockt.

Nun ja, es war logistisch nicht möglich, alle Waffen auf einmal zu verkaufen. Das hätte auffallen können. Also holen Sie sie tropfenweise, Stück für Stück heraus, alles für ein Schweinegeld. Wenn ich richtig gerechnet habe und Ihr Freund Wiggins die Wahrheit gesagt hat, haben Sie das gute sechs Monate lang so betrieben. Vielleicht sogar noch länger. Und dann ist auf einmal Schluß. Jemand entdeckt Ihr Warenlager und berichtet der EPA darüber! Buchstäblich über Nacht ist es aus mit Ihrem Geschäft.« Jake lehnte sich wieder zurück und tippte sich an die Schläfe. »Jetzt muß ich ein bißchen raten, aber mein Gefühl sagt mir, daß der alte General einen schweren Anfall von Reue bekam und sich der Justiz stellen wollte. Habe ich recht?«

Frankel bewegte sich nicht.

»Aber das konnten Sie natürlich nicht zulassen. Sie beauftragen also Ihren alten Freund Wiggins, einen Selbstmord zu inszenieren. Warum auch nicht? Der Mann ist bereits kompromittiert, und er hat inzwischen sein Kind verloren. Er hat viele Gründe, sich das Leben zu nehmen. Sie brauchen ihn nur zu erledigen und einen Abschiedsbrief zu hinterlassen. So einfach ist das.«

Jake beobachtete mit Befriedigung, wie Frankel immer tiefer in sich zusammensank. Er konnte nur hoffen, daß der Schurke wirklich litt.

»Aber es genügt nicht, nur *einen* Menschen zu töten, nicht wahr, Peter? Sicherheitshalber knallen Sie die Frau des alten Mannes auch noch ab, nur für den Fall, daß sie etwas weiß.

Alles Weitere«, schloß Jake, »war nur noch eine Verwechslungskomödie. Sie hatten diesen großartigen Plan, um Ihre Spuren zu verwischen: einfach etwas in Tony Bernards Essen mischen, von dem ihm so richtig übel wurde, um dann Ihre Explosion auf ihn abzuwälzen. Ich kann Ihnen gar nicht sagen, wie leid es Carolyn und mir tut, daß wir Ihre Pläne durchkreuzt haben.«

Die ganze Geschichte mit all ihren Details kam Irene immer noch wie eine wilde Spekulation vor. Eine große Verschwörung, bei der alle Zeugen wie durch Zauberei verschwinden, das erschien ihr doch allzu – praktisch.

»Der Mann, der mich in Ihrem Auftrag mit Ihren erpresserischen Drohungen anrief, hieß auch Wiggins, Peter«, sagte Clayton und beugte sich vor. »Wie erklären Sie sich dieses Zusammentreffen?«

»Das ist doch alles Blödsinn«, brauste Frankel auf, und in diesem Augenblick erkannten alle an seinem Gesichtsausdruck, daß Jakes Theorie der Wahrheit sehr nahe gekommen sein mußte.

»O mein Gott!« keuchte Irene. »Was haben Sie getan?«

Frankel versuchte entrüstet auszusehen, als habe er in seinem ganzen Leben noch nie etwas derart Empörendes gehört, aber seine Angst war unübersehbar. »Ich weigere mich, mir noch mehr von diesem Quatsch anzuhören.« Wieder erhob er sich.

Als Jake diesmal aufstand, um ihm entgegenzutreten, war Frankel darauf gefaßt. Er benutzte den Tisch als Hebel und stieß seinen Gegner rückwärts über seinen Stuhl. »Geh mir aus dem Weg«, knirschte er und holte zu einem Schlag gegen Jakes Kopf aus.

»Aufhören!« rief Irene befehlend. Sie warf sich über den Tisch, um die beiden zu trennen, aber Frankel schleuderte sie mit einer schallenden Ohrfeige auf ihren Platz zurück.

»Du unfähige Gans ...«

Eddie Bartholomew erschien mit gezogener Pistole in der Tür. »Aufhören!« brüllte er. »Ich habe gesagt, keine Gewalttätigkeiten, und das war mein Ernst. Mr. Frankel, treten Sie zurück.«

Frankel blieb stehen. Seine Atem ging heftig, und sein Gesicht war rot. »Wollen Sie den zukünftigen Direktor des FBI erschießen, Eddie? Das wäre nicht gut fürs Geschäft.«

Eddie ignorierte den Köder. »Unsinn. Mein Lokal würde eine Touristenattraktion werden. Die Leute würden doppelte Preise dafür bezahlen, an dem Platz zu essen, wo Sie gestorben sind.«

Frankel lachte. Das war eine gute Antwort, das mußte er zugeben. Er stand da wie ein eingekreistes Tier, seine Augen schossen von einer Seite zur anderen, und alle Anwesenden wußten instinktiv, daß es nun besser war, ihm aus dem Weg zu gehen. »Niemand wird Ihnen Ihre Lügen glauben«, sagte er, und plötzlich glitzerten Tränen in seinen Augen.

»Sind Sie in Ordnung, Jake?« fragte Eddie.

Jake setzte sich wieder aufrecht hin, betastete seine schmerzenden Rippen und nickte. »Ja, ich bin okay.«

»Agent Rivers? Senator Albricht?«

Clayton half Irene auf die Füße, sie rieb ihre geschwollene Wange.

»Ich werde es überleben«, sagte Irene. Sie schien eher verlegen als verletzt zu sein.

»Das ist gut«, sagte Eddie. »Dann machen Sie jetzt alle, das Sie hier rauskommen.«

»Ja, Frankel«, pflichtete Jake bei. »Machen Sie, daß Sie hier rauskommen. Jetzt sind Sie dran davonzulaufen, Sie widerlicher, kleiner Dreckhaufen.«

Frankel war sprachlos. Er sah von einem Gesicht zum anderen, dann sagte er höhnisch: »Ich bin noch lange nicht fertig.«

Als er sich abwandte, um hinauszugehen, sah Frankel in die Mündung von Eddies Pistole. »Tun Sie das verdammte Ding weg«, sagte er. Ein letzter Befehl vor dem Ende seiner Herrschaft.

Eddie zögerte, aber schließlich ließ er die Hand mit der Pistole langsam sinken, bis der Lauf harmlos auf den Fußboden zeigte.

In diesem Augenblick griff Frankel mit verblüffender Geschwindigkeit an. Bevor Eddie reagieren konnte, hatte er ihm die Hand in einem unmöglichen Winkel auf den Rücken gebogen und ihm die Pistole entwunden. Einen Sekundenbruchteil später fühlte Eddie den Pistolenlauf am Kopf, und dann spritzte sein Gehirn auch schon über den teuren Orientteppich.

Warten war der Teil der Polizeiarbeit, an den Paul Boersky sich niemals gewöhnen würde, und heute, in den frostigen Straßen von Washington D.C., kam noch hinzu, daß er nicht einmal wußte, warum er Irene bei dieser Reise überhaupt begleitet hatte. Dies war eine Sache, die nur sie und den Senator etwas anging, in dieser Hinsicht hatte sie sich deutlich ausgedrückt. Was ihn betraf, nun ja, seine Rolle gab es eigentlich gar nicht.

Nichtsdestoweniger hatten sie im Lauf der Jahre einen weiten Weg miteinander zurückgelegt, und in diesem speziellen Fall würden sie noch einen weiten Weg miteinander zu gehen haben. Was auch immer geschah, er hatte das Bedürfnis, in der Nähe seiner Kollegin zu sein.

Also wartete er, nun schon seit mehr als einer halben Stunde. Er überlegte schon, ob er nicht einfach hineinschauen sollte, um festzustellen, was da drinnen vorging. Bisher war kein weiterer

Gast angekommen, und es hatte auch niemand das Haus verlassen.
Als die Digitaluhr am Armaturenbrett sechzehn Uhr siebenunddreißig anzeigte, kletterte er aus dem Auto. Bei unzähligen Überwachungsaufträgen hatte er gelernt, sich auf alle Fälle die Uhrzeit zu merken. Sein Rücken schmerzte nach dem langen Sitzen, und es tat ihm gut, sich zu strecken. Auch die Herbstluft war frisch und gut.
Er war gerade damit beschäftigt, ausgiebig zu gähnen, als er einen Schuß hörte. In Sekundenschnelle hatte er hundert verschiedene Möglichkeiten erwogen und verworfen. Das war weder ein platzender Luftballon noch eine Fehlzündung, und auch kein Knallkörper. Lieber Gott, und der Knall war aus dem Inneren des Hauses gekommen.
Bevor er selbst richtig wußte, was er tat, hatte er seine Pistole gezogen und war die Stufen vor der Haustür hinaufgesprungen. Er drehte den Türknopf und drückte. Nichts geschah. Er hämmerte mit der Faust gegen die schwere Tür.
»Bundespolizei!« brüllte er. »Aufmachen!«
Er hörte einen zweiten Schuß und dann einen dritten.
O verdammt! Warum hatten sie nur das Büro in Washington nicht benachrichtigt, dann hätten sie jetzt wenigstens ein Polizeifahrzeug und eine Funkverbindung. *Scheiße.* Er rammte die Schulter gegen die schweren Bretter, aber die Tür gab nicht nach. Jetzt hörte er Leute im Haus schreien, dann dröhnte noch ein Schuß.
»Scheiße!« Diesmal rief er es laut. Er trat zurück und zielte auf das Schloß.

Jake schrie auf, als der Schuß Eddie Bartholomews Kopf traf. Im nächsten Augenblick sah er die Pistole in Frankels Hand. Die Wut des Mannes war fast physisch im Raum zu spüren, als er die Waffe herumschwang, um zu vollenden, was er begonnen hatte.

Jakes Körper reagierte, bevor sein Gehirn ihn daran hindern konnte. Während der Senator und Irene in Deckung gingen, stürzte er sich auf Frankel. Die Wucht des Aufpralls schleuderte diesen gegen Eddies Stehpult. Aber Frankel stürzte nicht, sondern konnte mit schnellen, kleinen Stakkatoschritten sein Gleichgewicht halten, während Jake seine ganze Kraft auf die Hand mit der Pistole konzentrierte. Die Mündung fuhr an seinem Gesicht vorbei, aber Frankel verpaßte die Gelegenheit zu einem tödlichen Schuß.

Jake stieß seinen Gegner gegen die Kante des Türstocks, und Frankel stöhnte auf. Jake glaubte zu hören, daß in Frankels Rükken etwas brach, aber der Mann hielt sich immer noch auf den Beinen. Ein Schuß löste sich, nur wenige Zentimeter von Jakes Gesicht entfernt, ein betäubender Knall, der ein Loch in die Stuckdecke riß. Unmittelbar darauf fiel ein zweiter Schuß, der eine Kristallkugel des Kronleuchters zerschmetterte. Brennendes Pulver versengte Jakes Wangen.

Jake hielt die Pistole nun mit beiden Händen umklammert und versuchte, sie Frankels Griff zu entwinden. Als er dem Gesicht seines Gegners zu nahe kam, vergrub dieser seine Zähne in Jakes Oberarm. Jake heulte laut auf vor Schmerz, aber er hielt eisern fest. Loszulassen bedeutete den sicheren Tod.

Aus den Augenwinkeln sah er Irene vorbeirennen. *Sie läuft weg!* dachte er. Aber dann fiel es ihm ein. *Die Schubladen mit den Waffen!*

Irene wußte, daß sie etwas tun mußte. Jake würde diesen Kampf verlieren, aber wenn sie sich einmischte, würde Frankel womöglich irgendwie seine Hand befreien, und dann wären sie alle verloren. Wenn sie nur ihre Pistole hätte!

Lieber Gott, das war's! Sie überließ den Senator seinem Schicksal und rannte durch den Speisesaal in die Eingangshalle. Dabei betete sie, daß Eddie die Schubladen nicht verschlossen hatte. Es

waren im ganzen acht Schubladen, und sie zog an der, in welcher sie ihre S & W vermutete. Die Schublade ließ sich öffnen, und die Pistole lag vor ihr.
Sie erfaßte die Waffe mit beiden Händen und richtete sie auf den zweitmächtigsten Mann des amerikanischen Exekutivsystems. »Ich habe ihn, Jake!« schrie sie. »Reißen Sie sich los!«

Frankel war wie ein Vampir. Nachdem er seine Zähne erst einmal in Jakes Arm geschlagen hatte, ließ er einfach nicht mehr los. Der Schmerz war unerträglich und reichte bis in Jakes Fingerspitzen. Seine Hand wurde gefühllos, und sein Griff begann sich zu lockern.
In dem Augenblick, als er Irenes Befehl, sich loszureißen, hörte, ließ er sich einfach zu Boden fallen, und Frankel stand plötzlich ungedeckt da.
Irene sah Jake fallen und wußte, daß sie nun schießen mußte. »Keine Bewegung«, brüllte sie. In diesem Augenblick brach eine Serie von Schüssen los, die Paul von außen gegen das Türschloß abfeuerte. Irene wirbelte instinktiv herum und ließ Frankel aus den Augen. In der nächsten Sekunde wußte sie, daß sie einen Fehler gemacht hatte. Sie fiel auf ein Knie und versuchte, die Waffe wieder auf Frankel zu richten, aber es war zu spät.
Die erste Kugel traf ihren rechten Oberarm, so daß ihr die Luft wegblieb und ihre Pistole durch die Luft flog. Der zweite Schuß, einen Sekundenbruchteil später abgefeuert, traf sie genau über dem linken Ohr, aber sie fühlte nichts mehr davon.

Paul drehte das Gesicht zur Seite, als er schoß, und schirmte seine Augen vor herumfliegenden Holz- und Stahlsplittern ab. Mit fünf Schüssen hatte er das Schloß pulverisiert, und mit einem einzigen, kräftigen Tritt brach er die Tür vollends auf.
Alles, was er sah, war Mündungsfeuer. Ein Mann in Anzug und Krawatte schickte ihm ein ganzes Arsenal von Blei entgegen.

Paul ließ sich zu Boden fallen und versuchte, in Deckung zu kriechen. Hinter ihm, auf der anderen Straßenseite, zersplitterte eine Fensterscheibe.
Er fand Schutz hinter der Ziegelwand des Hauses und erwiderte blindlings das Feuer. Er versuchte gar nicht erst zu zielen, es wäre Selbstmord gewesen, sich blicken zu lassen. Statt dessen schob er nur die Hand mit der Pistole um den Türrahmen und feuerte einen Schuß nach dem anderen ab, in der Hoffnung, so den Schützen in Schach zu halten.
Als er die letzte Patrone verschossen hatte und die Hand zurückzog, begann die Mauer hinter seinem Rücken zu vibrieren. Der Schütze im Haus hatte sein Ziel gefunden, aber die Schüsse konnten die Mauer nicht durchschlagen. Genau so, wie er es in endlosen Trainingsstunden auf dem Übungsplatz des FBI gelernt hatte, warf Paul das leere Magazin aus und angelte nach einem neuen an seinem Gürtel. Er ließ es einschnappen, der Schlitten beförderte die nächste Patrone in die Kammer, und er war wieder schußbereit. Weniger als fünf Sekunden waren vergangen.
Draußen auf der Straße breitete sich Panik aus. Er hörte das Krachen zusammenstoßender Fahrzeuge, aber er achtete nicht darauf. Während die Passanten in Deckung rannten, streckte er seinen Arm wieder durch die Tür und begann von neuem, auf den Abzug zu drücken.

Jake sah nicht, wie Irene fiel. Er sah nur ihre Pistole auf dem Boden liegen, und inmitten der wilden, ungezielten Kakophonie von Schüssen kroch er darauf zu. Er wußte nicht mehr, wie viele Schüsse Frankel abgefeuert hatte, aber jeder Schuß war wie ein Hammerschlag auf sein Trommelfell. Erst als er die Tür zur Eingangshalle hinter sich gebracht hatte, bemerkte er das Feuer von der Haustür. Es war kein gezieltes Feuer, nur eine Hand, die durch die offene Tür gestreckt wurde und Geschosse durch das

Haus jagte, so schnell, wie ihr Besitzer auf den Abzug drücken konnte.

Wer, zum Teufel, ist das?

Das erklärte, warum Frankel sich nicht umgedreht und auf Jake geschossen hatte. Er mußte ein viel bedrohlicheres Ziel auslöschen. Jake drückte sich so flach wie möglich auf den Boden. Gerade als Frankel sich bei dem toten Eddie Bartholomew ein neues Magazin holte und es in die Pistole rammen wollte, hatte Jake den letzten Meter zu Irenes Waffe geschafft und brachte sie auf Frankel in Anschlag.

»Tun Sie's nicht, Frankel!« brüllte Jake.

Frankel zielte ohne Zögern auf Jake. Aber auch Jake zögerte nicht. Er fühlte den Rückstoß der S & W in seiner Hand, bevor ihm klar wurde, daß er auf den Abzug gedrückt hatte. Frankel hielt inne, aber er fiel nicht. Jakes Pistole krachte wieder, und noch einmal. Jeder Schuß fand sein Ziel. Bauch, Bauch, rechter Arm, Brust. Der Schuß in die Brust brachte ihn endlich zu Fall. Frankel brach in die Knie, sein Gesicht war eine Maske des Schreckens. Er wußte, daß es aus war mit ihm, und er wußte auch, wer ihn getötet hatte.

Ein letzter Schuß von dem Cowboy hinter der Haustür riß Frankels Unterkiefer weg. Die Gewalt des Schusses drehte ihn um sich selbst und ließ ihn wie einen gefallenen Baum auf den Teppich schlagen.

»Keine Bewegung, verdammt noch mal!« Die Pistole an der Haustür hatte plötzlich eine Stimme, und Jake erkannte an ihrem Tonfall sofort, daß es sich um einen weiteren FBI-Agenten handelte.

Jake gehorchte und blieb bewegungslos stehen. Der Mann von der Haustür rannte durch die Eingangshalle, warf Jake mit dem Gesicht nach unten zu Boden und trat ihm die Pistole aus der Hand.

»O Gott, was haben Sie angerichtet?« keuchte er.

»Auf alle Fälle«, sagte Senator Albricht und tauchte hinter dem Tisch auf, der ihm als Deckung gedient hatte, »hat er mein Leben vor dem Wahnsinnigen hier auf dem Fußboden gerettet.«
Paul sah verwirrt um sich. In all dem Lärm und zwischen dem herumfliegenden Holz und Glas hatte er noch keine Gelegenheit gehabt, sich den Mann, der auf ihn geschossen hatte, genauer anzusehen. Als er endlich hinsah, erkannte er ihn sofort. »O mein Gott«, flüsterte er.
»Er hat Ihre Kollegin niedergeschossen«, ächzte Jake. »Sie braucht einen Rettungswagen.« Er kämpfte mit dem Gewicht des Agenten, der auf seinem Rücken kniete, und suchte nach einer Stelle in seinem Gesicht, die er auf den Fußboden legen konnte, ohne daß es weh tat.
Endlich erkannte Paul, wer da alles in diesem Raum versammelt war. »Jake Donovan!« flüsterte er.
»Helfen Sie Ihrer Kollegin«, sagte Jake. »Ich habe wirklich nicht die Absicht wegzulaufen.« Paul hatte tatsächlich das dringende Bedürfnis, sich um Irene zu kümmern, aber erst mußte er noch diesen Mann festnehmen. Als er seine Handschellen aus der Tasche zog, legte ihm Senator Albricht ruhig die Hand auf die Schulter. »Bitte tun Sie das nicht«, sagte er leise. »Das ist wirklich nicht mehr nötig.«

Kapitel 50

Travis zog an seinem Hemdkragen herum, in der Hoffnung, ihn ein bißchen zu dehnen und sich etwas mehr Bewegungsfreiheit zu verschaffen. Er haßte Krawatten.

»Hör auf herumzuzappeln«, flüsterte Carolyn. »Und setz dich gerade hin.« Im Laufe der Jahre hatte sie diese Worte unzählige Male und in der gleichen Reihenfolge gesagt, aber irgendwie erschienen sie ihr heute neu und unverbraucht. Die Tatsache, daß sie überhaupt Gelegenheit hatte, sie zu sagen, war ein Wunder, das sie nie wieder für selbstverständlich halten würde.

Nach fünfwöchiger Behandlung hatte sich der Zustand ihres Nackens sehr gebessert, wenn die Probleme auch noch nicht vollständig beseitigt waren. Die Ärzte konnten immer noch nicht garantieren, daß sie ihre Beweglichkeit in vollem Umfang wiedergewinnen würde, aber angesichts der Art der Verletzung und der Fortschritte, die sie bisher gemacht hatte, hatte sie allen Grund zur Hoffnung.

Travis saß endlich still, aber seine Schultern hob er nicht. Schließlich waren es seine Schultern, und wenn er sie hängen lassen wollte, dann war das sein gutes Recht. »Warum rennt Dad ständig hin und her?« wollte er wissen.

Jake wandte sich vom Fenster und der Aussicht auf die Altstadt von Alexandria ab und drehte sich zu seinem Sohn um. »Weil es mir leichter fällt, nicht zu explodieren, wenn ich hin und her renne«, sagte er ehrlich.

Travis lehnte sich schwer auf den alten, eichenen Konferenztisch, holte heftig und wütend Luft und löste damit einen häßlichen Hustenanfall aus.

»Bist du okay?« fragten beide Eltern wie aus einem Mund. Dieser Husten war ein Geräusch, das sie für den Rest ihres Lebens bis in ihre Alpträume verfolgen würde.

»Lieber Gott, darf ich nicht mal mehr husten?« Seit Travis aus dem Krankenhaus entlassen worden war, führten sich seine Eltern so albern auf. Sie regten sich über alles, was er tat, und jedes Geräusch, das er machte, auf. Weiß der Himmel, was passieren würde, wenn er sich das nächste Mal eine Grippe einfing.

Carolyn schloß die Augen und schüttelte den Kopf. Sie hatte es aufgegeben, ihn dazu anzuhalten, sich ordentlich auszudrücken. Seine Stimme hatte neuerdings einen heiseren, rauchigen Ton. Es war faszinierend, ihm zuzuhören, ganz gleichgültig, was er sagte. Sie wußte nicht, ob das noch ein Überbleibsel seiner Verletzung war oder ein erstes Anzeichen des Erwachsenwerdens, aber solange er überhaupt etwas sagte, brachte sie es nicht über sich, ihn zu unterbrechen.

Derjenige, um den sie sich wirklich Sorgen machte, war Jake. Sie hatten ihren Kampf gewonnen, aber Jake war immer noch nicht in der Lage, seinen Sieg zu feiern. Es hatte eine Weile gedauert, bis alle Einzelheiten geklärt waren, und zum Schluß hatte er doch noch zwei Nächte im Gefängnis verbringen müssen, aber danach war ihre Sache auch offiziell abgeschlossen.

Sie waren jetzt Berühmtheiten, und die Veranstalter von Talk-Shows verfolgten sie, um ein Interview mit ihnen zu bekommen. Verlage, Filmproduzenten und Herausgeber von Zeitschriften überstürzten sich, um die Rechte an dieser größten Geschichte des Jahres zu erwerben, und eine wachsende Schar von Staranwälten drängte sich danach, sie zu vertreten.

Bei alldem hatte sich Jake mehr und mehr in sich selbst zurückgezogen, und er wirkte verängstigter, als er es während ihrer Flucht jemals gewesen war. Er weigerte sich, über den Grund seiner Sorgen zu reden, aber Carolyn wußte, daß sein Verhalten etwas mit den Tagen zu tun haben mußte, die er allein mit Thorne verbracht hatte. Irgend etwas Schreckliches mußte passiert sein, aber Jake wollte entweder aus Angst oder aus Scham nicht davon sprechen. Während der ruhigen Stunden, die sie in den vom FBI zur Verfügung gestellten Hotelzimmern zusammen hatten verbringen können, hatte Carolyn versucht, es aus ihrem Mann herauszulocken, aber er war nicht darauf eingegangen.

Irgendwann, vermutete sie. *Alles zu seiner Zeit.*

Als sie vor zwei Tagen angerufen und für heute morgen zu einer Zusammenkunft in den Bundesgerichtshof von Alexandria beordert worden waren, hatte sie mit angesehen, wie ihr Mann in Panik verfiel. Nach fünfwöchigen Vernehmungen durch Paul Boersky machte ihn diese eine Aufforderung, persönlich zu erscheinen, zu einem Wrack. Letzte Nacht hatte er sogar davon gesprochen, der Aufforderung nicht Folge zu leisten und wieder auf die Flucht zu gehen.

»Aber warum, Jake?« hatte Carolyn gefragt. »Was macht dir solche Sorgen?«

Er hatte das Thema fallenlassen und nicht geantwortet. Er hatte überhaupt nichts mehr gesagt. Auch heute morgen sprach er kaum ein Wort, und während sie und Travis sich im Hotel anzogen, hatte sie ihn beobachtet, wie er auf dem Parkplatz auf und ab ging, die Bäume anstarrte und die Novemberluft einsog, als sei es das letzte Mal.

Und nun stand er in sich gekehrt am Fenster und schwebte in Gedanken irgendwo über den Dächern.

Als sich die Tür des Konferenzzimmers öffnete, fuhr Jake zusammen. Seine Großspurigkeit, die er immer an den Tag gelegt hatte, war vollständig verschwunden, und an ihre Stelle war eine Ängstlichkeit getreten, die Carolyn erschreckte. Während er sein Jackett glattstrich, ging Carolyn um den Tisch herum und stellte sich an seine Seite.

Paul Boersky führte die kleine Prozession an, dicht gefolgt von Senator Albricht. Nach diesem kam eine Frau, deren Gesicht

Jake irgendwie bekannt vorkam, das er aber nicht einordnen konnte, und als letzte ging Irene Rivers.

Der Anblick von Irene zauberte ein breites Lächeln in Jakes Gesicht, obwohl Carolyn zurückwich. »Hallo, Agent Rivers«, sagte er. In Anbetracht ihres dick verbundenen rechten Arms streckte er seine linke Hand aus, um sie zu begrüßen. »Wie geht es Ihnen?«

Sie ergriff seine Hand mit einem warmen Lächeln. »Man sagt mir, daß es sehr hilfreich ist, wenn die Kugel nicht durch das Gehirn geht«, scherzte sie. »Was die Schulter betrifft, da müssen wir abwarten.«

Es verging einige Zeit mit allseitigem Vorstellen und dem Austauschen von Höflichkeiten. Weder Carolyn noch Travis kannten den Senator, der seinerseits den vierten Gast vorstellte.

»Liebe Familie Donovan, ich möchte Sie mit Mrs. Emma Sanders bekanntmachen, der Genaralstaatsanwältin der Vereinigten Staaten.«

Klein und mit kurzgeschnittenen, grauen Haaren, hätte Mrs. Sanders jedermanns Großmutter sein können, oder vielleicht auch die Leiterin der örtlichen Bibliothek, ihre stechenden, humorlosen, smaragdgrünen Augen ließen jedoch keinen Zweifel daran, daß sie eine starke Persönlichkeit war. Sie schüttelte höflich sämtliche Hände und bat alle Anwesenden, Platz zu nehmen.

»Wissen Sie, warum wir Sie heute hierhergebeten haben?« fragte Mrs. Sanders.

Jake und Carolyn wechselten fragende Blicke, dann antwortete Jake für seine Familie: »Nein, Ma'am, wir haben keine Ahnung.«

»Das ist gut«, sagte Emma Sanders. »Das ist sogar ausgezeichnet. Bei der Aufmerksamkeit, die Sie zur Zeit von den Medien erfahren, möchte ich nicht, daß etwas an die Öffentlichkeit dringt, bevor wir ein Abkommen miteinander geschlossen haben.«

Jake sah hilfesuchend zu Paul, der in den letzten Wochen sein Hauptgesprächspartner gewesen war. Dieser hob einen Finger und bedeutete ihm, Geduld zu haben.

»Entschuldigen Sie«, warf Senator Albricht ein. »Vielleicht wäre es am besten, wenn der Junge draußen im Gang warten würde.«

Travis bekam große Augen und sah seine Eltern an. »Ich gehe nicht weg!«

Jake sah wiederum Boersky an, der seine stumme Frage mit einem Nicken beantwortete. »Es handelt sich nur um ein paar Minuten«, sagte er.

Jake wandte sich seinem Sohn zu. »Geh hinaus, Trav.«

»Nein!«

Jake stand auf und zog den Stuhl des Jungen ruhig vom Tisch weg. »Bitte«, sagte er. »Sie würden nicht darum bitten, wenn es ihnen nicht wichtig wäre.«

Travis sah hilfesuchend von einem zum anderen, fand aber keine Unterstützung und wußte nicht, was er tun sollte.

»Bitte«, drängte Jake wieder.

»Es wird nur ein paar Minuten dauern«, fügte Carolyn hinzu.

Zögernd stand der Junge auf und ließ sich zu der großen, hölzernen Tür mit dem getönten Glasfenster führen. Jake öffnete sie und zeigte auf eine Holzbank an der Wand. »Warte dort auf uns.«

Travis sah verängstigt aus. Er wußte, daß etwas nicht stimmte. »Dad?«

Jake winkte seinem Sohn zu und bemühte sich zu verhindern, daß seine Lippen zitterten. »Es wird alles gut werden, Trav«, versprach er. »In ein paar Minuten ist alles vorbei.«

Travis wollte noch etwas sagen, aber die Worte blieben ihm im Hals stecken. Jake sah ihm zu, wie er zögernd und angstvoll auf die Bank zuging, dann wandte er sich ab, um sich den Folgen seiner Taten zu stellen.

»Sie haben mächtige Freunde in dieser Stadt, Mr. Donovan«, begann Emma Sanders, nachdem Jake auf seinen Platz zurückgekehrt war. »Diese Leute scheinen der Meinung zu sein, daß Sie in den letzten Jahren ziemlich große Unannehmlichkeiten hatten.«

»Sie haben wirklich ein Talent zu untertreiben, Emma«, warf der Senator lächelnd ein.

Mrs. Sanders beachtete ihn nicht. »Jedenfalls«, fuhr sie fort, »können diese Dinge sehr unangenehm werden. So weiß ich zum Beispiel aus Gesprächen mit Mr. Boersky und aus den Nachrichten, daß Sie von mehreren Parteien angegangen worden sind, Ihrem Unmut möglichst öffentlich Luft zu machen.«

Albricht unterbrach sie zum zweiten Mal. »Sie versucht, Ihnen zu sagen, Jake, daß der Präsident sich zu Tode fürchtet, daß Sie ihn blamieren könnten. Kommen Sie zur Sache, Emma.«

Emma Sanders' Blick hätte einen Eisberg zum Schmelzen gebracht, aber Albricht schien das vollkommen gleichgültig zu sein. Auf der anderen Seite des Tisches versuchten Irene und Paul vergeblich, ihr Unbehagen zu verbergen. Ein amtierender Generalstaatsanwalt konnte jede Laufbahn im Justizdepartment ruinieren.

Emma Sanders ging zum Angriff über. »Heute komme ich mit einem einmaligen Angebot zu Ihnen.« Sie griff in ihre übergroße Handtasche und zog ein zusammengefaltetes Dokument heraus. »Dies ist eine Amnestie des Präsidenten, Mr. Donovan. Sie gilt für Sie unter drei Bedingungen. Die erste ist, daß Sie es für die Dauer von fünf Jahren unterlassen, mit dieser Episode aus Ihrem Leben in irgendeiner Form an die Öffentlichkeit zu treten ...«

»Das soll wohl ein Witz sein!« sagte Carolyn, aber Emma Sanders' Gesichtsausdruck zeigte, daß sie es todernst meinte. »Warum in aller Welt ...«

»Nur bis zum Ende des nächsten Wahlkampfs«, erklärte Albricht.

»Lassen Sie sie zu Ende reden, Carolyn«, sagte Irene. »Diese Sache ist wichtig.«
Mrs. Sanders fuhr fort: »Zweitens müssen Sie zustimmen, niemals eine Schadenersatzforderung für angeblich eingetretene Schäden gegen die Regierung der Vereinigten Staaten geltend zu machen …«
Carolyn sprang vom Stuhl auf. »*Angeblich* eingetretene Schäden! Lieber Gott …«
Jake fing einen erschreckten Blick von Paul auf und beeilte sich einzugreifen. »Carolyn, bitte. Hören wir uns das Angebot doch erst einmal an, bevor wir es zurückweisen.«
Mrs. Sanders akzeptierte Jakes Unterstützung mit einem Nicken. »Außerdem dürfen Sie den Inhalt dieses Abkommens niemals an Dritte weitererzählen.«
»Jetzt?« fragte Carolyn, die sich immer noch nicht gesetzt hatte. »Kann ich das Angebot jetzt zurückweisen? Es ist absurd. Wir sind bereits für unschuldig erklärt worden. Warum in aller Welt sollte ich Bedingungen für eine Amnestie akzeptieren, die ich bereits habe?«
Irene antwortete anstelle der Generalstaatsanwältin. »Fallengelassen wurde nur die Anklage wegen des ursprünglichen Terrorakts in Arkansas.«
»Aber nicht für unsere Flucht? Das ist doch unsinnig.«
Irene schüttelte den Kopf. »Nein, natürlich nicht. Sie haben keine Straftat begangen, also können Sie auch nicht dafür belangt werden, daß Sie sich der Strafverfolgung entzogen haben. Die Amnestie, die Mrs. Sanders Ihnen anbietet, bezieht sich auf alle anderen Delikte, die Sie vielleicht während Ihrer Flucht begangen haben.«
Carolyn begriff immer noch nicht, was los war. »Sie wollen, daß wir auf das Recht verzichten, Sie auf Schadenersatz zu verklagen, nur damit wir nicht wegen irgendeiner blöden Urkundenfälschung belangt werden können?«

Jetzt mischte Clayton sich ein. »Das ist nur ein Beispiel«, sagte er. »Aber es gibt auch noch viele andere Gesetze, die sie mehr oder weniger absichtlich im Laufe Ihrer Flucht gebrochen haben könnten.« Seine Augen wurden schmal, und er sah Jake an, aber sein Ton war immer noch freundlich. »Man kann nie wissen, ob nicht irgendwann ein ehrgeiziger junger Staatsanwalt über einen Beweis stolpert und Sie wieder vor Gericht zitiert. Wenn Sie diese Amnestie in der Hand haben, kann das nicht passieren. Niemals. Selbst wenn Sie jemanden getötet hätten, könnten Sie nicht dafür belangt werden.«

Die letzten Worte trafen Jake wie ein Schlag. Er sah von einem zum anderen und bemerkte, wie hart Albrichts Augen auf einmal waren.

»Seit einigen Wochen wissen wir, Jake, daß Nick Thomas an der Sache beteiligt war«, sagte Irene leise. »Seine Fingerabdrücke befanden sich unter tausend anderen im Cadillac. Vielleicht ist es für Sie wichtig zu hören, daß er sich geweigert hat, irgendeine Aussage zu machen.«

»Mit seiner Frau«, fuhr Paul fort, »war das allerdings etwas ganz anderes. Nachdem sie erst einmal angefangen hatte, hörte sie überhaupt nicht mehr auf zu reden.«

Carolyn hatte keine Ahnung, wovon die Rede war, aber als sie sah, wie alle Farbe aus Jakes Gesicht wich, lehnte sie sich in ihrem Stuhl zurück und drückte seine Hand unter dem Tisch.

Die Generalstaatsanwältin ließ die Falle zuschnappen. »Letzte Woche wurde im Shenandoah-Nationalpark eine Leiche gefunden. Sie war bereits ziemlich verwest; offensichtlich haben Raubtiere sie ausgegraben.«

Im Raum herrschte Schweigen. Jake war unfähig, seine Gefühle zu verbergen. Alles war deutlich und für jedermann erkennbar in sein Gesicht geschrieben. Carolyn umklammerte weiter seine Hand, hob sie hoch und küßte sie.

»Beruhigen Sie sich, Jake«, sagte Albricht freundlich. »Niemand wird versuchen, die Identität dieses Mannes festzustellen. Und niemand wird Sie jemals danach fragen, was aus dem mysteriösen Mr. Wiggins geworden ist oder wie es Ihnen gelungen ist, sich so viele Jahre lang der Verhaftung zu entziehen. Unterschreiben Sie nur diese Verzichtspapiere, und Sie haben die Amnestie. Dann ist diese ganze fürchterliche Geschichte ein für alle Male ausgestanden.«

Jake war wie versteinert, und er sah hilfesuchend Carolyn an. Sie lächelte. »Darüber brauchen wir überhaupt nicht nachzudenken, Schatz.« Sie ließ sich die Papiere über den Tisch zuschieben und bat um einen Stift. Albricht zog einen teuren Kugelschreiber aus der Tasche und reichte ihn Jake. Dieser blätterte die Seiten um und fand die mit einem X markierten Stellen. Er unterschrieb dreimal, dann schob er die Seiten zu Carolyn, und damit war der Fall erledigt.

Emma Sanders nahm die unterzeichnete Verzichtserklärung entgegen, reichte Jake die Amnestie und erhob sich, um zu gehen. »Es ist auch ein Scheck darin enthalten«, sagte sie. »Dreihunderttausend Dollar. Um Sie für den Ärger zu entschädigen.« Sie ging zur Tür, blieb aber noch einmal stehen. »Das Geld ist übrigens steuerfrei.« Ein Lächeln flog über ihr Gesicht, und dann war es Zeit zu gehen. Paul Boersky folgte ihr, während Clayton Irene behilflich war, aus ihrem Stuhl hochzukommen.

Jake und Carolyn standen ebenfalls auf. »Ich – ich weiß nicht, was ich sagen soll«, stammelte Jake.

Irene lächelte und zuckte mit den Achseln. »Sie brauchen gar nichts zu sagen.« Sie wandte sich an Carolyn, die ebenfalls vergeblich nach Worten suchte. »Sie auch nicht, Carolyn. Dies war nun meine Sache. Und seine auch.« Sie deutete auf Albricht, der geradezu schüchtern lächelte.

Clayton streckte Jake die Hand entgegen. »Sie haben mir das Leben gerettet, Jake. Und wenn man so lange wie ich in der Politik ist, weiß man genau, wie wichtig es ist, sich zu revanchieren, wenn jemand einem einen Gefallen erweist.« Er wandte sich an Carolyn und reichte ihr die Hand. Sie ergriff sie, und Clayton legte seine linke Hand über ihre rechte. »Ich fürchte, daß Mrs. Sanders in der Eile vergessen hat, Ihnen zu sagen, wie leid es der Regierung tut, Ihnen all das angetan zu haben.«

Carolyn lächelte und spürte zu ihrer eigenen Überraschung, daß plötzlich Tränen in ihren Augen standen. »Vielen Dank, Senator«, sagte sie. »Das bedeutet für uns mehr, als Sie sich vermutlich vorstellen können.«

Alle standen verlegen herum und wußten nicht, was sie noch sagen sollten. Endlich brach Irene das Schweigen. »Senator Albricht, wenn Sie mir behilflich sein könnten, daß ich nicht stolpere, wäre ich Ihnen ewig dankbar.«

Damit verließen sie den Raum, aber in der Tür blieb Irene noch einmal stehen. »Übrigens, Jake, ich muß Ihnen noch eine Frage beantworten. Manchmal geht es tatsächlich um Gerechtigkeit.«

Es war natürlich kindisch, und Travis hätte es niemals zugegeben, aber er fürchtete sich, allein zu sein. Der Schock, mit einem Fremden allein gelassen zu werden, der ihn mißhandelt und beinahe getötet hatte, war zu groß gewesen. Nachdem sein Vater aus dem Gefängnis entlassen worden war und sie im Krankenhaus endlich alle wieder zusammengewesen waren, hatte er geglaubt, daß nun alles ausgestanden sei, aber jetzt wußte er nicht mehr, was er denken sollte.

Die Frau vom FBI und ihren Kollegen erkannte er wieder, und den alten Mann hatte er im Fernsehen gesehen, aber die Generalstaatsanwältin konnte er auf Anhieb nicht ausstehen. Sie hatte Augen wie ein Raubtier, und ihrem Mund war anzusehen, daß sie nicht sehr oft lachte.

Was ihn jedoch am meisten erschütterte, war der Ausdruck, den er im Gesicht seines Vaters gesehen hatte, als sie den Raum betrat. Er hatte Angst, wirklich Angst. Nicht so wie damals in der

Schule mit Mr. Menefee oder im Bus oder auf dem Hügel vor dem Magazin. Dies war eine Art von Angst, die ihn aller Kraft beraubte.

Es dauerte viel zu lange. Sie hatten gesagt, nur ein paar Minuten, und er nahm an, daß bisher auch nicht viel mehr Zeit vergangen war, aber er hatte das Gefühl, als sei es eine Ewigkeit. Was konnten sie nur zu bereden haben, das so geheim war, daß er es nicht erfahren durfte? Schließlich war er doch genauso tief in diese Sache verstrickt wie die anderen.

Plötzlich kehrten seine alten Ängste vor Waisenhäusern und Pflegeplätzen zurück. Wenn sie ihm seine Eltern wieder wegnehmen wollten, dann mußten sie sich auf einen ganz anderen Kampf gefaßt machen.

Gerade hatte er beschlossen, in den Konferenzraum zu stürmen, als die Tür sich öffnete und die Dame mit dem sauren Gesicht mit Paul Boersky im Schlepptau herauskam.

Travis sprang auf und verstellte ihnen mit ausgestreckten Armen den Weg. Den Erwachsenen blieb gar nichts anderes übrig, als stehenzubleiben. »Warum lassen Sie uns eigentlich nicht in Frieden?« wollte er wissen.

Paul lachte gezwungen, obwohl er sehr verlegen aussah. »Hey, Junge«, sagte er. »Du kannst dich beruhigen. Es ist alles in Ordnung.«

Travis beachtete ihn nicht, sondern sah Emma Sanders unverwandt in ihre stechenden, grünen Augen. Unter seinem Blick wurden ihre Augen weich. »Wollen Sie uns wieder verhaften?«

Die Generalstaatsanwältin lächelte. Sie schüttelte den Kopf. »Nein, Travis, wir sind nicht hierhergekommen, um irgend jemanden zu verhaften«, sagte sie.

Diese Antwort kam unerwartet für Travis, und einen Augenblick lang war er sprachlos. »Oh«, sagte er endlich und ließ die Arme sinken, so daß Mrs. Sanders und Paul zu beiden Seiten an ihm vorbeigehen konnten. Dann drehte er sich noch einmal nach

ihnen um. »Wissen Sie, sie haben nämlich niemals etwas Böses getan.«
Mrs. Sanders blieb stehen und drehte sich ebenfalls um. Sie streckte die Hand aus, um das Gesicht des Jungen zu berühren, aber als er zuckte, zog sie die Hand wieder zurück. Einen Augenblick lang sah sie so aus, als ob sie widersprechen wollte, aber dann lächelte sie nur. »Du hast recht«, sagte sie. »Aber jetzt geh schnell wieder hinein. Ich glaube, deine Eltern warten auf dich.«
Irene und der alte Senator kamen gerade aus der Tür, als Travis hineinging, und dann waren sie wieder allein, nur Jake, Carolyn und Travis. »Ist es vorbei?«
Jake sah erst Carolyn und dann seinen Sohn an. Er lächelte, aber seine Augen sahen immer noch traurig aus. »Ja, Trav, es ist endlich vorbei. Wir können nach Hause gehen.«
Travis runzelte die Stirn. »Haben wir denn ein Zuhause?«
Ja, sie hatten ein Zuhause. Es war überall da, wo sie zusammensein konnten.
Die Bedeutung dieser Tatsache kam Jake mit voller Wucht zu Bewußtsein. Die Erinnerung an die Gesichter der alten Freunde überfiel ihn – ihre Freunde waren seit langem tot, getötet durch ein grausames Verbrechen, dem auch er selbst hätte zum Opfer fallen sollen. Das Gewicht all der Lügen, all des Blutes und all der Ängste wurde übergroß, und er wußte, daß er es nicht mehr tragen konnte.
Die Familie zuerst, um jeden Preis. Er hatte diese Worte so oft gesagt, daß sie zuletzt ihre Bedeutung fast verloren hatten. Und hier vor ihm standen die beiden Menschen, für die er all die Schmerzen und all die Risiken auf sich genommen hatte. Gefahr gab es nun keine mehr, und damit auch keinen Grund mehr, stark sein zu müssen.
Ein unaussprechlicher Kummer drang aus seiner Seele und trieb ihm Tränen in die Augen. Schmerzen, die er zugefügt hatte.

Schmerzen, die er ertragen hatte. Die Kindheit, um die sein einziger Sohn betrogen worden war.

»Ich brauche eine Umarmung«, wollte er sagen. Seine Stimme wurde von der Flut seiner Empfindungen erstickt.

Aber sie brauchten seine Worte nicht zu hören. Sie kamen von allein zu ihm. Selbst dieser tapfere Junge, der jede zärtliche Geste so heftig von sich wies, war zur Stelle. Sie weinten alle drei, offen und ohne sich zu schämen, und spülten mit ihren Tränen alle Todesängste fort, durch die sie gegangen waren.

Jake betete darum, daß Gott ihm eines Tages alle Sünden vergeben möge, die er begangen hatte, um seine Familie zu schützen. Aber das hatte Zeit. In diesem Augenblick wurde ihm alle Vergebung zuteil, die ein Mann sich nur wünschen konnte.

Sie waren wieder eine Familie. Die Familie Donovan. *Dreht euch nicht um, schaut nach vorne!* Vor ihnen lag die Zukunft.

Danksagung

Die Familie ist alles. Ohne die tägliche Liebe, Unterstützung und Ermutigung von Joy und Chris wäre das ganze Leben nichts wert. Ich liebe euch beide von ganzem Herzen.

Meinem guten Freund Bruce Navarro schulde ich großen Dank dafür, daß er mich mit Rem Dickenson bekannt gemacht hat, der mehr über den Kongreß und das Kapitol weiß als die meisten Eingeweihten. Ja, Rem, ich weiß, daß ich vieles verändert habe, aber dafür ist es schließlich ein Roman.

Meine Dankesschuld bei Brie Combs wächst allmählich ins Unermeßliche. Brutal und brillant, mit einem absoluten Gehör für die Sprache, ist sie der einzige Mensch, der meine ersten Entwürfe zu sehen bekommt.

Mein Lektor, Rick Horgan, erkannte den Kern dieser Geschichte, lange bevor ich selbst ihn sah. In einer Zeit, in der mitdenkende Lektoren eine gefährdete Spezies sind, habe ich wahrhaftig Glück, den besten zu haben, der zu finden ist.

Agenten und Freunde können nicht besser sein als Molly Friedrich. Bei ihrer Arbeit in diesem Ellenbogengeschäft ist sie eine wahre Hexenmeisterin, und dennoch hat sie ein Herz, so groß wie ganz Montana. Das kann nicht leicht sein. Ich bin ihr wirklich dankbar.